漫娱图书
名 家 经 典 书 系

U0476425

百妖谱 伍

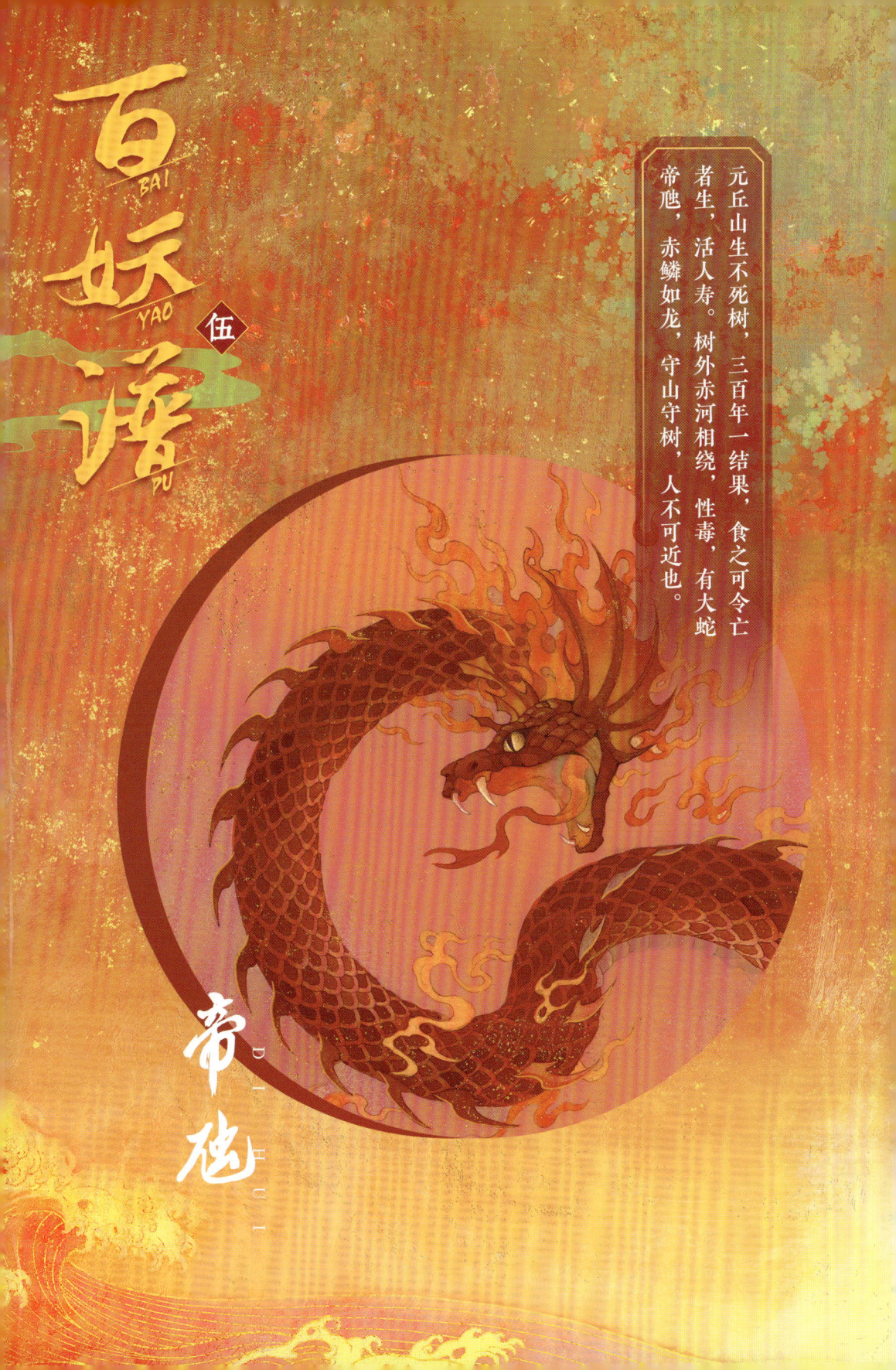

帝俋

元丘山生不死树，三百年一结果，食之可令亡者生，活人寿。树外赤河相绕，性毒，有大蛇帝俋，赤鳞如龙，守山守树，人不可近也。

明月挂天，以水相映，能见彼此者以目光同投之，可生月瞳。状如双生子，身有光，头如目，以月光饲之，可连阴阳，有奇用。

月瞳 YUE TONG

连尾
LIAN WEI

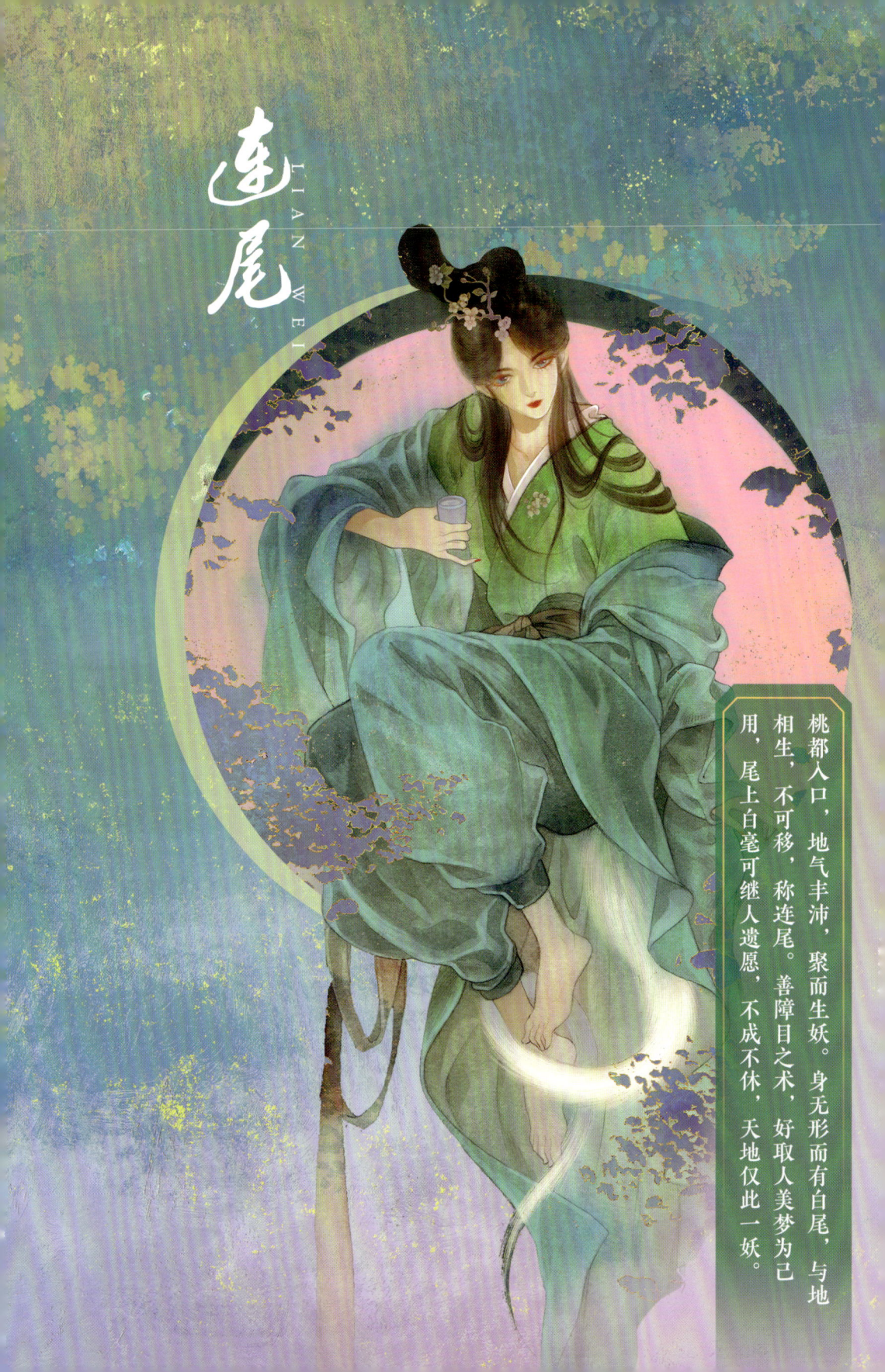

桃都入口，地气丰沛，聚而生妖。身无形而有白尾，与地相生，不可移，称连尾。善障目之术，好取人美梦为己用，尾上白毫可继人遗愿，不成不休，天地仅此一妖。

利蜍
LI CHU

利蜍，似蟾，喜居赌风兴盛之地，能吐金银珠宝。贷他人，化心为秤，量本利，以利为食，食不断则寿不断，富贵之妖也。

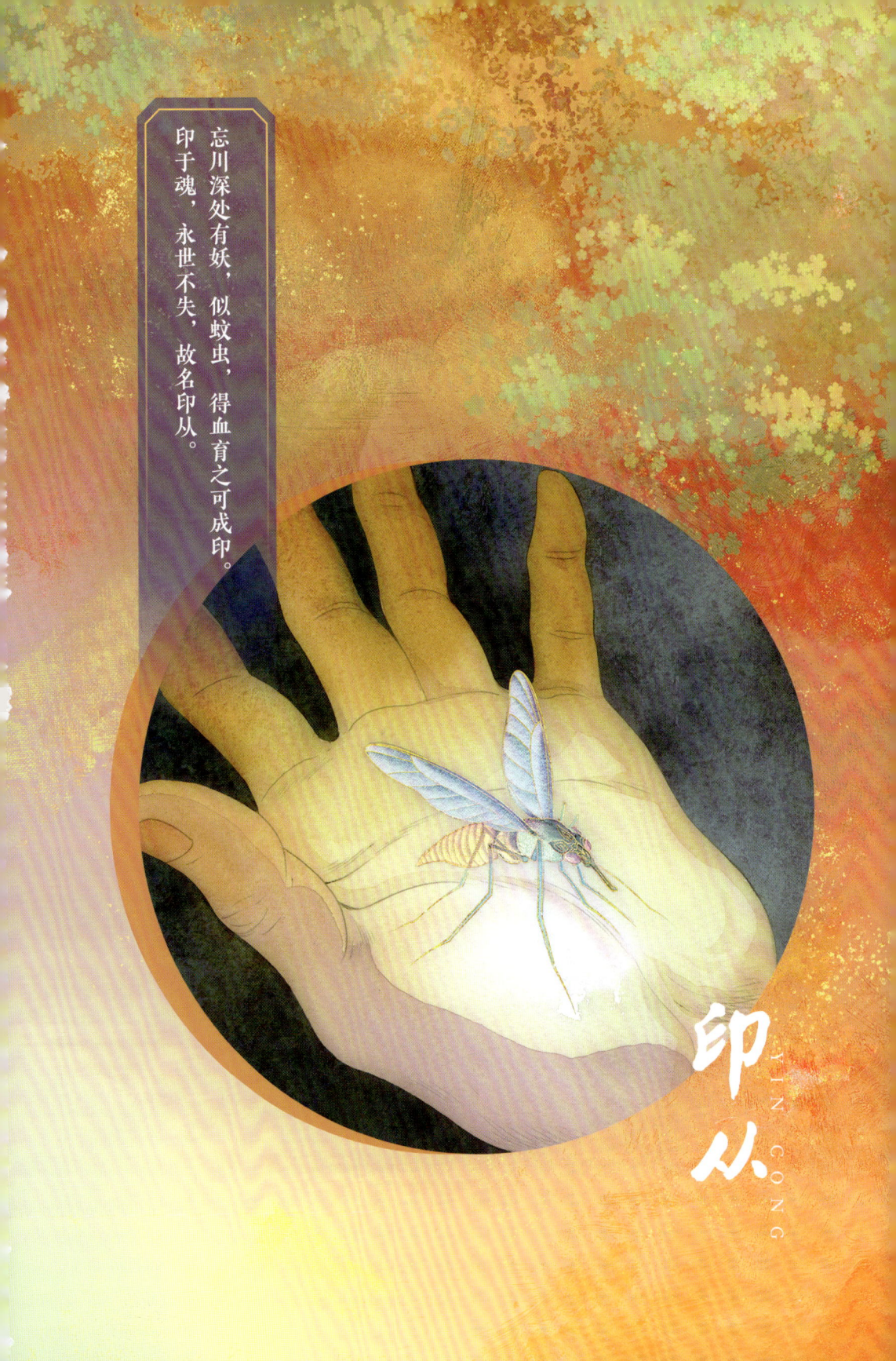

忘川深处有妖，似蚊虫，得血育之可成印。印于魂，永世不失，故名印从。

印从 YIN CONG

常山北有草,落地为人,无论男女皆力大善武,择门而栖,成妖身,有盗侵者则罚之,可守一方平安,称护门。妖中门神也。

护门

HU MEN

百妖谱

裘椤双树／著

伍

目录

壹	利蜍	003
贰	逃气	028
叁	护门	052
肆	连尾	077
伍	帝尪	138
陆	印从	167
柒	有缺	196
捌	月瞳	230
玖	目凰	260
拾	双身	303

壹 利馀

楔子

桃夭凑近了些，像看个既讨厌又怀念的老朋友一样，细细查看这杆秤，这么多年过去，秤盘上不知又多了多少穷途末路的命运。

○ 1 ○

他蹲在河边，朝那个努力往岸边游过来的孩子伸出手。

孩子对他的援助并不感兴趣，甚至故意绕开了他的手，在自己的力气耗尽前，险险地爬上岸，仰躺在凌乱的草地上大口喘气。

"你这小娃娃倒有点硬气。"他横抱着手臂，似笑非笑地打量眼前这个略显狼狈的小不点儿。

孩子没有理睬他，只尽快调匀呼吸爬起来，往落在不远处的一堆碎纸走去，碎纸旁边的书袋上还印着几个凌乱肮脏的脚印。

孩子微微皱了皱眉头，将碎纸小心翼翼地收在一起并悉数塞进书袋中，又用力拍打几下，便将书袋重新挂到身上。

"与那几人有过节？"他好奇道，"撕掉你的本子不够，还要推你下河。"

那是他方才瞧见的场面，一群年纪与之相仿的小子们围着他起哄，几人之中他个子最瘦小，却对扑面而来的恶意视若无睹，只闷头赶路，而他越无视，对方越以为他好欺负，从哄笑到推搡，再到拳脚相加。

"欺负人并不需要有过节。"孩子又将湿淋淋的袖口挤了挤，语气平静得很，说罢便要离开。

倒是个少年老成的小东西，他又笑问："他们不是第一回欺负人了吧？你就不还手？万一下回他们又推你下河呢？"

"没有下回了。"孩子头也不回道，"事不过三。"

他越发觉得这孩子有趣，快走几步跟上去，与对方同行，笑道："怎么，下回要还手了？我还当你是身子弱胆子小不敢还手呢。"

孩子看他一眼："大叔，你废话好多，若是在我家，废话这么多是要罚不许吃饭的。"

"啊？！"他竟被一个孩子嘲讽了，哭笑不得地挠了挠鼻子。

"天色不早，大叔早些归家吧。"孩子面无表情做了个告辞的手势，又往他的来处瞟一眼，"那路边茶摊别的一般，摊主做的茶果倒是不错。吃喝休憩好过管他人闲事，告辞。"

哟，好气人的小家伙，居然教训起他来了。

既如此，也不好再厚着脸皮跟上去，他索性回到方才吃茶的摊子，照那小家伙说的，让摊主上了一份茶果，果然清甜爽口，齿颊留香。

想着之前的"遭遇"，他顺口问摊主："老板，方才那群打闹的娃娃，你可经常见到？"

老板边清洗茶碗边道："常见，都是住在附近的小家伙，下学回家总要从我这儿经过的。"

"也常将人推下河去？"

"啊，确实有几个皮猴子爱欺负人，小娃娃嘛，不懂事的。"老板习以为常道，又摇头叹了口气，"唉，没了父母的娃，确实更容易被薄待。"

"没了父母的娃？"

"不就是被推下河的那个了。听说他本是咱们这儿一个大户人家的公子，谁知父母意外殒命，人走茶凉，自然一蹶不振，好像连学也上不了，只三天两头往城里去晃荡，也不知晃荡个什么，这来去的路上遇到了，少不了被浑小子们闹一闹。咳，您看这天命人运的事儿啊，委实难测。"

"哪个大户人家的公子如此倒霉？"

"就前头，清梦河边上姓司的那家。"老板又过来给他添了些茶，"我是去年才到此处做生意，这些事也是零零碎碎听来的，客官是跟那孩子有渊源？我瞧你方才还同他聊起天来了？"

"哈哈，并无渊源，不过是觉得这孩子颇有些趣味。"他又吃了一个茶果，岔开话题，"老板这手艺怕是天上神仙都没有的，好吃得很。"

在茶果的香甜里，他做了个决定，就在此处再等三天吧，若还能与那小子相遇，便是他了吧，谁让他看这小子既讨嫌又顺眼呢。

第三天傍晚，他果然如愿看了一场好戏。

主角配角都没有变，只有结果变了。

欺负人的小子们被打得落花流水哭爹喊娘，而教训他们的，只是一根粗细适中的树枝，在那孩子手里被舞得像剑一样利落。

"事不过三，你们第一回胡闹时便提醒过你们。"孩子仍握着树枝，神情淡然，天空夕阳正浓，染了一身余晖浅金的他，看起来就是个打了胜仗的小小侠客。

"我回去告诉我爹是你这没爹没娘的小怪物把我打成这样的呜呜呜……我爹一定不会饶了你的！"为首的一个胖小子捂着被抽出红印子的脸大哭，其他的人也没出息地跟着号。

孩子将树枝折断扔到地上，转身去拿扔在一旁的书袋："好，要来便来吧。"照例拍了拍书袋上的泥土，他转身离开，才不管败军之将的威胁。

就是这个娃娃了，他嘴角浮起满意的笑容。

"真巧，又见面了啊。"他追上孩子，努力让自己的笑容温暖可亲。

"您有意在那茶摊等我的？"孩子说话毫不委婉，"您可真奇怪，咱们并不认识。"

"你都推荐我吃好吃的茶果了，咱们就算是认识了。"他笑着拍了拍肚子。

孩子不吃他这套，不搭话。

"我不是坏人，你不必如此警惕。"他摸摸孩子的脑袋。

孩子一歪头，跟他拉开两步的距离，眼神里的疏离冷漠丝毫不减。想来是不能用好吃好玩的东西来拉近关系了。

"方才你拿着树枝，使的却是剑法。"他看似随口的一句，"我没看错吧。"

孩子稳当的眼神晃了一晃，但没接话，仍自顾自地走着。

他又自言自语般道："不过啊，我若是你，方才在那小胖子从侧面扑过来时，会把树枝拿低些，击其膝只需一招，而你用了三招才放倒他，也幸好只是个小胖子，若是要命的敌手，你那多余的两招必给足对方机会，胜负便不好说了。"

"击其膝？！"孩子像被天大的趣事吸引，竟认真琢磨起他的话来，还顺手捡起一根树枝，照着他说的重新比画了一番，旋即恍然大悟，总是没有表情的小脸骤然生动起来，"不错，果真应该如此。多谢指教！"

孩子最后这句话十分真诚。看吧，只要找对法子，孩子就是孩子，好哄。

"不必客气，当是感谢你让我吃到好吃的茶果吧。"他笑，"你小小年纪便有这样的身手，可是家中有高人悉心教导？"

"自我能走路起，爹爹便教我剑法。"小孩也不隐瞒，坦然道，"爹爹不在以后，我便自己照着剑谱练，看不明白的便去问我家的管家。"

他看着孩子那双干净又沉着的眸子，心想是不是每个没能在庇佑与蜜糖中长大的孩子都会有这样一双与年龄不符的眼睛。

短暂的失神后，他笑着摸了摸孩子的头："那你们家的管家也很厉害啊。"

005

"那是自然。苗管家的身手是我爹爹都赞不绝口的。"这次孩子不再躲开他的手,眼中还浮现出难得的得意之色,但很快便收了回去,仿佛意识到自己说多了话,立刻不再开口了。

可不能再让这小子跑掉了!他故作轻松道:"虽然你家管家已经很厉害了,但学海无边,若能多个师父指教,你或可更上一层楼。"

孩子停下来,仰头看着他:"大叔想做我师父?"

"哈哈,应该够资格吧。"他大笑,看定对方,突然正经起来,"你可知这是天大的缘分。"

"天大的缘分?"孩子不解,"大叔是一位剑客?"

他摇摇头,伸手指了指天上:"大叔不是剑客,大叔是天界的神。"

换成别的孩子可能就信了,但这个孩子不一样,黑亮的眼珠转了好几圈,不知是根本不信他,还是在琢磨这个大叔的精神状况是否正常。

"你是不是不相信我?"他弹了一下孩子的额头,"每隔百年,人界春分之日,天界便设'送恩'之期,会派出不同的神仙,下凡来寻一位人类徒弟,将自己擅长之技悉心教授于对方,希望这位徒弟将来能以所学造福他人,也算天界对人界的恩泽之一吧。能做神仙的徒弟,以凡人之身学到神仙的本事,不是天大的缘分是什么。"

孩子眼中的深沉总算被天真无邪代替了片刻,但也仅仅是片刻而已。

"我总听大人们说天机不可泄露,你说得如此容易,可见不是天机。"孩子认真道,"你在编故事骗小孩子。"

啊!!简直要被这小鬼气死了,忍住!

"好吧,就算你不信我是天神下凡,可我的本事你总要信的。"他深吸一口气,也就地拾了一根树枝,当着这小家伙的面,使出了一套精妙绝伦的剑法。

孩子被惊住了,眼前这个看似没一句实话的大叔,身似流云,剑气如虹,手中树枝所过之处,风如刀起,落叶如雪,实在是漂亮的剑法,他几乎看呆了。

若能有这样一位师父,是不是神仙根本不要紧。孩子伸出手,一片落叶掉在掌心,他的脸庞因为内心的激动变红了不少,就像红苹果。

"您肯教我剑法?"孩子捏紧了落叶,不是很肯定地望着他。

他吁了一口气,把树枝随手往旁边一扔,脆弱的树枝居然像一把真的剑一样插进土里,在傍晚的春风里微微摇晃。

孩子又是一惊。

"都说了这是天大的缘分,我教,你学,咱们师徒的名分便定下来了。"他走到孩子面前,蹲下来看着对方,"不过话说在前头,咱们只能做七七四十九日的师徒,日子一到,我便要离开,届时你能学到多少算多少,只看你自己的悟性与造化了。"

孩子不假思索道:"好!"

"叫师父!"

"师父!"

虽然这小子说话不讨喜,但这股干脆利索的劲儿他倒是很喜欢。

往后几十日,他如约做了一个尽职负责的师父,将自己最擅长的一套剑法教给了这个随便捡回来的徒弟,想着以他的身份与身手,只要这个徒弟不是天生愚懒,待到长大成人,凭他这半路师父几十日的心血,当有一番大造化,何况他这徒弟根本与蠢懒无关,天赋高就罢了,还聪明又刻苦。

没有白来一趟,他十分满意,且安心。

四十九天很快过去,当又一个傍晚的春风吹过师徒二人的脸时,孩子在他自己降下的落叶之雨里,漂亮地收回了树枝。然后,师徒二人好一阵子都没有说话。

一条鱼从河水里跳出来,哗啦一阵动静后,还是师父先开了口,他拿过早就放在一棵树下的布包,对徒弟招招手:"来来来,师父有临别礼物给你。"

徒弟犹豫片刻,慢慢走过来。

"光会动手可不够,书还是要好好念的。"他打开布包,里头是一本崭新的《孙子兵法》,"能文能武,有勇有谋,方是我的好徒弟。"

徒弟接过书:"我三岁便能识字,这本书,是爹爹每天都要我读的,还说这本书要读一辈子。"

"你已经有这本书了呀……"他略有些尴尬,但又马上一本正经道,"不妨事,这本你也拿上,既是要看一辈子的书,翻烂了的话好歹有个替换。"

徒弟点点头:"也有些道理,那我便收下了。"

他弹了一下徒弟的脑门儿:"为师送你礼物,居然一副收得很勉强的鬼样子。"

徒弟没搭话,只抱着书,低头不说话。

"不过……"他装作看不见即将到来的永别,蹲在徒弟面前,笑道,"为师不是那么抠门的人,断不会只送你一本书。"

徒弟的眼睛一亮。

"过来!"他将徒弟拉近一步,一手掐诀,又闭上眼轻念了一段咒语,只见一团金光自他指尖闪出,如一条小小游龙飞旋而起,照亮了一大一小两张脸孔,看呆了的徒弟还没回过神来,那金光已入其眉心,无迹可寻。

徒弟只觉脑门一阵忽凉忽热的奇异感觉,摸着眉心不解地看着他。

"这是赠你的辟雷印。"

"何为辟雷印?"徒弟仍捂着脑门,大感不解。

他想了半响,勉强总结出一个能让小孩子理解的解释:"将来万一你做了特别不好的事,上天要罚你,便会拿大雷劈你,有了这辟雷印,可为你挡三次天雷。"他拿下徒弟的小手,轻叹了口气,"按说这是不合规矩的事,可你我师徒缘分难得,这就算是为师能送你的,最贵重的礼物吧。不过……"他顿了顿,神情忽然严肃起来,"为师希望你此生都不要用到它。"

"做了坏事会被雷劈?"小徒弟思忖一阵,"我揍了小胖他们算坏事吗?"

他笑出来:"自然不算,事不过三嘛,你早提醒过他们的。"

"我想也是。"徒弟点头,"不然爹爹不会让我事不过三,娘也不会让我先礼后兵……他们说的话定是对的。"

是啊,他们说得一点也没错,要是他们还在你身边该多好呀。他拍拍徒弟的肩膀,认真道:"为师见不到你长大成人,故而说再多话也是无用,就祝你身体康健,行如刀剑而心有善念吧。"

徒弟微微皱眉:"师父要走了?"

"四十九天啦。"他站起身,摸着徒弟的头顶,"你我这临时师徒的缘分,只能到今日。"

徒弟的眼圈居然有点点红,他突然避开师父的手,撒腿就跑。

不多时,徒弟回来,手里多了两个茶果。

"若师父非走不可,这便是徒儿送师父的礼物了。"小家伙把茶果塞到他手里,然后毫不犹豫地跪下,规规矩矩给他磕了三个头,磕完起身,揉了揉眼睛,一字一句道,"没有临时这一说,师父便是师父,教我一天也是师父。"

天界众神之中,属他"最没有感情",大多数同僚们提起他,也是这个看法,温和、幽默、深情,根本同他没有一点关系,许是位置太高,或是活得太久,看遍了天上人界的生离死别、善恶恩仇,他以为自己已经活成了一块不苟言笑,更不为人情世故所扰的老石头。可他在人界这几十日的模样,若为同僚们瞧见,定以为自己患了眼疾。想来,一旦脱出那高高在上的位置,好像都不用刻意做什么,自然而然就变成了一个情绪丰沛的"人",难怪有不少大神小仙们对人界流连忘返,为此挨重罚是常事,可知错不改前赴后继的也不见少,莫非都是贪这一时半刻的人间烟火与无需面具的情谊交织?看看手里的两个茶果,回想与这娃娃相处的点滴,坚不可摧的老石头上仿佛也悄悄生出了一株柔软的嫩芽。

"来,你一个我一个,都不吃亏。"他塞回一个给徒弟。

师徒二人坐在树下,在裹着花草暖香的风里,高高兴兴吃起来。

此情此景,此生唯此一次。

"为师一直忘记问你,为何不去上学?是支付不起学费?"

"也没有穷成那样。我得照看哥哥,他身子不太好。待到好转时,我自会回去。"

"你还有兄长?"

"嗯。"

"那你既不去城中上学,为何又常往城里跑?"

"城中人多。"

"可你不像是喜欢凑热闹的性子……"

"以前爹娘每带我们去城中走动,回来后便会时不时考我们:比如卖鱼的小贩穿什么色的衣裳,下轿时见到的第一个人是男是女,或者饭店里靠窗那一桌食客有几个人。若答错了,晚饭时便将我们最喜欢的一道菜撤掉;答对了,便可以少练几篇字。"

"这么小就忙着练眼力了?!"

"爹爹说看得越清楚,才能越安全。"

"所以你到现在都保留着去城里'看人'的习惯?"

"不光看人,也看事,猫猫狗狗打架也看,人多的地方,尤其集市上,每天都会发生许多事,我看了,再记下来,爹娘虽不能考我了,我得空便自己考自己。"

"徒弟啊,下次去集市,咱们不干其他事,只去买糖吃吧。"

"我不喜太甜之物。"

"唉,你这孩子……"

吃着,说着,最后,徒弟靠着树睡着了,年纪还小的他还是着了老东西的道,他不知道师父最后一次往他脑门上的一弹,是落了法力的。

他站起身,默默看着这个与他结下四十九天缘分的孩子,那虚空之中刚刚生出来的小芽,终是要随风散去,石头就是石头,一身坚硬,根本长不出别的东西。

冰冷的咒语落在熟睡的人身上,一道光缓缓从那瘦小的身躯里浮出来,在空中凝成个莹润如珍珠的小圆球,乖乖停到他掌中,那颜色像极了他初见这倒霉孩子时的傍晚天空的颜色。

他教出去的本事会永远留下,但他这个"师父",只会是这个凡人一生都补不上的空白,天界的恩泽有时候低调到不近人情。

他攥紧手里的"珍珠",往东边走去,走着走着,便只剩下摇曳的树影、归巢的鸟鸣,以及一个与他再无瓜葛的春日。

余下的,便是天界的事了。

全天界嘴巴最严实的不说仙官,已在她位于千机崖的洞府门口恭候多时。终于,她等到了不慌不忙驾云而来的他。

"放恩之期,这回可算是轮到雷神大人了。"不说仙官笑吟吟地一拜,"不知凡间哪个幸运儿能得雷神为师,连小仙我都要羡慕几分。"

"一个说话不讨喜的小娃娃。"他礼貌一笑,才刚回天界,那自别处沾染到的人气便如断了根的花草,由枯萎到不知去向,被暂时抛开的"神性"瞬间回归,连带着他的表情已是拒人千里,一如往常,但,尚存的记忆里总少不了那张倔强到能气死人的小脸,还有茶果的好味道。

不说仙官知他素来不喜闲聊,也不再多说,只朝洞府入口做个请的姿势。

他随她进去，穿过两旁都是青莲的廊道，仙气缭绕的池塘出现在尽头，里头没有植物没有鱼，只有无数在池中浮动的"珍珠"，有的大有的小，颜色也各有不同，只是每两颗之间都有一条光丝相连，并蒂双生。

不等她开口，他已经取出他的那一粒珠子。

"好漂亮的颜色，想必是一段非常珍贵的记忆。"她伸手小心翼翼地接过去，然后站到他正对面，"那么，小仙冒犯了。"

他本想说等一等，可是，等什么呢？任务已经完成了，如今，连那四十九天都要消去，此后，天地之间只有雷神，再无"师父"。

见他并无异议，不说仙官玉手轻挥，那珠子便如飞鸟振翅，旋了几圈后停在他额前，光芒愈发耀眼起来。

又听她轻呼一声："出！"

那珠子上顿生出一条细丝，光华流转中连上他的额心，竟"勾"出了另一颗珠子来，片刻后，一对光彩照人的宝贝稳稳落入池塘之中，与万千同伴一道，成为千机崖送恩池中记录下来的又一桩功德。

他像从一场梦里醒过来，深深吸了口气，看了看她："好了？"

她点头："一切妥当，多谢雷神大人福泽人界。"

他又往池中看了一眼，那些光彩潋滟的小东西可真美，他又下意识地回忆，可应该回忆什么呢，他只记得自己领了天界的任务去人间"送恩"，怎么送的送给谁了，饶是他这般法力无边的天界大神，一旦往千机崖走一遭，过了不说仙官的手，也永不会想起在人界的一切了。

他甚至都不知道，他再没有徒弟了，也不知什么是茶果，好吃不好吃。

缘起缘灭隔天地，施恩受恩皆不记，这便是天界"送恩"的规矩，教要教得尽心尽力，走要走得干干净净，仙凡有别，纵然有缘再见，可又何能称为"再见"，不过双双白纸一场初相逢。

"雷神大人？"见他没有离开，似在愣神，不说仙官又轻声提醒，"已经可以了。"

"嗯。"他回过神，离开。

心神已然渐渐清明，他又是雷神了，脑子里想的第一件事，是赶紧回去处理正事，那些不听话的乖龙又闯祸了，这次定不能轻饶了它们。

不说仙官目送他离去，轻轻叹了口气。

送恩池里装的是天界恩泽的记录，也是满满一池由她看守的生离长别，永不复见。

○ 2 ○

今年的夏天，非常热。

司狂澜自一场模糊的梦中醒来,额头手心皆是一层热汗。

他坐起身,本能回想梦中情景,可除了夕阳与纷乱的落叶,似乎并没有别的了。

辗转片刻,仍难入睡,他下床倒了一杯茶,深夜万籁俱寂,许是天气太过炎热,连个凑热闹的猫儿狗儿都没有,空气热得绞在一起,闷得人心头发紧。

半杯冷茶下去,稍微好了些。

最近他都睡得不太好,总是半夜惊醒个一两回,莫非是最近接的"是非"太过棘手,耗损了心神?要不就是司静渊除了那封信,至今依然没有任何音信,真真是死在外头都没人知道……这个失踪惯犯究竟要到什么时候才能让人对他放心呢?!他司狂澜的有生之年还有机会看到兄长改邪归正吗……一声叹息。

他放下茶杯,走到书架前随意翻看,本想挑一本打发时间的闲书,手却还是不由自主伸向那本《孙子兵法》,习惯了。

从小到大,他的书架上便有两本《孙子兵法》,一本是父亲在他幼年时给他的,上头落了父亲的名章,旁边还有母亲亲手画下的一枝梅花,再旁边却是一个乱画的大猪头,并歪歪扭扭写了"司狂澜自画像"几个丑字——司静渊小时候埋怨弟弟只知读书不跟他一起斗蟋蟀,还抢了他的书乱涂一气,记得那天他冷静地向爹娘告了状,然后司静渊被打了二十下屁股,哇哇大哭。

想到这里,司狂澜只觉当年打得太少,如果爹娘还在的话,应该也会这么想吧。

司府的旧藏书里,几乎都有父母留下的印记,他的手指抚过那些熟悉的痕迹,在书上留下笔画的他们,此刻却一个都不在自己身边。

默默翻了一阵,他的目光落在另一本《孙子兵法》上,为何家中会有两本同样的书,他自己也不清楚,好像另一本一直就放在书架的角落里,应该也是许多年前买来的吧,虽不常翻动,也泛黄老旧了,而且上头没有爹娘的印记,可能是苗管家买来的?可仔细回想一下,又像是自己带回来的,每一瞧见它,脑子里浮现的总是傍晚的夕阳,有时又是一大片随风而来的落叶,都是些零零碎碎的画面,彼此没有任何联系,再想下去,便什么都想不起来了。

也没什么大不了,一本书而已。

又翻看一阵,还是了无睡意。

算了,出去走走也好。他换上一件薄衫出了房门,此刻,偌大的司府里安静得能听到自己的呼吸声。

夜深至此,也没有丝毫凉意,他忽然有些放心不下他的马儿们,这么热的天,它们没有吃什么奇怪的东西吧?饮槽里的水可放够了?驱蚊虫的香料有没有点上?毕竟养它们的家伙也不是那么让人放心。

不过,他还没走到马厩,便远远瞧见一个红彤彤的人影鬼鬼祟祟穿过院落,往后门的方向溜过去。大半夜睡不着的原来不止他一个呀,他像是得了什么趣事,整个人都精神了起来。

后院的门被轻轻打开一条缝,见不得光的家伙像条鱼一样从门缝里滑了出去,动作娴熟得很,末了还不忘好好地把门关上。

此时已过四更,司府外头除了清梦河淙淙流动的声音,便是某人窸窸窣窣的动静了,难得她睡眠不佳还能跑得这么快,平日里也就在厨房做了新菜式的时候能看见她矫健若此。

他与她保持着最恰当的距离,从清梦河一路跟她入了城,又见她在选错了好几次方向后,总算是确定往飞凤桥那边去了。

她去的地方,夜市繁华,向来以吃食丰富出名,总不至于是饿得睡不着出来觅食吧,可哪至于做贼似的跑这么远来填肚子?司狂澜心中越发好奇。

虽然夜深,可沿途的酒楼食肆路边小摊仍见兴旺,再炎热的天气也挡不住夜猫子们的雅兴,酒香菜香在热烘烘的空气里如同发酵了般浓郁,闻得多了,饿倒不太饿,却生出几分困意来,可见此番是出来对了。

但被他"照看"的家伙似乎对食物不感兴趣,她像只确定了目标的猫,迅速穿过夜色里的灯火,悄无声息地绕进一条不起眼的巷子,迎接她的除了几间关门闭户的商铺,便是巷尾一盏燃得半死不活的红灯笼,以及一扇虚掩的大门,一时间也瞧不出是民居还是商肆。

她还没走到门前,已有几个家伙自里头垂头丧气地出来,一边捶胸顿足,一边恋恋不舍,口里说的大概是"本来大杀四方可恨万不该去上茅厕坏了气运""不应该啊,李大仙批我这个月赌运佳我明天再来翻本"这样的话。

司狂澜摇摇头,原来某人不是为口腹之欲,只怕是死性不改,大半夜犯了赌瘾,竟敢罔顾司府规矩偷摸着往这隐藏颇深的地下赌坊里来了。

是等她输光了再拿人,还是现在就把她拎回去,司狂澜正思忖着,冷不防一个三十来岁的男子从一旁蹿过来,手里捏着一个蓝布小包,急吼吼地往巷尾小跑过去,一不小心还撞上了正在门前东看西看不知在想什么的某人。两个家伙都一个趔趄,也亏得这一撞,紧跟而来的年轻妇人才有机会在男子进门前死死抓住他,并拼了一身力气去抢他手里的布包。

巷子里顿时热闹起来。

男子拼命不让妇人得逞,一手把布包攥得比自己的命还紧,一手朝妇人身上乱打:"撒手!你个蠢婆娘敢挡老子的财路!"

"孩子的救命钱你都敢抢来赌!你不是人!那是你亲生娃!"妇人不顾他的拳头,死也要抢回布包,喊得撕心裂肺。

"滚!死了再生一个就是!再不放手老子连你一起弄死!"男子的脸孔越发狰狞,打在妇人身上的拳头越来越重。

"畜生!"女子死死抱住他的腰,脑袋抵在他心口上,估计再被他捶几下就得吐血了。

关键时刻，一只手从后头狠狠揪住了男子的头发，那人吃了痛，连退几步，还没站稳，后腰上又结结实实挨了一脚，整个人便又扑出去，正好撞在前头的老树上，门牙虽还在，却也磕得满嘴血。

他捂着嘴，气急败坏爬起来，转身吼道："谁！！"

"我。"桃夭从地上捡起布包，掂了掂，摇摇头，"你这面相就不是能赢钱的人，赚钱不易，还是跟你娘子回家去吧。"她又看向那掩面而泣的妇人："你是他娘子吧？"

妇人忙点头。"拿着！"她过去将布包塞到妇人手里。

妇人千恩万谢地接住，紧紧抱在怀里，正要道谢，却瞬间面色大变："姑娘小心……"

话音未落，桃夭只觉身后吹来一阵满是汗臭味的邪风，顺势朝旁边一闪，险险避开一块带着棱角的石头，看这力道，握住它的家伙可是一点活路都不打算留给她呢。

"你疯了吗！"妇人扑上来抓住他的手，生怕他再伤人。

"丧门玩意儿！"男子听到妻子的呵斥，更是气不打一处来，一脚将妇人踹开，扑了空的石头转眼就奔妇人的脑袋砸过去。

这人一旦丧心病狂起来，真的很麻烦。

桃夭的脚尖精确地踢中他的手腕，他痛得大叫一声，石头脱了手，掉在妇人的腿上滚落到一旁。

本以为吃了这一击的他只能在一旁痛到跳脚，谁料这混账居然一点武德都不讲，不但忍住了疼痛，还瞅准空当抓住了桃夭的辫子，用力朝自己这边一扯。

桃夭啊一声叫出来，真是活久了什么都能见到，一个大男人居然去扯小姑娘的辫子！！！好不要脸的东西！她一时不稳，被扯得倒退两步，那男子见得了手，竟一手横过紧紧勾住她的脖子，一副不勒死她不能解气的架势。

巷子的另一边，有人捏紧了拳头。

不过，不用外援，桃夭一咬牙，抬脚狠狠踩到男子左脚脚趾上，他登时痛到飙泪，勾住她的手也松了，她再趁机将后脑勺朝后一撞，男子只觉鼻梁骨似有断裂之嫌，一股血腥味直冲脑门，痛得他叫出来，捂着口鼻狼狈不堪。

桃夭跳到一旁，还没来得及说狠话，那痛疯了的家伙已经不要命地又朝她冲过来，在他有限的认知里，横竖都不该被这种他一拳就能打倒的小姑娘反揍得满脸血，这件事已经摧毁了他本就不多的自尊，在崩溃与疼痛中，此人已疯。

桃夭太知道自己的拳脚功夫差不多已经到顶了，若再被这疯子擒住就不太好办了。只见她纵身一跃，落到一旁的老树上，又觉得还不够高，猴子似的又哧溜哧溜爬到更高的树枝上坐好，这才放下心来。

太好了，那疯子不会爬树，气得朝树干猛踹，吼道："你给我滚下来！"

桃夭冲他吐舌头："有本事你滚上来！"

两人顿时僵持不下，那妇人见他杀红了眼的模样，除了替桃夭捏一把汗之外，也不敢再有别的动作，甚至都不敢再劝这糟糕的夫君，只急得落泪不止。

"短命丫头！你信不信我砍了这棵树再砍你！"他恨不得把这棵树吞下去。

桃夭撇撇嘴："我信啊。"然后她突然扮个鬼脸，配合气死人的表情笑出来："可你没斧头呀，等你找了来，我老早跑掉啦，笨！"

"你……我杀……"杀字一出，他的嘴张得刚刚好，一颗药丸毫不费力地落了进去。

桃夭收回手，又心虚地左右看看，嘀咕："没人看见就不算破戒吧……而且我也没伤他性命……嗯，没事没事。"

这时，树下的男子如同被抽了骨头般瘫坐下去，全身上下也就眼珠子还能转两圈。

桃夭下了树，蹲在男子面前，眼神骤然冷起来，突然抬手狠狠抽了他好几个耳刮子，然后才心满意足地站起来，扔下一句："我最厌恶赌鬼。"男子说不出话来，顶着一脸红掌印，痛得鼻血眼泪齐齐掉下来。

站在暗处的人轻轻吐出一口气，松开了拳头，看来那刁钻古怪的丫头是吃不了亏了。

妇人踉跄着过来，紧张地看着瘫在地上的家伙："姑娘……他这是……"

"死不了，就是浑身麻痹，暂时不能动而已。"桃夭拍拍衣裳上的碎叶，又朝那布包努努嘴，"那是你孩子的救命钱？"

"是。"妇人无力地跪倒在地上，汗水泪水糊了一脸，"孩子才五岁，前些时候不慎被滚油烫到，大夫给的药似是没有什么用处，如今伤口一天比一天溃烂，眼见着只剩半条命。我卖了所有能卖的东西才凑到这些钱，想去城中最出名的医馆试试，谁知孩子他爹居然……居然连这个钱都要拿去赌！他以前也不是这个样子的啊……越赌越不像个人了……"她越说越伤心，抽噎得越发厉害。

桃夭想了想，又拿了一颗白色的药丸，递到妇人面前："此药可解烧烫之伤，回去分三份，每日太阳落山后清水送服一份，三日当可痊愈。"

治妖不治人……算了，反正没被逮到都不算破戒。

"当真？！"妇人又惊又喜，宝贝似的捧着这粒药丸，又难以置信地望着桃夭，"姑娘是大夫？"

"嗯。"桃夭将她扶起来，又凑到她耳畔说了几句，妇人听了，连连点头。

交代完毕，桃夭又回到男子身旁，不解气地踢了他一脚，笑问："难受吗？是不是像有无数蚂蚁在啃你骨头，又麻又痒？"

男子以用力眨眼来代替点头。开玩笑，她制的麻药，连柳公子都得求饶，除了稀缺贵重，没有缺点，所以用在这个赌鬼身上，委实心痛。

"那就好。"她笑笑,让妇人取下头上发簪给她,照准男子膝上几个穴位用力扎了几下,只听他嗷一声叫,终于能发出声音了,也能哆哆嗦嗦动起来了。

"还想揍我吗?"桃夭指着自己的鼻子。

男子心知自己碰上了真人不露相的硬茬,哪里还敢造次,再说这身子也不过从烂泥变成了软泥,莫说跟人动手,连走路都勉强。"不……不敢了……"他嘴皮子抖得不像话,心不服口也得服。

"我若知道你再踏足赌坊,便断你一只手,还要去,就再加一手一脚,万一手脚都砍完了,便只能砍你的头啦,说到做到!"桃夭揪住他的衣襟,"另外,我已将能第一时间通知到我的法子告诉给你夫人了,你好自为之,莫存侥幸。"

"不不……不赌……不赌了……"他用力摇头。

桃夭起身对妇人道:"带他回去吧。"说罢又自言自语般说:"若实在无药可救,弃了他,你们母子也能活下去的吧。"

妇人听了,愣了愣,没有说话,只朝桃夭深深一拜。

看着男子被搀扶着离开,桃夭突然想起了什么,喊了一声:"站住!"

男子一哆嗦,生怕她又弄出什么要命的玩意儿。桃夭追上去,突然扒开男子的衣裳,往他露出的后脖子上仔细瞅了瞅,瞬间失望,嘀咕:"没有啊……还以为这个程度的会有呢。"

两夫妻被吓了一大跳,站在原地一动不敢动。

"回去吧。"桃夭把衣裳给他拉回去,然后跟没事人一样往赌坊大门走去,边走还边揉后脑勺,龇牙咧嘴地将那男子又骂了一通。

也算一出好戏了,可惜夜深路偏,除了他之外,没有别的观众。

真奇怪啊,明明自己就是个"劣迹斑斑"的小赌鬼,却又为何斩钉截铁地说"最厌恶赌鬼"?!而彼时她的眼神,不止有厌恶,更带杀气,冷得像另一个人。而且,她刚刚掀人家衣服又是哪一出?!

来往赌坊,她真的只为赢钱?

司狂澜眼见着她终于进了赌坊大门,在纠结跟进去还是回家睡觉的问题上,他选了第三项——拐到巷口不远处一间正要关门的小食铺里,拿了一袋钱给店主,请对方破例营业到天明。店主见了这个数目,高兴疯了,莫说明天早上,就算往后一个月只为他一人开店也无二话,赶紧拿出菜单殷勤推荐,只要是这位财神爷想吃的,龙肉他都立刻去割来!而司狂澜只是随意挑了几样寻常酒菜,好一阵子漫不经心地吃上两口,眼睛却是时刻都盯着巷口那头。

他看过路,要回家的话只能从他眼皮子底下的岔路走,如果天明她还没出现,又或者还不到天明她就哭爹喊娘地逃出来,身后跟着一大波要打死她的亡命徒……他处理起来也方便些。

既然此时并非她当差时间,雇主也不好干涉她的自由,大半夜都要赶去的地方,当有非去不可的理由吧。

　　街头灯火渐渐稀疏，或醉或醒的人们心满意足回家去，三三两两的身影摇摇摆摆，满是酒肉之气的街道上偶尔还响起意犹未尽的歌声，虽无一句在调门上，听着却也不惹人嫌，帝都的夏夜，连收尾都如此热闹。

　　司狂澜抿了一口酒，虽非上品，却也颇有滋味，想来自己从未在这个时刻如此清闲地赏过帝都的夜景，这倒要感谢某人了，希望她下次出现的时候，不要鼻青脸肿缺胳膊少腿就好。

　　想着她可能狼狈的模样，他居然悄悄笑出来。应该担心才对的，可她那种狡猾古怪又颇不要脸面的家伙，似乎也不需要旁人太过担心？！

　　但，他还是想留在近一些的地方。

　　一杯酒见了底，他脑子里忽然闪过她的后脑勺，那么大力气撞过去，怕得起个鸡蛋大的包吧？她自己会给自己上药的吧？那赌鬼也是真真可恶，居然无赖到揪姑娘的辫子，那不得痛死个人？真是打断他的手再拔光他的头发也不过分……

　　……等等，为何自己会有如此琐碎的念头？！往日遇到这事，他顶多一句"自己揽来的闲事自己扛"，这才是司府二少爷在所有人眼中应有的样子啊。

　　喝多了？热昏头了？都不是。

　　他又想了想，恍然大悟——原来睡眠不好会引出奇怪的心思啊，看来回去后得着苗管家抓些宁神助眠的药回来才是……

　　得了这么一个答案，他方才定下心来。

　　空中远远传来几声闷雷，几丝凉风剖开热浪，声势渐渐壮大。

　　暴雨怕要来了？

○ 3 ○

　　地下赌坊，还真是在地下……表面上只是一处出售二手家具及各种摆设装饰的场所，桃夭在堆满杂物的院子里转了好几圈才找到挂着"四季如意"牌匾的房间，是此处的厨房……

　　正要进去，又有几个人垂头丧气地出来，与她擦肩而过时无不奇怪地打量她一番——在这种地方看到一个小姑娘跟在陆地上看见一条鱼大摇大摆走过去一样奇怪。

　　桃夭只是白了他们一眼，立刻同他们拉开距离，生怕他们碰到自己，哪怕衣袖扫到都不行，大半夜没觉睡就算了，大老远来这破地方遇到的还全是输到头顶冒烟的霉鬼，才不想让他们的晦气沾染到自己呢！呸呸呸！

　　厨房看起来倒是个正经厨房，锅碗瓢盆都不缺，蒸笼上还摆着早就凉透了的馒头，一个蔫蔫儿的老头子坐在没有火气的灶台旁，耷拉个眼皮，马上就要睡过去的样子。

桃夭皱皱眉头，上前对老头说道："利老板的客人到了。"怕他耳背，还特意说大声了些。

老头抬眼瞄了瞄她，慢吞吞地抬起手晃了晃。

"利老板的客人到了！！"桃夭不懂他的意思，以为他没听清，又大声重复一遍。

"让你退后几步！"老头翻了个白眼。

原来耳朵没问题……桃夭只好按他的指示往后退了两步。

"再退！"老头眼皮又耷拉回去。

桃夭只好耐着性子再退两步。

老头见距离差不多了，懒洋洋地斜过身子，往灶台上不知摸了什么玩意儿，便听咯咯几声响，他跟桃夭之间的地板居然自动滑开，露出一截还算敞亮的楼梯。

果然在地下……桃夭皱皱眉，快步下了楼梯。

无论规模大小，但凡是个赌场，便有挥之不去的乌烟瘴气，因为藏于地下，兴奋的喊叫与叹气跺脚的声音更加肆无忌惮此起彼伏，每一个身陷其中的人都撕掉在地面上需要保持的理智与克制，几乎把自己的命都摆到赌桌上，用倾家荡产的结局去博一个微乎其微的赢面，所有在污浊空气里夸张地变换着表情的脸孔，不像人类，像妖怪，甚至比妖怪还丑。

那份平日里在赌桌上的活跃，此刻却与桃夭毫不相干，她没有手痒去凑热闹的意思，甚至没有丝毫的兴奋，与在众人面前哭着喊着要赢钱的那个她截然不同，在视线扫过众多赌徒时，她眼中甚至像藏了刀。

谁也没工夫注意她这个不速之客，更没有人在嘈杂无比的环境中听到一阵若有若无的铃声。

她定了定神，腕间方平静如常。

这赌场面积颇大，她刚绕了半圈，突觉有人在后头拽她的衣袖。回头，一个比她还矮一截的年轻姑娘，又白又肥，圆圆的身材，仿佛甜瓜长出了手脚，穿得倒是富贵显眼，面上脂粉也齐全，整个人却透着淡淡的病气，仰着一张快要愁死的脸，不太确定地问："桃……桃夭大人？"

桃夭转过身，上下打量一番，嗯，不错，是这股子妖气了，就是淡了点。

不等她回答，这姑娘大到快凸出来的眼睛已然迸出光来，看到救星一样紧紧抓住她："我爹让我在外头候着，大人您可来了！！"

"你爹？"桃夭啧啧道，"都有孩子了？还这么大了……"

"大人快随我去见爹娘，再晚怕要出大事了！"她迫不及待地抓着桃夭的手从一屋子的赌鬼里穿过去，被几个熟客撞见，无不讨好着跟她打招呼："利大小姐忙着呐？"姑娘都没心思理他们，只敷衍地嗯一声。

桃夭被带到赌场北面，这位利大小姐火急火燎撩开墙上的一幅绣着"大吉大利有来有回"

字样的布帘，暗藏的走廊露出来，她回头："大人请进！"

这妖怪还是老样子，喜欢躲在不见光的地方。

走廊比桃夭想象中更长，七拐八绕的，总算是到了一扇金漆铺满财气逼人的大门前，门口还有两个壮如牛的汉子守着，手里握着的大斧头很能唬人，见来者是她们，忙侧身替她们推开门。

进了门，竟是另一番天地。巨大的夜明珠吊在最高处，光华不亚日月，花树假山，池水回廊，数间房舍横卧其中，皆玉石砌成，颜色清雅，精巧华丽，像是将哪里的山水美舍搬到这里一般。再仔细一看，各处植物并非真正开花结果，而是以黄金宝石制成的假花假果满置其上，璀璨夺目，见者无不咂舌。

桃夭看得垂涎三尺……这妖怪，果真不负妖中首富之名，实在令人眼红，哼。

前方带路的利小姐走得很快，短小的双脚跟离地了似的，像个被一脚踢出去的圆球，颇有些滑稽。

与外头相比，这一门之隔的地方近乎仙境，甚至比仙境还富贵几分，连温度都清凉宜人，一点不似妖怪的老窝。桃夭一边羡慕妒忌，一边默默估算着夜明珠加宝石能换多少钱，又顺口问道："倒是清静啊，一个人都不见，平日里你们这里应该热闹得很吧。怎的，现在连生意都不做了？"

"实在顾不上生意了。"利小姐擦了擦额头的汗，指着前头最大最靠里的一间屋舍道："大人，我爹娘就在那里。"

"好。不着急。"桃夭一笑，心头的算盘已然拨得震天响了。

不是笃信"有钱就有命"么，不是"绝不屈服淫威之下"么，喊，还以为它真这么硬气呢。

○ 4 ○

桃夭捏着鼻子，嫌弃地瞅着那只在床上吐血不止的"利老板"……不，是那只癞蛤蟆。

跟它是旧相识了，她向来喊它癞蛤蟆，哪怕它只是癞蛤蟆远亲中的远亲，远到说毫无血缘也可以。

华丽无比的雕花大床上，久违的金色癞蛤蟆裹着一看就很贵的绸衫，可绸衫下却又是人的身体，体型一如既往地短胖，只是总圆滚滚的肚子像被放了气一样蔫了大半，罕见地呈现出一种前胸贴后背的虚弱感，它勉强靠在床头，怀里抱个桶。它身边的夫人也很糟糕，同是半妖半人的模样，看那土黄色的脑袋，显然跟她夫君并非同族，大概只是一只普通的蛤蟆怪。虽然她也很难受，但还能勉强地坐在床边扶着夫君，在它抱桶狂吐血的时候心疼地轻拍它的背。

见此情景，桃夭忽然想，若利小姐她爹娘现在还有力气维持完整的人形，这一家三口就算是把"我们是亲亲一家人"几个字刻在脸上了,这世上你根本找不出还能比它们更像一家人的存在……像三个苦命的胖甜瓜。

但桃夭此时却笑不出来,这屋子里的血腥气实在太重,快赶上凶杀现场了,这癞蛤蟆若还是硬气着不找她,光看这出血量,顶多再撑个三五日,两个字——必死!

"你不记仇……我倒是很意外。"癞蛤蟆气若游丝,眼皮子都掀不太起来。它是少有的不拿桃夭当"大人"的妖怪,它甚至以自己年纪肯定比她大而自居,每每见了她,不但没有奉承恭敬之心,还敢说教她两句,要不是看它利蜍一族的数量日渐稀少且妖力特殊,她早就把这只癞蛤蟆碾成药粉了。

"我的气量比你的肚子大。"桃夭走到它面前,忍住让她恶心的血腥气,将它冰一样冷的手拿过来细细把脉,又翻开它眼皮看了看,皱眉道,"血气逆行,内息大乱,腐蚀溃败之象……明显是中毒了嘛。"说罢她又像遗漏了什么,将它的手腕抓过来又把了一会儿,眉头微微一皱,没有说话。

一家三口都变了脸色,利夫人难以置信道:"怎会是中毒呢?桃夭大人你可看清楚了?"

利小姐:"不可能!我们是不会中毒的呀!"

桃夭不答,一手一个同时把住母女俩的手腕,片刻之后,笑了笑:"你们一家三口若非中毒,我把这张床吃了。"

果然是一家人,当爹的不给她面子,连着妻女也不会说话……哪怕质疑她的人品也不能质疑她的医术嘛!这三个甜瓜,属当爹的中毒最深,妻女虽次之,但若再拖延下去,早晚也是个吐血而亡的结局。

但也确实奇怪,虽喊它癞蛤蟆,但它的血缘却与万毒不侵、自身便是天下顶级毒药的三眼青羽蟾更近,沾了这个光,血脉里的天然优势令人界的各种毒物对它们这种妖怪毫无作用,除非它们惹了不得了的人物,拿不得了的东西炼制出了不得了的毒……可这也不太可能,毕竟了解它们身份的人,无不希望它们长命万岁,因为只有活着的利蜍才有价值,"行走中的摇钱树"要是死了还怎么摇钱。再说它们的德行跟外貌很是相近,没有哪一处是锋利暴躁的,应该很难树敌,尤其还是要取其性命的仇敌。最重要的一点是,它们只吃自家生产的一种食物来维持生命——天生抗毒,又难树敌,又不乱吃东西……中毒真的很难啊。

不过,一家三口的脉象中,除了中毒,似乎又透着几分别的病症。

听了她的诊断,癞蛤蟆的脸色更难看了,又咳了几口血出来。

"我们万不敢质疑大人的判断,只是一时心急才口不择言。"利夫人突然跪下来,眼泪汪汪地抱住她的腿,生怕因自己失言惹她不悦,毕竟她们听到的所有关于桃夭的描述,除了医术高明就是脾气古怪杀妖不眨眼了,"还请桃夭大人救我们一家性命!"

利小姐也跟着跪下,也眼泪汪汪地抱住她:"大人跟我爹过往若有嫌隙,也请既往不咎,只要您能出手相救，任何条件我们都答应！"

桃夭转头看着病情最重的癞蛤蟆，似笑非笑道："任何条件都答应吗？"

癞蛤蟆当然懂她的意思，犹豫片刻，终是点点头——别的时候都能硬气，可这中毒的滋味太难受了！

"很好。"桃夭满意地笑出来，又扶起母女二人，"放心，我都来了，自然没有让我的病人丢性命的道理。"

得了这句话，母女俩才千恩万谢地起来，心中万般庆幸。

三颗药丸分别放到一家三口手里。"服用了这丸药就能好了？"利小姐喜出望外，桃都鬼医名不虚传！

"哪那么容易。"桃夭泼冷水，"都不知你们中的什么毒怎么中的，哪能现在就对症施治。这药丸不能解毒，只能暂时遏制毒性，十天之内可保性命无虞。"

一家三口有些失望，但也松了口气，起码有活下去的可能了。

服了药不久，癞蛤蟆的身体便舒坦了许多，心头那股翻涌的血气亦退去不少，连视线都变得清晰，甚至能自行下床走动，那蛤蟆头也化回了人头，终于不再是方才那个怪模样了。再看妻子，也顺利恢复了人样，母女二人的脸色都比之前好多了。

癞蛤蟆……现在是胖乎乎的利老板了，他嘴上不说，心里已然服气。他将桃夭请到厅堂里坐下，抱歉地说他们一家不好饮食，家中从不备茶水吃食，无法招待贵客。

那你把外头树上结的宝石果子摘几个给我也成啊……桃夭把这话吞回去，摆摆手一本正经道："我来治病不是做客。几时发现身体不适的？"

他想了想："约两个月前……"利夫人利小姐也赶紧点头证明确实如此。

"两个月……你们还怪能撑的呢。"桃夭揶揄道，"怎的，终于相信钱多未必命多啦？"

利老板胖脸一红："陈年妄语，不提也罢。"

"近一年可受过伤？进食习惯可有改变？家中可来过不寻常之人？"

三人一起回忆，继而不约而同摇头。

"我们这样的妖怪，做的又是这般营生，每一日过得都差不多，平日里也是偶尔趁夜去地上走走，说实话外头的世界对我们并无太大吸引力，能在这地下有一方安稳的家，我们已十分满足。"利老板握住妻女的手，"有了她们，我更无漂泊游荡之心，此处我经营多年，已成气候，不打算再搬迁别处，只希望余生能一家平安，幸福和乐。"

你倒是平安幸福，你家外头那个世界可一点都幸福不了啊……桃夭觉得有些好笑，这老妖怪有妻有女后，居然少了那么多锐气，眉目间好像都慈祥了不少。可惜，虽然他的愿望很美好，但他赖以为生的"事业"注定隐患重重，没准哪天就会把自己的性命送出去，就像这回中的毒一样。

"没有受伤没有乱吃东西也没有惹来奇怪的人……"桃夭思索半晌，一拍桌子，"那就只能是见鬼了！"

利老板扶额："我这里哪有鬼？！"

"全是赌鬼，还说没有？"桃夭笑笑，"你自己再好好想想，若无仇敌上门，那你们每天接触最多的便只有这些赌鬼了。"她起身，摸着下巴道，"你们素来只吃一种食物，而那种食物是如何得来的，你们心中有数，夜路走多终见鬼，我始终还是倾向于你们吃了不对的东西。"

三人面面相觑，有几分尴尬，嘀咕着怎么可能呢……

桃夭回头："我要是你们，便趁现在身子还过得去，速速去把近一年的账目顺一遍，看看有没有记错了账，吃错了东西。"

利小姐皱眉，对父亲道："爹爹，桃夭大人说的也颇有道理。若非那些账目出了纰漏，我想不出还有别的可能了。"

"可你爹记的账目，上千年都没出过错啊！"利夫人怀疑道。

"他年纪大了……"

"这……倒也是。"

○ 5 ○

"仙境"里最大的一间房子，便是利老板最要紧的"财库"了，房间一分为二，前厅待客做生意，钱与账本则存放于内室，来往取用十分方便。

此时，利老板在妻女协助下，正焦头烂额地在一堆账本中翻查。

无所事事的桃夭则在前厅晃悠，吸引她注意力的，是那杆用红丝线吊在台案上方的黄金秤，左右两个秤盘幽幽放光，秤杆中间坐着一只跟利老板很像的金色癞蛤蟆，当然不是活的，也是金子，一杆秤而已，却透着能把全世界都放上去称一下的架势。

桃夭凑近了些，像看个既讨厌又放不下的老朋友一样，细细查看这杆秤，这么多年过去，秤盘上不知又多了多少穷途末路的命运。

多年前，在她终于能自由往返于桃都与外界之间时，每隔一段时日，她都会与利老板碰面，说碰面都不准确，应该是明目张胆的跟踪与随时随地的破门而入，利老板烦她烦得要死。早年间他漂泊无定，不在世间任何一家赌档里做长期生意，一大半原因都是为了躲她。原因也简单，无非就是桃夭管他要一个只有他知道下落的"物件儿"，但他说什么都不肯，任凭桃夭死缠烂打威逼利诱，都不松口，气得桃夭在最后一次与他见面时放了狠话："以后你若得了要命的病，可别指望我！"谁知长得跟甜瓜一样的妖怪也是硬气，直说："有钱便有命！

你虽是桃都中不得了的角色，却也休想我屈从于淫威之下！"把桃夭气得……至此后再未与他碰面，想起这胖甜瓜就是一肚子火。

不过，话说太满易打脸这个道理还真是不放过任何一个"硬气"的家伙，兜兜转转这么些年，不还得烧纸烧到她这儿来吗，笑。

过了好一阵，利老板一脸愁容地从里头出来，请桃夭进去。

"你们存放财物的重要地方，外人进去合适？"桃夭挠了挠鼻子，"可别丢了东西回头赖我身上。"

"这话说得……"利老板叹气，"你还生我的气对不对？"

"哪有。"

"我不告诉你是为你好啊，你这妮子不领好意，还当我故意为难你？！"

"我不管，反正我若治好你们一家，你们不但要按规矩做我的药，你还得把我要的东西给我！你方才不是已经点了头，说任何条件都答应吗？"

利老板无奈："我既点了头，自然不会反悔。"

桃夭这才面露笑容："行，咱们进去吧。"

进了后头，堆积如山的金银财宝倒是没看见，只瞧见四面靠墙全是摆放整齐的账本，中间的书案上也放着一摞账本，利妇人与利小姐放下翻了半天也没翻出个所以然的账册，将求救的目光投向桃夭。

桃夭上前，随手拿起一本账本："没异常？"

"笔笔清楚，确实没有看出哪里不妥。"利老板皱眉，妻女也猛点头。

"近一年的账本都在这儿了？"

"都在，没有遗漏。"

桃夭摇摇头，跳起来坐到书案上，一本一本查看起来，边看边啧啧道："才一年就有这么多账目，利老板你生意可真兴隆啊。"

"毕竟是帝都，人多。"

房间里变得特别安静，只有桃夭翻账本的声音。

眼见桃夭的神色越来越严肃，利老板一家大气都不敢出，生怕打扰到她，可每当看见这除了账本再无别物的内室，利老板都十分沮丧，自他病了以来，便连一个铜钱都吐不出来了。

百妖谱云——利蜍，似蟾，喜居赌风兴盛之地，能吐金银珠宝，贷他人，化心为秤，量本利，以利为食，食不断则寿不断，富贵之妖也。

利老板千百年来干的就是这个，吐金银财宝是他天生的本事，只是这些钱财对他本身并无用处，只有拿去借贷他人，约定利息，待连本带利归还时，将利息化气成食，方得长生。而那杆黄金秤则由利蜍的妖心所化，专拿来称量每笔生意是否赚钱生利。幸而这杆妖秤与利蛏性命相系，只有它才能令其发挥非凡的作用，不然，它们利蛏一族应该老早就成为有心之人的目标，杀妖取心，炼化成能测生意盈亏的神器了。

表面看来它们做的只是简单的借贷生意，可实情并不简单。细看这满墙账本便不难发现账本分了颜色，大半都是黑色，只得极少一部分是白色。那白色账本中记载的，是正常归还本金加利息的账目，可黑色账本中记的，全是连本金还不上的"烂账"。不过，烂账虽多，却完全不必为利老板担心，利蛏绝不做亏本生意，不贷任何无利之本，每个找他借钱的人，必要亲手签下借条，借条内容很简单，除了写明本金数目与几分利息及归还日期之外，只有一条额外条款，大意是若借款人不能按时连本带利归还，便要以"自身之物"为替代，比如自己的寿数、健康、前程、容貌，甚至手脚五脏也可。签借条前，利老板会将条款内容及后果诚实告之，若对方仍然愿意，便在借条上以自己的血为墨，写下姓名年龄住所生辰八字，再在"如未能按时归还约定之本利总数，则以某物为替，自愿交出，绝无反悔"这一栏里写下自己选择的替代品，之后利老板便将要借出的本金跟这张借条各放一边秤盘上，若借条这边更重，则成交。

利蛏唯一的食物，便是"利息"，虽说都是利息，可比起以钱为息，这妖怪其实更喜欢作为替代的"自身之物"，因为那比钱更能增加自己的寿数与修为。乍一听，倒是个邪物了，可多年来利蛏并未被列入任何"必诛杀"的黑名单之中，无论天界昆仑还是桃都，都默认它们的存在，并不多加干涉。原因无他，只因利蛏手里的每张借条，都是自愿写下，不欺骗，不强迫，公道生意，而借款人能拿来做替代品的，也只能是自身所有。既是自愿之举，后果也当坦然承担。最重要的，利蛏虽居于赌风泛滥之地，却只管借钱收利，从不揽客，故而也难以安上教唆之罪。只能怪人心贪婪，无论哪朝哪代，做着以小博大不劳而获白日梦的赌徒们，从不见少。想来各位以惩恶诛邪为己任的大神们留利蛏存在，也是要给某些迷失本心的人类以教训，希望他们在领略了其中厉害之后，回头是岸。只可惜，利老板手里的账本只多不少，这多少要让诸神失望了……

桃夭的视线扫过账本上的每一条记录，偶尔口中还嘀咕几声。

时间又过去许久，在利老板一家越来越失望沮丧时，桃夭的目光突然定住了，她把账本送到利老板面前，指着其中一行问："此人你可有印象？"

三个脑袋立刻凑到一起，齐齐念出声来："郑雨良？！"面面相觑之后，利老板不是很肯定地说："好像有些印象……是个年纪轻轻的书生？"

利小姐加了一分肯定："是个书生打扮的家伙！我记得他。"

"为何你这么清楚？"桃夭问。

"他头一回输光了来借钱时，我爹不巧在茅厕蹲着，我怕他等急了，便自己去跟他讲了我们家的规矩，他听了后似有些犹豫，说回去想想。"利小姐努力回忆，"他这样犹豫的客人也常有，我们既不怂恿更不强迫人家借钱，所以便让他回去了。当时并不觉得此人有什么特别。大概过了两三个月吧，这人又来了，这次他十分坚决，很快便按我们的规矩写了借条，称过之后也成交了。"

"然后肯定是没还上。"桃夭看着账本上的数字啧啧，"此人可算是借了很大一笔本钱哪。"

利老板盘算一番："确实可观，近一年内数这笔借款最大。"

"自然是又全部输光了？"

"那我便不太清楚了，毕竟赌坊的进出账跟我们家不相干，我们与赌坊历来只是合作关系，账目各归各。"利老板看着墙上如山的账本，叹气，"你也知我的账本颜色代表什么，十赌九输，这些人借走的钱，千百人里未必能有一位如数归还，哪个不是借了又借输了又输。"

"那你应该很高兴啊，还不上钱的人越多，你拿走的'自身之物'就越多，让我猜猜啊……"桃夭摸着下巴，"你现在没有一万寿数也有八千了吧？"

"没有没有……哪有那么多！"利老板赶紧摆手否认，"你也瞧见那些账目了，即便我理直气壮接受'自身之物'，可我是有底线的，那些动不动就要拿出十几二十年寿数的赌徒，他们肯拿，我也不敢要啊，这凡人寿数改动太大的话，泰山府君第一个便要找我算账。所以我这儿顶天也只收一年寿数。所以我真不是你想的那样，我也是兢兢业业一点一点攒出来的收益，不容易啊！"

"好了好了，明明是妖怪里的顶级富翁，别把自己说得那么委屈又辛苦。"桃夭翻了个白眼。

"桃夭大人，金钱之于我们，不过是让我们活下去的工具罢了。若有其他方式可保命，我们也不想在这乌烟瘴气之地生活。"利夫人神情忧伤，"虽然我们已经很努力地把自己家与外头隔开，努力让这个家像仙境一样美好，可比起金屋玉树琳琅宝石，我却更爱地上那些承四季之美，能真正开花结果的花草树木，我也很羡慕那些四处游历自由自在的人类，可惜我们不可见日光，根本不能在地上的世界安然生存。我们从出生那天起，就跟赌徒们绑在了一起，离开他们，我们怕是连赖以生存的食物都拿不到。"

听了这一番话，利老板低下头，不安地揉着衣袖，利小姐也红了眼睛。

真是让人伤心的一番心里话呢，桃夭嘀咕一句："不可见日光？"利老板似是听到了她的疑问，心虚地把头埋得更低。

算了，这件事现在不重要，重要的是这个"郑雨良"。

"你们就不觉得奇怪吗？"桃夭举起账本，指着上头的两个字，"名声？！这郑雨良拿来当替代品的'自身之物'居然是名声？"

那三个甜瓜又面面相觑，不约而同道："有什么问题吗？"

桃夭看着那三张糊里糊涂的圆脸，叹气："亏你们还是做这一行生意的，竟然连账都算不清楚。"

"这是何解？别的不敢说，算账我们可是一流的。"利老板不服气，"而且经过我的秤的生意，只赚不赔的！"

桃夭不与他争辩，只问："你的账本上，除了这个郑雨良，可还有第二人拿过'名声'来替代的？"

利老板一愣，桃夭似乎问了一个他从未留意过的问题。

"如今找你利老板借钱的，只有赌徒，赌徒只在意能不能十赌十赢，能不能一夜翻身，既都是人见人嫌的赌鬼了，名声这东西不是早就被他们弃如敝屣了？！"桃夭认真道，"你那杆秤在称'轻重'这事上是从不出错的，一个输到要借钱的赌鬼，名声最不值钱，那郑雨良借了那么大一笔钱，而你的秤居然认可他交出的替代物……你当时就没有想过此间恐有蹊跷吗？"

此话一出，如醍醐灌顶，利老板一家的脸色都变了。

"可是……不应该啊！"利老板的脑门渗出了冷汗，喃喃道，"他的所有……完全是对得上的……"他想了半晌，终是笃定地对桃夭说："我拿来写借条的纸不是寻常之物，为防纰漏，比如有人胆敢冒他人之名来抵自己的债，那么他们以自己的血写下的姓名年纪居所及八字跟他本人是绝对对不上号的，所以，即便写下了内容也会即刻消失，成不了事。至于我的秤，就算我错了，它也不会错的，拿来替代的东西必是借条主人本身确实拥有的，它方能称出重量，否则便纹丝不动。几重核验，从无差错，我以性命担保！"

"越是习以为常的流程，越容易在习惯里出纰漏。"桃夭从桌子上跳下来，笑笑，"若你的秤没错，你也没错，那这笔账就更可疑了。方才替你们把脉，你一家虽是中毒，然血气之中又藏了反噬之象。"

"反噬？！"利老板一惊，"怎么可能？"

"妖怪遭反噬，必是拿自己的妖力干了什么天怒人怨的错事。"桃夭上下打量利老板。

"天大的冤枉啊！！"利老板都要急哭了，"我与那郑雨良毫无瓜葛，就是个再简单不过的借贷关系，哪曾对他做出天怒人怨的事？莫说他，所有来我这儿借钱的客人，我都是照足了规矩，没有半点逾越，这天怒人怨从何说起啊！"

"桃夭大人，我爹真没说谎！"利小姐的眼泪又出来了，"每张借条都清清楚楚，这约好的时间一到，他们按时还钱便罢了，我们只管将利息那部分拿出来化气服下；若还不了钱，他们留在借条上的血便成血引之术，无论他们身在何处，皆能以最有效且合理的方式取了他们说好的替代之物来，多年来皆是如此，从无错漏。大人，我们只借钱，不做任何不堪勾当。欠债还钱，不是天经地义吗？"

"既然你们对自己这么有信心……"桃夭挠挠头，"那这事便有趣了。"她想了想，问，"郑雨良提供的'食物'，你们是几时吃下去的？"

"大概半年前吧。"

"当时无事？"

"无事。"

"直到两个月前才毒发……"桃夭嘀咕，又问，"可知这郑雨良现在何处？"

利老板立刻着利小姐从一处暗格里取了个黑木箱子出来，打开，里头全是已经作废的借条，皆呈半透明状。翻了片刻，利老板抽出一张递给桃夭："他的借条在此！"

桃夭拿起细细一看，字倒是不坏，像是读过书的，就是他留下的那个住址……实在是太远啦！桃夭在利小姐拿来的地图上比画了半天，怎么看都极远。一切顺利倒还罢了，万一去了又生风波，这一来一回耗费的时间便不好计算了。她是没关系，但这三个倒霉甜瓜怕等不了那么久。

她思忖一番，又掏了三粒药出来："十日之后若我没有回来，你们一人一颗吃了，如此再撑上个把月没有问题。"

利老板接过药，有些不安道："你要去找他？"

"我的直觉告诉我，要解你们的毒，非得会一会这郑雨良不可。"

"那地方甚远……要是大人你一个月还没回来……"利小姐有点慌。

"莫说这晦气的话！"利夫人赶紧打断她，"桃夭大人是何等人物，必能顺利替我们解了这恶疾！"

利老板看着手里的药，倒是平静了不少："若此番过不去，也是天意，不怪你。"

"你当然不能怪我！"桃夭瞪他一眼，"又不是我害你中毒的。"

"当然。"利老板尴尬地笑笑，"此番不管我们一家结果如何，你要的东西我都会给你。若你归来时我们已然殒命，你便去赌坊入口处找那看门老头，我会留一封书信于他，你取来看了便知。"

这么一说，桃夭窝在心头多年的火气一下子便消了。"还是多说点吉利话吧。"桃夭将地图收起来揣好，"你们可以以任何一种方式死掉，但绝不会是毒发身亡，毕竟我还活着呢。"

有她这份不中听的承诺，还怕什么呢，只有感激涕零。

随后她又写了一封短信，封好后交给利小姐："一会儿你找个小厮替我把这封信送去清梦河司府，交给一位柳公子即可。"

利小姐忙点头："一定送到。只是大人你……"

"时间宝贵，耽搁不得。"扔下这句话，桃夭快步出了门。

可片刻之后她又折回来，指着外头嘻嘻一笑："此行路途遥远，你们装几个果子给我当盘缠如何？也不一定是几个，几十个也行！"

嗯，终究是本性难移呢。

尾

天明之时，她果然原路返回了。

很好，不但好手好脚的，身上还多了个鼓鼓囊囊的包袱，不知装的是什么。

在她往这边走过来时，司狂澜稍微侧过身子去，尽量不让她留意到在小店里坐了一夜的自己。

她似在思考什么重要的问题，皱着眉头，前后左右地张望比画，似在确定方向但又始终不太确定，又掏出一张可能是地图的纸来琢磨片刻，终于舒展眉头，转身沿着西面的一条岔路走去——那不是回司府的路。

司狂澜盯着她的背影，考虑是跟上去还是不管她，而她则边走边打量四周，大清早的岔路上几乎没什么行人，他眼见她越走越快，一眨眼间竟消失在他面前。

他心下一惊，快步追上去，可这条小路上除了几个远远走来的人影，再无她任何痕迹。

她是施了法术？！折腾了一晚上不回家还要去哪里？去瞧病还是捣乱？看她方才那副没睡醒的模样她分得清方向认识路吗？

站在暑热未散的小巷中，司狂澜望着她消失的地方摇摇头，这些突然冒出来的问题让他自己都觉得好笑，在外头坐了一夜已经够荒唐了，她现在去哪里跟他又有什么关系，反正耽搁了杂役的工作，扣她工钱便是。

不成，要赶紧让苗管家去抓药了，睡不好确实容易变蠢。他打了个呵欠，正要转身离开，一个毛乎乎的小东西飞奔而来，没刹住脚，一脑袋撞到他的腿上，摔了个滑稽的屁股蹲儿。

司狂澜看着脚下，皱眉："滚滚？！"

滚滚站起来，甩了甩脑袋，抬头冲他唧唧叫了几声，又举起爪子抓拉几下挂在自己脖子上的红色锦囊。

司狂澜取下锦囊打开，拿出一张卷起的纸条，展开，正是苗管家笔迹——大事，速归家。

他看了滚滚一眼："找人你倒是很厉害。"滚滚耸耸鼻子，神态很是得意。

日头渐高，街上也慢慢热闹起来，出城的路上除了早起的人们，还有疾行中的一人一狐。

与此同时，通往那陌生且遥远之地的路上，另一个家伙也在飞奔，好在她的疾行术比上回熟练了不少，只要不搞错方向，当能如期抵达吧……

昨夜的雨，没有下成，更热了。

逃亡

楔子

纵是化作白骨,化作烟尘,他的委屈还是在啊——桃夭心里都难过起来了。

○ 1 ○

"你便是清梦河司府二少爷?说好的百两黄金,拿来吧!"

司狂澜盯着那只伸到自己面前的手,几百年没洗过一样脏,小山包似的茧子凸起在粗糙的手掌上,连每条掌纹都透着理直气壮的意思——很遗憾它们主人的脸也没有比手干净到哪里去。眼前人仿佛刚从土里钻出来,辫了好多根乱七八糟辫子的脑袋加上一脸一身的尘土,连累本就破旧的衣衫连本来颜色都看不出来,一个破烂的背囊趴在她背上,一目了然的邋遢里又加几分落魄。

是个女的……如果把脸洗干净的话,可能是二十岁的年纪吧。苗管家派滚滚十万火急送来的"大事",就是她了。

司狂澜才刚刚进屋,这女的便直奔他而来。

"石姑娘你莫急,将事情来龙去脉与我家二少爷讲清楚,咱们再结账不迟。"苗管家见她如此"直爽",赶忙上前站在她与司狂澜之间,生怕两个脾气都不太正常的家伙起什么冲突。

司狂澜的视线却从他二人身上掠过,落在后面那个坐在椅子上东张西望的人身上——从冬天失踪到现在的司静渊,像是跟这女子从同一个地洞里钻出来的,灰头土脸,衣衫褴褛,胡子比菜市场的李屠户还长还乱,就这副尊容,谁敢认他是堂堂司府大少爷。更可气的是他那没事人一样的神情，坐在那里左挠挠右摸摸，好似是到了什么跟他无关却又十分新奇的地方，鼻子还时不时地耸一耸，本来没什么光彩的眼睛在看见放在盘子里的蜜饯时突然亮起来，也不管自己的手脏成什么样子，抓起一把便往嘴里塞，饿死鬼似的。

司狂澜看着只顾跟蜜饯拼命的兄长，表情没有任何变化，只是身周的空气突然冷了许多，把久久不肯散去的炎热都逼退了。

只有苗管家知道大事不好……那声"二少爷手下留情"还没说出口，司狂澜已然几步上前，一脚将司静渊连人带椅踹翻在地，咬牙道："真真是太纵容你了！"

蜜饯掉了一地，受了大惊吓的司静渊嗷一声，看都不敢看司狂澜一眼，居然手脚并用地飞速爬开，不要命地往房门外逃去，且逃的时候还不忘再抓一把蜜饯塞嘴里。

于是众目睽睽之下，司大少爷像一只四脚行走的动物，落荒而逃，转眼便消失在门外。

司狂澜追上去，顺手夺过外头正打扫中的小厮手里的扫帚，一脚踩断扫帚头，握着棍子冲了出去。

一个鸡飞狗跳的清晨，罕见地在司府出现。

沿途所有人都有幸看见二少爷在提棍追打一个很像大少爷的活物，可大少爷却跑几步就趴下去像动物一样四脚逃窜，跑出去一段儿又直起身子再跑，跑累了又四脚跑，整个人透着一股相当不协调的怪异感，整个司府里都是他的求饶声："别打我！别打我！"时不时还夹杂几声惊恐的不似人类的怪叫。

可二少爷哪里肯听，不管司静渊跑多快，是站着跑还是趴着跑，棍子永远能精准地击中他的臀腿。

苗管家紧跟在司狂澜后头，他深知此时谁也拦不住他，只能扯着嗓子大喊："二少爷，按家规也就一百棍顶天！你可数清楚了！"

一百棍？不可能！司狂澜置若罔闻，司静渊鬼哭狼嚎，整个司府好不热闹……

屁股上又挨了一下的司静渊，突然用尽全力朝前一蹿，竟整个人趴到墙上，又嗖一下凌空跳到斜前方的廊柱上，想方设法要甩开司狂澜。可不知是体力不济还是方向失控，在拐弯一纵时咚一声撞上了正往这边来的柳公子以及柳公子身后的磨牙。三个家伙哎哟连天地栽倒在地，幸好滚滚闪得快，跳到一旁看热闹。

"谁呀？一大早走路不带眼睛的！"柳公子揉着腰站起来，气恼地指着躺在地上喘粗气的倒霉家伙。

磨牙龇牙咧嘴地爬起来，瞧了瞧这冒失鬼的脸，旋即一愣："咦？大少爷？！"

"大少爷？"柳公子低头再仔细一看，顿时瞪圆了眼睛，"哟，还真是大少爷，这是怎的？游山玩水玩腻了，改讨饭了？"

啪！！司狂澜的棍子又凌空落下，打在司静渊的大腿上，痛得他弹起来，试图撞开柳公子逃跑，却被柳公子一把揪住，原本惊讶又戏谑的神情骤然消失，他半眯起眼睛，眼神却犀利如刀，牢牢锁住司静渊："哪里来的妖怪？"

"我……"司静渊一慌，还没来得及说下文，柳公子已然一掌击在他心口，只听得吱一声叫，跌坐在地的司静渊背上冲出一道光，在地上滚了好几圈后，竟化成一只灰毛老鼠。这厢的司静渊便跟死了一样，直挺挺地往地上倒去，亏得磨牙反应快，及时伸手垫住他的后脑勺，免了他头上长包的劫难。

晕头转向的老鼠还没闹清楚方向，尾巴便被柳公子一脚踩住。

"原来是修为低微的鼠精，难怪妖气一点都藏不住。"柳公子笑出声来，回头对司狂澜道，"令兄的身子，包容度十分可观啊！"

司狂澜的脸色比方才更难看了。

苗管家见此情形，大吃一惊，忙去司静渊身边，熟练地探了探他的鼻息，再摸摸脉搏，稍微松口气，然后无奈地对司狂澜摇摇头："又犯老毛病了……"

好了，大家心知肚明，回来的是司静渊，又不是司静渊。

"啧啧，这是唱的哪一出？"看了一路热闹的女子从司狂澜身后冒出来，好奇地打量着人事不省的司静渊，以及踩着老鼠的柳公子，揉了揉鼻子，"这是被老鼠精害了？"她毫不诧异，一副司空见惯的模样，只是嚷："这我不管哦，他可是跟我说好了的，只要送他来你们府上，你家二少爷必百金为酬！我送到了，你们不能赖账！"

情况一下子混乱起来。老鼠大概是缓过劲儿来了，虽然以它的本事根本看不出柳公子的本相，但却本能地感觉到此人身上散出的极度的危险——柳公子将它拎起来，看着看着……舔了一下舌头，情不自禁道："好久没吃过了……"

"吱吱吱吱，不能吃我！不能吃我，吱吱吱吱！"老鼠腾空踢脚，急得叫出来，"又不是我愿意来的！我又没有害人！"

"没有害人？妖物私占人类身躯已是重罪，杀了也不过分的。"柳公子对着它咧嘴一笑，"修为不高，胆子倒是挺大。"

"不是，我没有私占身躯，是这身躯的主人哭死哭活求我进去的！"惊恐又沮丧的老鼠生怕他们不信，用这辈子最斩钉截铁的语气诅咒发誓，"我若有半句谎言，便……便修行无望，生生世世都做一只吃不饱的老鼠！"

众人面面相觑，那姑娘见苗管家狐疑地望着自己，忙皱眉道："莫看我，我遇到他时他已经是这副模样，我只管送人收钱，别的一概不知。"

司狂澜扔掉棍子，深吸一口气："带回去再说。"

他早看出司静渊的不妥，自然也猜到这家伙又犯了老毛病，即便如此，这顿打还是要落到他身上，没别的原因，他司狂澜也要解解气罢了。一而再，再而三，三四五六无数次，这个人就从没有把他的训诫叮嘱放在心里，总是轻飘飘地将自己置于生死危难的边缘，早知如此，当初何必大费周章寻来无弦琴，就让他被占去身躯，从半命之人变成没命之人算了！

司狂澜拂袖而去，留众人手忙脚乱地将司静渊抬回去。

姑娘凑到柳公子身旁，朝他手中的老鼠精努努嘴："看你也是懂术法之人，报个门派认识认识？我叫石铁岚，三危派掌门，交个朋友？"

"无门无派，不用认识。"柳公子白她一眼，故意拉开距离，顺手扇了扇因她而来的灰尘，"我也不想跟脸都没洗干净的人交朋友。"

"嘿嘿，你说话这么难听，平时肯定有很多人想打死你吧。"她不但不生气，还从身上挂的破旧背囊里摸出一张皱巴巴的纸，硬要塞给柳公子，"不过你完全不必担心，我们三危派处理这种危机是专业的，上面是我们的地址，你拿上以防万一！"

柳公子自然是不会接过来的，只揶揄道："凭你也想保我周全？"

"不是要保你周全，是万一你被打死了又没个办后事的人，我们可以啊！我看你面相很是孤寡，也不像是有很多朋友的样子……"她干脆挡住他的去路，一本正经道，"实不相瞒，我吹拉弹唱样样在行，念咒诵经也不在话下，就看你喜欢哪种乐器，信仰哪个教派，反正只要交给我们，一定给你办得风风光光！白席人这一行，我说第二无人敢称第一！你好好考虑考虑？！"

落在后头的磨牙终是忍不住狂笑出声，这女子的身份竟比她的装扮还离谱。

"笑个屁！"柳公子扭头冲他龇牙咧嘴，"比起我，你才更需要这个鬼门派的帮忙吧？一百件事也没差多少了！"磨牙立刻闭上嘴。

"什么？这位小师傅更需要我们？"她眼睛一亮，立刻蹿到磨牙面前，"没问题啊，小师傅你虽然还年轻，但早早安排后事更是明智呀！咱们商量商量？"

"不不不，施主误会了，我不需要你们帮忙。"

"聊聊嘛，人皆有一死，小师傅你也不例外的。你若现在就将相关费用支付与我，我可以算便宜些的！"

"不是……施主你怎的那么自信我会走得比你早……我的年岁看起来明显比施主你小许多啊。"

"我会收徒弟的呀，我不在了他们还在嘛，这便是传承。"

"可我看施主不像收得起徒弟的样子……自己的饭都没吃饱吧？"

"呃……最近咱们门派的收入确实有些吃紧，所以小师傅你慈悲为怀，拉我们一把如何？"

"我没钱！"

"那你可有有钱又讨嫌仇人又多的亲朋好友，都介绍给我如何？"

"柳公子就是我的亲朋好友。"

"谁是柳公子？"

"你刚刚说要替他办后事那个男的……"

……

○ 2 ○

司静渊又一次悄无声息地躺在了床上，呼吸虽弱，但尚算平稳。

屋子里，老鼠精尖细的声音带着哭腔，慌忙地说："那晚我出去觅食，在那宅子墙根儿处的暗洞里，瞅见一个人倒在那里，有气儿没死，就是怎么都不醒，也不像喝多了，一点酒气都没有。倒的也不是地方，那暗洞上头掩着乱七八糟的杂物，多半是那人落进去时把一旁的东西碰了下来，刚好掩了洞口，若不是我喜欢到处乱钻，谁能发现犄角旮旯里藏个不省人事的家伙。可这到底是个闲事，与我无关，我正要走，却听到有人隔着墙有气无力地喊：'救命啊！有谁听到我说话吗？听到了吱一声好吗！'算我嘴欠吧，反正我就本能地……吱了一声，然后问他是谁。里面的人高兴坏了，马上又问我：'你一定不是人类吧？'我就很老实地回答我是鼠精，他又说总算等到救星了！然后便喊我试试看能不能附到那身子里去。一开始我当然是不肯的，虽然我修为低微，但也知道随便附身人类是会惹来大麻烦的，可对方拼命求我，说我要是不肯，这个人便危险了，我若能成事，便是救人性命的大功德。还说要我带着这身子去往京城清梦河司府，若成功到达，便找司府二少爷领赏，除了百两黄金，司府之中还有千年灵芝万年人参，只要我开口，也可赏我。能得这些灵物，对我的修为定然大有神益。说实话，黄金我不在乎，可这千万年的灵物让我动心了，加上我甚是羡慕那些能化人形的同类，总巴望着有朝一日自己也能体验一回做人的滋味，便鬼使神差同意了。"老鼠精越说越懊恼，"早知如此，我横竖不管这闲事。不承想千里迢迢地来了，灵物还没到手就挨了一顿打，还差点把性命交待了。"

司狂澜听得心中窝火，一拳击在桌上，害得上面的茶杯也跟着跳起来，再心惊胆战地落回去。

"确是大少爷能干出来的事。"苗管家在司狂澜耳旁小声说了一句，又问那老鼠精，"那人就没告诉你别的了？"

"他让我到了司府之后，除了找二少爷领赏，还得尽快带二少爷去救他，不然他就回不来了。"老鼠精认真道，"对没错，他就是这么讲的。我正要细问，这人的声音却跑远了，像在躲避什么东西似的。我最后听到的是一句嘶吼，'反正他们见了这身子自然什么都明白了，你快走！'"

司狂澜心里咯噔一下，但仍不动声色，问："你几时遇到他的？"

"一个多月前……"

苗管家皱眉:"所以你花了一个多月时间才找到我们?"说罢又将目光转向那个送它回来的人。

"别瞪我,我遇见他时,他都快渴死在荒漠里了,你们知道的,我们三危派主要负责送死人,这活人送起来可比死人麻烦多了,要不是他承诺我能得百金酬劳,要不是最近真缺钱,我都不爱来这一趟。"石铁岚赶紧解释,"你们可知这一趟有多远,路程有多崎岖坎坷,他连路都走不熟练,一会儿站着一会儿趴着,走不到二里地就哭着说走不动了,身上又一文钱都没有,还得我去雇车马,这才把这祖宗给你们送回来,你们还怪我来晚了不成?"

闻言,老鼠精忙不迭点头:"幸好遇到她,我头回得个人身,实在是难以驾驭,连路都走不好,单靠自己怕是十年都走不到目的地。"

石铁岚也猛点头:"我们是做好事,你们若赖账,我可是不依的!"

司狂澜压下怒气,问:"那宅子在何处?"

"就在……"老鼠精突然住了口,胆怯地看向柳公子,"你们对天发誓,我说了,你们便不能再吃我了!"

柳公子哼了一声,故意对它呲了下牙,吓得它一哆嗦。

"无人吃你,无论你是何身份来历,你都是司府恩人……恩鼠吧,司府从不做忘恩负义之事。"司狂澜又对苗管家吩咐道,"百两黄金,千年灵芝,你先备下吧。"

老鼠精松了口大气,石铁岚高兴得跳起来,又跑到司狂澜面前拍着心口保证:"二少爷是个爽快人,我石铁岚也是,以后你们司府上下所有人的后事都由我们三危派包了!不收钱!"

司狂澜挤出一个笑容:"那我还得多谢石掌门了?"

"不用不用,都是朋友了,不要这么见外哈哈哈。"石铁岚大笑,"都是缘分呐,我要不是往那里去办事,也遇不到这只老鼠。"

"石掌门也不要高兴太早,酬金虽然备下,却要等我们安然返回后才能交付。"司狂澜煞风景地提醒她。

石铁岚的开心立刻折了一半:"可我已经把人给你们送回来了呀!"

"你送回来的是人吗?"司狂澜反问。

"起码一半是吧!"

"那便只付五十金。石掌门领了便可离开。"

"不成!怎么就五十金了!行吧行吧,就按你说的办,大不了我再多等等。"

司狂澜笑笑,走到柳公子面前:"解了那老鼠的法术吧。"

柳公子偏过脑袋,在他耳边小声道:"不合我们桃都的规矩哟。"

"此乃司府,非桃都,你胳膊上但凡还有我司府印记,便要照我的意思行事。"司狂澜

贰·逃气

指了指床那头,"司静渊离开他的身体太久了,若没有这老鼠,他早该饿死,救人一命还不够抵它擅入人身的过失?你们的规矩不至于如此不讲道理吧。"

"二少爷居然为一只老鼠求情,看来也不像传说中那么不近人情嘛。"柳公子一笑,"好,天气太热,今天我卖你这个面子。"说罢,他手指一动,绑缚住老鼠精的无形之力瞬间解开,得了自由的老鼠精顾不得发软的身子,趴下来朝他们拼命磕头,多谢不杀之恩。

"回他那里去。"司狂澜朝床那头努努嘴,"之后还要靠你带路。"

"是是是!我马上回去!"

不消片刻,司静渊从床上坐了起来。见状,柳公子遗憾地嘀咕:"又吃不上了……"

"阿弥陀佛,吃不上真是太好了!"磨牙吁了口气,滚滚也吁了口气。很好,光头跟狐狸头上各被狠狠弹了一下。

不过,司府今早这场大戏,好像缺了点什么。

哦,少了一个最爱看热闹的人。今天起床就没瞧见她。是去瞧病了还是干别的见不得人的事,谁也吃不准,自打那夜知道她瞒着他们所有人在干的事,这些日子他嘴上不说,心里却总隐隐觉得这家伙在一点点地,越跑越远,而且,他们极大可能追不上她。

这偶尔出没的模糊的不安,令人心中如扎小刺,不痛,却颇不自在。

司狂澜分神的刹那,"鼠版"司静渊已经下了床,把他何处而来说得清清楚楚。

苗管家取来地图,众人凑上去,顺着他手指的方向看去。

"龙尾镇?"司狂澜看着地图上那块几乎到了西部边缘的地界,面色越发严峻,"好远的地方……"

"从咱们家到那里,即便挑脚程最快的马,不眠不休也要十多日……"苗管家忧心忡忡,"再耗费这么多天,不知大少爷那边会不会再生变数……且老鼠只闻声而未见人,墙后之人是否真是大少爷,尚不能完全肯定,这一趟去了,若出纰漏,来来回回要耽搁的时间便不可估算了。"

"行了,我吃点亏,带你们过去吧。"柳公子走过来,伸手往地图上比画了几下,"三天吧,再快的话我怕你们这些人吃不消。"

"你?!"司狂澜不太信任地看着他。

"我。"柳公子眯眼一笑。

石铁岚听了他的话,眼睛都瞪大了:"你唬人的吧,那么远的地方怎么可能三日到达?我不信。"

柳公子撇撇嘴:"这样吧,若我能三日到达,你那百两黄金分我一半如何?"

"这……"石铁岚犹豫了片刻,"分你一两如何?"

"滚!"

只有她不信,司狂澜苗管家都是信的,跟在桃夭身边的,连狐狸都不是寻常狐狸,何况柳公子。桃都，以及来自桃都的家伙，虽然于他们而言仍是个谜，但这个谜的力量，是可以被信任的，这是他们的共识。

"事不宜迟，收拾一下便出发吧。"司狂澜看定柳公子，"此番若能平安归来，当重酬。"

"我不要枕头那么大的红包！"柳公子赶紧摆手，"反正你这人情是欠下了，等我想好要什么，你再给我。"

"也好。"司狂澜点头，又对苗管家道，"你留在府中照应，有什么变故，我会设法通知。"

"是，二少爷放心，这边我会照应好。"苗管家又对柳公子一拱手，"此番有柳公子随行，我安心不少，你们万事小心。"

"我也跟你们去！大少爷平日里也没有亏待我与滚滚，他有难，我也想出一分力！而且……"磨牙顿了顿，又赶紧抓住柳公子的衣袖，生怕他拒绝，"虽然我跟滚滚不能帮你们打架，但你们万一要人跑腿送信干杂事，也多个帮手不是。你们是知道滚滚认路找人的本事的，必要时，我还可以帮忙诵经。"

柳公子正要回应，一个小厮跑到门口，拿着一封信："柳公子，有人送信给你！"

他接过信，拆开，桃夭那依然潦草但多少变好看了些的字迹映入眼帘——"最新的病号有些麻烦，我赶着去个很远的地方找解药，归期未定，厨房有什么好吃的先给我留着，勿念。"

柳公子把信递给司狂澜，司狂澜扫了一眼，不动声色地递给苗管家："该扣多少日的工钱，你仔细算好便是。"

"这丫头……"苗管家摇头苦笑。

"您别手软，就该狠狠扣她工钱，也别给她留好吃的。"柳公子火上浇油，"她要是在，也不用我陪二少爷跑这一趟了，这么热的天儿还要去那么热的地方，我也是命苦。"

"不苦不苦，我帮你扇扇子！"磨牙不知从哪儿抓来一把蒲扇，使劲给柳公子扇风，"带上我，一路上你都能享用徐徐凉风！"

磨牙话音未落，那石铁岚也抓来一把扇子，笑嘻嘻地给柳公子扇起来："我看他们都信你能三天到龙尾镇，那顺便把我也捎带上吧……你看这事儿多巧，我原本就是要到龙尾镇去的，要不是中途行了这样的善举，我早就到那儿了。反正留在这儿也拿不到酬金，不如与你们同去同归。"

柳公子笑着摸了摸磨牙的光头："带你去可以，但这事也得算在我替桃夭做的事情里，一百件啊，指日可待。"他又拉下石铁岚的扇子："带你去也可以，但你的酬金分我一半，半点价都不准讲。自己想清楚。"说罢，他扬长而去，留下磨牙与石铁岚大眼瞪小眼，在各自的底线上苦苦挣扎。

苗管家将地图收好交给司狂澜："那里地势复杂，万不要失了方向，天气炎热，多饮水，遇事不可急躁。"

"也不是第一回解决这样的麻烦了。"司狂澜揉揉额头,"这次将他抓回来之后,必送他去狴犴司吃牢饭。"说罢又抬头对苗管家道:"取无弦琴来。"

"是。剑也带上吧,以防万一。"

"嗯。"

其实这样的麻烦对他而言,从不具备数字上的意义——反正不论多少次,他都会义无反顾地去把他带回来,一次还是无数次,没有区别。只是这一回,他不但要操心不争气的哥哥,还总是会想起那个自他眼前,突然消失在晨光里的家伙。

此刻,日上三竿,暑气翻涌。司府从未如此忙碌过,收拾行李的,千叮万嘱的,讨价还价最后争取的,以及占着司静渊的身子吃光了六盘蜜饯的……原本平平无奇的炎夏的一天,因为两场突如其来的远行,变成了扑朔迷离祸福未知的路途的开端。

○ 3 ○

弦月挂深空,大漠万里遥,眼前景色跟诗人们说的差不多,可诗人们虽说过"大漠孤烟直,长河落日圆",也说过"葡萄美酒夜光杯",却都没有跟她说过这鬼地方的晚上也是这么热!

桃夭扛着一把铁锹,擦了擦额头上的汗珠,心头默默祈祷三更半夜挖坟顺利。

眼前这座新坟,陷在浅白的月光里,无限落寞,墓碑上刻的名字因为刚描过,特别清晰——郑雨良。

几个时辰前,她站在这个名为凤尾镇的偏远之地,眼前是好不容易才找到的郑家宅子,谁料迎她的只有紧闭的大门,以及屋檐下在燥热的风里摇摇摆摆的白灯笼。

敲门,无人应。她心下有不好的预感,但仍期望那白灯笼不是为她要找的人而挂。向邻人打听,答案正是她万万不想要的那个——郑家大公子两月前没了。

怎么没的?自尽。这下桃夭不觉得热了,身上的汗都成了冷汗。

两个月前此人没了,甜瓜一家也是两个月前毒发……若他们真是算错账吃了不该吃的东西,惹来这场看似中毒实则是害人性命所遭的反噬,那受害者若活着还好,将拿错的东西设法归还,尚有机会弥补,可受害者若因此丢了性命……生死已定,就算她桃夭出手,也找不到任何解药解此反噬之"毒",甜瓜一家性命,危矣。

一想到那三个甜瓜可能会成为她第一回救不了的病号,再热的天气她都没感觉了,桃都鬼医的金字招牌莫非要砸在这里?!

担忧、不甘、疲倦,蛇一样缠上来,再带着一丝头痛,桃夭在郑家附近的小食店里呆坐了大半日,难得的没什么食欲,只灌了一肚子凉水。

凤尾镇虽地处西域偏僻之地,没有天时地利的照顾,却拥有远超过预想的繁华与生命力,像一颗小而光亮的明珠，镶嵌在一望无际的大漠里，本地居民皆一副安居乐业之态，来往客商也算摩肩接踵。集市上甚多新鲜玩意儿售卖，各种气味的香料在干热的空气里乱跑，讨价还价声此起彼伏，随性而起的风里除了黄沙，还时不时带来清脆的驼铃声。随着时间的推移，夕阳渐浓，沙海如金，对见惯了中原风调雨顺景象的人来说，倒是另一番难得一见的好风景。

只可惜桃夭心情不佳，顾不上领略此处的美妙，满脑子想的只有一个问题——郑雨良真死了？

店小二说，郑家公子自尽的事，在镇子上闹得沸沸扬扬，下葬之后，郑家便闭门谢客，大家都猜是父母太伤心，又觉得没有脸面见人，只能把家门一关，暗淡度日。

伤心过度是正常，但"没有脸面见人"从何说起？

得了桃夭额外的打赏，店小二喜笑颜开，话也就更多了："郑家公子算是咱们这里的'名士'了，模样好，学问好，家世也好啊。就咱们这一带，从凤尾镇到龙尾镇，两镇十城中，郑家最富贵。听闻他们祖上是前朝大官，出身望族，只因时移势易，后人们自中原迁来了这里，虽不及从前风光，但瘦死的骆驼比马大，在我们这儿也是一方人物。郑家不但富贵，也重礼教，家中从上到下都待人和气，乐善好施的。郑公子他学富五车，却无心功名，开了私塾教娃娃们读书识字，遇到家贫的学生，还倒贴书本费，大家一直对他很是尊敬，觉得世上再没有如他这么德才兼备的好人了。"

"句句都在夸奖……"桃夭皱眉，"那这郑公子岂不是名声很好？"

"好得不得了啊！"店小二笃定得很，但旋即又惋惜道，"起码今年之前是非常好吧……"

"今年就不好了？"桃夭心头已想到原因，只是要个更确切的证据。

"岂止不好，简直一落千丈。"店小二左右看看，压低声音，"我也不是说别人是非啊，就事论事而已。大概就是小半年前吧，郑公子的私塾出了一桩……丑事。"他把声音压得更低，几乎是附耳道："他私塾里一个小丫头的舅父，没头没脑地堵在私塾门口，大骂郑公子是衣冠禽兽，道貌岸然不配做人，反正有多难听骂多难听。骂了好几个时辰，几乎闹到全镇都知道了，才罢休。"

桃夭不解："为何辱骂他？"

"咳……说郑公子对那孩子……"店小二都羞于启齿，"对那孩子行不轨之事。"

"啊？！"这理由是桃夭属实没有想到的……

"那小丫头无父无母，是靠瞎眼外婆勉强拉扯大的。当初是郑公子见她家贫却又好学，加上郑公子是个不重男轻女的人物，便免费让她入了私塾。本是众人称赞的大好事，谁知却是如此收场。"店小二直摇头。

桃夭又喝了一大口水，问："你信？"

"郑公子吗？"店小二很是为难，想了想才说，"我本是不信的，郑公子平日里名声多好啊，那么讲礼义廉耻又那么受人尊重的人,我是真的不愿相信。但……"他叹口气,"但这种事吧,先不论是否事实,一旦传出声儿来被旁人听到,说难听些,便是'黄泥落裤裆,不是屎也是屎'的事了,这种丑闻,比偷鸡摸狗难听百倍,对郑公子这样的人来说,简直是致命打击。"

桃夭皱眉:"若遭人诬陷,郑家不出来辩白?"

"当然辩啊,还报了官要与那舅父对簿公堂呢。"店小二继续道,"说起来,咱从来都不知道有舅父这号人物,都不知他从哪里突然冒出来的,扯着哭哭啼啼的小侄女闹完这一场,人便不见了,官府寻遍全镇也不见其踪影。问小丫头本人,她却跟哑巴了一样,任凭谁去问她都不肯说出实情,只晓得哭。至于她那瞎子外婆,就更说不出什么有用的话来,这案子也就搁置下来。郑家后来也花了不少力气去寻这舅父,却也徒劳无功,此人就像从世上消失了一般。虽说郑公子坚称自己是无辜的,是那舅父凭空捏造故意陷害,但毕竟全镇都知道了这桩事,这人心的走向就不好说了。有人相信郑公子无辜,也有人相信他就是沽名钓誉心术不正的畜生,只是平日里掩藏得好罢了,甚至还有些好事之徒将此事添油加醋地乱说,越传越不堪,连累到整个郑家都被嫌弃,以至于后来郑公子不得不停了私塾,成日里躲在家中不肯见人。这不,没多久就走了。"店小二不无惋惜,"其实我是真不信郑公子会干这种事,但我信不信又有什么用呢?纵是个谣言,他最要紧的名声也毁了呀。他又是顶看重名声的读圣贤书的人,走上绝路也不奇怪。只是哪怕他以死证清白,还是有人说他不过是畏罪自尽罢了……那些话,太难听了。我要是郑家人,也会闭门不出的。"

果然还是打赏好使,一点点钱便换来如此多的消息,虽然全是坏消息。但,让她怀疑之处也冒了出来。

"先不说这丑闻,郑公子平日里可有赌博的习惯?"桃夭突然问店小二。

"赌博?怎么可能?"店小二连连摇头,"郑公子那样的人,怎会出现在赌坊,我们当地的几个赌鬼我都认识,从未听他们说过在赌桌上见过郑公子。"

桃夭算了算时间:"这一年间他可出过远门?万一他去外地时忍不住上了赌桌呢?"

"不可能。郑公子自开了私塾之后,这几年再没有离开过凤尾镇了,娃娃们要读书,他哪有时间出远门,顶多往附近的地方去游玩几日。"店小二十分肯定,看桃夭脸上还有疑色,便指天誓日道,"您瞧咱们店的位置,郑家人来来去去都要打这儿过,我天天打这儿蹲着,瞧得一清二楚。我说姑娘,这人都没了,活着的时候已经够糟心了,你还要栽他个赌鬼的坏名声不成?"说到这儿,轮到他起疑了,打量桃夭一番,"姑娘你跟郑公子有什么渊源?"

店小二后面的话,她已经顾不得听也顾不得回答了,脑子里只有一个声音——郑雨良确实被利蜦"勾走"了名声,那专为泼脏水而来的"舅父"必是妖力所化之象,利蜦附于借条上的"血引之术"可谓变化万千,它总有法子取走约定的"自身之物",要带走一个人的好名声,可不就是造谣诬陷最有效吗……可最大的问题是,这个因为失去名声而死掉的郑雨良,极可能连帝都未踏足过,更遑论跟利蚖签下借条了。把不该吃的"食物"吃了,间接害死一条人命,不反噬它们还能反噬谁,中毒算轻,没降个大雷直接劈死它们已算上天大度。

所以,利蚖一家的"病",显然已经超过了"病"的范畴,棘手,相当棘手。可这中间究竟是哪里出错了?

啪!桃夭将几个钱拍在桌上,若有所思地离开了小店,留店小二一脸疑惑地望着她的背影。

转了几个弯,又打听一番后,她径直往铁器店而去。可能是太阳晒太多,又可能是今天没有吃饱,总之,在她踏进铁器店之前,已然做了一个很找死的决定。

为了不砸自己的金漆招牌,为了那三个无辜又不无辜的癞蛤蟆,机会再渺茫,也要试一试。

◦ 4 ◦

几片厚云遮了月光,土石围成的墓园沉寂地躺在不显眼的凹地之中,远近的沙丘如探出头的怪物,好奇地打量发生在暗夜里的一切。

桃夭先跟长眠于此的各位郑氏先人问了个好,再表示她接下来的所有举动都只是为了救无辜性命而不是故意冒犯亡者,请他们接着休息不要有任何情绪波动更不要爬起来打她一顿——呃,好像人界就是这个规矩,到了别人家,先跟主人家打招呼问好,是为礼数。

打过招呼,桃夭走回郑雨良坟前,举起铁锹插到土里,又搓了搓手,说:"头回挖坟,没什么经验,你莫介意,我也是没法子,谁让你这么快就没了呢?找你出来别的意思,我需要从你身上寻到线索,不然另外三条命就麻烦了,你若肯帮我的忙,你遭的冤屈也包在我身上好了。我数三下,如果你不跳出来反对,就是同意我挖你了哈。一——二——三——好的多谢。"

一锹,两锹……才挖了十几下,桃夭已然气喘吁吁,早知有这苦力活要做,当初就不要一个人急吼吼地赶来了,起码回去把柳公子带上,有他这条能劈天破地的大蛇在,小小一座坟还用得着挖?!不对,好像也不行,柳公子一出马,怕整个老郑家的祖坟都不见了吧……算了算了,自己挖吧……都怪自己这份为病患着想的该死的责任心!

她一边挖,一边盘算下一步怎么走,拿错了人家的东西,自然要还回去,这才是唯一救命的药。越快处理,利蚖一家得救的可能性才越大。

她顾不得窒息的燥热与飞扬的尘土,加快了速度。

可万万没想到的是,差一步就挖到棺椁时,一张无比结实的渔网从天而降,将桃夭整个困在其中。那网绳还不知泡过什么东西,一股子惹人作呕的怪味道,渔网之外,三个家伙从高处跃下,身手还不错的样子。为首的是个三四十岁的男子,家仆打扮,手里握着一根烧火棍,后头跟着两个相同打扮的十几二十岁的毛头小子,一人提菜刀,一人握铁锤,皆如临大敌。

贰·逃气

"总算抓到了！"几人落在桃夭面前。

带头男子打量她一番，颇有几分意外："竟真是个小姑娘？！"

"头儿，可别大意。"年轻人甲提醒道，"心术不正的妖人最会拿外貌迷惑人，看起来是个小姑娘，没准儿一肚子坏水。"

"没错，若不是个妖女，怎会干出这等丧心病狂的事来。"年轻人乙挥了挥手里的铁锤，眼里尽是愤怒。

桃夭听得头大，这些半夜不睡觉的人打哪里冒出来的，挖坟是不太对，但她不是还没挖出来吗，怎的就丧心病狂了？听他们的口气，就像逮着了一个恶贯满盈的惯犯一样。

桃夭扯着渔网："几位，你们莫误会，我……"

"误会？人赃并获哪来误会！"男子厉声打断她，"你与我们老爷夫人有何仇怨，公子去世已经害他们悲痛欲绝，你还做出如此灭绝人性之事，这跟杀了他们夫妇有何区别？！"

桃夭太讨厌被发臭的渔网困住的感觉了，完全不能挣扎，越挣扎缠得越紧，手里的铁锹也全不顶用，还成了个累赘。手里没别的武器，倒是有能将身形迅速缩小的药，但那味药的原料十分珍贵，就为一张破网消耗掉实在可惜。像当初对付张二狗一样直接钻进人身行操纵之术也不是不行，但实际上"那个人"是不许她使用此种法术的，说是她修为不稳，而人类的血肉之躯又是相对脆弱的存在，稍有闪失便可能为此人带来不可逆的伤害，严重的甚至会伤到对方魂魄乃至性命，若非十分必要，还是不用为妙……那要不再试试沟通一下？

"不是……我做什么就灭绝人性了？你们能不能听我说完，我……"

"住口！"男子再次打断她，大手一挥，"来啊，把她带回去，听老爷夫人处置！"

好吧，沟通失败。两个人把渔网绕得更紧，然后像提小鸡一样把桃夭提起来，快步往郑家宅子的方向走去，边走还边骂她。

这帮无知人类……桃夭安慰自己不要跟他们生气，天气这么热，挖坟挖了一半还是很累的，省点力气，待见到郑雨良的父母再图后计。毕竟从这几个笨蛋的反应来看，她也很好奇自己到底是背了一口怎样的黑锅，方才他们说的是"总算抓到了"，足见她干的事应该在之前就有人干过了。

郑家的墓园就在凤尾镇外北边，不远不近的距离，三个家丁一路小跑，恨不得一步回家然后看她的好下场……

赶在天亮前，他们总算把"妖女"带到了郑老爷郑夫人面前。

大厅上，烛光摇晃如鬼火，那一夜白头的郑老爷拄着拐杖，紧锁眉头盯着在渔网里扭来扭去的桃夭，问男子："就是她？！"

"正是！"男子拱手道，"人赃并获！我们亲眼见到她挖公子的坟！"

一旁的郑夫人听到挖坟二字，立刻哭出声来："我苦命的儿啊……你走了他们都不放过你啊……"身边的丫鬟赶紧扶住她，生怕她伤心过度倒下去，然后也跟着掉起泪来。

所有人的眼睛都红了，海水一样的悲伤简直要溢出这间屋子，搞得桃夭都有点不确定自己是不是真的丧心病狂了，毕竟她是挖了人家儿子的坟，哪怕是未遂。

郑老爷拄着拐杖的手都在微微发抖，他慢慢走到桃夭面前，忍住心头的愤怒问："你为何要一再欺负一个已经入土的人？你与我们郑家有何仇怨？还是你受谁指使？"

一再地欺负——桃夭听到这句话，已然确定自己是真的背了一口超级大黑锅。

"郑老爷，凤尾镇我是头回来，跟令郎也无冤无仇，这里头有很大的误会。"桃夭尽量放缓语气避免再刺激到对方，"要不您先把我解了，我们再好好聊聊？这渔网勒得我快喘不过气了，放心，我不会跑的。"

郑老爷却是一百个不信，转头看向那带头家丁："之前那老张头究竟是如何跟你讲的？"

家丁忙道："今儿白天他说有个扛着铁锹的小姑娘管他打听咱家公子葬在哪里，他见这丫头面生，觉着很是奇怪，正好我出去买了东西回来，路过他的店，他便将这事告诉了我，还说那丫头自称是公子远方的友人，特地来拜祭。我怎么听怎么不对劲，不敢耽搁时间，都没来得及向您跟夫人细禀，便喊上大李小李，带上家伙去墓园查探，果然在墓园见到她，再说，哪有人带铁锹去拜祭故人的，果然没多久她便挖起来了。"

哦，原来是白天她问路的那间成衣店，里头那个穿得跟花母鸡一样的老头子还真是嘴快啊。

"郑老爷，这便不对了吧，我虽不知令郎究竟有何遭遇，但你说他'一再'被欺负，我若是这惯犯，何须向那老头打听令郎葬在何处？"桃夭无奈道，"我真不是来欺负他的。"

众人面面相觑，冷静下来想想，她确实不像个"惯犯"，因为她甚至连铁锹都用得不是很熟练。

"但你挖坟是事实！"郑老爷的拐杖重重落在地上，"说，你这么做究竟有何目的？"

"你解开我我才说。"桃夭哼了一声。

"你……"带头家丁恨不得拿烧火棍痛打她一顿，怒道，"你说是不说！"

"不解不说。"桃夭努力仰起头，"你们不问青红皂白便将我胡乱绑来，信不信我告你们拐带人口！我说了我没有欺负你儿子，是你们误会了！"

郑夫人擦了擦眼泪，上前对郑老爷道："一个小丫头，解了吧，反正她也跑不掉，且听听她怎样说。"

郑老爷想了想，皱眉："解开！"

带头家丁只得不情不愿地解开了桃夭，并警告她郑家里外都布置了人手，若敢起那逃跑的心，就地打死。桃夭揉着被勒疼了的手腕，冲他翻了个白眼。

"现在能说了吧？"郑老爷保持最后一点耐心，"不要撒谎，说实话。"

桃夭挠了挠鼻子，说："是这样的，远在京城的几只妖怪因为操作失误染上了不得了的病，

贰·逃气

已到生死边缘,机缘巧合下,怕只有令郎有解救之道,我算是受托于那几只妖怪,本是远道而来寻令郎共谋解救之法,却未料到他已不在人世,故而才贸然挖坟,想从他遗体上另寻救命之法。"

一屋子的人都安静下来,连烛火都不怎么跳动了……桃夭很真诚地看着他们每个人,不是要实话么,她说了。

不知过了多久,郑老爷愤怒的声音几乎要掀了房顶:"把她关到柴房里!天亮送她去见官!"

"是!!"两个家丁上去摁住了她的肩膀。

"你让我说实话的啊,我说了你又不信!"桃夭也不挣扎,只看着郑老爷气到发白的脸,忽然问,"令郎说他没有做过那些事时,你是不是也不信?哪怕只是一刹那的动摇?"

此言一出,郑老爷如遭雷击,脸色从苍白瞬间到了惨白。桃夭乱猜的,但她觉得自己可能猜对了。

"把她拖出去!再乱说话便打断她的腿!"郑老爷跺着拐杖吼道,郑夫人跟丫鬟都赶紧上来扶住他不断安抚,生怕他一口气接不上来,场面一度混乱,家丁们正要将桃夭拖出去,却听得门外传来几声凄厉的尖叫,然后便是丢盔弃甲的动静,紧跟着又是一阵寒凉的妖风,从门窗旋进来,灯火骤熄。

身陷黑暗的众人还没回过神来,却听那丫鬟尖叫一声,整个人直接跌坐在地上,指着窗口结巴道:"公……公……公子……"

半开的窗外,不知何时站了一个人,微微逆光之下,只见其轮廓似个男子,一动不动,也不言语,尽管看不清面目,可觉得他一到来,这热到闹心的夏季便突然结束了。

家丁颤着手点燃灯烛,渐亮的光线落在房间的每一处,包括窗外人的脸上。

苍白如纸的脸上,失去神采的双眼沁着死气,木然地睁着,毫无生命力的视线越过屋里那些惊慌失措的面孔,不知落在了哪里。掠过的夜风费了很大力气才拂动他身上华丽却不与季节相符的厚袍子,如此高温之下,他额头鬓角不见一滴汗珠,由内而外的僵冷紧紧裹住这个身躯,他仿佛偷了一整个冬天才来到这里。

丫鬟吓哭了,家丁们也都愣在原地,大气都不敢出。

郑夫人从最初的愕然到号啕大哭,只花了很短的时间:"我的儿啊!!!"

眼见她哭喊着要奔过去,却被冷静的郑老爷一把拉住,又咬牙对丫鬟道:"哭什么哭,还不把夫人扶住了!"

丫鬟赶紧过来,抽抽噎噎地拉住郑夫人:"夫人……别……别过去。"

郑夫人哭得更厉害了,甩开丫鬟的手又要往前奔,亏得一个家丁反应快,赶紧拽住了,并哆嗦着说了一句:"夫人……那已经不是公子了……"

"胡说！是我的良儿！我的良儿啊……我……"郑夫人悲伤太过，晕了过去。

全场最冷静的桃夭一言不发，只冷冷看着窗外的不速之客——那不是个活物。

"又来……"郑老爷的愤怒超过了悲痛，现在他是拿拐杖当武器，气冲冲地出门去，将拐杖向着空气乱挥一通，怒斥，"禽兽不如的东西！他一个孩子，已经遭此劫难，你还不肯放过他！你与我们郑家有何怨仇？我活着呢，你冲我来，打扰孩子算什么东西！"

回应他的只有弥漫的热浪，以及在空气中丝丝缕缕飘荡的异味，还有那个站在窗前，从始至终保持着同样姿势的"孩子"。

他握紧拐杖的手突然没了力气，拐杖当啷一声落了地，而他自己也跟这根拐杖一样失去了支撑，一屁股坐在了台阶上，手指插进满头白发，无声地落起泪来。

家丁们跟到了门口，之前躲到角落里的小厮们也壮起胆子围拢过来，但仍与窗外人保持着距离，个个大气都不敢出，心头发毛地等着郑老爷的指示。

半晌，郑老爷终于狠狠抹了一把眼睛，说："抬走！"

得了令，众人忙跑去别处，片刻便抬了个担架出来，配合十分熟练，一看便不是第一回处理这种"意外"了。

"等一等。"桃夭站在离窗外人最近的地方，近距离打量了对方一番，然后在众人诧异的目光里，直接上手把了把脉，算是彻底确定了他真的只是一副早无生机的躯体，虽然站立如活人，却已隐隐有腐败之象。她放开对方的手，视线落在他的背脊上，忽然举起手掌贴了上去，皱眉，旋即又笑了笑。

"你在做什么？"回过头的郑老爷刚好看见这一幕，起身将拐杖用力一杵，对那群手足无措的家丁斥道，"还不将她拉开！"

"是！"

"几回了？"桃夭突然转身，看着郑老爷，反手指了指身后之"人"。

郑老爷愣住，上前拉人的家丁也不敢再动。

"你们也瞧见了，并非我带他来这里的，这大黑锅可不能让我再背了。"桃夭走前一步，冷冷道，"想解决问题，便与我说实话。"

虽然只是几个把脉摸背的小动作，却已让众人对她刮目相看了，试问哪个普通小姑娘在如此情景下不得吓晕过去，她不但没有半分惊吓，还敢与之接触，说话的语气也不同寻常，莫非她真是什么世外高人？可是高人又怎么会笨手笨脚挖人家的坟还被渔网困住抓回来……

"你……"郑老爷重新打量她一番，大约也是从她身上看出了不一般的东西，疑惑道，"你知道什么？你究竟是何来历？"

"我能知道他是怎么站在这里的。"桃夭一笑，"你们不也想知道吗。"说罢，她朝那些家丁招招手，"先让这位好好躺下吧，大半夜站在这里怪吓人的。"

众人这才赶紧过来，七手八脚地把这个本不该出现的"人"抬起来，小心地放到担架上。

躺下的他依然睁着眼睛，被动地望着这个已经不属于他的世界。

"你当真知道？"郑老爷走到桃夭身边，仍不太相信地盯着她。

"下葬以后，他经常自己'跑'回家吧，就如今夜这般。"桃夭直言。

众人大惊失色，此事如此诡异，除了他们郑家上下，再不可能有外人知晓，这初来乍到的丫头却是从哪里得知？！

郑老爷沉默片刻，终于开了口："加上今夜，四回了。"

"有时候就站在院子里，有时候靠着院里的树……上次是在老爷夫人的卧房里。"家丁里有人忍不住说道，"都是大半夜的光景，也不知是如何来的……墓园离咱们的宅子也不算近，谁都没瞧见过究竟是怎么回事，总是一抬头一睁眼，公子就在那里了。"他越说，大家心里越害怕，那个带头抓住桃夭的家丁也微微哆嗦着说："起初以为是有人恶作剧，又抓不着头绪，只得将公子送回去埋好。哪知却一而再再而三地发生这样的事，而且……"他顿了顿，往担架上看了一眼，又赶紧挪开目光，连嘴唇都开始哆嗦，"而且我们都发现，公子的身子……没什么大变化。咱们这里的天气是干燥得很，可按说都两个月了，怎么也不该跟活着的时候一般啊。出了这样的怪事，我们也不敢随便声张，本来公子的事就闹得够不好看了，如今他人已不在，还要遭此磨难，我们虽然害怕，心里也难受，可又寻不到解决的法子。实话是我们也不止一次在墓园蹲守，想抓住这个祸害公子遗体的家伙，但从未如愿。只要我们在墓园，必是一夜安静，绝无异常，可我们也没法子夜夜蹲守，今日听了老张头的话，结果真撞见了姑娘你挖坟，我们一时激愤，顾不得那么多，才将你绑了回来。"他有些抱歉地看着桃夭，"若此事真与姑娘无关，若姑娘真能解了我家公子的苦难，我们给你磕头认错，你想怎么报复回来都行。"话说到这里，其他人皆点头称是，不知不觉间他们已把桃夭视为最后的希望。

郑老爷全程皱紧了眉头，没有打断家丁的讲述，只是重重叹了口气。

遇到这种事换谁能不惊恐不头痛呢……也难为这帮不知其中玄机的人了。老来丧子够可怜了，还被吓唬了四回，着实不应该了。桃夭不再浪费时间，走到担架前，蹲下来，在布囊里翻了半天，取出个小拇指头大的绿色药丸来，伸手往亡者下巴处一点，那郑公子紧闭的嘴便张开一道缝，药丸顺势落进去，桃夭又一抬，合上他的嘴，这便大功告成了一半。

"你……你给我儿吃了什么？"郑老爷始终不是很放心，但见桃夭竟喂亡人服药，且出手如此熟练，心下对她的期望又暗增了几分，旁边的家伙们更是看得目瞪口呆，根本猜不透她是什么人物。

桃夭站起身，对他们做了个散开的手势："都走开些，莫挡着我做事。"众人忙扶着郑老爷站远了些。

不消片刻，只见担架上郑公子的遗体突然渗出了一股绿气，像活物似的在他身上来回旋绕，绕了十几遍后，绿气唰一下自郑公子心口处收了回去，只见他浑身如遭雷击一般猛烈抽搐起来。这一幕太过突然，众人吓得跳起来，连郑老爷都差点吓晕过去，紧跟着还有更吓人的——那郑公子抽搐够了，猛一下坐起来，双目仍如之前那般空洞，瞧上去更是令人心惊胆寒了。

众人下意识退得更远，捂着嘴，生怕下一秒就尖叫出来。桃夭只管盯着郑公子的后背，似在等待什么。

果然，一个黑黢黢的小玩意儿从郑公子的后背钻出来，无力地落在地上扑腾着，仔细看才发现它浑身黑羽，且生着四个翅膀，体型如刚出生不久的鸡崽一般，只是两只生了蹼的爪子却分外肥大，看上去甚是不协调。它一边扇着翅膀扑腾挣扎，一边用力咳嗽，一团团绿气从它扁短的嘴里吐出来，看样子是被呛得不轻。

"这……这是何物……"郑老爷又惊又急，一口气没顺下来，竟咳得比它还厉害，家丁们更是目瞪口呆，指着地上的小怪物说不出一句话来。

而更意外的是，小怪物不止一个，而是四个，接二连三地从郑公子背上掉出来，无一例外落在地上，咳嗽个不停，完全飞不动的样子。四个小怪物出来之后，郑公子咚一声倒了下去，再无任何动静。

"一，二，三……四。"桃夭点了点数，"嗯，齐了。"说罢，她弯腰将最先出现的那只小怪物拎起来，放在掌中细细打量，自言自语般道："你们呀，怎么这么多年来一点进步都没有，永远都是这么死脑筋。"

小怪物吐出最后一口绿气，似是缓过来不少，抬头看着桃夭的脸，米粒大的眼睛里透着不满，它用力扇着翅膀，嘴里也不断发出"冤冤"的叫声，听到同伴的叫声，地上那三只也跟着"冤冤"地叫起来，声音越来越大，刺得人耳朵疼。

"好啦！"桃夭捏住手里这家伙的扁嘴，"我知道冤枉，你们莫再叫了！再叫我便拿药化了你们！"

它们似是听得懂她的话，总算一一闭上了嘴。地上的家伙在吐尽绿气后，像是恢复了些体力，能飞起来了，然后便绕着桃夭咕叽咕叽地叫，想解救同伴又不敢得罪桃夭的样子。

"此人的事，我会处理，你们不可再插手。"桃夭对它们下了命令，"你们虽是天性使然，也无恶意，但吓到别人也是不对，万一吓死他们可怎么办？害了人命，我便饶不得你们了！"

那三个家伙落在桃夭肩膀上，虽点点头表示同意，却仍有些不甘心地叽咕叽咕叫，桃夭手里那只也哼哼唧唧，扭头不停地看向郑公子那边，说着谁也听不明白的鸟语。

"好了，我知道你骂得很难听，但光靠骂人跟吓唬人是解决不了问题的。"桃夭弹了一下它的脑袋，"有我在，你们还担心什么？是不相信我的身份还是我的本事？"

四个家伙歪着脑袋想了想，终是点点头，肩膀上的几只还用力抓了抓她，似在表示"那此事就拜托给你了"，煞有介事的模样很是好笑。

"那便说定了。"桃夭摊开手,"此番念你们是头回栽在我手里,也还听劝,便不再多罚你们,速速离开,今后绝不可再碰郑公子遗体,否则定不轻饶!"她瞪着它,又戳了戳它的爪子,警告道,"就算是好意,动别人一次就罢了,莫再一而再再而三地搞事情,人类的心非常脆弱,尤其上了年纪的,受不起惊吓,你们万不要好心办坏事!"

言毕,手里的家伙扑棱几下翅膀,成功飞了起来,跟它的同伴一道,绕着桃夭飞了几圈,又一阵叽里咕噜的鸟语后,振翅飞出了郑家宅子,很快消失在夜色中。

一气呵成,顺利收工。

桃夭吐出一口气,回头,见郑老爷等人表情无比复杂,心想今夜怕是没时间睡觉了,毕竟还要向这群呆瓜们解释方才发生了什么。

不过在解释之前,有件事得马上做。她快步走到郑公子身旁,只见此刻的郑公子不复之前模样,脸上手上,以及所有露在外头的肌肤都开始发黑溃烂,没了它们的妖气加持,入土不安的人也要恢复他该有的样子了。她本想让郑家人立刻将他送回墓园安葬,但突然又改了主意,迅速掏了一粒白色药丸喂进他嘴里。药很快见效,众人眼见着郑公子的面色恢复如常,甚至比他活着的时候还要红润,连渗在空气里的腐朽之味也消失殆尽,心中更是震惊得无以复加。

"你们找个晒不到阳光的房间,暂且将你家公子安置在里头。"桃夭吩咐道,"待我替那些妖怪办妥了这件事,再好生安葬吧。"

此时,再无一人敢质疑桃夭的话,她说的每个字,于他们都是天命圣旨。家丁们赶紧把郑公子抬走,剩下郑老爷留在原地,看妖怪一样看着桃夭。

"我说过了,我没有欺负他。"桃夭耸耸肩。

"你……"郑老爷心头挣扎了许久,终是朝她一拱手,"今日得罪了,未请教姑娘尊姓大名,何方高人?"

终于知道错怪好人了,桃夭舒了口气,笑:"本人桃夭,并非高人,不过是个喜欢到处乱跑的大夫。"

"桃夭姑娘……"郑老爷重新打量她一番,"年纪轻轻,竟有如此本领,是老夫浅薄了。请屋里说话。"

从阶下囚到座上宾,也就一个时辰。就知道去挖坟是没错的,虽然没有直接收获,但间接收获也颇为丰厚,这趟远行运气算是不坏?!

○ 5 ○

卧房中,醒转过来的郑夫人在喝了三碗定心汤后,才稍微能以较为平静的心情听郑老爷将方才发生的事复述了一遍。

"可那些四翼怪物……"郑老爷回头望着桃夭，又用力揉了揉眼睛，"我到现在都怀疑是否是我眼花，桃夭姑娘，可否解释明白？"

"神女蒙冤，投水亡，化逃气，形若玄鸟，四翼，平喙巨爪，身微而力甚大，遇亡者有冤，必藏背脊，趁夜携其出以警生人，消其怒则散，非恶妖也。"桃夭如他的愿，将那四个家伙的底细和盘托出，又怕他们再受什么惊吓，补充道，"是好妖怪来着，就是脑子简单，这辈子啥都不爱干，唯独见不得含冤而死的人，非得跑到遗体里把人家带出来，也做不了别的，只能如你们所见，大半夜瞧见你家公子'回来了'。它们的妖力虽不能令亡者如生，但也能延缓腐化，可若不出手阻止，它们很可能日复一日干这件事，你们就得反复受惊吓。不过阻止它们也不难，拿它们讨厌的气味将其熏出即可。但这是遇上我了，知晓它们底细，才能对症下药让它们离开，若没有我，便只能是你们替离开的孩子解了冤情还了清白，他没了委屈，逃气心愿达成，方会离开。可话说回来，你们这些寻常人又怎能了解逃气的初衷，多半都只当成一件吓人的怪事而已。"桃夭叹了口气，"但也没法子，这种小妖怪连人话都不会讲，也不善于沟通，只会用这一种方式告诉活着的人，这个已经离开世界的家伙，很冤枉，很委屈。"

郑氏夫妇听完，发了许久的呆，以他们的见识与认知，在今夜之前，是断然不肯相信这世上是有妖怪的。

良久，郑夫人的眼泪终是又涌了出来，揪着自己的心口道："我何尝不知道我的良儿冤枉……那天大的屈辱，我们却无能为力。"郑老爷咬紧牙关没有说话，只跟着垂泪。

突然，郑夫人掀开被子跳下来，不管不顾地给桃夭跪下："姑娘，你既是冲良儿而来，又有这般大的本事，能不能帮我们替良儿洗脱冤屈？他这么年轻，那间私塾是他心血所在，盼着孩子们健康长大，学有所成，是他最大的心愿。从小到大，他没有干过一件龌龊事，他说读书并非只读书，当要明理且存善，万不能辱没了圣贤书，他把这些话都刻在心里的呀……"郑夫人越说越伤心，泣不成声，"那栽赃嫁祸的人，比把刀子直接捅到他心上还要狠呐！杀人不见血……我知道，就算良儿以命自证，外面仍有人将那谣言当作事实，有人甚至说……说良儿是畏罪自尽。"郑夫人说不下去了，整个人摇摇欲坠。

桃夭赶忙扶住她，心头也颇不是滋味，怎么办呢，总不好跟她讲她来找郑雨良的真实目的，是为了救间接害死郑雨良的妖怪吧，之前对郑老爷说的那些话，不过是随口应付，她知道郑老爷根本不会信她，她甚至都想好了如果要送她见官他得怎么脱身……但现在，面对这个悲伤至极的母亲，说出实情无疑伤口撒盐，可能还要多生事端，真真是说不得，唉。

"桃夭姑娘，内人所言，亦是我心中所哀。"郑老爷居然也扑通一声跪下，老泪纵横，"是我对不住良儿，对不住他呀。桃夭姑娘，我上了年纪，却不糊涂，你虽来得突然，但我此刻已看得明白，你对我们家全无恶意，你之前说是要寻良儿遗体以求救命之法，虽不明就里，

047

但想必你去墓园自有你的道理,你不想说,我们也不再问。若良儿真能帮你救人,你只管做你的事,我们绝不阻止,只求你在解救他人之际,看在我们这对无能为力的老夫妻面上,帮良儿一把。"郑老爷说着说着,突然给了自己一耳光,哭道:"我生为良儿的父亲,却连个妖怪都不如……今日之前,我虽难过,却想着人死万事休,再没有替良儿洗脱冤屈的念头……可躺在土下的良儿,纵是化作白骨,化作烟尘,他的委屈还是在啊……妖怪都知道,我却不知道。"

纵是化作白骨,化作烟尘,他的委屈还是在啊——桃夭心里都难过起来了。

"起来吧。"桃夭一手一个扶住他们夫妇,"我既跟逃气保证过了,自然要把此事办妥的。"

夫妇二人心中大石落地,感激涕零地站起来,不住地向桃夭道谢。

将郑夫人安置回床上,桃夭严肃道:"事已至此,我有几个问题,你们一定如实回答。"

郑老爷忙点头:"知无不言!"

"令郎近一年间,确定不曾去过京城?"虽然店小二言之凿凿,但她仍要再次毫无差错地确认这个问题。

"绝对没有。"郑老爷笃定道,"良儿每日只来往于家与私塾之间,就算带学生出去游玩,也只在附近,我曾在他年幼时带他往京师游览过一番,之后再未踏足。姑娘为何会有此疑问?是否与良儿的遭遇有关?"

桃夭点点头,心下只觉事情更麻烦了,一旦这个答案被其父亲口证实,便等于陷入死胡同,一个根本不是郑雨良的人是如何让郑雨良替他"还债"的,且一介凡人,还是个身无长物的赌鬼,又是如何骗过了充满利蝰妖力的借条以及从不出错的黄金秤?她想了很多种可能,都觉得难以实现。

见桃夭脸色不对,郑夫人又急忙道:"桃夭姑娘,我们以性命作保,绝无半句谎言。可良儿跟京城究竟有何瓜葛?是他在京城惹了什么祸事,才有人追到凤尾镇来设计报复?可京城非一两日可来回,他日夜都在我们面前,怎可能分身去如此遥远的地方?"她急得顾不上喘气,一股脑儿将心头疑问全倒出来。

分身?!桃夭眼前突然一亮,但很快又觉得不对,郑雨良不过一介读书人,全然不懂术法,能搞出一个分身去千里之外,又怎会轻易为谣言自尽冤死?说不通。

事情陷入了僵局。

也是难得,从没有哪回治病治得如此曲折麻烦。桃夭用力挠了挠头,随口一问:"那这一年来,可有什么特别的人物来找过令郎,又或者他自己结识了什么朋友,且这朋友对赌博之事颇为热衷?"

"特别的人物?好赌博的朋友?"郑氏夫妇一头雾水,想了许久,郑老爷摇头:"并无什么特别的人物,且我郑家家风严谨,不但我们自己人不许沾赌博之事,也不会同有此恶习的人过多往来。"

"哦……确实是恶习。"桃天尴尬地笑笑,那按照郑家的标准,她这种经常出入赌坊的家伙大概是连进郑家大门的资格都没有吧……幸好他们什么都不知道。可他们什么都不知道也不行啊,难道只能回头找柳公子用老方法查明郑雨良生平及死因?但这又得多耽搁多少时间……

正烦恼时,候在一侧的丫鬟突然说道:"老爷夫人,我记得大半年前,二公子来找过公子,住了一夜便走了。那几日你们正好出门办事不在家,你们回来后我跟你们禀报过,怕是忘记了?"

郑老爷一拍脑门:"啊……对对,你不说我都忘记这件事了。"

"二公子?"桃天觉得奇怪,"二位还有个儿子?"

"非也。"郑老爷摇头,"说来是二十年前的一段缘分。"他握住郑夫人的手,回忆道,"那时我与夫人自外地归来,半路遇到少见的暴雨,只得进了一间荒废的庙宇躲避,进了庙才发现已有人先我们一步到达,也是一对赶路的夫妇,巧的是两边的夫人都有身孕,再一寒暄,得知对方竟与我们同姓,只道这是难得的缘分,我与那郑先生相谈甚欢,两位郑夫人也颇为投契,如见了本家人一般亲切。孰料这还不算什么,后面的事才更是千载难逢的巧合。"

"是啊……"郑夫人接过话来,此刻只有这遥远而开心的回忆能让她的脸色好看一些,"那天的雨下得太大了,从白天到半夜,丝毫没有停止的意思。天亮前,我与那位郑夫人竟同时发作,两个孩子呱呱坠地时,时间不差分毫,这样的巧合,千年都未必一遇。"她的嘴角竟浮出了微笑,双手甚至本能地环起,像在抱一个看不见的婴儿。

郑老爷见状,一阵心酸,继续道:"素昧平生的两家人,因为一场雨相遇,同姓氏便罢了,还同时为人父母,连孩子的出生时辰都仿若一人。为了纪念这匪夷所思的缘分,我们给孩子也起了一样的名字,雨夜遇良人,我提的雨良,他们也十分喜欢,就此定了下来,只因我比那郑先生年长一岁,便让我的孩子做了哥哥,也约好即便两家不在一处,以后也要当亲戚一般常常走动。后来几年,他们一家也来过凤尾镇几次,我让家里人都管他的孩子叫二公子,当他是我们良儿的亲弟弟一般对待。只是后来,郑先生家出了变故,我们失了联系。直到五年前吧,他家的孩子才又来拜访我们,说他父母已双双离世,因缘巧合下,他从外地搬到了龙尾镇,虽然离咱们凤尾镇还有些距离,也算半个邻居了。"

桃天现在只想发个枕头那么大的红包给这帮了大忙的丫鬟……想不到事情的转机居然来得这么快——世上竟有同年同月同日同时生的两个郑雨良!真是让神来插手,都未必能有这么巧。

"后来呢?"桃天拼命压住心头的狂喜,"这二公子可经常来府上?"

"嗯,常来,他虽为生活所迫,早早便没有念书了,但良儿与他也很谈得来,当他亲弟弟一样，教他写字作画，他也很有天赋，学得很快。我们念他孤苦伶仃，便留他在家中长住，大概两年前，他说还是要出远门去长见识，便离开了凤尾镇，去了哪里我们也不得知。直到半年前他才突然到访，恰巧那几日我与夫人都不在家，自是良儿热情招待了他。此事我竟忘得一干二净。"郑老爷拍拍脑袋。

丫鬟又说道："二公子来得突然，且喝茶吃饭都心不在焉似的，公子问他可有什么烦心事，他却说并没有，只是旅途劳顿，我还听见公子问他去过多少地方，现在以何谋生，他都含糊带过。公子留他多住些日子，他不肯，只住了一夜，翌日一大早便走了，临走时公子还送了他不少盘缠，还有笔墨书籍什么的，之后他便再没有出现过。直到公子出事，老爷派人去龙尾镇寻到了他，他来吊唁公子时，十分悲恸，跪着跪着便晕了过去，最后还是我们遣了车马送他回到龙尾镇的家。听送他回去的车夫说，他似是在龙尾镇的一个戏法班子里做事，不像过得很好的样子。再后来，便无人再提起他了，毕竟家里出了这么大的事，加上公子又吓唬了我们好几回，人心惶惶的，哪里还管得着个外人，姑娘你今天不问，我也想不起这一遭。"

她可太喜欢这个话多的小丫鬟了！

"还有一事。"她突然问丫鬟，"二公子那日离开后，你家公子可有受伤？无论大小，反正会出血的那种。"

丫鬟又仔细想了想，说："受伤倒是没有。但二公子离开的那天，公子吩咐我备一些驱蚊虫的香料，说他房中可能有蚊子或者别的咬人玩意儿，给他胳膊上留了好几个红点点，痒痒的痛。我还奇怪呢，那时的天气怎会有蚊虫。"

"红点点……"桃夭心中缺失的线索，大概是找到了。

这个坟，没有白挖。

○ 尾 ○

清晨，桃夭站在这间阳光照不到的屋子里，默默看着躺在面前、宛如沉睡中的郑雨良。

来之前她预想过各种见到他时的场面，友好的，不友好的，都有，却万没有想到他们的初次见面便是在生死两端。

关于这个年轻人的一生，她只能用很短的时间从别人的口中来拼凑，他的优秀与珍贵，如烟花一样散在了空气里，除了逃气那种认死理的蠢妖怪，无人听见黄土之下的悲泣，更无多少人在意那些已与生死无关的伤口。一条性命，只是街头巷尾的谈资，对错真假并不重要，反正躺在那里的不是自己。比起这样漠然的脸孔，那几只黑毛小鸡的面目倒也可爱起来。

她想，如果他还活着，人间大概会多一个良善的教书先生，也会少一些因念不起书而模糊了前途的孩子，不知在那间再也没有他的学堂里，会有多少人想念他？

人类的性命，总是脆弱至此。一句话，一把刀，杀人不见血。

雨夜遇良人，多好的一句话啊。所以，任何一个将这句话变成一把刀的人，都该死。

"救活你是不可能了，但欠你的东西，我一定带回。"

郑雨良身前，立起三炷新点的香。那是桃夭对他的，微妙的歉意。

白天的太阳毒辣得很，远处的沙丘在热浪里烦躁地晃动，像随时想逃跑的怪物。

几只叽叽喳喳的鸟从头顶飞过，桃夭背好行囊，半眯着眼看看天，随即快步走出了院子。

从凤尾镇到龙尾镇，应该很快吧。

叁 护门

楔子

护门，妖中门神也。

○ 1 ○

桃夭拒绝了郑老爷以车马相送的好意，离开时只管他们要了通往龙尾镇的地图，还有一条可以遮蔽风沙的长巾以及一个新的水壶，郑夫人塞钱给她，她也一反常态地拒绝了，并非嫌少看不上，就是觉得从这样一户受尽磨难与委屈的人家里拿钱有点烫手。以后谁再敢说她见钱眼开，她自是有了理直气壮啐他一脸的底气，哼哼。

可底气归底气，天气还是个鬼天气，热得想脱掉一层皮不说，一路上光是吃沙子都吃饱了，最恼火的还是干燥，身体里水分消失的速度比喝水快多了，桃夭实在想不通为什么会有人愿意把家安在这样的地方，晒肉干儿方便？

然而以上都不是最要命的，最要命的是她又搞错方向，否则有疾行术在身，她现在早该抵达龙尾镇，说不定连晚饭都吃上了。

可现在……她站在一片光秃秃的沙丘上，呸呸吐着嘴里的沙子，水壶里的水也没剩下多少，隔着鞋子都能感受到脚下一片火烫，虽然她体质与常人不同，不畏冷热，可不畏不代表无感，尤其在人界的时间长了，这身体好像也入乡随俗似的往寻常人靠近了不少。此刻想来，还是桃都的气候舒服，四季如春，清风朗日，好吃的也多，好喝的也多……可桃都再好，现在也不能回去，唉。

她晃了晃发胀的脑袋，掏出地图研究了半晌，发觉要在这浩瀚无边的黄沙大漠里分清东南西北，简直比把司狂澜嫁出去还难一百倍。抬头看太阳，低头看自己的影子，柳公子曾教过她以此法来分南北，她却学得马虎，分辨半天，不是很有信心，也不敢再轻易运起疾行术，万一越走越偏就更烦了。

四下环顾，无人经过，连个给人走的道儿都不见，天晓得她偏到哪里来了。

孤单单站在这大漠之中，一个人渺小到随便一阵风沙就能把她抹掉，无法控制的空茫虚无瞬时爬满心间，强压下去的疲惫一旦被勾扯起来，手脚便跟灌了铅一样，很难再挪动半步。差点忘记了，从京城到郑家，再到这无名之地，她竟没有休息过片刻。

好吧，身体闹脾气了。

顾不得头上脚下的炽热，桃夭一屁股坐下来，耷拉着脑袋叹口气，治这一遭病可真不容易。

抱起水壶猛灌几口水，脑子稍微清醒了些，心想着休息休息再去辨方向可能更稳妥。四周除了偶尔的风声，没别的动静，目之所及只有高低错落的沙丘，以及散落在不远处的，不知是牛马还是骆驼的白骨。

太安静了，桃夭的目光从白骨上收回来，却又发现除了白骨，也没有什么别的好看了，天空跟沙丘绵延不绝，大到乏味。

好无聊。

再次确定四周除了自己再无活物时，桃夭心念一动，鬼鬼祟祟伸出左手，再低声念了几句咒语，一团疾风从她掌中生起，风过之后，那两寸高的小人儿又站在她的掌心里，一脸没有睡醒的样子。

她抬起手端详，嗯，在得了猫遒与鬷厵那样的大妖盖章之后，她的"成果"比之前的模样好看多了，鱼尾总算成了双脚，手也不再是猫爪爪，屁股上的狐狸尾巴也消失不见，就剩下背上的白羽翅膀跟脑袋上的鹿角了，虽然还是有点怪，但起码一眼上去是大半个人样了，甚至还……有点可爱？！

不过，可爱不是理所当然吗，毕竟是照着她桃夭的模样长出来的小东西呀，嘻嘻！

"知道这回我为啥那么辛苦给三个蛤蟆治病吗？"桃夭戳了戳小人儿的脑袋，"利蜍看起来又丑又不起眼，可它们却是名副其实的大妖，吐钱便罢了，还能以血引术隔空作乱，非一般妖物可及。等到它们给我盖了章，你的模样应该就能完全得我真传了。"

小人儿打了个呵欠，眨巴眨巴眼睛，嘴里发出婴孩学话时的含混声音，叽里咕噜的。

桃夭将它捧得更近了些，笑道："等了却了利蜍这桩麻烦事，或许你就能正经说话了，现在还只能当半个小哑巴。"

看着桃夭近在咫尺的脸，它歪着脑袋想了想，又踮起脚睁大眼睛，好奇地打量她的眉目，嘴里仍时不时发出一些疑惑的声音。

"为啥要把你带到这世上?"桃夭叹了口气,把它放到地上,"当然是让你去找你的糖儿大姐呀,你们配方相同,你注定是她躲不开的小狗。"

它却压根儿没在听桃夭那些奇奇怪怪的比喻,头一回踩在热腾腾软绵绵的沙子上,它的注意力全在这新奇无比的触感上,跟个刚会走路的小宝宝一样,从试探到惊喜,竟绕着桃夭高兴地蹦跳起来,很快便没大没小地爬到她脚上,又借助翅膀的力量,半爬半飞地攀到她的头上,又淘气地一跃而下,才不管落地姿势对不对,一脑袋扎进沙子,再手忙脚乱把自己拔出来,居然还能开心地拍着手咯咯笑,然后又把以上过程重复再重复,玩得不亦乐乎。

桃夭拿出前所未有的耐心,耷拉着眼皮充当它的玩具,只不断安慰自己,这不是个傻子,她费尽心力亲手带到这世上的怎可能是个傻子……它只是还不完整罢了,忍耐!

跳高跳腻了,它又找到了新玩法,抓着桃夭的辫子在半空里荡来荡去。桃夭也由得它放肆,荒芜的天地里有这调皮鬼陪着,好像心情能变好一些。

"说到你的任务……"桃夭斜眼看看玩她辫子玩得兴起的小东西,像在跟她聊天,却更像自言自语,"不瞒你说,自打出事之后,我找它归找它,可我这心里吧,横竖觉得不对劲。"她屈起腿,顺势把下巴支在膝盖上,手指在沙子里无意识地划拉着,"那是桃都的八冥洞啊,又不是随便一个洞,那里头机关遍布封印重重,飞只蚊子出来都很难,所谓看守,也就是走个过场……当然,我那天的确是走开了一小会儿,失职也算事实,但那时它没手没脚,成天躺在铁盒子里,哪来的本事溜出八冥洞,甚至偷着出了桃都?"

半空中的小东西自是不明白她的疑惑,玩辫子玩累了,总算肯落到地上,学着桃夭的样子也屈起腿,气喘吁吁地把脑袋搁在膝盖上。

桃夭转过头,拿手指头摁了摁它的背脊:"不管怎样,你得争气。既是在我手里丢的,完璧归赵才算圆满,我可不想搞得像欠了老家伙什么似的,你懂的吧?"

小东西头也不抬,只又学着她的样子,在沙子上乱画。

她收回手,目光投向远方:"完成公事,才好去做私事。只不过,我的私事若做成了,他们早晚会知道。"一阵风刮过,她微微眯眼,"那时,桃都怕是容不得我了。"

一个奇形怪状的沙堆又成了它的新玩具,越堆越高,像梦境里被扭曲了的世界。

桃夭见它堆得高兴,也来了兴致,帮它把那个世界越堆越大,一大一小两个家伙不带任何目的与计划,在枯燥的沙子里尽情寻找乐趣。

以上的话,她放在心里许久,却不能对任何一个人讲,不可以是柳公子,不可以是磨牙,不可以是她身边的任何一个人,当然,滚滚也不行。从头到尾,她要做的事,只能靠她一个人。所以,刻在灵魂最里头的孤独,也是最大的保护。

"可跟你说我就不怕了。"桃夭笑看着忙碌的它,"你都不算人。"

说罢,她轻轻吐了口气,心仿佛变轻了许多,疲劳与莫名的低沉也消失大半,几句话而已,倾倒出去竟也有奇效。

小东西挥动着翅膀,在半空中打量自己的作品,歪瓜裂枣的世界大概在它看来也是美不胜收的,看了半晌,它皱了皱眉头,似有哪里不满,想了想,它肚子一鼓,嘴里吹出一口气来,竟在半空中化成了小小一场雪,纷纷扬扬落在那沙上的世界,看上去就真的像一场梦了,还是一场美梦。它高兴地在雪里转圈。

桃夭吃了一惊,旋即想起盖章的妖怪中,确实曾有过能驭风雪的小妖怪,心下立刻高兴起来,没想到这小东西尚不完整便已颇为争气,虽难能有百妖谱那般通天的本事,但能继承她那些倒霉病人的几分技能,集众家之长,寻到逃犯当指日可待。

嘿嘿,都是她桃夭的功劳,除了她,谁能想出小狗追大狗这一招。

看着这场下在方寸之间的雪,她似乎看到了希望。只可惜它的能力还是太微不足道,雪下了片刻便没有了后续,任它腮帮子鼓成癞蛤蟆,也吹不出第二场雪。

它一屁股坐在地上,有点沮丧。

"行了,玩够了。"桃夭将它捉起来放回手心,脑子里却在使劲回忆盖章的妖怪里有没有谁分辨方向特别厉害的。

它噘起嘴,意犹未尽地坐在她的手心里。

桃夭站起身,正要将它收回去,却突然想到了一件要紧的事:"啊,该给你起个名儿了。厉害的家伙,必须有个响亮的名字!"她皱眉:"叫什么好呢?"

它好像有点明白,脸上露出几分期待。

"你不是一本册子,所以自然不能喊你百妖谱二号。"桃夭认真地思索,越想,肚子越饿,她眼睛一亮,"喊你饼饼吧!!热乎乎香喷喷的肉饼子!!"

它脸一垮,倒在她手心里翻滚踢腿,从头发到翅膀的羽毛,每一根都在表达反对。

"不喜欢啊?"桃夭挠挠头,"那叫二狗子好了。"

它不但滚得更厉害,还嚎了出来。

"那还是叫饼饼吧,好不好?好!"桃夭笑嘻嘻地摸着它的脑袋,然后把地图展到它眼前,"饼饼啊,我现在的心病就是分不出方向,你看看,咱们往哪个方向走,才能走到画圈圈的那个地方?"

饼饼瘪着嘴,扫了那地图一眼,抬手指了个方向。

桃夭大喜:"好孩子,等你长大了,请你吃天下最好吃的饼子。"她双手一合,将饼饼收入掌中,随即信心百倍朝它给出的方向而去。

沙子堆起的世界很快散在风里,无人知道,在这不辨方向的大漠一隅,有人曾留下一闪即逝的心里话。

叁·护门

○ 2 ○

饼饼果然青出于蓝……起码在辨别方向这件事上胜她百倍。

不远处,一座小城窝在宽阔的凹地里,自雪山而来的小河在附近潺潺而动,河岸上,葱翠的草地肆意蔓延,生机勃勃,一群羊散在那里,不慌不忙地踱步吃草,叫不出名字的野花从石头缝里招摇而出,拼命向所有人证明自己是此地最美好的存在,专属于夏季的生命力,在它们身上一览无余。比起凤尾镇,这龙尾镇似乎更得老天偏爱,活成了大漠戈壁中的一颗明珠。

但此刻,明珠微瑕。

除了一直昏黄低沉的天空与时起时落的风沙败人兴致之外,空气中原本清新的花草湿土之香被各种奇怪的气味彻底破坏掉了——混乱的药味,香烛纸钱燃烧的烟气,仿佛几年不洗澡的汗臭,全部搅和在一起,冲鼻得很。所有龙尾镇的人好像都聚集在城门外,还没走近便能听到各种嘈杂的声音。

"怎么办,都三天了!"

"三天都没动静,他们是睡着了还是……真急死人了啊!"

"咱龙尾镇从来太平,莫说妖怪,连贼人都不曾有过,怎会突然惹来蛇妖?"

"如今只能靠道长了!"

"可道长都做了快三天的法了……还是啥动静都没有呀。"

"做法又不是做饭,那么大个妖怪,肯定要花不少时间呐!再说里长不是已经派人去寻更厉害的高人了吗。"

"咱这儿地势偏远,就算找到真正的高人,山长水远赶过来,怕也来不及了……那么大一条蛇妖啊,一口能吞十个人吧?!"

"呸呸,什么晦气话,它这不还没吃吗。且道长说了,蛇怕雄黄,咱们能找来的雄黄粉都用上了,你看那蛇妖不是躲起来不露面了吗!"

"它不露面又如何,里头的人就这么干躺着,再过几日,不是渴死就是饿死,横竖都活不了。"

叽叽喳喳,叽叽喳喳——桃夭从此起彼伏的焦虑与恐惧中穿过,城门外的人没有谁把注意力放在她这个不起眼的外乡丫头身上,只顾焦急地望向镇子里,垂头丧气或者哭哭啼啼。

真的好多人啊,桃夭好奇地打量他们,明明城门大开,每个人却都是一副有家不能回的模样。再往门里一瞧,她愣了愣——龙尾镇中的街道房舍之间,处处都是人事不省的男女老少,以各种姿势歪七竖八地躺着,还来不及装进篮子的瓜菜散得到处都是,茶寮食肆的桌上留着刚吃了一半的茶水饭菜，倒在桌下的人手里还捏着筷子，所有人都像在瞬间被抽走了魂魄似的，只留一个毫无用处的躯壳，把镇外的人吓个半死……幸好，尚在微微起伏的心口证明他们还有呼吸，给外头的人稍微留了一点活路。挤在门前的人们用力拍打眼前的空气，动作却如拍在坚实的门板上一样，每个人都用毕生最大的力气喊着自己亲人的名字，当然毫无用处，镇子里头的一切仍跟睡死过去一般。

"完了完了，要赔掉老命了！这样的天气，再不把酒送到窖里去，怕是都要废掉了。我这是造了什么孽呀！怎么就进不去了呢！我再拉回去也来不及了呀！"桃夭身后，满脸尘土的中年汉子抹着眼泪，一屁股坐到地上哽咽不止。

没有人在意一个送酒的人，他们此刻所有的注意力，一半在门内，一半在那个闭目掐诀，盘腿坐在城门外的年轻道士身上。

也许只是一个路过的、出没出师都还不知道的少年，凭着低微的本事跟一颗为民除害的心，摆出了一个条件有限的法阵，但……横看竖看都不是很可靠的样子，若真是要吃人的大蛇妖，他的本领多半是不够看的。

桃夭被这一大群人吵得脑子发胀，她挤出去走到城门前，但还未完全靠近便觉察到异样——她抬手往前推了推，眉头一皱……推！不！动！所以，看得见的门是打开的，而看不见的门，严丝合缝——整个龙尾镇，被彻底关起来了。

桃夭看看自己的手掌，又闻了闻，留在掌心的，除了坚固真实的触感，还有些微不易察觉的气息，不算妖气，更像是将死之物的最后一点挣扎。

有意思。若龙尾镇真被什么怪东西"关"起来了，那另一个郑雨良最好是在里头，可不能让他再跑掉了。

桃夭在人群里兜了一圈，从七嘴八舌的哭诉与夸张的描述中，大概整理出了龙尾镇的遭遇。三天前的傍晚，龙尾镇本来一切如常，谁知突然一阵地动山摇，镇子上的人在毫无防备的情况下，接二连三地倒了下去。与此同时，镇上的一座老宅里竟撞出一条大蛇来，可它只露了大半个身子便又落了回去，之后就再无踪迹。也在此时，外头的人想要进镇子去，却发现无法进入了，眼前明明大门敞开，却偏似有铜墙铁壁，将所有人牢牢挡在外头。不少担心家人安危急得失去理智的人硬要往里闯，无不撞个头破血流。大家这才确定龙尾镇上闹妖怪了，甚至当即就有人说谁家的太奶曾说过龙尾镇的地下藏着一条成不了龙的妖蛇之类的话，搞得更加人心惶惶。之后便如桃夭猜测的那样，被挡在镇外的人里刚好有个路过的小道士，大家便将他视为救命稻草，求他推伏蛇妖。他推脱不过，虽已尽力，可惜折腾三天也不奏效，龙尾镇依然内外隔绝，睡过去的家伙仍是一动不动。关在外头的里长急白了头发，已经差几个腿脚快的去最近的道观寻真正的高人来帮忙收妖，可最近的道观离此地也有十几日路程……

那蛇妖你们可还记得模样？

当然记得！青色的，鳞片闪闪发亮，眼睛红得吓人，身子比龙还大！

比龙还大？你见过龙？

那倒没有……就是觉得。

好吧……最近龙尾镇上来过什么特别的外乡人吗？比如带着狐狸的小和尚？

好像有，不确定，没留意……

得到这些答案后的桃夭，用力挠了挠头，心头只冒出几个字——不会这么巧吧？如果真如她所想，那么此行她可能遇到了比龙尾镇被"关"更奇特的事。但不可能啊，某蛇应该不会犯这样的错误，现了原形不说，还被普通人看到了？桃夭边胡思乱想边往前走，不管怎样，绕镇一周观察观察再说。

可绕了一大半，直到暮色降临也不见有任何异常，破解之法更无从说起。

但是……桃夭突然嗅了嗅，依然燥热的空气里，怎么有一丝无比熟悉的，毛茸茸臭烘烘的味道？！正疑惑时，有尖锐的声音传来——

"放开我！你扯我有什么用？我又没本事把他们弄出来！我也着急啊，我也想进去啊，我头都想破了，这不是没办法吗！"

"呜嗷呜嗷！"

"你已经咬坏了我的背囊，再咬坏我的衣裳我可不客气了！"

"呜嗷呜嗷！"

"哎哟，你们两位要吵要打架，能不能先放了我，吱吱吱？"

桃夭定睛一看，夜色中，一个头发衣裳都乱糟糟可能是个姑娘的家伙，挥舞着少了半边衣袖的手臂拼命挣扎，而她身体却像被什么牵制住了一样，硬是前进不了半步，只能听到一阵清晰的从牙缝里挤出的嗷嗷呜呜的声音。

不待桃夭走近细看，只听刺啦一声，那姑娘的衣裳大概又烂了一块儿，整个人朝前一扑，以极不好看的姿势扑倒在桃夭面前，然后，露出了身后那只叼着一截破布的……半灰半白的狐狸。

人狐对视，桃夭还来不及说一个字，已经被飞扑过来的家伙狂喜地抱住了脑袋，短胖的尾巴在她脸上兴奋地扫来扫去，害她连打了几个喷嚏。

不是留了信给他们的吗，怎的这么远还追过来！不对……狐狸的鼻子是厉害，当初能寻她寻到洛阳，可京城到洛阳的距离能跟到此地相比吗？所以……该吃几个好菜庆祝一下才对吧，千里之外都能偶遇这几个祸害，真让人开心啊呵呵！

石铁岚爬起来，呸呸吐着嘴里的沙子，指着桃夭跟滚滚诧异道："你认识这狐狸？"

桃夭把滚滚从头上扒拉下来，边阻止它舔自己的脸边打量她："你欠这狐狸钱还是饭？"她注意到对方腰间还拿黑色丝线拴着一只垂头丧气的老鼠精，心下便知她非普通角色了。

"明明是他们欠我钱好吧？千里迢迢送人回来，说好百金相酬，结果一个子儿都没给我人就没了！"石铁岚愤愤道，又将桃夭上下扫视一番，眼里顿时又有了光，"你既认识这狐狸，莫非你也是司府的人？"

桃夭皱眉："我是司府的杂役。你与司府有何牵连？"

"你当真是司府的人？"她眼睛更亮了，"那你跟我回去当个人证，证明我确实把他们带到了目的地，这样府里那姓苗的大叔也会把报酬给我的吧？大不了我不要一百两了，五十两也行啊！"她又自顾自埋怨："唉，早知不贪多了，一开始就该直接拿五十两走人。"

"什么叫一个子儿都没给'人就没了'？"桃夭的眼神冷下来。

滚滚仿佛得了天大的靠山，站在桃夭肩头冲着石铁岚龇牙咧嘴，狐仗人势得很。

"哇，你小小年纪的，眼神咋这么吓人。"石铁岚退后一步，"又不是我害的，那地方也不是我要进去的，我还被吓死了呢！"

桃夭把神情放缓和了些："给你半盏茶时间，前因后果说与我听。有一个字不详不实，你以后就没机会花钱了。"

石铁岚撇撇嘴："黄毛丫头好大的口气，有求于人的态度不该是这样吧？"

"还想不想要你的报酬了？"

"事情是这样的……"都不用一盏茶的时间，石铁岚天生一张好嘴，声情并茂、手舞足蹈、事无巨细地就把她送司静渊回家，后又带领司狂澜、柳公子、磨牙、滚滚一行人到龙尾镇的经过讲给桃夭听了。

桃夭看了看滚滚："属实？"

狐狸点头。

桃夭望着眼前这座在昏沉的夜色中"动弹不得"的小镇，一言不发。

按石铁岚所说，他们一到龙尾镇，便在鼠精带领下直奔那抓住了半个司静渊的宅子而去。那地方是龙尾镇上出名的"鬼宅"，几时建起的无人知晓，反正从大家有记忆时它便一直荒废着，无人敢住。多年前也曾有人动过拆掉它的心思，可工匠们无论用什么法子都无法拆掉宅子的大门，它就像长在地上一样岿然不动，刀砍斧劈水淹火烧皆不能损它分毫。大家认定这宅子怪异，便再不敢继续动手，甚至还把拆掉的部分草草复原，从此不敢染指。此事越传越玄乎，久而久之，便有了"鬼宅"之名，龙尾镇上的居民谁也不会靠近此处——关于"鬼宅"历史这部分，其实是鼠精讲的，毕竟它算是龙尾镇的原住民。它说龙尾镇还有一个人尽皆知的怪事，便是此镇从无破门盗损之事，但凡来镇上光顾的蟊贼，无一人得逞，那些被抓获的贼人皆亲口承认他们撬门入室时，总会被一声不知来处的厉喝吓晕过去，等到醒来时，无一不是鼻青脸肿地躺在鬼宅大门前，身体也仿佛被定住了一样动弹不得。也有不信邪的老贼，非要来此地一展身手，却也落得相同下场。

叁·护门

没了贼人的侵扰，龙尾镇上百姓的日子虽不得大富贵，但也算安居乐业平静无波。而大家对"鬼宅"的态度也从最初的忌惮逐渐变为了敬畏，总觉得盗贼们在镇上的遭遇与那扇岿然不动的门有关系。经年累月，他们已习惯它的存在，就此和平相处互不靠近，任它在岁月里屹立不倒。最近几十年间，每到天下不太平之时，还有人偷偷往鬼宅门口摆放香烛祭品，怕不是把此处当作保护神来拜祭了。所以，只有司静渊这种不知深浅的外乡人才会跑到这座有"背景"的宅子里去，也只有来找这个外乡人的外乡人才会毫无顾忌地跟着进去。

但问题是，他们进去了，却也没有找到司静渊。

石铁岚说他们摸黑进了宅子后，发现里头也没有什么大不了的，楼高三层，宅子无比宽敞，亦无比破败，零星的家私四下散落，蛛网层层，积灰厚得可以埋人。他们从一层寻到顶层，皆无所获，没有得到任何与司静渊有关的线索，只有一个稍微可疑的细节——他们在一楼的角落里发现两把断掉的弯刀，虽然古旧得不像这个时代的东西，但它是这个宅子里唯一没有灰尘的物件。不知道谁落在这里的，大概并不是什么要紧的东西。

司狂澜回到顶楼，寻了个靠窗的位置，席地而坐，取出带来的无弦琴，凝神闭目，瞬间入无人之境，一团蓝焰自他拨弄"琴弦"的指尖而出，于空中化成一条柔韧细亮的线，悠悠转转片刻，便得了方向，不慌不忙地往地板下钻去——"无弦琴响，凡人不闻，妖邪难近，琴音可通天地，唤游魂。"——司狂澜弹得是十分熟练，却苦了身旁几个听众……石铁岚还好，根本听不到琴音，修为最低的鼠精就难受了，捧着脑袋说疼死了，像好多针在扎，柳公子也觉气息不畅，滚滚更是吐着舌头有气无力躺在磨牙怀里，甚至连磨牙也突觉得心口一阵阵隐痛。同为司府中人，司府三宝之一的无弦琴却一点都不给他们面子。

柳公子喊他们全部出去，不要站在司狂澜身边，可话音刚落，四周连同脚下便突然剧烈摇晃起来，如山崩地裂，好好的地板瞬间化为旋涡，将在场的所有人用力拖入其中。事情发生得太快，石铁岚说她只觉天旋地转，身子像被无数只手牢牢箍住，死命往旋涡里拽，眼前只有一片混乱，看不清听不清。在她觉得自己就快窒息的时候，有人拽住她的胳膊往上拉，可力道似乎还不够，拉扯片刻，她的手滑脱出去，顺带扯坏了半只袖子。她以为这次必死无疑了，千钧一发之际，一个青光闪闪的带着鳞片的东西突然靠了过来，将她不断下沉的身体整个卷住，之后她仿佛听到砰一声巨响，然后身子竟突然变得轻松无比，如鸟一样飞起来，在呼呼的风声里飞了不知道多远才扑通一声掉在一片沙地上。缓过神爬起来时，她只觉得脑袋疼得很，原来滚滚跟鼠精正一左一右紧紧抓住她的辫子，两个家伙吓得瑟瑟发抖不敢睁眼，只拿她的辫子当救命稻草，死也不松开，疼得她大吼："松爪！我会秃头的！"

凄凉的声音回荡在只有风声的城墙外。

他们是脱险了，但就在他们被抛出鬼宅的同时，龙尾镇上的人也全部倒下，随后整个龙尾镇被彻底锁死。而他们几个在镇外徘徊三天，翻墙，挖土，各种法子都试过了，无效。眼见着带的干粮也差不多吃光了,石铁岚说去别处想想法子,滚滚觉得她就是想撂挑子走人,便弄出了方才那样的场面。

"记得鬼宅大门什么模样吗?"桃夭问。

石铁岚挠头:"就一扇普通的木门。"

"还有别的细节吗?"

石铁岚想了想,说:"门上刻了一个字……好像是个霍字?"她眼神轻闪一下,又道:"还有野草一样的东西嵌在门里头,就像河岸边经常有嵌着鱼骨的石头那样。"

那便对了,所有的事情都能对上了,那他们多半是死不了的……桃夭稍微松了口气。

"龙尾镇里真的有妖怪?到底什么妖怪把镇子关起来了?"石铁岚怎么想都不对,"是他们说的蛇妖?而且我迷迷糊糊时看到的鳞片……但不对头啊,妖怪怎么会救我呢!"

我也奇怪他为何要救你呀,桃夭心说。当时的情形必是十分凶险,柳公子唯有现出原形方能使出最大力气,可他先救的居然是这个相识不过几天的陌生人,连磨牙都没沾上光,更别说司狂澜了,滚滚跟鼠精也只是运气好抓住了她的辫子才得以脱身——这可不是这条蛇的风格啊。

"哎呀不想了,头疼,反正该说的我全都说了。"石铁岚走到一旁把断了背带的背囊捡起来,又打开往里瞅瞅,稍微松了口气,"也是倒八辈子霉了才遇到你们家大少爷,赔钱就算了,还差点赔命!你给我一句痛快话,我那酬金是拿得还是拿不得了?拿不得的话,我便不跟你们一道了,我还有要紧的事得办呢!"

"你去办事为啥要绑着我?"鼠精不干了,扭动挣扎,"我跟你又不熟!我要回家!"

"回家还不如跟着我!"石铁岚弹了弹它的脑袋,"我是你救命恩人,我不但救了你的命,我还教你吹拉弹唱,以后咱们一起干活,客人们觉得新奇,说不定会多给酬劳的。"

"我不要跟你!"鼠精要哭了,"我随便一抓而已,哪知道那是你的辫子!"

"反正这个恩情你赖不掉的。以后就好好在我们三危派成长吧,我们一起把三危派做大做强!"

"我不!"

"你还有要紧事得办?"桃夭瞟了瞟她抱在怀里的背囊,"里头藏着什么?"

石铁岚倒也不隐瞒,直接将敞开的背囊往她鼻子下一送:"看!"一堆粗糙的乐器,笛子唢呐小鼓等乱七八糟躺在里头,还有纸钱香烛罗盘什么的,中间摆着一个黑色木质方盒,盒子上贴着一张被撕开过的画着奇怪符号的红纸——一文钱都没看到,可见是真的穷。

"看什么?你吹拉弹唱的工具?"

"骨灰盒呀!"石铁岚哼了一声,把背囊收回去系好,嘟囔道,"好不容易寻到地方了,再不把这位送回龙尾镇去,又要大半夜来烦我,还让不让我活啦……以为能赚笔大钱,咱们三危派终于不用顿顿白水青菜了总算能吃上肉了,吃个屁!"

她自顾自地嘀咕,听得桃夭想笑,一派掌门穷成这样,连老鼠的便宜都想占,真不如早点解散得好,还想做大做强……

"你管我的事做什么?"石铁岚奇怪地瞪着桃夭,"你既是司府的人,怎么现在好像不太担心你同伴们的死活了?"

"担心啊,我也是领工钱的人,要是发工钱的人没了,岂不白干了。"桃夭笑着拍了拍石铁岚的肩膀,又朝她的背囊努努嘴,"不过你是不是撞伤头了,你刚刚是不是说要送骨灰盒回龙尾镇,你怎么送,龙尾镇还关着呢!"

石铁岚一拍自己的脑袋:"真是摔糊涂了!"她越想越沮丧,一屁股坐在地上:"哪儿哪儿都是死路一条……要不……"她抬头看向桃夭:"听说京师之中有真正厉害的降妖除魔的高人,我们去找找看?"

"等你找回来,里头的人都饿死了。"桃夭翻了个白眼,"干脆就我们俩合作吧,只要把给钱的人捞回来,你的酬金也有着落了。"

"酬金还有希望吗?"石铁岚顿时来了精神,但马上又心虚地指着自己的鼻子,"就我们俩?镇子里有很吓人的妖怪啊!我虽然不怕妖怪,但我也不擅长对付妖怪啊。"

"你刚刚很擅长呀。"桃夭朝鼠精努努嘴。鼠精愁眉苦脸地叹了一口气。

"它可以,别的真不行。等等,你已经知道把龙尾镇搞成这样的妖怪是什么了?"

"反正不是蛇妖。"

"你如何知道?你都没进去过!"

"不用进去也知道。"桃夭将她拽起来,视线正好落在对方缺了袖子的胳膊上——一个暗红色的印记,像一条小蛇,惟妙惟肖。

"这么厉害?!可你不是个杂役吗?"

"杂役就是……很杂嘛,什么都会。对了,你胳膊上是胎记?"

"是的,幸好没印在脸上。你真有法子救龙尾镇?"

"有啊。"

"什么法子!"

"酒!"

○ 3 ○

"什么?!"送酒的汉子简直不相信自己的耳朵,将面前两个姑娘上下打量一番,"你们全买了?"

"对，我们全要了。"桃夭一笑，"你算个价钱。"

"你说真的？"汉子绝望的脸上终于有了光。

桃夭点头，心里却已经开始剧痛了，好不容易在利蜍那儿得了几个"果子"，还没焐热呢就要折在这里了，说出去都没人信，天下居然会有愿意为雇主花钱的杂役……大善人呐！

按桃夭的吩咐，汉子把一整车酒卸到了远离人群的城墙下，然后抱着桃夭给他的宝石欢天喜地地走了。围在门外的人群依然唉声叹气无计可施，小道士还在满头大汗地念咒作法，里长派出去的人没有任何消息回来，门里的人还是没有动静，只有几个不知从哪里弄来几筐烧饼的人赶了回来，再马不停蹄分发到各人手里，只是大家都没啥胃口，更没人留意那些酒被搬到了哪里，也不会有人在这个时候还有心思喝酒。时间每一分每一秒的流逝，对他们都是煎熬。

"然后呢？"石铁岚看着堆积在墙下的酒坛，实在不知道怎么用它们对付镇子里的妖怪。

桃夭抬头看了看城墙，自言自语道："能飞上去直接浇是最好的……"

"你说什么？"石铁岚凑过来，"飞哪儿去？"

"解龙尾镇之困，只要一场大醉。"桃夭看向天边，此时已是晨光微现，空气里不多的凉意转眼便要消失了。

"我听不懂啊！"石铁岚疯狂挠头。

"只要那妖怪醉了，困住龙尾镇的妖力自可解除。"桃夭走到酒坛前，打开一个嗅了嗅，"还不错，够烈。"

"你是说……我们要拿这些酒灌到妖怪嘴里？"

"妖力所及之处，皆是妖怪的'嘴'。"桃夭试着抱起一坛酒，皱眉，"好重。"

石铁岚恍然大悟："你是要把酒洒到整个龙尾镇，直接灌醉那个控制龙尾镇的妖怪，它一醉，自然没有力气再锁着龙尾镇了？"

桃夭放下酒坛，看着石铁岚："所以，你们三危派怎么不能像别的门派一样神功盖世御剑飞天呢？"

"师父没教过呀。"石铁岚耸耸肩，旋即从背囊里摸了一本牛皮封面的手札出来，献宝一样凑到桃夭身边，翻开给她看，"但不瞒你说，我对飞天这件事还是有研究的，你看我画的这个图纸，只要找齐材料，假以时日一定可以制成戴在身上的飞翼，不用花时间练轻功，又比御剑方便，使用无门槛，效果还惊人！"

桃夭一看，纸上画得花里胡哨，倒是有几分工匠设计图的感觉，但实在是太乱了，估计只有她自己能看得出内容。可不管图画得乱不乱，她居然会有制造"飞翼"这种离奇的想法，这就已经很不可思议了，毕竟她的辫子比桃夭还乱，完全不像一个动手能力很强的人。

"你还有这爱好？"桃夭又看了看她画的图，还是看不懂。

叁·护门

"有啊！我打小就想飞到天上去看看。"石铁岚猛点头，"我绑过风筝，用过油纸伞，还用布料做过一对翅膀，可惜都没飞起来，还因为拆了我娘的裙子被揍了一顿。后来进了三危派，师父要我学的东西太多，就不太有时间做这些了。但只要得了空，我还是要把想法记下来的，没准儿哪天就成了呢。你看，要是我成了，人们还需要练轻功吗？我一个飞翼卖一锭金子，肯定供不应求！"

桃夭耷拉下眼皮："先祝你成功。但我觉得你的梦想今天肯定成不了。"

石铁岚撇撇嘴，收起手札："那怎么办？"

"不能飞天就遁地呗，顶多起效的时间慢一点。"桃夭抱起一坛酒走到墙根处，打开盖子，哗哗倒起来，瞬间酒香四溢。

"这也行？"

"还不过来帮忙！"

黎明前最后的黑暗里，两个姑娘你一坛我一坛，费尽气力地将烈酒全部倒在墙根下，滚滚与暂时得了自由的鼠精则帮忙把空酒坛子用力拱到一旁去。

越来越浓郁的酒香乘着渐起的热气四散开去，整个龙尾镇都要被腌入味儿了。满溢的酒香与她们忙碌的身影还是引来了别人的注意，有几个睡不着的家伙走过来，不解地问她们："姑娘，好好的酒，倒了它们做什么？"

"我花钱买的。"桃夭看都不看他们，又搬起一坛往外倒。

"万一往后几日吃喝接济不上，这酒或许还有用处呐，何苦暴殄天物！"

见他们真有几分生气，石铁岚忍不住道："你们误会了，我们拿这酒是要……"

"天还没亮呢，诸位不回去再睡一会儿？"桃夭打断她，放下空酒坛，转身看着他们，旋即又自言自语般道，"哦……心绪不宁确实是睡不着的，你们倒是提醒我了。"

"你说什么？"几人自是不明白她的意思，只觉得这面生的小丫头越发可疑，尤其她身边还跟着会推酒坛子的狐狸跟老鼠。

桃夭碰了碰石铁岚："你那破包里有纸没有？"

"有……"石铁岚不解，"纸钱。"

"也行。"桃夭指了指后面，"拿纸钱揉一揉，堵住鼻子捂住嘴，站到那边去。"

"为什么呀？"

"照做。"

石铁岚当然只能照做，眼前这个与自己年龄相仿，甚至看起来还要小几岁的丫头，说话办事果断强势，而且，不管她说什么，不相信她好像就不对似的……那司府到底是个什么不得了的地方，连杂役都有这般气势？！

桃夭看了看风向，调整好位置，便往布囊里摸索出两颗珍珠大小的白色药丸来，捏碎了扬在半空中，一丝不易察觉的花果甜香立刻融在酒香中肆意飘散，眨眼工夫，离她们最近的这几个人便扑通扑通倒下去，八辈子没有睡过一场好觉般打起了呼噜。再过片刻，龙尾镇外所有人包括辛苦的小道士都进入了久违的梦乡，从这一刻起，他们终于可以暂时放下心头焦躁，好好睡一场了。

石铁岚惊呆了，不光是因为这个"大场面"，更是因为这样的场面居然这丫头捏捏手指就办到了，她闯荡江湖多年，不光见过妖怪，更见过各种身怀异术之人，但能在短时间内让那么多人毫无防备倒下去的，她没见过。

桃夭吸了吸鼻子，点点头，转身朝远处的石铁岚招招手。石铁岚飞快跑过来，脸蛋憋得通红，瓮声瓮气问："你怎么做到的？"

"可以大口呼吸了。"桃夭指了指她塞在鼻子里的符纸。石铁岚赶紧把纸拽出来，大口吸气，又赶紧跑到那几个多嘴的家伙身边，探了探他们的鼻息，确定都还活着，只是睡着了。

"下一次天亮时就会醒的。"桃夭摇摇头，"又浪费两颗……"她绕过睡着的人，站到城门前，抬手轻触，只有她能察觉到的波动在掌下胡乱起伏，她嘴角浮起笑意："快了。"

"坏了坏了，这两个也倒了！"石铁岚从那头跑过来，手里一左一右拎着晕头转向的滚滚与鼠精。

"没用的家伙。又不是人，这丁点药力都扛不住。"桃夭嗔怪着把滚滚抱过来扛在肩上。

石铁岚把鼠精重新拴回腰上，又盯着桃夭身上的布囊："你用的是迷药？世间怎会有如此厉害的迷药？那么多人一下子就倒了？"

桃夭立刻小气地把布囊捂起来："你想要啊？"

"想……不是，我就问问。"石铁岚的眼睛依然往布囊上瞟，"要有这玩意儿傍身，我行走江湖也少了不少麻烦呢。"

"一颗一千两。"桃夭眯眼一笑，"黄金。"

石铁岚撇撇嘴，拎起腰间的鼠精："拿这个换一颗行不行？"

"你们三危派从掌门到扫地的加起来都值不了我这一颗药。"

"你好坏的一张嘴！"

"当你夸我了。"

"为什么要把他们都放倒？"

"人多嘴杂，不该他们看到的，就别看了吧。"

"你这是不杀人也能灭口？"

"不好吗？再等一会儿，咱们就能十分方便地进去找欠咱们钱的人了。"桃夭坐下来，拍拍身边的空地，"坐。"

"真能进去？"石铁岚半信半疑地伸出手去摸了摸，好像真的跟之前铜墙铁壁的冷硬感不一样了,那扇无形的门好像变得绵软了些?!

"把那么多人搞得焦头烂额的难题,靠那么几坛酒便解决了??"石铁岚挨着她坐下,又将她上下打量一番,"你们司府的杂役……真的干的这么杂吗?"她记得柳公子也自称司府杂役,他缩地成寸的法术当时就惊掉了她的下巴。杂役尚且如此,难怪那两位少爷一个比一个不正常。

"以后你跟人吹嘘江湖见识的时候,又多了一项不得了的谈资。不过最好还是不要跟人谈起,毕竟我是个喜欢低调的人。"桃夭笑笑,目光又斜过她胳膊上的蛇形胎记,晨曦之中,那条小蛇越发栩栩如生了。

"知道了,知道了,不会乱说的。不过还要等多久才能进去啊?"

"日出之后。"

"镇子里的妖怪真被灌醉了?"

"嗯。"

"到底是什么妖怪啊?它为什么要这么做啊?有病吗?"

"确实病了。"

"啊?"

"反正你的酬金有希望了,你那个骨灰盒也能送到目的地了。"

"你可不要骗我!我大老远来龙尾镇本就是为了送骨灰,谁知道半路遇到你家那个倒霉的大少爷,我在整个事件里是最无辜的!"

"护送这些也是你们三危派的生意之一?"

"算吧……也是料理后事中的一环……唉,此事说来话长,就不说了,总之那就是我倒的另一个大霉。但我找人算过的呀,明明说我今年会转运发财的!"

"说明你找的人不行呗。听起来你们的生意很广泛,也不太会缺客人,怎么会这么穷呢?"

"又不是每笔生意都能赚钱,有时候还要赔钱。不是谁都有你们这般的运气,能在大户人家里风调雨顺好吃好喝的。你不知道,你们二少爷张口就拿千年灵芝当酬劳给这臭老鼠呢!太阔气了!"

"他这么大方?!我摔了一个破桶他还要从我工钱里扣呢!"

"那他一定是很不喜欢你了。你嘴巴那么坏,当面背面都没少骂他吧?"

"呃……没有,我没骂过他。"

"鬼才信!"

两个姑娘有一搭没一搭地说着不相干的话,天色渐渐亮起,四周的酒香更见浓烈,那看似固若金汤的无形之门,在这场最简单的"攻击"下,摇摇欲坠。

一轮红日,在桃夭与石铁岚的身后缓缓升起,新的一天,在遍地的打呼声中开始。

○ 4 ○

当炽热的阳光再次包围一切的时候，如桃夭所言，几乎把龙尾镇逼入绝境的"门"，悄无声息地打开了。

石铁岚这辈子都没这么惊讶过，她挥舞着手臂，反复确认面前是不是真的没有任何阻挡了。

桃夭小心绕开躺在地上的人，不慌不忙地进了镇子，已经清醒过来的滚滚迫不及待地跑到前头带路，叽叽咕咕地催着桃夭走快些。

石铁岚跟上去，看着四周昏迷不醒的人，不放心地问："外头的人是被你弄晕的，那里头的人呢？"

"在短时间内骤然释放的大量妖力，很容易影响到附近的活物，只是昏过去已经算走运了。"桃夭看了看前头，滚滚正朝一座没有房顶的破烂老宅飞跑而去，"幸好只是它这样的妖怪。"

"你说什么？"

"没什么，赶紧去找我们的钱，不是，人。"

此刻，除了呼呼的风声与她们几个的动静，整个龙尾镇上真是死一样的寂静，连打呼噜的声音都没有。

"鬼宅"面前，桃夭打量着那扇遍布岁月痕迹的木门，当她的目光聚焦在那嵌于门板正中，仿佛一株寻常野草的东西上时，眼里居然流露出几分钦佩："啧啧，太能扛了啊。"

与此同时，石铁岚也看着这扇门发呆。

滚滚站在门外，想冲进去又有些犹豫，跑回来蹭她的脚。桃夭把滚滚拎起来放在肩膀上，又对石铁岚招招手："进去吧。"

"可以进去吗？"她下意识地后退一步，"里头真的有很吓人的东西！"

"比你拿不到一百两金子还吓人？！"

"走走走，进进进！"

看，适当的鼓励总是有用的。

进门，走到大厅，一路无事，除了被外力震出裂缝的墙壁以及四散的砖瓦碎木，就只有从顶上落下的阳光了。没有屋顶的宅子光线就是好，什么"鬼宅"都鬼不起来了。

一楼，无人。

二楼，无人。

没有屋顶最最敞亮的三楼，无人，但有一把琴，孤单单地斜在墙边。

桃夭眉头一皱，快步上前抱起此琴——果然无弦。原本稳当的心还是跳快了几下。

"该不会……都被吃掉了吧？"依然挂在石铁岚身上的鼠精被自己的猜想吓得发抖。

"不许说不吉利的话!"石铁岚打了一下它的嘴。

桃夭放下无弦琴,上下查探,确实没有他们几人的踪迹。不甘心的滚滚像猎犬一样嗅过每个犄角旮旯。

"会不会他们已经跑出去了?"石铁岚猜测。

"他们没那个本事。"桃夭环顾四周,空旷得连说话都有回音。

"几个大活人也不能说不见就不见了啊……"

突然,一旁的滚滚嗷嗷叫起来,兴奋地在靠墙的地方转来转去,还不断拿爪子扒拉。

有发现!!桃夭飞快地跑到滚滚身边,可让滚滚兴奋的是什么?除了空气,什么都没有。

"他们在这儿?"桃夭问它。

"嗷嗷!"滚滚用力点头。

"它是不是酒还没醒?"石铁岚走上来,伸手在墙壁上乱摸一通,"啥也没有。"

"你当它是一般的狐狸?"桃夭白她一眼,又思忖片刻,眉头突然舒展,"妖障?难怪瞧不见人……"

"啥?"

"身上有没有铜钱?我要九十九枚!"

"我哪有这巨款……"

"哦,忘了你比我还穷了。"

桃夭摇摇头,一溜小跑下楼出门,从躺在外头的那些人身上搜了九十九枚铜钱,又将铜钱散开摆在阳光直射的地方,直到铜钱变得滚烫,她才将其迅速收拢,快步跑回顶楼,将热乎乎的铜钱往上一抛,九十九枚钱币便听话地悬停于半空中,又见她闭目捏诀,大喝一声:"破!"铜钱便如天女散花般往四面八方砸了过去,确实是砸,不是轻飘飘地飞。

随着铜钱纷纷落地,也许是错觉,再次被桃夭的本事惊得目瞪口呆的石铁岚好像听到空气里传来若有若无的咔咔声,仿佛有什么东西碎掉了。

一阵怪异的气息擦着她们的脸过去,眼睛里像进了细细的沙,石铁岚忍不住用力揉了揉,再睁眼时,差点吓得坐在地上——不是在宅子里吗,怎的眼前是一望无际的荒原大漠呢,不远处还有一间带院子的简陋小屋,屋前好像还站着几个人,手握弯刀,衣着怪异,正与人对峙中,而对面的人,她还没看清楚,便觉又一阵冷风拂过,眯眼睁眼再看,眼前又是"鬼宅"的大厅了。

"莫担心,一会儿便好了。"旁边传来桃夭的声音。

"吓死人了!你干了啥呀!我眼睛是不是坏了啊!"

石铁岚只觉得眼前情景在正常与不正常之间越来越快地切换,一会儿是大漠一会儿又是大厅,在她眼花得快要吐出来的瞬间,世界终于安稳了——还是"鬼宅"那没有屋顶的顶楼,但多了几个人。

几个身形剽悍外族打扮的大汉,面容丑陋,个个手执弯刀,与他们对面那一身铠甲、身材甚是高大的姑娘势成水火,姑娘怀里还有个人质,与大汉们是相同打扮,被姑娘一手掐住脖颈,一手执短刀抵住心口,还有一个汉子,仿佛死了一样倒在地上。

石铁岚觉得自己要疯了,这都是谁啊?!怎么抛个铜钱抛出这么多人来?桃夭一言不发,只管盯着这几个人的脸。

石铁岚也很快发现了不对劲,几个陌生人的脸突然开始晃动,由实而虚,露出了藏在皮肉下的另外一张面孔——司狂澜、柳公子、磨牙……而躺在地上的那个居然是司静渊!不对,被那姑娘当成人质的家伙,怎么也有司静渊的脸?

很快,熟人的脸又变成了陌生人的脸,然后又变回来,这些凭空出现的人全都处在一种诡异且不稳定的状态。

"真是麻烦!"桃夭走过去,拍灰尘似的往他们身上逐一拍过去。

石铁岚又被她惊到,经她一拍,那些似套在他们身上的躯壳瞬间化为细沙,流到地上不见踪影,站着面前的哪还有什么外族大汉,分明是如假包换的司府众人!包括躺在地上的司静渊。所有一切,从无到有,堪称奇景。

"你们没事吧?!"石铁岚近乎尖叫。这一声,终是把这群人彻底唤醒了。

柳公子倒吸一口凉气,眨眨眼,又用力摸了摸自己的脸,终于放下心来:"可算回来了!"当他看见桃夭正一言难尽地瞅着自己时,顿时泪流满面地扑过来一把抱住她:"你死哪儿去了啊?现在才来救我们!"然后是跟滚滚抱头痛哭的磨牙,一人一狐对哭还不够,还要跳过来抱住桃夭的腿哭。哭着哭着柳公子又突然抬起头,吸溜着鼻涕疑惑地盯着桃夭:"也没烧纸给你,你怎么知道我们在这里?"

"谁有工夫来救你们!不过是你们命好沾了光。"桃夭嫌弃地从柳公子怀里钻出来,又拎起磨牙跟滚滚扔到一旁,愤愤道,"我要是你们,现在就挖个洞把自己埋了,太丢脸了!也算是走江湖的老东西了,居然会在这种地方翻船!"

"那谁想得到啊!都怪他!"柳公子哭丧个脸,苦大仇深地指向司狂澜,"他乱弹琴!"

众人目光都集中在司狂澜身上,只有他,在回归后最像一个正常人,压根儿都没看这边一眼,只是站在原地,冷冷看着对面:"放了他,他跟你没有任何关系。"

那铠甲姑娘仍不为所动,即便她自己跟怀里的司静渊一样,在此刻只拥有一个半透明的身体。

"你休想前进一步!"姑娘摇头,带着既坚定又迷茫的神情。

"我们并非敌人。"司狂澜试着往前走了半步,"你可看清了,我们连衣裳都不一样。"

姑娘像是根本听不懂他的话,只将手里的刀更用力地抵住司静渊:"再敢过来,我杀光你们所有人！滚回去，这儿不是你们的地方！"姑娘的眼神飘忽不定，旋即又晃着脑袋，自言自语道："我在这儿，你们就不会有危险……"

"好，我不过来。"司狂澜语气一如既往地平静，但他的手，已经下意识地靠近了腰间的血剑。

"莫伤她！"终于回过神来的司静渊连连冲他摆手，"她不知道自己在干什么。"

司狂澜皱了皱眉，准备握剑的手又放回了原处。

"好难得，人质替绑匪说话。"桃夭站到司狂澜身旁，"你现在跟她说什么她都听不明白的，从她生出能困住你们所有人的妖障时，她就是重症病号了。"

"妖障？"

"你可以理解为妖怪们在极端情况下，用妖力制造出一个无形屏障，屏障之内的世界千变万化，皆由它说了算，困在里头的人，外头是瞧不见的，哪怕身在同一个地点。所谓一叶障目不见青山，也算类似的效果。若长时间不得破解，有性命之虞。但大多数妖障影响有限，顶多像之前困住司静渊那样，而能够让你们全体身陷其中，余力还能将整个龙尾镇封起来，且害全镇居民为妖力所侵昏迷不醒的，大概只有这个'重症病人'能做到。"

"多严重的病症？"

"思绪错乱。也就是人类俗称的，疯了。"

"能治？"

"病入膏肓，就看最后这口气能撑多久了。"桃夭叹息，"你的无弦琴，是给她的最后一刀。"

司狂澜脸色微微一变，诧异，不解，这些几乎从不会出现在他眼中的情绪，在此刻稍微显露。

"你俩嘀咕什么呢？到底怎么回事？"柳公子走过来，无辜地指着自己，"我！助人为乐的柳公子，好心好意送他们来救人，结果把自己坑了！你知道刚刚我经历了什么吗？"柳公子越说越激动，拍着自己的脸控诉："我变成了一个身高八尺腰围八尺脸还黑得不行吹了灯就只能看见牙的丑男人！最可怕的是，头发还被剃了一半，顶着半个秃瓢被那疯女人追杀！本来我凭着一腔善念不打算还手的，她是真不手软啊，一路追我，我跑远了她就拿箭射我，离近了就上刀砍我，真拿我当仇人呐！最不要脸的，她手里想有什么武器就能有什么武器，我却不行！太过分了！"

"真的，我也变成了奇怪的人。"磨牙凑上来，心有余悸道，"二少爷刚一弹琴，地上就冒出个旋涡，我眨眼就被吞了进去，什么都看不到听不到，等我能瞧见了，眼前就是一片从未去过的荒原，自己好像被装到了不认识的人的身子里，然后这个姑娘不知从哪里冲出来，对我喊打喊杀，我吓得赶紧跑，跑着跑着就遇到一个屁股上扎着箭的异族大汉，本来我是不认识他的，但他的脸一晃间又是柳公子的模样……柳公子看我也是如此，我们才知自己都变了模样。"

"住嘴！我啥时候屁股上扎箭了！瞎说什么！"柳公子弹了一下磨牙的脑门。

"你扎了。"司狂澜淡淡道，"我看见你的时候你刚刚把它拔下来。"

柳公子龇牙一笑："二少爷，你的头也被她拿棍子打出了一个大包啊，我也看见了的。"

"那不是我的头。"

"那也不是我的屁股！"

"哎！"司静渊听不下去了，"你们是不是忘了我还是人质？"

"你等一下。"司狂澜都懒得看他一眼，仍对柳公子道，"若非我挡住了她，你岂止挨那一箭。"

"若不是你那倒霉哥哥，我们根本不会掉进那个鬼地方！"

"真有本事的人，从不抱怨环境。"

"……"

磨牙不敢劝他们，只敢委屈地跟桃夭说："我们刚刚真的去了一个好可怕的地方，那么厉害的柳公子跟二少爷，在那里头一点本事都施展不出。我们一直被那姑娘追杀，我跑慢了一步，被她抓到，是大少爷冲出来救了我，谁知却害他成了人质。二少爷带着另一个动不了的大少爷，正与她对峙时，你便救我们回来了。"

桃夭听了，居然非常舒心："平日里你们惹我不高兴，自有人替我讨回来。"

磨牙耷拉下眼皮："就知道你不会同情我们。"话音未落，一阵咕噜咕噜声从他的肚子里传出来，他低头摸了摸肚子，奇怪道："好饿……几天没吃饭似的。"

桃夭冲他伸出三个指头："你们被困住三天多了。要不是我，你们跟外头的人，全得饿死。"

"三天？"磨牙惊讶极了，"可我记得我们从掉进去到出来最多两个时辰。"

"一个疯掉的妖怪落下的妖障，时间一定是混乱的。"桃夭看了看那个还在自言自语不肯放开司静渊魂魄的姑娘，摇摇头，一言不发地下了楼，直奔宅子大门而去。

"你去哪里？"司狂澜即便在跟柳公子唇枪舌剑，也能精准地捕捉桃夭的动向。

"救你们家静静。"

○ 5 ○

"你说……那妖怪的本尊在这儿？"石铁岚指着那扇木门，"门？门是妖怪？"

对这种匪夷所思的事，司狂澜一脸平静，毕竟在他的生命里多了一个桃夭之后，他见识过的怪东西也是与日俱增，从妖怪，到神明。

"要真正制服楼上的家伙，只能将它……"桃夭的手指从嵌在门里的那株野草状物体上轻轻抚过。

"杀掉？"磨牙又于心不忍了，他上前细看那门中之草，想摸摸又不太敢，"疯狂若此，它一定有苦衷吧。"

"在你那颗不值钱的心里谁都有苦衷。"桃夭敲他的光头，"要制服它，只能先医好它。"她顿了顿，"不过医好也没什么价值了。"

"这玩意儿到底是什么？有点眼熟但想不起来。"柳公子凑上来，歪着脑袋研究这株草。

"但凡你把写诗做饭的精力多放些在读书学习增广见闻上，也不至于连它都不认识。"桃夭戳了戳他的脑袋，"常山北有草，落地为人，无论男女皆力大善武，择门而栖，成妖身，有盗侵者则罚之，可守一方平安，称护门，妖中门神也。"

"护门？"柳公子一跺脚，"你说它是那个被天界昆仑抢着要的香饽饽？"

"香饽饽？"磨牙挠着脑袋，"妖怪怎会被上界当作香饽饽？"

"多年前，这种妖怪大概是命里劫数，老家遭了一次天火，一大半都被烧成灰了，护门落地之后很是强势，可没落地时却与那浮萍柳絮一样孱弱，经这一遭，护门数量大减，以前昆仑最喜收护门入各处大门为看守，天界嗤之以鼻，到后来物以稀为贵了，便连天界也愿意放下成见将这妖怪纳入麾下，尤喜放它们看守神食法宝。这妖怪本质纯良不生邪念，又是超级死心眼，一旦守了门，便是铁面无私绝不渎职，敢在它们的看守范围内行盗侵之事的，都会被它们狠揍一顿。妖中门神实至名归。可以说它们生来便有妖仙的身份在前头等着，不知羡煞多少想入上界的妖怪。"桃夭的手指在门上轻轻抚过，却是一脸不解，"所以比起它发疯这件事，我更好奇以它的身份，怎会蜗居一个小小的龙尾镇。而且……"她喃喃道，"它已经相当老了。在人间守门，比不得在上界，没有仙气滋养精进修为，寿数会非常有限。它能撑到现在，已算奇迹。"

柳公子听了更是不忿："所以我是被一个又老又疯的妖怪欺负了？！"

"既然它们本质纯良，又怎会欺负人呢？"磨牙安慰柳公子，"莫生气了，它只是病了。"

"是我的无弦琴……"司狂澜眉头紧锁。

"它这种硬要留一口气的状态本就不稳定，必是你家静静做了什么惹恼它的事，才激起它的怒气，造出第一个妖障困住了他，然后毫不知情的你们又来了，你习惯用无弦琴把他找回来，却忽略了无弦琴的琴音对妖物并不友好，尤其是它这种状态已经很差的妖怪，所以，琴音如刀，将它所有的怒气瞬间激发，它便如一个彻底的疯子般，释放所有妖力造出第二个妖障来对付你们这些突然出现的敌人。"桃夭回想着他们几个方才的怪模样，"在它的妖障之中，你们这些闯入者就是它心目中最厌恶愤恨的敌人，所以才会被'套上'那样的身体，也因为你们受制于它强烈的自我意识，那几个丑汉子在它心中是只会粗浅拳脚的莽夫，于是你们也使不出自己的本领。"她的目光落在司狂澜腰间，摇摇头："哪怕带着你家最厉害的血剑，也不成。"

磨牙恍然大悟："原来它记忆里的敌人，就长成这样啊……可看他们的样子，好像是很早以前的人了。"

"我说过它年纪已经很大了。"桃夭在布囊里摸来摸去，"不医好它，谁也不知道发生了什么。"

"他知道。"司狂澜若有所思。

"对哦！"桃夭忽然想起方才司静渊不让弟弟动手的模样，又想起当初对付百知时的情景，"你家静静光溜溜的时候，是有机会看到别人记忆的。他跟那姑娘在一起那么久，没准已经知道什么了。"

"留心说话，何为光溜溜？"司狂澜不满她直白的形容。

"身子都没了，还不是光溜溜？"桃夭白眼。

"那赶紧把他弄回来呀！"柳公子迫不及待道，"我们掉进妖障时，鼠精慌乱中从他身子里跑了！所以他才……"

"不是我要跑的！"鼠精立刻辩白，"那妖力太强了，我根本在他身子里留不住我是被弹出去的！"

"去去，没人管你主动还是被动反正你没有守住他的身子。"柳公子冲它龇牙，想了想，又对着司狂澜道，"所以妖障里才有两个司静渊，一个是早早被困住的魂儿，一个是没了支撑的身子……难为你一边要扛着你不能走路的哥哥，一边还要解救当人质的哥哥。"

"在那个地方，他完全回不了自己的身体。"司狂澜面无表情，突然看向石铁岚，"要不你等会儿就把他的后事办了吧，我看他也不用回来了。"

石铁岚眨巴眨巴眼睛，难以置信："真办啊？"

办后事一定不是真的，但他真的在生气啊。

"你别说，你家静静的魂儿还在当人质呢，他现在这个状态万一被妖怪捅一刀，说不定真回不来了。"柳公子火上浇油第一名。

"你们别这样啊，魂魄受损后果可大可小。"磨牙生怕他们真给司静渊办后事了，"大少爷定是无心之失才惹到了护门，好不容易才找到他，咱们一定要快快把他平安带回来啊。"

"看他的造化。"桃夭已经摸出了三个颜色大小皆不同的药丸，权衡片刻，从三个药丸里挑了最大的一颗，金色的，又嘀咕道，"应该用不了一颗，半颗就够了，玄龙金好贵的……"说着，她把药丸放进嘴里一咬，咯一声响，她赶紧苦着脸把完好无缺的药丸吐出来，"太硬了。"她捂着腮帮子，寻求帮助的视线却落到司狂澜的血剑上。

"一半？"司狂澜问。

"嗯！"桃夭赶紧把药丸递给他。

手起剑出，众人眼中只看到一道光影，眨眼间宝剑已回鞘，落入司狂澜掌中的药丸一分为二，大小均匀，精确到仿佛量过似的。众人无不在心中惊叹一声好快的身手。

喊，不是说要办后事吗，知道能救他的时候出手比谁都快，都道冤家方能成夫妻，这冤家成兄弟也是有的嘛，桃夭心中暗笑。

"啧啧，这颗丸子今天享福了，二少爷珍贵的剑大概从没切过药吧。"她喜滋滋地从司狂澜手里拿过药丸，"谢啦！"

一件小事，全是默契。柳公子意味深长地一笑。

"你们上去看着。"桃夭宝贝似的收起半颗药丸，朝里头努努嘴，"一会儿它要是松了手，你们就赶紧让司静渊回去。"

"要是它还不松手呢？"乌鸦嘴石铁岚。

"那便留不得了。"桃夭语气轻松。

司狂澜又从她的脸上看到她曾于闲谈间亲手捏死暗刀的果断，不近人情，犯忌者死，明明前一秒她还为节省了半颗药丸笑得合不拢嘴。

他也好奇桃夭口中连神明都看重的妖怪，想知道它身上究竟背负了怎样的过往，可他更想了解的，是桃夭的故事，或许还包括她身边的家伙——初陷妖障时，他虽然耳目受阻，但在须臾之间，他很肯定自己看到了一条矫健如龙的蛇，而那条蛇出现的位置，是柳公子所在。

"快点上去！"桃夭催促。

"知道了！"

半颗药丸已在她掌中化为几道缠绕的流光，颜色甚是好看。

"你这已无用处的妖怪，还要劳我亲自喂你吃药。"桃夭笑笑，以手指挑起流光，小心地往那野草身上"喂"过去。

◦ 尾 ◦

咚咚咚，楼梯上响起众人匆匆的脚步声。

走在最后的柳公子看看前头的石铁岚，好像只有在避开所有人的视线时，他才敢细细看她的背影，她乱七八糟的头发，她大剌剌走路的样子，以及她晃动的胳膊上，那个暗红色的，小蛇一样的胎记。

"你没什么事吧？"他突然问。

石铁岚愣了愣，左右看看，回头："你问我？"

"嗯。"

"飞了那么远，人都快摔散了！"她慢下来，凑到柳公子身边，神秘兮兮地问，"当时你看到什么奇怪的东西了没？我好像看到一个大家伙，有鳞片的，但又没看真切，我像是被它扔出去的。"

柳公子摇头："我没看见。你眼花了。"

"没有吧……不过我记得还有谁拽了我一把。"她抬起胳膊，"看看，把我袖子都拽烂了，力气真不小。可恨那时啥都看不清，太乱了。"

"可能是司狂澜吧。"柳公子哼了一声，"反正你下次没这么好运气了，天天吵着给人办后事，你要不先把自己安排安排。"

"你家二少爷？"面对柳公子的嘲讽她倒是一点不生气，抬头看看最前面的司狂澜，"他有这么仗义吗？"

"要不你亲自去问问他？"

"那倒不必，我还是认为把我扔出去的是那个怪东西！你说为啥就把我扔出去了呢？"

"当然是以为你会送命才扔你呀！"

"你又知道？"

"我当然……算了，懒得跟你个傻子多废话。反正以后多长个心眼，出了事别总指望着人家来救你。"

"不是，整件事我也算受害者吧？怎么你的口气好像是我自找的麻烦？"

"你不跟来就没事了，还不是自找的？"

"我原本就要到龙尾镇的！我是送东西来的！"

"送什么？"

"骨灰。"

"……"

"你以后有这个需要，我也可以送的，友情价。"

"你真是嘴里吐不出半句吉利的话啊。"

"生死寻常事，哪有吉利不吉利的。"

"好好活着就是吉利！"

"都活着我们就没生意了。"

"你……"

他们俩你来我往说得热闹，前头的磨牙听在耳里，除了觉得柳公子一如既往的说话不顾人死活之外，又觉得他对一个初认识的姑娘似乎有些关心过头，这可不像他的性格，以及身为当事人之一，在那场突如其来的危机里，柳公子不惜现出原形也要救的人，居然不是他磨牙……阿弥陀佛，是该夸这条蛇突然生出了众生平等不分亲疏的慈悲心吗？不然没法解释呀。

司狂澜听到那两人的话，也在不经意间回了一次头，不动声色地看了柳公子一眼，柳公子恰好抬起的头正迎上他这一眼，居然有点心虚地把眼光转开了。石铁岚好诧，司狂澜可能

075

诓不过去了……啧，麻烦。

楼下，桃夭手中的药已然喂完，她拍拍手，然后看着那团在木门里越来越亮的光，平静地等待。

很快，石铁岚的大嗓门从楼上传出来——

妖怪晕啦！大少爷活啦！

肆 连尾

楔子

眼前的青草长河、大漠远山,都在盛夏的夕阳里展露出最灿烂蓬勃的一面。那些沉在漫长岁月里不为人知的故事其实也并未消失,它们化作云端的光、石缝里的野草、一条从河水里跃起的鱼,或者是土里的一株嫩芽,长长久久地守着永远不能拱手相让的土地。

○ 1 ○

大少爷活啦!大少爷差点又死啦!

桃夭但凡再晚出现一秒,司静渊可能真死了。

此刻,血剑出鞘,剑尖正对桃夭的脸……以柳公子为首的围观群众无一人上前劝解,只跟躲瘟神一样逃得远远的。毕竟在桃夭上楼前,司静渊已经拿他们当了一轮盾牌,不然他身上高低还得多几个愤怒的脚印,然而他越躲,某人越生气,竟连剑都拔出来了——司静渊从桃夭背后探出小半个脑袋,紧紧拽住她胳膊小声说:"有妹子你挡着,他的剑是落不下来的。"

"正常人不会,他会。"桃夭用力扒拉他的手,"赶紧撒手!仔细划到我的脸!"

"我们是结拜过的呀!"

"那我退货。"

"结拜不是买卖!能否尊重一下自己的人生!"

"乱来的是你吧。"

司狂澜的脸冷得要冻死全世界,剑尖没有丝毫移开的意思:"滚出来!"

"我不滚!"司静渊又把脑袋缩回去,"手足岂能相残,澜澜你平静一点。"

"你既不将性命当一回事,不如早早送走了你,大家都干净。"司狂澜的剑尖又逼近一寸。

"是意外啦!"司静渊又把脑袋探出来,满脸无辜,"真不是我故意的。"

"两位少爷,私人恩怨不连累无辜是做人的基本准则。"桃夭实在受不了他俩,伸出一根手指把眼前的剑尖小心拨开,"好歹听他解释完了再杀。"

"桃夭你……哎呀痛痛痛!"

司静渊被桃夭揪住耳朵拽到司狂澜面前:"认错!"

"好好我错了,我不该对外头的美景流连忘返不该东游西荡有家不归,不该拿钱帮补他人以至露了财被贼人惦记上,更不该在没钱住店时胡乱找地方睡觉,不该……"司静渊越说越委屈,"最不该想着要带礼物回去送你们!"

司狂澜听得皱眉,手中剑终是不情不愿地放了下去。

"你被贼偷了钱所以才睡到这宅子里的?"桃夭叹气,"以前没觉得你这么笨啊。"

"别呀,人有大意时嘛。"司静渊揉着耳朵,"只怪那天多喝了几杯,不然蟊贼哪有机会。"

"没抓到贼?"

"跑得比猴还快。"

"你们是不是忘了这儿还躺了一个?"对面的柳公子拿脚尖点点地,那铠甲姑娘死了般蜷在地上,身体像是比之前更透明了些。

石铁岚壮起胆子,蹲下去细看:"真没一点动静了……"

"桃夭,你是不是下药下猛了?"磨牙是永远不记仇的,竟为这差点害死自己的家伙担心起来。

"这么快死不了的。"桃夭朝那头看了一眼,不耐烦道,"过一阵儿会醒的。"

司静渊瞧见地上的姑娘,哧溜一下蹿过去指着她道:"要不是她突然冒出来揍我,我也不会身魂分家的。"

血剑总算回鞘,司狂澜已经数不清自己是第几回说服自己放过司静渊了,在"宰了他一了百了"跟"再原谅他一回"之间的极限拉扯,大概是他此生受过的最大内伤,上辈子他肯定欠了司静渊很多钱吧。

"说清楚!"司狂澜厉声道。

"你们等等啊。"司静渊四下搜寻一番,竟从一楼将之前那两把没有引起任何注意的断刀捧了回来,献宝似的呈到众人面前,"看这个!"

"不就是一把刀?"桃夭看不出端倪,"虽一尘不染,却像个有年岁的老物件儿,但……断口好像是新的?"

"这是给你们的礼物啦。"司静渊撇撇嘴,"我一路游玩,本来哪儿哪儿都好,结果在离这里不远的地方遇到个售卖古玩的贩子,说他手里这两把月牙短刀是千年前的古物,造型与装饰都是异域风格,稀罕得很,还是一对儿的,更少见。我瞅着挺有眼缘,便买了下来,寻思当个珍贵的旅行礼物送你俩。哪知这破刀跟我八字不合，买了它们不久，我见一对乞讨的孤儿寡母可怜，便拿了些钱给他们。再后来便是那该死的蟊贼害我身无分文，只好打听附近哪里有当铺，这才来了龙尾镇。到得晚，当铺关门了，我总不好露宿街头吧，正好瞧见这宅子，够大，还没人，便进去凑合一晚。哪知睡到半夜，这姑娘不知从哪里冒出来，二话不说就揍我啊！不但揍我，还把我放在身边的这两把短刀劈成两半，也不知她那是什么掌法，断了我的刀不说，她还骂我什么蛮夷恶徒。这人没睡醒就是比较麻烦，我迷迷糊糊跑慢一步，中了她一掌，就……分家了。"他一摊手，"我真的只是借宿而已！她那一掌力道奇大，直接把我的身子给打出了窗外，可坏就坏在我身子出去了，这一半儿却出不去，这宅子似突然冒出了怪力将我困于其中，无论我怎么跑都出不了门，好像被卡在了一个与世隔绝的世界里，而那姑娘就如鬼魅一般，随时冒出来揍我，不论我如何解释我不是坏人，她都听不进去。我又不好出手打她，只能躲，幸好她也会累，追打一阵就得休息一阵，那几日我们便像猫捉老鼠似的过活，我的心可累了，还得担心外头的自己，时日一长没人发现的话不就饿死了吗。可恨我这样的状态，普通人是瞧不见也听不到我的，属实求救无门。正当我以为这次必死无疑时，竟被一只路过的鼠精听到了我绝望的呐喊！真是天不绝我啊！"

"对对，就是这么回事！"石铁岚腰间的鼠精赶紧插嘴，"我都说了我是做好事嘛，要不是我，他真完了。所以莫说千年灵芝，就是万年灵芝，我拿了也不烫手的。"

"行了，没人要赖掉你的灵芝。"桃夭瞪它，又对司狂澜道，"好像真不能怪他。要不这次就别宰他了？"

司静渊感动得要哭出来，扔掉断刀，一把拉住桃夭的手："我的好妹子终于说人话了。"

司狂澜不置可否，只是啪一下打掉司静渊拉着桃夭的手，脸色依然难看。

"澜澜你不怪我啦？"司静渊太了解这个弟弟，顿时跳起来喜笑颜开地抱住他，"这些日子我想死你们了！以后你赶我出门我都不走了！"

司狂澜对他的拥抱无动于衷，只淡淡地叹了口气："没有谁，永远都有化险为夷的好运气。"

确实，这种好运气谁都不会一直有的。只要一次阴差阳错，便是阴阳两隔。

桃夭看着他的背影，愤怒、杀意、不在意、爱死不死，每一种旁人不理解的情绪，大概都是他内心深处不肯示人的恐惧吧。万幸，自己的生命里没有司静渊这样麻烦的存在。

对，没有，一个都没有。有也不会承认的。

"那大少爷你就跟这姑娘在宅子里你追我躲了好几十日？"磨牙十分同情司静渊，"阿弥陀佛，幸好有石掌门把你……的一半带回司府，不然真是凶多吉少啊。"

司静渊放开司狂澜，狡黠一笑："我才没那么傻，怎可能天天被她欺负。"他指着自己，"你们忘了我的本事了？"

"你果真附身于她？"桃夭脱口而出。

"不然呢，最危险的地方最安全啊。"司静渊笑道，"她总不能自己打自己吧。再说我天天跑来跑去也怪累的，索性借她的身子休息休息。若说困住我时的她顶多是个脑子不清楚只晓得拿我出气的糊涂虫，可在澜澜的无弦琴杀到后，她就不是糊涂虫那么简单了。你们都没看到当时的情景，她很痛苦，很愤怒，身体越来越亮，像太阳落错了地方，然后轰然炸开，整个世界都被搅得无比混乱，我是直接被弹出来的，脑瓜子嗡嗡响了好久。等清醒过来时，面前已是另一番景象了，幸好没多久就遇到了澜澜他们，唉，不可思议的倒霉经历。"

桃夭想了想，问："你不让司狂澜杀她，是因为……"

"因为我知道了她为何要视我为敌。"司静渊看着地上的断刀，"她恨的不是我，是这把刀。"

众人一愣，视线齐落于断刀之上，它们静静地躺在那里，崎岖的断口如费力张开的嘴，似乎有很多话想说，却又因为困顿了太长的时间，欲言又止。

2

"你会后悔的。"

"我走啦。"

她离开那天，常山北峰落了雪。

自多年前那场天火之后，她的出生地就变得很干燥，几百年不下一场雨是常事，冬季也像夏季一样炎热，莫说雪，连寒风都享受不到，从天火中幸存下来的祖辈就是这样渐渐断送了性命，他们是妖怪没错，可本质上还是一株草，没有水，很难活。好在还是活过来一部分，虽然数量少多了，总算是没有灭族。

近百年来天气也好些了，起码隔三岔五能下些雨了，今年甚至还落了雪，糟糕的生活没有一直糟糕下去，是件值得庆祝的事。

还未落地的小辈们头回见了雪，在离地三尺的空中兴奋地摇摆着身躯，叽叽喳喳闹个不停，落了地成了人的，也很兴奋，因为今天是他们一生中最重要的日子，甚至可说是"妖生"中最紧要的转折点——天界与昆仑的家伙们严格记录着他们的生长期，只要有新人落地，他们就会带着各自的名册与严肃的神情，居高临下地出现在他们面前。

他们是很多妖怪羡慕的对象，借常山独有之灵气，生于空中，一旦成熟落地，自成人形，男女随缘，不费吹灰之力的转变，是无数妖怪穷尽一生都无法达到的，更让妖怪们羡慕到要吐血的，是他们生来便拥有了成为妖仙的资格，只要往那些册子上登了名字，他们便是天界与昆仑的护门，珍宝神器，灵丹仙药……总之一切存放重要东西的地方，就是他们未来的去处。

连对妖仙态度极其严苛的天界都对他们另眼相看，不但同意让他们登名入籍，甚至曾在数量分配上与昆仑闹过不愉快，怪只怪护门数量稀少，两边的地盘又都那么大，需要看守的地方又那么多。

所以,他们是被神看中的妖怪,自带光芒,前途无量。

今天,天界与昆仑的仙官们又准时来到。这一批,加上她,落地的一共有九"人"。可最终跟仙官们离开的,只有八人。

她不想去天界,也不想去昆仑。两位仙官愕然。

"你不去?"

她摇头。

"你可知你的人形只能维持三年,三年之内你找不到要守的门,便会化为一枝枯草,零落尘土,死无全尸。"

她点头。

"你又可知你的同族们在上界不但能得上好的栖身之门,还有机会精进修为,得长生之仙体?"

"可我想去人界。"

仙官们讲的好处,她老早就知道,因为去了上界守门的同族们会不定时写信给姥姥,讲他们在天界昆仑的生活如何如何。哦,姥姥是护门里年纪最大的一位,她的栖身之门,是常山北峰入口那扇巨大的石门。每得了信,姥姥便要一字不漏地念给所有人听,只为让他们提前感受那份天大的荣耀。可那真是天大的荣耀吗,从那些千篇一律的描述里,她只看到无条件的服从,枯燥乏味的生活,甚至还有一点点卑微。在神的世界里,他们只是一群"看门的",是随便一个小仙童都可以斥责的对象,跟一把扫帚或一块抹布好像没太大区别,既然只做工具,那天上地下又有多大区别。

她不知别的同族怎么想,反正她是有些天生的不服气。

姥姥,除了上面,还有哪里的门最不得了最重要?

这个……怕是只有人界的皇宫了,人间帝王的居所自然最不得了。

真的?若我去给人间帝王守门,他会如何待我?

唔……会惊喜于你的存在,甚至把你的模样画下来,当神一样供奉。

真的?

猜的……毕竟人类对门神还是敬畏的。

那我想好了,我要做门神,不要当看门的小狗。

哈哈哈。那天,不爱笑的姥姥被她逗笑了。

直到她真的拒绝了两位仙官,姥姥才知道那并非一场年少无知的胡说八道。

"纵是帝王皇宫,也不过凡尘俗地,富贵繁华如瞬息烟云,不值一提,你一生只得一次选择,那人界的门可给不了你长享仙寿的机会。"

"我不要天上仙气，我要人间富贵。"她说得果断，走得也果断，一次头都没有回。

两位仙官看着她远去的背影，彼此都有些掩藏不住的尴尬。

"近年怕是天气有异，长出来的东西也有些变化。"

"嗯，应该是天气的缘故，许是雨水多了些吧。"

"是啊，天界的仙果今年也有几个略酸的。"

"啊，昆仑也是。"

各为其主从不交流的两位仙官，破天荒地闲聊了几句，心照不宣地化解着被拒绝的尴尬。

可那是天界与昆仑啊，一步登天的福气，说不要就不要？姥姥想做最后的挽留，她觉得这个孩子一定会后悔，选错未来的代价是她承担不起的。

但是，留不住。在她眼里，好像已经看到金碧辉煌的皇宫，以及人类崇敬的眼神，甚至都闻到了专属于她的虔诚的香火气。

走在越来越密的雪花里，她步履轻快，昂首挺胸。直到完全看不见她了，姥姥才叹了口气。

雪越下越大，该离开的人都离开后，这座不存在于人间任何一张地图上的山峰，被埋进了无尽的寂寞里。

○ 3 ○

皇宫在一座名为长安的城池里，可对她来说，长安真是太远了，在弄错了好几次方向后，就更远了。

她坐在路边的残石上，捶着酸胀的双腿。这个时候就轮到她羡慕别的妖怪了，尤其是能一飞千里的那些。反观她自己，在没有成为真正的"门神"前，只能完全以一个人类的姿态存活，纵然身体比真正的人类强健许多，可也经不起日夜不停的行走。为何不骑马？她也得会骑啊，之前偷牵了人家的马，才上去就被甩下来，摔个大屁股蹲儿就不说了，还被人喊着偷马贼追了半里路……为何不雇车马？说的就像她有钱似的。来到人界的第一课，就是此处什么都要钱，衣食住行无一例外。万幸她是一株草，喝点水就能饱，否则泼天的富贵还没接到便饿死半途，未免太煞风景。

掐指一算，到人界已近半年，浪费了整个春天与夏天，这荒漠之地的秋风像鞭子一样抽在她脸上，好在她很能安慰自己：没事没事，才半年，还有整整两年半的时间呢，两年半……就算爬也能爬到长安了吧。

身后，吱吱呀呀的声音传来，满面尘土的男子艰难地拖着板车，车上坐着抱了两个孩子的女子，还有些乱七八糟的行李。孩子哭闹不止，要吃东西，女子愁容满面，找了许久才摸出小半个干硬的馍，小心掰碎了喂到孩子嘴里，自己一口也舍不得吃。应该是太难吃了，孩子还是哭,男人的眉头皱成了一团,边擦汗边说到了南边就好了,那里没有野蛮人欺负咱们,不会再有人抢我们的粮食,不会饿肚子,我们再坚持一下。可他的语气并不坚定,但若不这么说,就更没有力气了。

一路上她见过太多跟这家人类似的人了,个个疲于奔命,举家迁徙,有时候还会遇到人类的军队,有的匆忙而过直奔前线,有的吃了败仗,拖着伤兵郁郁而归。反正,她每多见这些人一次,她那颗"要干一番大事业"的心就要凉一次。仙官看不上人间俗地,说富贵繁华不过瞬息云烟,云烟不云烟的先不说,好歹也得让她先见一见富贵繁华吧,可这一路目睹的,除了贫苦艰难便是战火纷飞,实在与她预想的差了太多。

但,回是不可能回去的,长安是一定要去的。

皇宫跟山野,一定是不一样的。她不会选错。只要到了那里,一切都会好的。

可坏就坏在,你越想快,就越快不了。也许是老天惩罚她不肯走寻常路的固执,也许是她单纯的运气不好,反正那天要没有选择左边的岔路就好了,那样,就不会遇到那群倒霉家伙了。

本来她是有机会永远避开他们的,但谁让她走了一半又折回来呢。没办法啊,实在看不下去啊,怎么能有那么虚弱的人呢,大大小小加起来十个人,却连个坑都挖不好。

两个姑娘,十六七岁吧,很瘦,八个孩子,从四五岁到八九岁,流着鼻涕抹着眼泪,乱糟糟地围了一圈。两个姑娘在空地上挖坑,一个用铁锹,一个用铲子。可能地太硬,挖得并不顺手,几个年纪稍大些的孩子给她们打下手,拿一切能挖土的工具吃力地挖。看他们一脑袋汗水的样子,应该挖了许久,可那个坑还是那么浅,埋个猫狗都不够,何况埋人呢。旁边的板车已经破旧,轮子都快掉了吧,黄不黄白不白的破烂麻布下,躺着一具僵硬的躯体。

最小的丫头坐在坑边,泪汪汪的眼睛不安地追随着他们的每个动作,带着哭腔问:"莫姐姐,霍大叔真的死了吗?死了的人永远不回来了吗?"

头上包着粗布头巾的姑娘停下手里的铁锹,抬头对小丫头挤出一个安慰的笑脸:"是的。但他会在天上看着咱们。"

小丫头的鼻子抽几下,哇一声哭出来:"为啥要去天上?他在天上还能做烙饼给我们吃吗?我都看不到他了,他还能看到我吗?"一个小家伙哭出来,其他七个便都受了传染,接二连三大哭起来。

天气阴郁,秋风寒凉,巨大的荒漠上有一群连坑都挖不好的人类,他们像一片片随时会被吹走的枯叶,在铺满沙子的风中,痛哭不已。

咣当一声,腰间系着暗红腰带的姑娘突然将手中的铲子用力一扔,红了眼睛吼道:"我非杀了他不可!"说罢便要走。

"你冷静些!"头巾姑娘赶紧拦腰抱住她,"他已跑得无影无踪,你要上哪里杀他?若

083

他背后有狠人撑腰,你是要我们再多挖一个坑吗?"她急忙朝那些孩子使眼色:"还不拦着你们何姐姐!"

孩子们慌忙扑上来,抱腰抱腿,哭得更大声了:"何姐姐你不要去!坏人比狼还凶!霍大叔会死掉你也会的!"

一时的愤怒骤然泄去了大半,姑娘身子一软,跌坐在地上,抱着几个孩子,用力咬着牙,不让眼泪流出来。

怎么又是一个与富贵繁华毫无关系的场面,甚至比之前看到的那些更让人头痛。

"继续挖吧,争取天黑前让霍大叔入土为安。"头巾姑娘拍了拍同伴的肩膀。

"嗯。"

扔掉的工具又被捡起来,挖坑的速度比之前快了些,但以这样的进度,想在天黑前挖好还是不太可能。

她本来已经从他们身旁慢吞吞地走过去了,可在回了两次头以后,她实在是受不了一件无比简单的事情在他们手里变成天大的困难,大概就是那种走得快的人看到走得慢的,忍不住就想要去拖他们的心情,其实是多管闲事吧,但如果不做这件事,她可能一路上都要不断回想起他们狼狈的样子,甚不美妙。

总之她回头了,然后在对方诧异无比的目光里,拿过铁锹,咣咣一顿挖,泥土飞扬,她却若无其事,连一滴汗都没有。

在十张目瞪口呆的脸孔前,足以让霍大叔安息的大坑挖成了,用时极短。

她吁了口气,把铁锹交还给头巾姑娘。头巾姑娘微张着嘴,打量比自己高出近一个头的她,片刻才回过神来,脱口道:"姑娘……你力气好大啊!"

她擦了擦脸上的泥,老实道:"我没花什么力气。"

孩子们的神情从惊讶转眼变成了崇拜,对死亡一知半解的悲伤也被她的出现打断了。

"姐姐你好厉害啊!""姐姐你长得好高呀!""姐姐你从哪里来的呀?"

被单纯幼稚的目光重重包围让她有点不习惯,毕竟一路上除了偶尔有人瞟她一眼嘀咕一声"个子真高"外,没有谁对她表示出过多的关注。

"你帮了我们大忙。""红腰带"感激地一拜,在这个自顾不暇的混乱年月里,能得到来自陌生人的帮助,比天上掉钱还罕见。

"哦。"她指了指板车,"这是你们要埋的?"

他们点头,注意力一回到那等待入土的人身上,难过便又回来了。

人类就是比较麻烦,死了还得挖坑,挖了坑又得填回去,不像妖怪,死掉的时候多半唰一下子就没了,化作一道光或者一阵风或者一点点灰烬,有的时候甚至只有一点微弱的气味,又快又方便。

她二话不说,过去便将逝者扛起放到坑里,动作轻松,一气呵成,又从头巾姑娘手里拿回铁锹,利落地将坑边堆成小山的土送回原处。

诧异之余,两个姑娘赶紧招呼孩子们一起来帮忙。填土好歹比挖土容易些,一群人的忙碌很快有了结果——空旷的野地上,新起了一座微微高出地面的新坟,他们捡来大大小小的碎石围成一圈,红腰带在最大的一块石头上用随身的小刀刻上了"霍大叔之墓"几个字,恭敬地放在最中间,头巾姑娘拿出一个陈旧的葫芦,将里头的酒仔细倒在坟前。

磕头,拜祭,天刚黑时,葬礼顺利结束。

她拍拍身上的土,好了,现在可以走了。

"姑娘!"红腰带赶紧叫住她,"你要走了?"

她点头:"还要赶路。"

"我看姑娘不像是本地人?"红腰带又问,"冒昧问一句要去哪里?"

"长安。"

长安?两个姑娘面面相觑,又将她打量一番,去那么远的地方,怎会连一件行李都没有。

"长安很远啊。"头巾姑娘瞪大眼睛,"你……就这样一个人去?"

"嗯。"她点头,顺口问道,"你们知道长安很远,是去过吗?"

两人齐齐摇头。

"那我走了。"跟没有去过长安的人好像也没什么可多说的。

"姑娘留步!"红腰带拦住她,认真道,"要赶路也要等天明,此处荒凉,夜里常有野兽出没,你孤身一人怕有危险。"

野兽?哪个野兽打得过她?

"我……"

"对呀,太危险了!"头巾姑娘不由分说拉住她,"还是上我们家住一宿,明天再出发不迟。"

"你帮了我们大忙,我们没啥能答谢你,好歹去吃顿饭吧。"红腰带真诚得很,说着又扭头问孩子们,"请这位姐姐到我们家吃饭,好不好?"

"好好好!""姐姐我们请你吃饭好不好?""姐姐你跟我们回去好不好,何姐姐做的饭好好吃的!"孩子们一拥而上,几乎要挂在她身上了,天呐,吵得头痛!

要是说不去,今天是不是难以脱身了,还不如遇到野兽呢,一拳一个打跑完事……可见小孩子比野兽还麻烦。

"那……我去吧。"她有些无奈,一个喝水就能饱的妖怪委实对人类的食物没什么兴趣。

孩子们高兴极了,拉着她就往前走。两个姑娘也很高兴,赶紧收拾一番,拉起板车往某个方向走去。

"我们住在附近的龙尾村,很快就到。"

"哦对了，我叫何冬来，她叫莫小运，请问姑娘大名？"

"我……我叫……"护门哪来的名字嘛，登在天界册子上的都是"护门一护门二护门三"，得有了拿得出手的修为之后大概才能得到一个某某仙官的称号，她要是没走的话应该就是护门一百好几十了吧，真难听，幸好小孩子连珠炮似的"好不好好不好"的声音在耳畔乱响，她干脆说，"我叫阿好。"

她永远记得她成为"阿好"的那个夜晚，半弯冷月悬在天空，空荡荡的板车被两个姑娘推拉着吱吱呀呀地前行，尽管不用再负担一具冰冷的躯体，但脚步依然沉重，一群不晓世事、叽叽喳喳不停的孩子拉着她走在坑坑洼洼的野地里，好像拉着某种难得一见的希望，生怕失去。

这……住一晚就住一晚吧，反正时间还多。

○ 4 ○

到龙尾村的第三天了，她还没走成。

一路上她也经过了不少城池乡村，尽管都不太繁华，却也没有一个像这个村子这样荒凉——这里只住了一户人家，老霍没了，现在便是何冬来跟莫小运当家。村里其他房舍空空如也，要不是老霍家还能发出一点鲜活的动静，此地便跟个彻底的荒村没两样了。

何冬来告诉她，半个月前，村头的王大泉带着全家老小走了以后，他们便连唯一的邻居也没有了。王大泉是个好人，临走前还送了一些粮食给他们，那会儿老霍还在，送他们一家离开时，王大泉跟他说的最后一句话是：别留下来了，这里真的什么都没有了。

老霍在清晨的阳光里挥手，微笑着说一路平安。

已经当了三天"阿好姐姐"的她，站在屋舍后的菜地前。地里稀疏长着些叫不出名字的青菜，不太精神的样子，三只鸡在菜地边上啄来啄去，两个孩子忙着给一旁的鸡窝加固，他们还给鸡起了名字，大壮二壮小壮，那是他们对这几只鸡最朴素的期待，毕竟在他们的认知里，鸡蛋比金子还珍贵，他们甚至对金子没有概念，食物才是一切。

菜地后有一条不算宽大的河，对岸的山坡上铺着一片树林，再远就是戈壁荒漠，最远的地方，能隐隐看见藏在云中的雪山。帝国边境的地貌，比哪里都复杂，很难让人有安全感，任何缝隙与阴影中仿佛都藏着不可知的风险。

此刻，何冬来与莫小运背着竹筐拿着小铲子，在他们的家与河岸间的地上检查着什么，时不时蹲下来拿铲子往土里杵一杵。

她们在检查埋在土下的机关，那是老霍亲手做的，比捕兽夹还厉害的东西，每隔一段时间就要更换一次位置，绝不让人抓住规律。只有她们知道安全通过的路线，孩子们也烂熟于心，虽然他们不懂金子的珍贵，却很懂在一个糟糕的环境里尽可能保证自己的安全。

她们说，机关不是为了防野兽，而是防那些比野兽还凶猛的人。

在她们来到龙尾村前，戍边的兵士们在漫长的岁月里已不知经历过多少场大大小小的战斗，怎奈觊觎帝国疆土的蛮夷们实力与日俱增，加上后方支援不足，在权衡一时利弊后，这块或许也没有那么重要的区域不得不被放弃。

包括龙尾村在内，附近所有村镇的衰落破败，也就是从那个时候开始的。

失去了最理所当然的保护，外敌长驱直入，说是军队，却更像匪类，抢钱抢粮抢人，只要是他们看上的，连一只狗都不会放过，抢不走的，一把火烧掉也是常事，起初不肯服软的村民们也组织了民团与之誓死抵抗，奈何实力相差太多，数年之间，当家破人亡的结局成为常事后，便只剩下逃了。

不逃的只剩老霍。

莫小运说她跟何冬来结伴经过龙尾村，差点冻死在风雪中时，是老霍把她们捡回去的，两大碗热汤把她们的魂儿唤了回来。那一年，老霍家的八个孩子里，最大的才七岁，最小的刚把路走利索，一群小东西像没吃饱的小猫一样挤在她们面前，咽着口水盯着她们手里的食物——八个都是老霍捡回来的孤儿，那些年死去的人太多，离散的人也太多，只顾自己顾不得他人的人更多，真是走着走着就能捡到一个没爹娘的孩子，容易得有点荒唐。

两碗热汤的恩情也是恩情，既然本就在一段不知何时才能到达目的地的旅途里，她们干脆就留在了龙尾村，毕竟老霍照顾八个孩子显而易见吃力，本来她们想的是来年春天再走，可春天一到就该松土种菜了，那就秋天再走吧，但秋天一到又该给小东西们张罗厚实些的衣裳了，那就下个春天再走……要不下个秋天再走……一拖就是两年。

两年间，带给他们最大困苦的，不是恶劣的天气与衣食的短缺，而是一群没有底线的入侵者，他们身形大多粗壮剽悍，将头发扎成奇怪的样子，骑着马，以锋利的弯刀为武器，在已经饱受战乱之苦的村落间搜刮掠夺，不吸干最后一滴血不肯罢休。至于这群人是从敌军大部队中流出来中饱私囊的混蛋，还是顺着战火来趁火打劫的乌合之众，已经失去了确定的意义，反正带来的灾难与伤害是一样的。

他们抢走的东西已经足够多了，但仍不满足，到了后来，掠夺变成了他们的习惯和乐趣，手无寸铁的村民们惊恐又无计可施的模样是最能逗笑他们的乐子。

起初她们以为老霍只是个上了年纪的村夫，顶多在做饭缝衣服带孩子上有超越一般人的才能，却不知他还有一身硬功夫，就算年纪大了，也能一跃而起将那为首的黑脸胖子从马上一脚踢下，再顺势夺了对方的刀一把扎在他大腿上，痛得胖子哀号连连——激怒老霍的，是胖子又带着他的爪牙们来龙尾村"找乐子"，彼时村里人家已逃走大半，值钱的东西早就所剩无几，留下的多是些无力远行的老弱病残，以及还在犹豫之中实在舍不得离开家乡的人，比如王大泉一家。他们要抢王大泉的妻子，王大泉跟他的老岳父跪在他们的马蹄前苦苦哀求，老岳父将自己藏起来的最后一点棺材本都拿了出来，还承诺说等今年有了收成，愿意把所有粮食都献出来，只求能让他们一家平安。为首的胖子想了想，说，你们两个跪在地上学狗叫吧，叫上一百声，我就放了这个女人。

这是要拿起刀才能击碎的屈辱啊，可王大泉咬碎了牙也没有拿起刀，他瘦削矮小的身躯在寒风里紧缩成更瘦更小的一团。他只懂种庄稼，只会在集市上挑选便宜又还好看的布料给妻子做衣裳，能把快死的花养得春风得意，动手打架这样的事在他平静柔软的前半生里是不存在的，他连村里的狗都打不过。

汪……汪……汪……尊严大不过性命，实力撑不起反抗。

对方所有人大笑，胖子笑得露出参差不齐又黄又黑的大牙。哈哈哈，再叫大声点！大声点！

叫你爹！老霍的声音盖过一切，他像一只在地面停了很久的鹰，突然展开了从未老去的翅膀。

不幸之中的万幸，是胖子的身手不匹配他凶悍的外表，以及那天他只带了三个手下。

除了老霍突然爆发的英勇，加上习惯了欺负别人的家伙在面对被别人欺负的状况时的惊慌失措，敌人从身手到气势，都输得一塌糊涂，最后只能架着他们受伤的头目落荒而逃，当然在临走时惯例是要威胁一番的，但威胁也是跑远了才敢发出来。

王大泉一家抱着老霍又哭又谢。

之后的几天，老霍变得更忙了，他跟村里那个跛脚的铁匠一起，用有限的资源打造出了一批他口里的"小东西"。

那就是老霍的机关，他怎么说，铁匠怎么做，然后，他花了一天一夜，把这些小东西按他的安排埋在村外。

意料之中，咽不下那口气的敌人很快便卷土重来，依然是胖子带头，他压根儿不能接受身为一头大象却被一只蚂蚁咬痛了的事实，这次带了十几号人，他甚至想好了在抓到那个老头子后要怎么在不弄死他的前提下让他吃尽苦头。

意料之外，他们又被咬了……他们走过无数次，熟得不能再熟的路上什么时候埋下了这样的凶器，那些从土里冒出来的见都没见过的古怪玩意儿狠狠咬住了他们毫无防备的马。这些并不仅仅是捕兽夹，在他们从马背上摔下来的同时，无数根锋利的铁针暴雨般扎向他们的身体，就算护甲替他们挡住了大半，挡不住的那些依然扎得他们哇哇乱叫——老霍把尚未装好的铁针拿回来时，嘱咐何冬来她们用刺蝎草的枝叶涂满每一根针。刺蝎草长在河对岸那片林子里，碰到它们的叶子都会又刺又痛，偶尔有哪个蠢动物吃到了它们，不出三步便会浑身麻痹，倒在地上抽搐不止，任人宰割。刺蝎草是何冬来发现的，她说她爹是世上最优秀的猎人，她很小的时候就见过他用这种草的汁液涂在刀刃与箭尖上，事半功倍。

总之，二十九人对一个老头的报复居然又失败了。那天，龙尾村外人仰马翻，倒霉的胖子被扎得动不了说不出，只能歪着个嘴巴流口水，在轻伤者的搀扶下哼哼唧唧，运气好没有受伤的家伙们紧张地站在原地，不敢乱走一步，天晓得这片被欺负惯了的土地下还藏着多少蓄势待发的暗算。

老霍拿着菜刀，站在夕阳里，做好了他们冲过来跟他决一死战的准备。可是，对面谁也没敢迈第一步。

气势是一种奇怪的东西，高头大马与弯月短刀，在老霍的白发与菜刀面前生生地矮了一头。

当怕死与不怕死对峙到暮色降临时，对方终是调转方向，狼狈而归。这次他们找的理由是"今日不吉"，好几个家伙安慰他们一再受挫的头目：没事的，下次我们找巫师看个好日子再来收拾他们！把失败甩锅给上天，多少能挽回一些颜面。

直到他们消失，连头发都绷紧了的老霍才深深地吐出一口气，握紧菜刀的手终于可以自然地垂下来了。看似是气势上的胜利，可实际上还是有赌一把的成分啊……谁敢保证那二十个人里一个不怕死的都没有呢。幸好真没有。

躲在不远处紧张关注这场战斗的女孩们赶忙跑到老霍身边，扶住了差一步就要坐到地上的老头子。老霍额头上的冷汗很争气，硬是等敌人走了才冒出来。

一场险胜。

缓过来的第一句话，是责怪这两个丫头怎不按他的交代好好待在密室里，跑出来受了伤算谁的。

何冬来亮出自己贴身带的短匕，说不可能放他一个老头子孤身对敌。虽然是女儿家，可她是猎户的女儿，使刀比使针线熟练，他们真要全扑过来，就算赢不了也要拉两三个陪葬的。莫小运说她虽不擅武，但也是能帮上一些忙的。

老霍哭笑不得，说得真好听，你们连个屋顶都修不好。

老霍的密室，入口开在厨房隔壁的杂物房里，拨开凌乱的干草与杂物，露出一个铜环，拉开，顺着斜道下去，便是另一重世界了。

自打与那伙人结了梁子，每有风吹草动，老霍最先做的事就是让八个小东西滑进密室去躲避。而她们俩却奇怪老霍一介村夫，会拳脚功夫就罢了，怎么还能好端端地往地下挖出这么个地方来。

密室很大，除了储藏了少量清水与粮食外，便是数量众多的竹简，以及一堆残破的刀剑与铠甲。老霍把这些破烂东西都摆得整整齐齐，竹简堆旁边的架子上，放着一件完整但布满伤痕的黑色铠甲，只有看到它，老霍在柴米油盐的生活里渐渐修剪得平和柔软的眼神，才会大梦初醒般露出片刻锋利与深沉，然后在转向别处时又沉入今天的晚饭要吃什么的焦虑里。

老霍说，小山总说这里就是传说中的藏宝阁。小孩子嘛，随便挖个洞搭个棚子都可以成为他们心目中的秘密圣地，破铜烂铁也都能当成珍宝似的存着，而密室里那些早已失去主人的刀剑是年幼的他最渴望得到的宝物，只是老霍从不肯给他，他说这些并非玩物，而是那些永远回不来但也永远不离开的人，等你长大了，你会有自己的剑与铠甲的。

那时候，小山当然是听不懂的，当多年后，他穿着属于自己的盔甲，握着沾满敌血的利剑，在战场上拼杀到精疲力竭的一刻时，他才明白为何老霍会将那些散落于不同时间的刀剑残甲捡回来好生收藏的原因。

他的剑也有了好多缺口，被敌人趾高气扬地踩在脚下，他与他仅剩的一群兄弟也被踩在脚下。

"跪下，投降，饶你们不死。"蛮夷们说起对手的话来还不是很熟练，发音听起来有些好笑。

他笑出来，可能是断了肋骨的缘故，笑着笑着就吐出一口血，但还是很好笑，他边咳边笑："回去吧，这里不是你们的土地，你们连我们的话都说不好啊哈哈。"

他从脚下挣脱出来，虽然被反缚了双手，但背脊还勉强能直起来，他的语气像老霍在喊幼年时的他回去吃饭一样，不凶，但很坚决。

高头大马上的人轻蔑地拔出了弯刀："现在，是我们的土地了。"

他却摇头："我们不会离开的，你们过不来。"

一阵哄笑，这个俘虏大概是伤到了脑袋，已经在胡言乱语了。

那一天的同一时刻，正在菜地里除草的老霍刚刚收到小山的家书，短短几句——敌强我弱，然寸土不可相让。不退，不降。

家书应该走了很久，这样艰难的时局下，能顺利送到已是幸事。这孩子的字还是那么好看啊，其实他读书也很厉害，不投军也有很多事情可以做，但他总是对自己的剑与盔甲念念不忘。

那这一仗，是输了还是赢了？又要等多久才能等到结果？老霍收起家书，在夕阳笼罩的菜地里继续忙活。

弯刀在烈日下晃出放肆的光线，刀尖已经抵在小山的头上。再问你们，降还是不降？！

不降！

不降！

不降！

当老霍的菜地里迎来新一轮收成的时候，有人拖着疲倦的身躯给他捎来了一个口信——打输了。那一战，敌人不但斩杀了前锋营中所有不肯投降的将士，还将他们烧成灰烬。小山回不来了。

来者交给老霍一小袋土，说小山可能在里头，除了这个，他们什么都没办法带回来。

第二年秋天，老霍的妻子去世了，她临走前还在感叹，要不是老霍年轻时杀人太多，小山或许不会那么短命，她抱着小山的旧衣裳，在感慨与苦笑中离开了人间。

关于小山的一切，老霍是一边给孩子补裤子一边讲给她们俩听的，他平静的神色让她们差点以为小山不是他的亲儿子。

桌上的油灯昏暗飘忽，她们两个面面相觑，横竖都不相信老霍曾经"杀了很多人"。老霍手里的针线在破洞上熟练游走，做这种工夫活儿的时候最适合说些闲话了。

密室里那件黑色盔甲，是我年轻时穿的。

那会儿的天下更乱，群雄争霸，你死我活。我善机栝暗器，为一军之首，打赢了不少仗，自然也杀了不少人。然主公终是霸业未成，身死异乡，麾下兵士亦离散四方。有别家试图说服我加入，可我是个吃不了两家饭的人，心灰意冷下，与妻子归隐远方，在龙尾村过起寻常人的日子。只是我天性谨慎，早早挖建了这方密室，一来让那些讲暗器机栝的秘籍有个归处，二来可防仇家来找麻烦。但多年过去，曾经的敌人大概都忘记了我，可能他们连自己的使命与仇恨也一并忘记了吧，时间真是强大。

所以，我本以为我们一家人可以在龙尾村安享太平了，哪知还是回到了原点。蛮夷犯境，战火重燃，我已年过半百，常常干的事，除了种菜收菜修房顶，便是从疮痍处处的土地上捡回失去主人的残剑断刀与四分五裂的护甲。对于那些浴血相抗却永远回不去的，只能被潦草地埋在随便一个坑里的无名之辈来说，这些残破的东西便是他们留在这世上的，唯一的身躯……都是不肯退一步的人啊。将它们收回来，与我的战甲放在一起，这场景仿若旧识重聚，虽死尚在。

老霍跟任何一个爱絮叨的老头一样，不紧不慢地说着，说完了，那条裤子还没有补好，他叹气："小六跟个猴儿一样，再结实的裤子也撑不过三天，要不是天气凉了，随他光着腚到处跑。"

没有大惊小怪，也没有反复追问，她们两个只是安静地听，顺便把明早要煮的菜择一择。

在老霍终于补好了裤子之后，莫小运忽然问，你从来没有想过离开龙尾村吗？

老霍抬头，看向框着无尽夜色的窗户，笑笑。菜园角上那棵树下头，月荷跟小山都在，我跟月荷是在龙尾村拜的堂，小山是在龙尾村出生，我脱下战甲后的所有人生都在这里。屋前那一片花是月荷一点点养起来的，我说这里土质不太行，太娇弱的东西长不好，她说咱们养的花命硬，哈，那时她总是这样笑眯眯的，什么都不担心。哦，我们头回养鸡时没什么经验，一晚上过去鸡全跑了，全村的人都来帮忙，那会儿王大泉还是个抹鼻涕的小孩子，为了追鸡差点摔到粪坑里。

铁匠的腿没瘸的时候，整天乐呵呵的，除了打铁还喜欢钻研各种奇巧物事。有一年的年夜，他非要让大家来看什么铁花盛开，不知他往铁盒子里塞了什么奇怪的东西，拿火把烧了半天，花是没看到，铁盒子砰一声爆开，黑烟跟火苗子蹿得到处都是，不但熏黑了围观者的脸，还把老张头留了半辈子的胡子都烧了。大家鬼哭狼嚎地跑开，又气不过，回来把铁匠捶了一顿，让他以后专心打铁别搞事，哈哈。

还有啊，一到丰收之时，村里就会热闹好几天，村长带头，拿出好酒好菜，其他人也拿出平时舍不得吃的好东西，全村人聚在村头的空地上，在星月与篝火里吃喝笑闹，村长只要喝多了就要唱歌，他声音跟个老驴子似的，难听但欢快得很。他唱的什么词儿我都忘了，好像是……风和日丽，家国平安。

时间好快呀，熟悉的场景与熟悉的人，不知不觉都消失了。

老霍从来没有对她们说过这么多话。沉默良久，何冬来问他，孩子们也不离开吗？月荷种下的花命硬，可这八个小东西未必。

老霍把补好的裤子小心叠好，说，我也想过，但我无人可托付。之前村里有人离开时，我也曾想把几个最小的托他带到南方去，可他们也很勉强。这不能怪他们，光是自己活着就够难了，而且小东西们也犟得很，大哭大闹着不肯离开。只能作罢，姑且走一步看一步吧。

好吧，走一步看一步的结果，是她们留在龙尾村的时间又延长了。近两年的相处时光，孩子们已将她们视为了亲姐姐。

边境上的战火依然时不时爆发，入侵者们越来越肆无忌惮地掠夺不属于他们的一切，逃离家园的人越来越多，曾经安居乐业的土地一块接一块地荒凉下来，不停地退让成为此刻保命的唯一方法。

在老霍成功的反击之后，吃了亏又怕死的家伙们大概是对地下那些神出鬼没的东西有了阴影，也可能是想明白了，一个早已没有油水可榨的地方，犯不着为一点欺负人的乐子以身犯险，那个拿菜刀的老东西跟个不要命的疯子似的……总之，很长一段时间里他们都没有再出现过。在其他区域逐一被蚕食，并且被侵占者改成他们喜欢的名字时，龙尾村就像一头孤狼，虽然上了年纪，也没有援助，面对随时会袭来的灭顶之灾，就是不肯退一步。

但愿意留在村里的人还是越来越少了，到了今年初秋时，连王大泉一家都走了。他其实是想带小八走的，他的能力仅止于此了，但小八咬了他一口，跑了。三岁多的娃娃，抱着老霍的腿死都不肯松开。

看着王大泉一家远去的身影，倚在家门口的何冬来叹了口气，她对靠在另一头的莫小运笑了笑，只剩我们一家了。

莫小运挠了挠头，突然凑过来小声说，要不咱寻个机会把老霍打晕带走吧。

何冬来居然认真考虑了一下她的建议才否决，先不说她俩能不能把老霍打晕，打晕后呢？一个老头子加八个小崽子，莫说活生生的人，这世道就算是九只鸡也好难养活的，最重要的，她们有她们要去的地方，龙尾村只是一个暂停的地点，终归是要离开的。

所以一切仍旧无解。

不过，若就这样孤独而平淡地活下去，也不算坏事，只是他们所有人都没料到，命运会这么快就让他们明白，区区"平淡"二字，于老霍而言也是奢侈品。

转折，来自一个访客。

真是破天荒的事，老霍居然有访客……

他是在回村的路上遇到这个乞丐的，他把此人的面容在脑子里过了好多次，才认出这是小山的童年好友卢忠勇。忠勇一家曾经住在他们隔壁的隔壁，后来搬走了，临别时，小山还送了忠勇一把他自己做的小木刀，两个孩子为即将失散的朋友哭得冒鼻涕泡。大概是老天被感动了一回，竟在数年后又让他们在军中重逢，小山写信告诉父母这件事时，连笔迹里都透着开心，老霍夫妇也十分欣慰，战火无情，多个好兄弟照应总是好事。可这重新续上的缘分，也没能撑太久。

老霍以为忠勇也在那场生死之战里没了，所以当他见到这个潦倒的青年活生生站在他面前时，他高兴地哭了，要是小山还活着，个头也该跟忠勇一般高了。忠勇也泣不成声，跪在老霍面前扇自己耳光，说自己没用，没有照顾好小山。

老霍怎么可能怪他呢，他只会把家里能拿出来的所有食物堆到忠勇面前，让他赶紧吃。

忠勇一边狼吞虎咽一边说自己是如何从那场大战中侥幸捡回一条命，这几年又是如何颠沛流离，又是如何在机缘巧合下回到了龙尾村，本想来看看就走，却没想到老霍还在。言辞恳切，老霍听得难过，只不断给他夹菜。

只有莫小运不喜欢这个人，她在去厨房帮忙做饭时，对何冬来说这个叫花子的眼神不正，她端菜过去时，他总是偷偷瞟她。

何冬来说她多心了，那人都要饿死了，还顾得上看姑娘？莫小运哼了一声，你观察猎物的本事比我好，可看人的眼光你不如我。

事实很快证明，莫小运的感觉确实没有错。

那日凌晨，她们被一场激斗惊醒。当她们赶到杂物房时，老霍已然倒在了血泊里，心口上插着一把刻纹怪异的短刀，脸上还沾着颜色奇怪的粉末，而白天那个痛哭流涕的忠勇正试图拉开地上的铜环。

她们霎时呆了，她们也想过老霍早晚会死，老死病死累死，或者在敌人又一次来犯时与他们同归于尽，但无论如何也不该是在一个毫无防备的黑夜里，死在一个被他当孩子看待的人的暗算里——不偷摸着撒出那把能灼伤人双目的粉末，他打不过老霍。

问题是，他那不再掩藏的贪婪眼神，居然是冲着密室而来。可那里除了一堆废铜烂铁，一点值钱的东西都没有，他想要什么？

见到她们，他一点都不慌张，甚至流露出一抹轻浮到下流的微笑。老霍都折在他手里，两个小姑娘，还能施展出什么法宝。

可两个小姑娘，真有"法宝"。

何冬来对他下了死手，用惯了的菜刀好几次擦着他的脑袋过去。也许力气不如他，但极致的愤怒足以弥补，他没有想到一个瘦弱的姑娘居然使刀使得如此熟练且凶狠，他当然更想不到替父亲打过无数次下手的何冬来，可以一刀剁掉野兽的头颅。要不是他功夫不算差，估计早已断手断脚，不过，他判断自己还是会赢的，再过几招，何冬来的力气会越来越小，必输无疑，他甚至想着一会儿要杀了这眉清目秀的小丫头还真有点可惜。

本来他的判断是对的，如果在场的只有何冬来一人的话——一团突如其来的粉末落到他身上，奇异的气味随着腾起的细细烟尘钻进他的鼻子。有点痒，但这是什么玩意儿，也是拿来迷人眼睛的毒粉？这么快就以牙还牙了？可眼睛没有任何问题啊，他甚至清晰地看到冲他撒出粉末的莫小运像只敏捷的猫一样跳开了去，并在他愣神的刹那趁机将何冬来拉到离他更远的位置。啧啧，老霍家养的小丫头跟老霍一样天真啊，这么一点把戏就妄图击败他？！找死。

当他杀心正盛时，古怪的麻痒突然在他的身体里狠狠地扩散开来，从头发梢到脚趾尖，痛痒到钻心，连着每一条经脉都开始不自觉地颤抖似的，而当他的目光落到自己身上时，顿时连呼吸都吓停了——无数形如幼蚕的半透明虫子不知何时遍布他的全身，每一条虫子都在努力往他身体里钻，手上脸上的已经开始得逞，衣裳上的还在努力啃噬，他鬼叫着跳起来疯狂拍打。

得此机会，何冬来立刻握刀上前想要结果了他，谁知他疯劲甚大，竟撞开了何冬来破窗而逃。何冬来要追，被莫小运拽住，她说穷寇莫追。

这个夜晚，死里逃生。但老霍终究是不行了，除了眼睛被灼伤，那把重伤他的短刀还喂了毒。

老霍拒绝去看大夫，到最近的镇子也要一两天时间，还得劳两个姑娘拿板车拉去，死在半路岂不是更麻烦。她们不肯，非要带他走。他却挤出笑脸来，说此毒甚烈，已无药可救，自己半生与暗器陷阱为伍，也不是没往上头喂过毒，胜之不武的胜利虽不多，却也不是没有，如今身死于此，不算冤枉，请她们不必太难过，只是从此以后那八个小包袱要托付给她们，也是无奈之举，望她们尽力而为即可，天意难测，若有闪失也不必自责。

握着老头越来越冷的手，何冬来的心像是被什么堵住，愤怒悲伤都沉在深处，无法动弹，脑子里反复出现的却是两年前的冬夜，老霍笑眯眯地给她们端来的那碗热汤。莫小运使劲搓他的手，哭得稀里哗啦。

小人必会卷土重来，你们尽快离开，万不可想着报仇，我不用。

把我放在村前最高的那个坡上，你们走时，我好瞧着。

你们说世上真有鬼吗？要有就好了，我变个凶神恶煞的鬼，日夜守在此地，想让我退，我偏不退，龙尾村是我家，寸土不可相让……丫头们啊，你们放心去，我一直在这里……冬天要熬热汤，种的花要开了，月荷说不能浇太多水，小山又在那儿捉虫子了，臭小子今天的书还没有读……天呐，村长又唱歌了，跟个驴似的……

老霍的话越来越混乱，窗外的秋风毫无感情地钻进来，终于带走了他最后一丝气息。

秋天就是容易比别的季节悲伤啊。

○ 5 ○

大壮可能眼神不好，把她的脚当成了什么奇怪的东西，啄来啄去。

她也不赶它，可能这是这只鸡今天最大的乐趣了，活在如此糟糕的世界还能怡然自得，大壮它们也算是心胸开阔的鸡了。

但要有好生活，光靠心胸开阔是挖不好埋人的大坑，也补不好屋顶的。

人类真是奇怪，如果她们非要讲给自己听的往事是真的，她们一个能单挑恶徒，一个能背后补刀，能陪着老霍跟八个小崽子硬生生地在这个危险又毫无价值的地方坚持了两年，却被那些在她眼里比灰尘还小的事为难。

吃了人家一顿饭，见她俩在屋顶上不得章法地忙碌，自己好像也不能干看着，既然帮她们挖了坑，那再修一修屋顶也没什么。其实她也不太懂究竟应该拿什么东西去补屋顶最好，既然只有干草与木头，那就用这些好了，反正最终是要拿一点点妖力把它们固定好的。

于是，她又被隆重地感谢以及崇拜了一番，主要是小崽子们觉得她太厉害了，力气大就算了，上房顶居然连梯子都不用，咻一下就跳上去了——其实是她还没有彻底习惯人类的行为，见她们笨手笨脚的样子，心里一急，妖力便不受控制地冒出来，等她意识到普通人类应该爬梯子上屋顶时，她已经在屋顶蹲着了。

她们惊讶地问她是哪里学了这样好的轻功，她也懒得撒谎，只说自己生来便如此，引得她们连连称奇，说几百几千年都未必能出她这样的一个奇人。

可一旦选定了那扇门，她就再没有这样轻巧自由的资格了……她把这句话吞了回去。

本来她打算修好屋顶就离开的，她俩又非要留她再住一天，说长安路途遥远，她孤身一人又身无长物，最起码也要带点干粮跟换洗衣服上路，让她们来准备，也算是对她好心帮忙的酬谢。可她真想说我不要食物也不要衣服，你们真要谢，拿点钱让我去雇个马车加识路的车夫，我就开心了……总之还是盛情难却，多留一天就留一天吧。该说不说，何冬来做饭的手艺真不错，那么粗糙的食材经她的手煮出来，真是比喝水强百倍！另外，何冬来一边准备饭菜，一边还很自然地将她们与老霍的这段经历闲话家常般细细讲了一遍，旁边的莫小运时不时地做出一些补充，在这个过程里，两个人都努力做出一副"没什么别的意思只是随便讲给你听听"的样子。于是，在饭菜香气与摇曳灯火里，她不得不听完一个长达两年的故事，好在她们讲得不算枯燥，有些场景跳到她的脑子里，甚至会激起一刹那路见不平的怒气，仿佛自己也在那些生生死死里。而对她触动最大的还是老霍，居然是个意料之外的人物，可惜

肆·连尾

刚一见面就是埋他。

但接下来的事情就很出乎她的意料了——昨晚，在她睡下后，何冬来与莫小运竟在不同时段来找她，两个人居然对她说了意思几乎一样的话，何冬来希望她能带莫小运跟孩子们尽快离开龙尾村，但莫小运多半是不肯走的，打晕就好，她知道"阿好姑娘"有这个本事。莫小运说得更直白些，说她初见到阿好姑娘时，便知她是上天恩赐的转机，一定要邀请她跟她们到龙尾村，除了表达谢意，更多的还是希望能将何冬来跟孩子们托付给她。两个人都十分认真，且对自己一人留下来这件事无比坚定。

她真不理解，为何不一起走呢？

"没能进到密室里，害死老霍的家伙一定会再回来的，我等他。"

"可老霍不是说了不需要报仇吗。"

"他不需要，我需要。"

"万一对方卷土重来，你一个人多半对付不了。"

"带他们走就是，剩下的我能应付。"

同样的问题她问了两遍，也听了两遍大同小异的回答。

她很不理解这些人类，但想了想，杀人偿命好像是人界铁一样的规矩，似乎也没有什么理由必须要反对这两个姑娘。问题是，两个都要留，她把谁打晕扛走才好呢？再一想到还要带八个叽叽喳喳的小东西，脑壳已经开始疼了，还有大壮它们，要不要也带上？菜地里的菜是不是也要摘下来带走？带那么多人，行李一定有很大一堆吧，她们又没钱雇车马，难道只能靠她去拉板车？天呐，她脑子里已经冒出奇怪的场景了——秋风残阳里，她就是一头任劳任怨的驴，艰难地走在寸草不生的路上，拖在身后的破板车上坐着八个又哭又闹还流鼻涕的娃娃……啊！也太吓人了！她可是要去皇宫得人间富贵的妖怪，怎么能当驴呢！

何况，就算可以把孩子带走，鸡带走菜也带走，那月荷辛苦种下的花怎么带走呢，老霍给小山亲手做的木马怎么带走呢，还有只在这里能看到的日出月落与山川四季，以及从孤独绝望到有家可归的幸福与安全感，又怎么带走呢？

所以，凭什么要走？想着想着，昨晚她居然失眠了。

此刻，她看着仍在不远处忙碌的何冬来与莫小运，两个姑娘的心里大概正在紧张地揣测阿好姑娘会挑个什么时机动手打晕自己的姐妹吧。

行了，谁也不会被打晕的。

午后，一点点阳光从云层里落下来，她坐在大门的门槛上，一株野草在她指间悠闲地绕来绕去。

"你不走了？"何冬来与莫小运面面相觑。

"还是要走的，但现在不着急。"她认真地回答，还有两年半时间呢，真不急。

但何冬来立刻就急了，一把拉住她的胳膊将她拖到一旁，压低声音道："昨夜不是答应得好好的？怎的突然变卦了？这里不能再留了，小运跟孩子们还有你，会有危险！"

她挠挠头："我有点好奇，如果我们没有遇见，你无人可托付，又打算怎么办？"

何冬来愣了愣，很艰难地思考了片刻，说："忍下这口气，当一只缩头乌龟，有多远跑多远。"她又苦笑，"我不走，小运是不会走的，我们俩谁都不走，孩子们就不肯走，你不知道这群小崽子的脾气有多犟，老霍大概是喂他吃铁长大的吧。"

莫小运见她们在旁边偷偷摸摸地交谈，心知不妥，挤到她俩中间，皱眉瞪眼："你们背着我说什么坏话？"

"没什么，我们……"

"我在说我不会打晕你们中间的任何一个，去长安的事也暂时延后了，咱们都留在这儿吧，哪儿也不去。"她打断还想掩饰的何冬来，把昨晚的两个秘密和盘托出，"你们俩拿我当半路捡回来的救星，倒也是很有眼光的。不过呢，我的力气是不小，但实在不想拉板车。"

两个姑娘十分错愕，对视一番。

"你昨晚找她了？"

"你不是也找她了吗！"

"你是不是疯了？"

"你不疯？！"

两人齐齐转过头来，看怪物一样看着她，莫小运先开口："我有预感，危险已经很近了，你不顾大的也要顾小的。要不折中吧，想个法子让小崽子们乖乖跟你走，也成。他们不能再留在此地，你也不行，你跟老霍毫无渊源，这里的一切本与你无关，你有大仁大义肯带孩子们避祸，我俩已经感恩不尽，断不能让我们的恩怨再牵扯伤害到你。"

"就是这个道理。"何冬来握住她的手，"老霍于我们有救命之恩，不替他讨个公道，只怕余生不安。孩子们今后若能同你这样可靠的人一起，我们也就毫无后顾之忧了。"

她又挠挠头："你们想多了，我留下来，你们就不会有危险了。"

"啊？！"两人着实被她的自信惊到了。

"你知道对面是什么敌人吗？"何冬来皱眉，"刺进老霍心口的短刀，一看便是异族之物，当初被老霍教训的胖子，他的佩刀上有一模一样的纹饰。那个叫忠勇的家伙，明明是小山的同僚，当年那一战，不肯降敌者死，他却能活下来，想必绝非他说的'侥幸保命'那么简单。若他真投靠了敌人，下回再来时，想着上次在我们这里吃过的亏，定不会是单枪匹马来报复。"

"没骨气的东西，自己打不过，多半要带着主人来撑腰的。"莫小运冷笑。

她听得直点头："原来你们知道接下来会发生什么啊，那还要争着留下来送人头？你们人类……不是，你们这些人的想法真的很离奇啊。"

两个姑娘沉默,大概她的确问了一个很难回答的问题。

但很快,莫小运咧嘴一笑:"老霍刚死,全靠这口委实咽不下去的怒气,才有做那九死一生之事的决心啊。打铁趁热,我怕再过些日子,心气淡了,算计多了,就再也提不起刀了,将来若在下头遇到老霍,实在是没有什么脸面啊。他若骂我一声缩头小乌龟,我也是不敢骂回去的。"

这算什么答案?

"你果真学不会正经说话。"何冬来听得好笑,她看着眼前老霍家的大门,指着上头的某一处,"阿好,你瞧见这个没有?"

门上有什么?她凑上去仔细看,何冬来的手指下,有一个刀刻上去的字——霍。

"有一天老霍喝了酒,半醉半醒时顺手刻上去的。"何冬来回忆道,"那晚我还陪他喝了几杯,我问他刻自己的姓氏在上头作甚,他说,这是霍家家门,要永远立在此地,不倒,不退,不可欺。"

莫小运看着这个笔笔深刻的字,笑:"我竟然都没留意到门上多了个字。"

"那晚你们都睡了,就我跟老霍坐在门槛上喝酒。"何冬来的手指轻抚着每一笔刻痕,"以后再没有这样的时候了。"

"我都还没有同老头喝过酒呢。"莫小运的鼻子又酸起来。

秋风卷过,落叶残土在半空里留下颓丧的轨迹,硬藏在心头的悲戚也被勾动出来,此刻阳光太浅,心念太重,思念与苦仇皆难化解。

她不喜欢这样沉重的气氛,眼珠一转,突然上前拍了拍她俩的肩膀,露出个相当自得的笑容,问她们:"你们叫什么名字来着?"

突来的低落被她明知故问的问题打断。

"我叫莫小运,她叫何冬来,你不是知道吗。"

"来来来。"她拉起两人的手,"阿好,莫小运,何冬来!"

"怎么了?"两人大惑不解地看着她。

"咱们加起来就是好运来啊!!"她哈哈一笑,好像发现了什么不得了的事情,得意得很,"以后,什么都会顺利的。这便是天意!"

两人一愣,竟被她不靠谱的"天意"逗笑了,这是老霍离开后,她们唯一一次真正意义上的笑。随着这样的笑容,冥冥中似乎有什么新的力量,如细细流水注入荒芜干涸之地,虽不能立刻解困,却有了希望。

"你真要留下?"何冬来认真地问她,"我们说的话,没有一个字夸大,你真能应付?"

莫小运也盯着她的眼睛:"八个孩子……"

"便是十八个孩子,我还是那句话,我在,就不会有危险。"

她真的没说谎啊，笨蛋人类还是太不了解她的实力了。

何冬来与莫小运交换了一下眼神，起初的不安与怀疑终是被"就信她一次"打败，虽然她们都知道把生死大事压在一个刚刚认识三天的人身上，是一种不计后果的疯狂，可内心深处的直觉，又觉得这是一个正确的决定。

小山不退，老霍不退，她们也不退，碎成渣，烧成灰，家门永远都在原地，外敌不可踏入半寸。

行，就这样。

"不过我有个条件。"她赶在两人开口表态之前赶紧补充。

"啊？！"两人刚刚高涨起来的情绪突然又被摁下去。

"我一路上看到的都是如此啊，买东西要付钱，求人办事必要许以好处，我帮你们挖坑修屋顶，未来可能还要救你们性命，难道不该提条件吗？"她认真道。

无法反驳，合情合理。

何冬来叹口气："你要什么？只要是我们能力所及，尽可以给你。"

"我要一辆马车！跑得又快又稳那种！"她一本正经地盘算着，"有了马车，我去长安就省事省力了。"

以为她要什么不得了金银珠宝，居然只是一辆马车……虽然她们没什么钱，但花点时间，想办法攒一攒，应该还是能雇得起的。

"只要马车？"

"嗯。不着急，你们至少有两年的时间去办这件事。"

"你到底去长安做什么呢？"

"我的荣华富贵跟万人敬仰都在长安的皇宫里呢，这可是我在人间的唯一目的。"

"你要去皇宫？"

"对呀，最雄伟壮观金碧辉煌的皇宫才配得上我！"

"好奇问一句，你去皇宫做什么呢？那里不需要你修屋顶吧？"

"我干的事可比修屋顶厉害千万倍。"

"那是什么？"

"去看门。"

"……"

"有点饿了，快回去做饭吧！"

看着她把玩着野草轻松离开的背影，莫小运碰了碰何冬来："现在改主意还来得及，我看这个丫头也没有我们想象中那么可靠啊，是不是精神上有什么隐疾？"

"那你带孩子们走。"

"我不带，你带。"

"那就信她。"

"好吧……"

不觉间，云层被风吹散了许多，阳光耀眼起来，有点好兆头的样子。

○ 6 ○

大概这次，他们又挑到了一个不宜出门的烂日子。

一个老头曾打得他们措手不及，如今老头死了，他埋下的暗器也被他们破解了，几大桶油一样散发着腐臭味的玩意儿准确地泼洒到危险区域，地下的暗器便如同锈蚀了一般无法发动。这么久没有再来龙尾村，多半就是去搞这个歪门邪道了吧，见一举成功，他们很是得意，以为这个刺儿头一样的龙尾村终于可以跟其他地方一样，从此改名换姓成为他们的囊中之物了，可谁承想，三个丫头又冒出来，为首的那个之前没见过，个子却最高最大，打起架来也最狠……七八个壮汉围着她，居然被她轻轻松松撞飞了去，不止是人，连挡了她路的马，都被她一脚踢到四蹄朝天，这还是人类吗？分明是长着人样的怪物！

卷土重来的胖子这回带来了整一百人，与他并排而行的卢忠勇已然改换装束，穿着他们那一边的衣裳，人强马壮的队伍，摧毁老弱病残般存在的龙尾村本该绰绰有余，结果，又是一场彻底的人仰马翻。

最吓人的，不是一个姑娘惊天动地的力气，而是她在被围攻下明明中了好几刀，且所有人都瞧见她心口还中了一箭，可她除了衣衫破损，连血都没有流一滴，拔箭跟拔头发一样轻巧随意。一百个人，硬是没有占到半分便宜，她甚至都没有花太长时间，就让他们断头断手断脚倒下一片，她还有两个帮手，虽远不及她凶猛，捡漏补刀却很是及时。

卢忠勇断了一只胳膊，龇牙咧嘴地趴在地上，背上踏着一只随时可以踩断他脊骨的脚。

莫小运擦了擦额头上的汗，看着他冷笑："难怪老霍只会在村外'偶遇'你，你既与胖子狼狈为奸，想来早就知道他上次吃过的亏，你扮成乞丐来龙尾村，一为密室，二为探路，老霍对你毫无防备，视你如自家孩子，自会带你避开有暗器的路线，你对新主子可真是忠心耿耿啊。"

"本就是必输之战。"他咬牙道，"口头硬气有什么用处，低头就能活，我为何要白白去死。"

"你怎知道老霍家的密室？"何冬来皱眉，手里的刀嗖一下架在他的脖子上。

"自然是霍山那傻小子跟我讲的。"他疼得眉目抽动，"我们军中重逢时，他高兴地跳起来，他真是话多得很，天天跟我说这说那，从两岁的事说到现在。有一天他说顺嘴了，把他家有个密室的事讲出来，我问他密室里是有什么宝贝吗，他说都是他爹寻来的一些不值钱的东西，然后就再也不提了，还让我别跟人说这事，他爹若是知道了，肯定要怪他大嘴巴。呵呵，谁会为不值钱的东西挖一个密室呢。"

原来，只是这样一个理由啊。

"小山没有骗你。"何冬来的刀刃已经在他的脖子上压出了血，"对你这样的人来说，那个密室里的东西的确一钱不值。"

"不是要给老霍报仇吗。"她往脚下又加了两分力气，卢忠勇痛得怪叫一声，"你们来？"

莫小运上前，将别在后腰上的短刀取下来："你用这把刀夺了老霍的性命，我今天带着这把刀，就是为了让它以我们期待的方式物归原主。"

无人有异议。

倒是那看似凶狠的卢忠勇，见她们当真起了杀心，竟当场换了面目，痛哭流涕地哀求起来："几位姑娘手下留情啊！我会去龙尾村，也是受了毕里孙……就是那个胖子他们的胁迫，他们知道我与霍家的交情，便逼我去探路，我承认我对密室有好奇心，可我从没想过要取老霍的性命，那只是个意外！"

低头低得好快啊，果然是有经验的人。有人宁可去死，也不肯退让半分；有人为了不死，跪着活一生也无所谓。

不等她们拆穿他漏洞百出的借口，另一头已经有人忍不住大吼："他撒谎！他一个月前才跟着我叔父的队伍来到这里，听说了上回我们中暗器的事，是他自告奋勇要去龙尾村探路的！"说话的，是伤痕累累瞎了一只眼睛只剩半条命的胖子，他哆嗦着爬起来，又站不住，干脆跪下来，捂着左眼哭丧个脸求饶："几位好姑娘，本来上次的事之后，我虽然生气，但确实不敢再来惹你们，要不是他说他有办法替我们出这口气，我也不会再生恶念，照他说的法子做成锈蚀铁器的'消金水'，然后……然后来报仇。我知错了，我再不敢对你们龙尾村有任何冒犯，你们放我一条生路！我回去一定跟所有人说，此生绝不踏入龙尾村一步！我发誓！"

胖子本就说不利索并不属于他们一族的语言，急了说快了听起来就更好笑了，像一把被胡乱拉动的破琴。

有胖子带头，其他倒在地上还没死的虾兵蟹将们也赶紧跟着一起求饶，好姑娘姑奶奶女神仙各种恭维讨好此起彼伏。此刻，暮色已近，一天冷过一天的秋风将失血过多的人吹得牙齿打战，有的想跑，可一看见那毫发无伤的姑娘，想逃的心又缩了回去。她跟另外两个姑娘不一样，直到现在，她眼里都瞧不见半分杀气，整场战斗中，她似是以一种事不关己的态度在干着杀伐决断的狠事，这种矛盾感才是恐惧的根源。

"我看差不多了，剩下的那些死不死也没什么关系。"她指了指脚下，"有这一个就够了。"其实是她突然想起姥姥说过的话——"妖怪若在人界胡作非为滥杀无辜，一旦被上面知晓，必死无疑，最常见的就是兜头一个大雷炸得魂飞魄散，所以，不管什么理由，最好是不要沾染人命。虽然我们护门一族不太可能有这种风险,但我还是要讲给你们知道,心里要警惕。"——她暗暗数了数刚才打掉了多少个人的脑袋,十几个吧……可这不算滥杀无辜吧,是他们想杀她在先,只因为打不过才丢了性命,不至于被雷劈吧?她有点心虚地看了看天,还好,除了黑,还算平静。

另两人并无异议。她们只是报仇,没有滥杀的嗜好,对已无还手之力的家伙再下死手不是她们的风格,何况满地尸首的场面,也不好被小孩子们瞧见。

"滚!"

"是是是!马上滚!"

"站住,把你们死了的同伙都带走,莫留下来脏了我们的地方!"

捡回性命的家伙们赶紧把所有的倒霉鬼弄上马去,一行人连滚带爬地逃了。另外,莫小运勒令胖子留下他的坐骑,一匹高大健壮皮毛油亮的黑马,一看就是价值不菲的好货色,加上马鞍上装饰的珠翠宝石,这样的战利品绝对不能错过。胖子哪里敢说不,恨不得跪着把马送上去。

看着他们屁滚尿流的背影,何冬来松了一口大气,一场必败之战,居然……赢了?!要不是莫小运牵着的那匹大马喷了她们一脸热气,她真的会以为自己在做梦。

终于,只剩最后一件事要办了。清冷如水的月光里,卢忠勇脸上一点血色也瞧不见了。

河水淙淙,树林里有野兽小心经过的动静,厮杀之后,时间变得幽静缓慢,慢到足以回忆完一个人的一生,光荣的,或者羞耻的。

天快亮时,她们三个坐在老霍的坟前,老霍生前喜欢吃的食物摆了一排,香气在风里自在地游荡,喝光了的酒葫芦倒在一旁,三张脸都红彤彤的。

她是第一回喝酒,人类发明的这种饮料很奇怪,明明不好喝,又苦又辣,可到了肚子里,却是一股暖意,像一种变了模样的安慰,让所有悲伤愤怒的灵魂安定下来。

不远处,有个挖好又填好的新坑,填完时,莫小运还往上头啐了一口唾沫。最后一件事也办妥了。

"你说他……他要是在下面遇到老霍,是不是还得挨……挨顿揍?"莫小运酒量最差,几杯而已,说话都有点不利索了。

微醺的何冬来摇摇头:"应该是小山揍他才对。"

"对对!忘了还有小山!他这下可惨了。"

"听说特别坏的人会被扔到油锅里,也不知道是不是真的。"

"是真的吧……那老霍跟小山这样的,又该去哪儿呢?"

"会有好去处的,会的。"

"那就好……老霍啊,有好地方可得跑快点,不用留在这里啦。"

了却心愿的感觉真好，痛快到想大声哭出来。一直无法真正道别的人，终于可以彻底放下牵念，祝他此生安息，来世喜乐。

她倒是毫无醉意，脑子反而比什么时候都清醒，此刻已经开始欣欣然地盘算要怎么利用那匹马了，那么好的一匹马，跑起来肯定特别快，到达长安指日可待。

"阿好……"何冬来突然拽住了她的胳膊，略微飘忽的眼神里充满怀疑，"你到底是什么啊？"

莫小运也指着她，醉眼蒙眬道："说，你到底是什么？你是天上的神……神仙吗？怎么那么厉害？"

"我当然是人啊。"她觉得自己不算撒谎，至少在成为真正的护门之前，她就是人，呃……大半个人吧。

"可你都不流血的！"莫小运在她身上瞧来瞧去，"连伤口都没有！"

"这个……"她眼珠一转，故作神秘道，"我跟你们讲，其实是我们家祖传的刀枪不入的神功，只有我们家的人能练得出来！"

"真的？"

"当然是真的。莫小运你不是也有家传的秘药吗，不然那一次你们就被姓卢的杀掉了。"

"也是。世间之大，都有秘密。嘿嘿。"

"反正你们保证不告诉别人！"

"不会的不会的，我们会保密！"

"那阿好你要在我们这里留多久？"

"现在有马啦，哈哈，我们自己做个马车吧！这样能省不少钱呢！喂喂，你们两个怎么都倒啦？"

于是，那一天的晨曦里，她左右夹着两个醉酒的姑娘，骂骂咧咧地往家走。

红日渐升，一长串向前延伸的脚印被染上生动鲜活的光，过往仇苦，皆抛洒于后，长埋地下。

7

接下来的半年，应该是她们在龙尾村最愉快的时光。

将龙尾村视为眼中钉却几次都拔不掉的家伙们，应该真的是被打怕了，确实连根头发丝都不敢再飘过来。更令人高兴的是，她们从集市上听到不止一次关于帝国的军队打了胜仗的消息，蛮横骄傲的入侵者建立于短暂胜利上的自信，终于遭到了有力的打击，虽然还未能将其全线击溃，但希望总是有了。边境上饱受外敌欺侮之苦的人们，最近的心情都很好，连那个只要一跟她砍价就会被骂的卖菜的吴大婶也长出难得的笑脸，甚至会主动给买家抹个零头。

肆·连尾

这样轻松愉快的日子，从前只是在梦里——如果不用绞尽脑汁把板车改成马车的话，何冬来跟莫小运坚信自己的生活会更愉快。

拥有一辆马车已经成了她们家阿好的执念，把板车改造成马车也是她想出来的主意，反正现在已经有一匹马了，板车虽然老了点，但改造加固一下，能套上马儿跑起来就成了，好不好看一点也无所谓，主要是坚固，可别跑一段路轮子就没了。她甚至还为此画了很丑的改造图，另外两人看了很久才勉强理解她的意思，反正从图到搞来需要的材料加上小崽子们帮的倒忙再到实际完成，她们用了五个多月，时间是长了点，但结果还不错，那匹半路牵来的马居然也十分乖巧听话，完全不抗拒当一匹拉车的马。

大功告成那天，是一个春光明媚的午后，她围着马车连蹦带跳了三圈并兴奋地亲了马脸好几口，还把一段崭新的红绸子仔细地系在缰绳上，绕成一朵不太好看但十分喜庆的花，然后她把所有孩子都抱上车，让何冬来她们跟她一起坐在前头，马鞭一挥，在一车的惊奇与欢呼里飞奔而出。走过无数次的路在此刻变成了天地间最广阔的存在，马蹄与车轮的声音如同天籁，春风卷来青草与鲜花的香气，庆祝般撒在她们每个人身上，何谓自由自在神清气爽，现在就是了。

她笑得简直合不拢嘴，眼前熟悉的旷野似乎已经变成了从未见过的长安，那金碧辉煌的宫殿就在伸手可及的地方等着她。

姥姥，拥有这般真实的欢乐，怎么会后悔呢。

那天，一直跑到傍晚，才恋恋不舍地回到家。

"我就说这个法子最好吧！"她跳下来，扬扬得意。

莫小运左右环顾，摸了摸打磨得十分光滑的车身，点点头道："真不错，跑得又快又稳。"

何冬来一边把意犹未尽的孩子们挨个抱下来，一边问："什么时候动身？"

"啊？"她愣了愣，只顾沉浸在拥有马车的快乐里，居然忘了这个最根本的问题，这奇怪的感觉，好像有马车比去长安这件事本身更重要似的。

她想了想，随口道："秋天吧，我是去年秋天到这里的，那就今年秋天走吧，凑个整年。"

"也好。"何冬来笑笑，"老霍留下的酒还剩最后一壶，你走之前咱们给它喝了。"

"再做几个你爱吃的菜，大壮它们生蛋生得比去年积极多了，做个鸡蛋豆饼怎么样，撒上点香葱，啊，口水都要出来了。"莫小运说得好像马上就要给她准备离别宴了，"以后要是想吃这一口了，随时回来。"

回来？选定了那扇门，那扇门便等同于她的余生。去了长安，她就不可能再回来了。

不等她开口，平日里话最多的小七突然问她："阿好姐姐，你要离开我们了吗？"

"是的。"她摸摸小七的脑袋，对小孩子是不能撒谎的。

"你要去哪里呢？"

"长安。"

"长安也是个村子吗？"

"比村子大一些……"

"那还是村子嘛。"

"那里有皇宫。"

"皇宫是什么？"

"呃……听说是金灿灿的会在光里闪闪发光的大房子！"

"哦……"

小孩子似懂非懂地点点头，小脸上却有一点点失落与沮丧。

好了，万事俱备，只等秋天到来。

可为什么一定要等秋天呢？明天不能走吗？要是明天走的话，等地里新种的庄稼可以收获时，她们就要少一个人帮忙了，之前她还答应了小五要教他拳脚功夫，拿来当对手的木头人只做了一半，何冬来她们从集市上接回来的五花八门的零活，如果没有她帮忙，大概没法按时交货吧……那还是秋天再走吧，起码把这些事做完。

夜里，大概是还沉浸在有了马车的兴奋里，她翻来覆去睡不着。

起来走到院子里，却意外看见另外两个失眠的人。何冬来跟莫小运坐在院子里的小桌前，桌上摆着一个黑色的小包袱。

"你想好了？"

"嗯，她孤身一人去长安，又是去皇宫那样复杂的地方，有这个东西在，她可能会安全些。"

"且不说那是你爹娘留给你的宝贝，以她的身手，她真的需要这个吗？而且这东西的威力若真那么大，万一有个闪失，长安可不是人迹稀少的荒漠，你想过吗？"

"那咱们也没有什么像样的东西可以送她了啊。本来幻心粉也可以，但上次用掉了嘛。"

"再想想吧……"

这两个家伙大半夜不睡觉，居然是在商量送她临别礼物？！

"这里头是什么呀？"她突然从她们身后冒出来，朝桌上的包袱努努嘴。

"你走路倒是出个声儿啊！"聚精会神说话的两人被她吓了一大跳。

"什么东西这么神神秘秘的嘛。"她拉过凳子坐下来，眼珠子一转，"难不成是你们私藏的财宝？那可真不像话，明明有钱却舍不得给我用，非得劳我自己动手做马车。"

"没有我们帮忙，你哪来的马车。"何冬来白她一眼，"这是小运爹娘留给她的。"

莫小运打开包袱，露出两个老旧的小木盒子，再打开盒子，一个放着一块比鸡蛋还小一圈的黑紫色石头，一个放着一根比缝衣针还细的银色的玩意儿。

"这个是紫烬石，焚之即生火海，沾之成烬，可杀敌，慎用。"莫小运把装着石头的盒子推到她面前,"我爹娘合力寻来的宝物,只剩这一块了。他们俩都是术士,自我有记忆起,便随着他们四海漂泊,他们总能找到一些神奇的玩意儿,然后时不时的也有凶狠的人来追捕我们,爹说他们不是好人,断不能让这些东西落在他们手中。我七岁时,娘生了重病,爹想尽法子,甚至拿出各种宝物去交换任何一个可能治好她的方法,却还是未能如愿。娘去世后,爹像是丢掉了一半性命,变得很消沉,整日里不是饮酒便是失魂落魄地在一堆堆古籍里翻找什么,最后,他身边只留下两件宝物,一个就是这块紫烬石了,他去世前,说希望我永远用不到它。"说到这儿,莫小运笑了笑,"我差点就用上了。"

她突然反应过来,原来这就是莫小运的"底气"所在,之前决定孤身对付卢忠勇之流时,这块石头就是她唯一的筹码……可即便能杀敌,听起来又是火海又是灰烬的,她能确保自己全身而退吗?

"若我当时真的带着其他人走了,你是打算跟那伙人同归于尽吧?"她突然问。

莫小运皱了皱眉,又故作轻松道:"那只是最坏的结果,万一我跑得快,火烧不到我呢。"

她又扭头看着何冬来:"你早知她有这块石头,所以你本来也是打算偷拿了这石头去拼命?"

"是……是吧。"何冬来没法不承认,"幸好谁都用不上了。"

"用不上了所以送我?"

"不是,你当这是什么无用废物吗,你要去那么远的地方,听说皇宫又是个福祸不定的地方,万一有谁欺负你你又打不过时,好歹能拿它救命,我看你跑得也挺快……反正这真是个宝贝啊!"

"我不要。"她坚决摆手,"以我的本事,哪需要用上它呀,你们又不是没瞧见我那一身神功。还是你们自己留着吧,胖子那伙人虽不敢再来,但保不齐以后有别的坏人……啊呸呸呸,不吉利的话还是不要说了,反正你爹娘留给你的东西,你好好留着吧。"

"可我们还能送你什么呢?"莫小运见她如此坚决,又指着另一个盒子道,"要不你拿这个去吧!"

她探头仔细看看:"这又是什么?像根……白毛?!"

"这是连尾毫。我爹留给我的另一个遗物。"莫小运压低声音,神神秘秘道,"你可信,这是我爹自妖怪身上得来的宝贝。"

她真的是忍得很辛苦才没有笑出来,当是什么宝贝,原来是那老妖怪身上的一根毛……虽然她大多数时间都在常山蹲着,对别的妖怪所知不多,但连尾……她可太熟了,因为姥姥嘴里骂得最多的妖怪,就是它了。

这段恩怨大概就是姥姥还是人类的那三年,在人界游荡时,遇到个颇为心动的少年郎,然后就没有然后了,妖怪跟人类能有什么然后呢,与那少年告别后,她郁闷得很,学着人的样子借酒浇愁,结果在一片山林里迷了路,没想到就遇见了一个坐在大青石上无聊张望的"人"。

她一眼就看出那一身绿袍的女子不是人类,因为她有一条好长好长的尾巴,看似长到拖在地上,可再仔细看,那生着一层细细白毛的尾巴竟是从地里长出来的。见了姥姥,女子高兴极了,说好久没碰见能说话还带着酒的活物了,她迫不及待地管姥姥讨酒喝,姥姥问她是什么东西,她说她是连尾,地里长出来的妖怪,因为活动范围有限,所以只能待在这里守门。说守门也不完全正确,她的主要任务其实是把误入这里的家伙安全送出去。

一听它也是守门的,姥姥便生出了几分本能的亲切,也告知自己的身份。它听了,竟说自己是护门一族的远亲,天晓得是真的还是它为了套近乎瞎编的,反正听它的口气,似乎对世间的妖怪颇为了解,姥姥问它守什么门,这里明明只是一片深山野林,它却笑而不答,只说是个不能让人随便进去的地方。姥姥总觉得它嘴里没实话,也没有多问,见它馋得流口水的样子,便将剩下的酒都给了它,它喝完酒,说要送姥姥一个珍贵的礼物,但不能白送,得让姥姥拿她的梦去换。

姥姥被它搞糊涂了,礼物?还有,梦怎么能送人?它从尾巴上拔下一根毫毛来,说无论是人是妖,临死时只要握着这根连尾毫,生前若有心愿未了,这宝物自会替你完成,不限时间,完成为止。但作为交换,你做过的最开心的一个梦,归它所有。

姥姥那会儿毕竟也还年轻,竟觉得十分新鲜,心想一个梦罢了,做不做又有什么大不了的,便同意了。接过那连尾毫时,只觉手心痒了痒,再无其他异状。它既喝了酒,又得了美梦,心情自然大好,便朝姥姥吹了口气,她只觉眼前一晃,身子仿佛轻飘了许多,等到清醒过来时,她已然站在山路的路口。她惊讶无比,四下查看,可完全不是方才她看到的景象,那片神秘的野林与妖怪连尾就像个梦一样消失了。

本来算是一段奇遇,可当姥姥成了姥姥之后,一想起这事便要骂那坑人的老妖怪,因为她后来才意识到,在一个行动范围有限的妖怪的漫长生命里,那些遇见过的难忘的人就算无缘重聚,梦里见见也是好的,可是,她再也没有梦见过那个少年郎,而那根连尾毫也被她一气之下扔到山下的河里了,以她深厚的修为,不出意外的话说不定能与天地同寿,哪有什么遗愿要完成!所以她认定是连尾这个老妖怪欺她年轻不懂事,拿一根毛骗了她的酒还骗了一场好梦。后来姥姥经常以此事为例,警告还没来得及见世面的小辈们,千万不能跟狡猾的老妖怪们打交道,容易吃亏,还是老老实实上天界昆仑才是正经。

关于姥姥吃过的亏,她听过不止十次了,万没想到的是,连尾坑过的人,居然也包括莫小运的爹。

"妖怪身上的……宝贝?"她假装诧异得不得了的样子,"你爹是怎么得来的?"

莫小运回忆道:"我娘去世后的几年,我爹不是醉酒就是看书。有一天,他特别高兴地说,有一个地方藏有起死回生的灵药,只要找到那个地方,肯定能把娘救回来。我问他是什么地方,他说那地方叫……桃都。他在一本不起眼的古籍里找到关于这个地方的记载，说那个地方就长在一棵盘曲千里的大桃树上，有各种神奇的妖怪居住，灵气充盈，是不输天界昆仑的异世，只要能寻到桃都，我娘就能回来。"她淡淡叹了口气，"那时我虽然还年幼，可也觉得桃都只是世人编造出来的地方。再说，死去的人怎么可能活过来呢。一定是我爹太想念娘亲，难免胡思乱想。可他越看越相信有这个地方，从那天开始，他便带着我到处寻找，闹市，荒宅，深山，他觉得任何有蛛丝马迹的地方都不会放过。我记得那年夏天特别炎热，我们去到一片杳无人迹的树林，迷路了，天快黑时，我们碰到一个穿绿衣裳的女子，她好奇怪的，长了一条很长的尾巴。"

看吧！果然一模一样的经历。

莫小运说，女子见他爹带着酒，便向他讨酒喝，还大大方方承认自己是一只叫连尾的妖怪，还说很久都没人陪她喝酒了。他爹见了妖怪，不但不惧怕，简直跟见了救星一样。那晚，他把所有的酒都给了连尾，还跟它聊天到通宵，他最关心的，是身为妖怪的连尾是否听过桃都，连尾说并没听说过此地。她爹很是失望，连尾又安慰他说有心寻找的话，总能找到的，还拔了一根毫毛送给他，说如果活着的时候找不到，作为遗愿也可以继续的。但这礼物不白送，得拿美梦来换。他爹大概是太执着于寻找桃都，毫不犹豫地同意了。

之后，他们好像短暂失去了意识，再清醒时已经躺在一片陌生的草地上，他爹手里还牢牢捏着那根银针似的连尾毫。再后来，他爹说再没有在梦里见过她娘亲，那些跟她相遇相爱的幸福场景再没有出现过。三年前，她爹积劳成疾，加上长年郁郁寡欢，终于卧病不起，临去前，他把紫烬石跟连尾毫交给她，说他坚信桃都一定是存在的，希望她不要放弃，要继续找下去。她答应了。

"那你继续去找了吗？"她问莫小运。

"去找一个根本不知道是否存在的地方，比大海捞针还难呐。"莫小运无奈道，"可我还是走了许多地方，跟很多人打听过，但他们没一个听说过这个地方。山水跋涉的辛苦倒无所谓，最倒霉的是被恶匪盯上，抓了我往匪窝里去，幸好遇到冬来，她把我救了出来。既然我们俩都是孤身一人，干脆结伴而行，彼此也有个照应。"

她转头看向何冬来："你爹娘也没了？"

何冬来点点头："嗯，瘟疫。整个村只有我活了过来，之后便四处流浪，也不知道要去哪里。直到遇上小运，她跟我说了他爹的事，还有桃都，还有那只妖怪。"

"你信？"

"无所谓的，反正我也没有特别想去的地方，不如就陪她去找吧，万一真的有呢。"何冬来笑笑，又沉默片刻，"重要的是，我们好像又回到了有亲人的时候。"

莫小运没说话，只眼睛有些红。

"那你们还要继续找桃都吗?"她又问。

"会吧。"莫小运想了想,"等世道安稳些,等那群小崽子可以不用我们看顾的时候吧。"她又顿了顿,看看身后的屋舍,小狗似的呼噜声与梦话隐隐从窗口跑出来,"希望到那个时候,我们还走得动。"

"嗯,希望吧。"她认真说,"一生中最想去的地方,是无论如何都要去的。"

"比如你的长安?"何冬来笑问。

"我的长安比你们的桃都好找多了呀!你们要加油!"

"知道了,睡觉吧。"

抱歉啊,虽然我知道桃都是真正存在的,可我也不知道要怎样才能找到它,连姥姥都不行,所以还是不要告诉你们了,得到一个确定但可能永远无法实现的答案,还不如怀着半信半疑的心情误打误撞来得轻松。

后半夜,她睡得特别香。

○ 8 ○

当蝉鸣一天比一天吵时,天气也一天比一天热了。

还是春天好啊,她一边给大壮它们喂食,一边回忆在春光里驾着马车飞奔的快乐,洒在暖风里的欢声笑语跟每一张开心的笑脸依然很清晰,时间为什么不能再慢一点呢,夏天到了,秋天就不远了。

何冬来跟莫小运还没回来,今天又是她们去集市的日子,她对集市没有什么兴趣,不过是乱七八糟的人与物堆积的地方,所以留下来看家看孩子的任务每次都由她完成。也才大半年的时间而已,八个小崽子明显长高长大了,一点都没有辜负吃掉的粮食,何冬来她们真的很擅长喂养这件事,感觉就算再来八个孩子她们也能应付得了。她想,如果没有那些不愉快的变故,何冬来或许会成为她们村里最厉害的猎人,莫小运也能跟她的父母徜徉山水,变成个见多识广的女侠客也未可知,而她们三个,将永远从彼此的生命中错过。所以缘分真是吓人啊,把三个本无牵连的人绑在一起喂养孩子……在她眼里,八个小东西跟大壮它们没什么区别,都能吃,都爱叽叽喳喳地吵人,他们可能还不如大壮,好歹人家还要下蛋……只要一想到他们的吵闹与尖叫,她离开时的庆幸一定多于不舍。

胡思乱想间,鸡也喂好了,她摸了摸被太阳晒得红烫的脸,盘算着今天的晚饭还是要摆在院里吃,凉快。放眼望去,西移的红日毫无疲态,远山近水都镀了一层炽热的金光,几只鸟在河边喝饱了水,又抓了几条鱼才心满意足地离开,河滩的石缝里又生出四季中最茂盛的野草,她家的老黑口味独特,最爱吃这些草,这匹马的名字她想了好久也想不出来中意的,随便起一个吧，反正她的名字也是随便起的。

　　在去到长安之前，一切都应该是很随便的，她一直这么跟自己说。随便的东西注定不重要，可以随时扔掉，身心轻松。

　　她走进厨房，正要把晚饭吃的菜洗一洗，小六跟小七突然鬼鬼祟祟地溜进厨房来。

　　"饭还没做好呢，想偷吃的话晚点再来。"她头也不回地说。

　　两个孩子却跟商量好了一样，突然一左一右抱住了她的腿，齐齐喊道："阿好姐姐，你快跟我们来！"

　　"哎呀，没看见我在忙吗！"她扭了扭腰表示拒绝。也不是第一次了，这群玩心跟好奇心都大的小东西经常拖她们去看他们感兴趣的东西，无非是哪朵花又开了，哪个小洞里钻出了奇怪的虫子，天上又飞过了什么他们认为的怪兽，又一次甚至拉她们去看老黑拉屁屁……小孩子的想法真的很难理解啊。

　　"来嘛来嘛，我们准备了好久！"小七使劲晃她的腿。

　　"是真的，阿好姐姐你快来，去晚了就看不见啦！"小六急得脸都红了。

　　"好好，要是你们又让我去看老黑拉屁屁，我就把你们吊起来打屁股！"她被缠得没办法，只好放下手里的菜跟他们走了出去。

　　他们急急忙忙地把她领到了房子的另一边，其余六个小东西像抓耳挠腮的小猴子一样挤成一排等在那里。

　　"我来啦，又要我看什么？"她的目光从他们头顶越过去，从这个方向看过去，无非是远处起伏连绵的沙丘，有什么好看的。

　　"不是这边啦，是这边！"小六指着她身后。

　　她回头，透着不耐烦的眼睛突然被一片金色占满了——

　　一整面墙，不知他们干了什么，深褐的底色上多出了一块一块的黄色，还隐约可见好几个小小的巴掌印，看得出来是很努力想把它们铺得尽可能均匀，浓郁的夕阳正好斜过来，落在新抹的颜色上时，竟神奇地反射出耀目又剔透的金光，这座能不倒就算万幸的老房子突然生出了前所未有的力量与生机，金碧辉煌，惹人惊叹。

　　她看呆了，好一阵子才傻傻地问："房子怎么发光了？"

　　"东边洼地里的旭阳花开啦！我们采了好多回来！"

　　"捣烂糊到墙壁上，夕阳一照就会闪闪发光的！"

　　"拿花汁涂到脸上，也会闪闪发光的，以前我们常这么玩！"

　　"只有夕阳的光才可以，所以才要阿好姐姐快来看嘛，太阳下山就不发光啦！"

　　孩子们争先恐后的回答将她从失神中唤回来，她揉了揉眼睛，低头看着这群身上脸上都沾满花汁的小猴子们，问："你们为何要这样做？"

"阿好姐姐，你说要去很远的地方，因为那里才有会有闪闪发光的房子。"小七小心翼翼地指着墙壁，"你看，我们也有这样的房子哦！"

她愣住，好像被什么东西击中了，耳朵里只有那个稚嫩天真的声音。他们悄悄忙碌了那么久，就是为了给她一座"会闪闪发光的房子"。

"等我们采回来更多的花，就能把整个家都涂得闪闪发光啦！"

"为什么要把房子涂成这样？"她拧了拧他们的脸蛋，"淘气！"

"不是淘气。"年纪最大的小一像个小大人一样认真说，"要去那么远的地方才能找到的东西，一定是阿好姐姐非常非常喜欢的，你帮我们打跑坏人，这是我们送你的回礼，冬来姐姐跟小运姐姐常说得了别人的帮助一定要回报人家的好意，我们希望你永远开开心心。"

她头一回觉得眼睛里有什么东西在发热，得拼命忍住才不会暴露。人类的孩子好傻呀，她该怎么跟他们解释繁华的长安与辉煌的皇宫跟这间破土房子的区别呢……可他们把花跟夕阳都用上了，表情又那么真诚，唉，那就别解释了。

"知道了。"她看着他们送她的"皇宫"，哈哈笑出来，一把将他们搂在怀里，"这个礼物我很喜欢，你们反正闲得很，就把整个房子都涂了吧！"

"好！"缓缓移动的夕阳里，八个小猴子的努力得到了承认，高兴得又蹦又跳。

她也跟着他们一起笑闹，把剩下的花汁涂到彼此的脸上，然后指着各自的大花脸笑得肚子痛，所谓欢喜雀跃，原来真的是会高兴得跳起来呀，人类造的词语果然很诚实。

不一会儿，何冬来莫小运也沐着夕阳满载而归。照例是一顿嗔怪，说好好的房子涂得乱七八糟，可她们脸上的感动与欣慰又骗不了人。

把小猴子们都打发去洗脸后，莫小运将她跟何冬来拉到身边，神神秘秘地从口袋里摸出一个香气扑鼻的小锦盒来："瞧这个！"

她瞧不出所以然："又是你爹娘留给你的遗物？"

莫小运翻了个白眼："我在集市上买来的好东西，叫凝香胭脂膏！卖它的人说这是今年最时兴的玩意儿，长安的女子都用它呢！"

何冬来皱眉："这无用之物，你居然偷偷买了？"

"哪里无用了，不就是给咱们用的吗！"莫小运深深吸了一口，"好香啊！"

"我从不用这劳什子玩意儿。"何冬来撇撇嘴。

"涂了好看呀！来来，先给你试试！"

"不要！"

"一定要！咱们也美一美嘛！"

"给我试试！"

"还是咱们阿好不扫兴！我给你涂啊……等等，你脸也这么脏，赶紧去洗洗。"

"哦。"

在那天的最后一线阳光里，小院里非常热闹，在孩子们的围观下，她们三个互相帮忙，凭着对集市上见过的涂了胭脂水粉的姑娘们有限的回忆，笨手笨脚地往脸蛋跟嘴唇上抹着红彤彤的颜色。

"好像不对吧？怎么跟猴屁股一样？"

"哪像猴屁股，主要是你没看习惯。"

"不是……真的好像猴屁股……还有这个嘴，怎么这么好笑啊？像肠子似的。"

"哪像……呃，你别说，还真的很像肠子啊，怎么回事啊哈哈哈。"

"都说你是浪费钱了！"

"不浪费啊，我重新给你抹，你嘴巴噘高一点嘛！"

孩子们笑得满地打滚，院子里更热闹了。

可以为了一碗汤的情义豁出性命，可以浴血战场不畏强敌，可以守着家门不让寸土，也可以为一盒胭脂兴高采烈……这样的姑娘，大概比石缝里的野草还要坚韧吧，应该能逢凶化吉长命百岁，她说的。

当清朗的月色温温柔柔地洒满一地时，她放下饭碗，打了个饱嗝，又抬起那张红得过分的脸蛋看了看天上，那些在天界与昆仑当差的同族们，纵然修成仙体得了长生，纵然能活过千年万年，那张青春常在的脸是不是也永远没有机会被涂成个猴屁股啊？！感觉好大的损失……她被自己的想法逗乐了。

一旁的莫小运不甘心地说等会儿还得再研究研究涂胭脂的正确方法，何冬来则叹气说以后绝对不能让她身上有闲钱。

哈哈，今天好开心呀。

○ 9 ○

何冬来说往年临近夏末的时候，凉丝丝的秋意总是抢先到了，夜里不但不需要扇扇子，睡觉时还得盖上厚一些的被子了，很是舒适的。今年却热得离谱，尤其最近几天，天空跟泼了墨似的，没有一天不是黑黢黢的，滚滚乌云跟焊死了一样，不肯挪动半分，可见真是一点风都没有，闷热到呼吸都受阻。

莫小运说这样的天气多半不会发生什么好事，她爹对天象也有些研究，曾说过"黑云压汗如雨，无风必有地龙起"这样的话，具体怎么个说法她也记不清了，反正大概意思就是这样反常的天气往往是灾祸的预示，要么瘟疫要么地震，要么兵连祸结不得安生，也可能会有妖物入世害人性命。

她说得煞有介事，另外两个人却是不信的，谁让她是在最挑食的小八不肯吃饭时故意说这个的，末了还吓唬他只有好好吃饭老天爷才会高兴，老天爷高兴了自然就把乌云撤了，否则老天爷一直生气的话，还会拿闪电来打他的屁股。

胡说归胡说，她看着窗外那持续了好几天的昏沉阴暗，心里却是隐隐有些不安，而且，她这几天总会时不时闻到一丝丝腐臭的气味，像放了很久坏了的菜，但又不太确定，因为每当她吸溜着鼻子想仔细分辨时，气味又没有了，她一度以为是自己的嗅觉出了点问题，她问何冬来她们有没有闻到，她们说没有，还说是不是小五又没有把他的臭脚洗干净。

所有人都没有真正在意，所有人都认为这不过就是个稍许热一些的夏天，再坚持一下也过去了，这片土地遭受过的苦难已经够多了，如今总算有了些好起来的苗头，大家都沉浸在对一个像样的未来有所期待的美好心情里，谁都不会因为一个坏天气生出警惕心，她们甚至开始计划在她动身去长安前，要怎么准备一个既热闹又有趣的欢送会。可是，莫小运随口吓唬孩子的话，却在即将到来的明天，成为一个应验的恶咒——在她们毫无防备的时候。

这一天，乌云依然没有任何变化，好像还更厚了，重得像随时都要掉下来，孩子们在外头玩耍，小五离她明明已经那么远了，怎么又闻到那一丝臭味，而且不像从前那样一闪而过，而是持续地骚扰着她的嗅觉。

她端着没有择完的菜从厨房挪到院子里，以为通透的地方可以甩开令人不愉快的气味，结果却是外头的味道比屋子里还重，她甚至起身在院子里搜索是不是有老鼠死在哪个角落里，结果没有。

直到急促的马蹄声由远而近，她才知道大事不妙。

今天，何冬来跟莫小运是驾着马车去集市的，说要买些食物跟布料，小一小二他们说是去帮忙，实际是趁机坐马车放风，顺便到集市上玩耍。她猜这几个家伙肯定会玩到晚饭前才回来，可现在，才刚刚午后。

何冬来疯了般驱赶老黑，车轮飞转得几乎要擦出火星子，她们似乎是拿命在赶一条危机四伏的路，而这条路不过是从集市到家的距离而已，她们走过无数次，熟悉到闭眼都能到达，今天居然慌张至此。

随着老黑的一声长嘶，马车匆匆停下，何冬来跟莫小运带着三个孩子飞奔进门，除了大人小孩满脸满身的血，连马车上都沾满骇人的痕迹，一截断肢居然还卡在车厢的缝隙里。就算她是妖怪，也觉得汗毛都立起来了。而且……多出来那个小丫头又是谁？

"不是去集市吗？怎的像去了战场？"她边问边着急地检查她们是不是受伤了，"伤哪儿了？那小丫头是谁？"

何冬来从巨大的恐惧中回过神来，一把拉住她："没有受伤。先让孩子们躲到密室去！它们可能会追来！"

肆·连尾

"它们？"她一头雾水。

"快！"何冬来几乎是嘶吼出来。一旁的莫小运紧搂着孩子们，血迹在他们煞白的脸上显得更加触目惊心。

"有……有怪物！"莫小运从牙缝里挤出来几个字，她整个人都控制不住地微微发抖。

也是历过生死见过大场面的人了，对峙胖子那般凶悍的敌人都没见她们露过半分怯色，今天逛个集市就吓成这样了？

也来不及细问，莫小运喜欢开玩笑，何冬来却不会，可见真是十万火急了，她赶紧把外头的孩子们全部抓进来放进密室里，何冬来又对莫小运命令道："你也进去！你打架不行，在下头看着孩子们就好！"

"我……"

"下去！！"

莫小运犹豫了一下，咬牙道："你们小心。"

关上密室的门，何冬来又拖来一口大缸把入口压住，这才稍微放心了些，然后她又冲进厨房抄起最锋利的菜刀塞给她："拿着！"说完又从门后把铁锹拿出来紧握在手里，又匆匆忙忙跑出去从马车里捡出一把军刀，也塞给她，随后便紧张地跑出去。

她跟出去，院子外头只有焦躁踱步的老黑跟一塌糊涂的马车，何冬来跑到村口，往不远处那条熟悉的路上警惕张望，可那里没有任何异常，除了越发阴沉的天空下有几只尖叫着飞过的鸟，连个人影都瞧不见，只是……那股腐臭味仿佛越来越重了。

"本来好好地在集市逛着，突然冲进来一群浑身是伤的兵士，冲我们所有人大喊快走快走！我们正糊涂着，一大群外族人杀到……"何冬来尽可能想保持冷静但实在不能完全冷静，声音急促且颤抖，"不，那些不是人，它们身上明明插着刀箭却还能像野兽一样疯狂攻击，皮肤全是烂的，臭不可闻，还力大无穷行动敏捷，抓住人就狠狠撕咬，咱们的将士完全不是它们的对手，尽管他们拼命抵抗，依然成了它们的口中食……集市上的人都吓坏了，乱跑乱躲，跑慢一步就丢了性命，躲起来的人也会被它们很快找到……混乱中我们捡了死去士卒的刀，拼命砍杀，那些怪物的骨头比铁还硬，断手断脚也不影响它们的行动，我得了机会砍掉其中一个的脑袋，它才彻底倒下，可它们有一大群啊……好在小运急中生智，把裁缝店里的布料全扯出来套在它们头上，才暂时拖住它们的行动，我们几个才有机会跑回马车上，幸好老黑没跑，幸好它们好像对马没兴趣，只攻击人。"

她的额头上一层冷汗，继续道，"它们跟我们遇到过的任何敌人都不一样，我们带着孩子不敢硬拼，只能跑，那小丫头是我们顺路救的，她爹娘拿身子护着她……当时的惨状根本不敢细看。驱车逃命时，有一个居然追上来，它跑得太快了，一下子抓住了车尾，我几刀砍下去才勉强脱了身。"

难怪马车上多了个"零件",而且真的太臭了。原来之前她的嗅觉并没有出问题。

"完全不知道是什么玩意儿?"她问。

"从未见过。"何冬来摇头,"逃脱后,我回头看了,它们还在追,虽然很快就被我们远远地甩掉了,但我心里有很坏的预感。"

"追来也不用怕。"她拍拍何冬来的肩,淡定地笑笑,"我在这儿呢。"

"阿好……"何冬来眉头紧锁,"它们真的不一样。"

"信我啦。"

她是真的很淡定,天界昆仑常有不懂事的神兽灵物闯入护门守卫之地,纵是这般等级的存在,照样被她的同族们撂倒,几个人界的怪物罢了,还能比神兽难对付?

可是,当那群破破烂烂加臭烘烘的怪物真的出现在面前时,她才发现它们确实比天上的神兽们诡异多了——它们中间个子最大的那个,虽然烂着脸,但五官还是能看出来的,而且它一只眼睛是瞎的,加上手臂上的刺青与身上穿着,这不就是倒了几次大霉的胖子吗!这才多久没见,怎的就从一个不是玩意儿的人彻底变成个不是人的玩意儿了?看他浑浊空茫却凶狠的眼神,还有不断从嘴里流出来的口水,跟一头蠢恶的只晓得撕咬吞噬的怪兽有什么区别……可这太奇怪了,什么力量能让一个人变成这样?而且,看它们这不长脑子的模样,又是怎么在被甩掉后又准确追到她们家门口来的?莫不是胖子还记得路?毕竟主动找来挨过两次打的地方,印象肯定很深刻啊,但他真的不像是还有人类记忆与思维的样子。

虽然想不明白,但这不妨碍她一个接一个砍掉它们的脑袋。

如何冬来所说,它们的皮肉骨头都好硬,跟普通人类完全不一样,就算是她,一番厮杀下来也觉得颇为费力,握着两把刀的手又酸又麻。总共来了二十多个吧,菜刀已经砍得卷了边,只能扔了,军刀还勉强能用,她一鼓作气,终于在天黑前把这群脏东西全部斩杀。

有点累是真的,但地上那一堆污血横流的零件散发出的气味才是最让她难受的,简直要吐出来了好吗!世上怎么能有这么臭的东西……

何冬来气喘吁吁地走过来,她的铁锹除了挖坑,偷摸着剐掉几个怪物的脑袋也还算顺手。

"没事吧?"她生怕何冬来被咬一口,本来身上就没多少肉。

"没事。我没那么傻跟它们硬拼,这不都是瞅准机会给你打打下手么。"何冬来笑笑,看着满身污糟的她,"你呢?"好像是多此一问了,阿好怎么会有事,刀枪不入的嘛。

"我能有什么事。"她嫌弃地擦了擦脸上的血污,目光却落在右手上,手背上不知什么时候被咬了一口,豁开的皮肉里流出了些墨汁似的东西,她皱皱眉,"哎呀,被咬了。"一定是在被围攻时受的伤,可对她来说,人界能给她的"伤"是没有任何意义的。

"疼不疼?"何冬来急忙捧住她的手,"家里还有些止血生肌的草药,赶紧上药去!"

她戳了一下何冬来的脑袋:"你是不是砍怪物砍傻了,我哪里需要上什么药,我根本不会

115

受伤的呀，放心吧，很快就会愈合了。"她把刀一扔，撇下何冬来朝河边走去："现在，洗澡才是首要任务！你赶紧把莫小运喊出来，多弄点柴火把那些东西烧了吧，看着怪恶心的。"

"知道了。"

何冬来松了一口大气，她看着那个匆匆走向河边的背影，曾经在她心里出现过好几次的疑问又浮上来——世上真有那么厉害的神功？如果她撒谎了呢？不不，打住，一个不止一次救过她们性命的人，就算有秘密也是该被尊重的。何冬来不再多想，转身去收拾残局。

河畔上，她把手背放进河水中冲洗，墨汁样的东西丝丝缕缕地渗出来，好像没有停止的意思。这跟从前很不一样，虽然不痛不痒的，但心里总觉得不安生。

她从衣裳上撕下稍微干净的一块，把伤口用力缠起来，安慰自己一定是想多了，肯定是咬她的那个家伙牙齿太脏才这样的，洗干净就没事了。

嗯，一定没事的。

◦ 10 ◦

熊熊烈火照亮了半边天空。

幸好家里囤的木柴够多。

孩子们站得远远的，捂着鼻子问火里烧的什么东西。莫小运说那是从很远的地方跑来的野兽，不用害怕，已经是一堆烤肉了，除了臭，没有别的影响。

小七皱着眉头说以后再也不想吃烤肉了，其孩子们纷纷附和。只有小一小二沉着一张脸，似乎还未能从死里逃生的经历中完全放松下来，小一偷偷拉住何冬来的手，小声问："它们真不会活过来了？"

"比我切的菜还碎了，怎么活？"何冬来拍拍他的脑袋，"打起精神来，别怕。"

小一沉默一会儿，说："要是我快些长大就好了，有了力气，就能跟你和阿好姐姐那样厉害，不用被怪物吓得尿裤子。"

"哈哈，你尿裤子了？"

"他尿了，我看见了！"小二凑过来。

"去去，就你话多。"小一推开他，红着脸问，"冬来姐姐……能替我保密吗？"

"必须保密！"

往常她听到这样的对话一定会笑出来，甚至还要打趣他们几句，但现在，她只是看着眼前燃烧的火焰发呆，莫名觉得扑面而来的热浪没有想象中热，甚至这个温度刚刚好，因为她总觉得自己的身体越来越冷。

夜深人静，安顿好孩子们后，她们三人坐在院子里，刀斧铁锹什么的依然放在随手可以拿到的地方。

外头的火大概要烧到天亮吧，反正今晚她们是睡不着的。没有谁能在亲历过那样的场面后还能呼呼大睡。她们几乎掏空了自己的认知与记忆，也想不出胖子会变成怪物的原因。

而在这个讨论的过程里，莫小运注意到她似乎一直在发呆，心不在焉的样子跟平时很不一样。

"阿好，是伤口有什么问题？"莫小运指了指她紧紧缠起来的手背，"你还是上点药吧，光捂着恐怕不行。"

她回过神来，下意识地把手缩回去，摇摇头："没事，我有神功护体。就是太热又太臭，实在不舒服。"

"真没事？"何冬来总觉得她脸色不对。

"真没事。一个小口子，明天就好了。"她故作轻松地抬起手晃一晃，"不过，我确实有件事要跟你们讲。"

"什么？"

"我觉得咱们暂时不要留在这里了。"她认真看着她们俩，"老霍的仇已经报了，来惹事的敌人也比过去少多了，不如一起去长安吧，以你们的心性跟本事，到哪里都能过得不错。虽然这里对你们来说是个很难割舍的地方，但离开一阵也不会怎么样，最多等过些年，哪里都安稳了，再回来也可以。"

她俩都愣了一下。莫小运看着她的眼睛："你在害怕？"

"是不安。"她坦白道，"也许我对危险的感知跟你们不一样。这群怪物比任何敌人都让我觉得危险，老实说就算对面来一千一万个胖子我也不会有半分畏惧，但变成怪物的胖子……我虽然也不怕，但我很介意藏在他背后的，我们无法窥见跟估算的力量。你们明白我的意思吗？"她顿了顿，"虽然我们是'好运来'，可这一生那么长，好运不会时刻都有的。"

另两人没有说话，紧锁着眉头在心里各自掂量。过了好一阵子，何冬来开口："天亮就走吧。"

"行。"莫小运也没有异议，"反正这里这么臭，离开一段时间散散味儿也好。"

何冬来瞪她一眼："永远没正经！"

"怎么没正经了，就在你瞪我的时候，我连我们到长安怎么生活都想好了。"莫小运得意道，"我虽然没有爹娘那么厉害，他们的本事我最多继承个皮毛，但我觉得我们完全可以创立一个门派，就专门给人办后事，管埋管吃席管吹拉弹唱各种仪式，应该没有多少人能跟咱们抢生意。"

另外两个人被自己的口水呛到了。

"你们看啊，生死搏杀血肉横飞的场面我们都见识过了，也有过处理后事的经验，不怕脏不怕累能吃苦，所以完全不是问题。"莫小运越说越来劲，"最重要的，是这一行不需要什么本钱，还不缺客人。更重要的是，很有意义啊。"她望着远处的山坡，神情忽然正经了许多，"如果老霍这样的人，像块破布一样在风吹日晒中化为白骨，甚至早早成为野兽的腹中餐，无人祭奠，无人怀念……是不是有点让人难过啊？"

说的也有一些道理……

"真的可以以此为业？"何冬来还是有些怀疑。

"名字都想好了！我爹娘打小就要我遇到困难时临危不惧，看到不平事时要济困扶危，如此，就算遇上劫数亦能转危为安，自在于天地。所以……就叫三危派吧！！"莫小运嘻嘻一笑，"以后咱们三个就是三危派创始人，争取把它发扬光大，流芳百世。"她说得眉飞色舞，好像已经过上了一派之主的风光日子。

"你俩去发扬吧，我去长安是要干大事业的！"

"跟我们一起应该也能干出大事业的！"

"我不信。我还是要去皇宫。"

"再考虑考虑嘛！"

"不要。"

气氛终于稍微轻松了些。她们开始认真讨论明天之后的生活，包括要带什么东西走，大壮它们需要拿多大的笼子去装，能不能想法子带走月荷种下的一部分花，密室的入口需不需要彻底封起来。

但是，在她们的讨论尚未得出圆满结果时，外头的大黑突然发出一阵异常的嘶鸣。对危险的感知，动物总是比人类快一步。

几乎同时，一道闪电撕开夜色，吝啬了好多天的风也毫无缘由地疯狂起来，随风而来的不是久违的凉意，而是越发浓重的血腥之气。

三人同时闭了嘴，不约而同迅速拿起武器，一路小跑到紧闭的大门前，将门推开一条缝警惕张望，整个过程一气呵成，默契到连个眼神的交流都不需要。可见之前所有看似轻松的表现之下，谁都没有从那群怪物的阴影里真正松懈下来。

门缝外除了摇头晃脑的老黑，便是在夜色中模模糊糊的房舍，她们早已习惯了只有一家人的村落，无论白天黑夜，从不觉得这有什么大不了的，但此刻，在闪电带来的刺眼白光下，这些已然失去了主人的家像突然拥有了不安的灵魂，时时刻刻提醒她们，前方无论有多大的灾祸，她们也只有她们自己，无人援助。

虽然门外不见异常，三人仍不放心，又跑到村口探看。

闪电之后，一个炸雷，声音大得她都吓了一跳，握刀的手甚至不自觉地哆嗦了一下，差点没拿稳。不好不好，全是不好的预感……难不成她今天杀的怪物太多，天上的哪个大神看不顺眼了要劈她？可那是要吃人的怪物啊！杀不得吗？

胡思乱想中，村外那条蜿蜒到无尽黑暗中的路，好像有了某种奇怪的起伏。她以为自己眼花，碰了碰另两人："我怎么觉得远处有东西在动？"

何冬来莫小运又仔细瞧了一阵，脸色变得更加不好看了。"好像……有人跑过来？"莫小运不是特别肯定，太黑了，实在看不真切。

又一道闪电，天地雪亮。的确是有人跑过来了，还是一大群，姿态扭曲，速度有快有慢。

何冬来的呼吸越来越急促："不是……怎么像是他们？"

"怎么可能……"莫小运用力揉了揉眼睛，确认自己不是突患眼疾后，极度的惊讶与恐惧如两只扼住她咽喉的手，"老……老孟？"

老孟是裁缝店的老板，白天她们眼见着他被一群怪物扑倒在地，此时他居然歪着个脑袋，僵硬而飞快地跑在那群"人"的最前面——卖菜总是短斤缺两的老张头，兜售各种小食的吴婶，一看见熟人就要哭诉自家生意不好赚不到钱的食肆老板，跟他一把年纪还在流口水的儿子，还有卖胭脂给她们的商人，包括拿性命保护自己女儿的那对父母，甚至还有那群没能打过它们的兵士……所有……所有在今天白天的集市上遭了灭顶之灾的人，竟然以一种完全不合理的模样"活"了过来，他们变成了跟已经成灰的胖子一样的怪物，拖着残缺不全的躯体在夜色中奔跑，没有痛觉，没有灵魂，最可怕的是，他们没有乱跑，他们的目的……应该就是她们的家。

她也愣住了，她只去过一回集市，记得胖胖的吴婶送了她跟孩子们一包糖糕，这个和气慈祥的妇人大概做梦都没有想到自己的人生结局居然是变成了一个不死不活的狰狞怪物。

如果对面是胖子这伙人，她们自然手起刀落绝不犹豫，可如果对面是曾经填满了你的日常生活，无数次亲切地喊过你名字，与你寒暄聊天讨价还价，在天冷时顺口叮嘱你多穿点衣裳……的人呢？明明他们在白天还是熟悉的样子啊！

何冬来的手开始发抖，冷汗一层又一层冒出来，总是很容易哭出来的莫小运，眼睛已经通红，不止悲伤，还有愤怒，已经跌到深渊的人，为何还要他们经历更深的地狱，不止失去性命，还连最后的体面跟安息都要抢走？她们是恐惧，但更难过。

轰隆！又一个巨雷在头顶炸响。

她冲出去，必须先把前头这一批迅速处理掉，否则等跑得慢的追上来，一窝蜂拥上的话，连她都未必都顺利应付。

这种时候，感情用事会丢命。何冬来她们深知这点，不可能有别的选择了，此刻只能拼死一搏，刀下不留人。铁锹菜刀在她们手里决绝地挥舞，她们刻意不去看他们的脸，不去触碰记忆里关于他们的一切，现在的他们，只是要害人性命的"它们"了。这种感觉太糟糕了。

如果没有阿好，她们两个与孩子们，是不是最终也会变成"它们"？！不敢再想，幸好只是如果。

七八个身躯倒在她的手下，她大口大口喘着气，握刀的手剧烈抖动着，平日里轻若无物的刀变得越来越重，几乎要拿不住了，一股透心的寒气从指尖乱窜到身体各个部分，每过一处，她的力气就被蚕食一分，这是从未有过的可怕感觉，太不对劲……身体好像真的出了什么问题。

又是五六个家伙扑过来，她来不及多想，几刀劈过去，谁知最后一刀的刀刃竟卡在个本该断掉的脖子上——她的力气不够了。对方趁机抓住她，在它一口咬下来前，她拼尽力气一拳击在它的脑门上，然而它不过是一个趔趄，瞬间又张牙舞爪地扑回来，幸好何冬来莫小运及时赶来，几刀结果了它。

由远而近的动静越来越大，如果整个集市上的人都赶来了……今晚就真的太热闹了。

"不要打了！"她拽住另两人快速退回村子里。

"可它们会追过来的！"

一直跑回家门口，她将她们俩往前一推："把所有人弄上马车，立刻从村后的小路走！"可她却没有跟她们一起走的意思，竟飞快转过身去盘腿坐在大门前，双手扣在一起，摆出个奇怪的姿势。

"阿好！！"

"不想全军覆没就马上照我说的做！"她厉声道。

"走！"莫小运咬牙拖着何冬来跑进家门。

当她们带着睡眼蒙眬的孩子们火急火燎冲出来时，差点被眼前的情景吓得退回去——门口什么时候立着一副造型奇特且神光威武的白色盔甲了？光芒太盛，几乎晃花了她们的眼睛，等到视线稍许适应后，她们才看清盔甲内有人，对嘛，光是一副盔甲怎么站得住，但那个人，那个熟悉的侧脸，不是她们的阿好吗？

穿上这副盔甲的她，身量更加高大，更神奇的是，只是看到这样一个背影，乱跳的心就安定了，刚刚还怕得要死的心情也在瞬间被击散了，要不是身后的这扇门太破，传说中的门神大抵就是如此了吧。

而更大的意外是，一大群追过来的家伙在离她们家百尺之外的地方被迫停住了，面前似有一扇看不见的门，任它们如何突破都不得其法，像一堆被切断去路的癞蛤蟆，想爬又爬不出来，只能原地四肢乱舞，徒劳无功。

"阿……阿好？！"何冬来跟莫小运呆呆地看着她，都不敢上前一步。

她没有回头，仍是微微侧过脸来："我说过的，我在这里，你们就不会有危险。"

"阿好，你到底是……"

"从现在开始，我不是人类了。"她嘴角微微扬起，"但以前真的是。"

她们被说蒙了。

她转过身来，看着眼前这大大小小写满惊愕的脸孔，像是想到了什么好笑的事，边笑边摇了摇头。这下好了,泼天的富贵没有了……她在梦里见过无数次的场景,长安,皇宫,金碧辉煌的门,她妖身归位,神甲赫赫,护人界最至高无上之地,邪祟难入,平安大吉,再得人间帝王率众膜拜,香火祭祀百年千秋,简直完美!

可现在,只有一扇刻着别人姓氏的破木门!她能不笑吗,自己都把自己气笑了。

要不要跟她们说,身为妖中门神的护门,一旦选定了自己的门,便再也不能离开了,到魂飞魄散的那天都不能。从此以后,她就是一棵被种在龙尾村老霍家门口的"树",整个龙尾村的地界,就是她的妖魂能去到的全部地方。

要是能选择,鬼才要留在这个破地方呢,可这不是没选择吗——只怪人类的身体还是太弱了,居然被没把牙齿刷干净的怪物毒到了,只这么一口就咬断了她美好的未来。阴沟里翻船,想想都十分不甘心呐,若再多给她一些时间,没准儿能治好?听说桃都里除了有各种神奇的灵药,还有专给妖怪治病的大夫……但是,若不立刻归位,又如何拿出护门的全部妖力,将那群丑东西与她们永远隔开呢?

她做出这个决定的时候,脑子想的只有一件事——老霍家的人,不能在她的面前被臭烘烘的怪物夺去性命,即便她们是人间最微不足道的存在,也应该得到更多的时间,去长大,去更多的地方,去见识有无数可能的未来。

也许是现在才看清了被隔在不远处的怪物们,一半孩子被吓哭了。短暂的失神被哭声惊醒,来不及多问,何冬来她们赶紧把孩子们抱上马车,嘱咐他们千万不要往窗外看。

跳下马车,她们又回到她面前,何冬来看着她的脸:"你当真不是人类?"

"人类能把它们关在那里吗?"她笑,朝马车努努嘴,"快走吧,就照咱们之前说好的,去长安,打杂也好,建立门派也好,总之短时间内不要再回来了。"

"你一个人留下来?"莫小运把"送死"两个字咽下去,不管她是人是妖是鬼,但凡脑子清醒些都做不出这样蠢的决定,现在该做的难道不是大家一起跳上马车逃生吗,老黑身子强壮跑得又快,能甩掉它们一次就能甩掉第二次,它们总不能一直追过来吧!只要解了眼下的危机,国土之大,高人之多,定能彻底收拾这群诡异之物。

她低头看了看自己现在的装束,撇撇嘴:"我去不得长安了。"她推了莫小运一把:"再耽搁便把你的脑袋拧下来,反正你也不想要嘛。"

马车里,孩子们的哭声越来越厉害,他们还这么小,哪经得住这样的场面。

"走!"何冬来咬牙,拽了莫小运一把。两人跳上马车,何冬来又回过头来,眼神复杂地看着她。

"还看?!走!"

她都没有跟她们道别,连一声再见都不说。这一别,还有再见的可能吗?

马车朝村后的方向飞驰而去,那里有她为她们留下的出口,在属于她的范围里,关谁放谁,

121

但看她的心意，她不乐意，天王老子也休想出去。

马蹄声终于消失了。老黑你可要加油跑啊！她彻底松了口气，从开始到现在一直站得笔直的身体，终于有机会坐一坐了。

明明都归位了，怎的连这妖怪的身子也不太顶用呢，好像有个洞似的，属于她的所有力量正在点点滴滴地漏出去，不就是区区一口吗，到底是什么人弄出了这么毒辣的怪物，不但祸害人类，连她这个以身强力壮闻名的妖怪都抵挡不了……还有它们是靠什么追到村子里来的呢？跟着马车回来的那截断肢，难道跟它有关？还是烧胖子它们的时候味道太大了？算了，这些不重要了，当务之急是若她不能立刻被治愈，不用多久，她的妖力就难以再困住它们了，届时它们定然又会按照它们的法子，无休无止地追逐屠杀。幸而这里本就地广人稀，加上龙尾村及其附近的村落已凋敝多时，万一被它们逃出去，暂时也闹不出大乱子……可它们会跑啊，就算追不上何冬来她们，只要它们继续，总会跑到人烟稠密之地，那后果便不堪设想了。短短时间，她已经想到了各种糟糕的结果。

又是一声惊雷。她冷哼了一声，冲着天上说你们有本事去劈它们呀！

她气呼呼地托着腮坐在门槛上，看着那群没有智慧只有凶恶的丑东西，心里却突然有了一个不得了的决定——趁着力气还够，将它们悉数困于眼前，这妖身早晚也是不中用，万一传出去她是被毒死的，护门一族焉有脸面？！还不如就此硬散了妖魂，以巨大的濒死之力一举化了它们，干干净净，她这条命也就丢得划算了。

没去成长安，没有扬名立万于皇宫，居然连命都这么短……姥姥若此时来问她后悔不，该怎么答她呢？她揉揉发胀的脑袋，还回答什么呀，反正姥姥这辈子都不可能再见到她了，不见还好点，免得气出个好歹。

一道闪电，晃得她微微眯起眼睛。四周是不是起风了？身子除了越来越冷，好像还有点麻了，有不好的东西从心口蔓延出来，缓慢且得意地侵占她的每一处脉络与血肉。

在她摇晃起来的视线里，那些丑东西好像变多了？哦，是重影……她用力甩脑袋眨眼睛，还是重影，耳朵里也嗡嗡乱响起来，搞得人好生心烦！

不行，得马上动手。她强撑着起身，凝神闭目，将尚存的妖力集中于双手，飓风般的气流自她手中盘旋而起……

○ 11 ○

轰！比雷声还响的声音，震得空气都在颤抖。

同时出现的，是光。好亮！盛夏骄阳暗夜闪电，都不及这一片骤然降临的紫光。可这道光并不是她的，她的妖魂还好好的，真到散尽时恐怕还没有这么亮呢。

强光之中，却是熊熊紫焰，海潮般汹涌而至，被她以妖力控于身周的怪物们，从外到内，一层一层被吹飞了，在半空中炸成各种五花八门的形状，然后像烧尽的烂衣裳，飘得到处都是，瞬间点燃了龙尾村的房舍，一间接一间，整个村落转眼便成火海。

火焰对她不起作用，她只被强劲灼热的气流推得连退几步，一屁股坐在身后的大门前。

脑子还有点蒙，刚刚是什么东西炸开了吧，不然哪来这么大的火？难不成是上头哪个路过的神听到了她的抱怨，真的降下神雷天火解人间灾祸？

可那动静也不像是打雷啊。混乱的脑子里理不出头绪，唯一能确定的是如果没有这个突如其来的"意外"，她此刻已经跟怪物们一起消失了。谁留下了她的性命？

眼睛还是看得不太清楚，要很努力才能从四周跳跃的火光里瞧出一个人影，踩着一地狼藉，慢慢朝她走来。直到对方站到自己面前，她才看清楚那张熟悉的脸——

何冬来？！

"你身上真是一点伤都没有啊。"何冬来慢慢蹲在她面前，上下凝视，庆幸地笑了，"你果真不是人类……我刚刚都快吓死了，一来就瞧见那些东西里三层外三层地围着你……我还以为自己来晚了，你怕是已被它们害了……太好了，你没事。"

差点就有事了，是你来早一步。她缓缓伸出手，拍了拍何冬来的肩膀，居然开起玩笑来："你呀，失去了围观另一个大场面的机会。"妖魂散，诛邪祟，她赌上全部的样子，肯定很耀眼。

"你又在胡说些什么……"何冬来自是不明白她的意思，又说，"小运的紫烬石还是被用掉了。这石头也太过厉害了，还说是防身之宝，我看根本是同归于尽之宝啊。幸好你没要。"

"就知道那玩意儿不靠谱。"她撇撇嘴，试着活动活动胳膊，虽然身子依然不太对劲，但也还能撑住，她瞪着何冬来，"不是让你们赶紧跑路么，回来做什么？莫小运她们呢？是在附近停下了？"

"那太危险了。"何冬来依然蹲在地上，"我让她带着孩子们继续跑了，一定要顺利到达长安。回头……我们一定会去找她和孩子们……如果我们……能活下来的话。"她的声音越来越慢，越来越弱，身子摇晃了几下，竟然倒了下去。

一把不知从何而来的短刀，跟伤害老霍的那一把很像，端端插在她的背心上。

"何冬来！"她大吃一惊，赶忙起身扶住她，"怎会这样？谁干的？"

何冬来的下巴靠在她的肩膀上，很无奈地笑出来："好倒霉呀，紫烬石炸开时，我应该再躲远一些的，不然也不会被那些乱七八糟飞出来的东西打中了。"

这……对了，丑东西里有曾经与之对抗的兵士，多半是他们中的谁曾在战斗中缴获了对方的武器摆在自己身上，本是荣耀，谁料终究是个不祥之物。

"你别说话，留点力气。"她心急如焚，要马上送这个超级倒霉鬼去见大夫啊，血越流越多，很快会死的！可是，怎么找大夫？自己已经不能离开龙尾村，家里的草药能止血吗？不管了，试试看。她扛起何冬来就往院子里跑，全然不顾自己越发疼痛的心口与灌了铁一般沉重的双脚。

"阿好，莫浪费力气了……放我下来。"何冬来的嘴唇煞白，"我有话要同你讲。"她感觉到何冬来在用最后的力气抓住她的胳膊，只好将她放下，让她斜靠在自己身上。

"阿好，我听说人的运气是有定数的，一处用得多了，另一处就少了。"何冬来虚弱地看着眼前的家，没有了怪物的存在，小院便又像从前一样平静安稳了，"遇到你，是我天大的好运气，所以今天这个事虽然很离谱，其实也是注定的吧。"她嘴角微微扬起，"我爹娘不是死于瘟疫，我撒谎了。"

"嗯，所以呢？"她把那只越来越凉的手握得紧紧的，却忘了自己也没多少热量可以传给对方。

"我爹是很厉害的猎人，这个我没撒谎。他教我拳脚功夫，教我如何打猎，也教我做人要有恩义，知报答，他把村子里的人当兄弟一样对待，得了什么好东西都要分他们一份，就是这样一个人，却死在他救过的人手里。我们报了官，需要人证，可他们一个都不来，说那是个恶人，怕被报复。我永远忘不了凶手被释放后若无其事从我们面前经过的样子。我娘身子本来就不好，葬了我爹没几天，一场风寒就要了她的命。我的家说没就没了……那个凌晨，我跑去凶手家，放了一把火，那天风很大，天气又干燥，看着迅速陷入火海的村子，听着他们的鬼哭狼嚎，我飞快地跑了。那段时日，我再不信我爹教我的那些所谓的道理了，四处漂泊的日子里，坑蒙拐骗的事我都干过，甚至装成男人混进帮派里干些杀人越货的勾当，我以为用另一种方式就能过好这一生，结果日子还是犹如一潭死水，我不管在这死水里如何挣扎，还是不断下沉，世间所赞颂的一切美好都与我无关，那会儿我比谁都更像个亡命徒，不是我胆子大，只是我不太想活了。"

人生末端的最后一次回忆，似乎给了何冬来一些力气，她继续道："救了小运不过是一场黑吃黑的意外，我奉命装作被绑的女子，跟我们这边的家伙里应外合，结果我发现她自己都快饿死了，居然还把食物分给其他姑娘，处境无比凶险，她还能有心情给人家讲笑话，说什么倒霉到极点了，就会有好运气了，她娘说的。"

何冬来看着她的眼睛，笑道："之前我觉得整个世界毫无可取之处，一把毁灭掉也挺好的，可如果现在跟我说世界马上要毁灭了，我却会想能不能把这个人留下来。后来趁两边打起来的时候，我放了所有姑娘，小运惊叹于我的'本事'，执意要跟我结伴而行，她一直以为我是个'侠客'，对我毫无防备，把她自己的家底儿和盘托出，包括她要去找一个叫桃都的地方。一边是继续混在一群混蛋里等待被毁灭的那天，一边是陪一个萍水相逢的陌生人去找一个地图上根本没有的地方，我竟然很容易就做出了选择。一路走来，我觉得遇到小运是我的第一个好运气。虽然也吃了不少苦头，可我总觉得那一潭挣脱不出的死水越来越浅了，我听她讲了许多稀奇古怪的事，两个人蹲在下雨的屋檐下笑嘻嘻地分食一个烧饼，一起做零工赚钱，逛集市买衣裳，在春天的阳光跟夏天的蚊子堆里往一个想象中的地方不断前进。遇到老霍是我的第二个好运气，那个冬天是我们的失误，没有想到这个地方会这么冷，准备的衣食都不够。幸好，老霍刚好熬了热汤。"

说到这里，何冬来的眼神有些迷离了："你是我的第三个好运气……你保护了我失而复得的东西。你看，我得到了这么多好运气，直到今天才倒了个霉，这也实在没什么可抱怨的。只是我真正的过去，一直没有说给小运听，以后你愿意的话，替我告诉她吧，我也没有她想得那么好，也无法再陪她去找桃都了。"

"我不说，你留着命，自己跟她讲。"她皱眉，觉得手里像是握住了一块永远不会热起来的冰。

何冬来的眼皮越来越重，身子也在她怀中越发下沉。"胭脂……没有用完……在床头的柜子里……你们别再涂得像个……猴屁股……"

这个时候她才发觉，原来生命是有重量的，何冬来的呼吸停止的瞬间，她觉得自己怀里好像抱了一团迅速散去的空气。

一直在心口乱窜的疼痛好像找到了彻底击溃她的机会，从心口到四肢，到头顶，尤其是她的头，痛得要裂开了，一群看不见摸不着的坏东西在她身体里啃噬破坏，视线在不断地收缩，变暗，最后变成一团微弱的光，照在何冬来身上，她拼尽力气从死水中爬出来，四季繁华的长安，或者神秘不可言说的桃都，都在一步之遥的地方等着她，等着她们……但现在，该怎么办呢？

等，等莫小运回来。

等，等她寻到一个可以逆天而行的法子，把一个费了太多力气才活下来的姑娘带回来。

等！

一双手伸出去，覆在何冬来的额头上，温柔的光从掌下流出，将冰凉的身躯笼罩起来，直到将之化作一团斑斓彩光，放进破破烂烂却依然坚持的心口。

既为护门，那便要护住这扇门后的一切。天界昆仑的宝物并不需要我，她们才需要。姥姥，我还是没有后悔哦。

○ 12 ○

好长的一个故事，外头的天都黑了。

以司静渊为首，在场所有人的手都泡在一个不知道哪里找来的水缸里，连滚滚跟鼠精也来凑热闹，趴在水缸沿上把爪子浸在水里，姿势虽然好笑，表情却很难过，鼠精的眼睛甚至在吧嗒吧嗒地掉泪珠。

司静渊收回手，看着桃夭他们："现在你们知道我为何不让你们伤她了。"

桃夭收回手，往身上擦了擦，笑笑："你以水为媒传递'所见'的本事越来越娴熟了，我还以为得跟上次一样，把咱们都扔进水池里才能瞧见你从她身上看到了什么呢。"

司狂澜擦着手，皱眉："这样的本事，宁可没有。"

司静渊撇撇嘴，不敢再说一句惹他不高兴的话。

磨牙叹了好几口气，对于自己刚刚"看到"的关于一只妖怪的一生感慨万千，除了阿弥陀佛，什么也讲不出口，只觉得心头被什么东西堵住了，连蹲在他肩上的滚滚也耷拉个耳朵，无精打采的。

柳公子走到仍倒卧于地的护门身边，有些担心地问："她一直这样浑浑噩噩地等了上千年？"

"她妖身归位前已然中了毒，没有解毒便归位只会令到毒性越发猖狂，但也不能怪她，她哪知道刀枪不入的自己被人类变成的怪物小小地咬一口就中毒了呢。我虽暂不知此毒之来历，但毒这个东西，落到不同的身体上，造成的后果也是五花八门的，比如此毒落在人类身上，他们就变成嗜杀嗜血失去人性的怪物；落到她这妖怪身上，便是害她千年浑噩。这种事也是万中无一的，反正我很少见过妖怪会对人类的毒有如此大反应，尤其还是护门这种天生强悍的妖怪。"桃夭走过去，蹲下去摸了摸护门的脑门，"难得的是脑子已经糊涂成这样了，还能在这千年的沧海桑田里记得自己的天职……也还记得自己最憎恶的东西。"她抬头看着司静渊，"你也是，啥不好买，偏要买那两把刀，买了就罢了，还要送到她面前晃来晃去。她记忆里差不多的两把刀，一把要了老霍的命，一把要了何冬来的命，也难怪她要跟你拼命。'拿这种刀的家伙就是该死之人！'，她见到你的时候，脑子里应该只有这一个念头。"

"我当时哪儿知道这一层啊！我就是临睡前把刀拿出来看看摸摸而已，我觉得它们好看嘛。"司静渊懊恼到恨不得扇自己耳刮子，"早知我就给你们买匹骆驼带回来了！买这劳什子作甚！"

司狂澜对骆驼当然没有兴趣，又问一次："果真是无弦琴彻底伤了她？"他一直很介意这个，准确说是愧疚。

"以这样的状况挨过千年，她的寿命本来已临极限，你也不必太自责。"桃夭收回手，忽然说，"她等的人，应该没有回来过吧。"她又叹了口气，"已经给她的本尊施了药，玄龙金，清热降火解毒醒神价值连城，躺了这么久，差不多也该清醒过来了。"

她话音未落，那头一直沉默不语的石铁岚突然脸色有异，眼里居然泛起了泪光。

柳公子一眼注意到她神情的变化，快步走到她身边，很自然地摸了摸她的脑门："你哭什么？那妖怪中了毒才神志不清，你也中毒了？"

桃夭瞄他一眼，觉得真奇怪，她不是奇怪石铁岚掉眼泪的原因，而是柳公子对这个姑娘表现出的……太过及时的关心，这真的不是这条蛇的正常风格啊。

她紧紧抱着自己的破背囊,向来嘻嘻哈哈的她好像被自己看见的东西刺到了什么伤心的地方,眼泪终于掉出来,望着众人道:"我的祖师婆婆叫郝运来,这么吉利的名字……郝运来……阿好,莫小运,何冬来……咱们加起来就是好运来……原来我的祖师婆婆就是莫小运。"想到这里,她竟忍不住抽噎起来。

众人一愣,对啊,莫小运去长安前,说她想建立一个专门给人办后事的门派——三危派……这三危派现任的掌门不就是石铁岚吗!这样的巧合,似乎比司静渊因为一把刀而被当作坏人收拾了一顿还要巧。

但,真是巧合吗?

"桃夭,你看看她呢?别哭死过去了。"柳公子碰了碰桃夭,眼中刹那而过的居然是真心实意的担忧。

喊,我吃不到烤肉满地打滚时不见你关心我半分!桃夭正要审他,石铁岚却抹着眼泪,双手颤抖地打开背囊,小心翼翼地从背囊里拿出那个贴着符纸的木盒放在地上。

"石施主在做什么?这木盒是什么东西?"磨牙不解道。

"骨灰盒。"桃夭挠了挠鼻子。

"啊?!"

石铁岚顾不得跟众人解释,只将手在衣裳上蹭干净些,然后深吸了口气,对着盒子如释重负般说:"您出来看看吧。"

盒子静静躺在那儿,什么也没有发生,众人面面相觑。石铁岚赶紧趴下去贴着耳朵听了听,稍微松了口气,屈起手指叩门似的往盒子上轻敲了几下。不等她的手指挪开,盒盖居然自己砰一下弹开了。

众人吓一跳,司狂澜本能地握住了剑。哪个好人家的骨灰盒会自行开盖的?

"敲什么敲还没睡醒呢!"一个……不对,应该是一团半透明流沙状的玩意儿,聚成个寸把高的人形,头上还立着一根好笑的白毛,气哼哼地从盒子里跳了出来,潦草的五官因为不满而挤在一起,大声道,"我说过找到地方再喊醒我的嘛!"它的声音非常洪亮,与体型毫不匹配。

"您无论如何都要到的地方,到了。"石铁岚对它毕恭毕敬的,"您要找的那扇门就在外头!"

"门?!"小人儿愣了一愣,站在木盒边缘上左右环顾了片刻,直到看见倒在旁边的护门。

它腾一下跳起来,轻飘飘落在护门身边,仔细看她的眼睛、鼻子、嘴巴,然后便呆在原地,半响才激动地抱住脑袋,大喊道:"阿好!你真是阿好!我是小运啊,我回来啦!"

阿好?它管护门叫阿好?它还管自己叫小运?所有人的目光都聚集到桃夭身上,期待她给个答案。

桃夭从错愕里回过神来，很快恍然大悟："原来她将连尾毫用在自己身上了。"

连尾？护门姥姥跟莫小运父女都曾偶遇的……神秘野林里的妖怪？

"阿好！你醒一醒！"小人儿在护门的脑袋旁边跳来跳去，急得不行，"我回来了呀！我回来了！"

看着这突如其来的一幕，桃夭只道："桃都入口，地气丰沛，聚而生妖，身无形而有白尾，与地相生，不可移，称连尾，善障目之术，好取人美梦为己用，尾上白毫可继人遗愿，不成不休，天地仅此一妖。"

桃都……原来这只妖怪所在之地，就是桃都入口，原来，有人曾经离桃都那么近。

"先不说桃都啊。"司静渊的脑袋都要抠破了，指着那小东西，"你是说这玩意儿的出现，是因为那妖怪尾巴上的一根毛？"

"连尾最大的职责，是把误入桃都门口的无关之人送离，这工作并不繁忙，因为误入的可能性很低，加上天生的不自由，它的生活就一直非常无聊，所以它总是喜欢管误入的人或妖怪讨要一个美梦，这样它就算不能离开那方寸之地，也能见识并感受到各种美好神奇的经历，只是交出了美梦的人，以后就再也不能梦到与之有关的任何东西了。比如护门姥姥心上的人间少年，比如莫先生最爱的妻子。"桃夭像是想起了一个久违的老朋友，"但它也不白要，总以尾上白毫为回礼，得了连尾毫之人，临去前只要将它紧握于手，说出自己的一个未了之愿，此物便能在其去世后成有形之妖，承逝者记忆，成逝者之替身，以完成遗愿为唯一目标，不成不休。最厉害的，是这根毛本身没有生命，所以用任何法子都杀不死它，只有遗愿达成，它才会功成身退，非常执着。"她笑笑，"以前我进出桃都时，若有时间，也会跟这妖怪聊上几句，特别得闲时还会给它带点好酒去，它想讨我的一场好梦，我却是不肯的。"

"梦中有特别舍不得的东西？"司狂澜顺口一问。

"不。"桃夭摇头，"我的愿望，醒着的时候便要实现。"

"嗯，拿到枕头那么大的红包。"司狂澜挑眉，"确实已经实现了。"

桃夭斜睨他一眼："我看二少爷你最需要这根毛，毕竟你有个死了都不放心的哥哥。"

司狂澜笑笑，没有反驳，她说中了不是吗。可是，他有美梦可以交换吗？

另一边，许是那小人儿声音太大太激动，护门终于缓缓睁开了眼睛。她试了好几次，总算是坐了起来。

"疼死了……"她用力揉着脑袋，揉了脑袋又揉胳膊，反正把身上痛的地方挨个揉完，才终于轻松下来，睁大眼睛四下一看，面色竟有些惊喜，"又能看清楚了！"但立即发现情况不对，她警惕地站起来，瞪着眼前陌生的脸孔，"你们是什么人？"再看四周，更疑惑了，"这又是何处？我不是在老霍家的院子里吗。"

要怎么跟她解释，她生了一场长达千年的病，而她这一刻的轻松，也非痊愈，只是……

回光返照。

"阿好！我呀！我回来啦！"地上的小人儿使劲挥舞手臂，努力地跳起来，"你看看我呀！我是小运啊！"

她听到声音，埋头一看，终于发现这个拼命引起她注意的小玩意儿，皱眉："你是什么怪东西？"

"我是小运，莫小运啊！"它指着自己跟莫小运完全无关的脸，急忙道，"那日怪物来犯，你变了模样，让我与冬来带孩子去长安，没走多远，冬来说她得回去，无论如何，不能留你一人独撑，她拿了紫烬石，嘱我直奔长安，不可回头，待她与你脱险之后，再往长安来寻我们。我无法阻止她，顾及孩子们安危，我只能走。虽是一路艰辛，但好歹顺利到达了长安，落脚后，我几乎把我们约好的暗号刻遍了长安城，就怕你们来后寻不到我们。我等了三个月，你们没有来，彼时几个孩子又病了，耽搁不少时间，待一切转好，我赚的盘缠也勉强够了之后，我迫不及待回去龙尾村，可到了才发现整个村子已成废墟，唯有老霍家的家门完好无损地立于狼藉之中，但你们去哪儿了？我找遍周遭，问尽路人，他们根本不知道你们的下落，甚至都不知道龙尾村发生了什么，只知一夜之间这地方就毁了。"它的嘴难过地瘪起来，样子更丑了，"我坐在老霍的家门前哭，可哭又有什么用呢，找不到你们，孩子们还在长安等我，我只好撕下衣角，写下'我回来过，我在长安等你们'，塞到门下希望你们能看到。可你们好像一直没有看到，到我死时，你们也没有来长安。"

她怔怔地听完，又将它上下打量一番，弯腰将它捧到手里："你……真是莫小运？"

"说好孩子们长大后，你跟冬来还要陪我去找桃都的嘛！"它居然哭出来了，"可你们一个也没来，我等了一辈子呀。"

"真的是你……"她的神情顿时柔软下来，"才多久不见，怎的变这么丑了。"

"我把我爹留给我的连尾毫用了呀！"它抹了抹眼睛，"我九十二岁寿辰的晚上，把这根毛牢牢握在手里，我跟它讲，如果只能满足一个遗愿，桃都我已经不想找了，就把我送回龙尾村老霍家吧，我觉得阿好跟冬来无论去了哪里，也都会回去的。那些日子，我每晚都梦见那里的夕阳与河水，梦见小院里的炊烟，还有拿着胭脂嘻嘻哈哈的姑娘们。"它看着她的脸，"我想她们。"

一滴眼泪，从护门脸上滑下。

"抱歉啊，我们没办法去长安。"她无奈地笑了笑，"我们……一直都在这里。"

"你们？"它一愣，"冬来也在？到底出了什么事？"

"她为了救我，用紫烬石对付怪物，运气不好，被气浪震飞的短刀刺进了背心。"她放下它，像突然想起了无比重要的事，"可我把她留住了！"

话音未落，她深吸一口气，双手捧在心上，一团彩光自她身体中缓缓飞出，轻落于地上，慢慢化成个人形,待到光芒散去,地上躺着的,竟是个双目紧闭,宛如熟睡的姑娘。

"冬来!!"它扑上去,摸着姑娘的脸,"怎么可能……怎么可能还在呢?"

"当时情急,顾不得许多,只想以妖力保住她的身子,若将来有缘得了仙法灵药,又或遇上我的'好运气',或许能救她回来。"她认真地说。

所有人都在诧异时,只有桃夭叹了口气,似在等一个即将到来的……不太好的结局。果然,在护门继续说下去之前,地上的姑娘竟在一阵细细的凉风里瞬时化为一副白骨。

护门面色大变,刚刚才生出的力气顿时散了,整个人跌坐在地,呆呆看着这个被她拼命保护过的人,一句话都说不出来。

"已过去千年了,她只是个人类,你纵是将她护在自己身体里,一旦离开,她还是会变回她该有的样子。"桃夭皱眉,"受伤,中毒,神智尽失,仅剩的妖力一半要保护人类躯体,一半要担起天职护龙尾村千年……你肯定是护门中身体最健壮的一只,不然活不到现在。"

她仍然呆坐于地,嘴唇微微颤抖:"过去千年了?这么久了?"

"是,你疯癫了千年,如今可清醒了?"桃夭直言。

"你是谁?"她也不抬头,连眼睛都不眨一下。

"桃都,桃夭。"

短短四个字,如一声炸雷。她与"莫小运"同时抬头,错愕的目光锁在桃夭身上,半晌却没有一个人说出话来,连问一句"你真是桃都中人"都没有,许是踏破铁鞋无觅处的感慨来得太快,快到没法反应。

"千年前,我的名字可能还没有那么响亮,你们没听说过也不奇怪。"桃夭认真道,"桃都不在任何一张地图上,但桃都的确存在。"她走到"莫小运"面前,把这个家伙抓起来放在手里,"虽然你不算真正的莫小运,但我还是要跟你说一声,普通人类是不被允许进入桃都的,那里的灵药与大夫,也只治妖不治人。你父亲的道听途说变成了你的人生目的地,虽有些荒唐,但起码你们也曾走到离它一步之遥的地方,所以也不必太遗憾。"

它垂着脑袋想了好一会儿,抬头:"起码,我也是到过桃都大门口的人了吧?"

"当然。你都见着连尾了。"桃夭一笑,"它姑且也算是桃都的门神之一吧。"

"那挺好。"它松了口气,满意道,"想不到那妖怪的一根毛还真有大用处,不但把我送回来,还额外送了我一个惊喜,龙尾村与桃都,我都到过啦!"

"它竟是祖师婆婆……祖师婆婆居然一直在我的背囊里……"石铁岚把这句话反复了不知道多少次,然后不知所措地跟所有人说,"我发誓,我一直以为它只是个躲在无名氏的骨灰里捣乱的妖怪,被我一不小心遇到后便缠上了我,非要我送它来这个地方找一扇门。"

"不要美化自己。""莫小运"给她一个白眼,"你是一不小心遇到我的吗?明明是穷疯了跑到三危派已经废弃几百年的藏宝洞里找找还有什么可以卖钱的东西时才挖到我的!"

石铁岚的眼泪一下子被逼回去了，腾地红了脸："话是这么说……可我挖到您老人家也的确是个意外啊。"她无奈极了，"话说您堂堂的祖师婆婆，怎么会被埋在那里呀！"

"哼！当初我就知道咱们这派的后人个个不可靠，要是可靠，我哪需要用上连尾毫！不就是怕他们不拿我的话当回事，嫌龙尾村太远不想长途跋涉，随便就把我埋了吗！"它气呼呼道，"以为成了妖身便万事大吉，谁料想我才刚刚从骨灰盒里爬出来，便被那没见识的掌门小子撞见，他居然拿我当邪物，立刻就拿道符把我封住了！封住就罢了，还给我藏到那破山洞的深处，藏起来也就罢了，他那个狗记性，竟然把我忘了！害我要等那么多年才能重见天日！"它越说越生气，指着石铁岚的鼻子道，"你也不争气，混成这般模样，真是一代不如一代！"

"是是是，您老教训得是。"石铁岚点头如啄米，"可我要是争气了，大概也就不会去藏宝洞了，那您老还不知道要在里头埋多久呢。"

明明还在为一只妖怪绵延千年的命运感慨不止，心头百般滋味难以言说，听了这两位的对话，又实在哭笑不得。

"还顶嘴！"它气得跳到石铁岚脑袋上，又踩又踩，"三危派风光时，凭一己之力揽尽天下宝物，哪承想如今竟成了丢人现眼的要饭派！"

桃夭碰了碰柳公子跟磨牙："它好像连我们一起骂了。"

柳公子像没听到她说话，注意力全在石铁岚身上，只有磨牙认真道："非也，咱们现在也是靠劳力吃饭的正经人了，不是桃都讨饭组了，阿弥陀佛。"滚滚跟着点头。

司狂澜听了，指了指自己，冲桃夭微微一笑。

桃夭自然会意，赶紧鞠躬："多谢二少爷发工钱，多谢二少爷摔个破桶都要罚钱，多谢二少爷经常不干人事儿！"

"客气了。"司狂澜满意地点点头。

桃夭哼了一声，目光却总是落在柳公子身上，这家伙今天也太不对劲了，跟他说话都心不在焉的。

这边，被踩得一点脾气都没有的石铁岚继续无奈："祖师婆婆，您说的风光我真没赶上，我入三危派时，大家已经很穷了！不过这不重要，重要的是您为何不对我说实话呢，还骗我只要揭开封印就能得财宝无数。我揭了封印，您二话不说就跳出来逼我带着骨灰去我听都没听说过的龙尾村，还说要找到一扇门上刻着霍字的门，让我把骨灰埋在门下。我不想去，您便天天深夜跳到我耳边唱歌，还威胁我不照办就有法子让我一辈子赚不到钱。大家评评理吧，哪有这样对同门小辈的老祖宗！"

这没法评理……桃夭心想，连尾毫成妖后就是如此啊，为了达成遗愿会无所不用其极，反正它们有的是时间，折磨一个不成就折磨下一个，总有一个人能帮它们完成使命，谁摊上

肆·连尾

谁倒霉呗,幸好她没有沾染到这些麻烦的小玩意儿。

"就你这脾性的丫头,即便告诉你我是谁,隔着千把年,你对我能有什么真感情,还不如先利诱再威逼,肯定比动之以情有用多了。"它大概是踩累了,在石铁岚头上坐下来,休息片刻后,终于平静下来,看着地上的白骨与一直沉默不语的"阿好",长长吐出一口气来,"好在方法虽凶悍些,结果却是好的。你终是把我带到这里了。"

它顺着她的头发滑下来,走到桃夭面前,看着护门问:"她是妖怪对吧。"

桃夭点头,把护门的来历简单告之。

"原来是这样啊……"它恍然大悟,"难怪她总说要去长安,去皇宫。"它苦笑,"她的人间富贵被我们耽搁了。"

"你们哪有本事耽搁我的人间富贵。"从刚才就像个石像一样静坐于地的护门突然开口,目光却仍呆呆地落于白骨与骨灰盒上,"你们在长安过得好吗?小崽子都顺利长大了吗?"

它赶紧点头:"好!一直都很好!我打怪物不行,但是赚钱很有天分!从阿一到小九,都顺利长大了,咱们三危派第一代弟子个个都争气得很。"

"护着这些孩子平安长大,比打怪物辛苦多了。"护门抬头,苍白的脸上终于浮现了一丝笑容,"你拳脚不行,可也跟我们一样厉害。"她慢慢从地上坐起来,方才得了轻松的身子又骤然沉重起来,她忍住不适,朝"莫小运"伸出手,笑:"就等你了,好运来缺一不可。"

它愣了愣,大约是压在心头太久的情绪终于有了彻底释放的机会,它嗷一声哭出来,然后便像一只终于回到家的小狗一样,欢天喜地奔过去,一下子跳到她手里。

"桃都来的高人,是你治好了我?"她看看桃夭,又看看眼前这一堆乱七八糟的陌生人,"这么长的时间于我仿佛只是一场浑噩的梦,我此刻已然不记得在梦里干过什么事了,可是看这屋舍的状况,我之前对你们并不友好吧。"

"岂止不友好!你差点要了我们的……"司静渊正要来一番血泪控诉,却被司狂澜及时捂住了嘴。对一个油尽灯枯的妖怪,实在没有必要再抱怨了。

"我是桃都的大夫,治疗妖怪是我的本职。"桃夭看着她越来越透明的身体,"你……若还有什么话想与你的姐妹说,便说吧。"

"我知道我要不行了。"她一点也不难过,平静地看着眼前的一切,释然道,"我刚刚才明白,我以为一生都到不了的长安,其实已经到了。"

她的长安,是不肯退半步的,刻着霍字的家门。

她的长安,是涂满旭阳花汁的,在夕阳里闪闪发光的破房子。

她的长安,是一盒被乱画到脸上的胭脂。

她手里的家伙听了她的话,终于放心了,笑得龇牙咧嘴,更丑了。

"我也要回去啦。"它心满意足地从她手里跳下来,打开骨灰盒跳了进去。

"祖师婆婆！"石铁岚突然大喊。

"怎么啦？"它头顶着盒盖，不耐烦道，"不争气的小掌门，是舍不得以后无人与你夜半歌声了？"

"其实你可以对我说实话的，我就算真去要饭，也一定会把你送回她们身边的。"石铁岚脸上绽出一个大大的笑容，"我们三危派是穷，但办后事非常稳妥！"

"死丫头……"它笑出声来，冲她挥挥手，"走啦！"

啪嗒一声，盒盖归位。

一室俱寂。只有屋外似乎有了些其他的动静，昏迷已久的龙尾镇，大概开始苏醒了。

然后，除了安静地等待下一个天明，也没有其他事好做了。但所有人都觉得自己的眼睛出了点毛病，是从什么时候开始，妖怪、白骨、骨灰盒都不见了，眼前站着的，分明是三个欢欢快快的姑娘，她们久别重逢，又笑又跳。

当晨曦从破烂的窗户里洒进来时，一株枯萎的野草，从外头的木门里掉落于地。桃夭俯身捡起它，小心翼翼地拿在手里。身后那扇千年不倒的门，突然砰的一声裂开，无数木条飞得到处都是。

桃夭没有回头，径直走回去。室内并没有欢快的姑娘，护门也不见了，只有白骨与骨灰盒仍摆在老地方。

司静渊迎上来，有些难过："她……真的走了？"

桃夭点点头，把手中的野草放到白骨与骨灰盒之间。众人面色沉重，磨牙已然习惯性地念起了经。

"接下来就是石掌门的事了吧？"桃夭扭头看着石铁岚。

石铁岚深吸一口气，拍拍心口："包在我身上。"

尾

龙尾镇外风景最美视野最好的山坡上，石铁岚用捡来的她认为最好看的石头，把那个不起眼的小土堆围了一圈。土堆中央，一株嫩绿的芽在午后的风中摇头晃脑。

"每一个完成使命后归于无形的小连尾，都会发芽的。"桃夭笑着挠了挠它，"可能是心情太好了。"

"好神奇啊。"磨牙惊叹，"眨眼间就长出来了！还以为遗愿达成后它便烟消云散了呢。真好！"

滚滚跟鼠精也好奇地在绿芽周遭嗅来嗅去，然后不止一次被磨牙警告不许动口咬。

"它会长大吗？会变成妖怪吗？"司静渊好奇地问。

"想多了。"桃夭说,"那只是一只小妖怪留在世上的单纯的好心情。"

"真可爱。"石铁岚捧着脸看着它,"我也能遇到连尾的本尊就好了。"

柳公子瞟她一眼:"这么年轻就在想遗愿的事了?"

"不是为我!"石铁岚回他一个白眼,"除了办后事,我们三危派若还能提供无限期促成遗愿达成的保证,这钱不就大把大把来了吗!那连尾的尾巴上肯定有很多很多毛吧,给我一把又不会怎样!"

"你这脑子一天天的到底在想些什么烂点子啊!"柳公子又好气又好笑,抬手就想往她脑袋上拍一下,却在伸出手的刹那又收了回来,"你就不要抱有任何期待了,你这辈子都不可能遇到连尾的。"

"未必!"石铁岚转过身,两眼放光地指着桃夭,"她是桃都来的家伙,别想抵赖,之前她在护门面前亲口说的!"说罢她又瞪着柳公子与磨牙,"你和小和尚见了她跟见到亲人一样,怕不仅仅只是同在司府当差的情谊吧,你们多半也是桃都来的吧!"

脑子转得倒快,柳公子撇撇嘴:"若是又如何?"

"若是……"石铁岚狡黠一笑,突然扑过来抱住柳公子的大腿,"带我去找连尾吧!我又不进什么桃都我只想要点毛毛!"

"啊!"柳公子怪叫一声,"把你的脏手拿开!!"

"求你了!看在茫茫人海中我们都能相遇的缘分上,看在我想重振三危派的良苦用心上!"

"那你把司府给你的酬金全给我。"

"不要拿钱来亵渎缘分!"

"再不撒手我立刻把你也埋土里去信不信!"

"不信……你嘴巴虽然讨厌,但对我还蛮好的。"

"胡说什么,谁对你好了!"

"要不你帮我去偷偷拔几根毛回来也行!"

"……"

山坡上突然变得吵吵闹闹,只是这突如其来的热闹里,司狂澜缺席。事实上,在山坡上这场特殊"后事"还没办完时,他便独自离开了,也没交代去干什么,只说去去就回。

直到太阳西斜,他总算回来了,头上都是汗,背着他宝贵到不放心交给任何人的无弦琴,手里还多了一把没见过的剑,和一坛酒几个碗。

坐在树下乘凉的桃夭走上来,疑惑地指着他手里的剑:"这是什么?"

"镇上铁器铺里买的。"他走到土堆面前,放下东西,"不是最擅料理后事么,连像样的祭品都不准备?"

众人一愣，齐齐看向石铁岚。

她赶紧解释："龙尾镇才恢复正常，现在镇子上还一塌糊涂的，我想的是稍晚点再去置办酒菜嘛！"

"你哪来的钱买酒菜？"桃夭揉了揉脑袋，"身上一个子儿都没有的人。"

石铁岚尴尬地笑笑："但我的心意一直在。"

司狂澜自顾自地摆好三个酒碗，抱起酒坛斟满，也不理别人，只管端起来逐一倒进土里，动作非常熟练且自然。

扑鼻的酒香里，他又拿起那把铁剑细看，桃夭凑过来，发现剑虽是普通的铁剑，然剑鞘上却刻了两排好看的小字——但使龙城飞将在，不教胡马度阴山。字迹还很新，应该刚刻上去不久，是他的笔迹？

桃夭问他："这是你送给她们的……祭品？"

"不降不退，寸土不让……无论杀敌降魔，还是于艰险岁月中顽强求生，埋在这里的每个姑娘，都没有在自己的战场上退缩过。"司狂澜手腕一转，将铁剑插于土堆之中，"这样厉害的人，当然要配宝剑。"

金红的光线刚好移到了一个好位置，铁剑熠熠生辉，光芒夺目。

原来他嘴里还是能有好话的，桃夭看着司狂澜的侧脸，虽然那里一如既往没什么明显的表情。这个人一直是这样吧，总是默默把你忽略的地方都补起来，然后表现得若无其事，好像自己什么都没做，也不需要你特别在意。

这时，司静渊像个鬼一样从司狂澜身旁冒出来，啧啧道："看，我们家澜澜就是这么周到！三个姑娘地下有知，也该十分欣慰了。"说罢又盯着那坛子酒，舔了舔嘴，搓着手道："姑娘们喝一碗差不多了，心意到了就好。剩下的我们分了吧！刚刚就随便吃了几个饼子，渴得慌。"

"谁许你喝我买的酒了？缩回去。"司狂澜都懒得看他。

"哦……"司静渊失望地耸耸肩，乖乖缩回一旁，看着那坛美酒干咽口水。

而早就被酒香所吸引的滚滚竟乘人不备，偷偷摸了过去，将那碗中剩下的几滴酒舔了个干净。

"滚滚！出家狐不可饮酒！再渴也不行！"磨牙大叫，赶紧跑过去将它抱走，狐狸意犹未尽地舔着嘴，不满地唧唧叫。

"哦！！你看你看，狐狸都喝了你的酒！"司静渊冲着司狂澜大喊。

"它可以喝，你不行。"司狂澜淡淡道。

"我还不如一只狐狸？！"

"远不如。"

"嘶……"

晚霞已然缀满天边，燥热了一整天的空气也稍许凉爽了些，微温的风时不时刮过，甜美的酒香如同在这山坡上生了根似的，四下蔓延，久久不散。坐在山坡上，看到重新活过来的龙尾镇终于又亮起了灯火，从龙尾村到龙尾镇，一字之别，竟需走过千年，从废墟到繁华，那已经残破到本该连一个春天都过不去的身躯与灵魂，竟然赢过了时间。

这一点，无论是她，还是那个从骨灰盒里跳出来的丑东西，或许比真正的神还要像一个神。

眼前的青草长河，大漠远山，都在盛夏的夕阳里展露出最灿烂蓬勃的一面。那些沉在漫长岁月里不为人知的故事其实也并未消失，它们化作云端的光、石缝里的野草、一条从河水里跃起的鱼，或者是土里的一株嫩芽，长长久久地守着永远不能拱手相让的土地。

可惜已经寻不到老霍的坟了，不然应该告诉他一声，后来的帝国出现了一个英勇无比的少年将军，一举破敌，封狼居胥，也算是替他出了一口恶气，巧的是，与他同姓。

山坡上一直很热闹，完全不像在办后事的样子……石铁岚又缠着柳公子带她去找连尾，司静渊跟司狂澜疯狂道歉只为能喝到那坛美酒，磨牙忙着抢救因为几滴酒就醉得四脚朝天的滚滚，鼠精想趁机溜走，结果又被石铁岚抓回来。

趁所有人都在忙，桃夭走到土堆前，小声说："虽是赔本生意，不但白送了半颗药，还连个章都没盖上，但我也不计较了。"她悄悄从身上拿出一盒胭脂来，飞快地埋到土里："早上我出来时，从一个店里顺手取来的，宝剑很配你们，胭脂也很配你们，涂成猴屁股也没有关系，高兴就好。"

哼，她也准备了祭品的，就是不告诉你们。其他人或许没有注意到她的小动作，司狂澜却不可能，他看着她蹲在土堆前对着嫩芽叽叽咕咕的样子，笑了笑，而这个难得的笑容，只持续到司静渊的脸又凑过来时。

"先不说酒了。"他把司狂澜拽到一旁，朝桃夭努努嘴，悄声道，"你是听到的，那丫头亲口所言'千年前，我的名字可能还没有那么响亮'，千年前！"

"我听到了。"司狂澜连一个惊讶的眼神都没给他，"又如何？"

"又如何？！"司静渊急得跳脚，"之前她跟咱们说她来自桃都，我还半信半疑的，现在看来还真不像撒谎。可是千年啊！要是这丫头没胡说，她的年纪是不是大得有点离谱啊？"

"没有你这个只活了二十来年的人离谱。"司狂澜拂开他的手。

他心里当然是惊讶的，但惊讶又如何呢，比起她是否真有千岁年纪，他更关心的，是自己家那个喂马的杂役有没有治好她那些个麻烦的病号，有没有在陌生的地方迷路，万一又跟人打架的话，会不会又被揪住辫子……以及她能否健康完好地出现在他能瞧见的每一天。

终于，说完悄悄话的桃夭站了起来，有山河大漠作衬，又得晚霞与微风的渲染，那一身红衣更见醒目——她难得有如此沉静而美好的模样，好看得不像是这个世界的。

可她身上的"美好"，往往维持不了多久。当所有人都还在欣赏她那如在画中的背影时，她突然转过身,龇牙咧嘴地大喊:"都怪你们给我找事,我自己的正事都还没办呐!"

真的……差点就忘了她是为了那三只癞蛤蟆来的!

一想到它们愁眉苦脸的丑样子,再美的景色也不美了,唉。

伍 帝仳

楔子

"某年某月晨,余入荒山伐薪,见一大蛇自洞中出,赤鳞踏火,宛若神龙,往西而杳。"

◦ 1 ◦

"全走了?!"桃夭的眉毛简直要拴到一块儿去了。

眼前这空落落的园子里的确没有声息,只有写着"得趣班"三个字的招牌在夜风里晃动,以及嘴里塞着烤鸡腿来应门的少年。

"你们看见了呀,除了我,没人。"少年费劲地咽下一大块鸡肉,"班主好些天前就带着大家伙儿出发了,大生意,耽误不起。"他又心有余悸道,"亏得他们走得巧,没赶上这祸事,就剩我一人倒霉。"说着他又压低声音提醒他们:"说是蛇妖闹得大家差点饿死,也不知是不是真的,现在也没个准说法。你们这些个外乡人要是没要紧事,还是早些回去吧。"

得趣班……另一个郑雨良就在这个所谓的戏法班子里谋生,位于龙尾镇西北角上的简陋园子,本该是桃夭此行的终极目的地,结果费了大力气给龙尾镇"开了门",却还是扑个空,看来姓郑的家伙身上大概是有些狗屎运在的,不然现在早该落到她手里欠债还钱欠命还命了。

好气,又要多花额外的时间与精力了。

"郑雨良也跟着你们班主一道去了?"桃夭必须再确定一次。

"你认识阿良哥?"少年脱口而出,"班主最器重的就是他了,自然是要跟着去的。"

"器重他?他戏法演得好?"

"他的手法很快,但也只是玩偷梁换柱的小戏法利索,班主喜欢他是因为他写字算账都是一把好手,咱们得趣班的日常事务都要靠他处理,班主连字都认不得几个,自然器重他。"

"那他们这回是去哪里做生意了?"

"有缺客栈呀,那客栈的老板娘有个习惯,每年夏天都要找人去表演庆祝一番,听说是个喜欢热闹的人。"少年有些遗憾,"可惜我辈分低本事浅,每次都只有留下来看门的份儿。"

"有缺客栈……在哪里?"

"从咱们这儿往西好几百里开外的落月湾。"

"落月湾?也是个镇子?"

"不是,就一片沙漠,通常只有行商的驼队会从那里经过,往来食宿只得那间客栈了。我没去过,只听班主提过。往年的表演都是请的别家,今年终于请我们得趣班了,班主高兴得不得了,说早就听说对方出手阔绰,去一次赚的钱够咱们吃好几年哪!"

后面的话桃夭已经没兴趣听了,从京城到凤尾镇,再到龙尾镇,要寻的人一根头发都没见到,如今还要去个什么一听就荒芜得很的落月湾,还得找个名字怪里怪气的客栈……没有哪次出诊经历比这一回辛苦曲折。

她越想越恼,原地跳脚三次不说,还冲上前把少年整整齐齐的头发狠狠揉成一团鸡窝,然后啊一声大叫出来,转身气哼哼地走了。

少年被这种无法理解的行为吓到了,一动不敢动,手里的鸡腿差点掉在地上,呆呆看着她离开的背影。

"她只是心情不好,小哥你多担待。"柳公子拍拍少年的肩膀,理了理他的头发,又把鸡腿塞回他张开的嘴里。

少年呆呆地看着这群跟她一起来的,带着狐狸跟老鼠的外乡人,实在感觉莫名其妙。

光是听桃夭在来时路上跟他们简单描述的"出诊经历",包括一路上走错多少路吃了多少沙子又是怀着多么大的善意去挖人家的坟结果被当坏蛋抓了等各种糟心场面,就知道这个时候还是不要惹她了。

夜里的龙尾镇似乎比白天还要忙乱,从意外与故意两种"沉睡"状态中醒来的人们,不是忙着阖家团聚就是七嘴八舌地讨论到底发生了什么事,街头巷尾到处都是一惊一乍睡不着的人。至于那只大多数人都没见过的"蛇妖"更是被传得神乎其神,一会儿是龙子,一会儿是蛇神,反正没一个人能说清楚龙尾镇到底发生了什么事,自己是怎么昏过去又醒过来的,再联想到从前贼人到了镇子上的遭遇,他们反而觉得是龙尾镇与众不同山水有灵才会发生这样的事情,讲着讲着居然还有点引以为荣了——算是柳公子的"功劳"吧,回镇子的路上,他沿途假装受害者,一张见缝插针的好嘴,硬是把所有人的想法从对妖怪的恐惧引到了"风水好"上面……这条小心眼子的蛇,怎能容忍看到他真身的人对他留下一个坏印象,要不是桃夭拦了他几回,他差不多就要编出蛇神看得起你们才来你们这儿露个脸,以后你们最好树碑立传逢年过节好吃好喝供奉这种鬼话了。

算了,只要能安抚一个受惊的小镇,用什么法子都行吧。

但里长还是愁得很,带着几个人站在破烂得不像样子的"鬼宅"前,唉声叹气道:"这么多年的地方,说毁就毁了,尤其那扇屹立不倒的门,怎的也一夜之间四分五裂?也不知那妖怪是走了还是没走,横竖得等高人们到来后再仔仔细细勘查一番才能放心。"身边人纷纷附和,然后就开始商量要把这座千疮百孔的老宅子拆掉还是重新修复。

看着这群不明真相的人站在摇曳的灯火里讨论一堆琐碎之事,多少有些恍如隔世之感。他们永远不会知道脚下的土地曾经历过多么惊心曲折的故事,也不会知道那扇消失的门与消失的人,曾以怎样的勇气与决绝保护过此地,在那些最脆弱的时候。

石铁岚在里长他们身后站了好一阵,神情凝重地看着已经失去大门的宅子,许久后才回过神来,转身,又是笑嘻嘻的那张脸,脚步也特别轻快地走到他们面前:"天亮我就该走啦。"她的目光从众人脸上一一经过,最后停在司狂澜脸上。

司狂澜何等聪明,怎会不知她的意思,当即去街边一间小店借了纸笔,写了一张类似欠条的东西交给她:"随时可去司府找苗管家领取酬劳。"

她欣喜若狂,赶紧接过这宝贝小心翼翼收起来,满意地拍拍心口:"有二少爷的墨宝,我放心了。"

"二少爷,我为了买酒也花了大价钱的,你是不是也写个欠条给我啊?"一提到这个,桃夭连生气都忘记了,眼巴巴地看着他。

"找他要。"司狂澜指了指司静渊,"祸根是他不是我。"

"澜澜!!"

"你有私房钱。"

"我那是给你存来娶媳妇儿的!"

"呵呵。"

"大哥!!"桃夭立刻抓住司静渊的胳膊,满目深情地看着他⋯⋯大少爷二少爷都无所谓,有人给钱就行,嘻嘻。

"我给我给!你别拿这个眼神看我!"司静渊故作痛苦地把脸别过去,"挡剑的时候要跟我划清界限,要钱的时候我才是大哥⋯⋯你们当我是什么,呜呜呜。"

"哎呀你提醒我了,帮你挡剑也要额外算钱的。还有我买酒用的可是宝石,黄金有价宝石无价呀,来来,咱们好好算算账。"桃夭喜笑颜开地将他拖到一旁,光明正大敲起了竹杠。

这一边,柳公子看着石铁岚,问:"你去哪里?"

"该办的事都办了,自然是领了酬劳回三危派呀。"石铁岚坦白道,又皱眉摇头,"出来好些时日了,不知那群家伙饿死没有。"

"我不跟你走啊!"鼠精依然被拴在她的腰上,踢腿瞪眼的。

她笑嘻嘻地摸摸它的头:"你非去不可。"

"啊!"

"明早动身?"柳公子又问。

"嗯。"石铁岚看着他此刻欲言又止的神情,嘿嘿一笑,"怎的,舍不得我了?也是,过了今晚,咱们不知何时再见面了。你们接下来是要去那个什么客栈吧?"

"嗯。"他心不在焉地点点头,好像确实没有任何理由再留住她了。

"要不咱们还是跟之前说的一样,你快不行的时候通知我一声,你的事儿我来操办,咱们横竖还能再见一面。"她话一出口马上又觉得不对劲,连连摇头,"不对,你跟普通人不一样,应该活得比我久,要不我快没了的时候通知你一声?"

"不必。"柳公子翻了个白眼,"咱们没那么深的交情。"

"也是,认识还不到十天,咱们确实没交情。"石铁岚笑看着他的脸,"那酬金你还要一半吗?"

"算啦。"柳公子大度地摆摆手,"没见过穷成你这样的,算我大发慈悲吧。"

"原来你竟是个好人!"她惊讶地瞪大眼睛,踮起脚凑近他的脸仔细一看,"现在看你,竟有一种似曾相识的熟悉感。"

柳公子往后一仰:"少套近乎,谁跟你似曾相识。"

"只要不分我的钱,就当作是老朋友了。"她开心地扭了扭身子,旋即又噘起嘴,疑惑地摸着下巴,"不过我还是很好奇,当时到底是谁救了我。"

"知道了又如何,分人家一半酬劳?"

"口头感谢一下也是诚意嘛。"

"人穷志短!"

"嘿嘿。"

此刻,磨牙忍不住打了个呵欠,怀里的滚滚已然困得眼皮子打架,他揉揉眼睛,过去拽了拽桃夭的袖子:"咱们现在是留宿还是出发?"

"看你们这副鬼样子,当然留宿。天亮再出发去落月湾。"桃夭皱眉道,"都又累又饿的,摸黑赶路事倍功半,反正那客栈又跑不了,不差这一晚。"

"既急着办事又何必多等一晚呢。"石铁岚不解,指着柳公子,"不是还有他吗,既能唰一下带我们来这里,也能唰一下带你们去那个客栈吧?"

"外行人就别乱建议了。"柳公子瞪她一眼,"你真当是'唰一下'那么容易啊,我自己来来去去是容易,可要拖着你们这群没用的家伙,很伤元气的!剩下的路程就别指望利用我走捷径了。不过……"柳公子扭头,指着桃夭,"你们要是信任她的方向感,她的疾行之术也不是不能带着你们。"

"不要!"

"不行!"

"算了!"

其他人的回答出奇一致。面对众人坚决无比的态度,桃夭不屑地哼了一声。

"也是,若桃夭带路,说不定唰一下就沉河里了……风险甚大。"磨牙若有所思地点点头,又道,"那就快去找住处吧,别又睡错了地方。"

桃夭做了个鬼脸:"我才不要睡在这个倒霉的镇子里。"

"我也不想睡这里,一夜都不想。"司静渊垮着脸投了赞成票。

"那睡哪里?"磨牙挠头。

桃夭眼珠一转:"自有好地方!"

○ 2 ○

又回到了三个姑娘的墓地前。

磨牙耷拉着眼皮看着忙碌的桃夭:"这就是你说的好地方?"

"不然呢,这可是附近最好的风水宝地,位置好朝向好景色好,白天你又不是没看到过。"桃夭把不知从哪里顺来的一块布呼啦啦铺在树下,又拿过石头把四个角压实,拍拍手,满意得很,"难得此地有风无雨,睡这儿可比睡什么房间都强,通透又舒服。"说罢她又拿出方才从镇上买来的果子酒烤羊肉以及各种小食,兴致勃勃地摆了一地,错过郑雨良的坏心情暂时被冲散在扑鼻而来的香气里。

"心情不好的时候啊,更得吃好喝好。"她迫不及待地抓了一块羊肉放到嘴里,脸上顿时春暖花开,"好好吃!"

其他人都站在她对面,默默看她展示自己的好心情。

"愣着干啥?这么大个地方够你们躺了。"她嘬着手指一屁股坐下,大快朵颐起来,"真好吃真好吃,外酥里嫩,比二少爷烤的鹿肉还好吃!"

"当真?!"口水吞了二斤的司静渊赶紧跳过去,人还没坐下手已经伸过去,一块羊肉刚下肚,又灌下一大口酒,立刻幸福得要哭出来了。

"别吃那么快给我留点!!"大概是被他们的表情感染到,石铁岚也舔着嘴扑过去。

然后,在独属于夏夜的星光与晚风里,三个饿死鬼加上鼠精,你一口我一口,一张嘴既要吃喝又要忙着交流心得体会——

"原来烤羊肉能这么好吃！我以前吃的都是什么呀！"

"好鲜美，吱吱吱！"

"他们拿什么酿的酒呀，又香又甜，咱们那儿从没有这种滋味的酒！回头我得带几壶走！"

"哎呀大少爷你口水不要乱喷好不好！"

离他们远远的司狂澜皱眉："我记得我们是吃过晚饭的。"

并排而立的柳公子点点头："吃过的，我做证。"

"他们真像一家人啊。"磨牙叹气，又拍了拍疯狂耸鼻子闻香气的滚滚，"你已经吃了三个烙菜饼了，这些东西就不要贪恋了，须知一切皆是无形，皆是虚妄。"

滚滚失望地垂下耳朵，不满地哼唧几声。

"澜澜！快来吃呀！真的好吃！"满嘴流油的司静渊朝这边拼命招手，"再不过来都被她们吃光了！"

司狂澜眼皮都不抬，转身走到离他们更远的地方，把无弦琴解下放好，背对他们坐下，闭目养神。

"柳公子你不来吃吗？"腮帮子鼓鼓的石铁岚大声问，"好吃得舌头都要咬掉了！"

柳公子看着她此刻的吃相，又走了神。

"你别喊他，他不爱吃这个肉。"桃天拿着一大块羊腿肉边啃边说。

"那他爱吃什么肉？"

"老……老一点的肉。"桃天差点把最影响食欲的词吐出来。

"啊？还有不爱鲜嫩口感的家伙？"石铁岚不可思议地又塞了一块肉，又从身边拿起一壶还没喝过的酒，冲柳公子晃了晃，"不吃肉也喝点酒吧，解解乏嘛，拿着，别客气。"

柳公子回过神来，伸手接住抛过来的酒壶，笑："慷他人之慨你倒是熟练。"羊肉美酒，当然都是司狂澜付的钱。

"不行了，我太困了，先去睡了，你们随意。"磨牙呵欠连连，抱着滚滚走到大树的另一边，靠着树干眯起眼睛，睡前还不忘再提醒滚滚美酒美食都是虚妄，滚滚听了，呵欠打得比他还大。

柳公子走到司狂澜身边，把酒壶递到他面前："二少爷，都是您的钱，不喝一口？"

司狂澜只看眼前夜色，说："你不加入他们，倒有些奇怪。"

柳公子笑笑，坐下来拍拍肚子："晚饭吃得足够，现下哪还有富余的地方装羊肉。"

"你的胃口不该这么小吧。"司狂澜也笑笑，话里有话。

"可能水土不服。"柳公子耸耸肩，"二少爷不去睡觉，是习惯了高床暖枕，受不了露宿野外？"

司狂澜还没回答，便被身后那几个家伙的动静打断了——

"再拿酒来！"

"不……不行，酒都被你喝光了，我们还喝个……屁啊！"

"吃肉吃肉！咦，怎么我手里两块肉一模一样啊！"

"哈哈你个傻子，你喝……喝多了吧！"

"哈哈，你也变成两个了！"

"来来，咱姐妹俩再接着喝！"

"我也喝……我也是你们姐妹！"

"不要脸！你是大少爷，想当我们姐妹下辈子吧。来，小石头我们喝。"

"我叫石铁岚……"

"小石头，小石头，小石头！"

回头，三个家伙抱着酒壶东倒西歪，鼠精也早就靠在歪倒的酒壶上睡得不省人事，磨牙与滚滚大概是真累坏了，硬是没有被他们闹醒。

司狂澜揉了揉额头："现在这个情形，随便一只狗都能把他们叼走。"

柳公子摇头："我怕他们把狗叼走。"

司狂澜笑笑。

山下的灯火渐次灭了，一片星河在墨色层叠的山河上由隐约到明亮，发出的每一点光都像是活的，在舍不得挪开的视线里缓慢流动。时间突然变得慢了，眼前与心里的世界，都渐渐清静下来。没多久，身后的热闹也消失了。

柳公子回头看了看那群沉迷酒肉的家伙，司静渊歪在地上抱着酒壶说梦话，石铁岚枕着他的腿，张着嘴睡得十分香甜，只有桃夭还屹立不倒，叉着腰，对着那棵树叽里咕噜不知说着什么。

柳公子竖起耳朵仔细听了听，扑哧一声笑出来，碰了碰司狂澜："我确定她是真的醉了。"

"嗯。"司狂澜更用力地揉了揉额头，"都把那棵树当成我了，确实醉得厉害。"

全是骂他的话……不听也罢。

"此地果酒甜美，酒性却烈，最能制伏这群没有轻重的家伙。"司狂澜打开酒壶，喝了一小口，微微皱眉，"好甜……"

"听说你不好甜食，只爱自己酿制的糖水？"柳公子想起桃夭骂骂咧咧收集梅花花瓣的样子。

"如解意乃口感清甜的滋补之物，并非糖水。"司狂澜纠正道。

"桃夭给你装了满满一罐子花瓣呐，这眼瞧着都夏天了，你的'滋补之物'一点动静都没有啊。"

"一冬采集，一冬酿制，你真当是路边的糖水随意调配吗？"司狂澜看也不看他，"你这般的，无需再补，不必惦记。"

柳公子撇嘴："我在司府也是任劳任怨，这身体也虚耗得厉害，怎就不能补一补了？"

司狂澜的嘴角微微一扬："大如龙蛇之物，小小一杯如解意是补不起来的。"

一阵大风突然吹过，树叶沙沙摇动，有人的心也跟着晃了几下。

"哎呀，起风了呀，二少爷还是去睡觉吧，熬夜容易着凉，这里有我看着，不会出纰漏的。"柳公子打着哈哈想搪塞过去。

司狂澜转过头，看着他的脸："冲破鬼宅屋顶把石铁岚救出去的，是你吧。"

"您看花眼了吧哈哈。"柳公子都不敢接他的目光，赶紧把脸转到一边去，"我去看看磨牙睡得好不好。"

"我眼力极好。"司狂澜看着在夜色中起伏的山峦，语气里没有质问也没有惊诧，"只有石铁岚会信你的鬼话。"他顿了顿，又道："我的杂役之一可能有千岁以上的年纪，所以杂役之二若是一条大蛇，也没什么奇怪的。"

正要站起来的柳公子尴尬地保持着半坐半起的姿势，坐回去不对，跑了也不对，就知道这件事横竖是瞒不过他的。

柳公子深吸了一口气，重新坐回他旁边："你不怕？"

"蛇有什么可怕的。"司狂澜面不改色，"会做一手烂饭的蛇才可怕。"

"……你这个人类到底长了个什么脑子啊，除了一张坏嘴，一点情绪起伏都没有！"柳公子又气又意外，气的自然是又被诟病厨艺，意外的是……他真的一点都不怕，完全不是装出来的。作为司府小阎王的人生经历，已经把他历练成这样无畏无惧的存在了？

"我早就说过，天上地下，神仙妖魔，于我眼中并无区别。"司狂澜看着他惊讶的脸，"在司府，你只是被雇来的杂役柳公子，是人是蛇，工钱不会有区别。"

这小子……柳公子突然转回头，唰一下亮出他尖锐的蛇牙，脸上是森冷无比的表情："你这样的人类，我一口一个。"

"喝吗？"司狂澜把酒壶递到他面前，"虽甜，香味却还足。"

"真的？"柳公子神色立刻一变，接过来喝了一口，咂咂嘴，"果然好喝。"说完又忍不住灌了好几口。

本该是换了任何一个人都可能被当场吓死的事情，却在司狂澜的轻描淡写与甜甜的酒香里化作一道细细的烟，连一只小虫子一片树叶都没有惊动，轻飘飘地消失在他们中间。

这时，司狂澜转头往树下看了一眼，叹口气，又转回来。桃夭还在骂那棵树……现在大概是骂到了红包里一个钱都没有，后面不知还有多少与他有关的事情在排队等骂。

"她酒量很差的，喝多了就特别能骂人。所以我们一般都不许她喝太多酒，不然能被她烦死。今天算个例外吧，看在她奔波劳苦还救了咱们的分上。"柳公子笑看着那边，当看到已经睡得流口水的石铁岚时，他眼里的温柔又多了几分。

"另外两个的酒量也见不得人。"司狂澜都不想看睡得四仰八叉的司静渊,话锋一转,"你虽刻意掩饰,但你对石铁岚,是能豁出性命的交情。"

柳公子愣了愣,笑:"我一直以为二少爷是个没兴趣打探他人私事的人。"

"你对她的关切都快写在脸上了。"司狂澜淡淡道,"我只是看见了,不是打探。"

"很好奇吧?"柳公子挑眉,像占到什么便宜似的,"二少爷也有抓心挠肝的一天啊。"

"我好奇,但并不执着于你的解答。人人都有自己的秘密,守住它们或许比说出来重要。"司狂澜望着天上星河,转眼就把他好奇的事情抛于脑后,"此地天空甚是好看,有许多年都不曾见过这般如梦如幻的景色了,看一整夜都不会无聊。"

"秘密……"柳公子又喝了一口酒,心头渐渐烧起一团火,似是要烧化他冻在灵魂最深处的东西。

"方才已经提醒过了,此酒甚烈。"司狂澜指了指他的脸,"红了。"

柳公子立刻摸了摸脸,果然有点烫。

"看来你的酒量也无过人之处。"司狂澜把酒壶拿过来,"再多一口,你怕是也要去骂人了。"

柳公子笑出来:"我可不会把树当成人。"

可能是桃夭骂树的样子太好笑,两个人都笑了出来。

又一阵风吹过,丝丝凉意拂过略微疲倦的身体,竟是说不出来的舒适。柳公子躺下去,枕着自己的手臂,漫天星光毫不费力地落入眼里。

"你说得不错,这样的夜空看一晚上也不会无聊的。"

"嗯。"

"我老家就不可能有这样的夜色,准确说,那儿根本没有白天黑夜之分,因为到处都弥漫着浑浊的瘴气。那里还有一条河,河水像血一样红,人掉进去会没命,水性再好也无用。"

○ 3 ○

"元丘山生不死树,三百年一结果,食之可令亡者生,活人寿。树外赤河相绕,性毒,有大蛇帝虺,赤鳞如龙,守山守树,人不可近也。"——不是都说得很清楚了吗,这些脆弱到不堪一击的人类为何还要来呢?!

他试了各种法子,都救不活眼前这个千疮百孔的凡人。

因为那几棵树的缘故,元丘山已算半个神域,天界与昆仑为了不伤和气,各管一千年,生于此地的帝虺一族,也从妖怪被敕封为神蛇,当然也就是个称谓罢了,他们去不了天界当神仙,也不能入人界享清福,世世代代只执行一个任务——保证不死树的果实从长成到腐烂,一个都不能离开元丘山。

可是，总有自以为命硬的人，想方设法穿过瘴气，试图赶在不死树结果期间摘走哪怕一个果子。那些挂在枝头的，像珍珠一样发光的果实，是他们生命中最大的奢望。

从他出生到现在，八百年快有了吧，每三百年都有来送死的人类，虽然数量不多，但总归是个麻烦。若非上头有命，绝不可伤人命，他跟他的同族们才懒得把迷失方向且被瘴气熏得半死的他们送回安全的地方，一口吞了最省事。

他们活得久，所以对寿命这件事毫无感触，对人类来说，就算摘得果子死而复生，也不过多得几十年寿数，上头也是小气，就算让他们拿去又能怎样，几十年而已，对神而言，短过弹指一挥间。

但没办法，规矩就是规矩，帝咒一族不是普通的蛇妖，是蛇神，一个"神"字，无上荣光，也是无尽约束。曾有个同族在驱离来者时失误，害那人断了手脚，那年正值天界管辖，倒霉的同族为此挨了二十笞神棍，丢了半条命，养了好久才勉强活过来。

断了手脚就要挨二十棍……那死了的呢？

眼前这个人还很年轻，不到二十岁吧，不但年轻，还是他这么多年来见到的，唯一一个靠自己的本事突破元丘山外的瘴气，一路寻到赤河边，再多走一步就能到不死树所在山坡的人。而且他真的很有本事，踩在脚下的剑居然会托着他飞起来。

可是不行啊，他们不能让任何一个人越过赤河。

他警告了这个年轻人，希望对方意识到危险，识趣离开。年轻人给他跪下，说母亲一生良善却死于非命，他只求一颗不死果，甚至愿意以自己的性命为交换。

真是个不错的孩子，很真诚，一看就跟那些动机不纯的人不一样，但，还是不可以。

磕破头也得不到允准的年轻人，终与他动起手来，飞剑，符咒，会变成一条龙的绳索，年轻人似乎把一生的本事都使出来了。可在他面前，不过是小孩使出吃奶的力气给了大人一拳。

对方有杀心，他没有，从头到尾只是想把这个孩子赶出不属于他的地界。他只是甩了一下尾巴，力道大概大了一点，便听得扑通一声，那孩子没有落到他预想的河岸上，而是掉进了深不见底的赤河之中。

那一刹那，他头都要炸了。尽管已经拿出此生最快的速度把对方捞起来，但赤河之水的毒性，绝非一个凡人可以承受。

弥留之际的孩子说的最后一句话是——再等十天，新衣裳就做好了。他还没来得及理解这句话的意思，说话的人已经停止了呼吸。

第一次面对这样的死亡，他不太舒服，虽然一直跟自己说不能全怪自己，要是此人听劝离开，根本就不会发生这样的意外。

大不了去挨棍子吧，五十棍还是一百棍？他知道天界在处理这种事情上从不手软，但他并不太害怕，甚至想好了要怎么跟那帮家伙解释这只是一场意外，他本无恶意，对这个孩子的结局，只觉遗憾并无愧疚。

但他的同族们慌了，尤其帝鸠一族的王，那条已经长出了白胡须的老蛇，没一晚睡得好觉，上火上得连胡须都掉了，毕竟惹到这个大麻烦的，是他们不久前才选定的下一任蛇王，若是他出了什么纰漏，现有的候选者中怕是再找不出一个比他更有资格接掌王位的。他年轻力壮，妖力超群，心性也比其他同辈们聪慧，是他们经过层层考验筛选才定下的最佳人选，若为一桩无心之失而丧失继位资格甚至是性命，他们真是要心痛死，挑个好苗子太难了啊！

有自以为聪明的家伙说干脆想法子把这件事瞒过去，天界也不是时时刻刻关注元丘山，说不定能躲过一劫，但马上就被蛇王骂了，说这一轮负责管辖元丘山的神官是雷神，在他眼皮子底下搞小动作不是找死是什么，何况人类性命都在泰山府君那儿记着呐，生死时间，一生经历，死因为何，老东西记账从不出错，一旦发现这条人命不是丢在人界而是元丘山，必上告天界，届时才是罪上加罪无可挽回。为今之计，只能豁出自己这张老脸去求情，不求不罚，只求他们看在帝鸠一族多年来尽心守护不死树，未让一个果子流入他处的功劳上，起码留下他的性命。

同族们越焦虑，他越觉得冤枉，但还是不怕，若因为此事要打死他，那他的对面就不是被敬重的神明，是不明是非的敌人，都是送命，他选择跟他们打一架再死。

幸好，结果没有想象中那么坏。雷神对他的处罚是免死罪，囚五十年。

老蛇王想豁出去的老脸没能豁出去，雷神连他的面都不见。据说在知道处罚结果后，蛇王老泪纵横地在雷神殿外磕了三个响头。

是雷神心情好？这分明是格外开恩了，关五十年而已，跟不处罚有什么区别。

但没过多久，老蛇王就气得在家门口跺脚，说磕头磕早了。囚五十年，不是关押在天界或元丘山的任何一个监牢里，雷神在人界给他指定了禁足之处，不是一个"地方"，而是……一个人类的身体。

五十年，差一天都不可，敢越狱者，杀无赦。

○ 4 ○

很多时候，他都是在身体的突然疼痛中醒来的。

今天也不例外，大腿又被哪个嫌他挡路或者单纯心情不好的人狠狠踢了一脚，伴随着远去的骂骂咧咧声，他慢吞吞睁开眼睛，又被阳光刺到，重新闭上，翻了个身，继续睡。

一只瘦骨嶙峋的流浪狗把他面前破碗里的残渣舔得干干净净，然后转了两圈，抬脚往他腿上尿了一泡。

他叹了口气，睁开眼睛勉强坐起来，无奈地看着自己那条热乎乎臭烘烘的腿，无精打采道："你吃了饭就走吧，怎的还要尿我呢？"

流浪狗转了转眼珠，跑了。

它经常趁他睡觉时来偷吃，虽然瘦，还被旁人打瘸了一条腿，但它还是跑得飞快，也是，跑慢了容易被打死。而他是没想过打死它的，他可能都打不过它……对比之下，他可能比这只狗还惨点，它只是瘸了一条腿，运气好的话还有痊愈的机会，而他的左腿，天生少了一半，到死都不可能长出来的吧，好在还有一副捡来的拐杖，旧是旧了点，拄起来还算方便。

今天太阳太大了，他双手撑地，把自己从墙边挪到一旁的树荫里，一群苍蝇从刚才就围着他嗡嗡叫，好像再等一会儿他就能死掉腐烂让它们饱餐一顿似的。

蠢苍蝇，别等了，还有好几十年呢。

他靠着树干，擦了擦额头上的汗，已经入秋了，居然还是这么热。

打开脏兮兮的葫芦喝了一口水，水都是温热的，透着一股子不新鲜的味道，他咂着嘴，又低头看看自己的心口，敞开的衣襟破破烂烂的，干瘦的皮肉下露出根根清晰的骨头，也难怪总是没什么力气，站起来都费劲，稍微用点力气就会咳嗽不止，偶尔还要吐一口血。

雷神给他的"监牢"，就是这个身体——年过四旬，矮小、丑陋、残缺、虚弱，还是个乞丐。

对他的惩罚，便是要他在这个身体里撑到九十岁，这五十年里他唯一要做的事就是保住性命，在没有妖力傍身，没有熟人外援，甚至连一个正常人类的体力都没有的前提下。如果保不住性命，没活到九十岁便死了，算越狱。

难怪老蛇王后悔磕头了，雷神果然名不虚传，在"罚恶"这件事上不但下手稳准狠，方式上还相当别出心裁。因为一尾巴扫没了一条人命，如今反过来，随便一个人都可能一脚踢断他的肋骨，甚至拿他的命……或许这就是神明眼中的公平？从帝魍一族未来的王，到一只狗都能随便欺负的乞丐，他在这个"监牢"里的每一天，都是无数天。

五十年啊……还不如打死他来得痛快。

好不容易一阵凉风吹过，几片树叶盘旋而下，散落在他身周，这棵不知活了多少年的老树，是他现在唯一的"家具"，身后一墙之隔的地方，是城里最热闹的部分，吃喝玩乐人来人往。讨饭就得在这里讨才对，得到残羹剩饭的机会比较多，遇到酒足饭饱的人们心情好时，没准儿还能往碗里扔几个钱。白天讨饭，夜里随便找个淋不到雨的屋檐角落睡下就行，唯一庆幸的是自己的睡眠还不错，即便在吃不太饱的前提下也能一觉到天亮。

半梦半醒的时候他也会忍不住骂雷神，既然把他关到这里，为何不关得彻底点，非要留着他清晰无比的意识去完成一个乞丐的一生，真狠。想到这里，他只觉心口堵成一团，猛咳了好一阵才稍好些。

算了，坐牢哪有舒服的。

他拾起那几片落叶，挑出最完整的两片，把上头沾染到的泥土污物擦干净，再将其叠好收到随身的破口袋里。秋天到了，落叶会越来越多，他现在每天除了吃饭睡觉，便是收集落叶，只挑大的完好无缺的收起来，然后交给阿丑。

阿丑是这片区域里乞丐中的一个，也是他刚刚开始坐牢时，认识的第一个"同僚"，那时他很不能适应这个很"新"却又很破的身体，赌气般不肯用任何支撑去站立行走，结果当然是自讨苦吃，摔惨了不说，还差点压死躲在草席下睡觉的阿丑。

他以为自己少了半截腿已经很糟糕了，这个阿丑居然更糟糕，两条腿从膝盖以下都没了，只拿厚厚的草垫包着膝盖，再靠两手的支撑在地上行走，应该是非常熟练了，居然比正常人的腿脚"走"得还快。

更让他意外的，阿丑还是一个姑娘。

他们初见这天，天气特别冷，昨夜应该下了雪，已过午后，街面上还有零星的积雪，他面前的一堆树枝早已烧尽，黑灰飞得到处都是。

用各种破烂但能御寒的东西将自己裹成一个球的阿丑，不但没有对他的误伤发脾气，还有些惊喜地围着他走了好几圈，说："福星叔你没事啦？"

福……福星叔？！他这才彻底意识到现在的自己是什么处境。

"我……没事。"他尴尬地坐在地上，从破衣裳里漏进来的寒气稍微压下了他的恼怒。

"没事就好，昨夜听你咳嗽了好一阵子，怕你冷着了，起来加了些火，幸好白天多捡了树枝。"阿丑庆幸道。

"哦……谢谢你。"他不知该说什么，难道要跟她讲她的福星叔已经在昨夜病死或者冻死了，现在的他只是个来坐牢的囚犯？

"你还有哪里不舒服吗？"她觉得他状态不对，伸手摸了摸他的额头。

他扭头躲开她的手："没有不舒服。"

这时，另一个乞丐打着呵欠从他们面前经过，喊了一声："福星，阿丑，城西赵家今天要派善心粮，赶紧去等着呀！"

她赶紧回他："知道了，一会儿就去。"

看着那张脏兮兮的脸，他下意识地问："你叫阿丑？"

"啊？"她皱眉，有些焦虑地盯着他的脸，"福星叔，你又犯老毛病了？"

老毛病？雷神给他安排的这个"牢房"还有什么他不知道的更糟糕的"地方"吗？

看他一脸茫然，她一拍脑门，无奈地叹了口气，把自己挪到他的正对面，认真道："你叫福星，今年差不多四十岁了，咱们认识三年，你老家在北方，你说你曾是个读书人，除了读书啥也不会，家贫人丑还天生残疾，没有亲朋好友，最终沦为乞丐，一路流浪至此。除了这些，你还得了个治不好的毛病，一旦染了病发了热，便会暂时失去记忆，但还好，通常一两个月便能不药而愈。你每回犯这病，我都得说一遍同样的话，咱们又得重新认识一次。"她又指着自己，"我叫阿丑，今年十七岁，本地人，十岁就开始讨饭，哪户人家大方哪户人家小气，什么时候哪个地方派钱派粮，我都摸得一清二楚，反正跟我做邻居的话，好处很多。"

他真想把她叨叨说个不停的嘴捂住，一个人怎么能有这么潦倒的人生啊，从糟糕的牢房里头挑了最糟糕的一间给他，雷神实在过分了。

"好了好了，我知道了。"他听得头痛，但还是又问了一句，"我跟你怎么认识的？"

她哈哈一笑："咱们这样的人能怎么认识，都是饿得不行了，看着谁手里有饭就抢谁的吃呗。"

他尴尬道："我抢你的饭？"

"嗯。"她点头，"不奇怪，我看起来最好抢。人都是这样的，就算不假思索，本能也会让他们挑一个最好对付的人下手。"

真是糟糕的相识啊，脸都没处搁了。"抱……抱歉。"他还得替自己的牢房道歉。

"没事啦。"她摆摆手，"这种事在咱们这些人里太常见了，挨饿受冻，被骂被打，随便一件事都比你抢我的饭严重，你那天是太饿了而已。"

虽然她字字句句都说得轻松，可这个小乞丐所表现出来的对自己处境的豁达，还是让他有些意外。

"好了，你身子没事的话，咱们就赶紧走吧。"她指了指某个方向，"除了逢年过节，城中大户人家每到家中有要紧的人寿辰时，也会派粮的，运气好的时候还有肉吃呐，今天是赵家老夫人过寿，全城的乞丐都会赶过去的。去晚了可就没好处了。"

然后他便在她积极的带领下，勉勉强强拄起拐杖，用这个尚不熟悉的身体开始他身为乞丐的第一天。

记得那天从赵家得到了很不错的食物，阿丑甚至抢到了一个鸡腿，她吃了一半，分了一半给他。后来的日子里，他从阿丑与周遭的"同僚"的口里，渐渐凑齐了自己在这里三年的经历。

一个乞丐的经历实在没什么亮点，无非是讨饭讨钱受尽白眼的循环，春夏秋冬的景色倒是看得比谁都多，毕竟露宿街头看什么都方便，抬头见月光，低头见苍蝇，看得最多的还是往来之人嫌弃的神情，也不是没想过改变人生，可惜我命由我不由天的雄心壮志已经不可能再从他这个年纪与身体上长出来了，无论他自己还是外面的世界，都不给机会。

真不敢想到了刑期的后二十年，一个八九十岁的老乞丐，怕是连拐杖都拄不动了吧，会不会像一条被抽去了骨头的老狗一样，在烈日或者雪地里，睁着浑浊的眼睛，颤巍巍地向路过的人伸出枯枝一样的手。

不能再想了，越想越绝望。

阿丑就从不想这些，起码她从没表现出对未来的任何担忧。相比其他同行，她与福星的关系最好，原因当然不是福星抢了她的饭，而是福星是她认识的乞丐里唯一识字的，除了识字，他对这个世界的认知显然也与别的乞丐不一样，尽管这种"不一样"在别人眼里只是"脑子不正常"，比如他会为一泡砸到脑袋的鸟屎发很久的呆，然后花很长的时间去想为何鸟屎不往天上飞而是往下掉，一想就是好几日，尽管想破脑袋也想不出答案，他还是愿意去想，反正多的是时间。

在发现他的与众不同之后，阿丑时不时地会在地上写一些她不认识的字请他教，幸好，无论是死去的福星，还是坐牢的他，都识字。说出来旁人都不信，帝虺虽为蛇妖，但元丘山中典籍无数，全是蛇王从三界各地搜集来的，帝虺一族无论大小，起码得学会读书认字，既为神蛇，胸无点墨岂不是天大的笑话，所以他虽说不上学富五车，但教一个小乞丐也算大材小用了。

但他却很奇怪，不认识的字你怎么会写？她说她记性好，看到不认识的字把样子背下来就行。

一个乞丐，会认字能多要一点饭吗？他问她为何要认字，她说不认字就看不懂一些东西，至于什么东西，她一开始是绝口不提的。只是在一个热得睡不着的夏夜里，她摇着捡来的缺了口的扇子，看着满天星斗，忽然问同样睡不着的他：福星叔，你信不信也许有一天，我们人也能像鸟一样飞起来？

他当然不信，人又不长翅膀。就算是他，也得五十年后甩掉这个身体才能再飞起来。阿丑又说，可你以前不也常想为何鸟屎不往天上飞？

思考这个问题的人不是我啊⋯⋯虽然这个问题我也想不明白，但这件事跟人能不能飞有什么关系？看他沉默不语，阿丑笑着说，我以为我们俩都是会异想天开的那种人。

"那你有没有想过，在你面前的我有可能都不是人，而是一条蛇。"他故意说道。

她居然很认真地想了一会儿，说："蛇的腰肢都是很软的，你扭一个我看看？"

"你今天真是吃饱了。"他翻了个身，装睡。

"福星叔，你越来越有趣了。"她哈哈一笑，继续摇着扇子看星星，喃喃道，"没有腿，说不定会有翅膀呢。"

他听到了，又翻了个身，故意打起了呼噜。

腿都没有，还想有翅膀⋯⋯这不是异想天开，是腿伤影响到脑子了吧。

○ 5 ○

盼星星盼月亮，终于过去了一年。

他用拐杖用得熟练多了，也在阿丑跟别的乞丐身上学到了怎么看人脸色，怎么选中最可能施舍他们的目标，虽然还是饥一顿饱一顿，但只要饿不死就很好了。

每天最支撑他的精神力量，就是有朝一日他修炼成天地间最有本事的蛇，天王老子都惹不起的那种，然后光明正大去天界抓住雷神咣咣扇他耳刮子！一想到这个痛快的场面，真是睡着了都要笑醒咧。

可睡醒了，眼前还是一个破碗。

阿丑依然是所有乞丐中最能讨到饭或者钱的一个，除了有一个更容易引起同情的残缺身体，她脑子很快，嘴巴也很甜，有时还故意给自己画上猫胡子，在人多的地方表演倒立打滚之类的动作，故意模仿出猫的样子来吸引注意力，有人厌弃，有人大笑，有人摇头叹息，有人往她的碗里放一两个小钱。有时候为了得到更多的施舍，别的乞丐也会加入进来，扮乌龟的，扮牛马猪狗的都有，反正只有扮这些不是人的东西最能吸引人，收获也最多。

他随口说，世上还是有好心人的，阿丑却说，来往众人中未必都是过着好日子的，可在拼命讨好自己的乞丐面前，还是能衬托得他们的生活不算很差，所以那不一定是纯粹的好心，更可能是暗藏的优越感。人嘛，总要让自己心里好过一些才容易挨过不好过的日子。

当她笑嘻嘻地说出这样的话时，他心里是有些吃惊的，这个刚刚才十八岁的孩子，脸上的笑容与阳光，原来只是在脸上。

他从不加入刻意讨好路人的队伍，但作为教自己识字的报答，阿丑总是大方地把自己得到的食物或者别的东西分一份给他，所以这破日子吧……勉强也能过。

他也越来越习惯留在这个孩子身边，有时候他甚至希望阿丑能活到六十岁七十岁，总之别死在他出狱前就好，不然午夜梦回的时候，身边连个胡说八道打发时间的伙伴都没有，岂不更难熬了。

好一段时间后他才明白为何自己只愿祝她长命百岁，所有无聊低落的时间里也只愿看见她的脸，答案大概是跟其他那些常常陷于自怨自艾甚至于痛苦癫狂的同行相比，这孩子总是有办法让自己看起来不那么落魄。明知自己身在泥沼，甚至一辈子都不可能爬出来，却还有心思把困住自己的污泥团成太阳月亮星星花朵的样子，摆在眼前自娱自乐。

他觉得，这是活了八百岁的自己也办不到的事，换作他，大概率会抱着必死之心把这污糟又没有希望的泥坑炸个稀巴烂。

有一回，一个系着铃铛的小藤球从一个调皮孩子的手中滚落下来，停在他们的脚边，她下意识地把藤球捡起来递还给孩子，可孩子的手还没伸过来，就已经被他的母亲拽开了——乞丐碰过的东西好脏，不能要了，娘再给你买个新的。

孩子哭哭啼啼地走了。

对阿丑来讲，这样的嫌弃平常得像吃饭睡觉，只有他这个资历尚浅的家伙听着刺耳，对那妇人的背影翻了好多次白眼。

阿丑很喜欢这个藤球,叮叮当当地在手里颠来颠去,顺口说小时候自己最喜欢玩这个,不过那时候还有腿,踢来踢去很开心。

差点忘了她也是有童年的。他刚开口问她小时候的事,她却把藤球抛给他,笑嘻嘻地说送他当礼物了,就算不能踢,挂在拐杖上当个装饰也不错,无论走到哪里,风一吹就知道是你福星叔来要饭了。说完她收拾一下东西,说今天天气不错,她出去随意逛逛,看看有没有意外收获。

她一定有一个不愉快的过去……这不是废话吗,要是童年幸福父母安康,她又何至沦落至此,看着她的身影消失在午后的人群里,他手里的藤球一不小心滚到了地上,不等他去捡,流浪狗不知从哪里窜出来,叼着藤球跑了。

跟这只狗已经很熟了,它没事就爱在他跟阿丑的"家"附近转悠,无论他们搬了几次它都有办法跟来,只要它来,阿丑总会从自己有限的口粮里分一点给它,也许它知道在别的乞丐眼里它就是食物,只有阿丑没想过吃它。

他也没想过,因为蛇不爱吃狗肉。

不吃它的结果就是习惯被它偷吃,阿丑不在的时候,他的饭碗就是它的最爱。对它的友好换来的就是偷吃加撒尿,也不知道要怎么让它理解,自己几乎没有换洗的衣裳,以及它的尿臭臭的。

又一阵风吹过,黄绿不匀的树叶又落了好些,他耐心地把它们都捡起来打理干净,心想秋天最大的好处就是落叶多,尤其是这棵树的树叶特别大,用来记载东西肯定是特别顺手的,难怪阿丑说住过那么多地方,最喜欢这里。

从成为阿丑的"识字老师"开始,讨饭之外的时间,他几乎都拿来收集树叶了,擦干净后叠成厚厚一摞,这是阿丑交给他的任务。

市面上一切可以拿来写字画画的工具他们都没有闲钱去买,总去砍竹子做成竹简又不太方便,最好用又易得的便是树叶了,阿丑将竹签削得尖尖的,用几分力才能恰到好处,既不戳破叶子又能让刻画在叶面上的每一笔都清晰可见。她熟练极了,在她贴身背着的那个大大的破布袋子里,竹签与叶子是占地最多的宝贝。

他一直以为她只是拿叶子练习写字,直到不久前才偶然知道这孩子似乎并不是仅仅在写字——几张"写"满了内容的叶子在她翻东西时不小心落了出来,正好飘到他面前,他顺手拿起来,发现上头除了字,还有他看不懂的图。

他好奇地问她这些是什么,不像是单纯的练字也不像画画。她犹豫了一下,说看在他是个会思考鸟屎方向的大叔的分上,就告诉他一个秘密吧。

虽然不理解她为啥总跟鸟屎过不去,他还是洗耳恭听,又苦又闲的日子需要一些秘密来提升乐趣。

"这是我画的图样。"她靠近他,小声说,"我在做一个很厉害的东西。"

"啥东西?"

"翅膀!"

"呃……会飞的?"

"当然!不过你不能跟别人说哦,在我完成之前。"

"我说了别人也不会信的。"

"你也不信对不对?"

"你今天是不是还没吃东西?"

"你还真的不信……"

那一天,在阿丑的带领下,他用这个身体走了有史以来最长的一段路,从城里到城郊,绕过一片湖水,再沿着一条斜上的山路,傍晚时分,他终于站在荒山上一个不起眼的山洞里。

山洞很浅,光线很足,乱七八糟的木头与竹片铺得到处都是,一堆一看就是东拼西凑而来的看似木工活用得上的工具,摆在一个看不出是什么玩意儿的"架子"旁边,而最震撼的,是山壁上满满的文字与图样,在她的手能够够到的高度,她用外头捡来的白石头刻下所有她认为重要的内容,密密麻麻,整整齐齐。

他目瞪口呆地看了很久,还是看不懂,尤其是里头还有她自己发明的奇怪符号。

"福星叔,你是第二个来到这里的人。"她在他身后说。

"你……"他指着那个尚未成形的架子,"那就是你的秘密?"

她挪到那三四尺宽的东西面前,宝贝似的摸了摸:"你要是早来一年,连这个架子都没有呢。"

他走到她旁边仔细看,这应该是打磨过的木条与竹片结合的产物,虽然连个雏形都称不上,但光是裁切打磨钻孔就是个超级费时费力的活。

"我算过,再用一年就差不多了。"她认真道,"固定用的木条一个孔都不能打错,用作羽翼的竹片一定要削得大小厚薄都均匀,连接在一起才够稳,我手脚慢,不然最多半年就能完成了。"

"你到底在做什么?"他从这一堆混乱的东西里依然看不出任何头绪。

她把他带到一块石壁前,指着上头最大最复杂的那个图样。

那是……一对构造复杂的翅膀?!图样里的它看起来竟然十分神气,每一块组成它的部件都精密而完美。

"如果做成了,和你我一样的人,都能用得上。"她笑着指了指他跟自己的腿,"这是可以戴在咱们身上的翅膀,有了它,就算没有腿脚,也能去许多去不了的地方了,而且你看这里！"她也不管他听不听得懂，指着图样中的一部分兴高采烈地说，"它不但能飞，还能作为行走时的支撑，不想飞的时候，把这里折下来，它就是咱们的脚。"

他当然听不懂她脱口而出的大段大段所谓的"原理"，但他惊讶于她居然能画出如此似模似样的图样，并且还靠自己搭出了一个现在看起来跟图样确实有几分接近的架子……多数人的异想天开都只存在于脑子里，能豁出去把这些毫无根基的想法实在地做出来，很难。

他难以置信道："你连认字都要我教，却能画出如此图样？"

"都说过我记性极好了。"她得意地笑。

"从哪里记下来的？"他太好奇了。

她沉默了片刻，从来都像是焊在脸上的笑容少见地消失了一会儿。

"我家呀。"她看着石壁上自己刻下的每一笔，又习惯性地笑起来，"有一年的冬天特别冷，家里柴火不够，我娘不知从哪里抱出来一大堆竹简和兽皮，拆掉烧火，我也被喊去帮忙。我问她这些是什么，她说那是外公留下的玩意儿，又没用又占地方，烧了正好。那时我还小，只看到那些东西上写满了字，其中有一卷兽皮全是图样，桌子椅子，木马木牛木鸟，很有趣的，我看得入神，都忘了要把它送进火炉，我娘以为我偷懒，还骂了我一顿，想抢过去烧了，幸好我跑得快，才保住了那卷兽皮。后来我就一直把它藏在枕头下面，每天睡觉前都要拿出来看好久。"

"你外公是做什么的？"他突然意识到这是阿丑第一次跟他说起自己的家人。

她摇头："不知道，他们从来没有提过。我出生时他已经去世很久了。"

如果她说的是真的，那这个兽皮卷也许真的是一件宝贝，他再次认真打量石壁上的一切，问："那卷兽皮你藏起来了？从未见你拿出来过。"

她遗憾地耸耸肩："很久以前在一场火灾里烧掉了。"她叹了口气："大概这就是它的命吧。"

听起来有些丧气，但他却说："起码你记住了它的内容，所以它也不算被烧死了。"

她一下子笑出来，歪过脑袋盯了他好一会儿："要不说福星叔是与我十分投契的良友呐，你说话真的跟别人很不一样，甚至跟以前的你也不太一样。是那晚着凉发烧，把脑子烧好了吗？"

是烧死了……傻瓜。他从鼻子里哼了一声："你呀，可千万不能带别人来，否则人家会以为烧坏脑子的是你。"

"嗯，只有你不会这么想，也只有你会相信我曾经真的拿到过一个来历不明但十分厉害的东西。"她为自己的眼光感到得意，"福星叔，干脆你来帮我吧。有你做帮手，一定会快很多！"

"啊？教你识字已经很累了，还要帮你……"他指着那个潦草的架子，"帮你做这种傻东西？"

"你我都相信那兽皮上的图样是好东西。"她笑,"只要按照我记下来的步骤完成它,一定不会错!我可是拼了自己的所有脑力体力在干这件事呢!"

"不过是吃了一点点你分的食物,我就要做这么多事?怎么看都是赔本的买卖啊。"他佯作嫌弃,可内心已经十分动摇了——是上一顿饭吃得太饱了吗,自己居然动了要跟她一起做这件傻事的心?!难道是她已经做出来的一切早就在不知不觉间说服了他,她真的是在用自己的全部去完成一个不被任何人相信的,像个梦一样不真实的愿望。

他突然想到那个死在自己面前的年轻人,他对摘取不死果的执着,何尝不是一个不被相信、也根本不可能完成的愿望。

傍晚的光线缓慢地洒进山洞,黑白灰的世界渐渐在温暖的金色中退去,一大一小两个身影,慎重地站在尚未成形的愿望前,开始认真商量下一步是去砍竹子还是往木条上打孔……

死水烂泥般的日子,被一块意想不到的小石头砸出了鲜活的水花。

那个傍晚之后,他好像也不是那么讨厌这个一无是处的身体了。

○ 6 ○

每近年末,便是城中最热闹的时刻,走亲访友买卖兴盛,各种好吃好玩的琳琅满目,街头巷尾张灯结彩,家家户户都迫不及待摆出辞旧迎新的样子。

在讨饭这件事上向来不太争气的"福星叔",居然出息了一回。城中最富裕的汪家派发一年中最丰盛的善心粮,他竟抢到了一大块熏肉!因为这块肉,他度过了来到人界后最幸福的一个晚上。

阿丑早早地生起火,他将熏肉一分为二,大方地塞给她一半。

"别都吃了呀,这种过了盐的熏肉可以存放许久的。"阿丑把肉塞回给他,"你好不容易抢来的,收起来,今天咱们吃一半,剩下一半,等咱们的木工活大功告成时再吃!"说罢,她神秘兮兮地从袋子里摸出一个陶土烧成的小酒壶,"我今天还得了半壶酒!咱们也好好地辞旧迎新吧。"

等到"木工活"完成的时候,这半块肉怕已经长毛了吧?算了,此话咽回去,他不想在这个有肉有酒的好日子里说任何扫兴的话,只将一半肉再分一半,拿树杈穿了,在火上烤到冒油。

阿丑把酒壶递给他:"你先喝。"

酒香扑鼻,他也不客气,拿过来饮下一口,真是好东西啊,齿颊留香,只一口已将身子暖了半边。

她也喝一口,咂咂嘴,不由得闭上眼,专注地享受五脏六腑被一股香甜的暖意逐渐包围的感觉。

此刻正是暮色初临时,街头多是忙着回家吃晚饭的人们。

一对夫妇牵着两个孩子,带着年货高高兴兴从他们面前经过,孩子们手里拿着有趣的木雕小人儿,在父母面前尽情笑闹,脸上嘴边还留着吃完东西没擦干净的痕迹。许是孩子们的声音太响亮,她睁开眼,朝那一家子瞟了一眼。

她又喝了一口酒,然后坐得离火堆更近些,盯着在火里慢条斯理翻滚的熏肉。没过多久,又是一家人欢天喜地地经过,她下意识地又瞟了一眼。

他的注意力在肉上,但也在她不起眼的小动作上。

"你小时候,爹娘也常带你上街玩耍吧。"他随口问道。

火苗在她眼里跳动,好一阵子她才说:"我不记得了。"

"哦……"他不再问下去,只把肉拿到眼前仔细看了看,自言自语,"再等一小会儿,外皮脆些更好吃。"

"福星叔,阿丑是以前别人给我起的外号。"她忽然说。

"哦,你没揍那人一顿?"

"没有。"她笑,"我还很喜欢,所以就一直这么叫自己了。"

"你原来叫什么?"

"我想想啊。"她真的想了好一会儿,才凑到他耳畔小声说了三个字。

他眼睛一瞪:"还有点好听?!"

"不就是普通女儿家的名字。"她撇撇嘴,"我还是更喜欢阿丑。"

"你不喜欢以前的日子?"他的好奇心又起来了,乞讨为生已经是低到土里的日子了,难道世上还有比当乞丐更让人难受的?

她的眼珠都没有转一下,直直地看着跳跃的火苗:"十年前,我家遭了火灾。等我们被烟熏醒时,火势已经不可控制。我比较倒霉,被垮掉的屋梁压住了,他们来不及救我,先带着弟弟逃出去了。我命大,差一步就死掉的时候,火被赶来的人们扑灭了。我捡回了命,腿却压坏了,家也成了一片废墟。"

他微微皱眉,没有说话。

"我被送到城中诊金收得最便宜的大夫那里。"她目不转睛,无悲无喜,好像说话的对象只是那团不会回应也没有感情的火焰,"我家本就很穷的,他们都挣不到什么钱,有了弟弟,日子更紧巴了。大夫说腿是一定保不住了,而且就算舍了腿,命也不一定能留住,伤口实在太严重了。然后,他们就走了。"

"走了?"他迅速猜测这个词是指的哪一种"走了",被贫困与灾难逼死的人类也不在少数。

"他们离开这里去别处了,守城门的人后来告诉我的,他们走得很匆忙,也没说要去哪里。"树枝在火里噼里啪啦作响，肉香也越来越浓郁，她猛吸了一口，嘴角满足地翘起，"大夫收不到诊金，只能用些便宜的药草随便治一治，没把我扔出去已经算医者仁心了。我可能真的命大，硬是熬过了疼痛与高烧，居然活下来了。"

他好像忘记要把肉转一转了，直到她提醒，才赶紧又转起来。

"痊愈后，我就只有这副身体了，这座城池里我没有一个亲朋故交，才七岁嘛，都还来不及结交呢。"她若无其事地调侃自己，"既然遭两次大劫都死不了，可见我是很难死掉的。一个老乞丐把自己的破碗给了我，好像也没有比当乞丐更适合我的了。"

"很恨他们吧？"他听了都恨得想一口吞了他们，难道她就不算亲生的孩子吗？

"不恨。"她摇头，平静的脸上一丁点伪装的痕迹都没有，"弟弟连路都还走不稳，先救他是对的。但我还是希望他们至少能等到我真的撑不过去再离开。"她抬头看向那些远远近近的万家灯火，诚实地说："我真的不恨他们，但我永远不会原谅他们。"

矛盾吗？看着他眼中刹那的不解，她又笑道："恨是相当费力的事情，若总是揣着恨意，我会吃不下睡不好，从身体到灵魂都会无限地衰败，再也干不了一件有益于我的事。"她朝某一个方向努努嘴，"你也常见到老糊涂的，对吧。"

老糊涂也是个乞丐，岁数很大，牙都掉光了，整天疯疯癫癫的，拿到什么东西都当作武器，随自己心情攻击路过的人，幸好他没什么力气，伤不到人，也不知道因此挨过多少回打，终于在半年前被个出手没轻重的年轻人打成重伤，没多久就死了。

一个又老又疯的乞丐死了，被人谈起的次数可能还不如一场暴雨多。

"我知道他。"他对老糊涂印象有限，只见过这家伙拿泥巴砸人，"为何突然说起他？"

"早几年，老糊涂还没有这么疯癫的，他还知道自己的名字，记得自己的过往，那时他常咬牙切齿地与人重复讲述他被自己最信任的朋友背叛从此一无所有的经历，大概城里所有乞丐都听到过，他真的是反反复复地讲，等到大家都听烦了，不理他了，他就咬牙切齿地跟自己讲，讲那个坏人有多无耻，讲自己有多恨他，白天讲，夜里睡着了也讲。"她叹了口气，"可那个被他恨了一辈子的人，多半在他不知道的地方一直过着好日子，并不因为他的憎恨有丝毫损伤。而他却因于毫无收益的恨意，身子越来越差，人越来越糊涂，之后大概见谁都是他恨的那个人，终于变成了一个彻底的疯子。"

他摇摇头："他似乎也没有别的路可走了。"

"所以我才不想跟他一样。"她认真说，"我也用了好些时间才想明白，他们也算不得恶人，只是没有那么爱我罢了。"

他愣了愣，下意识地安慰她："没事，只要你活得够久，总会有人爱你的。"

"福星叔，你没明白我的意思。"

"嗯？"

"有人爱着固然很好。"她坐直身子,火光映亮一张笑脸,"没有人爱,也能活。"她指着自己的鼻子,神色调皮:"我证明了这件事。"

他怔住,实在不知要说什么话才能配得上这个孩子从糟糕至极的生活中悟出的真理。

半晌,他腾出一只手来,摸了摸她的头。

"好好做翅膀吧,万一成了,你就不用做乞丐了,可能会成为世人口中的大师。"他笑,"说不定千百年后都有人知道你干过什么不得了的事。"

"千百年后都有人记着我?这么好?"她也乐了,笑得合不拢嘴,好像已经做成了这件事,活成了他说的那个样子。

当然啦,起码我会记得嘛,不出意外的话我能活许多个千百年的——他在心里大声说,讲出口的却是:"当然!能让人飞起来的翅膀,谁做得出如此奇妙又大有用处的东西!以后你真成了大师,在路上碰到你的家人,你……"他突然闭嘴,话说太快了,有些并不愉快的设想还是不必了。

"要是在路上碰到他们……我就与他们擦肩而过呗。"她并不介意继续想象下去,"要是他们觉得我好了,又正好需要我了,我会毫不犹豫地拒绝,由得他们在寒风里骂我不孝,然后我美滋滋地跟福星叔你去喝酒吃肉。"

"好,你说的,就这么办吧。"

"嗯嗯。"

然后,两个人都默契地不再说话,只舔着嘴看着在火里越来越油亮越来越香的肉。

终于,可以吃了。

"好好吃啊,好吃到舌头都要咬掉!"

"你慢点吃行不行,仔细真的咬掉舌头。"

"如果你不当乞丐,说不定可以当厨师!"

"还是当乞丐吧,当厨师太累啦。喂喂,你少喝点,给我留几口!"

"今天是汪家的少爷出来派粮的对吧?"

"嗯,瘦瘦的年轻人,穿得特别富贵,挂在腰带上的玉牌都是镶金的,闪瞎眼啊!"

"生来就在富贵人家可真好呀。"

"等你的翅膀能飞了,你就是下一个富贵人家。"

"哈哈,福星叔你是不是喝多了?"

"没有。"

这个寒夜的后半段,还是十分愉快的。

7

冬天，春天，晃眼即过。

当蝉鸣又在头顶响起时，翅膀终于可以试一试了。

天知道在这段时间里，阿丑有多少次在睡不着的夜里起身写下脑中灵光一现的想法，有时候白天讨着饭也会突然放下碗，挪到一旁将没有想明白的问题记下来，她的脑子从未如此忙碌过，整个秋天的落叶几乎被她用尽了。

她有些显而易见的紧张，离翅膀成型的那天越近，越是如此。相熟的乞丐们见她整天都是魂不守舍的样子，讨饭也没有从前那么积极，还经常看不见她的人影，不由得担心她成为第二个老糊涂——身为一个乞丐，她忙得不正常。

幸好他们在苍白单调的生活里习惯了不对别人的事上心，管好自己填饱肚子才是头等要事，反正每年都有那么些发疯发癫的人，按倒霉程度来说，阿丑这个丫头应该比谁都疯得快才对，拖到现在才发病，已经赚到了。

也幸好他们都这么想，他跟她省去了遮掩解释的力气，翅膀的事，现在不能让任何人知道，荒山上的秘处，说不定是这个倒霉孩子长出新人生的唯一机会。

他没想到的是，给她打下手居然成了他消磨时间的最好方法，帮她砍树砍竹子，按她说的去筛选合用的，切割、打磨、钻孔，靠一壶水几个饼，他们有时候一忙起来就是从早到晚，时间在小小的山洞里溜得飞快。有很多次，他都边做事边想，要是天天这么忙，五十年不是眨眼就过了吗，所以不管她的翅膀能不能成功，他都会庆幸自己遇到了这么一个帮他缓解牢狱之苦的家伙。

当石壁上已经没有位置再记录，当用过的落叶在山洞里积成一座小山，当桂花的香气又弥漫于晨曦与梦境里时，他们挑了一个有风的下午，带着翅膀，站在离山洞不远的斜坡上，从这里能瞧见上山时会经过的那片湖泊，风过水动，粼粼波光，景色很是美丽。

但他们都有点紧张。

除了他们，还有一个来围观的观众——流浪狗不知从何时掌握了他们的行踪，经常跑到山洞来，既不吵闹也不捣乱，只要给它半个饼子，它吃了便安静地趴在洞口，狗头永远朝着阿丑所在的方向。现在，它站在不远不近的地方，好奇地等待他们接下来的行动。

翅膀已经比较像样了，每一块竹木都连接得牢固且整齐，两条粗麻绳用来将它固定在人身上，不太好看，但应该还比较结实。

"戴上啊！"他朝阿丑的背后努努嘴。

阿丑想了想，摇头："还是福星叔你来吧，如果它连你都能带起来，我肯定没问题的。"

他来也行，这玩意儿看起来怪有趣的，他不介意当它的第一个使用者。在阿丑的帮助下，他很快就把翅膀固定到自己身上，负担并不算重，他又晃了晃身子看它稳当与否，结果也令人满意。

"准备好了吗？"她挪到他身后。

"嗯。"他把手松了松，做好随时扔掉拐杖的准备。

她深吸了口气，小心地拉动设在翅膀两侧的机关。

唰！折叠在一起的翅膀在他身后瞬时展开，斜阳之下，每一片"羽毛"都在闪光，不但没有预想中的任何怪异，反而给一个不完美的身体带来了光凭肉眼就能看见的舒展与力量，迎面而来的风让心里的兴奋与雀跃几乎迸出来，即将从废墟里重建出崭新人生的期待，在此刻达到了顶点。

她呆呆地看着，鼻子有点酸，眼睛也热热的。

"愣着干啥？"他扭头提醒，"赶紧的！"

"哦……好！"她揉揉眼睛，指着他左肩说，"把这个凸起来的小块摁下去，翅膀就能动起来，有风的话，应该很快就能飞起来。操纵方向与起落的把手在你右肩上。记住了？"

"记住了，还没出来的时候你就说了八百次了。"

"那开始吧！"

开始！他屏住呼吸，像肩膀上蹲了一只要咬人的螃蟹一样，小心翼翼地摁了下去。

动了！真的动了！他分明感觉到背上那双跟鸟没有任何关系的翅膀，真的像飞鸟一样慢慢扇动起来，不知那兽皮卷里的图样有什么魔力，也不知阿丑得了其中几分精髓，随着翅膀的扇动，四周的气流居然像得了命令的侍从，一股脑儿地往他身周聚集而来。很快，身体明显变得轻巧了，他试着扔掉拐杖，居然站得稳稳的，似有一双有力的大手从腋下环过，带给他从未有过的力气。

阿丑的翅膀……真的成功了？他攥紧拳头，感受着身周越来越强烈的气流。

好像……脚离地了？他低头去看，竟然是真的，他飘起来了！

翅膀呼呼扇动，他激动得心都要跳出来，明明一直都抱着"不过是在做一件绝对成不了但很有意思的事"的念头，但现在，妄想居然落进现实，还落得有模有样。

阿丑捂住嘴，不敢发出一点声音，生怕打断即将到来的真正的成功。

他此刻的欣喜若狂完全不亚于阿丑，连伸向操纵把手的手都在微微发抖，虽然这不是他的"孩子"，但他也是积极参与了抚养的奶爹不是吗，哈哈，心情越来越激动，连比喻都乱七八糟。

最起码，能飞到山坡下的湖水边吧——他的手终于触到了把手。

飞起来了，真的飞起来了啊！离地一尺……两尺！

阿丑紧张得忘记了呼吸，连流浪狗都坐直了身子竖起了耳朵。她暗淡无比的生命，居然还是有奇迹光临的……居然……哎？！等等，好像事情有点不对。

啊！哎呀哎呀哎呀！

持续的号叫声中，他掉下来了……他摔倒了……他滚下坡去了……

她也啊啊叫着，拼命朝山坡下飞快挪去，总算及时赶到了摔得满脸是泥的试飞者面前。流浪狗看得糟心，趴下来捂住了眼睛。

"福星叔你还好吧？我的天……"

呸呸呸！他坐起来吐出嘴里的泥巴与野草，喘着粗气道："没事……老骨头还没断。"

翅膀还勉强挂在他的背上，可"羽毛"已经断裂了不少，怎么看怎么狼狈。她帮他把翅膀取下来，皱眉："果然想一次成功是不可能的。"

"哪里出了问题？"

"不知道，咱们先回山洞吧，我再看看是哪里不对。"

"嗯。"

虽然试飞失败，但他们谁都不难过，心里那份兴奋仍在。

即便只是几尺的距离，但也是真的飞起来了啊！

○ 8 ○

他们在山洞蹲了一个通宵。

他忙着修复更换摔坏的"羽毛"，阿丑则将石壁与树叶上所有的记录挨个查阅，想从中找出自己疏忽的地方。流浪狗依旧在山洞门口打盹儿。

直到天亮，他从瞌睡中醒来，发现阿丑还坐在石壁前，手里拿着树叶飞快地写着什么。这孩子一夜没睡吧。他这儿还有一半剩下的干饼子，正要拿给她。

"我知道了！"她突然一声大喊，整个人几乎要跳起来。

"啊？知道啥了？"他被她吓了一跳。

"我知道为何你会掉下来了！"她兴奋地眼睛发光，"我看漏了一个东西！只要把它补上，咱们的翅膀就真的是能飞的翅膀了！！"

"看漏啥东西了？"

"我这就去找，福星叔，你留在这里帮我把剩下的部分修复好，等我回来咱们马上就能再试飞一次！"

说罢，她就像要飞起来了一样出了山洞，不等他再开口，又从洞口探回头来，笑嘻嘻地说："就差这一步了，下次你肯定不会再滚下坡。等我啊！"

"知道了。"他翻了个白眼，滚了好多圈的屁股还隐隐作痛。

流浪狗也跟着她跑了，它大概也急着想再看一次人类的表演吧……这狗心眼儿挺多。其实他也有预感，离一双完美的翅膀，离另一个人生，只差一步。

他的心情从没这么好过，削竹片削得哼起了小曲儿。

等啊等啊，从清晨到中午，从中午到傍晚，直到天黑，阿丑都没有回来。半个饼子早就吃光了，肚子咕咕乱叫。

熬到后半夜，他从昏睡中醒来，她还是不见踪影。是跑到哪里去玩了？她有看热闹的习惯，可什么热闹也不至于看一天一夜吧。

他伸了个懒腰，走出山洞。此刻天气微凉，月色如银，黑漆漆的山路上没有任何有人回来的迹象。

透过凌乱的荒草树枝，城里的灯火星星点点地闪着。几声怪异的虫叫后，他心里突然有点莫名其妙的慌张。从他开始坐牢起，阿丑从未离开过他这么长时间。也不说自己去哪里干什么，万一回来时摸黑掉到坑里可怎么办！

他脑海里已经开始铺排各种意外。越想越不放心，他从山洞里取下火把，挂起拐杖小心地往山下走去。幸好山洞到山下并不算很远，路也不太难走，否则他这个麻烦的身体，估计还得滚几次。

总算平安下了山，只要再绕过这片湖水，就能看见通往城门的路。这些日子，这条路线他已走得滚瓜烂熟。

湖边的树林稀稀疏疏的，只要搞对方向，穿过去很容易，就是要小心被树枝钩住衣裳或者被树根绊了脚，尤其是拐杖，永远没有腿脚方便。四周寂静一片，除了湖水荡漾，水的声音在夜里跟白天似乎很不一样，听得久了，总像有人在低低啜泣，呜呜……呜呜……呜……

他越听越不对劲，这好像真的是有什么东西在哭吧？！此处偏僻，人迹罕至，又是不见光明的阴暗时辰，换个寻常人只怕早被吓到落荒而逃，但他怎么会害怕呢，就算现在在坐牢，他还是一只帝虺，魑魅魍魉哪会放在眼中。

他停下脚步，仔细听，终于确定了声音的方向，忙拨开挡路的树枝走过去。很快，他找到了发出哭声的东西——流浪狗。

它有气无力地躺在离湖边很近的树后，嘴角淌着血，总是脏兮兮的白毛上印着几个清晰的脚印。他心头一沉，快步上前查看，发现它伤得很重，大概就剩了一口气。

"你这是怎么了？谁伤你了？"情急之下，他都顾不上把它当成一只狗，"你不是跟着阿丑的吗？她呢？"

流浪狗呜咽着，竟摇摇晃晃地站起来，把藏在肚子下的东西露了出来。微弱的月光下，沾着血的小玩意儿闪闪发光。

他拾起来细细一看，这……不是那个汪家少爷挂在腰间的金牌吗？金中镶玉，纹饰华丽，正面还刻着一个清清楚楚的"汪"字。

可这个东西怎么会出现在这里？

咚！流浪狗重重倒下去，即便在生命的最后一刻，它的狗头还是固执地朝着湖水的方向。

他探了探它的鼻息，心头一阵难受，但这种难受很快被另一种更糟糕的预感甚至是恐惧所替代。

他猛然起身，连拐杖都不要了，连滚带爬地冲到湖水边，在擂鼓般的心跳中睁大眼睛，飞快地搜索他能看见的每一寸湖面。

掩住月色的薄云识趣地散开，渐渐明亮的光线里，一小块花花绿绿的东西在不远处的水面上漂荡——阿丑前不久讨到一件不合身的花衣裳，她自己改了改穿上，喜欢得不得了，他还笑话说穿上这件衣裳就像只聒噪的彩雀。

他用力揉了揉眼睛，终于确定那真的是阿丑离开山洞时穿在身上的花衣裳。

她这个身体会游泳吗？他还在想这个问题时，整个人已经毫不犹豫地跳入冰冷的湖水中。

游过去很费力，尤其是少了半只脚的情况下，不断呛进嘴里的湖水带着一股令人作呕的土腥味，可他管不了这些，游，拼命游，淹死也要游过去。

终于，当他的手艰难地碰触到那个在水中不知漂浮了多久的身体，再艰难地把对方翻过来露出面容时，他八百年的生命里第一次感受到什么是五雷轰顶，什么是每根汗毛都竖立起来的寒意，什么是心跳都近乎停止的绝望。

怀里的阿丑，双目紧闭，两手无力地被湖水推来推去，月光落在那张失去生机的脸孔上，如同罩上一层无法拂去的白霜。他疯了般抱住她往湖岸游，不要命地游，只求快点再快点，说不定还能救。

当他终于拖着两个都如同灌了铁的身体半死不活地爬上岸时，他用曾看见过的别人抢救溺水者的法子，用这个差不多要散掉的身体聚集起最大的力气，用力挤压她的腹部，敲击她的心口，大声喊她的名字。

可是，都没有用。阿丑死了。

可她明明在白天还跟他笑嘻嘻地说，等她回来。

他喘着粗气，呆呆地坐在她身边。

天边露出淡淡的光，湖水褪去了黑夜里才有的阴郁沉闷，像什么都没有发生过一样，又开始光彩照人的新的一天。

"就差一步而已了啊。"他突然自言自语，然后，狠狠一拳捶在自己的心口上。

从身体到灵魂，从未如此遗憾过，好像没有完成愿望的人是他，无法用任何语言来形容的疼痛如同落入水中的血，从一点扩散到一团，继而如汪洋大海。

○ 尾 ○

山洞里，还差一点点就修复完成的翅膀，安静地躺在架子上，好像已经知道自己永远不会被修好了。

阿丑躺在离它最近的地方，身上盖着福星的外衣。福星躺在阿丑身旁，流浪狗躺在福星身旁，大家的脸都擦得很干净，都像睡着了一样安详。洞口被一股非人之力封得严严实实，纵是天雷神火，也休想打开。

而在那个看似普通的清晨，一个从荒山经过的樵夫无意中目睹了一生中最不可思议的一幕。

他吓坏了，屁滚尿流地下了山，连打好的柴都不要了。回到家，他将今晨所见讲给家人亲朋邻居听，谁也不信。倒是被一个喜欢记录怪奇之事的书生听去，觉得有趣，随手记在了手札之中。多年之后，流于市井的各类志怪书本中，便有了一段不起眼的记载——

"某年某月晨，余入荒山伐薪，见一大蛇自洞中出，赤鳞踏火，宛若神龙，往西而杳。"

既为帝鸠，那便去做帝鸠才能做的事吧。

离开山洞前，他是这么想的。

楔子

石掌门,祝你长命百岁,生意兴隆.

1

一壶酒已经空了大半。

柳公子打了个酒嗝,看星星的眼神有点晃,发了好一阵子呆,觉得还是躺着舒服,又倒了下去。

旁边的司狂澜一如既往坐得端正,也完全如他所说那般,把全部注意力都留给头顶难得一见的星河月色,也没有再喝一口酒,全让给了柳公子,毕竟他话多,难免口干舌燥。

"你不困呐?"柳公子眨巴几下有些干涩的眼睛,耳边传来的除了风声虫鸣,就是树下几个东倒西歪的家伙此起彼伏的呼噜声。

桃夭终于骂够了她眼中的司狂澜,心满意足地把滚滚抓来当枕头,一只手压在石铁岚心口上,一只脚搁在司静渊的腰上,睡相十分霸道,磨牙也不知几时挪到了他们这边,抱住司静渊的胳膊睡得流口水。

只有司狂澜,不仅没有疲态,连个呵欠都没打。

"你一直讲个不停,总得等你讲完,才能清静。"司狂澜一直看着夜空里的星星,缓慢移动的月光落在他脸上,的确是一张世间难得的好样貌,但上面瞧不出多少情绪,纵是有表情,也至多是一潭深水上转瞬即逝的浅纹。

"别装啦。"柳公子伸了个懒腰，"你明明很想知道下文。"

"下文不是很简单吗。"司狂澜直言，"大蛇必是回老家去了。"

柳公子愣了愣，笑："难道不会是去找人算账吗？"

"算账可以等十年，救命不可耽搁一日。"司狂澜转过头看他，"只要不是蠢材，轻重缓急，总要分一分的。"

柳公子扬起的嘴角缓缓放了回去："你说得不错，他是回家了。"

○ 2 ○

他木然地看着一地散发着异味的黑灰。

挂在枝头上的不死果，每一个都很美，不属于世间任何一种果子的特殊香气飘在茂盛的枝丫间，沁人心脾，元丘山也只有在不死树结果的时候，才稍微能有一些可爱之处。

然而不死果一旦到了枯萎之时，随风零落而下的，便只剩臭烘烘的灰烬。如果他在十天前回来，应该还能摘到最后一个果子。

元丘山与人界的时间并不平行，他离开时，不死果尚在枝头，不顾一切赶回家是想搏一搏运气——当你想救一条命的愿望达到极致时，会完全看不见自己。

但，老蛇王他们看得见。从看见他飞入山间的那一刻，老蛇王就晕过去了一次。

当他在不死树下发呆时，老蛇王已经被部下们救醒了好几次，吃的是他们自己配制的救心丸。

不能这样吓唬一个老人家啊……老蛇王哭了。

越狱等于死罪，这是雷神早就定好的。这下子，就算把自己的头磕掉，也没有任何转圜的余地了吧……老蛇王又含泪吞下一大把救心丸。

为什么呀？为什么呀？为什么你不安安分分过完五十年呢！五十年而已，是什么很难的事吗？！老蛇王只觉得心口疼到窒息，也知道再问也问不出答案，这死孩子从回来到现在，一句话都不肯讲，像一块石头一样立在不死树前，愣愣地对着一地灰烬，强悍却绝望的身躯被一团寒凉彻骨的杀气紧紧裹住。

谁也不敢靠近他。

不知道过了多久，他做出了另一个决定。离开元丘山时，他给老蛇王只留下一句话——"接不了你的王位了，另挑一个吧。"

老蛇王爆哭。

很快，整个元丘山哭声震天。

3

夜色中的汪家大门，有一种虚张声势的高大堂皇，跟白天的样子截然不同。

当初在这个门口抢到熏肉时的欢喜，现下成了他心底一堆锐利的碎片，碰到就要出血。

几个路人经过，皆向他投来好奇的一瞥——从未在这座城池中出现过的赤衣公子，从面目到身段，无一处不俊秀，他静静站在暗淡的街角，却似一团火一样明亮。

这才是他应有的样子，化作人形的帝虺，就没有丑的。若阿丑看见这才是她的"福星叔"，会吓晕过去吧……他嘴角刚要扬起，又立刻垂下——阿丑永远没有被吓晕的机会了。

一弯弦月在云后时隐时现，他入汪家，如入无人之境。

高墙大院里是灯火通明的另一重世界，丝竹之音一旦为酒肉之气浸泡过，总显得奢靡又上不得台面，在这座宅子里坐拥高床暖枕的人，大概永远都不能想象墙外的无数个寒夜里，有无数食不果腹衣不蔽体的家伙，需要靠命硬才能一次次看到第二天的日出。

流浪狗拼死也要藏下来的腰牌，捏在手里像一把刀。

最高的楼台上，一桌人喝得东倒西歪。为首者便是那位汪公子，他醉眼蒙眬地举着酒杯，指着满桌佳肴，一脸自得地对着其余人道："寻常人见都见不到的东西，别人排着队往我家送。"

其余人当然一番恭维，夸汪家财权两旺天下第一，夸汪公子身为汪家独子将来必有一番大作为，夸世上就没有汪家办不到的事，总之世上所有好话他们都拿过来表羡慕表忠心，极尽阿谀之能事，生怕汪公子下次吃饭不喊他们。

"认识了汪公子，我……我才算是真正长了见识。"其中一人满脸通红，已经醉到两眼发黑舌头打结，"只要汪公子高兴，人命都能拿来玩……玩耍……也是，外头那些要饭的……命贱得还不如汪家的……看门狗。"

酒桌前顿时一阵爆笑。

"你也是真……真没见识。要饭的命也算命？"

"哈哈，你们还记得前年的事儿不？咱们拿肉当钓饵，让那几个要饭的当鱼，他们抢得多欢……连鱼钩都吞下去了，他们还真当自己是鱼啊哈哈哈。"

"记得记得，笑死人了。"

汪公子打了个酒嗝，指着在座众人，不满道："你们呀……跟着我这么久，一点逗乐的新鲜玩意儿都想不出来，还得靠我自己……"说着又伸出手去："话说你们输给我的钱还没给吧？那天一个就跟见鬼似的跑了，我说了不过淹死个小要饭的，没什么大不了，莫说无人在意，就算真有人去报官又如何，我爹一跺脚，谁敢追究。你们就是胆小。"

其中两人面露尴尬，齐齐对汪公子拱手道："没错，都过去这么久了，根本无事发生……是我们输了……这就给钱。"说着便往自己的钱袋伸手。

"行了，谁稀罕你们那几个钱，打赌不就是图个乐子。"汪公子白他们一眼，似又想起什么不忿之事，"就那只狗讨厌……居然想咬我……没一脚踢死它被它跑了……可惜了我那腰牌，上头镶的宝石好贵呢！"

　　"公子莫生气，小畜生有眼不识泰山，必不得好死的。"

　　"就是，要不改天咱们再去湖边找找？"

　　"懒得费那事，那些个腰牌我多的是。来来，接着喝，咱们兄弟好些时候没见面了。"

　　狼吞虎咽，杯盘狼藉，好好的一个月夜被糟蹋了。也好，来得早不如来得巧，不打自招，连盘问都省了。他的拳头捏得咯咯作响，如果不是觉得这桌人实在太脏，下一秒他们就会成为他的口中食。

　　明明是人，却如恶鬼。

　　他又想到当初在汪家门口的情景，那时的汪公子面带笑容斯文有礼，不断提醒为了那一口施舍挤破头的乞讨者小心些别挤着别受伤……这些人类是怎么做到可以在人跟恶鬼之间完美切换的？

　　难怪老蛇王总不厌其烦地提醒他们，没事别往人界去，人心若恶起来，是比他们的蛇毒还要毒上万倍的。蛇讨厌谁，一口咬过去便是，不藏着不掖着，可有的人心中明明巴不得对方去死，表面却还能与之称兄道弟笑容满脸，这样的"毒"，防不胜防。

　　今天之前，他都认为老蛇王是言过其实，以帝魃之实力，人类岂是对手，说得这么可怕不是担心他们在人界受害，而是怕他们贪玩没轻重伤了人类才是吧。

　　但现在，就在这座人类的宅子里，在一场糟污的宴会上，他知道是误会老蛇王了。

　　一阵妖风卷过，楼台之上除了摔碎的杯盏碗碟，再无人影。

◦ 4 ◦

　　凌晨的湖水摇摇晃晃，听起来比任何时候都像哭声。

　　苍白的月光下，倒着四个鬼哭狼嚎的人。显然是被狠狠打了一顿，有人肿了眼睛，有人掉了门牙，有人捂着骨折的手臂筛糠似的发抖。

　　"不是我们提出来的……真的不是！"缺了门牙的家伙指着汪公子，"是汪公子他……他的主意！也是他动的手！"

　　"真不关我们的事！"骨折的家伙带着哭腔道，"我知道自己不是东西，可我没沾过人命！那天汪公子说要遛遛别人新送来的马，咱们才一路到了这里，正好瞧见那没腿的小乞丐拿着一包东西往山上去，汪公子说光遛马很是无聊，不如打个赌，就赌这个没腿的小乞丐能不能凭自己的本事从湖水里游上来。"

"对对,就是这样的。"肿眼睛赶紧证明,"我们一个字都不敢作假,那天确实就是如此,汪公子的提议,我们怎敢扫他的兴,只能点头附和。真的我们只是同意打赌,把小乞丐扔进湖水里的是汪公子!"

砰砰砰!拳头打在肉上原来可以这么响亮。

三个"证人"满脸是血,昏死过去。他甩了甩有点发疼的手,只要再多一分力气,他们就永远不用醒过来了。

汪公子面色惨白,嘴角渗血,想跑,奈何两腿虽未受伤却不听使唤,绵软得一塌糊涂。在他无比优越的人生里,习惯了居高临下随心所欲,出现在他汪公子面前的人,不是卑躬屈膝就是极尽讨好,他想要天上的月亮,都有人抢着去摘。挨打,这是头一遭。

"你……你究竟是何人?"他本想尽量保留一些身为贵公子的体面,可一见三个同伴被这赤衣男子一拳打到生死不知时,他的体面便跟着吓出来的尿一起流走了。

他缓步走到汪公子面前,居高临下地看着这个人类,银白的月光洒在他不见喜怒的脸孔上,纵是落在刀尖上的霜雪也没有这般寒冷。

"好像不用再问你为何这么做了,你已经给了答案——无聊。"他平静地看着汪公子。

"你要是要钱,我可以给的!要多少你开价!我都给得起!"以汪公子的认知,也只能把他当作绑肉票的亡命徒了,还是个会妖术且打人相当狠的绑匪。

他连眉毛都没有动一下,稳得像一尊不可撼动的神像。

"她在做一件很要紧的东西。"他的视线落在起伏不止的湖水里,"就差一步了。"

"壮……壮士,多少钱我都给的!哪怕你要我家一半财产,我爹也会给的!只要放我回去!"

"我永远也不会知道她去拿什么东西了。"他的眼神在轻轻晃动,那里也有一片在鸣咽的湖水,"翅膀,永远也飞不起来了。"

仿佛两幅毫无关联的画各撕一半拼在一起,两人明明面对面,却谁都听不到对方究竟在说什么。

"你是那小乞丐的什么人吗?亲戚?朋友?"汪公子的声音都急得变了调子,"我说了我赔钱给你,或者……或者你想要做官?我爹也能办到的!"

"火灾没有杀掉她,重伤重病也没有。"他的目光从湖水中抽离回来,钉在那张原本英俊但现在丑到变形的脸上,"却死于一场无聊的打赌。"

心里的某一处,原来早就疼到不可抑制。只差一步的翅膀,只差一步的命运,只差一步就能走过五十年,只差一步,什么坏事都不会发生——遗憾竟然是比疼痛本身更疼的存在。

"不就是个乞丐!!"当恐惧与焦急积累到顶点,汪公子突然像一只走投无路的兽一样嘶吼起来,"他们的命本来就跟野草一样不值钱!每天都有这样的人死在街头巷尾,她已经很走运了，一条贱命换你一生富贵！你还想我怎样！！我要是出什么事，我爹绝对不会放过你！"

"我们也来打个赌吧。"他露出今夜的第一个微笑，"就赌你看不看得见明天的日出。"

汪公子一愣。

狂风骤起，天摇地动，连着身后的湖水竟也着了魔似的汹涌起来，断裂的树枝连带着落叶与岸边的石子儿都被卷到半空，再狠狠砸到汪公子身上，吓得他慌忙闭目抱头，把身子蜷成一团，根本不敢多看一眼。

等到汪公子觉得四周终于平静下来，也没有任何东西再砸到自己身上时，他慢慢挪开手，睁开眼睛。

赤衣人不知去向，面前只得一条赤鳞巨蛇，血目如焰，蛇牙似刀，猩红的芯子在他的头顶上嘶嘶作响，映入眼帘的每块鳞片都像在火里淬炼过似的，红得浓烈又妖冶，这般颜色，光是看看都能毒瞎眼睛。

"汪公子，你是赌还是不赌？"巨蛇口中吐出清晰无比的人话。

汪公子呆呆望着眼前这个远在他认知之外的庞然大物，身体的所有功能都在瞬间宣告无效，只有他的头发，睫毛，在对方时而冰凉时而炽热的呼吸里微微晃动。

时间凝固在这一刻。

突然，汪公子眼睛一直，竟喷出一口血来，随后整个人如同抽了骨头的死鱼，绵软无力地散在了地上，腿脚不甘心地蹬了几下，气绝身亡。

越来越厚的云彻底盖住了月光，湖水安静了许多，一直都有的鸣咽声似乎也停止了，只是没有了光，无论看往哪里，都如深渊。

"你输了。"他冷冷看着地上的尸体，尾巴一扫。

黑暗里传来扑通一声，落水的声音，跟任何一块不值钱的石头落下去时一模一样，没有一丁点高贵之处。

隐隐的雷声，自天边而来。

他深吸一口气，腾空而起。

○ 5 ○

他拿出不要命的速度向北而行。

再给他一点时间吧，让他去见一个人，或许那是他能力之内的最后一个机会了。破风穿云，不计后果，哪怕只有千万分之一的可能，都让他试一试吧！

大概是因为飞得太快，也可能是冲破结界时太不顾一切，身上全是密密麻麻的小伤口，连鳞片都刮掉了好几块，血流出来又干了，他全然不觉。

好在要去的地方总算是到了。此处与传言相同，地跨阴阳，终年不见日光，湿寒透骨，果然非活物能长留之地。

他望着眼前两块擎天巨石组成的"大门"，白雾缭绕，森冷肃穆，纵是强悍如他，心中也生出几分敬畏。

"何方妖孽胆敢擅闯泰山府界！"不等他靠近，两个灰面巨人手执石斧石锤自虚空而出，声如洪钟，震人心魄。

该有的礼数还得有，他微一垂首："元丘山帝虺，有要事求见泰山府君！烦请通报，不胜感激！"

"元丘山的小蛇？"两个巨人面面相觑。

小蛇？！罢了，有求于人矮三分，不可发作，忍。

"正是，烦请二位通报！"

巨人异口同声："未得君上传召，擅入泰山府界者重罚！念你年幼无知，速速离开吧。"

两个石头化的家伙吧，难怪毫无通情达理的能力。

"既来了，便没有回去的道理。"他抬起头，"二位若不肯行个方便，那就莫怪我出手不留情面。还有，我元丘山帝虺不是小蛇，也不年幼。"

"大胆！"

他是大胆，不但敢闯泰山府界，还把两个门神打得人仰马翻。石头就是石头，摆起来吓人罢了。

泰山府君主掌人类生死，只要能见到泰山府君，只要阿丑尚在泰山府界，他就有机会把她抢回来！

可就算进了大门，整个泰山府界浩瀚之极，光是一条忘川便绵延千万里，那泰山府君的居所又在哪里呢？

鬼魅般流动的氤氲白气里，他飞速而行，可眼前所见除了幽深的忘川，便是河畔如火如血的彼岸花，小小一个阿丑，又该往何处去寻？

他仔细回想，老蛇王像是说过泰山府界有一座桥，人多到要排上好久的队才能通过，而一旦过了那座桥，一个人的一生便告彻底完结。阿丑会在那里排队吗？

找一座人多的桥应该不难吧，他努力睁大眼睛，生怕漏过任何蛛丝马迹。

然而，他还没有看到一丁点跟桥有关的东西，一张细丝结成的大网便从天而降，被紧紧缠住的他一个不留神栽了下来，重重落在彼岸花丛中。

这些花看起来还算好看，可压扁的花朵渗出的汁液就不那么可爱了，沾染到身上又刺又痒，而他身上本就有数不清的小伤口，如此一来更是苦不堪言。那细丝网也不知是个什么法器，看着比头发丝还细，却坚韧无比，还会随着目标的身形自由变化，越收越紧，换个弱些的妖怪，只怕已活活缠死了。

他一时间动弹不得，勉强扭过头来，透过凌乱的花丛看见了一群戴着狰狞面具的家伙，一半黑衣一半白衫，皆是寻常人类的身形，手中各执兵器，除了刀枪剑戟，有些兵器是他见都没见过的。

这群家伙，貌似比守门的两块石头厉害。

"大胆蛇妖，伤我门将，擅入我界，可知条条都是死罪！"其中一个执刀的黑衣人怒斥。

他还想再努力一把，尽量用友好的语气道："各位，我绝无恶意，只是有要事求见泰山府君！烦请各位通融！"

"大胆！"另一白衣人又怒道，"君上岂是你想见就能见的？纵是天界昆仑的神君，想见我家君上也得依礼依规而行，你这妖怪如此胡来，吾等今日饶你不得！"

"那我退出去重新敲门行吗？"他从牙缝里挤出话来，态度还特别真诚。

不说还好，说了这帮人更气了，认定他出言挑衅。

一条长鞭不由分说朝他狠抽而来，他见状不妙，就地朝旁边一滚，险险避开，只听得啪一声巨响，被抽到的彼岸花四分五裂，落地成灰。

这些家伙是真要取他的命啊，莫说他是得了上界敕封的神蛇，普通妖怪就能不问青红皂白随便杀了吗？！

跟不讲道理的东西，还讲什么道理。既然孤注一掷，那么……八百年修为全交待在这里也无所谓的。他大吼一声，硬是以一身蛮力挣断丝网，所有断掉的丝线如同被烧过一般，焦黑地散在花丛中。

黑衣白衣们大吃一惊，但比起心疼那张价值不菲的网，捡起他们碎掉的骄傲更重要，身为泰山府界无常使，在自家地盘受一只妖怪的冒犯，还被他毁了法器，真真奇耻大辱……急火之下，他们是无论如何都不想给他活路了。

而他也知道光靠礼貌与请求是不可能成事了。

一场大战，昏天黑地。大妖帝虺，不输神龙，虽然他们多少也听过元丘山这群大蛇的名号，知道此妖比寻常妖怪厉害，可谁也没想到会厉害成这样。

他自己也没想到。别的妖族多是想方设法勤学苦练，只求不断提高妖力，以防在未知的战斗中败下阵来，务必要尽一切力量杀敌保命，可老蛇王从来只提醒他们，将来万不得已要跟谁打架，下手绝不可太狠。帝虺生来便妖力出众，你们要学的不是进攻，是收敛，否则一出手就打死人家，必给自身招来祸端，切记切记。一直以来，大家都遵守得挺好，结果到他这儿还是出了纰漏，但今天，他比任何时候都庆幸自己是一只了不得的帝虺。

战斗，原来是刻在他血脉中的东西。

各种法器爆发出的光与气混乱交织在一起，他在无常使们极致的愤怒与杀意里穿梭反击，身子像是燃起了真正的火焰，足以穿透此地笼罩千万年的阴诡寒冷，素来宁静的忘川之畔，杀声震天，两边互不相让，生死已在一线之间。代表无常使尊贵地位的面具已经碎了好些个，碎片下的脸无不鼻青眼肿，引以为荣的法器也一把接一把地坏掉，它们不是不奏效，是明明已经在他身上留下伤口，他却跟不痒不痛似的，蛮力丝毫不减，且反击一次比一次重。

　　谁占上风已经很明显，但他们又怎能认输，虽然身子已经快被他揍散架了，疼得要命，但谁又敢带头求饶呢，外敌入侵，身为泰山府界守护者，技不如人已经够糟糕，再失了气节，就算不死，以泰山府君的脾气，也定会把他们扔进油锅里炸得酥脆。

　　打不下去也得打！闻讯赶来支援的无常使已有上百个，向来秩序井然的泰山府界如临大敌。

　　他一点都不觉得疼，也不累，只觉得灵魂离身体好像越来越远。渐渐模糊的视线里，他只看见朝他冲过来的黑黑白白的家伙们越来越多，好烦呐！

　　突然，一道赤光在战圈之中炸开，旋即如巨浪般沿着整片花海汹涌而去，整条忘川都被换了颜色，从黑到红不过眨眼之间，与此同时，上百个无常使堪比落进油锅里的豆子，噼里啪啦弹起来，以各种不好看的姿势落在岸边或者河水里，终是一个都爬不起来了。

　　他仍立于原地，昂首挺胸，只是大口大口喘着粗气，身上各种伤口触目惊心，脚下，八百里彼岸花已成灰烬。

　　"我只想求见泰山府君。"他俯瞰手下败将，叹气，"你们通传一声又不会少一块肉。"

　　有人试图站起来，但还是失败了。

　　四周，闻声赶来围观的侍者仆人越来越多，男男女女一大堆，但都只敢远远看着，谁敢靠近这不要命的庞然大物。

　　"你们不肯也就罢了，我再去寻便是。"他忍住渐渐爬上来的剧痛，再次腾空而起，咬牙道，"谁若再敢拦我，必不留他性命。"

　　在场之人，大气都不敢出一口。

　　就在他摇摇欲坠的身体要往更高的地方飞去时，一道细光凭空而来，准确击中了他的头颅。

　　脑子里嗡一声响，本就模糊的视线彻底消失了，小小的一道光，看起来比之前任何一个无常使的攻击都要轻微，却准确找到了可以瓦解一块铜墙铁壁的窍门。

　　他轰然落地。从河水到地面，甚至整个泰山府界，都微微一震。

　　一颗桃核，在地上弹动几下，滚到了一旁。

　　半空中落下两个人，一人走前几步拾起桃核，吹了吹上头沾染到的尘土，将之递到另一人面前："还要吗？"

　　"当然要。"另一人接过，"昆仑蟠桃是稀罕物，桃核当然要收着。"

"还不死心？都说了你们这儿除了彼岸花，种不了别的活物。"

"打发打发时间罢了。可万一哪天成了，就不劳尊主老远给我送桃子吃了。"

"别，还是我送吧，莫说种不出来，纵是破天荒成功了，你们这里的土能长出什么好吃的东西。"

"我就是要种。"

"随你高兴。"

两人的对话断断续续传入他的耳朵，他很费了些力气才把这些字句连成自己能理解的东西，落地那瞬间，魂儿都散了一般，又不知过了多久，散开的自己才逐渐聚拢起来。

他缓缓睁开眼睛，一个女子映入眼帘，蛾眉入鬓，凤目丹唇，面容十分清丽，只看脸孔不过二十来岁的年纪，眼神却稳重老沉，深不见底，一袭黑衣裹住高挑的身躯，长长拖于身后的衣摆似墨云流动，随着她的每个动作起伏摇曳，一根枯枝将茂密的银发简单绾在脑后，除此之外，她全身上下再找不出第二件饰物，简单得像区区几笔勾勒出来的人物，然举手投足眉目回转之间，无不透出一股诡异之美。待到眼前彻底清晰后，他才看清女子旁边还有个寻常书生打扮的家伙，黑发白衫，眉清目秀，头发以一根桃枝整整齐齐束在头顶，身姿修长俊逸，一串莹润剔透的绿色珠串绕在指间，随着他的捻动散发出与此地截然相反的盎然生气，竟看得人心情愉悦，身上的伤都没有那么疼了。

又是一黑一白，泰山府界中只有穿这两种颜色才不犯法吗？

但这一对黑白配，显然跟之前那一群不在一个层级，看似简单到寡淡的人物，竟只用一个桃核便将他打得晕头转向……对了，人界不是有一句名言吗，会咬人的狗都是不叫的！好像用在他们身上不合适，但他现在就是这么想的。

他甩了甩脑袋，咬牙支棱起身子。

书生见状，眼中似是一亮，对黑衣女道："不简单呐，这样还能爬起来。"

黑衣女摇摇头，皱眉对至今都还爬不起来的无常使们道："让你们平日里多多强身健体，早睡早起少熬夜，不听，今日总算把脸都丢尽了。"

她的话比灵丹妙药还强，一群起不来的家伙硬是拿出吃奶的力气火速起身，连滚带爬聚到她面前，齐齐跪下："君上教训的是，属下死罪，甘愿领罚！"

"下去找医官拿药，死不了的话去把果园的土松一遍，三日之内不要让我再看见你们，免得我生气。"她挥挥手。

"谢君上不杀之恩！"无常使们赶紧邦邦磕头，依然像热锅里的豆子一样慌慌张张地跳开了，样子一个比一个好笑。

可是，他们管她叫"君上"？！他一直以为被老蛇王惯称为老东西的泰山府君是个干巴黑瘦长着白胡子的老头……

她将他打量一番，淡淡道："擅闯泰山府界，伤无常使百名，毁彼岸花无数，条条死罪。"

"死罪亦无妨！"他大声道，没有恐惧甚至还很高兴。

他化回人形，对泰山府君拱手道："今日既来了，便没有想着留命回去。"

"豁出命也要见我，所为何事？"她有几分好奇。

"求君上放一人回人界！"他激动得声音都有些发抖。

她瞬间失望，闹出如此大阵仗，还当他能带来什么新鲜又不得了的事……结果还是这种要求，她大概听过成千上万无数次了，毫无新意。

"不允。"她丹唇轻启，不假思索地送出简短而强硬的最终决定。

"君上！"他咬牙，"她的一生太难了！"

她不为所动："来到我这里的人，人生难如登天的，多不胜数。世间甘苦素来分配不均，是难是易，皆是各人命数。"

"君上掌人之生死册对吧？"他忍住越来越汹涌的疼痛，警告自己绝对不能晕过去，"求君上看一眼她的，再做定夺。"

在她的拒绝说出口之前，书生抢先一步道："要不……你就看看？耽搁不了多少时间。"

这家伙竟帮自己说话？！不管他是谁，样子记下了，有无机会报答就看天意了，但多半是没有了吧。

"你果然对妖怪颇为偏心啊。"她斜睨书生一眼，"可帝烬也不归你们桃都管吧。"

"实在想管也不是不行。"书生一笑，指着河畔上的一片灰烬道，"且看在那么多无辜的花儿分上，当是给它们一个交代吧，好歹把来龙去脉弄清楚，说杀就杀了，未免草率。"

"你歪理总是很多。"她略一思忖，"好吧，且看在你送的蟠桃的分上。"

见对方松了口，他心下大喜，赶紧将阿丑的姓名年纪背景以及离世时间一并说出。她只是给了一个眼神，围观者中立刻就有一名文官打扮的女子领命而去。

片刻，女官快步归来，手中捧着一个黑色卷轴，没有重量似的浮在她合拢的手掌上。她手指一动，卷轴便飞到面前自行展开，她的视线快速扫过上头的内容，原来一个人的一生，短到须臾间就可以读完。

卷轴合上，落到她手中，不见她的表情有任何变化。

此时，女官又凑到她跟前耳语几句。这一下，她才微微皱了眉头。

"不但在我泰山府界闯下大祸，连人界也害了性命。"她看看他，又看看手中的卷轴，摇头，"你视她的命为珍宝，自己的命是一点都不要啊。"

"杀人偿命不是人界铁律吗！"他当然明白她的意思，昂首直言，"但我对那姓汪的可没动手，只怪他自己胆小如鼠心神不稳才丢了性命，他这条命不该记在我账上，可君上若非要这么算，我认了便是。"

"认不认，事实都是你故意吓死了他。这与铁律无关，报私仇而已。"她转头看着书生，"你再送我多少蟠桃都不好使了，此妖你是保不住的，若再为他多说一句，你我之间断无友情可念了。"

书生耸耸肩，笑笑，捂住了自己的嘴。

能被雷神跟泰山府君同时列为死刑犯的，千万年来只有他一个吧，也算是难得一见的"荣誉"，就怕老蛇王知道后，再多救心丸都不顶用了。

"君上要剥我的皮还是喝我的血，抑或扔进油锅堕入地狱，我皆无半句怨言。"他字字句句都真心实意，"只求君上放阿丑回去，让她……让她真的命硬一回，让她有时间继续把废墟般的人生修好。"

"你就这么喜欢她？"她半眯起眼睛。

"我就是这么喜欢她。"他半点都不掩饰，"你们只看到她是没有腿的乞丐，我看到的是污糟泥沼中长出的花，当你们这些大人物光芒万丈地活在处处被敬畏的高处时，当然看不到微尘般的她蜷着身子借着月光，在树叶上一笔一画记下来之不易的希望的样子，但我一直在她身边，我看到了。"他眼睛有些发红，"她真的在尽所有努力好好活着，她想造的那双翅膀，甚至都长到我身上了。你们知道我曾经有多厌恶停留在那个糟糕的身体里吗，可当我穿上那对翅膀时，我未来的五十年好像也拥有了能变得轻巧快乐的机会。"他眼里的光渐渐暗淡下去，"只要一想到如此珍贵的光芒，因为一个一时兴起的恶意，彻底熄灭在冰冷的湖水里，想到我把那个没有惹到任何人没有犯任何错的身躯抱起来时的碎裂感……我的命也就不那么重要了。"他用力咬了咬牙，把心头悲愤遗憾强压下去，垂首道："君上，我知您铁面无私，但这一次，能否网开一面，成全那个孩子。"

四周变得比任何时候都安静，围观者中有好几个居然听得偷偷抹眼睛，动作很迅速，生怕被旁边的人看见自己在同情一个打伤同僚惹恼君上的"恶妖"。

书生望着她，仍捻着手里的珠子，默默等她的决定，不止他，所有人都在等。

她又看了一眼手中的卷轴，朗声道："泰山府界的规矩，从不为任何人、任何故事、任何情绪，有任何更改。过去，现在，将来，皆如此。"

其实大家都猜到会是这个结果，可又忍不住去期待一个意料之外，不过君上就是君上，根本不会给个意外。

咚！他双膝跪地。

"君上，一天！就给她一天行不行？"他的额头重重磕到冰凉的地上，"她就差那一步了……真的只差一步了！！"

这是他能为她争取的最后一丝机会了，哪怕一天，他也甘愿以命相搏。

她沉默片刻，转过身去："人死岂能复生，一天也不可。"

脑子又是嗡的一声，莫名其妙的疲惫与麻痹从头顶贯穿脚下，这就是最终的结果了？！身体里一直紧绷的弦突然放松下来，他缓缓坐到地上，仰头看她，脸上丝毫没有要与她殊死一战的愤怒与决绝。

"那年轻人来求不死果，也是各种乞求，也给我磕头，结果死在我手里。"他在看她，目光又似穿过她，落到另一场遥远的遗憾里，"其实，给他一个果子又能怎样呢。"他并不理会对方有无兴趣听下去，只管自顾自说下去，"等到果子自己都死掉了，树下就剩一片臭烘烘的灰烬。我以前从不质疑我们为不死果所付出的一切，但就在刚才，我突然觉得帝虺们世世代代的守护，竟不过是让有用的东西永远以无用的姿态岁岁年年地存在下去而已。"他向她微微一笑："君上，泰山府界与元丘山，颇为相似。"

她好像也笑了笑，却仍以背影回应他："你觉得我这儿跟你们老家的规矩，都糟糕得很对吧？"

"对。"他还有什么可委婉的呢，命都要给出去了。

她微微侧过头，嘴角的笑意也有几丝无奈："你还是太年轻。每一条看似糟糕的规矩出现之前，必然发生过更糟糕的事。罢了，说了你也不会明白，如今你唯一要做的，是承担你该承担的一切罪责。"

"我能再见她一面吗？"

"不能。就算见了，她此刻也是白纸一张，认不得你是谁。"

他长长地叹了一口气，直挺挺地倒在了地上，视线里只有漆黑一片的天空，与来回旋绕的阴寒气流。

豁出一切，也只能是这样了吗。呵呵，不知道要拿多大的油锅才能炸他这么大的蛇？要不就不变回原形吧，方便一下他们？他越想越觉好笑。

这时，一阵急促的脚步由远而近。有无常使飞奔而至，慌慌张张禀告："君上，门外有雷神座下神侍二十余人，奉雷神旨来捉拿越狱重犯……"他吓得被自己口水呛到，难受地指着躺在地上的家伙："他！"

众人又被他吓了一大跳，怎么还在雷神那儿也挂了名？！这下真是天崩地裂，谁也救不得他了。

她皱皱眉头："来的还真是时候。"

书生不慌不忙开了口："交死的还是交活的出去？"

她白他一眼，考虑片刻后，回头道："既然你早在雷神那里挂了名，论先来后到，也该是他。按雷神的手段，起码一百笞神棍，有他罚你，我这儿的便给你免了吧。"

真大度啊，他笑出声来，一百笞神棍，十个他捆在一起大概也活不下来。

他强撑住快要四分五裂的身体，站起来，拱手道："多谢君上不罚之恩。只是……"他抬头再次恳求："若有可能，还请君上看顾于她，今后……无论是人是兽，是花是石，莫再众叛亲离，孤苦无依。"

她没有回话，只走到书生身旁，低声与他说了些什么后，便朝远处而去。书生目送她离开，笑："以后还是要请你吃蟠桃的。"

他们俩说了什么，书生又是什么来头，他已经不感兴趣了，现在，他只要拖着这副勉强还能行走的身躯，不要太难看地走出泰山府界的大门就可以了。雷神居然派那么多手下来，多余了。

大门在那个方向吧……他每走一步，已成灰烬的彼岸花便随着他的步子飞旋而起，在他脚下聚成一片死中有生的花海，仿佛有什么瞧不见的东西在尽力地挽留他。

从头到尾都不敢靠近他的围观者们，只能愕然地看着他渐远的背影，然后发出一片唏嘘之声。人群中有负责记录泰山府界日常的侍者，迫不及待地往长长的卷轴上写下——"某年某月某日，有大蛇闯泰山府界，求一亡魂而不得，伤无常使百名，八百里彼岸花成灰。泰山府君降之，君大度，未取其命。"

笑，拍马屁的家伙哪里都有呢。

◦ 6 ◦

一百笞神棍，雷神殿中已经很久没有过如此重的惩罚了。

谁下的手，谁计的数，挨打的过程，他全然记不住了。一棍下来魂儿就飞出去了，谁还能记得住这些。他甚至连痛还是不痛也分辨不出，只知道在自己还剩最后一口气时，打完了。

耳朵是听不见的，眼睛只瞧得见白花花的一片，骨头碎了多少没法数，皮肉还有几块完整的也不知道，只些微感觉到有一股力量把自己托起来，从一个地方去了另一个地方。

清醒过来时，他发现自己蜷在一个爬满藤蔓的大凉棚下，四周遍布着晒满了药草的木架，不远处是一间被涂得五颜六色的木屋，几只像猴子又不是猴子的小妖怪正在木屋外头洒水扫地擦门擦窗，一大片竹篱将此处围起来，倒颇有几分雅趣。

他低头看自己，庞大的身躯不知被什么又长又软又韧的绿叶子紧紧缠住，只有脑袋能转一转，像只可笑的大虫子。

他用力呼吸，现在只能用这种方式来确定自己是不是真的活下来了。奇奇怪怪的药味反复刺激着他的嗅觉，虽然难闻，但真实。

稍微抬一下头，蓝天白云，暖阳春风，是他好久都没有体验过的好天气。是活下来了吧？！死了可见不到这么好的风景。

可这是什么地方？不是元丘山，不是雷神殿，更不是泰山府界，倒与人界很像，可人界哪有妖怪在光天化日之下扫地擦窗的？

而且怪异的还不止这点，随着阳光的移动，那些放着药草的木架居然会跟着迈腿调整方向，保证药草们不漏掉一丝光照，再仔细看，木架上竟长着小小的眼睛，随时关注太阳的方向……连架子都是妖怪？！

这时，木屋的门吱呀一声响，一个红彤彤的人影拿着一堆东西走了出来。

他做梦也没想过，自己好歹也算一条神蛇，居然会被一个小丫头片子掰开嘴巴，硬塞进去几颗比人的拳头还大的药丸，又苦又涩还差点噎死他，且还不给一口水喝。

而这些都不是最离谱的，最离谱的，是她不由分说喂了药之后，像是突然想起了什么，把别在后腰上的一卷册子抽出来，挠了挠一头乱发的脑袋，蹲在他面前看起来，自言自语，内容他听得断断续续，大概是加了什么药应该是红色但为什么是绿色……

为什么？！肯定是你用错药了呀！他想说话，嘴里却麻痹得发不出一个字，只有刺鼻的药味直冲脑门。

再看她手里拿的册子，封面上的文字他不太认得全，但"药典"两个字还是看出来了，他心里的感觉顿时越来越坏……难不成这丫头给他吃的药还是现看现学现做的？！

正焦灼时，忙于打扫的小妖们突然把工具一扔，争先恐后地跑过去将竹篱门打开，叽里呱啦地迎接走过来的人。

挂着木杖的家伙，一瘸一拐地进来，时不时揉一下屁股。来者一挥手，小妖怪们赶紧散去，更勤快地打扫起来。

他的眼睛看远处还比较吃力，直到那串令他印象深刻的碧绿珠串映入眼帘，他才意识到进来的人，是泰山府君身旁的书生。

今天的书生倒不像书生了，换了一身浅竹青色的宽袍，头发也不束了，懒懒垂在身后，发梢各有主张地乱翘着，脸色比上次多了几分苍白，被阳光一照，竟有几分脆弱的透明感，一碰就要碎似的。

那丫头瞧见他进来，立刻站起来，规规矩矩地喊了一声——舅舅。

舅舅？这位"舅舅"走到他面前，仔细查看了一番，又伸手把他两边眼皮都掀开来瞅了瞅，再用力嗅了嗅空气中的药味，回头问那丫头："你用了什么药？"

"换骨丹。"她朝他努努嘴，"他身上骨头都快碎尽了。"

就是方才吃的那些？怎么光听药名就十分凶险呐……

"照药典配的？"

"一字不差。"

"可我怎么闻着有一股腐灵草的味道？"

"腐灵草？那不可能。我用的是月鳐雪枝。"

"取来我看。"

"哦。"

她跑回屋子,又跑出来,手里捧着一个竹筛,里头摆着乱七八糟的药草。

"这个!"她从药草中拣出一枝来,"月鳋雪枝。"

一声重重的叹息。

"我让你治他,没让你治死他。月鳋雪枝从来只有八片叶子,九片叶子的,是腐灵草。"

"……"

"还不去配解毒药!!"

"哦。"

要不……还是把他抬回雷神殿直接打死算了吧,不用遭这活罪了。

"你莫怪她,她刚入行不久。""舅舅"打量着他糟糕无比的身体,"能从笞神棍下留住性命已算奇迹,休养起来自然要花不少时间。那个毒你也不必担心,发现得早,她能解的。"

她是谁?你是谁?这儿又是哪儿?他喉咙里只能发出呜呜的声音。

"还有个事儿。""舅舅"从袖中取出个指头大的小盒,打开,一只跟蚊子没两样的家伙在里头嗡嗡叫,又将手指一划,它便得了指令似的飞起来。"蚊子"在空中转了几圈,最后落到他硕大的脑袋上,毫不客气地叮了他一口。

"不是蚊子是妖怪,名为印从。你养伤期间,顺便也养养它吧。""舅舅"笑笑,"康复之后,带着它再去拜访一次泰山府君。她要求的。"

一听到这个名字,他的心还是会下意识地收紧,不是已成定局了吗,还要去干什么?

"舅舅"见他瞪大眼睛,十二万分疑惑地望着自己,只好又补充道:"此地桃都,我为桃都之主,你伤势太重,元丘山恐怕医你不得,我便做主将你带来我这里。你且安心住下,自有人照顾你。"

他就是大名鼎鼎的……桃都尊主?!他又将对方上下打量一番,如此大人物,怎的也要靠拐杖行走,实在跟想象中的法力无边天下无敌的高大形象相去甚远,而且眼光也大有问题,连药跟毒都分不清的家伙,还指望她来照顾病患?

幸好他现在说不出话来,否则又要得罪人了。

"我先走了,你们好好相处。"

见面礼就是三大颗毒药,还怎么相处啊……

当那一瘸一拐的背影消失在竹篱外时,负责照顾他的人匆匆忙忙从木屋里跑出来,手里托着几丸比刚才的毒药还大一圈的玩意儿……她是在制药,还是在做饼子?

吃不吃根本不由他,丫头的力气倒是不小,掰嘴灌药十分熟练。这次的药还是差点噎死他,但好歹不苦不难吃了,咽下去后居然还有几分回甜。

"这次总对了吧。"她蹲在他面前,冷眉冷眼地观察。

喉咙里渐渐弥漫起一股舒适的凉意,难受的麻痹感一点点退去。

她一直守在他身边,像观察庄稼的农夫。他也只能跟她脸对脸,毕竟想翻个身都难。对视了许久,他才突然明白为什么这丫头穿了一身红衣却一点都不喜庆——她看他的眼神,一点都不像在看一个活物。

她守了他三天,没有主动跟他说一句话,除了喂药就是坐在他身旁看药典,或者对着某个方向发呆,眼神有时空洞,有时凶狠,实在不知她空闲下来的脑子里装了什么。

第九天,她拆开了绑住他的叶子。

可以随意扭动的感觉真好啊!只是还飞不起来,也没有力气化成人的样子,但能说话了。

"小丫头,你一句话都不跟我讲吗?"

"我只管治你的病。"

"你差点毒死我。"

"以后不会了。除非我需要你死。"

"……"

她一点都不像在开玩笑,这孩子真不可爱。

"你是桃都里的妖怪?"

"我是桃都里的大夫。"

"你是桃都尊主的……侄女?"

"不是。"

"那你喊他舅舅?"

"大家都喊他舅舅。"

"为何?"

"他叫明无咎。"

"明无咎?!无咎?舅舅?"

"他说这样显得亲切。"

"呃……他看起来身子不太好?"

"之前挺好的。"

"最近才不好的吗?"

"他替你挨了二十笞神棍。"

"啊?!"

○ 7 ○

当他再次站在泰山府界的大门前时，守门的两个傻大个不但不为难他，还恭恭敬敬地请他入内。

蚊子陪他来的，他才不管别人怎么叫它，在他这儿，天王老子来了这也是个蚊子，还是在他养伤间吃了他不少血的破蚊子，天天围着他嗡嗡嗡，烦死蛇了。

手里那块刻着"桃都"的木牌，异香扑鼻，离开时"舅舅"亲自给他的，有了"桃都专使"的身份，他以后尽可以大大方方出入此地，无需再跟任何人打破头。

不用拼命，反而更紧张了。走在曾殊死一战的路上，他情不自禁地想了很多可能发生的场面，好的坏的，但怎么想都不对，他完全猜不到泰山府君的心思，那个看起来一丁点同情心都没有的家伙，叫他来的目的究竟是什么？

有女官给他带路，踏着一团一团黑色的云梯，他又看见那个不给旁人半点活路的女人，她居然提着一个水桶，在半空中的果园里辛勤浇灌。

闪着细碎光芒的黑色泥土听话地聚集在它们本不该出现的地方，虽被称为果园，可放眼看去，里头一个小苗都没有。谁都知道，这里的土地根本长不出彼岸花之外的活物。

见他到了，她放下水桶，擦擦手，移步到果园里的石桌前，示意他也坐过来。

侍者很快端上来两杯没有热气的茶，小心翼翼摆在桌上。对他这么客气，心里反而有些不稳当，茶水里莫不是落了毒或者别的怪东西？

"倒是恢复得很快。可被你毁掉的彼岸花，得好些时候才能再长出来了。河畔秃了一块，很是难看。"她把茶杯往他面前推了一点，"真要跟你算账，根本不用下毒。"

他尴尬地笑笑，端起来喝了一口，清凉甘甜。跟着他的蚊子也来凑热闹，落在茶杯沿上，对荡漾的茶水跃跃欲试，他不耐烦地把它弹开，它又回来，他又弹，反复几次，他放弃了，这些日子它像粘在他身上一样，赶不走打不死的。

"她……"他还是忍不住问，"还好吗？"

"快去她该去的地方了。"她伸手，一卷崭新的生死册浮于掌心。

看到这卷东西，他的眼睛亮了，心里也突然冒出了一个大胆的念头。

"打消你的念头吧。"她的眼神早就穿过他不安分的心，"这孩子的生死册，从此由我亲自看管，除了我，谁都不可查阅。"

话音刚落，生死册消失无踪。

他皱眉："为何？"

"因为你是个危险的家伙。"她直言，"不要命的东西，都危险。"

他不说话，刚刚燃起的一丁点希望被她一句话便泼灭了。

"人命贵重,是因为只得一生。无论你接受与否,这本新册子里的她,已经同你毫无关系了。"她喝了一口茶,"依你的性子,若得了她下落,难保不做出更多让他人头痛的事。我得防着。"

手下力气一动,杯子差点碎了,他放开捡回一条命的茶杯:"君上要我来,就只为告诉我这个?"

"此其一。"她笑笑,伸出手指朝那蚊子勾了勾,那小东西便十分听话地落在她指尖,她斜首蹙眉,神色竟透出几分顽皮,自语道,"换个什么样子才好呢?"

实在猜不透她在玩什么把戏,他心头不悦又不好发作,只觉如坐针毡。

她的视线突然锁住他,笑:"还是照你的样子吧。"

"啊?!"

一道虹光从她掌中跃出,那嗡嗡不停的蚊子立刻被包裹其中,又听她轻斥一声:"出!"

蚊子没有了,浮于她掌心上的,只得一条栩栩如生的小红蛇。

他诧异极了:"这是……"

"忘川深处有妖,似蚊虫,得血育之可成印,印于魂,永世不失,故名印从。"她轻轻点了点小蛇的脑袋,"要不说你们尊主一天天的忙得不可开交,妖怪这东西与随风安家的种子一个德行,你根本猜不到哪个地方哪个时候因哪个莫名其妙的原因便生出了奇怪的东西,连我泰山府界也不能幸免。"她无奈地摇摇头,侧目看着果园下方那条永远没有惊涛骇浪却总是深沉凝重的河水,"说这妖怪是因这河水里装了太多人的眼泪,沉积了太多割舍不下的惦念,才得了机缘长出来的。"

他愣愣地看着那条小蛇:"我……不是很明白。"

"我会把这只印从放到那孩子身上,今后无论她去到哪里,什么模样,身上都会带着这块蛇形印记。"她指了指他,"只有拿血喂过印从的人,才能让印记消失。"

他听得头皮有些发麻,原本沮丧的心情又莫名激动起来:"君上的意思是,我还能再遇见她?"

她摇头:"时间,地点,茫茫人海,阴差阳错,任何一点都能让你们永不相见。"

他觉得又被泼了一盆凉水,但那一点点火苗又还在。

"若这样你们都能重逢,便是天意。我不算徇私,更非渎职。"说罢,她起身走到果园里,又提起木桶浇起水来,"行了,桃都专使,你可以走了。"

事情转变得太突然,他脑子有些乱,看着她身后那片空无一物的"土地",脱口而出:"这些土长不出东西的,君上何必白忙一场。"

"明知不可为而为之,有时是一种力量,有时,是一种灾难。"清亮的水从她手中的木勺里点点滴滴注入没有任何生机的土里,她非常仔细地在做这件事,一点都不像是无聊打发时间，"所以此事难就难在谁都无法预料结果，连我们都不可以。力量与灾难……你最厌恶憎恨的规矩，为的就是尽一切可能斩断后者。"待到她浇完最后一勺水时，她笑了笑，"道理谁都懂，可我还是忍不住想试试，我且如此，何况你这样的小朋友。"

彼时的他还不能完全明白她这番话的意义，但他的委屈，一直深藏在愤怒不甘遗憾等一切情绪下面的，无尽的委屈，好像突然被泄掉了。

传闻中不苟言笑不近人情一身死气的泰山府君，明明是心有生机的啊。他本想说声谢谢，可一想到她之前对付自己的可恨模样，话到嘴边又硬改了口："如今我在雷神那儿没死成，君上确定不再把我放油锅里了？"

"我这儿没有那么大的锅。"她白他一眼，"你这孩子还怪记仇的。"

"我没有。"

"心里骂了我跟雷神几百次了吧？"

"没有几百次那么多。"

她笑出来："倒是老实。"说着又指了指天上，别有深意道："若雷神非要你死，纵是天帝出面，剩下的二十笞神棍照样落在你身上。"

他愣了愣。

"回去吧，你家尊主岁数不小了，二十棍也够他难受的，今后少气他一点才是。"她挥挥手，叹了口气，自言自语道，"看似无情却有情，谁不想这世界好一点呢，唉。"

"……"

离开此地前，他在忘川河畔站了好一阵子。如同不知道这条河水最终流向哪里一样，他一时间也不知自己该身往何处。

从元丘山未来的蛇王到人间乞丐，再到桃都专使，好像也没过多久，但此间所经历的一切超过他八百年加起来的总和。

若从未离开元丘山，他的生命将跟那些终将变为灰烬的果子绑在一起，年复一年地清理掉所有带着妄想而来的人类，无风无浪，无悲无喜，非常安全地走到他漫长生命的尽头。

可是，不见天地，不见众生，何见自己。河水淙淙，像在反复问着没有答案的问题，他沉默地听，沉默地想。

想了很久，罢了，桃都的老年人还跛着脚呢，还有那个离谱的小丫头，若不好生看着，不知还要毒死多少病人……他看了看手中的桃都木牌，大概有了决定。

走到大门外，他回头看了一眼。阿丑啊，如果有一天能再相见，有一件东西一定要送给你。

8

"鸡腿要裹蜜糖再烤啊啊啊！"桃夭的梦话打断了遥远的故事。

司狂澜转过头去看，那家伙把石铁岚的胳膊紧紧抱在怀里，把人家的衣袖当成了美餐，吧唧吧唧嚼得可香，旁边的人倒是每个都睡得老实，呼噜声一个赛似一个。

柳公子做贼似的在他们中间找剩下的酒，脸红得像上了胭脂似的，终于找到最后一壶酒，高兴得不行，身子一晃，踩了司静渊一脚，幸好那厮睡得比猪还沉。

他抱着酒壶飘飘荡荡走回来，坐到司狂澜身旁，把酒壶往他鼻子下一送："你真……真一口也不喝啊？"连舌头都不灵光了，亏他还拍着心口说自己酒量好得很。

司狂澜把酒壶推开："莫对着我说话，酒气熏人。"

"嘻嘻，大老爷们儿还怕酒气。"柳公子捂嘴嘲笑，倒是听话地挪开了一些，自顾自又喝起来。

"我有一事不明。"司狂澜忽然看着他。

"啥？"他咂咂嘴。

"你说帝虺乃赤鳞大蛇。"司狂澜上下打量他，"可我明明见你是绿色的。"

柳公子眉眼一垮，转身指着睡到口水横流的桃夭，咬牙切齿道："不都怪那死丫头吗！那回没毒死我，可痊愈之后却变了色，怎么也恢复不到过去了。天晓得她给我吃了什么鬼东西！"

司狂澜点点头，忍住没有笑。

"我最终没有再回到元丘山，不想再过原来的日子只是原因之一。原因之二……"柳公子叹了口气，指着自己的脸道，"我那些同族们红彤彤的一片，我一个绿哇哇的插在中间也太难看了，那场面真是想想都会尴尬到流泪。"

司狂澜终于没忍住，笑出来。

"二少爷很少笑得这么开心啊。"柳公子白他一眼。

司狂澜摇摇头，神色很快恢复如常，又朝桃夭那边瞧了一眼，说："你讲的那个她，跟现在这个她，判若两人。"

"那时的她，离现在可太久了。"柳公子笑笑，旋即又靠过来，神秘兮兮道，"她也不是一开始就当大夫的。"

"还干过别的？"司狂澜挑眉，"照你描述，她干的都是要命的勾当吧？"

"你还真是聪明呐。"柳公子压低声音，带着三分醉意道，"我跟你讲啊，我们桃都虽然管辖天下妖怪，可桃都之外的天下那么大，这妖怪呀，就跟泰山府君说的那样，跟随风乱飞落在哪里就在哪里安家的种子一样，绵绵不绝地长出来，我们也没法子都弄回桃都管起来，

187

所以这外头的妖怪们，天界昆仑也要'协同处置'，不然他们那里哪来那么多妖侍妖仙，又哪来那么多劈妖怪的大雷。但是……"他再凑近了些，煞有介事道："天地间最恶的妖，必须关到桃都来。"

"所以？"

"最恶的妖就要处以最高的刑罚……斩！"柳公子做了个砍人的姿势，"人间有刽子手，桃都也有'妖屠'，妖屠手执破魂刀，一刀下去，再恶的妖也成飞灰一片。"

司狂澜眼神微微一变："她？"

"没错。桃夭改行当大夫之前，就是桃都下手最稳准狠的妖屠。"柳公子半眯起眼睛，"没想到吧。桃都鬼医，善恶如谜。金铃过处，片甲不留……其实金铃之前，她已经片甲不留了。知道她大名的妖怪们大多怕她，无非是传闻中的她治妖厉害，杀妖更厉害。"

"葱花！葱花！加葱花！"桃夭的梦话又不合时宜地传过来。

司狂澜看着她傻乎乎的睡脸，好一阵才道："可她连个架都打不好。"

"砍头砍得好跟打架打得好是两回事。"柳公子又喝一口酒，"我虽未亲眼见过，但多少也听说了，桃都的老人们说她虽长得一副人畜无害的模样，实则冷硬如铁，心无怜悯，砍头同切菜一样轻松。我不知道那个人为什么要让她从妖屠转行成大夫，从杀妖到救妖，她走过了一条相当漫长且艰难的路，但不管怎么说，这应该是个正确且值得庆幸的决定。"

"她……"司狂澜犹豫片刻，终是问出心中最大的疑问，"她究竟是？"

"不是妖怪。"柳公子直言。

司狂澜皱眉："当日与应凡生缠斗时，她为我挡下一刀，却连血都没有流。"

"说实话……"柳公子无奈的模样确实像在说实话，"我从当她的病号开始，然后当她的邻居，当她的伙伴，这么长的年月里，却也不知她究竟是什么。知晓她底细的，怕只有那个人。"

司狂澜想了想，话锋一转："不是舅舅吗。你们现在怕他怕得连名字也不敢提了？"

"那是你没见识过他的手段。"柳公子忍不住哆嗦一下，"看起来斯斯文文的老东西，罚起人来，啧啧，雷神跟他比都要甘拜下风，简直让你生不如死，不提不提了，提起来都要做噩梦。若不是看在那二十笞神棍的分上，我早跑了。"

"他似是有心让你与她为伴。"司狂澜笑笑，"二十棍不是白挨的。"

"也只有我能跟她长久相处吧。"柳公子又叹了口气，"换个身子弱的，不是被她毒死就是气死。"

司狂澜笑而不语。

柳公子回头看桃夭一眼，哭笑不得："这么多年，已经不记得帮她打过多少架跑过多少腿，我说做满一百件事就要吃掉磨牙，不过是希望她心有忌惮，少来劳烦我，结果那死丫头是一点不顾小和尚的死活呀。也幸亏小和尚来得晚一些,不用跟我一样,早早就被她折磨。"

闻言,司狂澜沉默片刻,抬头看着天上渐渐暗去的星子,眼神有些许飘忽,许久才道:"她是一个人也能过得很好的家伙吧。"

"对,又不全对。"柳公子居然露出一丝幸灾乐祸,"当初你与她去沐州时,她追䲢鱼掉进河里了吧,你把她捞起来的。"

"是。"

"她什么都会,唯独不会游泳。一旦掉进水里,无论她如何挣扎都无法浮起,若无人捞她,后果很是麻烦。"柳公子连喝几口酒,打了个酒嗝,"也不是没有教过她,可她这身子好像天生跟水犯冲似的,怎么都不行。所以罢了,只能我多受点累了。"

一想到在沐州发生的事,司狂澜的嘴角又微微扬起来,随口道:"你捞她一定捞得很熟练了。"

柳公子的酒壶停在半空,好一阵才喂到嘴边,他擦擦嘴,笑:"我在梦里捞过一个孩子千万次了,捞她自然也是熟练的。"

司狂澜看他一眼,他一口又一口地喝,好像要把不愿回忆却又汹涌而来的东西冲散开去。

终于,他放下酒壶,眼神更摇晃了,一手按住了司狂澜的肩膀:"我知道你是待她好的。"然后又一笑:"就是嘴巴太坏了。那个死丫头也是,老爱胡说八道,她哪里是真想嫁给雷神,她只想拿人家的签名去换蟠桃!嘴里总是喜欢这个喜欢那个,雷神风神雨神只要长得好看的谁没被她说过。我倒希望她真有喜欢别人的能力,可她就是说着好玩,心里啊,谁都不喜欢嘛。别人是一块冰,焐化了就能见血肉,她呢,好不容易焐化了冰,结果冰下面还有一块大石头,挖不开啊根本挖不开,她对谁都不讲实话!看起来跟我们在一起,心里却总想的是单枪匹马。我觉得那丫头有时候离我们很远很远,远到有一天我可能再也捞不到她。"

司狂澜一动不动,任他肆意说酒话。

"司府不是解是非吗。"柳公子瞪着他,狡黠一笑,"要不你替她解一解?"

"她有何是非?"

柳公子把他肩膀按得更紧,小声道:"她弄丢了桃都里一件特别要紧的东西,此番来人界就是找这玩意儿来的。"说着说着又觉得不对,摇头道:"算了算了,以后让她自己找你吧,如果她愿意的话。"

"好。"司狂澜把他的手拿开,看看天色,"再过片刻天该亮了,你最好是醒醒酒。"

柳公子一噘嘴:"我又没醉。"

"你叫什么名字?"

"柳公子!"

"谁起的?"

"我自己起的！民间尊蛇为柳仙，我便叫了这名儿。"

"有姓无名？"

"本来无名，后来起了。"

"何名？"

"柳不问！好名字吧？有韵味吧？嘿嘿。"

"难听。"

"你！"

"天亮了，石铁岚就要走了。"司狂澜突然提醒他，"你要醉醺醺地与她道别吗？"

柳公子一愣，笑："没事，该清醒的时候我自然清醒。"

"但愿如此。"司狂澜从地上捡起个空酒壶，又拿过他手里的，往里头倒了一半，再将酒壶递还给他。柳公子不解地看他。

"虽然你们白吃白喝惯了，但今天这顿酒钱还算值得。"司狂澜举起酒壶，"干一杯吧。"

柳公子面露惊讶，旋即笑出来："二少爷心情不错呀。"

两个酒壶碰在一起，响声清脆。

"给我放下！我的肉你也敢吃！放下！"桃天梦里的饭依然吃得热闹，石铁岚大概被吵烦了，踢了她一脚继续睡。

两人看了看她们，皆是无奈。

星月淡去，一缕晨曦从墨色中渐渐透出，这世界如梦一般模糊的轮廓终于又清晰起来。

○ 9 ○

"啊啊啊！好不得了！真的能飞啊啊啊啊！"

清晨的天空充斥着石铁岚兴奋的尖叫，刚刚露了一丝脸的太阳躲回了云后，像是被她烦到了。

地上的人仰着脖子，眼睛瞪到最大，视线紧紧跟随着那个突然"长出"翅膀的丫头。

桃天越看越生气，跺脚道："偷偷藏了这么好的东西居然给了别人！"说罢又朝柳公子甩去愤愤不平的一眼。

片刻之前，石铁岚同他们告别。柳公子叫住她，说有个东西要给她。她好奇道："你送我东西？不分走我一半酬金已经是大礼了。"

"少废话，转过去。"柳公子示意她背对自己。

她犹犹豫豫转过身去，又赶紧扭过头来警告："你要是起坏心眼整我，我们三危派可不是吃素的！"

"行了，穷得素都吃不上了还敢放狠话。"柳公子哼了一声，"整你？遇到我，你可是遇到福星了。"

"福星？！"她话音未落，柳公子伸出左手，口中默念了几句咒语，一团淡淡金光自掌心跃出，光芒中心竟似一对翅膀的形状，柳公子看了看她，随即轻轻一掌拍在她的背心。

"好了。"他拍拍她的脑袋。

"啥呀就好了？"她反过手来摸摸自己的背，什么也没有，不禁恼道，"你拿我寻开心呐？"

"附耳过来！"柳公子钩钩手指。

她只好凑过去，听他在耳边如此这般说了几句。

"不可能！你肯定逗我玩儿！"她一脸怀疑，"念这几句话就能飞？"

柳公子退开一步，横抱着手臂笑道："念念看。"

"念就念。"她将信将疑地把他刚刚教给他的那两句咒语默默念了一遍。

所有人的眼睛都被闪了一下，像天上的太阳突然落到了面前——一双金色的翅膀，骤然从石铁岚背后展开，栩栩如生，仙气缭绕。

她吓了一大跳，僵在原地不敢动弹。

"都有翅膀了还不飞？"柳公子一挑眉，"胆子这么小？"

激将法还是管用的。石铁岚从极度的惊讶中清醒过来，按住狂跳的心口，深深吸了口气，试着动了动背上的翅膀，又给自己鼓了鼓气，眉头一皱牙一咬，背脊上竟似生出了她从未感受过的力量……然后，然后就是现在这个漫天乱飞的样子了。

从最开始的怀疑到惊诧再到此刻的兴奋，她对这双翅膀似乎有着天然的驾驭能力，越飞越顺，越飞越高。

柳公子看着天空中那个自由又闪亮的身影，终是轻轻舒了一口气。司狂澜也微微笑了一笑。

石铁岚落回地面，连蹦带跳跑到柳公子面前，高兴得话都说不清楚了，只管抓住他的手道："你你你怎么会有这么神奇的东西？怎么会会会送给我？你真送我？不要回去了？"

"我我我送给你了，它它它就永远是你的了。"柳公子故意学她说话，又提醒道，"不到特别危险的时候，不要乱用它，在凡人身上，从起飞到落地，它只能带你飞九十九次，省着点用。"

"你不早说！现在就剩九十八次了？"石铁岚心痛道，赶紧念咒把翅膀收回去。

柳公子戳了一下她的额头："以后少去干不要命的事，翅膀只是翅膀，没有死而复生的能力。"

"我知道。"石铁岚揉着额头，以从未有过的认真眼神看着他，"不过我真不明白，你为何送我这么不得了的法宝？咱们不是没交情吗？"她又凑过来，偷摸着指了指桃夭："你看，你那个好伙伴脸都要气歪了。"

191

柳公子凝视着她疑惑的脸，想说什么，却终究没有说，只是摸了摸她的头，用半真半假的戏谑语气道："你与我，算患难之交吧。"

她想了想，点点头："这么说也对，毕竟咱们都被妖怪们折腾得够呛。可是，这么贵重的礼物……"她突然警惕地看着他："你该不是藏了什么别的心思吧？这翅膀是从哪里来的？会不会有一天不听我话把我带到高处再扔下来？"

"此乃仙物，你就不要小人之心了，安心带着它吧。"柳公子白她一眼。

"仙物？"她在他眼睛里找了半天，确定找不到任何与欺骗有关的蛛丝马迹后才放了心，又欣喜地摸了摸自己的背，又原地转了好几个快乐的圈圈后，蹿回柳公子面前，指了指远处，"那我可真要告辞了！你确定不反悔？"

"走吧。"他佯作不耐烦。

"各位，后会有期了哟。"她笑嘻嘻地跟其他人打招呼，"大家以后若有用得上我们三危派的地方，一定来找我呀！"

"不不不，还是但愿用不上你们吧。毕竟我年纪还不大……"司静渊连连摆手，又羡慕不已地看了看她的背。

桃夭则上前挽着她的手愤愤道："你不知是撞了什么大运，那死鬼居然送了你这么大个宝贝！"

"我也奇怪啊，你跟他那么熟，怎的也轮不上我呀。"

"也许是这对翅膀更适合你？"

"其实我不是很喜欢金色……"

"哈，你还挑上颜色了？我跟你讲，这可是昆仑金羽神鸾的翅膀，昆仑第一仙鸟啊，想得到它的翅膀，比从你身上找出一千两黄金还难！"

"这么厉害？那金色也不是不可以接受……还有，你放心，我会赶紧去找苗管家拿钱的。那时候我可就不穷了，嘿嘿嘿。"

"你赶紧去，嘴巴甜一点，苗管家是个大方人，没准给你加钱呢。"

"真的？我记下了！那个……认识你们真好啊！"

"那可不，很多人都给我们极高的评价。"

两个姑娘手挽手叽叽咕咕往前走去，后面的人也不急着跟上去，磨牙抱着滚滚，看看她们俩的背影，又看看柳公子，挠头，一万个不解。

"石铁岚！"柳公子突然喊了一声。

她回头，柳公子已然到了面前，这一次，他毫不犹豫地给了她一个结实的拥抱。

她在这个意料之外的怀抱里眨巴着眼睛，大概是因为尴尬而红了脸，换作别人，恐怕早就挨了她的耳光，但在他怀里，她没有感觉到任何冒犯，这突如其来的拥抱里，只有一丝莫名的温暖与惦念，好像在很久很久之前，在一个已经想不起来的地方，在一片模糊却彻骨的寒冷里，也有人这样抱过她。

好奇怪的感觉。她正恍惚时，柳公子松开她，双手很自然地从她的胳膊上拂过，笑笑："走吧。石掌门，祝你长命百岁，生意兴隆。"

"哟，借您吉言！那我走了。"她看着他似笑非笑的眼睛，从短暂的失神中清醒过来。

"不是，我不想跟你走啊！！"她拴在腰间的布囊里传出不甘心的声音，几番挣扎下，鼠精费尽力气从布囊里钻出来，吧嗒一下掉在地上，连滚几圈，摔得头昏眼花不说，那条细长的鼠尾居然也变了样子，成了一条白色的狗尾巴。

"哈哈，怎么你有一条狗尾巴呀？"桃夭见状，哈哈大笑，"老鼠长个狗尾巴，是修炼时被狗咬了吗？"

鼠精用力甩甩脑袋，尴尬地把尾巴往身后藏，愁眉苦脸道："我生来便是如此，整个家族里就我是个异类……所以我才刻苦修炼，好不容易才把尾巴变回正常的样子，定是这段时日太过劳累又遭惊吓，破了功法，哎呀，这下又麻烦了，不知要花多少时间才能把尾巴改过来。"

众人皆笑，只有柳公子没有笑它，伸出一只手将它托起，吓得它直哆嗦，以为他又要说起吃老鼠的事情。

"跟她走吧。"柳公子的神情居然意外地温和。

"为……为何？"

"你身陷困境时，没有遇到张三也没有遇到李四，偏是遇到了她。"柳公子一笑，"天意最大，说不定你跟她这一走，反而能走到'鼠生'巅峰呢。"

"这……"

"你若实在不想走也行，留下来跟着我吧。"柳公子故意舔了舔嘴巴。

"我跟她！"鼠精一秒都没有犹豫，跳起来哧溜一下钻回了布囊。

不是张三也不是李四，你偏偏遇到她，而她有没有想过，不是虫子不是飞鸟，她为何偏偏想要带你这只老鼠在身边。有些重逢，总是来得比较晚。

"还是你有办法。"石铁岚赞许地给了他一拳，随后转过身，用力跟所有人挥挥手，笑容灿烂，"你们一路平安！咱们有缘再见！"

"慢走！"

"石施主也一路平安呀！"

"要到钱了记得藏好，别像某个倒霉鬼一样被人偷啦！"

"大清早的你提这破事儿干啥！"

渐渐明媚的朝阳里，石铁岚欢天喜地的身影越来越远。

直到完全看不到她后，柳公子才如梦初醒地冲着她离开的方向，挥了挥手，而他的另一只手，一直紧紧攥着，仿佛有什么很重要的东西在里头。

桃夭将他上下打量一番，哼了一声，但什么也没问，只跑回司静渊身边，又跟他叽里呱啦地算起账来，反正就是反复提醒他自己给出去的宝石有多么大多么值钱大少爷一文钱都不能少给，说着说着两人又不约而同地回忆起昨晚吃的东西喝的酒，回味无穷间还顺便交流了各自做的美梦，最后一致认为他们在野外睡了一个好觉，吃得好睡得好代表着好运气，接下来的行程一定会非常顺利……天知道他们是怎么把这些毫不相干的东西联系到一起的。

司狂澜又忍不住揉了揉额头，要是跟她说她把一棵树当成他骂了半宿，不知她还会不会觉得自己运气好。

另一边，磨牙滚滚都捂着咕噜乱叫的肚子，可怜巴巴地要求出发前先去买几个素菜包子。

总之，清晨的山坡上，并没有因为一个人的离去而变得冷清。

柳公子回头看着这群家伙，心头竟生出几分庆幸，身边有他们这群人在，想难过一会儿都没什么机会。

○ 尾 ○

一行人往山坡下走去，桃夭司静渊滚滚他们跑得最快，说是肚子饿了，要赶去镇上吃个早饭。

柳公子故意放慢了脚步，远远落在最后。司狂澜回头，看了看他一直攥紧的左手，也放缓了步伐，问："藏了东西？"

柳公子笑笑，松开手。一只"蚊子"从手中嗡嗡地飞了出来。

"这是你说的……印从？"司狂澜看着这个小东西，说是妖怪，果然是天王老子来了它也长得跟蚊子一模一样。

柳公子点点头，又拿手指在它面前画了个圈儿："辛苦你陪了她这么久，回老家去吧，见了泰山府君，替我问个好。"

它似是听懂了，转了几个圈儿，飞着飞着便消失了。柳公子看着它消失的方向，眼中有几分怅然，但很快又平复了。

"我以为你会参与她今后的生活。"司狂澜看看他，笑笑，"我猜错了。"

柳公子摇摇头："阿丑是阿丑，石铁岚是石铁岚，以后的人是以后的人。"晨风拂乱了他的发丝，他捋了捋，平静道："我心中那道裂了许久的口子，其实永远都合不上。从水里将阿丑抱出时的绝望与难过，老早就定在了那里，不可挽回，不可逆转。但是……"他笑着拍了拍自己的心口，"把翅膀交给她之后，这里也就好受多了。纵然不可痊愈，起码舒服许多。所以做这一切也不全为她，我的私心更多几分。"

司狂澜点点头，又回想着石铁岚的样子，确定道："她应该会过得很好。"

"不要脸的程度能跟桃夭一较高下的人，不会过得差。"柳公子耸耸肩，又叹口气，"但愿她早点有个掌门的样子，别老搞得像个要饭的。"他似是想起什么更重要的事，觍着脸跟司狂澜商量道："要不你跟苗管家说一声，她去领钱时，你再多给点儿？"

"好。从你工钱里扣。"

"别呀！我就是这么一说。"

"呵呵。"

"别呵呵了，我与她的事，桃夭都不清楚，昨晚我说的一切，你得给我保密！"

"替你保密我有何好处？"

"你！行吧……要不我多讲讲桃夭在桃都里的事给你听？她虽然干了不少离谱事，但也有很可爱的时候哟！我觉得你是很有兴趣的，嘿嘿嘿。"

"我没兴趣。"

"装！"

这时，桃夭回过头来冲他们喊："你们俩走快点行不行！时间很紧张的！吃了饭咱们就得出发去落月湾了！"

"知道啦知道啦！"柳公子翻白眼，"死丫头！知道时间紧张还去吃饭！"

司狂澜笑着加快脚步，把柳公子甩到身后时突然扔给他两句话："昨夜不过醉话一场，我不会放在心上。还有，你酒量很差。"

"司狂澜！"

太阳越来越大，照得脚下的山坡一片金黄，虽然天气越来越热，可下山的人个个脚步轻快。

但愿桃夭金口玉言，下一程真的有好运气吧。

柒 有缺

楔子

我只看别人缺什么。

◦ 1 ◦

骑骆驼比骑马舒服多了啊！尤其是刚刚饱餐之后，若快马加鞭，估计肠子都要抖出来，骆驼就好多了，又快又稳，感觉在它们背上睡一觉都是可以的。一路磕碰来到这片偏远之地，唯有今天的行程算是舒适的。

几个时辰前，在龙尾镇吃完早饭，他们便从一堆骆驼与它们的主人此起彼伏的招揽声中，挑中了那个名叫小川的年轻人的驼队，司狂澜选的，他说这个人养的骆驼看起来有精神，人也诚恳朴实，应该可靠。他挑马的眼光非常好，看人也还蛮准，反正谁付钱谁说了算……他们谁也没意见，意见最大的只有一旁被抢了生意的家伙，知道赚不到他们的钱之后，看他们的眼神都有些恨意，暗地里不知啐了他们多少唾沫。

司狂澜的好眼光很快得到了印证，原来小川是常跑这条线路的，还给那有缺客栈送过补给，既然熟悉路线，用他的驼队必然比用别人的快得多。果然，运气开始好起来了！司狂澜爽快地付了钱，一行人开开心心地踏上了去往落月湾的路。

一路上，司静渊最开心，大声唱着跑调的歌，跑得也最快，他那匹骆驼大概是对了他的脾气，居然很听他的指挥，一直昂首挺胸跑在队伍的最前头，冒着几分欢快的傻气。看来他已经没有任何阴影了，又变回那个彻底放松在大好河山里的快乐闲人，即便他们并不是去游山玩水，而是要去抓一个让桃夭几次三番咬牙切齿的龌龊家伙。

这一次应该会非常容易吧，尽管那人人品极坏，脑子也算刁钻，然而说破天也不过是个戏法班子里打杂的，肩不能扛手不能提，普通人一个，莫说他们一群人齐齐上阵，就算只去桃夭一人，也必不会再空手而回。但听说落月湾的景色很美，有缺客栈里的菜品也十分美味，大漠风光加上美酒佳肴，就凭这两点他们这群闲人也绝不可能缺席。

柳公子放慢速度，等到桃夭上来，终是忍不住问道："我突然想到个事儿，你为啥要去挖那个郑雨良的坟？跟你救治三只蛤蟆有关系？"

"我会做没用的事吗？"一说到这事桃夭就不高兴，被渔网困住简直是人生之耻，"那时我尚不知有两个郑雨良，又对郑雨良的死因存疑，加上人生地不熟，没有其他任何渠道能给我提供有用的线索，唯亲手查验其遗体，或许能得头绪，此其一。"

"还有二？"

"若没有头绪……"桃夭贼眉鼠眼地往四周瞅了瞅，压低声音道，"我只能用我的法子带他回京城。"

"你带个尸……"柳公子赶紧把音量降下来，"你带这玩意儿回去做啥？碾碎了做药不成？别忘了，他就算是个死人，你也不能毁损他的身子，泰山府君那儿可记着账的，再被咱家的人知道，你吃不了兜着走！"

"谁家好人拿这个做药！"桃夭白他一眼，"蛤蟆们的病，我手里根本无药可治。"

"啊？！"柳公子皱眉，"在你这儿，无药可治比乱开药方更糟糕吧。"

"要不说几只蛤蟆给我惹了大麻烦呢，我救死扶伤妙手回春的金漆招牌说不定都要败在它们手里了。"她叹气，旋即又愤然，"你说天下怎会有如此巧合，两个人生时地不差分毫，真是掐着点都生不了这么准，这些一样就罢了，当爹娘的还非得起个相同的名字来显摆'缘分难得'，唉，无妄之灾，无妄之灾啊。"

柳公子想了想："照你所说，郑雨良二号定是借着去看望郑雨良一号的机会，伺机取到了一号的血，然后在给蛤蟆写借条时偷梁换柱，拿一号的血替了自己的？"

"亏他能想出这损招。"桃夭冷哼一声，"蛤蟆的秤虽厉害，却始终只是一杆秤，认死理，没脑子，写借条的人是郑雨良，留的生辰是郑雨良，连血也是郑雨良的，以它的认知与智慧，根本处理不了两个郑雨良这样天大的漏洞，所以才被二号钻了空子。"

"一号全家人都对二号很好啊，说是无血缘的至亲也不为过。"柳公子摇摇头，"人心呐……"

"若一号有二号一半不要脸，也不至于了结自己的性命。"桃夭越想越生气，"此事坏就坏在这里，一号没了……人命没了就是没了，纵然我有通天的本事，也不可能令死者复活，所以这笔人命账一定会反噬在蛤蟆身上。"

听她这么一说，柳公子也真心实意地担心起来："既是这样，真的无药可治了？"

"除非能让一号活过来。"

"那不可能。"

"所以只能另辟蹊径。"

"所以你挖人家的坟？"

"我那时做的最坏最迫不得已的打算，是把郑雨良带回去，葬在蛤蟆家里，让他们一家日日焚香道歉，必要时每天扇自己大耳刮子忏悔，总之一定要诚心诚意。"桃夭一本正经道，"如此，或许有一丝机会化解反噬之毒。"

柳公子沉默了很久，说："这么离谱又笨得不行的法子，你是怎么想出来的？"

"我还能有什么法子？蛤蟆的'病'，唯一解药就是活着的郑雨良一号，但他没了呀。"桃夭越说越是头痛，"如今我能做的，只能是尽可能保住它们当下性命。至于它们会失去的修为与本该拥有的寿数，我无能为力。那个浑蛋，真是害人又害妖，还害我连番奔波！"

"若此番抓到了二号，你又当如何？"司狂澜的声音从身后传来。

桃夭回头，冲他歪眉挤眼道："你又偷听？！"

司狂澜笑笑："你们两人的嗓门加上丰富的表情，何须偷听。"

"哼！"桃夭撇撇嘴，"抓到他，自然是让他把偷来的东西连本带利还出来。"说着她又像是想到了什么重要的东西，突然放缓速度跟司狂澜并行，还火速换上一副笑脸："二少爷，你手眼通天，又曾是公门中人，那凤尾镇上的官府，你可说得上话？"

"算盘终还是打到我这里来了。"司狂澜目不斜视，"若你所言非虚，那么郑雨良此案，既涉妖物又牵人命，本就是狴犴司分内之事，就算你不开口相求，我亦会如实告知，请他们依法处置。"

"就知道二少爷不会坐视不理。"桃夭当场给他竖了个大拇指，"不过在秉公办理的过程中，我还有个小小的要求。"

"又在得寸进尺？"

"让郑雨良二号伏法很重要，但对我来说更重要的是救蛤蟆呀！"桃夭赶紧解释，"我除了要他亲自去他兄弟面前认罪忏悔，还要官府将郑雨良乃是被诬陷，始作俑者已被逮捕这件事发布正式通告，不能只在镇上贴个告示了事，务必将通告印制成页，逐一分发到凤尾镇每一户人家手中，要人人皆知，还他清白。"

司狂澜微微挑眉："这可不算'小小的'要求。"

"我答应了不得安息的郑雨良，要把他被夺走的东西带回来。"桃夭收起笑脸，"他还躺在那儿等我呢。"她看他一眼，嘴角一扬："就算二少爷不帮这个忙，我也是要用这个法子的。大不了多使些手段罢了，反正也被麻烦了这么久，再麻烦些也无所谓。"

"你的手段?"司狂澜一笑,"多半是拿奇怪的药行威胁恐吓之事吧。"

桃夭一仰头:"你管我!"

"还是不要干这些见不得光的事了。"司狂澜看着远处层层叠叠的沙丘,"除了你说的,我也想不到更好的法子去拿回一个人的名声,此事我来应付。不过,我们这么做,你的病患就有保命的可能了?"

听到他愿意帮忙,桃夭心下大喜,用力点头:"八成把握!"

"另两成呢?"司狂澜转过头看着她。

"那就只能怪它们命不好了。"桃夭耸耸肩,"本来也算咎由自取,明明可以归隐了,却还要干这上不得台面的老本行,夜路走多了当然要见鬼。我若被它们砸了招牌,也只能自认倒霉。"

"你心里非常厌恶赌博这件事吧。"他突然问。

"那是当……"桃夭及时把话咽了回去,冲他哈哈一笑,"二少爷从哪儿看出来的?我不厌恶呀,那会儿我们几个没钱吃饭时,不都是靠我拿运气去换钱吗。"

司狂澜笑:"是吗?可我听柳公子说你手气一贯很差,好不容易赢一回,出来还被人抢了钱。"

"那个碎嘴子还跟你说了什么?"桃夭怒瞪着柳公子,"一路上靠我养活的废物有什么资格嚼我舌根子!"

"该出钱的时候我也出了的!没出钱的时候我也出了力的!"柳公子抗议,"怎么就成全靠你养活的废物了,那是磨牙跟滚滚好吗!"他又转向司狂澜,"二少爷你得替我做主,就她那个臭手气还用我强调吗,上回咱们去青垣县的时候,马车里猜大小,谁脸上纸条最多?"

"你!你脸上纸条最多!"

"屁,我数过的!你比我多八张!"

司狂澜笑而不语,而当初柳公子的"醉话"却在耳畔隐隐作响——别人是一块冰,焐化了就能见血肉,她呢,好不容易焐化了冰,结果冰下面还有一块大石头,挖不开啊根本挖不开,她对谁都不讲实话!看起来跟我们在一起,心里却总是想着单枪匹马。

这个家伙,确实不爱讲实话,连一件明明很厌恶的事,都不愿被旁人知晓。这样的灵魂里,究竟还藏了多少秘密。

"等等,你刚刚居然叫他给你做主?"桃夭突然不跟柳公子斗嘴了,像是发现什么不得了的事,看看司狂澜,又看看柳公子,"你们俩关系什么时候变好了?"

"没有变好哦。"两人异口同声地否认。

"有问题……哼。"桃夭怀疑的目光从他们脸上反复扫过,"两个都很不正常。"

"我何来不正常?"司狂澜把她的目光瞪回去。

199

"这个嘛……"桃夭认真想了想,"二少爷你是日理万机的大忙人,按说护门的麻烦解决之后,你就该押着你家静静回府才是,旁人闲事你向来不会理睬半分,可这回怎就自然而然地就跟着我去抓郑雨良呢?不细想还不觉得,越想越不正常。"

"对哦。"柳公子也凑过来,挤眉弄眼道,"二少爷你好像真的是啥都没说,顺理成章地就跟我们来了,我陪着她一道还说得过去,您怎么也主动陪着了?"

"那我走。"司狂澜拉起缰绳,佯作掉头之状。

"别别!"两人赶紧阻拦,十分默契道,"我们说着玩儿的,您可不能走,前面不知道还有多少花钱的地方呐!"

司狂澜笑笑:"你们的每一笔花销,我心里都记着账呢。"

"啊?!"

"二少爷,太抠门会变得不英俊!"

"无所谓。"

"喂喂,你们几个怎么落了这么远!还没有磨牙的动作快,磨蹭什么呢!"说话间,司静渊骑着骆驼从前方折返回来,"小川说了,稍微加点紧,没准儿明天傍晚就能到落月湾了!"

司狂澜摆摆手:"知道了。"

"快点啊,别掉队了!天黑前咱们得赶到扎营落脚的地方。"

司静渊可能是真的很喜欢骑骆驼,眨眼间又欢欢喜喜地跑没影儿了。桃夭跟柳公子见状,也赶紧跟了上去,身下的骆驼快得要起飞。

司狂澜望着狂奔的他们,嘴角露出无人见到的笑意。这些日子,他的笑容比前二十年加起来还多。

别人是一块冰,焐化了就能见血肉……这个人是他吗?不然,他为什么会如他们所说,"自然而然""顺理成章"地就陪着自己家的杂役——一个年纪可能超过千岁的"小姑娘"和一条废话很多酒量很差的蛇,去往下一场本与他无关的故事?

黄沙之上,驼铃叮当,他不紧不慢地跟在队伍最后,看着那几个在腾起的尘土中疯跑疯闹的家伙,忽然觉得所谓的"不正常",或许不是一件坏事。

○ 2 ○

夜色降临,漫天星斗。

越往落月湾走,景色越是枯燥,渐渐地连几株像样的植物都见不着了,满眼只得黄沙荒漠,枯骨点点。

小川挑的落脚点,紧靠在一条干枯的河床前,背后以一座矮沙丘为靠。

年轻人的手脚十分麻利，从带来的大布袋子里变出各种合用的工具，不出片刻，几顶简易但够用的帐篷已经搭好，再片刻，篝火燃起，连烤肉的铁网与烧热水的铜锅都架好了，把客人们照顾得妥妥当当，雇他真是雇对了！

此地的白天与黑夜完全是两个世界，太阳一旦下山，燥热立刻退去，冷风紧跟而来，将身上汗水一收，便从骨头缝里钻出寒意来，非得加衣裳不可，忙着准备晚饭的小川也细心提醒他们披上外衣，最好连头巾也缠上，还说什么"白天脱皮晚上加衣"是此地特色。

桃夭把头巾当披肩用，捧着咕噜乱叫的肚子坐到篝火前，确保自己的座位可以第一时间吃到烤好的羊肉与白面饼。磨牙也赶紧跟过来，从一块厚实的花布里露出脸来，把滚滚当暖炉似的紧紧抱着，一人一狐眼巴巴盯着渐渐冒出香气的晚饭。

大概是被滚滚的神态逗乐了，小川先叉了一块羊肉给它："先给你吧。好有意思的小狗。"

"它吃素！"司静渊的手精准绕过滚滚，飞快抓走了羊肉塞进自己嘴里。滚滚气得呜呜龇牙，要不是磨牙抓得紧，高低要到他头上撒个尿。

"你发什么脾气，我说错了吗？"司静渊紧挨着桃夭这边坐下，被羊肉烫得直呵气，想吐出来又舍不得，"好烫好烫，好香好香。"

桃夭嫌弃地看看他，赶紧往小川身边挪了挪，离食物近一点比较安全，她已经看中了那块肥瘦正好外焦里嫩即将完成的肉排，绝不能被这饿死鬼半路截和。

小川赶紧指了指一旁的口袋："我带的食物足够，不用抢。"

如他所言，烤肉果真管够，夹在烤脆的面饼里，略微撒点盐巴，已经是人间美味，众人皆大快朵颐，吃肉吃素各取所需，把那白日里的奔波劳累全散了一个个满意的饱嗝里。暗夜疏星，大漠深处，有肉吃有火烤，虽无美酒，然刚刚烧开的一锅清香诱人的蔬菜汤也不遑多让。

"知道小师傅不能碰荤腥，我这儿正好还有些晒干的菌菇，加到素菜汤中会更加鲜美。"小川笑道，"夜里寒凉，一定要喝些热汤才好。"

他话音刚落，桃夭的碗已经伸到他面前："再来一碗！"

他赶紧接过去，又给她添了满满一碗："姑娘胃口真好，能吃是福。"

"那可不，最大的福气都装到我肚子里了。"桃夭笑嘻嘻地拍拍肚子，转眼间第二碗汤又没了，"再来一碗吧！"

"喝那么多汤，晚上小心尿床！"柳公子赶紧凑过去把最后一点汤全倒在自己碗里。

"我不管，就要喝！"桃夭三碗汤下肚，喝的时候还故意发出咕嘟咕嘟的声音，越是干燥的地方，越需要补充水分嘛，何况这么好喝，她放下碗，意犹未尽地擦擦嘴，"这是什么干菌菇啊，你在哪里买的？回去我们也买些。"

"是上次送补给到有缺客栈，正好遇到几个西域来的商人住在那里，卖些杂七杂八的香料干货，说是卖剩下的东西也懒得带走，就便宜卖给老板娘了，我也顺便买了一点。"小川抱歉道，"可能现在很难买到了，但客栈里常有来往于各地的商人，你们也可以去碰碰运气，有时候能买到不少实惠的东西。"

"客栈生意很好？"司狂澜问道。

"一般吧。"小川边收拾锅子边说，"落月湾名字好听，气候地势却十分恶劣，极热极寒，风暴流沙，不熟路的人往那里去，搞不好要丢性命的。但因为那里是出关的捷径，平日里也会有不少有经验的商队选择这条路，只要走那条路，有缺客栈就是唯一的落脚点，所以生意总是有的。"

"不合理呀。"桃夭听着奇怪，"开店做生意最讲究的就是地段，地段好才有门庭若市的可能，谁会把店开在有生命危险的地方啊。那客栈开多久了？"

"算一间老店了。"小川在心里算了算，"年纪肯定比我大。我爹年轻时就往那里送过补给了。具体开多久那就真不知道了。"

"这么看来，我倒能理解那个爱热闹的老板娘了。"柳公子插嘴，"我要是长年累月守在那么个地方，平日里为了照顾生意还不能随时离开，那不得经常请些人来庆祝一番。"

"你们也知道这事啊。"小川说道，"老板娘出手大方得很，听说每年夏天被她请去表演的各个班子都会赚得盆满钵满。前几年我送一批客人出关时恰好赶上过一回，她不但请我吃了饭，还留我看了一场精彩的烟火表演，真是热闹非凡，你们这回应该也能赶上。老板娘人很好的。"说罢，他收好东西，拿了一件厚外衣加在身上，又取了一根短铁棍在手，转身指了指帐篷，"大家早些休息，明天一早就要出发。今晚你们安心睡，外头我守着。此地夜里不安生，得留火留人。"

"有狼？"司静渊脖子一缩，警惕地看着四周。

"狼倒不用担心，它们怕火。"小川走到篝火前，小心翼翼地把一堆火分成了三堆，又往里添了些柴火才放下心来。

"一堆火就够了，咋还分成三份？"桃夭不解。

"是祖上传下来的规矩，露宿野地时，无论人数多少，务必燃起三堆火，可以辟邪保平安。"小川不好意思地解释，"求个心安罢了。"

"辟邪？"司狂澜打量四周，"黄沙大漠而已。"

小川一时间也不知该怎么解释，只道："荒野之地难免有些不好的传说，避忌一下总是好的，你们快去休息吧。"

"不好的传说？"桃夭连呵欠都不想打了，不由分说拉着他坐到篝火旁，"你提这个我就不困了。来来，当睡前故事讲来听听。"

"睡前听这个？"小川瞪大眼睛看着她。

"听！"司静渊也赶忙凑过来，"我们就爱大晚上听那些不好又吓人的传说。"

"算我一个。"柳公子打着饱嗝坐下来。

"那……那我也先不睡了。"磨牙的好奇心战胜了困意，抱着滚滚重新坐回火堆前，嘀咕道，"也没听说过三堆火能辟邪啊。"

司狂澜也坐下来："你不讲，他们是睡不着的。"

"说得就像你睡得着似的。"桃夭朝司狂澜撇嘴。

小川看着他们，无奈地摇摇头："你们胆子好大。"

到底是普通人呐，你是不知道现在坐在你面前的这些个能吃又能聊的家伙，比什么都辟邪。

篝火噼里啪啦地响着，火星子时不时跳起来，在夜色里组成各种凌乱的图案，吃饱了的骆驼们非常听话地在离他们不远的地方整整齐齐卧成了一条线，睡得比他们早多了。

"我也是听我爹讲的，说沙漠中有……"小川压低声音，"鬼灯！"

"鬼灯？"众人面面相觑，谁都没听过这种玩意儿。

"沙漠本就是凶险之地，落月湾一带尤甚。"他皱起眉头，心中的不安已是写在了脸上，"尤其在离有缺客栈不远的地方，曾经是有个村落的，但不知何故，村落一夜成废墟，还死了好多人，后来那块地方变成了一片黑色的沙地。之后每到夜深人静时，若不小心路过那附近，运气不好的人会在那里瞧见长着人脸、到处乱飘的灯，只要看见它们就会生病，轻则闹肚子，重则昏迷不醒丢了性命。谁都不知道它们是怎么来的，有人说是冤魂所化，有人说是沙子下头生出的怪物，虽然来历没个统一的说法，但都说它们怕火，只要在落脚点燃起三堆篝火到天明，它们便无法靠近，可保无虞。"

桃夭不解："那为何不多不少三堆火？五六七八堆不是更有震慑力？"

小川挠挠头："反正我爹说的是，一为头顶火，二为双肩火，三火齐齐燃，邪祟不敢来。具体怎么个说道我也不太懂，只是祖祖辈辈都这么个规矩，我就照做了。"

"你见过鬼灯？还是你爹亲眼见过？"柳公子问。

"我们都没见过，全是听来的。"小川依然挠头，"咱们现在离落月湾虽还有些距离，但也不太远了，就算是传闻，以防万一，该做的工夫还是做一做吧。你们是我的客人，不能出一点差错的。"说罢，他站起身，指了指骆驼的方向，"我去看看它们，再取些柴火来，你们还需要什么吗，要不要再拿些御寒的衣物来？"

"不用，现在就很好。"司狂澜道，"你去吧。"

司静渊缩了缩身子，往四周看去："不会真有怪东西吧？"

"道听途说的山野传说就别太在意了吧。"桃夭白他一眼，往火堆里扔了几根柴火，噼里啪啦一阵脆响，她拍拍手，"睡吧。"

"怎么睡？"柳公子指着后面的两顶帐篷，"就俩，你总不会一个人霸占一个吧？"

"那不然呢。"桃夭起身伸了个懒腰,"你跟二少爷的关系不是变好了吗,睡一个帐篷有何不可?"

司狂澜斜睨她一眼,不置可否。

"啊?你想让我们四个人加一只狐狸挤一个帐篷?"司静渊不干了,"你昨天不是跟大家一起睡得高高兴兴吗!怎的今晚就不行了?"

"帐篷小呀,怎能与天地之间相比,再说你们一个个都没洗澡,臭烘烘的,关在那密闭之地里,熏得我睡不着怎么办!"桃夭嫌弃的目光从他们每个人脸上扫过,"就这么决定了,香喷喷的姑娘必须有自己的帐篷。"

"你也好多天没洗澡了。"柳公子提醒她。

桃夭把头巾一裹,下巴一仰:"我就算不洗澡也是香喷喷的!"说完便故意扭着身子钻进帐篷里去了。

"她说怎样就怎样吧,我们去睡了。"磨牙打个呵欠,抱着滚滚火速钻进另一顶帐篷。

"澜澜,你倒是管管咱们家的杂役啊!"司静渊扯起司狂澜的袖子,"咱们还没安顿好呢,她就把帐篷霸占了?我才不要四个人挤一起呢!尤其柳公子,他睡相肯定好差的!"

"我睡相差?你跟我同床共枕过吗?张嘴就污蔑你的救命恩人……要不是我带着他们飞速来救你,你现在还不知道在哪儿玩泥巴呢!我愿意跟你挤一个帐篷是你静静的荣幸!"

"你救个屁,你不是跟我一样等人来救!"

"那得怪你家澜澜呀!"

"澜澜!你倒是说句话啊!你看这个没大没小的家伙,他都不喊我大少爷喊我静静了!"

两个吵得不可开交的幼稚鬼转过身去看司狂澜,却刚好看见他抬起手臂嗅了嗅,旁若无人地说了一句:"不臭啊。"

原来他已经那么在意桃夭的话了吗……两人瞧着此刻的司狂澜,双双眼前一黑。

○ 3 ○

乌鸦嘴的柳公子,还真是被他说中了。

人界的饮食也是奇了怪了,前晚喝了那么多酒也一觉到天亮,怎的汤就不成了……

桃夭从被子里爬出来,揉着睁不开的眼睛,发了片刻呆才稍微回过神来,外头的篝火还熊熊燃烧着,火光投在土白色的帐篷上,颇有几分安全感,她晃了晃脑袋,带着几分起床气懵懂地钻了出去。

震天的呼噜声从隔壁帐篷里传出来,那几个家伙应该睡得正香。

三堆篝火前,小川披着厚衣裳盘腿而坐,一只手撑着下巴,一只手握着可以当武器的短铁棍，脑袋一点一点地打着盹儿，旁边，司狂澜正取过火上的水壶往杯子里添热水，干燥的空气里飘着淡淡的茶香。

他果然又不睡觉……也是，这个人是不会相信小川的铁棍的，在任何可能出现的危险面前，他只信自己。

听到动静，司狂澜没回头，也没说话。桃夭也不理会他，只蹑手蹑脚地往帐篷后头走，想快快寻个方便之处把那燃眉之急解了。

走出几十步，火光能照到的范围已经越来越弱，她还是不满意，再走出十几步下到一块四面有遮挡的凹地里时才放下心来，正好那里还有一棵倒了不知多久的枯树，她把自己塞进枯树与石壁之间的缝隙里，总算是能安心蹲下来了。

半夜的沙漠大概是因为太过安静，反而显得处处都是怪声，除了阵阵呜咽的风声，地面上也时不时传出沙沙的动静，像有什么东西快速跑过，又像有东西在沙子底下乱窜，月亮已经瞧不见了，星星也只剩下潦草的几颗，广阔的黑暗把一切都压缩在一种莫名的紧张氛围里。

"那个村落一夜化为废墟，还死了好多人！""那是长着人脸到处乱飘的鬼灯！"——桃夭的脑子里没来由地想起小川的"睡前故事"，即便胆大如她，放在此刻的情境中，也难免背脊发凉，时不时还要左右看看，好像下一秒就会从暗处钻出不怀好意的怪物。

都怪自己嘴馋，不喝那么多汤也就不至于内急成这样了……但最重要的，是万不能让那几个碎嘴子知道自己这一刻的尴尬和那一点点害怕！再说有什么好怕的嘛，莫说有没有"鬼灯"都要打个问号，就算真有又如何，还能害得了她？所以还是放宽心吧，自己吓自己最蠢了。这么一想，心也就平静了。

只不过，这沙漠里是有什么不睡觉的飞虫吗，怎么感觉头顶上有什么会飞的东西在轻轻地扫来扫去呢？！她不耐烦地抬手扫了扫，好像又没有什么。

是没彻底从瞌睡里清醒过来的错觉吗？不对，又扫到她的头顶了。这次是有非常真实的碰触感。

她皱眉，抬头——一双应该是属于人类的脚，还穿着黑色的布鞋，挂在半空中，上上下下地飘浮着，脚尖随着这个动作时不时触到她的脑袋，顺着脚往上看，一个人，青白着一张脸，阴恻恻地俯瞰着她，在双方的视线终于碰到一起时，对她露出了一个龇牙的笑容。

妈呀有鬼呀！！！

所有人，睡着的跟没睡着的，都听到了一声气贯天地的尖叫。

最快到达事发现场的，自然是司狂澜，手里握着已经出鞘的血剑。但他看到的场面跟预想的完全不一样……一个道士打扮的少年被桃夭揪住衣领，鼻青脸肿地求饶："我真不是故意的！"

"不是故意的你还故意在我头上荡来荡去？"桃夭又狠狠给了他一拳，"一个男的大半夜偷看姑娘小解，不是淫虫是什么！打死你都是轻的！"

"我啥也没看见呀！"少年乌青着眼眶，委屈得要哭出来，"我眼睛不好使，好不容易才瞧见这个方向有火光，又好不容易才飘过来，离近了才发现下头蹲着姑娘你。"

"撒谎！"桃夭又举起拳头，"你明明对我不怀好意地笑！"

"别打了求您了，再打我真的要死啦。"少年拱手求饶，"我只是看见有人在这里太高兴了而已，我不知道我发自内心的笑容会让你误会至此。我对天发誓，若对姑娘有半分邪念，天打雷劈世世横死！而且我眼睛真的不好使，莫说偷看，我现在连姑娘的脸都看不清楚。"

桃夭听他发的誓挺毒，这才半信半疑放下拳头，又伸出手往他眼前晃了晃。

"我没彻底瞎，但只能隐约瞧见光影，姑娘别试了。"他看似十分老实地回答。

话音未落，一颗小石子儿悄无声息地擦着他的头顶飞过去，他没有任何反应，完全看不见石头来去的轨迹。

"眼睛确实不好使。"司狂澜搓搓手指，收剑回鞘，"应该没撒谎。"

"哼，他要是撒谎，我把他眼珠子抠出来！"桃夭悻悻道，抓住少年前襟的手也下意识地松开了。

"姑娘！！别松手啊！！"少年顿时慌乱，为了不让自己往上飘去，居然挣扎着死死抱住了桃夭的腰。

自然又挨了一顿老拳，尽管惨叫连连，他就是不撒手。

"这是闹哪一出？"刚刚赶来的柳公子揉着眼睛，半梦半醒地盯着眼前情景，"什么东西把桃夭搂得那么紧？"

"好像是个人？"磨牙一脸梦游的神情，怀里抱着一样表情的滚滚。

"是个男的？"司静渊打着呵欠。

"哎呀，这是怎么了？"小川一脸焦急。

"你们不如等我死了才出来！"桃夭大骂，"还不过来帮忙把他扒开！"

众人这才齐齐上去，七手八脚把少年往下扒拉。少年也不管是谁了，随便抱住离他最近的胳膊，哀求道："各位英雄我不是坏人，你们千万不要撒手，我好不容易才飘到这里，你们一撒手我就会飘走的，再飘高一点我就没法回来了！"

现场一片混乱。只听司狂澜道："带他到亮处再说。"

好不容易脱身出来的桃夭指着不远处的篝火："赶紧弄过去！让我看清楚到底是个什么鬼东西！"

不管他们说什么，少年反正是死死抱定柳公子跟司静渊的胳膊，仿佛抱着两根救命稻草，由得他们架着自己往篝火那边走。

当火光终于完全照清楚了少年的模样时，桃夭一愣，诧异地指着他的脸："是你？"

被打成猪头的少年也诧异："你认识我？"

"龙尾镇被封时，在外头作法驱妖的小道士是不是你？"桃夭记得那个被龙尾镇百姓寄予厚望但实际上一点用都没有的家伙。

"是我！"少年用力点头，语气很是激动，"竟然碰到了熟人，我都说我不是坏蛋了。"

司静渊朝少年努努嘴："他都被打成这样了你还认得出？"

"你被打成这样我也认得出。"桃夭瞪他一眼，又将少年打量一番，"之前不是好好的？怎的现在跟个孤魂野鬼一样乱飘？"

小川脸色一变，身子往司狂澜这边靠了靠，小声道："莫不是遇到了什么脏东西……"

"我不脏！"少年耳朵倒是很好使，"我是遇到难处了，你们能不能先帮帮我，别让我再飘走了。我刚刚真怕找不到人啊，这个地方又大又荒凉，大晚上的哪里会有人嘛，幸好我命不该绝，隐约瞧见了你们生的火，这才拼命飘过来求救的！"

磨牙挠着头："好奇怪啊，从没见过会飘走的人，又不是柳絮羽毛。"他碰了碰桃夭："是妖怪吗？"

桃夭摇头："有呼吸有体温没妖气，好像就是个人。"

"那怎么可能！"柳公子嫌弃地往司静渊那边推了推少年，"你别抱那么紧好吗，我胳膊都要断了！你抱着他一个人行不行！"

"抱歉。但我不能松手，一点都不能！"少年无奈道，只把他们二人的胳膊抱得更紧了。

司狂澜指了指帐篷后："那里有几块大石头，拿绳子系在他身上，应该飘不动。"

小川虽有些不安，但也立刻照司狂澜所言，把帐篷后的几块大石头搬到火堆前，又从行李中拿出一卷结实的麻绳，然后司狂澜亲自动手，把石头牢牢拴在少年腰上，绳子的长度让他刚刚好能双脚沾地。

"太谢谢你们了！"少年感激地捏着腰间的绳子，"要不是你们，我现在都不知去哪里了。"

"你到底是……什么？"桃夭围着他绕了三圈，皱眉道，"敢撒谎，我立刻剪了绳子！"

"跟你们一样，是过路人啊。"他苦着个脸道，"怪我多事，路过龙尾镇时被那里的百姓抓住求我降服妖怪，我见他们焦急，又见龙尾镇确实有妖气，便留下来帮忙，结果忙没帮上，还平白耽搁了好几天，我若按时往有缺客栈去，此刻应该早都到了，唉。"

众人一愣，他也是去有缺客栈的？

"你也去那客栈？"桃夭好奇道，"去做什么？"

"一个老朋友在那里等我，说好了的。"少年叹气，"如今却麻烦了，我连客栈在哪个方向都瞧不清楚。"说着，他突然捂住心口，猛烈咳嗽几声，颇有些痛苦道："这身子眼见着也不行了，挨了那么多拳……我……我……"话没说完，他眼睛一闭，整个人倒在了桃夭面前，说倒也不准确，其实是借着石头的力整个人横飘在了地上，但起码姿势是做到位了，

207

倒下去的时候还用力抓住了桃夭的脚踝，真跟个濒死的人一样，在咽气前交代最后一句遗言："我……我要去有缺客栈啊！"说完，脑袋一歪，没动静了。

桃夭心里咯噔一下。

"啊！桃夭你把他打死了吗？"磨牙慌张地喊出来。

"哪那么容易就被打死了！"桃夭赶紧蹲下来把他的脉。

"我看你下手挺重。"司狂澜火上浇油。

"他要是个人，然后你把他打死了……天呐！"柳公子捂住嘴往后退了一步，好像下一秒就有雷要劈到桃夭身上。

"都给我闭嘴！"桃夭狠狠瞪他们，"他还有气。"

"然后呢……"司静渊为难地看着这个从天而降的难题，"怎么处理他？真是的，啥都还没说就昏过去了。不过看他这副样子，桃丫头你怕是要负主要责任。"

"半夜飘到别人头上谁不打他呀！"桃夭愤愤道，可话虽是这么说，但他身上的新伤确实是她打的，想赖也赖不掉。

扔他在这里等死好像也不太行……片刻的沉寂后，桃夭咬牙切齿道："不管了，带他去有缺客栈！"

○ 4 ○

大概是因为平白增加了一个很可能变成遗愿的愿望，后半夜几乎没有入睡的家伙们，天刚麻麻亮便匆匆踏上了去往有缺客栈的路，连骆驼们好像都感知到他们的急切，跑得比平日里更快了。

怕某个家伙真死在半路，出发前桃夭还找了半颗活血化瘀保命的药塞到他嘴里，天知道今年是不是真的流年不利，不就是来抓个做错事的凡人而已，手到擒来的差事罢了，怎么搞得像是她在历劫一样，一路上全是接二连三意想不到的风波，一点都不让她歇气的，头痛，烦人，心情差！

紧赶慢赶，午后，驼队在渐渐阴暗下来的天色里踏上了一片奇特的黑沙地，也就是小川之前提起过的会出现"鬼灯"的地方……非说此地有什么特别，那便是若从天上看下去，此处就像一块深深浅浅的黄沙之中的巨大污渍，都是沙地，这片方圆近十里的区域却铺满了焦黑的沙粒，与周遭分界清晰。

"是不是真有鬼灯不好说，但黑沙地里常有流沙坑是真的，得绕着走。过了黑沙地，离有缺客栈就近了。"小川指着西边，"咱们再跑快几步，天黑前应该就能到了。"

众人自然听从，继续赶路，昏迷不醒的少年跟柳公子绑在一起，反正这家伙几乎没什么重量，同骑一匹骆驼也不算遭罪，只是苦了柳公子一路上都得注意他还有没有呼吸，万一这个怪人真死了，是赶紧跟桃夭划清界限免得被牵连还是帮她毁尸灭迹继续做不要命的好朋友，成了他一路上想得最多的问题……

"好奇特啊，怎么就这一块儿是黑的呢。"磨牙回过头好奇打量被抛在后头的黑沙地，"不过除了颜色有异，跟普通沙地也没啥区别。对吧，滚滚。"坐在他身后的滚滚耸了耸鼻子，打了个响亮的喷嚏。

"这么响的喷嚏，它是鼻子里进了沙子吗？"小川问道。

磨牙反手过去摸了摸滚滚的头，说："它鼻子特别灵敏，许是嗅到了什么不舒服的味道。"

"啊？！"小川脸色微变，不安地嘀咕，"真有不好的东西吗……"

桃夭也回头看了几次，但看上去确实就是一片普通的沙地，经过时也没有任何异常，只是黑黢黢的一团十分突兀罢了。

"天地造物，总有奇异之处。"司狂澜往后瞧了一眼，"只是这小小一块黑沙地多年都未被周边黄沙吞噬，便有些趣味了。"

"对了！"小川突然道，"我还听老人们说过，黑沙地之下好像有一座废弃许久的金矿，但已经寻不到入口了。"

"金矿？"桃夭眼睛一亮。

"废弃的金矿。"司狂澜提醒。

"找不到入口的废弃的金矿。"司静渊耸耸肩。

"不用你们提醒！"桃夭白他们一眼，"我没什么想法。"

不管事实为何，经小川这么一说，消失的村落，鬼灯，还有金矿……这块黑沙地似乎又有些可疑了。

不过，现下哪有时间跟心思去追究一片无关的沙地呢。很快，黑沙地渐渐缩成了一个黑点，远远落在了后面。

桃夭跟自己的骆驼说了许多好话，但愿它听得懂，再跑快点才对得起她的吹捧。

"姑娘不用太着急，照我估算，天黑前咱们肯定能到有缺客栈的。"小川看出来她着急赶路，追上去指着前方，"过了这片沙丘，应该就能瞧见客栈的灯火了，老板娘是个顶爱热闹的人，尤其是夏季的庆祝之期，客栈必是扫洒一新，张灯结彩，她又是个待客热情好相处的人物，你们赶在这时候到了，她必会好酒好菜款待。"

听他这么一说，众人心中的焦躁似是减轻了不少，以磨牙滚滚为首的家伙们已开始期待想象中的大餐与灯火缤纷的好景。司静渊除了期待好吃好喝，还凑上去跟小川打听这位老板娘人品如何外貌年岁如何，小川老实回答老板娘是个二十来岁的清丽姑娘，却早在八九年前便从姨母手中接手了客栈，以十来岁的年纪撑住整个有缺客栈至今，怎么看都是个很出色的年轻人。司静渊听得连连称是，转头便喜滋滋地同柳公子说能在大漠之中撑起一片天的女子定是人中豪杰，又坚毅又命硬，这样的人物一定要好好认识认识。柳公子听得直翻白眼，问他是不是又动了给澜澜找媳妇儿的心思，若是，最好收了这份心——你是不知道你在你们澜澜心里的账本上记下多厚的烂账了，到时候新账旧债一起算，你就真要去吃牢饭了。司静渊听了，不解地问他吃牢饭什么意思，柳公子只是哼哼一笑，让他好自为之。

而桃夭最期待的，不是好酒好菜好风景，是她总算把郑雨良擒住的场面，若他胆敢反抗便更好了，正好让她得了痛打他一顿的正当理由，这个坏了八百里地的家伙，不先打一顿怎么行，一想到自己出手时的痛快，竟比吃到好东西还要愉快百倍。

司狂澜照例同他们不在一个状态里，他不关注客栈本身也不关注老板娘是否热情，只是在想如何用最有效率的方式通过猚犴司去解决郑雨良的"后事"。

黄沙漫漫，驼铃清脆，一行人各怀心事往前奔去。

果如小川所言，翻过眼前沙丘之后，一块弯月形的凹地出现在眼前，渐浓的暮色中，隐约可见一座建筑孤零零地摆在中央，没有颜色，没有生机，死气沉沉。

不是庆祝之期吗？不是张灯结彩吗？众人疑惑的目光里，小川也一头雾水："不应该啊。不会出啥事了吧？"

可千万别再出任何事了！桃夭第一个冲下去。

傍晚的天边还残留着最后一丝暗红，呼呼刮过的风从热到冷几乎只在一瞬间，视线所及之处皆为荒芜，所谓落月湾，没有一丁点预想中的好景色，每前进一步，脚下的黄沙便滚滚而起，几乎淹没了骆驼腿，仿佛踏入一片随时会丢失方向的迷茫之境。

一直跑到那座建筑的面前，才勉强看见立于粗糙土墙之外的店招，那灰白老旧的旗子上随意地写着"有缺客栈"四个字，在晚风里半死不活地翻飞不止，一辆马车孤零零地停在不远处，无聊中的马儿看了来客一眼，又埋下头去打盹儿了，都没拴住它，它也不跑。墙角，一团将熄的火拼着最后一口气燃着，也不知火里烧的是什么东西，一到逆风，黑烟呛人。

客栈也修得不像一座客栈，都是粗糙的土墙没有半分装饰倒也罢了，大漠之地不比繁华城池，讲究不了这么些，可稍许有些见识的人都不难看出，这所谓的客栈是勉强建在一片残垣废墟之上的，不过是借着原有的地基胡乱起了一座三层小土楼，感觉修它的人要求一点也不高，有门有窗有墙，能住人就行。

不过客栈修得好不好无所谓，起码也得有人吧，客栈正门半敞着，在风里咿咿呀呀地摇晃，门后只得一片漆黑寂静，没有半点照明，根本不像住了人的样子。

"这可不像大肆庆祝的氛围啊。"柳公子左右环视，"更像杀人灭口后的现场呢。"

小川听了，忍不住哆嗦一下："公子莫说这么吓人的话。"

一路上在柳公子身后如坠梦中的少年此刻也醒转了过来，揉着眼睛有气无力地问："到了吗?"

"你不是快死了吗?现在没事啦?"柳公子哼了一声,懒得再理他,只想着一会儿把这个随时会飘走的包袱绑到哪里最合适。

小川擦了擦额头上的汗水,着急却又有些害怕,犹豫着跳下骆驼,硬撑着说:"大家在这里稍许等等,我进去看看。"

"小川。"司狂澜叫住他,"此处怪异,我进去看看便可。"

"我跟你一道。"司静渊赶紧跟着跳下去。

小川松了一口气。

心情最糟糕的自然是桃夭了,不是说整个戏法班都到这里来赚大钱了吗,连根头发都没有!若是啃鸡腿那小子胡诌,回去就把他头发全拔了!老天你不管跟我有什么过节,也不能这么连续不断地折腾我的呀……不过是要治病救命为民除害抓个坏人罢了,怎么搞得像是她的报应一样!

唧唧唧!站在磨牙肩膀上的滚滚突然仰起头,冲着房顶不安地叫起来。

一团很不起眼的阴影藏在越发昏暗的光线外,如果不是滚滚,众人一掠而过的目光大概会以为那只是放置在屋顶上的一小堆杂物。

风很大,阴影一动不动。

小川忙借那火堆点起一支火把,举高了一照,摇晃的光线里,隐约照出了一个坐在屋顶上的人,身形本就比较娇小,加上用力蜷缩着,整个人便如同凝固了一样,轻易同夜色融在一起,难怪没有人留意到。

"这……"小川又往前多走几步,尽量将火把举得更高一些,很快,他一直睁不太开的眼睛骤然瞪圆了,脱口而出,"老板娘?!你怎的在屋顶上?"

被他这么一唤,屋顶上的人总算回了魂,缓缓转过头来,在火光中露出面目来——确实算是年轻清丽的长相,但没有一点表情,目光甚至是呆滞的,整个人好像只剩一副躯壳,没有魂。

"老板娘……你没事吧?"小川担心道。

屋顶上的女子呆呆往下看了好一阵,才懒懒道:"哦,是小川啊。"还好,会说话,认识人,不是怪物,众人总算稍许放下心来。

"是我!"小川又喊道,"黑灯瞎火的,您跑屋顶上做啥呀?"

女子抬头看看天:"你说今天会有月亮吗?"

"啊?"小川不解,却还是认真地看了看天,"今日云厚,怕是不能见。"

女子叹了口气:"昨日不能见,今日不能见,明日总该有吧?"

众人听得一头雾水,看她的模样,既不痴傻,也不像醉酒胡话,怎的就不能好好说话呢?

"喂，你是这客栈的老板娘啊？"桃夭跳下来，走上去叉着腰冲屋顶上喊，"今天不做生意吗？连个灯都不点？"

"不做生意了，以后都不做了。"女子回得果断，看都不看桃夭一眼，仍是不死心地看着天，好像靠自己的视线能把月亮看出来似的。

这……众人面面相觑，好不容易到了此地，没有预想的热闹也就罢了，怎的还吃上了闭门羹？

"小川，她跟你形容的好像不是一个人啊。"司静渊挠了挠头。

"她往日里不是这样的。"小川也十分疑惑，又朝她喊道，"老板娘，天黑了，我的客人们远道而来，落月湾中除了你的客栈，再没有落脚地了，要不您还是行个方便，做一做他们的生意？"

"今日十四，明日十五……"女子却是答非所问，固执地望着漆黑的天空，"十五若还不见月光，那还叫什么十五。"嘀咕了好一阵子，她终于不看天了，低头看向那堆尚在燃烧的火，又叹了口气，"如意啊如意，你终是如意不得。"她的视线从火堆上移到桃夭这边，又逐一扫过每个人，还是那懒懒的口气："你们住店？"

"对对对！都住店！"桃夭赶紧点头，声音大到生怕她听不见似的。

她终是挪动了身子，慢吞吞地顺着一旁的梯子爬了下来。

直到她整个人暴露在火光中，众人才看清这位老板娘的真容，确实是一位娇小玲珑的年轻姑娘，不止是素面朝天荆钗布裙，连头发都懒得梳好，简陋的木钗显然已经管不住一头黑发，任它们长长短短丝丝缕缕地乱垂在她的额头脸颊上，配上她半睁不睁的眼睛与不想打直的背脊，真真是一丁点精气神儿都不见，实在不像一位能独立经营一间大漠客栈的飒爽老板娘，倒是与四周的苍凉死寂之色很是相称。一只藤篮挽在她手上，她看了看它，将盖在上头的布稍微扯了扯，也不知下头盖了什么东西，然后缓缓抬头看向众人，语调跟那面在风里摇摆的旗子一样半死不活："只做这一夜的生意。明日你们说破了嘴，也不能留下。"说罢，她转身往大门走去，做了个让他们跟上的手势。

柳公子摸着下巴嘀咕："输光了家产的倒霉鬼倒是与她一般模样，整个人像是盖了灰一样丧气。"

他声音不大，那老板娘耳朵却灵，回头望他一眼："我只赚钱，不赌钱。"

柳公子尴尬地闭了嘴。

"咱们到了对吧！"少年用力抓住绑着他与柳公子的绳子，小声说，"我眼睛越发不好使了。"

"到啦！你眼睛不好耳朵也不行吗，没听到人家老板娘差点都不收留我们么！"柳公子白他一眼，又想起他眼睛不对，只好又哼了一声表达自己的不耐烦，这老远一趟过来，没吃没喝还得不了一副好脸色,身上还拴着一个麻烦鬼。

少年皱眉:"她在生气啊……"

"你问我我问谁去。"柳公子指着客栈大门,"那边是大门,反正我现在看过去里头就不像有人的样子,你冒死都要赶来相见的老朋友,大概也是不在的。"

"唉。"少年叹息,苦笑一下,没再多说什么。

另一边,司静渊小声对司狂澜和桃夭道:"此处有点怪,你们确定我们今夜要留宿在这里?"

"当然要!"桃夭的视线从火堆里收回来,她刚刚已经往那里看了许久。

司狂澜淡淡道:"你连鬼宅都住过,还怕一间小小的客栈?"

"我不是怕!"司静渊赶紧辩解,"你们又不瞎,这客栈里一点人气都没有,咱们要抓的人可是跟着一整个戏法班来的,这里有这么热闹吗?"

这时,桃夭突然跑出去,顺势拉住了老板娘手上的藤篮。

老板娘回头,眉毛立时扭到了一起去,毫不犹豫地一巴掌打开桃夭的手,将藤篮用力往回一拉,恶狠狠地瞪着桃夭:"你们这些人怎么总喜欢乱碰别人的东西!"但极致的愤怒与敌意只存在了瞬间,那双眼睛里转眼又空了下来,她懒得再多看他们一眼,径直走进门去,边走还边对着空气说:"今天店里没开火,只有包子小菜,凉的,爱吃不吃,也没有热水,爱住不住。"

"脾气比我还大……"桃夭摸着被打红的手背,扯着嗓子对她的背影道,"您年年都办的夏日盛宴,是我们来早了还是来晚了?"

老板娘停下步子,不耐烦地挥挥手:"不办了不办了,以后都不办了!"

"不办了?不都喊了得趣班的人来了吗?"桃夭左右环顾,"我们还想着来凑个热闹,怎的没瞧见人呀。"

"得趣班……"老板娘侧过脸,语气里隐隐有几分厌恶,"我不喜欢他们,已经打发回去了。"

除了小川,其他人的心里都暗叫了一声糟糕,这是又扑空了?磨牙更是紧张地看着桃夭,生怕她心情一差,又干出什么发泄脾气的糟糕事来。

然而,桃夭只是微微皱了皱眉,自言自语般嘀咕一句:"哦,打发走了啊……"说话间,她的视线又落到那堆快要烧尽的火上。

柳公子拽着少年走到她身旁,朝门后努努嘴:"还住店吗?"

"当然要。"桃夭的眉头很快松懈下来,嘴角甚至露出一丝不易察觉的微笑。

"得趣班都走了。"司静渊打量着眼前一切,"只为过夜,咱们可以不住这里。我总觉得这老板娘有病一样。"

"我觉得公子说得对。"小川已经迫不及待想离开的样子。

"我来都来了,有病不是正好。"桃夭指了指火堆,放低声音,"你们仔细看看火里烧的是什么。"

　　火里能烧什么，不是柴就是没用的废物呗……众人往那已然微弱的火光一瞧，发现灰烬之下似是一堆残破的乐器，甚至有一面焦黑的可能是铜锣之类的玩意儿，边上还七零八落地摆着一些没被烧到的彩绸边角。这些，可不该是拿来烧火的材料啊。

　　"江湖卖艺者，要么金盆洗手，要么一命归西，否则吃饭的家伙从不离身。"最后一点火光在司狂澜眼中跳动，"恐怕不是'打发了'这么简单。"

　　此话一出，气氛骤然紧张起来。磨牙担心地扯了扯桃夭的袖子。

　　桃夭吸了口气，果断道："住店！"她毫不犹豫地走进客栈大门。

　　虽不大情愿，柳公子也没有别的选择，只能拖着少年跟进去，情况虽有些诡异，但有桃夭在，有他在，有司狂澜在，司静渊也勉强算上吧，对方区区一人罢了，能翻出什么大浪来。

　　进去前，司狂澜拦住小川："你已经将我们送到，趁夜色不算太深，你快快离开吧。"说罢，他又额外拿出钱来给他："一路上蒙你照顾，辛苦了。"若此处凶险，实在没有必要将局外人牵扯进来。

　　小川千恩万谢地接过钱，本要赶紧离开，却又不放心："我走了，你们如何离开呢？要不你们说个时间，我再回来接你们？"

　　"不用了，我们自会照顾自己。"司狂澜笑笑，"快走吧，路上小心。"

　　"好吧。"小川又凑上来小声道，"那个会飘起来的人，还有老板娘，都怪怪的，你们也千万要小心！"

　　"会的。"

　　"那……那我走了啊。"

　　很快，小川带着他的骆驼，迅速跑了。

　　司狂澜松了一口气，回过头来，不见灯火的有缺客栈，终是被夜色彻底吞掉了。

○ 5 ○

　　几根蜡烛勉强亮着，还是在桃夭的强烈要求下老板娘才给点上的。

　　众人围坐一桌，桌上潦草地摆放着毫无热气的食物与茶水。除了他们，客栈里没有别人。

　　微弱的光线里，只有粗糙破旧的桌椅板凳，不管从哪个角度去看，这里都只是一间普通到不能再普通的客栈，但是，如果细闻，这里就一点都不普通了——刚进来坐下，滚滚就连打了十几个喷嚏，连磨牙也没有幸免，他揉着鼻子，趁老板娘去端菜时，紧张无比地对桃夭附耳道："你闻到了没有？"又转向柳公子："你呢？"

　　桃夭跟柳公子心知肚明地点点头，柳公子更是皱了皱眉，说："许是外头风大，又有烟火气盖着，不易察觉，进来可就一清二楚了。"

"可这也太奇怪了吧。"桃夭四下张望，"还没见过这么明目张胆不加掩饰的。"

"你们在说什么呀？"司静渊听得一头雾水，"怎么我一个字都不明白？"

司狂澜看着桃夭："发现了什么？"

"妖气。"桃夭盯着立在桌上的蜡烛，豆大的火苗随着她的气息微微晃动，"客栈里全是妖气。"

"什么？！"司静渊听得一哆嗦，差点把手边的茶杯打翻，几乎是用气声问，"又是妖怪？"

柳公子往厨房那边望了望，确定老板娘还没回来，拿筷子敲了敲面前的食物："再饿也别吃哦，你都不知道自己吃的是什么。"

司狂澜没说话，只以眼神找桃夭确定。

"别担心，我在这儿呢。"桃夭若无其事，"不要打草惊蛇，我要的人还没找着呢，随机应变就是。"

被柳公子拽着勉强坐在凳子上的少年听了这番话，脸色越发不好看了，却什么都没有说，心头不知在盘算着什么。

"你应该也察觉到了吧？"桃夭留意到这家伙，"你说的老朋友……这里可不像有谁在等你的样子呢。"

少年苦笑了一下，还是没说话，眉宇之间的焦虑显然又重了几分。

"一会儿要真有什么事儿，我们未必顾得上你。"桃夭又道，"我们已经按你的半个遗愿把你完好无缺地带来这里，之后你有任何闪失，后果自负，一切与我无关！"

"当然当然！多谢了！"少年拱手道，"之前装死是我不对，可我也没有别的法子了。"

"哼！"桃夭扭过头去。

脚步声传来，老板娘端着一盘冷包子走过来，往桌上一放："只有这些吃的了，吃不饱也没有多的。"

她正要离开，又被桃夭拉住了。

"怎的又来碰我！"老板娘用力一甩，却没能甩开桃夭的手，登时柳眉倒竖，"你这丫头是有病吗？"看她气恼至极的样子，下一刻桃夭若还不放手，恐怕那盘包子便要招呼到她脸上了。

"老板娘为何不大办盛宴了？"桃夭仍旧拽着她的袖子，笑嘻嘻地问，"是身子不适还是心情不好？"

"不想办就是不想办！"老板娘狠狠瞪着她，"再不撒手，我便不客气了！"

"得趣班真走了呀？"桃夭松了手又没完全松，调皮地拿指尖拈着最后一点袖子，"好遗憾呐，这热闹是真赶不上了吗？你什么时候打发他们走的呀？"

"前天。"老板娘将袖子扯开，好像只要不碰到她，她的脾气就下去了，也不再多说什么，只冷着一张脸走开。

"老板娘！"桃夭故意要讨她的嫌一般，冲着她的背影喊，"这里太黑了，就不能拿几盏油灯来？再不济你也多给我们几根蜡烛嘛。"

老板娘停住，目光迟缓地打量着四周，语气里倒也没有恼怒，又是那懒懒的老样子："再亮也无用，要它们做什么？"她又回头看他们一眼，连眼睫毛都没动一下，"反正你们吃饭也不会喂到鼻子里。吃完饭自己去楼上找房间，都是空的，你们五个人要合住还是独住都随意。还有，把那四脚毛球的脚擦干净才能上床！"说罢，她又觉得不对，摇摇头，"算了，擦不擦也无所谓了，反正就这一夜。"

四脚毛球？！众人好一阵才反应过来，磨牙摸了摸滚滚的头："你有新称呼了。"

滚滚忙着嗅桌上的菜，象征性地对着老板娘背影龇了一下牙。

这个女人真的好怪啊——众人面面相觑，所谓的情绪在她身上仿佛是一个又一个不相干的断层，但归纳起来，无非就是在"凶"与"懒"之间无过渡地切换，而她身上的"懒"，更接近于一种无法拯救的丧气，她仿佛对世间万物都没有了希望与兴趣，此刻哪怕放一座闪瞎眼睛的金山在她面前，她也不会多看一眼，更加不会高兴一分的。

她真的……好不开心呐。

"老板娘！"桃夭又喊住她，"房钱怎么算呀？"

老板娘头也不回道："本就不打算做生意了，今夜住宿白送你们。"

"那不好。该多少钱就是多少钱。"司狂澜淡淡道，"老板娘能收留我们一夜，已是感激不尽。"

"随你们。"她也淡淡道，"没什么要紧事就别找我了，明儿天一亮你们就走，多一刻都不许留在我的店里。"

已经是一个完全不拿自己当老板娘的老板娘了吗？！走着走着，她又不甘心地往窗外看了看，眼中又迷茫起来，喃喃："明天没有月亮，后天呢，大后天呢……可是，有月亮就行了吗？"

谁都听不明白她在说什么，如果大街上遇到这么个神神道道的家伙，十之八九要被拉去看大夫的。

"老板娘，你好像有心事哟。"桃夭明知故问。

她头也不回，根本不想搭理她。

"老板娘！"桃夭再次喊住了她。

她叹了口气，回头："今年不庆祝了，得趣班打发走了，厨房里有油灯也有蜡烛，住店不要钱，明天给我滚！"这样能不能堵住这丫头的嘴？！

当然不能，太天真了。

"我不凑热闹也不要油灯住店不给钱我很高兴明天我怎么也要吃了早饭再走。"桃夭起身，笑眯眯朝她走过去，"我现在叫住你，是想告诉你，你多半生病了，我替你把个脉如何？"

老板娘皱眉，将双手下意识地往后一藏，后退一步，不想桃夭碰到她分毫："我很好。"

"你不好。"桃夭停在离她两步远的地方，煞有介事地将她从头到脚打量一番，"你面露暗色印堂乌沉，身形虚浮中气不足，绝非康健无病之相，我行医多年，还是让我给你瞧瞧吧。"

"绝非康健无病之相？"老板娘突然冷笑出来，"你给我看相？"

"我是好意。"桃夭也笑，"病向浅中医，老板娘不要掉以轻心呐。"

"我说你看得不准。"老板娘收起笑容，眼神里却多了几分一直不曾有的活泛，像是桃夭的话挑起了她罕见的胜负欲。

桃夭笑得眼如弯月："我看病人的面相，向来极准。得了什么病，有救没有救，缺了哪里，该补哪里，心里明镜似的。"

"缺了哪里也看得极准？"老板娘竟上前一步，死死盯着桃夭的眼睛，要看穿它们似的，"别的我不同你争，看别人缺什么，你不如我。"

"哦？"桃夭不退半步，只稳稳迎着她那近乎锋利的目光，"老板娘还会看相？"

"我只看别人缺什么。"她的视线从桃夭脸上移开，落到她身后的那群家伙上，"今夜我晚睡片刻，替你们每个人看一看，我若说准了，你们谁都不许再来烦我，不许提任何要求，不许同我讲一句话，天亮后立刻离开客栈，可愿意？"

桃夭一拍手："这便有趣多了！我同意，且看你能瞧出什么来。"说罢又回头问他们："你们呢？同意吗？"

几人又面面相觑，柳公子低声道："此地妖里妖气，老板娘也不是普通角色，让她来给我们看相，只怕有诈。"

"对对，我听她说什么只看别人缺什么，听起来就怪怪的。"司静渊也不大放心。

而司狂澜不但镇定自若，还缓缓说了一句："在座各位有谁不是'怪怪的'人呢。"

"澜澜！"司静渊一扭身子，"我认真的！这店子从外到里都透着股邪性，你不会看不出来吧？"

"现在也无事发生，何必慌乱。"司狂澜往桃夭那头看了一眼，"且看我们家的杂役准备怎么周旋吧。"

"嘿！问你们话呢！怎的一个个在那儿当蛐蛐儿都不理我呀！"桃夭一跺脚，"人家老板娘要给我们看相呢！"

司狂澜侧目一笑："好，看。"

"看呗。"柳公子一甩头发，"本公子还怕被人看吗。"

"看看看，随便看！"司静渊也只好硬着头皮答应了。

"那……那就看吧。"磨牙心里虽有些不安，可所有人都同意了，自己也不好拒绝，只是看看相，应该不会出什么问题吧。

只有被众人完全忽略的少年，一言不发。

见众人都点了头，老板娘便绕开桃夭，懒懒地走到桌前，没有半分情绪的视线在他们脸上随意地扫来扫去。

气氛忽然有些紧张，明明心里都说好了不把这怪女人的行为当回事，却又莫名地期待她张口说点什么，好让心里的石头落下地去，矛盾的心情像极了等待结果的考生。

"你……"老板娘的手指落在磨牙面前。

"我我我怎么了？"磨牙哆嗦一下，仿佛那不是手指而是暗器，让他忍不住斜过身子想往柳公子背后躲一躲。

"除了头发，你什么都不缺。"老板娘微微歪着头，又看了磨牙好一会儿，"连无数人都缺的德你都不缺，真是少见。"

"啊？"磨牙下意识地摸了摸自己的光头，不知道说什么才好，只能尴尬地笑了笑。

"你……"她连滚滚都没有放过，"缺尾巴。"

"哈哈哈。"柳公子忍不住笑出来，"这便是老板娘的本事？只要不是瞎子，谁看不到他们一个缺头发一个缺尾巴。"

"你！"老板娘的手指瞬间指到柳公子面前，"缺手脚，缺口德。"

柳公子听了，白眼几乎翻上天去，故意在她面前夸张地挥手踢腿："眼睛没用就捐了吧。"

老板娘冷笑，根本不屑同他解释。

突然，柳公子夸张的动作停住了，而司狂澜也投给他一个意味深长的眼神——缺口德是一定的了，至于缺手脚，真正的柳公子确实没有手脚啊。反应过来的柳公子不禁后背一凉。

"你……"她的目光转向司静渊。

司静渊立刻坐正了身子，整个人紧绷得不行。

她又歪了歪脑袋，微微皱眉："缺命。"司静渊与司狂澜的心里同时咯噔一下。

"至于你……"她与司狂澜对视，突然附身凑近他，与他的脸庞大概只有一寸距离，而司狂澜岿然不动，连眼神都没有晃一下，任她上下左右地审视观察。

片刻，她站直身子，淡淡道："可惜了，缺姻缘。"

司狂澜的眉毛微微一动。

"澜澜，她……"司静渊激动地喊出来。

司狂澜直接捂住他的嘴："废话勿讲。"

"我呢我呢？"桃夭从老板娘背后探出脑袋来。

老板娘回头，桃夭赶紧擦了擦自己的脸："要不要洗一下？看得更准些？"

"不必。"她认真看着桃夭的脸，几乎看得入神，用来看她的时间也比任何人都长，看得桃夭一动也不敢动。

但她看桃夭看得多仔细，桃夭看她便也看得多仔细，虽然桃夭不会看相，可有那么一瞬间，她准确捉住了一道自这女人的眸子里闪过的异光——有缺客栈……会看相的老板娘？！桃夭心头突然冒出一个答案，但又不能完全确定。

老板娘也有了答案，并且是确定的答案。

"看好了吗？我缺啥？"桃夭咧嘴一笑，"别说缺钱啊，这都不用看，全世界都知道。"

她只叹了一口气，望着桃夭道："你不是缺什么，你是什么都没有啊。"

桃夭一怔。众人面面相觑，实在不明白这话的意思，那么大个人在面前，怎么是"什么都没有"？

赶在众人发问之前，桃夭的神色早已恢复正常，笑嘻嘻地问他们："怎样，老板娘的相看得准不准？"

众人一时间不知该如何回答。老板娘又将众人扫视一遍，最后看着桃夭："不要再来烦我了。"

看着对方缓缓消失在黑暗中的身影，所有人都保持了沉默，连一贯话多的柳公子与司静渊也都收起了所有的玩笑与戏谑。

方才这番场面，看似闹着玩儿一般，街边随便找个看相算命的大概都比她做得像样，可偏偏就是她随便一瞧，又随便吐出的几个字，却如暗地里射出的冷箭，干脆利落，正中靶心。至于中的什么靶心，各人不同，各人明白。

时间似乎在这个小小的空间里凝固了。

柳公子从心中乱七八糟的揣摩中回过神来，煞有介事道："接下来怎么说？住店还是逼供？"

"啊？！"磨牙抱紧滚滚，"我看老板娘虽然行为怪诞，但不像恶徒，柳公子你可不能乱来。"

柳公子往他脑门儿上一弹："你眼里就没有恶徒好吧。"

司静渊皱眉想了想，问桃夭："你是觉得在这儿留宿一晚就能找到你要找的人？"他压低声音："不是说有妖气吗？老板娘若真是个大妖怪，咱们岂不惹祸上身？再说这里根本没有其他人呀！"

"人走了，吃饭的家伙却留下了，还在火里烧着。"桃夭冷笑，"怎么看都是毁尸灭迹。"

"啊？你越说越吓人了。总不能是间拿人肉做包子的黑店吧。"司静渊哆嗦一下，下意识地把面前的包子推得远远的。

"火堆里的东西确实不合理。"司狂澜看向桃夭，"你觉得人还在店里？"

司静渊又凑过来:"会不会跟我们之前的遭遇一样?人明明在这里,外头却看不见?"

"也不是没有这个可能啊。"磨牙深以为然,"桃夭,会不会老板娘也懂得用妖障呢?她若是妖怪,又会是什么妖怪呢?"

"不是所有妖怪都有护门那么大的本事。"桃夭伸了个懒腰,"若真有意外,不可能一点痕迹都没有的。反正都住进来了,找房间睡觉吧。"她站起身捶了捶肩膀:"好累呀。"说罢便自顾自往楼梯那边走去,可走了几步,她却突然想起了什么,转过身来:"五个人?老板娘方才说我们是五个人对吧?"

"是。"司狂澜回她。

"我,柳公子,磨牙,澜澜,静静,会飘的那个……"桃夭扳着手指嘀咕,"六个人啊。"

"数错了吧。"司静渊不以为意,"要么就是口误了。"

"她连滚滚都留意到了,不是粗心大意的人。"桃夭跟司狂澜对视片刻,两人默契地将视线同时投向一旁的少年,"而且,老板娘连滚滚都没放过,却没有给你看相。"

"这……可能我没有你们那样的存在感吧。"少年有些心虚地把头转到一旁。

桃夭想了想,没再追问下去,只笑嘻嘻地对众人道:"行了,我去挑一间最大最舒服的房间,你们谁都别跟我抢啊!"

在她的带动下,众人很快选好了各自的房间。磨牙胆子小,照例与柳公子一间,柳公子虽然嫌弃少年,但也不得不带着他,三个人住在桃夭隔壁,司狂澜则把房间选在他们房间的对面。

"晚安啊,两位少爷!"桃夭进房之前,正笑嘻嘻与他们道晚安,却突然愣了愣——一声不知来自何处的"救命"轻轻飘进她耳朵里,如不辨真假的梦呓,又如垂死之人的呻吟,声音太轻太虚,转瞬即逝,甚至都不好判断是真的有人在喊她还是她累疯了出现的幻听。

她前后左右看了看,并无异常,她皱眉,挖了挖耳朵,再听,却什么异常都没有了。

"怎么了?"司狂澜看到她的小动作。

"没什么。"桃夭摇摇头,本想提醒他们晚上不可睡太死,但马上又觉得提醒这个很多余,司狂澜肯定不会睡觉的。

他醒着,世界好像就能安全一些。

她又回头往楼下看了一眼,再次失去了光亮与热闹的厅堂里,只剩下沉默不语的桌椅板凳,像溺水的人一样无奈地沉入黑暗里。

○ 6 ○

桃夭躺在床上,脑子里翻腾着各种可能性,根本无法入睡。

她不止一次想象过终于拿下郑雨良救回蛤蟆们性命的那一刻，准确说，是不止一次想象过终于得到利蜍承诺给她的东西的那一刻。若真的如愿以偿，摆在她面前的路，怕就要从吃喝玩乐走到荆棘遍地……九死一生了。而且，真到了那一天，自己恐怕没有柳公子那样绝处逢生的运气吧。

睡不着的人就是容易胡思乱想，好在一阵咯咯咯的磨牙声打断了她缭乱的思绪——磨牙真的很容易磨牙……

她看了看蜷缩在床上另一头的磨牙，不客气地踢了他一脚，他迷糊着嘀咕几声，翻了个身又睡下去，滚滚则四仰八叉地躺在他俩之间的空隙里，睡得非常安稳。

地板上是打地铺的柳公子，此刻也是睡得呼呼有声。临睡前这两个家伙跑过来，非要跟她待在一间房里，说是客栈诡异，不要分开比较安全，还说长夜漫漫恐有变故，已经把那个飘飘少年交给最稳妥的二少爷看管了。

其实他们是害怕吧，在老板娘"看穿"他们之后。桃夭都懒得戳穿他们。

不过在他们就寝前，柳公子还是做了些有用的事，比如搜索了整间客栈，确定此处没有暗道密室，藏不了人，又顺便去老板娘的房间里围观一番，回来跟桃夭说老板娘啥事也没干，早早躺到床上去了，非要找点怪异的地方，只能是她睡觉时也抱着那个藤篮。他小心翼翼凑过去看了看，篮子里的东西依然盖着布，看不到下头究竟是什么，虽说隐了身形，他也不敢多逗留，唯一能确定的，是客栈里头从楼下到楼上，遍布妖气，一处比一处浓重，源头多半就是老板娘了。对他们而言，在人界遇上妖怪并不是稀奇事，先不管这老板娘的原形是什么，他觉得奇怪的地方，不在客栈里有多浓郁的妖气，而是在这个妖怪的"不屑隐藏"。作为藏身于人界的妖怪，最怕被别人识穿身份，而这一个偏偏不是，一副我行我素，被发现也无所谓的样子。

不怕妖气外泄，只关心有没有月亮，她的"病"委实怪异，从无先例。以及，她好像看不见少年？还有方才那声若有若无的救命……一个接一个暂时找不到答案的疑问在脑子里乱跳，若今夜无事发生，那么明天她肯定不会乖乖离开的，只能上些手段了……她桃夭要弄明白的事情，总有办法。

但现在不能再想了，桃夭强迫自己闭上眼睛，就算睡不着也要养精蓄锐才好。若因为烦躁而睡不着的话就该多去想一些好笑开心的事放松心情才对，对，想开心的事！然后她却发现此时随意想起的所谓开心事，居然大多是跟柳公子磨牙滚滚的各种闹心场面，以及在火堆旁把司狂澜的白衣裳蹭成黑衣裳，在集市上抽出跟他一样的桃花签……怎么全是这些乱七八糟的事？这些事哪里开心了？

她跟自己翻了个白眼，也不管热不热了，扯过被子一角蒙在脸上，恨不得就此蒙晕自己，也算睡个好觉。

时间慢慢过去，窗外的夜色一刻浓过一刻，月亮依然不见踪迹。

然而，在憋闷的空气里，她盼望的睡眠没有来，倒是盼来了别的奇怪的东西——一只冷冰冰的手，有气无力地拽住了她的脚踝。这感觉太糟了，她一个激灵，猛地掀开被子坐起来，果然一只半透明的手居然从床板下伸出来，费力地抓住她的脚踝。

与此同时，熟睡的磨牙竟也惊叫了一声，两腿也乱踢起来，细看之下，竟是另一只手横过来钩住了他的脖子，害他不得呼吸。

桃夭顾不得自己的脚，扑过去救磨牙，惊醒的柳公子也及时赶到，情急之下以手为刀迅速劈到那两只不该出现的手上，好在这对怪手并没有什么不得了的力气，吃了柳公子一击，立时松开了去，也在这时，三人无比紧张的目光里同时出现了一个诡异的场面——一个人，准确说是个半透明的人形，以一种被卡住了的姿态出现在床板下，像是跟床合为一体，又痛苦地想要抓住什么挣扎出来似的。但这一幕只持续片刻，未等他们有所反应，空气中突有一阵震颤传来，一个透着血红色的奇怪图案随之显现于床上，须臾之间便将那人形强"压"了下去。

"救……命……"一声从嗓子眼里拼命挤出来的嘶哑声音从床里传来，听起来却像来自另一个世界那么遥远。之后，什么异状都没有了，只剩凌乱的床褥枕头被子。

桃夭吁了口气，抹了抹额头上的冷汗，问脸色铁青的磨牙和炸了毛的滚滚："没事吧？"

磨牙跟滚滚同时摇头。莫说胆小的他们了，就是桃夭也被这突发事件吓得不轻，谁会想到好端端地能从一间床上钻出一个人来啊！

柳公子揉了揉眼睛，让他们赶紧下床，然后他围着这张再普通不过的床里里外外检查敲打一番，皱眉道："没有东西……"说罢，他回头对他们道："站远些，我把床劈开看看！"

桃夭磨牙立刻后退几步，柳公子深吸一口气，举起右手。

在他的手即将落下去的瞬间，桃夭突然冲过去抱住了他的胳膊："等等！"

柳公子不解地看着她。桃夭问："你们方才是不是也看见了一个红色的奇怪的图案？还听到有人在喊救命？"

柳公子点头："是又如何？"

"我之前也隐约听到过求救声，还以为是幻觉。"桃夭看着这张床，在脑中仔细拼凑着想要的细节，又问，"那一闪即逝的图案，你们不觉得有些眼熟吗？"

柳公子回想片刻，又在手心上试着画了画："好像是……正经术士们常用的封妖符？"

"正经的术士？"磨牙疑惑道，"这也能看出来？"

"名门正派用的这类符咒都是代代传承的，各门派虽然各有窍门，但底子总是差不远的，符咒怎么画怎么用都有固定的规矩，不像歪门邪道总是搞得五花八门。"柳公子又想了想，摇摇头，"但这种封妖符通常都透赤金或正红之气，妖里妖气的血红色……就很怪了。"

"还有更怪的。"桃夭上前,将被褥枕头全部拨开到一旁,直到露出最底下的床板,观察了片刻才道,"我看那人形,穿着打扮却是个就寝时的寻常男子,他存在的方式虽怪异,却毫无妖魔之意。"

柳公子眉头一皱:"你意思是那所谓的封妖符封的是……人?"

"不肯定。"桃夭道,"但我若是对的,你方才要真劈烂了这张床,封妖之器在解封之前被损毁,封在里头的家伙多半也会一起送命的。"

"不是……封妖符是人拿来封妖的,谁会反过来把人封起来?还封在一张床里头?"磨牙疯狂挠头,"怕不是脑子出了毛病?"

桃夭冷笑:"我早说了她有病的。"

柳公子磨牙一愣,齐齐道:"老板娘?!"

"一整个得趣班,十几个大活人,一根头发都找不到。"桃夭终于找到了突破口,自言自语道,"如此就得花些时间了,床、板凳、桌子、墙壁,可能连饭碗杯子都不能漏过呢。"

"但是那老板娘……"柳公子话未说完,对面房间突然传来一阵骚动,伴着重物移位发出的巨大动静,以及司静渊的大喊大叫。

他们也出事了?!三人冲出去,柳公子一脚踢开对面房门,一眼便瞧见翻倒在地的大木桶,以及赤膊上阵看起来是洗澡洗了一半的司静渊,司狂澜则以防御之姿拽着少年站在离司静渊最远的角落里,警惕地看着他那位半夜发癫的兄长。

"有人!"司静渊跟滚滚一样炸毛,指着那木桶道,"桶里有人!还拿手来抓我!"

司狂澜皱眉:"那木桶连个小孩子都装不下。"

"说不定装得下呢。"桃夭走过去,顺手从衣架上抓过司静渊的衣裳扔给他,又将那木桶里外左右查看一番,除了洒满一地的水,没有别的,"你甩开那人时,虚空中可有个血红色的图案出现?"

司静渊猛点头:"瞧见了!一闪而过,虽没看太清楚,但确实是个血红色的图案,之后便再不见桶里的人了。"说着又哭丧个脸道:"都怪你说我们臭臭的,我就想睡觉前擦擦身子嘛,反正房间里有桶,我就下去打了半桶凉水上来,才擦了三两下,水里就冒出半个身子两只手把我抱得紧紧的……哦,还气若游丝地喊救命!吓死我了!"

桃夭跟柳公子对视一眼,看来他们这边的"人",是被封在了木桶里?桃夭将他们方才的遭遇与她的推测讲与司狂澜他们,听罢,司静渊捂着心口,半信半疑道:"你意思是得趣班的人全部被封在了这些奇怪的地方?"

司狂澜想了想,问:"若活人被封妖符封住又不得解救,后果为何?"

"妖怪被封,经年累月间会逐渐失去妖力,打回原形虚弱不堪,但只要咒力不散封器不毁,还是能留一口气的。简单说,正派术士用的封妖符,初心皆为惩戒,非取其性命,被封之物若能悔改，还是能放出来的。"桃夭耐心道，可眉头很快又皱起来，"但若反过来用封妖符封人，后果连我都不好预测，能肯定的是，若毁了封器，比如我们那边的床，你们这边的桶，里头的人多半是没有活路的，且就算封器不毁，活人长时间关在里头，用不了多久也会虚弱而死的。"

"若被封起来的真是得趣班的人，不过是收了钱来庆贺表演一番，怎会惹来这种灭顶之灾？"司静渊想不明白。

"你确定那是封妖符？"司狂澜问她。

"很像。唯独颜色不对。"桃夭坦白道，"所以现在也不能完全确定。"

司狂澜看着那木桶，又想了好一阵子，问："假定你判断正确，那么得趣班的人显然早就被封在了这里，且还被藏得很好，从我们进来客栈到现在，没有一点痕迹泄漏出来，但为何偏偏是这个时候，'他们'就明目张胆出来求救了呢？"

"那个……"磨牙小声说出自己的猜测，"有没有可能是施咒之人睡着了，所以咒力弱了，被压制的人才得了机会跟外头求救？"

"那怎么可能。"柳公子敲了一下他的头，"符咒之力在被施展出来时就已经在那儿了，若出手之人睡着了符咒就没了作用，那世间那么多被封住的妖魔岂不是早都跑出来了，神仙都要打盹儿何况人类，就算是顶厉害的术师也得睡觉吧。"

他们讨论得热闹，一旁的少年却沉默地缩在司狂澜身后，双手无意识地在绑住自己的绳子上不安地摩挲，脸色越发苍白，比方才被吓个半死的司静渊还差，在所有人都没有把注意力放在他身上时，他却喃喃道："不是封妖符……这是……是……是她的命……"

"你在嘀咕什么？"桃夭留意到他的异常，"对了，你不也是道士吗，可见识过血红色的封妖符？"不等他回答她就觉得自己问了个傻问题，摆摆手道："算了，问你也是白问，在龙尾镇外头就没见你派上用场，可知是个年轻的三脚猫。"

"快！"少年突然飘出来抓住桃夭的手，"快去找她！这不是封妖符，是命缚之术！"

"你说什么？"桃夭一惊。

"她一个妖怪怎用得了本门的金光封妖术，那是她强行套用此术的法门，走的却是歪路，生生将对付妖怪的法子拿来对付人类，这是要遭天谴的！小师傅说得也没有错，被封起来的人只有在她睡着气息变弱时才有机会现身求救。"少年急得有些语无伦次了，"趁现在人还没死，你们快去阻止她！"

柳公子一把揪住他："你这小子瞒了我们什么？"

"我……"少年犹豫片刻，"我要见老朋友，就是有缺客栈的老板娘。"

众人一惊。

"从见到她开始，你连一句话都没有主动跟她讲过，而她眼中甚至都没有你的存在，这可不是老友相见该有的样子。"桃夭眉毛一竖，眼中顿见杀气，"你还对我们撒了什么谎？"

"不不，你误会了，我没想撒谎也没有恶意。"他连连摆手，又慌张地指着自己的眼睛，"我能模糊地瞧见你们，但我完全看不见她，同样，她也完全看不见我。我们在彼此眼中都是'空的'，你们明白我的意思吗？总之，我跟她的眼睛都出了问题，这点我没撒谎。"说着他又焦急地望着门外："我跟她的渊源能不能稍后再同你们解释？我也没有想到此番来见她会是这情形，更想不到她会动邪术，再不让她停下来的话那些人会死的！闹出人命就真摊上大麻烦了！"

他急得声音都变调了，不像胡说八道。

"你这倒霉玩意儿！"桃夭一把揉开他，二话不说便冲出门去。

今夜果然是睡不上一个好觉了。

○ 尾 ○

被吵醒的老板娘一脸木然地坐在床边，怀里抱着她的藤篮，冷冷看着被踢坏的房门，以及突然出现在她房里的一群"客人"。

桃夭也不再跟她绕圈子，直言："把人封在你的客栈里，就是你打发他们的方式？"

老板娘也不回答，涣散的目光只愿意放在她的藤篮里，对于他们的闯入，既不吃惊也不愤怒，如同一只会动会呼吸的人偶，固执地沉在自己的世界里。

"放了他们。"桃夭上前一步，"后面的事我们可以商量。"

"不放。"她怔怔看着藤篮里的东西，"乱动我的东西……明日若还是没有月光，便烧了客栈，一了百了。"

她病糊涂了吧……桃夭从她平静却杂乱的表述里看出了更大的麻烦，思索片刻，她指了指身旁的家伙们："在你烧掉客栈之前，这里任何一个人都可以杀了你，包括我。"

磨牙想说我不是我不杀人，却被柳公子及时捂住了嘴，这种情形下背黑锅是每个人的义务。

"不行。"老板娘的表情还是那样懒淡，"明天之前，谁都不准碰我。"她慢慢抬起头，两眼无神地看向他们，最后锁定在桃夭手腕的金铃上，"就算你是桃都来的大人物，也不行。"

"桃都……"夹在他们之中的少年诧异地看着桃夭，讷讷道，"竟是真的……"

竟被她认出来了？也不奇怪，客栈之中除了人来人往，路过的妖怪也必然不少，她的光辉形象恐怕早就被传颂过无数遍了。

桃夭笑笑："既认识我，就该知道我说话的分量。"

"你杀了我，他们就得跟我一起死。"老板娘平静地看着桃夭的眼睛，"你不杀我，他们也得死。"

是脑子不清楚的人说得出来的话吗？明明是不动声色的嚣张啊。知道她身份还敢公然挑衅的妖怪，数量很稀少。

"出去吧,我要睡觉。"她恹恹地转过身去,抱着藤篮躺回了床上,压根儿不将他们任何一人放在眼里。

果然是个异类……换了别人被戳穿把戏,哪有不跳脚的,但凡她有一丁点实质的对抗,他们都好办一点,可她实在像一个虚无的黑洞或者不见底的深渊,任何加诸她身上的情绪都有去无回,你以为她应该惊慌应该愤怒,应该跳起来露出恶狠狠的脸孔,可她只是躺下去继续睡觉,想打架都打不起来的无力感。

"篮子。"司狂澜低声道。能破解眼前僵局的,应该只有它了。

不等别人动手,柳公子已然虚了身形,再出现时已身在老板娘床边,麻利地从她怀中抢走了藤篮,虽不礼貌,但也顾不得许多了。抢过来的瞬间,他顺手扯开盖在上头的布,一愣,篮子里不过是被剖开的半个葫芦,颜色老旧,应是个有年岁的物件儿,而葫芦里头,蜷了一小团灰黑色的不知什么的玩意儿。

柳公子转过身,疑惑地指了指篮子:"半个葫芦。"

"小心!"桃夭大喊一声。

柳公子身后,一只斑斓如虎的玩意儿伴着一道炸开的光猛然跃起,血红的眼睛中皆是杀气,一只利爪冲着柳公子的后脑勺狠抓下来,柳公子只觉脑后一阵阴风,赶紧缩脖子闪避,与此同时,一只茶杯精准击中了那只利爪,痛得对方一声哀嚎,缩回爪子退了好几步。

"茶杯怕是不够。"司狂澜冷静地对桃夭道,"血剑应该更奏效。"

"可恨我没带刀!!"司静渊本能地挡在他们二人前头,看着眼前这个突然显出本相的妖怪,眉毛都搅在了一起,"这什么玩意儿啊?"

"还我!!"悚人的尖叫从这东西的嘴里炸出来,刺得人耳朵都发疼了。

那是一只……半人半虎的妖怪?!

还是老板娘的脸跟身躯,却不见手脚,只得三只利爪,黄黑相间的斑纹覆满全身,包括脸孔,那双眼睛也不再慵懒无神,毕竟连眼珠都消失不见,只剩两个血红的窟窿,更有无数道血脉状的血红之气自她身体内汹涌而出,几乎布满半个房间,其末端竟还穿过了墙壁,如茧丝一般将整个客栈缠绕其中。

"妈呀,蜘蛛精!"司静渊看得心惊肉跳,赶紧把司狂澜跟桃夭往后推,"小心点,别被它碰到,肯定有毒!"

磨牙吓得一屁股坐在地上,滚滚老早躲到他背后,唧唧叫着不肯露头。

"怎么了?她怎么了?"少年急忙问,无人顾得上答他。

老板娘的心口剧烈起伏着,大口大口喘着气:"还给我!!!"大概因为太激动,她脸上的两个窟窿几乎要爆开来。

柳公子提着藤篮站到桃夭身旁:"走火入魔了,再不动手,她真的会大开杀戒。"

桃夭皱眉，右手从布囊上划过，再抬起来时，指间已多了三枚金灿灿的针，她手指一弹，金针飞出，直冲对方眉心。

"不要伤她！"少年竟挣脱了绳子，循着声音从他们之中飞身扑出去挡在老板娘面前，虽看不清，却也认定桃夭送出去的东西是夺命的利器。

亏得桃夭收手及时，三枚金针险险地停在了少年的眼前，再接二连三落了地。

"如意并非恶妖，你们不要伤她！"少年的身子飘在半空，哭求道，"求你们了，中间一定有误会！"

可老板娘却不领他的情，她根本看不见面前有人，嘶吼一声，再次朝他们举起了爪子。

幸而柳公子眼疾手快，飞身而出一脚踢在老板娘肩上，她重重落回床上尚来不及起身，桃夭上前一手拨开少年，一手扬起，落地的金针这一回再无闪失，准确扎进了老板娘的额头。转眼间金针已无迹可寻，只得水波一般的金光自她额上倾泻而下，她咕咚一下倒在床上，浑身颤抖，再无对抗之力。

"如意！！"少年绝望地大喊一声，双手在空气里乱摸，"你们将她怎样了？"

"你冷静一下，我没杀她，给她治病呢。"桃夭把他拉下来。

"真……真的？！"少年不敢相信，"你真的在治病？"

"针灸不是很常见吗？"桃夭白他一眼。少年尴尬地擦了一把冷汗，苦笑着点点头。

"知道她是妖怪你还敢替她挡着？"桃夭皱眉，"方才我的反应但凡慢半拍，三枚金针可就扎你脑袋里了，那就不是治病是要命了！"

少年不知说什么才好，嚅嗫了半晌才道："抱歉……"

"我不想听道歉。"桃夭觉得头更痛了，"我只想听实话。"

"我……"

这时，司静渊突然指着床说："变了变了！"

金光散去，那半人半妖的怪东西也没了踪迹，床上只趴着一只不过两三寸长的毛茸茸的小东西，黄黑斑斓，实在像一只被缩小了无数倍的老虎，只是缺了一只右前爪，在那儿有气无力地喘息着，身上蔓延出的红气虽然还在，却已弱了许多。

桃夭盯了它半晌，一拍大腿，终于确定了答案："真是有缺！"

"这是……她的原形？"司狂澜也难掩诧异，"这么小？"

桃夭轻轻打了自己一下："这回是我蠢了，人家明明一早就把身家来历写在大门上了呀。灯下黑啊灯下黑！"

磨牙惊魂未定地拍着心口走到她身旁，见了床上那个已无还手之力的小东西，这才稍微放了心，问："桃夭，这才是它真正的本相？"

"嗯。"桃夭点头。

"看起来并不凶恶,怎的发起狂来那么吓人。"磨牙疑惑道,"它到底是什么呀?"

"风逆水险无福之地,有妖承其凶气而生,皆小虎状,天生不全,或缺眼耳或缺四肢,然有洞悉他人之所缺之能,性温和憨厚,常捕为相命占卜之用,称有缺。"桃夭望着她的手下败将,很是想不通的样子,"以你们这一族的性子,说破天也不至于闹出这么大的麻烦啊。"

床上的家伙费力地抬起脑袋,看着柳公子手里的藤篮,伸出爪子:"还……还我!"

桃夭拿过藤篮,又拿起里头的半个葫芦。

"不许碰它!"小东西一见桃夭碰到葫芦,竟又发起狂来,拼尽力气跳起来,竟落到桃夭胳膊上,又撕又咬,"放开它放开它!!"

这种程度的"打斗"……不提也罢。柳公子两根手指把它拎起来,看着它在半空中愤怒地嘶吼踢腿,问桃夭:"它就是那个因为不聪明且弱小所以经常被人类抓住拿去炼化成占卜看相工具的……有缺?"

"嗯。数量虽然不太多了,但有心找也能找着。尤逢乱世时,天地间的'无福之地'可就太多了,从热闹城池到荒山野岭,从楼宇民居到乱坟孤墓,都可能是这种妖怪的栖息之地,但凡有真本事的术师相士们,加上有时间有运气的话,抓一只有缺也不难。"桃夭指着他指间那个可笑的小东西,"但这只不一样,太凶了。"

"还给我,还我,不许碰它,不许碰它!"它越来越激动,扭动挣扎的幅度简直要把自己的骨头都弄碎一样,柳公子若不下点力气都快拈不住它了。

"再用力你的骨头就要碎了!"桃夭呵斥,"你平静下来我就把篮子还你!"

它好像完全听不进任何人的话,依然跟着魔了一样嘶喊挣扎,感觉再这么折腾下去,不用多久它就会断气了。

"她是不是发疯了?是不是非常难受?"少年听到这里,忙焦急地喊道,"你们跟她讲,葫芦里的东西只是病了,能医好!"

桃夭愣了愣,赶紧对那疯狂的小东西说道:"葫芦里的东西只是病了,能医好!"

一句话,可谓灵丹妙药。它突然停止了挣扎,眼神从疯狂到迷茫又到疑惑。

"怎样?好些了没有?"少年又问。

"貌似不那么疯狂了。"司狂澜回他。

"再跟她讲,随意观来的家伙就在她面前,没有失约。"少年往一个错误的方向胡乱打量着他看不见的"老朋友"。

桃夭连忙转达:"随意观来的老朋友就在你面前,没有失约。"

它的眼睛里突然迸出了一丝从未有过的光:"他来了?"

桃夭伸出手指小心戳了戳它软乎乎的肚子,让它往右边转了转:"就在这儿,你对面,一个傻乎乎但会撒谎还会飘走的小道士。"

它抬起爪子用力揉了揉眼睛。

少年叹了口气，伸手解开一条系在脖子上的红绳，慢慢从领口里拖出来，红绳的另一头，居然也系着半边葫芦，粗看一下形状大小，竟跟有缺放在篮子里那半个像一对儿。

柳公子见了，赶紧又对它说："你那老朋友也挂了半边葫芦，跟你那半一模一样！"

它的神志像是从混乱的泥坑里突然拔出来了，愣了好一阵，又踢腿道："放我下来！"

清醒了？终于不再是反反复复的两句话了。

桃夭示意柳公子照办。他俯身将这小东西轻轻放到地上，又贴心地把它往少年脚边推了一下："喏，在这儿！"

少年努力地蹲下来，看着脚下，红了眼睛："如意啊，抱歉，看不见你，但我还是到了。"

柳公子赶紧充当传话筒。

它听了，呆呆看着面前，又试着伸手去摸了摸，自然是什么都摸不到，面对面的两个家伙如同身在重叠却又错开的空间里，只能在旁人的视线里相聚。片刻之后，它一屁股坐到地上，像是个受了天大委屈的孩子，嗷嗷大哭起来，边哭边嚎："我好讨厌他们！他们的人偷走了它，碰到了它，它是不能被碰到的呀！碰到就不会亮了！不亮了可怎么办！又没有月亮！可有月亮就能再让它重新亮起来吗？不能亮起来我就会一直瞎下去，我再也看不见你们了！"

它越说越乱，越说越哭得厉害，最后干脆眼泪鼻涕地在地上打起滚来，看得人又好笑又心疼。

众人束手无策，只能把希望寄托在桃夭身上。

"别哭啦！"桃夭把它拎起来，"不就是身子出毛病了吗，有病咱可以治，你把人关起来有什么用？光哭有什么用？"

它抽噎着望向桃夭的脸："真能治好？"

"要治病也得先知道病因呀！"桃夭瞪它，"你先平静下来，咱们坐下来好好诊治。"

它还是不太相信桃夭的样子，犹豫着不说话。

"就听她的吧。"柳公子赶忙对它讲，"你得多好的运气才能遇到她呀，多少妖怪烧纸磕头都请不来她！"

"是啊，你不信她的人品也得信她的医术不是。"司狂澜接了一句。

桃夭拿眼神砍了他一刀。

终于，它整个身子无力地松下来，缓缓道："明日十五……就一天，若你能在明日结束前治好它，我便不同那些人计较，若医不好，我照样跟他们同归于尽。"

桃夭飞快点头生怕动作慢了它反悔："说定了。你现在可以告诉我们，到底发生什么事了？"

它眉眼生怒："得趣班里一个叫郑雨良的家伙，偷了我最要紧的东西！"

桃夭只觉头顶一个炸雷，站在凌乱的房间里，听着这个再熟悉不过的名字，桃夭觉得自己才是那个应该哭天喊地满地打滚的人……

捌 月瞳

楔子

岂能皆如意,但求半称心.

○ 1 ○

两半儿葫芦被放在了一起,一堆脑袋凑上去。

"有什么特别吗?"

"不就是葫芦?"

"不就是个里头黑黢黢的葫芦?"

"那坨黑黢黢的好像不是葫芦的一部分?"

"会动!"

"像两个奇怪的……小人儿?"

老板娘房间的桌子前围了一圈人,桌子上头,一边蹲着有缺,一边蹲着滚滚,两个小东西一个眉眼愁苦一个好奇不已,两半葫芦在中间,引得众人注目。

桃夭揉揉眼睛,凑近又仔细看了几眼,伸手拿起其中一半果断倒扣在桌上,一个小动作惹来有缺一声惊叫。

"莫吵,我看看还能不能救。"桃夭拿开葫芦,露出一团……准确说是一个蜷缩成一团的黑色小人儿,没有五官,手脚也跟四根圆棍子似的没有细节,像一团落在湿纸上的墨渍刚好洇成了一个潦草的人形,要很仔细地看才能看出它还在呼吸,身子轻微地上下起伏着。

有缺爬过来看着它，眼泪叭叭地掉下来。

桃夭拿指尖往它的心口跟背脊上轻轻按了按，小东西的脑袋跟着动了动，旋即便像一只眼睛似的半睁开来，把其他人吓了一跳，原来小人儿的脑袋天生就是一只圆溜溜的眼睛，之前一直昏迷不醒没睁开，又是黑黑一团，难怪看不出端倪。更怪的是它每咳嗽一声，身子里的黑色就变淡一分，很快就从一团漆黑变成了深灰，估计再咳一会儿，就该变成浅灰甚至更没有存在感的颜色了。

桃夭皱眉，又转去察看另一半葫芦里的家伙，这边情况更糟糕些，连眼睛都睁不开了，只得有出无进的呼吸跟同样在减淡的颜色。

"怎样？能治好吗？"有缺焦躁地望着桃夭，"你是桃夭，能治好它的对不对？"

"这会儿知道急了？怎不一开始就来找我呢？坐在房顶上絮絮叨叨就能解决问题了？沉迷悲愤就能解决问题了？帮我们看相就能解决问题了？"桃夭白它一眼。

"我……我那时是气极了绝望极了脑子蒙了呀！"它急得直立起来，一只爪子激动地拍着自己的心口，"生命里最要紧的东西被毁掉了，你们知道是什么感觉吗？你们知道瞎了是什么感觉吗？"

"不是……你也不算完全瞎了嘛。"柳公子小声嘀咕，其他人立即以凶狠的目光制止他，不许他再多说半个字，柳公子会意，也不敢太刺激它，确实怕它一发狂又变成庞大的蜘蛛精，只好闭嘴。

"好，好，你平静一下。"桃夭把它摁回桌上趴好，"我说了我会治的。"

得了桃夭的承诺，它稍许平缓下来，泪眼汪汪地爬到小人儿身边，想抱住它又不敢的样子，抬头，看桃夭的眼神如看最后一根救命稻草："一定要治好它！"

桃夭看着两个奄奄一息的小人儿，又给它们把了把脉，其实就是摸了摸它们的头，然后苦恼地挠着下巴："很麻烦啊。"

"你治不好？"它脸色一变，每一根毛发都因为愤怒竖起来，眼睛又是血红一片了。

"别激动。"桃夭赶紧安抚，"我只是说麻烦，没说不行。月瞳又不算稀罕物，这对儿虽然快没了，但只要还得一口气，呃，运气也不是太差的话，我担保能让它们好起来，如此，它们好了，你的'眼疾'也会痊愈的。"

满腔怒火被她一语浇灭，有缺几乎是蹦到桃夭面前，仰头看她："你没骗我？它们真能好起来？"

"我的医术没问题，但我也说了，还得加点运气。"桃夭指了指窗外，"如果明天有月亮的话。"

它顿时转怒为喜，兴奋地原地转圈，还喃喃自语："我就说一定要有月亮的！明日十五，一定会有的。"

司静渊凑到桃夭背后小声问："它还是不太正常对吧？一会儿这样一会儿那样的……你确定能治好？我意思是不光眼睛，还有脑子。"

柳公子把司静渊挤开，不太放心地提醒桃夭："不管你打什么主意，若有半分闪失，这玩意儿说翻脸就翻脸的，万一来个自我了断，封在客栈里的倒霉蛋们可就没机会了。"

桃夭不耐烦地耸耸肩膀："我有分寸。"

"你说的月瞳是什么？"司狂澜看着桌上的小人儿，就这一小会儿时间，它们的颜色又淡了一层。

"月瞳……"磨牙突然想起了什么，"在桃都时，每到月圆之夜，无聊的妖怪们就会做一个游戏，拿盆子或者碗把月亮映在水里，两妖一组，看谁能最快召出月瞳。"他不太确定地看着桃夭，"是这个月瞳吗？"

桃夭点点头，走到窗前看了看漆黑的夜空，缓缓道："明月挂天，以水相映，能见彼此者以目光同投之，可生月瞳，状如双生子，身有光，头如目，以月光饲之，可连阴阳，有奇用。"

似乎不是很好理解的样子，起码司静渊一个字都听不明白，他看向司狂澜："澜澜，你听明白了没？"

司狂澜皱了皱眉头："似是由月光与目光而生的……妖怪。"

"没错。"桃夭回过头来对司狂澜笑了笑，又将视线投向少年，"我更好奇的是，你们居然有本事把月瞳的作用发挥到如此地步？"

少年局促地搓着手，目光却一刻也没有离开还在桌子上念叨月亮的有缺，他长长叹了一口气："谁让我们是随意观的人呢。"

○ 2 ○

"你们这样不好。"胡大力一有苦恼就要捋自己长过心口的胡子，一边捋一边回头看了看角落里的狗窝。那是胡小二的窝，胡小二是很多年前从外头跑到观里来的一只黑狗，岁数已经非常大了，但身子骨硬实得很，来去自由混吃混喝，虽然只拿他们的地盘当免费客栈，他们还是拿旧衣裳给它缝了软和的窝，但今天，窝里趴着的却不是胡小二，而是一只……有缺。

"瞧着可怜，顺便揣回来了。"胡不闹耷拉个脑袋站在一旁，两手拢在袖子里，吸了吸鼻子，底气不足地说，"师父，咱们几个也没做什么出格的事情，不还是公平比试吗，他们输了，总不能赖账吧。"

作为随意观里的大师兄，胡不闹总是蔫蔫儿的没脾气没睡醒的样子，但打架就厉害得很，只要吃饱了饭，一拳下去对面没八个时辰绝对醒不过来，力气跟外表相当不成正比。

"就是，技不如人，愿赌服输。"在抽屉前翻翻找找的胡不愁头也不回地问，"师父，我记得上次给胡小二做围脖时还剩了几块碎布,你放哪儿啦?眼瞅着天气寒了,我给它缝一个小被子。"

胡不愁,随意观的二师姐,字写得好,御剑术比写字更熟练,针线活儿一般,但勇于尝试,经常看心情缝制出一些意料之外的丑东西,胡小二脖子上绣着它名字的围脖,还有观里那些奇形怪状的椅垫和靠枕啥的,都是她的手艺。

"碎布在第二个抽屉的针线盒里。"胡大力顺口答道,马上又一拍桌子,"现在是在说碎布的事儿吗!"

"师姐,要不你再给它缝个衣裳吧,我看它一直在抖。"胡不难蹲到狗窝旁,把一直抱在怀里的手炉放到窝里,有缺先是往旁边躲了躲,感受到热气后才小心翼翼靠过来,舒服地半眯起了眼睛。

胡不难,随意观的小师弟,什么都擅长又什么都不擅长,总以年纪还小路还长为理由,做什么都慢悠悠的,除了吃饭特别快,有好吃的食物时尤其快之外,其他的爱好就是读书与吹竹笛,吹得还可以,基本不跑调。

"不用,去年不是给胡小二做了一件吗,它又不肯穿,正好给这个小妖怪了。"

"那件大了点吧?而且穿起来好像一只花母鸡……"

"花色是我精心挑选的!"

"你们几个到底有没有在听我说话!"

"听到了听到了。师父,下次我们不跟老张他们闹别扭就是了,你是怕他们来找咱们算账?"

"我怕他个鬼!我意思是老张他们不但是同道,更是你们的长辈,你们靠耍耍小花招把人赢了,怎么说也是不礼貌不坦荡。"

"师父,咱们哪次不是靠耍花招在大会里胜出的?"

"呃……我意思是只拿奖品就好,别的闲事就不要管了嘛。"

"可师父你不是说道法自然吗,我只是随意去上个茅厕就碰到可怜巴巴的它了,也是随意一看就看到老张要将它炼化到铜钱里,也知道我们有能力救它一命,不早不晚不刻意,就这么随意地碰上了。你说天意,我们不也是天意的一部分,天意不要它变成老张手里的一枚铜钱呀。反正已经带回来了,难道还要送回去?"

"胡不难!就你话多!吃得多睡得多废话还多!"

"那师父你要怎样吗?"

"我……我给它缝衣裳!你二师姐的手艺太差了。"

"你的鞋底子纳完了吗?你说了我们生辰之前一定能穿上新鞋的!"

"你怎知我没有!这不看你们刚刚回来,抽个空与你们说道说道嘛。对了,赢回来的奖品可安置好了?"

"都放进厨房了,起码够咱们半年的口粮!这次不光有米面,还有一大罐子蜂蜜呐!"

"算他们大方,嘿嘿。"

"那这只有缺就住下了?"

"还能怎样呢?回头胡小二回来发现自己的窝没了,肯定要揍它,你们跟胡小二解释一下,再给它置办个新窝吧。"

"那就把大师兄的那件旧袍子给胡小二吧。"

"为啥拿我的?你们没有吗?"

"不是,胡小二喜欢臭臭的东西,你又不是不知道。"

"……"

"好了,去煮饭吧!小王跟南宫还饿着肚子呢,这次能赢老张他们,它们俩出了大力气。"

"知道了知道了。"

"大师兄你多煮点饭啊,我也出了大力气。奖品都是我一个人拖回来的。"

"还废话!赶紧做饭,为师这几天都没吃过一顿好饭,不吃饱哪来的力气给你们做鞋子!"

以上,便是随意观的全部阵容——胡大力为首,带着不闹不愁不难三个徒弟。

旁人眼中,作为一座建在大漠之中的道观,在如此恶劣条件下能坚持至今并且还能有四个活人撑场面,已算奇迹。而旁人不知道的,是随意观里的日常生活远比他们想象中热闹……

此刻,有缺缩在温暖的狗窝里,听着那四个人乱七八糟的对话,不但不觉烦躁,身子里一直盘旋不去的沉重与压抑反被他们的吵吵嚷嚷削弱了许多,可绝处逢生的好运气并没有让它变得多么快乐,反而让它又回到了老地方,又开始习惯性地为尚未到来的明天忧虑不安。但这狗窝实在太舒服了,它心情再是不悦,也觉眼皮子越来越重,一直紧绷着的身体一寸寸放松下来,这时它才迷迷糊糊地想起,自己已经很久很久没有睡过一个好觉了。

其实它对变成一枚铜钱并不是特别抗拒或者绝望,毕竟它的各位亲戚们从小就跟它反复讲述家族悲惨史,反复跟它强调有缺这种妖怪就是天地间最倒霉的存在,它们天生与福气好运无缘,任何想完成的心愿无论多努力都不会实现,它们的一生就如同它们的名字与出生时的模样,注定残缺不圆满。

它们之中也有不肯臣服于"天生宿命"的,用半生时间约束自我艰苦修炼,希望能跟其他妖怪一样,终有一日能把自己送到更好的位置,成人甚至成仙它们想都不敢想,它们修炼的目标居然只是让自己可以变成别的妖怪——今年听说修成兔妖比较容易,就努力修成兔妖;过几年又听说修成花妖比较容易,那就往花妖努力,总想着一旦成功的话,说不定就能摆脱身为有缺的命运,拥有一个付出有回报,生时有欢笑,死时无遗憾的正常"妖生"。

说来也是可笑又可怜,在别的妖怪们嫌弃自己只是个普通小妖不能成人形成神仙时,却不知它们嫌弃的身体是另一群倒霉鬼倾其一生都想达到的终极目标。但，即便是这样朴实的目标，迄今也无一个成功，它们不是在修炼途中缺了"天时地利"被水淹火烧雷劈导致半途而废，就是缺了"人和"莫名其妙地死了，死因主要是被人抓走，就像它被老张抓了一样，拿去炼化成各种各样的工具，成为术士们看相占卜时不为人知的"诀窍"。

记得它家年纪最大修炼失败次数最多的亲戚说过，真想要过上万事如意的好日子，唯一的法子就是早点把命交托出去，然后求上天给它们一个全新的下辈子，就算再当妖怪，也不要当这种"承无福之地凶气而生"的倒霉玩意儿，哪怕当一只小小的虫妖也好过背负这样的"生而残缺"的命运，此话说来甚是丧气，但似乎也没有更好的法子了。

所以，当老张闯进那个不知哪朝哪代遗留下来的古墓，也就是它的家时，它所剩不多的亲戚们躲得都不是很积极，实在跑不掉，抓就抓了吧，说不定重开一局真的比蹉跎度日来得好，只要送走它们时不要太遭罪就行。它跑得最慢，被老张用一张会闪光的网困住了，其他亲戚趁乱逃进墓道深处，隐入土下或者石壁，想再抓就难了。所幸老张也不贪心，得一只有缺足够，很快便带着它离开古墓，离开了它从出生就未离开过的地方。

老张是清风观的一把手，座下好几十个徒弟，同道之中声望最盛，每年的"太平友会"上，老张他们总是第一。所谓太平友会，听来像是个简单的吃喝聊天大会，实际上却是当世各道观聚集一堂一较高下的盛事，跟江湖中常有的武林大会差不多意思，只是各家本事施展出来时比单纯的动刀动枪动拳脚更热闹。举办这个会的初衷，一是方便大家交友收徒拜师结盟壮大力量，二是希望以此盛况震慑世上的邪魔外道，提醒它们世间一直有这么一群人在看护着。能在会上拿个好名次的，自然要被高看一眼，名声一响，往后去各处办事自然也方便。

但是，每年参会者中，可能只有随意观不是冲着名声去的，他们只是想要大会上的奖品，通常情况是一二三名能获得很厉害的法器，四到十名就只有数量不等的粮食布匹文房四宝等寻常物件儿，而随意观每次都是七至十名。胡大力对这样的名次十分满意，毕竟他对徒弟们最大的指望，就是能给观里带回来不花钱的口粮……他的口头禅永远都是——"随意比一比就是了，比赛不重要，重要的是参与和奖品！"三个徒弟知道自己家里不富裕，平日里光靠给人起名改名看风水八字挣不了几个钱，那些帮大户人家降伏妖魔得到丰厚回报的风光对他们来说一直是个传说，伤人的妖怪虽然也收服过一些，但受害者家里比他们还穷，不好收钱就算了，还总是留几个钱给人家过日子。就这样过日子，师父他老人家当然会对奖品垂涎，好在他们三个也争气，从参加这个会开始，就没有掉出过第十名。

但今年稍微出了点意外，因为有缺。

原本他们跟老张那边是没有什么往来的，顶多见面一拜，出于礼貌喊一声师伯，老张也只是点头应付，互相问个好完事，毕竟他们这些干大事的人没有多少时间跟随意观这种没存在感的小道观人情往来。这样最好了，大家都轻松。可坏就坏在胡不难挑了个好时候出去上茅厕,正好遇到有缺从老张他们房里逃出来,慌乱之中竟躲进了他的袖口抱着他胳膊瑟瑟发抖。

胡不难书看得多,认得这妖怪。老张跟他的几个徒弟追出来,一眼瞧见被胡不难抱在怀里的有缺。

胡不难从打开的房门里瞧见一个已经燃起火的丹炉,炉子不大,方便携带,但炼化一个有缺足够了。

老张的徒弟伸出手:"还来吧。"

胡不难不动,问:"师伯是要炼化这只有缺吗?"

"关你什么事。"老张徒弟皱眉,"速速交回来!"

胡不难指了指怀里的小东西:"师伯这样厉害的人应该用不上这种妖怪吧?"

老张脸色不是很自然,但作为长辈又不好发作,只道:"路上随手捕到的。"

"那可以放生呀,反正只是毫无害处的小妖怪。"胡不难认真说,"不过有缺好像不是可以'随手'抓到的妖怪吧,它们不都藏在凶险又隐蔽的地方吗?"

老张脸微微一红,只将话题一转:"你是老胡的……小徒弟吧?"

"嗯。"胡不难偏又把话题转回来,"要不,我帮师伯放生吧!"

"我们的东西我们会处理,哪轮到你来安排?"老张徒弟向前一步,加重语气,"莫再废话,还来!"

胡不难后退一步,表情夸张道:"哦!我知道了!你们要拿它去作弊!我知道今年的比试里有一项任务是要在最短时间内从十个人中挑出那个曾犯过罪坐过牢的家伙。"他故作不解,"观面相而已,师伯,以你们的功力还需要走捷径吗?"

"毛头小子竟敢冒犯我师父!"老张徒弟的巴掌眼见着就要甩到胡不难脸上。

"住手!"老张的命令刚出口,老张徒弟的手已经被胡不闹扣在半空中。谁也没瞧见胡不闹是什么时候出现在他小师弟背后的,真的快。

"放手放手!"老张徒弟痛得龇牙,用力拍打胡不闹扣住自己手腕的大手。

"上个茅厕怎的还打起来了?"胡不愁从自家房间慢悠悠地走出来,手里还拿着没啃完的饼子,"师兄,你刚吃了饭的,仔细把人家手腕子掰折了。"

胡不闹打了个饱嗝,松开了手。

"他拿了我们的东西不归还,你们随意观就是这么教徒弟的?"老张徒弟揉着发红的手腕愤愤道。

"拿人家东西了?"胡不闹瞪着胡不难。

"它自己跑我怀里的。"胡不难理直气壮道,"师伯要炼化它,我觉得大可不必。"

"拿来。"胡不愁伸出手。

"二师姐!"胡不难不愿意。

胡不愁二话不说直接把有缺从他怀中抱过来，礼貌地送到老张面前："师伯，家里的小子不懂事，冒犯您老人家了，您尽管炼化，毕竟清风观年年第一，今年也万万不能有闪失。"说完还故意意味深长地笑了笑。

谁听不出她在阴阳怪气呢……老张知道胡大力那个散漫之人教不好徒弟，但也没想到自己竟因为一件小事被几个孩子给"堵住"了，接了这妖怪吧，便是坐实了要去作弊，回头还不知道几个没轻重的小鬼会对旁人编什么浑话；不接吧，又显得心虚刻意此地无银，且窝囊。

但老姜永远是老姜，进退不得的尴尬总有法子化解。老张示意徒弟把有缺接过来。

胡不难看着被抱走的小东西，发现它也在回头看自己，一时间又是失落又是难过。

"我看小徒弟心中是不服气的。"老张突然一笑，"这样吧，反正离大会正式开始前还有几日，不如你们跟我们提前比试一回，三盘两胜，你们若赢了，有缺归你们；输了，便要服输且守口德，如何？"

如何？当然比起来呀！一比拳脚，两边打平，胡不闹非说是自己没吃饱的缘故，都怪师妹嘴馋，把他藏起来的饼子吃光了。

二比御剑，以剑为舟渡河，谁先到对岸谁赢，清风观的实力不是吹的，老张的徒弟虽然讨厌，但御剑的本领不止不输胡不愁，可能还要高一分，但没关系，他还是输了。小王在水里搞了个旋涡，老张徒弟虽然及时控住了方向，但也就此慢了一步，待到胡不愁在岸上笑着对他说师兄承让时，老张徒弟唯有捶胸顿足。哦，小王是一只鲤鱼精，本尊长期住在随意观的莲花池里，爱晒太阳爱旅行，通常只要是大会上"沾水"的比试，它都乐意帮忙，每次出来它就藏在胡不愁头上的玉水簪里，那簪子由深湖灵石雕成，自带水气，是它这种修为不高的水族离水远行时的最佳栖身处。胡不愁很喜欢它，好养好带又好用。

三比咒力，各取树苗一株，以咒力催其生长，一天为限，谁的树苗长得高谁胜出。胡不难认真极了，整晚都不睡，除了施展咒法之外，还一个劲儿跟自己的树苗说各种好话，拍马屁就算了，还给它吹了半宿的笛子，说什么好听的声音对植物生长有莫大好处。反正折腾一晚，他的树苗也就长了三寸不到……但还是赢了，因为对手的树苗一点都没长。老张那边简直气得要打滚，一边生气一边想不通怎么自己的咒力就一点用都没有呢？！明明是照规矩做足工夫的！难不成非要跟对面那个傻子一样和它说一夜话吹一夜笛子？

看着他们不甘心的样子，南宫只是淡淡一笑……呃，南宫是一块姜，成了精的姜，机缘巧合流落到随意观，被胡大力养下来了，主要负责照看菜园子，给观里的植物浇水施肥什么的。南宫能跟所有植物说上话，所以即便它不爱出门，但每逢大会之时它还是不得不跟着出来，毕竟它套消息更容易，只要跟对手们房间里的花花草草聊一聊，他们要出什么招有什么计划就都不是秘密了，随意观拿个十名之内的成绩也就不难了。这次它提前出手，对老张那边的树苗连哄带吓，说了一堆诸如"你只要憋住不长大就能救一条性命这是多大的功德啊，但如果你非要长那我保证每年都带斧子来劈你一次"这样的话,那胆小的树苗居然真的一点都不敢长了……

他们就这么赢了老张,把有缺抱了回来。随意观里从此又多了一只妖怪。

此时,狗窝里的有缺睡得呼呼作响,谁也不知道它做了怎样的梦,唯一能确定的是它醒来后,这孤立于荒漠之中乏人问津的小道观,就是它余生要留下的地方了。

厨房里,饭香阵阵,四个姓胡的嘻嘻哈哈,热热闹闹。

○ 3 ○

"如意!如意!"

小王长得娇小,声音的穿透力却最强,谁能想到一条鱼的声音能这么大。

沉迷午睡的它猛地一下惊醒,映入眼帘的是胡小二不高兴的狗脸——它又睡到了狗窝里,明明给了它一张床,总是睡一半就跑到狗窝里。

"如意!牛嫂给咱们带枣子来啦!快出来帮忙呀!"小王的声音更大了。

它揉了揉眼睛,慌忙跳出狗窝,正要往外跑时,趴在一旁的胡小二汪了一声,不耐烦地抬起狗爪指了指它。

哦,差点忘了。它一晃身子,从一只三脚"小老虎"熟练化作一个五岁小丫头,碎花衣裳羊角辫儿,一张圆脸红彤彤胖乎乎,四肢齐全健健康康,标准人类的模样。

入随意观五年,胡大力教它的第一个本事就是化人形藏妖气,它悟性不差,三年学会,四年熟练,现在在原形与人形之间的变幻已是炉火纯青,小王跟南宫都花了近十年才学成。记得它第一次化形成功的那天,四个人两只妖还给它举办了一场庆祝大会,也不知他们脑子里到底装了什么,拿五颜六色的碎纸放在奇怪的纸筒里,趁它不留意时砰一下拉开纸筒下的线,碎纸便跟下雪一样喷得所有人满头满脸都是,它被吓了一跳,其他人却嘎嘎笑得跟下河的鸭子一样,他们一定觉得特别开心吧……不光如此,园子里的瓜菜长得比去年好,他们要庆祝;胡不闹终于徒手举起三百斤的石墩子他们要庆祝;胡不愁抄完好长一篇字帖他们要庆祝;胡不难参加民间器乐比赛拿了名次他们要庆祝;南宫创作出他第一首打油诗他们要庆祝;连小王买回来一件好看的衣裳他们都要庆祝……世上好像没有什么是他们不能庆祝的,只要他们乐意。

还有它的名字,其实它是无所谓的,在古墓里生活了那么多年,大家都没有名字,也不妨碍各自的命运,但胡大力他们不同意,说随意观里连花花草草都有名字,名字是最朴素的祝福,得有一个。它知道随意观的一项谋生技能就是给人起名,通常是父母抱着新生的孩子来找胡大力,他再摇头晃脑掐指一算引经据典一番,胡不愁在的话,就由她把起好的名字写在红纸上，她字好看，她要是不在，胡大力就自己写，但常因为字丑而感愧疚，于是总会额外送孩子一个他自己雕的小葫芦小桃木剑什么的。

但它的名字，胡大力不起，因为他说承天地之气而生的妖怪，名字得让老天来起，小王跟南宫都是如此。所以它就按他们的指导，随口报了几个数字，然后胡大力从一本古书上照着数字找页码行列，当时所有人都在场，把这事搞得怪隆重的。当胡大力高兴地指着书页上的"如意"二字时，大家都跳起来替它鼓掌，多好多有福气的名字啊！！大概是被当时的气氛感染到了，它也觉得从出生就固定在它心中的低落好像被赶走一部分，身为有缺，怎么可能跟"福气"这种东西有关联呢，但这两个字好像带来了一点好兆头。名字定了，胡大力又拿了个装满小木牌的竹篓，说里头有一百个姓氏，抽一个就有名也有姓了。

它抽了，一个"贾"字。贾如意……这还能算是有福气的名字吗？！

算啊当然算！所有人都这么说，胡不难还说什么姓氏没有名字重要，小王也安慰它，说这名字总比它的王桂花好吧，还有南宫，明明是个男妖怪却叫飞燕，也没处说理去。

它知道他们都是好意，只是好意也难敌天意，有缺连名字都注定不圆满。但看着他们努力替自己找补的样子，贾如意就贾如意吧，没关系的。

毕竟这里是随意观，一切随意。

那天，当它拿着那张写着自己名字的红纸时，胡大力摸了摸它的头，笑眯眯地说："岂可皆如意，但求半称心。这是咱们观里的第一守则，你可得记住喽。"

岂可皆如意，但求半称心？它记住了，但仅仅是记住了。

胡大力还要它记住的"第二守则"，是永远不要对随意观里的人动用它的妖力，就算看见了，也不要说，他们不需要知道自己缺什么，只需要知道自己有什么。

它也记住了。

"如意！！！"小王的大嗓门再次响起。它匆匆忙忙跑出去，隔老远已经闻到空气里熟悉的丝丝甜味。

牛嫂是随意观里为数不多的常客，除了住在附近的乡民偶尔来请个符起个名看看风水啥的，一个没有存在感的小道观自然也不会有多少访客的，但牛嫂是例外。她住在距随意观几里外的村子里，丈夫是那一片小有名气的石匠，日子过得还不赖。胡大力曾经帮过他们家一个忙，虽说已经付了报酬，可牛嫂生性厚道，总还是记着这份情义，于是常给随意观送些她做的吃食或者针头线脑之类的小物，看到他们晒出来的衣裳有破损，她还主动帮忙缝补，她的针线活比胡不愁好太多，有时候瞧着他们几个书没读几本却把观里的藏书室弄得乱七八糟，她也忍不住替他们收拾，大家也喜欢心眼儿好又豁达的牛嫂，视她为好友良朋，有时间时还教她几套简单的强身健体的拳法，时间一长，随意观成了牛嫂除了家之外待的时间最长的地方。

一晃好几年过去，连不爱说话不爱笑不喜亲近人类的它，都对牛嫂的存在习以为常了。

"快快,去厨房拿几个筐出来,这么多枣呐!"瞧见它,嘴里已迫不及待嚼起枣子的小王口齿不清地吩咐道,说着又拿一个往嘴里塞,"好甜呀!"

"慢点吃,多的是。"牛嫂笑眯眯地刮了一下小王的鼻子,在她眼中,小王就是个十五六岁的贪吃小姑娘,只有天知道这条鱼比她的岁数大了多少倍……牛嫂又四下看了看,问,"今天就你跟如意在?"

"嗯,他们都出去赚钱了。"小王不假思索道。

"啥时候回来呀?"

"不晓得。不过出去也有四五日了,应该也快回来了吧。牛嫂找他们有事?"

"也不是什么要紧的事。"牛嫂说是这么说,却是面露喜色,终是忍不住道,"小王,我把隔壁老唐家的柱子修好了!!现在看起来跟新的一样!!"

"真的呀?怎么修的?"

"就用那挖补之法修的。老唐家的柱子只是轻微的糟朽,我拿扁铲把坏的那块儿剔成个圆形,再把洞边铲直,清理干净洞底的杂物,再找来颜色质地差不多的木料做成补块楔紧,辅以糨糊铁钉,最后再补漆油,完工!"

"牛嫂,你不得了呀,居然已经能实实在在干活儿了!"

"我也没想到会这么顺手,嘿嘿。"

"等师父他们回来一定要告诉他们这个好消息!我们得给你庆祝一下!"

"不用不用,这哪用庆祝呀。我就是心里高兴,跟你们说一声。"

"要的要的!这是喜事啊!必须庆祝!"

它提着两个竹筐走过来,她们俩的对话它听去了大半。

牛嫂喜欢来随意观的另外一个原因,是她在这里找到了自己的人生兴趣——一次偶然的机会,她在观里的书室中看到了一本有关建筑修造的书册,作为一个认得些许字的女子,让她背出一首完整的诗都困难,却偏偏对这本枯燥无比的书兴趣浓厚。里头或简单或复杂的图纸如同天然刻在她眼心中一般,稍微琢磨琢磨便能理解通透,实在有弄不明白的地方,便去请教兴趣广泛的胡大力,毕竟胡大力曾经给胡小二亲手做了一间小木房子,自诩传承本国百年修造精髓,结果胡小二一巴掌就给拍散了,但不管怎么说,以他的功力,给牛嫂讲解还是足够的。

没过多久,牛嫂就从读书发展到实践,从画图纸开始,她脑中总有源源不绝的奇思妙想,落到纸上便成了各种样式奇巧的楼宇屋舍,胡大力看了她的"随手乱涂",回来便叹着气同他们说,世间唯"天分"无处讲理去,他胡大力穷半生之力琢磨研究,却连个狗房子都弄不成,偶尔画个图纸也是乱七八糟,牛嫂不到一年时间,功力已远超过他,她画出来的图纸,造型优美比例精准,真让人羡慕啊,再多给她几年时间,说不准世上又会多一位能人。大家纷纷认同，并且让胡大力个人出资又购入了一些新鲜的筑造类典籍，为牛嫂成为未来的能人默默出了一把力，只要她来，书室内的书随意看，笔墨纸砚随意用，有什么不懂的，只要他们懂，必然耐心教导。春夏秋冬，它无数次从书室的窗口看见过牛嫂专注的脸，以及她认真画的图纸和记下的笔记。

曾经他们也跟牛嫂打趣，等你练成一身好本领，与你相公并称能工巧匠，这才是比翼双飞势均力敌呀！

面对他们略显夸张的赞扬，牛嫂只是憨憨地笑了笑，说她家相公不在意这个，他只想每天能吃到她煮的饭菜，再有个一儿半女，就很满足了。

所幸牛嫂一直没有停下，洗衣煮饭料理家务没有停，随意观里的"功课"也没有停，终于在今天带来了好消息，虽然只是修补了一根柱子。

它想跟随意观里的其他人一样，上去跟牛嫂说些好听的话，可它也只是想了想，因为它还没有习惯去说好听的话，能控制住不随便说谁谁缺了什么之类的丧气话已是难得。

"小如意，来来！"牛嫂见了它，赶紧招呼它过来。

它默默走过去，把竹筐放在地上，小王赶紧往里头装枣子。

"个把月没见你，好像又长高了呢。"牛嫂怜爱地摸了摸它的脑袋，从怀里拿出一对编织精巧的红发绳，"我瞧今年街市上的小丫头都爱绑这个，好看得很，顺手给你买了一对。"

"哟，牛嫂你太客气啦，送了那么多枣子还给我们如意带东西。"小王边忙边说，"以后可不能这样了啊。"

牛嫂笑道："咱们观里就如意这一个小丫头，我也是瞧着她长大的，一条发绳没什么打紧。"说完，她拉着它坐到旁边的石阶上，细心地把发绳绑到它的辫子上，还打了非常好看的蝴蝶结。

它一动不动地等牛嫂打扮自己，心里享受着这份朴实的好意。它是喜欢牛嫂的，这个女人像三月的风一样和煦，说话做事都细致而温柔，头发与衣裳永远带着干干净净的香气。

"好啦。"牛嫂满意地端详着它的脑袋，"我们小如意真好看！"

它没有说话，只是想象着自己此刻的样子。

"还是不爱说话。"牛嫂笑着刮了刮它的鼻头，拿过几个枣子放到它手里，"吃吧，好甜的。"

它一口气全塞进嘴里，又脆又甜。

"好孩子。"牛嫂摸摸它的头，笑道，"多吃快长，再过几年就能好好跟师父学本事了。"

不用等几年，已经学了，还有一些本事，它不用学也会。

牛嫂起身过去帮小王的忙，两个人又热闹地聊起来。它默默看着牛嫂的身影，想说什么，最终还是没有说。

那天下午，胡大力带着三个徒弟风尘仆仆地回来，正好跟牛嫂碰上了，知道她修好了一根柱子，个个都像自己遇上了大好事一样高兴，非要留她吃晚饭。

没记错的话，这顿晚饭是他们跟牛嫂吃的最后一顿饭。之后好几个月，一大堆枣子都吃光了，牛嫂也没有再来随意观。

它偶尔会坐在大门口，往牛嫂会来的方向张望一阵，也跟往常一样，每天都把书室打扫得干干净净，把窗前已经收拾得很整齐的书桌再收拾收拾，有时还往桌上的陶瓶里放一枝新摘的花。牛嫂送它的红头绳，一直绑在它的辫子上。

快年尾时，胡不愁给大家带回了关于牛嫂的消息，说她这么久没有来随意观，是因为怀孕了。他们一家都很高兴，盼了多年终于等来了好消息，现在一家人又紧张又高兴的，天天贴心贴肺地照顾着，牛嫂想出门走走都至少有两个人陪着，生怕摔了碰了，所以实在是不好再来随意观了。临走时，胡不愁去集市上买了一把长命锁送给牛嫂当贺礼，牛嫂很不好意思，说难为你还想得起我这个闲人，大老远来看我，胡不愁还跟她打趣说其实不光是来看她，还想看看她替邻居补好的那根柱子，牛嫂笑得更不好意思了，也没有多说什么，又拿了一堆好吃的塞给她，让她带回观里分给大家。

牛嫂有喜当然是一件好事，大家也替她开心，胡大力还承诺等孩子出生后他要免费送个好名字，大家高高兴兴吃她送来的东西时，只有它时不时往书室那头看看，今后，窗口熟悉的位置上应该很难再看到那个熟悉的人了吧。

后来，牛嫂顺利生产，还是一对龙凤胎，她的石匠相公这辈子都没这么高兴过，摆了整整三天的酒席，把附近乡邻都请去了，胡大力他们也去了，也确实按他说的那样，很认真地给孩子起了他认为很好的名字，不过据说后来没有被采用，石匠的母亲找她最信任的"神算子"起了他们觉得更好的名字。

之后，牛嫂就如同一团在阳光里逐渐散去的雾气一样，从随意观中淡去了。

直到一年后的某个秋日，牛嫂带着两个孩子与两筐甜枣，久违地出现在它面前。来得不巧，观里只有它在，胡大力揽了一个大差事，带着所有人出去挣钱了。

来了新奇的地方，孩子们在观里笑闹着乱跑，牛嫂喊都喊不住，抱歉地跟它说两个皮猴子正是烦人的年纪，也幸好你们师父不在，不然真是要扰他老人家的清静了。

它一边装枣子一边说，没事，师父有时候比他们还吵。牛嫂扑哧笑出来，又习惯性摸摸它的头，说它又长高了。肯定是长高了的，它按普通人的生长情况估算过的，每年要长多少，它心里都有数。

收拾好枣子出来，它瞧见牛嫂抱着孩子，站在书室的窗外，入神地看着窗内那个她曾抱着无数热情与好奇，一心一意沉浸过的世界。书架上的书还是老样子，整齐有序，她闭着眼睛都知道自己喜欢的书籍放在哪一层，书桌上她用过的笔墨纸砚也都在老地方，几团她不小心留在桌上的墨渍也还清晰可见。

它默默站在她身后，没有打扰她的回忆。只是，它发现牛嫂看孩子们时眼睛里有光，看书室时眼睛里也有光，只是两种光不一样。

不知过了多久，孩子突然闹起了情绪，哇一声哭出来，这才把牛嫂从并没有走进去的书室里拉了回来。

发现它在身后，牛嫂无奈地笑笑："带孩子就是这样，没有一刻能闲住，我回去了，等你师父跟师兄姐们回来，替我转告一声，等明年枣子熟了，我再给你们送来。"

它点点头，目送她带着两个孩子离开。突然，它似是想起了什么，飞快地跑进书室，抱起几本厚厚的书册追到牛嫂面前，把书册递给她："师父说这些书是替你买的，你带回去看吧。"

牛嫂一愣，把怀里的孩子放下来，伸手想接过来，半空中却像是触到了一堵墙，突然又将手收了回去，为难地笑了笑："我相公其实不太喜欢我做这些事情，上回老唐家柱子的事被他知道以后，他说那不该是我操心的事。现在家里的事情更多了，怕是没有时间再琢磨这些了，这些书册不便宜，给我就浪费了，还是留在书室里，别人会用得上的。"

"你做事，为何要你相公喜欢？"它不解。

牛嫂又笑了，捏了捏它的脸："如意小，大人的事情你现在不明白的。"

它不解不是因为它小，而是它在随意观里的每一天，看到的都是按自己的意愿与欢喜而活着的家伙们。明明自己那么喜欢的事，为什么会因为别人的不喜欢就不做了呢。

它抱着没有送出去的书册，看着牛嫂跟孩子们的身影渐渐消失在大门外的黄昏中。

○ 4 ○

等今年的枣子又吃光的时候，它又学到了新本事。

上次胡大力带着众人回来时，它就听到胡不难他们说什么东西不够了，再不储存些的话，下次遇到相同的事情就没辙了。

听胡不愁说，这次他们去挣的大钱，是让一个很有钱的土财主跟他意外去世的弟弟见上一面。它有些惊讶，说我们还能揽下这种事？

胡不愁有些得意，谁让我们有本事呢。

它还是不理解，活人跟逝者怎么可能再见面呢，就算有这样的法子，也多是邪术之流，随意观不是最痛恨歪门邪道吗？

胡不愁弹了一下它的脑门，想什么呢，我们怎可能用邪术，这个事情吧，说起来也有点复杂，等到师父教你这本事的时候，你自然就明白了。

没想到，胡大力这么快就教它了。原因有点好笑，因为胡大力说这个十五的月亮是最圆最亮的，原来教它本事还得看天气。

记得那天，天刚黑，小王南宫他们就忙着往院子里摆水盆了，没错，就是普通的水盆，他们平时拿来洗菜洗衣服的那些——装了满满的水，在渐起的月色里晃晃悠悠。

完全没有它想象中的严肃场面，甚至连做做样子的符咒香火法坛都没有。在等待月上中天的时候，胡大力他们甚至还去吃了个晚饭。

等到时间差不多了，月色如银瀑泻下时，胡大力剔着牙坐在一堆水盆前，对其他人说："你们五个商量一下，谁来带如意？"

其余几人嘀嘀咕咕一阵，它听到他们说："第一次尝试应该不会成功的吧？""如意现在学这个是不是还早了点？""反正都要学，早比晚好。多一个人加入我们就能多一分收益。我带如意吧。成不成无所谓，慢慢来。"

结果是胡不愁带它。可是，带它干什么呢？它站在水盆前头，茫然得很。

"如意，看着我的眼睛。"胡不愁把它的脑袋掰过来，指着自己的眼睛，"听着啊，眼睛是我们身上最有灵气的部分，所谓目光，听起来是个再寻常不过的词儿，但在某些特别的条件下，目光可从无形成有形。比如……"她指了指天上圆月，"有月光加持。"

它听话地看着不愁的眼睛，依旧茫然。

"你现在肯定不明白。"胡不愁又把它的脑袋转到另一个方向，朝另外四人努努嘴，"你仔细看着他们接下来做的一切。"

好啊，它很仔细地看。

胡不闹与胡不难一组，小王与南宫一组，两人一水盆，然后便见他们或蹲或坐，反正就是以水盆为中心，聚精会神地看。然后呢？然后就没了，他们就这样专注地看着荡漾着月色的水盆，再无其他。

它狐疑地转回头看向胡不愁，胡不愁又把它的脑袋转回去："别分神，仔细看着。"

四个人两个盆儿……有什么好看的呢？但师姐既然这么说了，就看着吧。

月光在时间里缓慢移动，在场的每个人都变得特别安静，都专注于"看"这件事，它看垂头凝视的他们，他们看银光潋滟的水面。

忽然，水盆里有了不寻常的动静，一圈又一圈的涟漪在没有外力的情况下接连荡漾起来，好像有什么东西在水下游动——但它确定的是，那只是两盆清水，什么都没有放。

又过片刻，月晕般的光华从水下层层透出，照亮了上方的脸孔。一眼看去，如银光织成的纱落在四人身上，闪闪发光，其象甚美。再仔细一瞧，四人的眼睛也泛起相同光芒。就在此刻，月光、目光、水光，三种原本毫无关联的东西，在简陋的木盆里融为一体，交织流转，如梦似幻。

它看得呆了，世上有那么多不同的光线，日出夕照，灯火烛光，竟无一种能与眼前的两个灵光流动的木盆相比。

一阵咯咯咯的笑声从水盆里冒出来,清脆得像春风吹响了藤上的铜铃。

"成了。"胡不愁一笑。

胡大力也松了口气,刚刚绷直的背又靠回了椅背上,满意道:"好小子们,越发熟练了。"

是眼花吗,怎么盆里真有东西游了出来?!它凑上前细看,竟是两个小小的人儿,通身散着与月色一模一样的光,只有轮廓,不见五官,且它们的头长得有些奇特,很像一只眼睛,虽是一副怪模样,却活泼得很,两条鱼一样在水盆里欢快地游动。

"这……你们什么时放进去的?"它又看了看小王与南宫的盆子,里头也是相同情况。

胡不难做了个收气归位的动作,得意道:"哈哈,它们可不是放进去的。"

"那怎会如此?明明之前什么都没有。"它太好奇了。

"月瞳只能以月光目光与心念召之,哪能放进去。"胡不闹淡定道。

"月瞳?"它蹲下来,视线跟着盆子里两个小家伙乱转,"是什么?"

"准确说,也是妖怪。"胡不愁说道,"满月挂天时,盛清水映月光,再找一对儿能彼此看见的人,以各自目光同投于水面,心中默念灵咒,便能召唤出一对儿诞于光中的小人儿,称月瞳。"

"妖怪?它们也是妖怪?"它觉得太有趣了,原来世上还有从月光与目光里生出来的妖怪,看着看着便本能地伸出手去,像平日里逗小王的同类一样想戳一戳它们的脑袋。

"碰不得!"胡不愁赶紧抓住它的手腕,又问小王,"勺子跟葫芦呢?"

小王一拍脑袋:"还在厨房,我这就去拿。"

很快,小王抱着一个竹篓跑回来,里头放着一把大汤勺与两个葫芦,还有一捆红线:"来来,你们谁来舀?"

"我来吧。"胡不愁拿起汤勺,又跟它说道,"你看啊,召唤出月瞳只是成功了一半,把它们正确有效地保存起来,才算彻底完成这件事。而且,在使用它们之前,我们谁都不能碰到它们,否则以后就不好用了,所以只能用汤勺。"

说罢,她蹲到水盆前,落勺前又提醒道:"葫芦备好。"

胡不难赶紧从竹篓里拿出一个葫芦,想了想,递到胡不闹面前:"师兄,你来。"

胡不闹眼都不眨一下,直接以手为刀,唰一声劈下去,那葫芦立时在胡不难手中一分为二,胡不难笑道:"师兄的手刀越发厉害了。"

"那是自然。"胡不闹揉了揉眼睛,"赶紧舀起来,弄完好睡觉,我都困了。"

一切妥当,胡不愁便跟平日里舀汤盆里的菜一样,熟练地用汤勺把两只月瞳挨个舀起来,分别倒进胡不难手里的两半儿葫芦里,两个小东西在水中虽欢快活泼,可一旦离了水住进了葫芦中,便跟困极了的小儿一样,蜷起身子沉沉睡去,从它们体内散出的异光像一张被子,将它们安全又牢固地包裹在葫芦里。

捌·月瞳

"行了，合上吧。"胡不愁站起身。

胡不难吸了口气，双掌一收，两半葫芦重新合为一体，小王见了，赶紧拿了红线来，牢牢绑在葫芦腰上，令它们再无分家的可能。

之后又如法炮制，将小王与南宫水盆里的月瞳"收"到了另一个葫芦里。大家的动作都十分熟练，配合也默契，看得它惊叹不已。

"小如意啊，你过来。"胡大力冲它招招手。

它赶紧过去。

"把这个背熟，然后你也去试试。"胡大力摸了半天才从袖子里摸出一张皱巴巴的纸，"召唤月瞳的灵咒，用心记，用心诵。月瞳这个妖怪啊，对我们随意观可是重要得很呐，能赚大钱的地方都需要用到它们。"

它忙宝贝似的接过来一看，眼皮子顿时耷拉下来，将纸递回去："这是您老泡药酒的方子……"

"啊？！"胡大力拿回来一看，尴尬地揣回去，又摸了半天才从另一边袖口掏出同样皱巴巴的一张纸，"这回对了。"

确实对了，不是药方不是菜单，纸上只潦草写了四行字——"见君如我，见我如君，目中有月，月中有目。"

看一遍就记住了，这就是所谓的"灵咒"？

"去吧，看看灵不灵。"胡大力又舒服地靠回椅背上，轻松地哼起了小曲儿，仿佛完成了今天最重要的一件事。

它攥着这张纸，皱眉："我还是不明白。"

"只有能看见彼此的人，才能召唤出月瞳。"胡大力指着自己的眼睛，笑，"我，你的师兄师姐，随意观里的每个家伙，都能看见你，如今就看你能不能看见我们了。"

"我又不瞎，一直都能看见你们。"

"你以为的'看见'，是只要不瞎就可以吗。"

"不然呢？"

"你能见万物所缺，别人却看不见，难道别人都是瞎子？"

"那是因为我有别人没有的能力。"

"所以，'看见'本身就是一种很厉害的能力。你以后就会知道，世间眼睛好使的瞎子可多了去啦。快过去试试吧，再耽搁下去，月亮都没了。"

它想了想，一头雾水地走到胡不愁身边："师姐，到底你们说的看见是怎么个看见？是不是不能明白这一点，我就学不会召唤月瞳的本事？"

"一开始我也不太明白，时间一长就懂了。来，这盆水是咱们俩的。"胡不愁端过另一盆没用过的清水放在脚下,角度正好,整个月亮都落在了水里,她招呼它蹲下来,"你脑子里只管随意去想与我有关的事,比如我给你买糖吃,比如我们俩一起给胡小二晒肉干儿,比如我拿枣核儿教你打蚊子……反正吃喝玩乐任何事,只要跟咱们有关的都行,边想,边看着水盆里的月光,再默念师父给你的灵咒,没准儿就成事了。"

"哦……"它努力去理解她说的每个字,真的只要想这些日常之事就可以了吗,那应该很简单才是,但它越这么想,心里越是紧张起来。

平静的水面在两人目光的注视下,似乎是轻微的荡漾起来,但很快又发现那只是一阵风恰巧经过而已。

众人都在耐心等待,在他们眼里,小如意是顶顶聪明的家伙,学什么都快,也许今夜也会有惊喜。

但一直等到大家的呵欠此起彼伏时,它的那盆水还是一盆干干净净的水。它的额头都冒出了汗,手心里也是。

终于,胡不愁揉了揉眼睛,抬头冲它笑笑:"行了,月色淡了,看样子得下次再试了。"

它一屁股坐到地上,有些泄气地看着盆子:"我想了,看了,也念咒了。"

"好啦,别不高兴,大家都不是一次就成功的。"胡不难上来摸了摸它的脑袋,朝胡不闹努嘴,"你大师兄他当年可是试过二十八回才成功呢。"

"真的?"它抬头,心里好过了些。

"二十七次。"胡不闹纠正道,又打了个呵欠,"能回去睡觉了吧?"说着又朝胡大力那边看去,才发现老头子早就没影儿了,他一跺脚,"老头子又先跑回去睡觉了!"

"走走,都回去睡觉。"

"我把这儿收拾收拾,你们先去吧。水不要浪费了,月瞳游过的水比普通的水多了几分灵气,拿去菜园子里浇一浇,瓜瓜菜菜都长得特别好。"

"南宫,半夜了你还去浇水?明天吧。"

"那不行,水里的灵气等不到天亮就得散了,种菜也得用心。"

"好吧好吧,我帮你浇。原来还有这说法,我说上回的萝卜怎么比之前甜。"

"嘿嘿,我厉害吧。"

"厉害厉害,有南宫飞燕在,咱们永远有口福!"

"你非得喊我全名吗?"

类似的对话,它听过无数次,身边这群人永远是这个样子,只要是自己想做的事,高高兴兴就去做了,无论是一件多普通多不起眼甚至多无聊的事,好像都能得到旁人的支持甚至协助,从不扫兴。有这群人在,就算事情没有办成,心里也不会太难受的。

虽然今日没有成功召唤出月瞳,但起码胡大力教了它新本事,也算有收获——岂能皆如意,但求半称心——原来这句话无处不在。

短暂的失落一扫而空。

那晚在被窝里，胡不愁跟它说，月瞳召唤出来后，谁也不能碰，因为要留着它们用在适当的时候。比如土财主想见他去世的弟弟，便要取一对月瞳中的一只交给土财主，再将另一只放到他弟弟手中，如此便在生者逝者之间造出了一双能见彼此的"眼睛"，待到月明之时，土财主只需将他那只月瞳晒于月光之中，便能见到他弟弟了。月瞳这种妖怪的神奇之处，便是"可通阴阳"。

"月瞳能复活逝者？"它惊讶到睡意全无。

"那怎么可能，谁敢做谁又能做这样违逆天道的事情，泰山府君第一个不放过他。月瞳天生一对，生者执之为阳目，逝者执之为阴眼，阳目一开，阴眼自明，这对儿'眼睛'之间便生出一条无形之路，可将逝者之'象'带回生者面前。不同于梦境幻影，此'象'借月瞳妖力而生，虽非真实，却与活人无异，且看作是短暂地替泉下之人又续上了一时片刻的时间吧，生前若有话来不及说来不及问的，可借此机会一了遗憾。不过要特别注意，月瞳一旦被人触碰，便只认最初碰到它们的两人，只会成为他们之间的眼睛，若在使用过程中被第三人碰到，立时消去妖力，再无用处。所以得用汤勺把它们舀起来收好，等到有确定的人需要它们时才拿出来使用。通常一对月瞳只得维持一两个时辰的时间，待到妖力散尽，便会腾空而去回归月色。如此，既未扰乱生死，又能帮扶众生，还能赚钱，何乐不为。"

胡不愁讲得很耐心，它终于听懂了一大半。

必须用葫芦收藏它们吗？

只要是天生一对儿的东西都可以，葫芦最方便嘛，反正南宫种了好多，拿一个劈开就是，又好用又不花钱，看着还吉利。

哦……那这个本事是不是只有我们随意观才有呢？

就算知道法子知道咒语，也未必能召唤出月瞳啊，这一点，咱们随意观比他们都强。

我们比他们都强？

我的小如意啊，睡觉吧，我好困啊，以后再讲给你听行不行。

好吧……这一夜，它做了个梦，梦见自己不是生于古墓，而是随意观的一个葫芦里，当它从一分为二的葫芦里跳出来时，迎接它的是砰砰响的彩纸和一片真诚的欢呼声。

它在梦里笑出来。趴在窗外的胡小二被它的笑声吵到，抬头往屋子里看了看，吸了吸鼻子，又把脑袋埋回去继续睡。

月光缓慢移动，始终温柔地照看着随意观里的每个角落，以及每个沉于睡梦中的人与妖怪。

5

转眼,三年过去。

它精确地变化着身体,现在是一个标准的七八岁姑娘。

三年间,它除了在其他人出去赚钱时留守随意观,还在他们的细心教导下,学了不少五花八门的术法,点石成金撒豆成兵御剑飞天……它都不会,它会隔空控制锅铲炒菜,会酿一种让人一夜美梦的甜酒,会把胡小二狗碗里的肉干儿眨眼移到胡大力碗里,让老头子白挨一顿挠,还会跟南宫小王他们比试谁的"封妖术"更厉害。大约是它悟性更高些,修习时间长过它的南宫小王到后来居然都败给了它,他们封它封不住,它却能顺利把它们封到树干或者墙壁里,还要恶作剧地挠它们痒痒,直到小王答应带它去集市买新衣裳或者南宫同意给它做个喜欢吃的菜才可脱身。

它的进步,所有人看在眼里,大家都很欣慰,因此那段时间的随意观里经常都有各种庆祝活动,而它也习惯了这些家伙们嘻嘻哈哈的神情与各种匪夷所思的惊喜。最重要的是它习惯了充满随意观中的欢乐与善意,从最初看他们胡闹到跟他们一起胡闹,是它几百年来走过的,最长的一条路。

它不记得从什么时候开始,每天一睁眼就是斜入房间的阳光,即便那天是阴天,伸个懒腰,起床,叠被子之前先把压在它被子上睡得呼呼作响的胡小二挪到一边,从前它喜欢占它的窝,现在胡小二支棱起来了,天天睡在它床上,之后把另一边还在说梦话的胡不愁喊醒,再一边洗漱一边把昨天胡大力教的东西在脑子里过一遍。出门后,踩着走廊里的晨光走到饭香四溢的厨房,南宫永远是起得最早的一个,忙不迭地拿着大勺给每个碗里添热粥的同时总要唠叨等会儿要给哪棵树浇水哪盆花除虫或者给哪个不肯长个儿的瓜菜说点好话,小王一定是在旁边照镜子,生怕脸没洗干净坏了自己的盛世美颜。等到人到齐了,胡大力便领着大家在鸟语花香里打一套他自创的强身拳法,打完就能吃饭了。饭桌上也永远是热闹的,一群人叽叽喳喳说着昨天的趣事今天的计划,它被拥抱在这样的气氛里,除了大口吃饭大声笑,也干不出别的事情了。

当这样的日子成了日常,它偶尔会想,若自己的命运是天生残缺,那么,它竟以最糟糕的运气,遇到了最好的人。但这个想法,它不好意思跟他们任何一个人说。

至于牛嫂,已经很久很久没有来过随意观了,去年的枣子都是托别人送来的,今年的枣子还没有踪影。

去年年底时,胡不愁去探望她,回来后她说石匠的名气越来越大,接的生意简直忙不过来,牛嫂又要帮忙又要料理家务带两个小娃娃,忙得脚不沾地,都没工夫跟她好好聊聊。

这么一说,大家只好把年后集体去看望牛嫂的计划暂时取消了,说再等些时候牛嫂家不那么忙时再去吧,它看着自己给牛嫂准备的礼物——一支它自己做的笔,虽然是胡不闹帮忙砍回来的竹子胡不难帮忙找的马毛,但剩下的都是它自己做的,它还在笔身上刻了非常朴实的四个字——梦想成真。它总是忘不了牛嫂在书室里写写画画的身影,以及那片笼罩在一个寻常女子脸上的光,这支笔,就当作是它吃下去的那么多枣子和那对红头绳的回礼吧,她不要那些书籍,一支笔总能收下吧。

之后的日子里,他们随意观也忙起来了。毕竟之前赚的钱又花得差不多了,麻烦的是,世道越来越乱,朝堂不稳,兵连祸结,寻常百姓最受其害,光是吃饱肚子保住性命已是头号难事,想赚钱发财更是难上加难,以前还能靠参加太平友会赚点口粮,今年居然连这雷打不动的大会也取消了,乱世妖孽多,诸位同道都忙于济世除恶治病救伤,实在是分不出时间来交朋会友比身手了。

大概是因为随意观位置偏远,尚未太受战火牵连,靠着往日的行当,胡大力他们还是能赚到些钱,虽不多,勉强够吃饱。最近,连它也被拉到外出赚钱的队伍里,一开始它还不敢相信,看家看惯了,平日里连随意观的大门都很少出,而且自己一不会起名字二不会看风水三不会看跌打——他们平时好像就是靠这些赚钱?而且,它至今也没有召唤出月瞳⋯⋯所以当胡大力叫上它时,它以为他喝多了,一只只会些初入门小伎俩的有缺,不拖他们后腿就算不错了,能帮他们什么呢?

但胡大力却笑眯眯地对它说,本事无大小,总有能用上的地方。

它最大的本事,只有一个。

结果,一路上的经历比它想象中容易,一群人像在随意观里一样轻松自得,游走于乡村市井,要么受人之托,要么主动出击,反正扯开他们随意观的旗号,总有需要帮助的人找来,当然也有看他们不顺眼骂他们装神弄鬼的,他们也不介意,只管做好自己要做的事:起名字一定要起得万无一失;看家宅一定要看得仔细,连狗窝的位置都不放过;遇到贫病交加的,赠医施药倒贴钱也是常事,所以经常是这里赚一点,那里又贴了出去,每每搞得负责算账的胡不难头痛不已,一边说以后可不能再倒贴钱了,到了第二天大家又把这事忘了,该贴还贴⋯⋯幸好,他们命不该绝,误打误撞帮一个大户人家抓住了偷珠宝的家贼,对方十分感谢,给了不菲的报酬,这次的头号功臣是它,在主家对几个嫌疑人动之以情晓之以理说只要把宝物还回来便不再追究时,它指了指其中一人,小声对胡大力说,他是贼。

胡大力问,你看出来⋯⋯此人最缺钱?它叹了口气,师父,我们也缺钱啊,难道缺钱就会偷别人的钱吗?

胡大力摸了摸胡子,笑,小如意会反驳了,好事。

会笑了,会学新东西了,会胡闹了,会反驳了,会把自己当作一个正常甚至还不错的存在了,这才是它从随意观里学来的最大本事吧,而且,自然而然就学会了。

但得到夸奖的它，还是会不好意思，它又对胡大力道，那个人，他缺底气。

你连这个也瞧出来了？旁边的胡不闹他们不禁给它竖了个大拇指。

它给的结果当然是对的。那天拿到酬劳后，他们找了一家最好的饭馆，终于吃上了好久都没吃上的烧肉与烤鸡，并且毫无异议地把两个大鸡腿都夹到了它的碗里，这样做的理由是，我们家的小如意出息了我们也跟着沾光了呀！！

没有夸张的彩纸与庆祝活动，但还是热闹得很，胡不难趁着几分酒意吹起了笛子，胡不闹与胡不愁一个击掌一个以筷击碗为他伴奏，小王则唱起自己编的欢快小曲儿——小河弯弯，姑娘跌落了小竹篮，哭啊哭啊哭湿了裙边。小鱼翩翩，转啊转了几个圈圈，漂走的竹篮回到面前，小鱼摇尾巴，姑娘笑成一朵花。天晚啦，回家啦，明天再见吧。

它对音律没什么天赋，但这首乱七八糟的小曲儿，它听一遍就记得了，因为他们唱得太好笑了，尤其胡不难还学着小王在水里的样子，把自己装成一条鱼扭来扭去，胡大力也一点没有个师父的样子，不但说胡不难扭得不像，居然还亲自做示范，扭了半天换来大家一句好丑……胡不闹还补刀，说不像鱼倒像一条有颈椎病的老泥鳅，然后当然就被胡大力揍了。饭桌变战场，师徒打成一片，它笑得差点被嘴里的鸡肉呛到。

那天，它突然觉得，世上最好的庆祝，就是眼前这一群人在一起啊，他们是随意观的成员，也是随意观的魂。

大约赚够了大半年的口粮，他们回到随意观，留守的南宫高兴地告诉他们，菜园里的黄瓜丰收了，莲花池里的莲花也开了，还有一朵并蒂莲，好兆头啊，不枉他费尽口舌天天称赞它们貌美如花聪明过人。

看他兴高采烈的样子，好像那些好东西都是因为被说好话才长得好的，殊不知这随意观里的一花一叶，一菜一瓜，都是他南宫日日夜夜的悉心照顾才能开花结果的啊，他也许是随意观里最不起眼的那个，成日里都像个寻常农夫一样在菜地花园里忙碌，但只要他在，就算没赚到钱，回到家也一定会有饭吃，不会饿肚子。

它掏出一包花种拿给南宫，说开出来的花很像蝴蝶，不但漂亮，结的果还能吃，说是又脆又甜，这是给他带回来的礼物，希望他喜欢。

南宫当然喜欢，赶紧去找地方种起来，边种边念经似的说着各种各样的好话，惹人莞尔。

所有人都在期待这些花种长成后的样子，等到那天到了，肯定又要大肆庆祝一番，他们甚至商量好了到时候谁唱歌谁奏乐，谁负责把南宫打扮成一朵花，让他月下一舞，惊艳天地！

它甚至都想到那一天的情景了，提前笑了出来。

随意观里的日子就是如此，没大没小没烦恼，不会度日如年，只觉时光飞快。

可是，尚未等到蝴蝶花开放，他们却先等来了一个坏消息——

牛嫂去世了。

那是个意外。天气渐冷，牛嫂想着给全家做新衣，去集市上买布料时，遇到一匹受惊的马，躲闪不及，被撞到要害，听说当时人就不行了，连一句话都没有留下。

待他们知道这件事赶去牛嫂家时，她已下葬多日。依然忙碌的石匠敷衍地接待了他们，说了些感谢的场面话，便让人带他们去牛嫂坟前拜祭。

它看着那座寒风中的新坟，没有哭也没有说话，甚至连眼圈都没红，只是默默把自己做的那支"梦想成真"的笔，仔仔细细地埋在了牛嫂的坟前。胡大力叹了口气，把那些她曾视为珍宝又不得不放弃的书册，一本一本烧了。

尘土与灰烬，在初冬的傍晚里胡乱翻飞，渐渐与阴暗的天色融为一体。

天气真坏啊，更让人不舒服的，是他们离开时，偏巧看见有媒妁模样的妇人匆匆忙忙进了石匠家门。

一定要这么着急吗？他们的眉头不约而同皱了一下，但除了皱一下眉头，又能怎样呢。

随意观里的气氛，从没有像今天这样，遗憾且悲伤。从回来到吃饭，大家的话都变少了。

夜里，它翻来覆去，睡不着。窗外有笛声，平静悠扬里透着一丝悲怆。披衣出去，胡不难坐在石桌前，月色暗淡，把他照成了一团朦胧不清的光影。

"吵醒你了？"他放下竹笛。

"就没睡着。"它坐到他身边。

"回去吧，外头凉。"

"小师兄……"

"嗯？"

"我的同族里，有不少被雷劈过被火烧过被石头砸过，都还活着。"

"所以？"

"人……这么容易死？被马撞一下就没了？"

"血肉之躯，有什么奇怪的，还有被针扎一下就没了的，吃坏东西没了的，被天上掉下来的花盆砸没了的……可就算没有这些意外，人也不过短短几十年寿命，跟妖怪是不能比的。"

"然而好多妖怪的最大愿望就是修成人形。"

"它们只是想要一个人的模样，并非想成为一个生命短暂又脆弱的人类呀。"

它垂下头，没有作声。

胡不难弹了一下它的脑门儿："小丫头，你就是个有人形的妖怪呀，多好啊，身体强壮结实又很难杀，活得也比人久，不光能吃到更多好吃的，还能看到那么多我们普通人看不到的，该庆幸才是呀。"

它一动不动，连额头都不揉一下，脑袋却垂得更低了。

胡不难见它的低落都要从身体里漫出来了，叹了口气，摸摸它的头："牛嫂的事，我们大家都很难过，但生死本是寻常事，是个人都有这一天，无非早晚，你也不必太难过了。"

沉默片刻，它终是抬起头："连一句话都没留下，我都不知道她喜欢不喜欢我送她的东西。"

"会喜欢的啊，你的笔，师父给她的书，她都会喜欢的。"胡不愁肯定地回答，又若有所思道，"我想她最快乐的一段时光，就是在咱们家的书室里吧。"

"石匠会想她吗？"

"呃……会吧……"

"可他都没有找我们。"

"找我们？"

"如果他想她，不是无论如何都想再见一面吗，毕竟她走得那么突然，连个告别都没有。"

"这……每个人有每个人的想法吧，也许石匠只想尽快放下，活着的人想活得轻松，也不算有错。"

"可我想见她。"

"如意……"

"小师兄，咱们接的活儿如果要用到月瞳，收多少钱？"

"啊？！"

6

月瞳虽然算个稀罕物，但在随意观里也不是一宝难求，只要月亮够圆，只要他们这帮人依然能看见彼此，这玩意儿就能源源不断。

胡大力说，拿一对儿给如意？

无人反对。随意观里最小的徒弟，又刚刚才学会了高兴，就不要让它失望了吧。

当然是免费的，但胡不愁跟它说好了，偿了这个心愿之后，就不能再愁眉苦脸了。

它点头。然后，都不用它操什么心，胡大力亲自取了一个葫芦来，解开上头的红线，取下一半放到它手中，让它拿手指戳一戳里头的小东西。

它犹豫了片刻，小心地伸出了手指。指尖好像碰到了一团它吃过的糯米丸子，微凉绵软，被触碰到的月瞳从沉睡中缓缓睁开眼睛，在葫芦里伸了个懒腰。

它收回手，奇异的触感还凝在指尖。

胡大力说，这就是你的月瞳了，另一只月瞳我们会交到牛嫂手里，待到下一个有月亮的日子，将你这半葫芦晒在月光里，阳目则开，而执阴眼的"牛嫂"便可循阳目之光回到你面前，这对儿绝无仅有的"眼睛"，说是眼睛，更是一条可以将回不来的人带回来的"路"啊。

它捧着半个葫芦，心中已按捺不住期待，但突然又有疑问："可牛嫂已入土为安，另一只月瞳要怎么才能……"

"当然是挖坟啦！"胡大力敲了敲它的脑袋。

"啊？"

"啊什么啊呀。"旁边的胡不闹耸耸肩，"这种事又不是第一次做了，两只月瞳注定是用在一阳一阴上的，就算土下已是枯骨一堆，只要碰到月瞳，自然管用。"

"牛嫂那边你就不用管了。"胡不愁指了指胡不难，"你小师兄做这事可熟练了，又快又麻利。"

"又是我？"

"我们帮你把风，你放心挖。"

"说好了，万一惊动别人要对付我，你们得帮我挡着！上上回你们就跑了！"

"哪儿跑了！你记错了。"

"师兄跑着跑着还掉坑里了！"

"我只是跑太快踩到石头崴了一下，哪儿掉坑了。"

"还说没跑！"

"啊……师父，您老观好天象没有？哪天有月亮？"

"后天。"

后天……它把葫芦紧紧抱在手里。

果然，两天后的夜晚，半个月亮高挂天空，虽不如满月亮堂，却也足够照亮葫芦里的家伙了。

刚过了午后，胡大力便亲自带着三个徒弟去了牛嫂那里。

按他们的吩咐，天一黑它便拿了一个藤篮，里头还铺了软软的干草，然后把半边葫芦小心摆放在里头，它又想了好一阵子，挑了好几个地方，最终把藤篮摆放到书室的窗台外头，让月光正正好地照着，做完这一切，它才惴惴不安地坐到院子里，等。

看出了它的紧张，小王安慰它说，放心吧，他们从不失手，说了让你见到牛嫂就一定能见到的。它点头，心里仍是乱七八糟地想，牛嫂是会从天而降，还是穿墙而入，抑或正常地从大门进来呢？说不紧张，还是紧张。

南宫贴心地给它准备了热乎乎的汤与小菜，说天冷夜长，也不知要等多久，吃点东西比较好打发时间。

它跟他道谢，却实在没心思吃东西。小王拍拍它的肩膀，说我们就不陪你了，一炷香时间，都留给你吧。

一炷香时间应该够了，它的话本就不多，只是想跟那个替自己绑头绳的人好好告个别。

院子里安静得只听到自己的呼吸声，它独自坐在浅淡的月光中，从前半夜到后半夜，桌上的热汤早已凉了。

一阵冷风吹过,它揉了揉发沉的眼皮子,又下意识地把衣裳裹紧了些,但就在那一瞬间,它突然愣住——冷风里怎的有一股淡淡的、熟悉的香气,如三月阳光,温柔和煦。缓缓回头,牛嫂活生生笑盈盈地站在身后,手里捧着半个葫芦,月瞳坐在葫芦里,不慌不忙地眨着头上那一只眼睛,浑身光芒流转。

它难以置信地站起来,呆呆看着眼前的"牛嫂"。牛嫂的笑容一如既往般温和,她指了指书室外头那个同样散着光芒的藤篮:"从我一睁眼,就瞧见那团光了,我手里也有一团光,它们像有魔力,引着我一路往这里来。我的身子从未如此轻快过,健步如飞原是这种感觉。"

它走上前,试探般握了握牛嫂的手,喃喃道:"好暖啊……"这样的温度,要人如何相信她只是一个既真实又不真实的"象"。

牛嫂反过来握住它的手,轻轻揉搓:"小如意的衣裳穿得薄了,手凉得很呐。"

它鼻子一酸,问:"我送你的礼物,可喜欢?"

"喜欢。"她眼里有光,"梦想成真……真好。"但那道光转眼便灭了,她遗憾地笑了笑。

"牛嫂……"它觉得喉咙被什么塞住了,明知时间宝贵,却不知该说些什么。

她看着它乱七八糟的头发,笑着摇摇头:"到现在也没有学会绑头发啊。"

月光比之前亮了一些,大概是飘走了几朵挡路的云。它坐在石凳上,牛嫂像从前一样,细心地替它梳理头发,当看到那条已经褪色的发绳依然绑在它的辫子上时,她的手指停了片刻,笑:"这发绳已经旧了,不用多久就该断了,换一条吧。"

它摇头:"不换。我喜欢这条。断了我也给它接起来。"

"好,随你。"她笑出来,"随意观出来的人,怎么高兴怎么来。"

"你……有什么话要带我给别人吗?"月光在地面上缓慢移动,它清晰地感觉到时间在飞快地流逝。

她的手指又停在它的发间,好一阵子才听到她的一声叹息:"小如意,你可知我被撞倒在地命悬一线的瞬间,看见的是什么?"

它想了想:"夫君?孩子?"

"我也以为该是他们。"她轻轻捋着它的发丝,"可我看见的……居然是我给老唐补好的那根柱子。"说完,她自己先笑出来,"哈哈,怎么会是那根柱子呢。"

它一动不动,由得她的手指在自己的发丝间缓慢且不知所措地移动,也不去问她为何笑得有些难过。

"胡道长他们如此和善又贴心,肯定也送过小如意许多礼物吧。"她忽然转了话题。

它稍微回忆了一下,掰起指头答道:"新衣裳新鞋子,模样奇怪的枕头被子,他们亲手削制的木剑雕刻的玩偶,用池塘里鹅卵石摆成的一朵花,施了法术会自己动的皮影……太多了。"

"真好，听上去就让人开心。"她有些羡慕，"我幼时家贫，能吃一餐饱饭已是不易，礼物是没有的。嫁人后，夫君待我不错，他为人能干，赚的钱也比普通人多，衣食日常从未短缺于我。他只送我一回礼物，是我们新婚不久后，他买来一套做女红的工具，样式齐全制作精致，说以后这个家就得由我操持了。后来，婆婆也偶尔会送些东西给我，要么是她搜罗回来的各种菜谱与补药方子，要么是当下时兴的绣花样子。我都高兴地收了，也用上了。他们时常赞我贤良淑德，他们家没有娶错人。"她把编好的辫子盘成好看的发髻，像跟一个老朋友闲聊一样，平静地谈着已经过去的生活，"我从未觉得这样的日子有什么不妥，毕竟从记事起，自父母到四邻，我听得最多的嘱咐与期待，就是要成婚生子，要出得厅堂入得厨房，要做夫君背后的贤内助，儿女身边的好母亲。我也一直这么做了，并且很自然地把这些期待当作我生命里的全部意义。"

它默不作声地听，越到后半夜的风越是寒凉，轻易就吹到人心里去了。

"只有你们，会送我建筑修造的书册，送我能画出各种图纸的笔，会为我补好一根柱子而庆祝。"她把最后一缕不听话的发丝掖入它的鬓边，"我曾以为身边的人也会为我这点小小的本事而高兴，可他知道后，很生气，好几天都不跟我说话，我觉得委屈，问他何故如此，他只给了我一句话——哪有妇道人家干这个的，不务正业，不知所谓。"

它的手突然就攥成了拳头，好像面前多了一个虽然看不见，但很想一拳打过去的人。

"曾经我跟胡道长闲聊时，他说人生里最重要的一件事是'看见'，最幸运的事是'被看见'。"她沉默片刻，到又一阵冷风吹过时才继续说道，"当时我不懂，只当他是喝了几口酒随口说的闲话，修道之人嘛，难免有与众不同的感悟。直到我离开的那一刻，我才明白过来，原来我一直没有被离我最近的人看到过，而我自己，甚至都没有真切且坚定地看到过自己。"

它握着的拳头渐渐松开，无力感从手心蔓延到全身——看见……被看见……无论哪一个，这一生她都已经全部错过了。

"不过，虽有些异想天开，但我想，也许再过百年，或者千年，'不务正业'的妇道人家们，说不定会有被真正看见的一天呢。"她可能觉得自己说了傻话，笑得有些不好意思，赶紧看了看它变得整齐无比的头发，确认无误后，走到它面前，蹲下来端详她的脸孔，"梳好啦。我们的小如意长得越发出挑了，以后一定跟你师兄师姐一样，又聪明又飒爽又有本事。"

它看着她真诚的眼睛，也笑出来："我不会像师兄师姐的，因为他们是人，而我是妖怪。"

她一愣："妖怪？"

"嗯。"它坦白道，"我是一只有缺。"又顿了顿，"你有什么想问的吗？"

她的愕然只持续了很短的时间，然后毫不犹豫地伸出手摸了摸它的脑袋："那你一定是一只运气很好的妖怪。"

"哦？"

"傻孩子，因为随意观里的人都看见你了呀！"她拧了拧它的脸蛋，"天下有多少修道之士会将一只妖怪当作家人啊，更莫说还要正经八百教你本事了，那些看不见你的，多半只会当你邪魔外道，除之而后快吧。"她又笑，别有深意道："随意观跟别处最大的不同，就是里头的人啊，眼睛都特别好使。"

它很认同："嗯，我想藏点好吃的都藏不住，他们总能瞧见。"

"哈哈。"她笑得开怀。

也在这时，两只月瞳的光芒同时暗淡了下去。她身子突然变得轻巧无比，双脚竟缓缓离了地。它一把抓住她的手，心下一阵惊慌。

"放开吧。"小王不知何时从暗处走出来，"时间到了。"

"牛嫂，谢谢你送我们的枣子。"南宫平静地说，"那是我吃过最甜的枣。"

"牛嫂，若下辈子再遇见，说不定我们会住上你亲手建造的宅子哟。我师父说你在这块儿有天大的天赋。"小王冲她挥挥手，吐了吐舌头，"你保重。"

她眼里瞬间漫出了泪光："也多谢你们，让我还有一炷香的时间，把这些本没有机会讲出来的话一吐为快。"她低下头，轻轻拍了拍它的手，微笑道："只要想起在书室里的日子，想起那根我亲手补好的柱子，心头便释然许多，如你师父常说的话，这一生也算半称心了不是。"

"嗯。那就这样吧。"它松开了手，眼眶有些发热，却终是没有流出眼泪来，反而给了牛嫂一个最大的笑容。

"小如意，我记住你这个笑脸啦，以后要快快乐乐的呀。"

"嗯。"它抬头，看着牛嫂越飞越高，离月亮越来越近，直到散成一团团萤火似的光点，消融在温柔的月色里。

同时，两半葫芦里的月瞳在最后一点光芒的支撑下一跃而起，悄无声息地化于夜空之中，那架势像是终于完成了此生唯一的使命，赶紧下工回家一般急迫。如此一想，倒也悲伤不起来了。

"把汤热一下喝了吧，吹了一夜冷风仔细冻坏了。"小王的声音传来。

"我再去炒几个菜吧，看样子今天也不用睡了。"南宫转身就去厨房。

此刻吹过的风，好像也没有方才那么冷了。幸好，这里是随意观。

后来的某一天，它问胡不难，为何当初不惜冒犯老张也要把它救下来。胡不难弹了一下它的额头："我若是没看见，自然不会救你，可我看见了呀。"这是什么很难的问题吗，就是这么简单啊。

"还有……"胡不难正要离开，又停下脚步，头也不回道，"我是个无父母的孤儿，幼时寄居于远亲家。那时候的我只要一天能有一顿剩饭，就是生命里顶级的满足。旁人也认为

257

我这种野草般不值钱的虚弱孩子，能留一口气长大就很好了，其他任何与高兴有关的事于我都是浪费，是我不配得到的。我曾省出自己的饭喂养一只瞎了眼睛无法捕食的野猫，我喜欢它吃饱了饭满地打滚的样子，我们一起躺在干草堆上晒太阳，我拿野花给它编成小帽子。但后来被他们发现了，他们痛骂我浪费粮食，当着我的面把猫打死了，将尸体扔进了火炉里。他们总是这样，会把任何觉得我不配拥有的东西扔去烧掉，猫、我捡回来的书、我拿木头刻的小玩意儿，都烧了。所以，我一度很讨厌看到火炉。"

它愣住："小师兄……"

"那一年，老家发大水，他们要祭河神，挑了一圈儿，把病得快死的我祭了出去。我身上绑着石头沉进河里，脑子里一片空白，但身子还是努力挣扎，想活下去是一种本能吧，结果喝大了的师父把我捞了上来。他说那个晚上他乘舟渡河，本来抱着赏月饮酒的好心情，只怪岁数大了憋不住尿，去船边小解时看见了水中的异动，算我命不该绝，而决定把我带回随意观，因为把我捞上来的时候，神志不清的我嘴里居然叼着一条大鱼……他觉得我天赋异禀，带回观里养着说不定是个年年有余的吉祥物。"他回过头，哈哈一笑，"结果我真的很能吃。"

明明有些好笑的，可它笑不出来，看起来人生完美没有烦恼的他们，怎么也会有如此暗淡的过去。

"小如意，随意观里每个嘻嘻哈哈的家伙，都不是生来如此，我们看见彼此残缺的过往，也看得见相依为命的珍贵，因为看得见，才从心里盼着彼此平安喜乐，并且愿意为这件事去做任何我们能做的。"胡不难笑了笑，一偏脑袋，"走吧，吃饭了，今天有糖醋鱼。"

看着他欢天喜地蹦跳着离开的背影，心里那块云遮雾绕的部分忽然就明朗了，它觉得，自己是不是可以召唤出月瞳了？

○ 尾 ○

房间里的灯火，在破晓前最浓的黑暗中颤动。

一屋子"听故事"的人，居然一丁点多余的声音都没有，但每个人的心里，在知晓了这段往事后，都不约而同地跃跃欲试——能相互"看见"的人，就能召唤出月瞳。

有缺从头到尾都蹲在桌子上，愁眉苦脸地看着两只命悬一线的月瞳。

少年完全靠想象确定它的位置，在讲述那段近百年前的往事时一直看着它，有时还习惯性地想去摸摸它的头，虽然只能在他们几个的指引下才能把手掌放对位置，而它也只能在他们的提醒下才知道自己的头上有他的手掌。

相见又如不相见的情况，真是令人头痛。

而他可能是说了大半宿的话太费嗓子，也可能是身子越发轻飘虚弱了，忍不住咳嗽起来，后面又发生了什么就一直讲不出来。桃夭看得心焦，忍不住掏了一颗清心下火止咳的药丸塞到他嘴里，也不管自己的药对他这个"人"有没有用处。

似乎也是有用的。他好不容易缓过来，拍了拍心口。

"我知道了。"磨牙突然一拍脑袋，指着少年道，"你是它的小师兄？！"

他只是笑了笑，没有否认也没有承认。

"后来呢？"司静渊受不了听故事只听一半，迫不及待地追问，"它成功了吗？"

少年脸上的神色渐渐凝重，他看着它的方向叹了口气："不久之后，随意观出事了。"

所有人的神情都随之一紧，连司狂澜的眉头都皱了一下。所有人在心中惦记着故事的后半段，更在意下一个夜晚来临时，老天能不能给几分薄面，救人性命时也顺便成全一些看似荒唐的愿望。

岂能皆如意，但求半称心——桃夭心想，就算只有一半月亮露出来，她也能把它跟它的月瞳救回来，她有这个手段。

因为……她看了看围坐在桌前的家伙，桃都讨饭组，司府小阎王，这屋子里的人，不止她一个有一双能"看见"的好眼睛。

此时，灯油已快燃尽，不知能否撑到天明，少年又沉浸在回忆之中。

目凰

楔子

桃花不失,目凰长明.

○ 1 ○

又是三年。

实在不好意思,它还是没能召唤出月瞳。跟谁组成一对儿都不成功,甚至连胡小二都被它抓来试过了,哪怕它都要把水盆瞪穿了,还是不行。

所有人都安慰它,说可能机缘未到吧,再说这些日子他们自己囤的月瞳也够用了,不用着急。

失败次数多了,它也平静了,算了,也不是非做不可的事。说不定自己在这件事上就是没有天分呢,别的术法它学起来得心应手,尤其封妖之术越发熟练,今时今日就算是胡大力出手,也要三四个时辰才能解开了,而所有教给它的术法之中,它学得最快最好的,是化形之术。毫不夸张地说,它现在可以轻易变成任何东西,甚至可以把自己变成另一个胡小二,它自己也说不清楚为何单单对化形之术有如此高的造诣,而它甚至无法确定这份"造诣"真是造诣,还是一股隐藏至深的、发自内心的迫切与执着。每当它变成别的样子,坐在池塘边看着自己新的模样时,它便会想到自己那些终其一生都要修炼成别的妖怪的亲戚们。

丢掉有缺的模样,就可以脱离有缺的命运吗?它坐在池塘边想的最多的问题就是这个。

另外,牛嫂送它的发绳已经断了许多次,再接也接不起来了。饶是如此,还是不舍得扔掉,那一天正好，南宫在菜园子里种菜，它把发绳用纸包里，埋在他挖好的坑里。

"只此一回，菜园子里只埋种子，不埋其他东西。"南宫头也不回地说。

"你又在种什么？"

"芋头。"

它蹲到他身旁，好奇地看着堆在篮子里的芋头种子，说："长得跟蒜一样。"

"芋头就是芋头，不会长成蒜的。"南宫认真道，他是随意观里最不懂开玩笑的家伙了。

"对啊，黄瓜就是黄瓜，不会长成莴笋，莴笋就是莴笋，不会长成柿子。"胡大力慢悠悠地走过来，手里提着一袋臭烘烘的东西，"世上最大的痛苦，就是非要让莴笋长成柿子，可莴笋有什么不好嘛，要是全变成柿子了，我上哪儿去吃莴笋炒肉呢。"

"师父，你是不是又喝酒了？"南宫放下锄头，飘来的异味里夹杂着熟悉的酒气。

"没有啊。"胡大力像被抓到小辫子的孩子，立刻否认。

"你最近咳嗽得越发厉害了，不能再喝了。"

"我……就抿了一小口。"胡大力嘿嘿一笑，把那袋东西放到南宫面前，"我早上去集市，卖花儿的说这是他最近调配出来的顶好用的肥料，送我的，你赶紧用起来。"话音刚落，他就忍不住咳嗽起来，好一阵子才止住。

"随意观里的酒都被清理了，你一大早去集市找酒喝了吧！"南宫叹气，"你不是年轻人了，再厉害也是肉体凡胎，好歹顾念自己一点吧。"

"你看你看，连他都开始教训我了。"胡大力靠到它身边，趁着几分酒意挤眉弄眼道，"我跟你说，我现在可后悔把他带回来了。早知他这么多嘴烦人，当初我就由得他在大雪天里把自己切成片儿放到水里熬成汤。"

"把自己切成片儿？"它一哆嗦，"不疼吗？"

"人家不怕疼呀，一块姜成了精，别的本事没学到多少，倒是天生一颗慈悲心，雪天加上寒毒，饥民们一个接一个地死，正好在它修炼的地方。结果，人家也不想着修行的事儿了，居然把自己切了熬成热汤喂给人吃下，别说，它这块姜比普通的姜有用得多，还真给它救下了好几条性命。"胡大力像是在说一件久远的趣事，"幸好我路过，手里正好有治寒毒的药，把那群倒霉鬼都救回来了。我瞧着这块姜把自己搞得惨兮兮的，于心不忍，这才带回随意观里养伤，哼，谁知道养出了一个烦人精。"他算了算，"四十年了吧？"

"五十二年。"南宫纠正道，"你再多喝几口酒，怕连自己多少岁都要记错。"

"哼，不理你了。"胡大力拍拍屁股就要走，又转回头提醒它，"小如意，你可千万别学你南宫师兄，你不是姜，不能切成片。你是有缺！记住啊，你是世上最难得的有缺，不是姜，不是鱼，也不是莴笋柿子，嘿嘿。"

"师父，你真的喝多了。"它捂着鼻子，"偷吃也要散散酒气再回来呀。"

"行，下次我散散再回。"胡大力哈哈笑着离开了菜园子，嘴里还大声唱起了歌，"小河弯弯，姑娘跌落了小竹篮，哭啊哭啊哭湿了裙边。小鱼翩翩，转啊转了几个圈圈，漂走的竹篮回到面前，小鱼摇尾巴，姑娘笑成一朵花。天晚啦，回家啦，明天再见吧。"

它看着胡大力的背影，老头子明明是又剧烈地咳嗽了起来，本就不高大的身子不由自主地佝偻起来，显得越发单薄了。他的病，真的越来越重了。

它心里一度亮起来的部分，隐隐出现了熄灭的可能。南宫说得没错，再厉害也是肉体凡胎……

这一句话，彻底引发了它从未留意到的不安。

○ 2 ○

还有一个月就是胡大力的八十大寿。

大家商量要送他什么做寿礼，反正除了酒，什么都可以，最近他的身体似乎有了一些好转，大概是因为每个人都把监督他服药当作头等大事来办吧，甚至为了防止他偷偷出去喝酒，小王跟南宫昼夜轮班跟在他身边，大家见老头馋酒馋得厉害，也是可怜，便与他约定，待病愈之后，他们就凑钱请他喝一壶市面上最贵的酒。

可谁也没有料到，这成了一个永远也无法实现的约定。

寿宴前三天，随意观收到了一封信，一只乌鸦送来的，写的是胡大力收，落款为清风观。信送到后，乌鸦便化作了一片枯叶，被秋风卷得不知去向。

胡大力看了信之后，脸色比一辈子都吃不到酒还难看，薄薄的一张信纸转眼被他揉作一团。

"老张给你写信？"胡不愁奇怪极了，"除了开会时照个面，他们清风观跟咱们素无往来，这是哪根筋不对了？"

"师父，写的啥呀？看你那脸色，总不会是写信来骂你的吧？"胡不难大胆猜测，"你背着咱们干啥得罪人的事了？"

换作往常，胡大力必是翻他们一个白眼，再戏谑几句，但今天，他显然连开玩笑的心思也没有了。

"你们两个跟我出去一趟。"胡大力用最短的时间做了决定，指了指胡不闹跟胡不愁，又转身对其余人道，"我跟你们师兄师姐出去些时日，你们留下好好看家。"

都没有多问一句的时间，他们即刻收拾了简单的行李，匆匆离开了随意观。走得太快，差点撞上趴在门口睡午觉的胡小二，胡小二懒懒地瞟了他们一眼，又埋下头去。

它不解地问："怎么走得这么急，也不跟我们说信里讲了什么。"

"老张那家伙能写什么好事。"胡不难向来不喜此人，看着他们渐渐消失的背影，只皱眉道，

"但愿不是什么特别不好的事。"

为何只带师兄师姐走呢，随意观里最能打架的人就是他们，莫不是要跟人动手去？不，胡大力不是好斗之人，对老张他们也是客客气气，不会是去打架的。那他们去做什么？唉，都忘了问他们三天时间够不够回来，寿宴还办不办了。

它胡思乱想一通，也没想出什么眉目，只好作罢，但愿他们按时归来吧，毕竟寿宴也花了他们好多心思，错过就可惜了。

遗憾的是，三天过去了，他们没有回来。它一天要往门口跑好多次，可是都瞧不见他们归来的身影。好奇怪，从前他们也经常出门办事，但没有哪一次，会让它如此望眼欲穿。不安的情绪像在滴在纸上的墨，越洇越大。

三天，五天，八天……直到第十一天的深夜，他们终于回来了——可是，只有胡不闹与胡不愁。

浑身血迹斑斑的胡不闹是被胡不愁架着进来的，平日里体壮如牛连病都很少生的他，居然断了右臂，只做了简单的包扎，苍白着一张脸，一声不吭。胡不愁虽然看起来情况好一些，起码手脚齐全，但也是伤痕累累惨不忍睹。

这是怎么了！师父呢？怎么就你们俩回来？留守的他们急得差点哭出来。两个人似乎不知怎么开口，只是难过地摇了摇头："师父……没了。"

众人心中咯噔一下。还未开口细问，胡不闹终是支撑不住，昏死过去。清理伤口找药上药，深夜的随意观里忙作一团，没时间哭。

看着躺在床上呼吸微弱的胡不闹，南宫的目光久久停在他的断臂上，心痛得像是自己断了手臂，"到底出什么事了？出去时好好的呀！"

"老张他们下的手？"小王眼中的悲愤如同烧起了火，只要得到确切答案，她就敢冲出去拼命，即便她只是一条鱼。

而它，好像什么都没听进去，心里只重复着一句话——师父没了。

十几天前明明还笑嘻嘻地跟他们商量要怎么过八十大寿的人，成天钻研什么好吃什么好玩没个正经模样仿佛跟一切厄运与不愉快都不沾边的人，无数次走出随意观的大门又无数次高高兴兴回来的人……怎么一声招呼都不打就不回来了呢。它觉得脑子里突然起了雾，伸手不见五指的雾，雾里有悬崖，它一脚踩了进去。

"老张写信是来求救的。"胡不愁嘴唇煞白，坐在一旁微微喘息，从来天不怕地不怕的她眼中居然流露出一丝少见的恐惧。

"清风观不是很厉害吗？找我们求救？"胡不难红着一双眼睛，以为自己听错了。

"他们与一只恶妖斗上了。"胡不愁咬牙道，"老张带着弟子们一路追到鸣泉村附近的黑沙地，那恶妖遁入地下，他们紧追不舍。"她眉头紧锁，眼前似是又出现了不堪回首的可怕一幕，"那黑沙地之下，竟是一座废弃多年的金矿，恶妖一路逃往地底深处，老张他们大约是太过自信，毕竟降妖无数的清风观从无败绩，压根儿没想到会阴沟里翻船，反被困在了金矿深处，伤亡惨重。生死一线之时自是顾不得面子，老张这才以叶鸦送信到离此地最近的……我们这里，求援。"她的嘴唇微微哆嗦，可能是疼，也可能是心有余悸，"我们赶到时，他们正在金矿深处与恶妖殊死一搏。"

小王急道："到底是个什么恶妖？"

"从未见过。"胡不愁摇摇头，眼神中却露出极度的厌恶，"像蛇又不是蛇，更像一只体型巨大的蚕，而上半截却又长着人的身子，十分凶恶丑陋，是那种你都没办法看第二眼的丑陋。它还会吐丝，吐出来的白丝跟蛇一样灵活，会主动攻击敌人，我眼见着老张的几个弟子被那白丝缠上后即刻化作一摊沙土，也不知是什么毒物，竟如此厉害。且那恶妖不惧咒法灵符，更不惧刀砍斧劈，哪怕身上已经伤痕遍布，也有使不完的力气一般。师父眼见着不对劲，招呼我们所有人赶紧逃，说再斗下去大家都得完蛋。"她的语速越来越慢，好像说慢点，不愿回忆起的一幕就能来得慢一点，"我们退到来时的矿洞前，恶妖杀红了眼一路追来，受了重伤的老张躲闪不及，眼见着就要被白丝缠住脖子，是师兄替他挡开，眼见着白丝缠上师兄的手臂，师父眼疾手快，捉刀而起断了师兄的右臂，这才保住他的性命。师父让我带着师兄跟老张先走，然后……"她突然说不下去了。

"然后……怎样？"一直沉默的它，缓缓抬头，眼神空洞而木然。

"师父他……"胡不愁攥紧了拳头，"他使出了灵鼎大咒。"

胡不难愣住。灵鼎大咒……那是胡大力唯一没有教他们的"技能"，他说，此法太过决绝，年轻人还是不要学了，八十岁以后再考虑吧。那时他们还当是老头小气，不肯将这上乘的降妖术法教给他们，却不知此法一生只能用一次。

"我眼见师父以血肉之躯化半壁灵光，将恶妖死死封住，挣扎之下，他们双双落入地上一道深不见底的裂缝中。许是此咒力量太大，金矿有坍塌之势，我们侥幸爬出矿洞，尚来不及回头，黑沙地上的洞口便已埋入流沙之下。"胡不愁揉了揉发红的眼睛，"师父病重时，我曾想过一百种跟他好好告别的方式，可打死我也没想到，我连跟他告别的机会都没有。"泪光在她眼中闪烁，"我们三个打了败仗的家伙像蠢驴一样呆站在黎明前的黑沙地里，老张望着消失的洞口，好一阵子才自言自语地说：'我一直都知道，你只是不爱跟我争，你说过争名逐利问鼎江湖都是最容易让人不高兴的，做人最要紧就是困了睡觉，饿了吃饭，高兴就笑，难过就哭，读书修习养花种田，有收获时大肆庆祝，没收获时下次再试，随意随心，亦是正道。'"她擦掉眼泪，又笑出来，"老张平时多骄傲的人啊，他说着说着居然哭出来了。哭够了，他又朝着洞口的方向跪下磕了三个头，起来后又跟我们说，以后随意观有任何需要他帮助的地方，他绝不推辞，当以命相报。可我觉得我们应该不会有要他们拼命的那天，我只想知道那个又丑又凶的玩意儿到底什么来头。老张说他也未曾见过，只知此妖横空出世，食人无数，他们方才一路追杀，哪知是这般结果。如今虽没有亲手处决此妖，但灵鼎大咒一出，怕是没有妖邪能逃出生天，此刻那恶物怕已形神俱失，长留地下了。"

此言一出，满室沉默。所谓灵鼎，乃一生的修为与只此一次的性命，形神俱失的，何止妖怪。

胡不难好像没了力气，坐到了地上，喃喃："其实，我藏了一壶酒在厨房的，好几次想拿给老头解馋……早知就给他了。"

"我……我也藏了一壶。"小王也抹着眼睛承认。

"我也……"南宫沮丧到捶了自己一拳。

早知道就给他了……早知道就提前给他庆祝八十大寿了……早知道……早知道就不让他出门去了。它僵硬地站在那里，顾不上悲伤，只有生气，却又不知在跟谁生气。

随意观里的气氛，压抑至极。连一贯爱打瞌睡的胡小二，也笔直地站在门口，总是半耷拉着的眼皮也不耷拉了，它在外头浪荡了大半个月，昨天才回来，遇到这样的变故，它的心情都不好了，今夜的老狗像一个心事重重的人，望着夜空中的某个方向晃了晃脑袋。

直到天明，谁也没有再多说一句话，只有昏睡中的胡不闹偶尔发出几声难受的梦呓。

有仇可报还好，可恨的是连仇人都没有了。它看着门外的一团漆黑，想冲出去，可又不知道该冲到哪里去。

或许该安慰自己，胡大力已经八十岁了，就算没有这桩意外之祸，他那个身体也撑不了许久了，能把人生最后一段力气用在正邪间的生死一搏，对他这种看似随意无羁实则心系众生的家伙来说，应该比喝多了摔一跤然后不小心就死掉了要值当很多吧。

岂能皆如意，但求半称心——老头应该是很称心了。

这一夜，它把这句话当作了救命的符咒，在空荡荡的心里反反复复地念诵。

可是，这句话真能救它的命吗。

○ 3 ○

待到胡不闹跟胡不愁的伤势有所好转，起码行走无虞后，他们挑了个天气不错的日子，带着没来得及给胡大力的酒，去了黑沙地。

那天难得风和日丽，衬得这块黑乎乎的地方也比平日里顺眼了。也是奇怪，这里的沙漠如此广大，却只有这一块儿是黑色的沙子，像是被人刻意烧焦一般。

它站在这块儿除了颜色不寻常哪儿都很寻常的沙地上，目光不听使唤地在地上一寸一寸地搜寻，看到不妥的地方，还会上去踩一踩挖一挖。

"如意，过来烧东西吧。"胡不愁喊了它一声，又淡淡道，"别找了，内有咒力外有流沙，已经不可能再找到入口了。"

它没吱声，又挖了几处，发现的确是白费工夫后才走回来，沉默着把纸钱放到火堆里，在随风而起的灰烬里，想象着胡大力收到一大堆钱时的高兴模样。

"您老也是太随意了，说走就走，一句话都不给我们留啊。"小王一边烧纸一边抹泪，"以后这日子让我们怎么过哟呜呜呜。"

一直没说话的南宫忽然笑了笑："如果没有他老人家的遗言，随意观的日子就过不好的话，我们这么多年的徒弟就白当了。"

闻言，小王吸了吸鼻子，把眼泪擦了擦，噘着嘴说："我这不是随口一号嘛，我瞅着人家给老人哭丧时都要这么号一嗓子，咱们也按这习俗来呗。"

"可你号得一点都不投入，干巴巴的。"坐在一旁拿一只手分纸钱的胡不闹也笑了，他看了看缠着厚厚纱布的半截手臂，又像从前那个不苟言笑但偶尔也会语出惊人的大师兄一样，说，"对了，回头去书室再仔细翻一翻，看看老头有没有留下什么秘籍，最好是有断肢再生之类的术法，要有，我就赚到了。"

"你是人，又不是树，断了枝丫哪能再长出来。"南宫白他一眼。

"行了，回头想法子给你做个假手吧。"胡不愁的脸被火光映得通红，一本正经道，"不过我们得先找一本木工相关的书读一读才好动手。"

"等你读完了书我都八十岁了。"胡不闹叹气，"还不如直接去找个一等一的木匠。"

"一等一的木匠好贵的。"胡不难顺嘴道，"师兄你是不知道我们一直很穷吗？"

"好了好了，当我没说。你们赶紧把木工活儿仔细学起来。"胡不闹哼了一声，突然又像想到了什么，"老张不是言之凿凿要对我们以命相报吗，那逢年过节找师叔讨个大红包也不算过分吧？他们清风观可富裕得很。"

"不光逢年过节，咱们的生辰也算上吧，这样又能多一份收入。"

"你们够了吧，我不喜欢老张他们。这回要不是他们大意，老头也不至于……"

"也不能这么说，就算老张没有求救，那恶妖早晚也会跟我们狭路相逢，结果是一样的。就算让老头选一百次，他还是会做同样的决定。不过老张平日里为人确实讨厌，算了，钱还是咱们自己挣吧。"

"嗯，等把手里的事料理完，我们就把活儿干起来吧。"

"可是咱们谁也不擅长取名字吧？"

"现学呗，再说咱们有如意，让它看看小娃娃们缺啥，咱们按缺的东西来起个大补的名字，不也是一条赚钱的好路子！"

"对哦！怎么把我们小如意的本事给忘了！"

明明是来送行，但大家越说越高兴，那一夜的悲伤与痛楚似乎已经在最短的时间里，被另一股强大的心念驱散了。如果胡大力还能听到，这样的对话才是他喜欢的，最好的告别吧。

那个傍晚，他们把带来的酒倒了一半往地里，另一半自己喝了。酒挺贵的，不能浪费，而且就算老头已经不在这个世界了，也不能让他喝太多，不然谁知道他会在世界的另一头闹出什么笑话，得让他挺直了腰杆，带着满满的精气神，了无遗憾地站在神的面前，昂首挺胸地说，我是随意观的胡大力，此生带过六个徒弟，三个人，三只妖，光明磊落，有情有义。

大家喝到微醺，连不怎么喝酒的南宫也喝了好几杯。

夕阳西下时，它带着几分酒意闷坐一旁，其他人仍旧酒兴正浓，杯不停，话不止，此起彼伏的酒嗝里夹着笑声，每个人除了展望未来，还把自己从来到随意观那天起的日子也唠唠叨叨地讲了一遍，每一句都是日常，每一句都与胡大力有关，说到后面，一个个又笑又哭的。

最后，在胡不难清脆悠扬的竹笛声中，胡不愁跟胡不闹背靠背坐着，半眯着眼睛，手指随着曲子的起伏有节奏地晃动，小王直接躺在柔软微凉的沙子上，头枕着南宫的腿，一堆人怎么舒服怎么来，说是来给老头哭丧，可是在最接近他的地方，那一张张微红的脸庞却被金黄的光线点染得生机勃勃，不阴暗，不颓废，像他们一贯的样子。

它抬头看去，随着夕阳的消散，眼前一幕也渐成一幅畅快欢乐的剪影，如果它会画画就好了，从没像此刻这般迫切地想永远留住一个画面。它呆呆地看着，心里却有一个不讨喜的声音跳出来——以后，这幅"画"里的人，注定会越来越少。

不可遏止的慌张，终是从它刻意忽略的地方，冒出了黑色的芽。

夜幕彻底降临时，他们踏上了回家的路。

经过鸣泉村时，几个知道他们来历的村民偷偷将他们拦到一旁，问是不是黑沙地里出事了，前些日子整个村子都被波及，大半夜的房子都快摇垮了，之前还看见有一群道士打扮的外乡人往那边匆匆而去，他们样子不好惹，也就不敢多问，如今你们随意观也往这里来，是真有事？胡不愁只能撒个善意的谎，说没什么大事，只是偶尔一次的地震，天地间的寻常变动而已，他们只是去离地震最近的地方观测一番，观天测地本也是修道之人的日常功课。胡不愁的嘴巴一贯利索，编出来的东西也颇有可信度，村民们这才稍微放了心。只有一个年事已高的老太太还是担忧得很，抓着胡不愁的手说，是沙鬼！沙鬼会从那片黑沙地里跑出来！是会吃人的沙鬼！幸好有一个道士……

老太太还没说完就被村民们扶走了，还抱歉地跟他们说老太太已经糊涂许多年了。村子里关于黑沙地的传说一直五花八门的，但几十年前村子好像的确遭过祸事，可真相是什么已经无人能说清了，但从那时到前些天发生异常前，村子一直平安无事。不过他们确实自小就被禁止靠近黑沙地，大人们总说那地方不吉利，不管真假，还是远离为妙，所以村里人几乎都不往那个方向去，非得去的话也是能绕就绕开。要不是碰见那群外乡人，加上突如其来的地震，他们也不会关注这个地方。

沙鬼……他们确实不曾听闻过，也许胡大力听过，但"回去问问师父"这个想法也只能哽在心里，再不能问出口了。

"不管那里有沙鬼还是别的东西，都不用怕。"它突然开口，说了一整天里最长的一句话，"我师父护着你们呢。"

"啊？！"

它也不多解释，连看也不看别人一眼，一脸梦游般的神色，自顾自地往前走了。

"我小师妹今天心情不太好，在那儿胡说八道呢。"胡不难赶紧道，又对几个村民叮嘱道，"以后若有什么不妥之处，我意思是跟那块黑沙地有关的，你们大可以来随意观找我们，能帮上的忙，我们义不容辞。"

除了地震，这几十年来那块地方好像也没有什么不妥，但村民们还是忙不迭地点头道谢，送他们离开。那里既已安稳，又何苦说出来吓唬他们，每个人都心照不宣。

它却不管后头的人在说什么做什么，只管提着灯笼往前走，嘴里偶尔嘟囔几声听不清的话，越走越快，好像要急着去办什么特别重要的事。

夜里的风变得特别大，本就不强壮的人难免被吹得东倒西歪，连身体里那颗好不容易长出了模样的心，也在摇摇欲坠。

○ 4 ○

它满头大汗地瘫坐在书室的地板上，身边散落着密密麻麻乱七八糟的书册，模样沮丧极了。

胡不难跟胡不愁趴在窗口上，忧心忡忡地望着里头的它。

自祭拜归来已过去两月有余，那个好不容易才愿意多说话愿意开玩笑愿意跟他们一起哼小曲儿的如意丫头，又变回了从前的老样子，三天说不了十个字，除了吃饭睡觉，终日都泡在书室中，把里头每一本书从头到尾翻了一遍，甚至好几遍，但看的书越多，它的情绪越失落。问它究竟想找什么，它也不讲。

再这么下去，随意观里可能要出人命了，不，妖命，浓郁的低落与失望夹杂着显而易见的恐惧，洪水般从它身体里漫出，一眼可见。

"没想到这丫头对老头的感情那么深。"胡不愁叹了口气，最合理的解释不就是这个吗，胡大力的离开是随意观里每个成员心里的伤口，大家只是默契地不再提起，不再去渲染没有意义的伤感。胡大力不在了，但他一手建起来的随意观会一直在，而且要按它本来的样子存在下去，一蹶不振郁郁寡欢，是对胡大力、对随意观，最大的不敬。但是，又怎么能去苛责一个拼命怀念亲人的孩子呢，所以，他们也很头痛，这段日子他们想了许多法子，试图把它从这种状态中拖出来，但都不太奏效，它似乎把自己彻底关起来了。

胡不难也叹气："要说感情深，不也该是对我感情更深吗，明明是我把它从死亡线上拉回来的。"

"你又没死。"

"唉，可惜师父连遗体都没有……不然，咱们可以跟上次牛嫂一样，让师父回来见大家最后一面。或许只有这样，才能解得了如意的心结。"

"别说不可能的事了。"

"你说如意是不是病了呀？不是头痛脑热才是病，心病更难治啊。记得以前我们跟师父去治一个'撞邪'的人，他哪是撞什么邪，就是太过悲伤引发的癔症，吃了几服药就大大好转了，那药方我还留着呢。"

"可如意是妖怪，人的药方对它能有用？何况你我都不擅长医术，别把事情越整越糟才是。"

"那……找能给妖怪治病的人来瞧瞧？"

"你也昏头了么，哪里有这样的人。"

"你忘了师父曾经提过有一个叫桃都的地方，那里有个专门治妖怪的大夫，穿着红衣裳的姑娘，手腕上拴着一个金铃铛，叫什么名字我是忘了，但我确定师父提过。"

"师父喝多几杯说的话，哪能太当真。再说若真有什么桃都，东南西北往哪里去寻呢？"

又是一阵叹息，两个人的脑袋无奈地从窗外垂了下去。

他们的嘀嘀咕咕，它都听到了，心里却半分波澜都没有。它没有病，它只是想找个答案，一个非常重要的答案。

晚饭时，它又没有来吃。小王去看，回来摇着头说别等了，又在书堆里睡着了。

南宫边摆碗筷边说，他去翻过它反复读过的书，都是寻常书籍，教术法的，教养生的，教做菜的，教人生道理的，但是……他露出不理解的神情，说它还拿笔勾出来一些内容，但也不是了不得的东西，全是跟强身健体延年益寿有关，连五禽戏都被它画上好多个圈儿。

大家面面相觑，南宫不明白，他们也不明白，但是，这或许是一个突破口。

于是几天后的一个清晨，它拖着疲惫的身子从房间里出来，准备又一次在沉闷忧郁里开始新的一天时，五只模样怪异的"动物"站在院子里冲它开心挥手——三个人两只妖拿纸糊了面具，画上虎鹿熊猿鸟的脸，一人一个戴好，加上穿得五颜六色，竟是十分好笑的场面。

它没有笑，只是愣愣看着他们。

"五禽戏对强身健体大有裨益，所以，以后每天早晨，我们都要一起打上几遍。你也不能缺席。"胡不愁摘下面具，笑眯眯地对它说。

它的嘴唇动了动，还是一言不发。

"知道你还不熟练，今天你只看着就行。"胡不愁戴好面具，高声道，"大家走起来！"

于是，一群看起来十分朝气蓬勃的家伙在晨曦里热闹地比画起了手脚，看得出来他们也不太熟悉这个五禽戏，胡大力以前也没教过，但一招一式还是尽量做得到位。小王的身子最灵活，有她在，五禽戏应该再加一条鱼变成六禽戏才对，南宫最僵硬，对他来说像一只鸟一样动来动去实在很难，但他又很认真，每个动作都尽可能做得准确。

好久没有出现过的阳光，顺着院子里大树的枝丫温柔地转下来，落在每个人身上，脸上的面具虽然画得粗糙，但每一张都是笑脸，在晨光中透着一股朴实的生命力。

胡小二也来看热闹，老狗今天的精神不错，偶尔还跟着他们乱七八糟的动作歪歪脑袋动动爪子，有样学样的。

它看着看着，眼圈渐红，一度死去了大半的世界，在这一刻又明亮起来，温和的光与风，还有他们努力但好笑的身影，把一片黑白重新填起了颜色。

这些一直陪伴着自己的人啊，多好啊。它突然脚一软，坐到地上，哇的一声哭出来。

众人被吓了一跳，忙围上来。

"怎么了？"胡不难掀开面具，尴尬道，"就打得这么难看吗？都把你吓哭了？"

"让你不要扭得那么怪异嘛！"胡不愁瞪了小王一眼，"你那哪是鹿啊，分明是吃错药的蚯蚓。"

"我按着书上教的来的！蚯蚓哪有我好看！"

"不是……真的有点像蚯蚓。"

"南宫你自己不也是一块僵硬的姜！"

"姜很僵……不是很正常。"

"你们天资太差了，我一只手都比你们打得好，唉。"

它越听越难过，好一阵才抬起头，红肿着一双眼睛道："我在找让你们可以活得长长久久的法子。"

众人一愣。

"师父的突然离开，我是很难过，但更让我难过的，是我突然意识到，你们也会跟他一样，一个接一个地离开我。"它泪眼婆婆地看着他们每个人，"每当我想到随意观的人会越来越少，想到终有一日，五禽戏再也凑不齐五个人……想到我们再不能相见，我心里就疼得直抽抽。"

他们你看我，我看你，竟然没有一个人想要如何安慰这个被"生死小事"困住的傻妖怪——是的，在他们每个人心里，包括胡大力，最要紧的事是今天高不高兴，从不是明天会不会死，原来它得的"病"，病因竟如此简单……简单到他们没有一个人意识到这会成为一个"病"。

它抹了抹眼睛，低下头，沉默了许久才轻轻说道："有缺一生，注定不圆满，但在随意观里的日子，一度让我误以为自己可能跳出了糟糕的命运。直到师父离开，我才反应过来……"

它缓缓抬头,眼泪在越发明亮的光线里闪烁不止:"原来我根本没有摆脱我的宿命,我注定的不圆满,就是一个接一个地失去你们,我一生中能遇到的最好最好的人。"

原来,你的心结在这里啊。明明是个小孩子才会担心的傻问题,可从它嘴里说出来,就像被钝器击中,起初以为自己连痛都不会喊一声,结果意料之外的伤口差点撕裂整个身体。

以为很了解它了,以为早就把它看得清清楚楚了,却连它最在意的东西都没有看见……原来,一直召唤不出月瞳,不是它的原因,是他们没有看见啊。

胡不愁跟小王心疼地抱住了它,其他人也红了眼睛,连一贯刚强的胡不闹也得用上十分的力气才能把眼泪憋回去。

可是,生老病死,是每一个人类的必经之路,无论多伤心多不舍,都无法改变分毫。它的悲伤,无解。

想到这里,更难过了。

最后还是南宫理智,摸了摸它的头说:"没事的,我们好好保养身体,没准胡家的三个人能活过一百岁呢,万一修习有成,说不定能活成两百岁的老怪物呢,运气再好点,成仙也不是不可能。再说了,不还有我跟小王嘛,我们虽然不是那些随便就能活上千万年的大妖怪,但也没那么快老死,说不定活得比你还长呢,你现在就难过起来,岂不吃亏。随意观里的每一天,都要高高兴兴才对啊。"

十分在理,但老怪物三个字听着很是刺耳。胡不愁眼泪还没干就笑出来,捶了南宫一拳:"信不信我两百岁也有力气打你的嘴?"

"信。你们别坐地上了,凉,起来吃早饭去吧。今天有你们爱吃的碎肉米饼。"

"一大早吃这么好?!"

"还有熬得又浓又香的鸡汤。"

没人接话了,一溜烟全跑了,哪儿还顾得上抱着它伤春悲秋,跑了一半又回头冲它挥手:"赶紧的呀!吃饭不积极肯定出问题!别在那儿发呆了。"

"哦……"它站起来,擦掉眼泪,一口气重新提了起来,像从前一样,飞快地追了上去。

要是他们真能活到两百岁就好了,它愿意每天看他们打五禽戏,愿意听他们啰啰唆唆吵吵闹闹,愿意被他们撒一身彩纸,更愿意像这样一次又一次地追在他们身后,奔赴每一顿早饭午饭晚饭,以及明天。

○ 5 ○

这一年的中秋,最值得雀跃的事,就是它终于成功了。

大银盆一样的月亮下,它看着在水里游泳的月瞳,高兴地要掉下泪来。更不得了的,是它跟随意观里每个人组成一对，都召出了月瞳。

所有人都很欣慰，小如意终于如意了！今天一定要多吃两碗饭庆祝！

五个缠好红线的葫芦喜气洋洋地摆在供桌上，光他们高兴还不够，得跟胡大力也报个喜，他的小徒弟出息啦。

它一边吃东西，一边往供桌上看，看不够似的，从没觉得普普通通的葫芦有这么好看这么可爱。

胡不愁他们也时不时往那边瞅一眼，眼中闪过的不光是高兴，还有别的心思，几个人甚至不约而同地交换了一下眼神，默契地制订了一个不被它所知晓的计划。中秋之后，除了它，大家似乎都变得很忙。

三个姓胡的经常看不见人影，有时候连饭点都会错过，偶尔看见他们，也是形迹匆匆，有时候还要喊上小王跟南宫跟他们一同出去。它忍不住问他们去做什么，出去干活为啥不喊上它，他们却神秘兮兮地冲它一笑，说是在给它准备一份特别有意思的礼物，让它不要再多问了，准备迎接惊喜吧。

好奇心一下子被勾起来，他们这群家伙里，以胡不愁胡不难的鬼点子最多，他们会给自己准备什么礼物呢？自己好像也没有表现出有什么东西是特别想要的吧，不像小王，天天闹着要买新衣裳新钗环，那到底是什么呢……好几次它想偷偷跟上去，但每次都被发现然后赶回来，胡不闹还说再敢玩跟踪就把它封在茅厕里……胡不闹是干得出这种莽撞事的，一想到茅厕的气息，它只好放弃。

日子似乎又回到了正轨，甚至还有了一些新的期待，它帮小王挑衣裳，帮南宫浇水种菜，有时也跟着胡不愁他们出去干活赚钱，它现在连起卦看风水都学起来了，平日里有人来随意观寻求帮助时，也能有模有样地指点一二了。

如果日子就这样过下去，说不定它最怕的东西真的会被几十年轻松温暖的时光冲淡到不足为惧呢，毕竟它也会长大，那颗差点在那一晚被风吹散的心也会跟着强壮起来的，若半称心是人间常态，那就再多给它一些时间去习惯吧。

它总算跟自己谈妥了。

可是，它的宿命似乎并不打算妥协。在他们说好的惊喜送来之前，鸣泉村的村民却提前送来一场恐慌，巨大的恐慌。

那是一个闷热的夏夜，随意观响起急促的拍门声，力道大得要把门拍散。被吵醒的他们披衣开门，才刚开一半，便冷不丁掉进来一个血肉模糊的年轻人。

大家被吓了一跳。然而来人拼尽全力说出来的话，才是最大的灾难。

"妖怪……有妖怪……吃了好多人……"

"你不要急，慢慢说，什么妖怪？在哪里？"

"鸣泉村……一只很大很丑的妖怪……会吐丝……求道长救命……救……命……"年轻人头一歪，再无气息。

纵是伏天暑热之时，众人亦觉背脊一寒。又是那个方向，又是会吐丝的妖怪……难道……

强烈的不安与愤怒，瞬间在众人心中炸开。

胡不愁站起身，果断道："南宫小王如意，你们把这小哥好生收殓，师兄师弟，我们去鸣泉村！"

"好。我去取东西。"

"能带的都带上！"

须臾之间，三人收拾妥当，一阵风似的冲出了随意观的大门。它甚至都来不及跟他们说一声万事小心。

看着他们瞬间远去的背影，一阵不祥的预感爬上心头。把小哥的遗体抬到内堂后，它越想越不放心，对小王跟南宫说："我想跟他们一起。"

"你不是那妖怪的对手。"南宫依然理智。

"他们也不是。"它直言，"但多个帮手总会多一分胜算，何况我们是妖怪。"

小王想了想，点头："也是，万一咱们克那丑东西呢？"

"真不怕？"南宫问她俩。

两人齐齐摇头。

"行。"他拉上小王，"我们再去带些法器符咒。"又对它道："你找块布把小哥盖上，点三炷香。我们回来就出发。"

它赶紧点头。

他俩起身出门去，很快便回来，怀里背上都多出一大堆东西来。

"走吧。"南宫朝它一招手，"不过说好了，去了那里你得听我们的话，如果我们让你跑，你一定头也不要回地跑！别人的命要紧，自己的命也要紧！听到没有？"

"听到了。"它努力让自己看起来沉着又冷静，即便心跳如擂鼓。

三人往大门而去，走了一半，南宫突然一拍脑袋："坏了，忘拿雷击剑了！！"他立刻推了它一把："快去你师姐房间，东西在床边的木箱里，一把黑色的木剑，快快取来，有此物我们或有胜算！快！"

它来不及做任何反应，赶紧跑去胡不愁的房间，一眼就看见那个常年摆在床边的樟木箱子，可那箱子里放的不是胡不愁搜罗来的各种碎布吗，什么时候有一把剑了？

它急忙打开箱子，里头除了花花绿绿的碎布，就只有一个用花布裹起来的小盒子，哪有什么雷击剑？难道雷击剑在盒子里？来不及多想，它抱起盒子就往门外去，可还没走到门前，房门竟砰一声关上，连半开的窗户也随之合上。

它心知不对，冲过去开门，房门纹丝不动，开窗，窗户跟焊死了一样，而且这种"不动"不是单纯地锁死，而是整个房间都被一股妖力封住了。

这时它才明白过来，自己上当了！南宫那个所谓的老实人，居然在这种时候骗了自己！

它拼命砸门踢门，甚至用自己能拿出来的任何一种术法去攻击，都无法破解。

"南宫！小王！"它气喘吁吁地在房间里大吼，"你们想干什么！！"

"如意，随意观得留人看家，这是规矩。"小王的声音从外头传来，"明天天亮后封印就会自行消失的，你安心留在家里。"

"我不！！你们混蛋！"

"这小孩儿怎么还骂人了呢。"南宫的声音响起来，"你连我们的术法都破不了，去了鸣泉村也帮不了他们，我们去就行了。哦，对了，木箱里的盒子你看见了吧，那是我们给你的礼物，本想着挑个好日子再给你的，你先收着吧。我们走了。"

"不……南宫！小王！你们别走！！"

房间外再无人回应。它突然感觉到了真正的恐惧。南宫看似不经意的一番话，为何听起来跟遗言没有两样？

它瘫坐在门后，解开花布，露出一个木盒，木盒上绑着一封信，信封上写着"小如意亲启"。

看完信，它的手不可遏止地颤抖起来，再打开盒子，当看到里头的东西时，它捂住嘴，眼泪瞬间掉下来。

这时，门外传来一阵动静，似有什么东西走过来。它赶紧擦去眼泪，扑到门上细听，那呼哧呼哧的声音，莫不是胡小二那老狗？

"胡小二是你吗？"

门外传来一声懒懒的狗叫。

"真是你。"它反而失望了，又坐回去，喃喃，"他们都走了，把我关在这儿，我很怕。师父他出门那天也是这样，匆匆走了，再也没回来。"

没有任何回应。胡小二能给它什么回应，顶多在门外打瞌睡。

随意观里，就剩它们俩了。它紧紧抱着盒子，身子缩成一团，也不知鸣泉村此刻是怎样的情形，他们到了没有？小王南宫追上去没有？那妖怪可是害死师父那只？可它不是应该灰飞烟灭了吗，怎么还能活过来？难道是另外一只？他们打得过它吗？打不过一定要跑啊！

正胡思乱想时，一股不知来历的强悍气流突然撞过来，隔着门都把它冲倒在地，连带着整个房间从墙壁到地面都跟着颤抖起来，一片耀眼火光同时亮起在窗外，吓得它以为是失火了，可什么火会在一瞬间烧得这么红这么亮，还透着一股不同寻常的凶悍之气。

它赶紧爬起来，努力从门缝里往外看，可门缝里只见一片火光，什么都瞧不见，但听动静，似有什么巨大的东西从随意观里出去了，随着动静消失，火光也瞬间熄灭。待它的视线从混乱中恢复过来时，只见房间外头一片漆黑，再无动静。

胡小二！它慌张地喊，那么大的火，别把老狗给烧死了啊！它已经不能接受任何一个随意观里的生命在自己眼前消失，哪怕是条狗。

它喊了好久，门外连一声哼唧都没有。连胡小二也没了？！乱跳的心，又往下沉去许多。

它筋疲力尽地坐回去，紧紧抱着木盒，心中只盼着快些天明。

不知过了多久，它昏昏沉沉地睡去，做了个混乱的梦，一会儿是丑陋的妖怪冲开了随意观的大门，一会儿是他们嘻嘻哈哈地回来，喊它出来吃饭，被他们簇拥在中间的，是拿着酒葫芦的胡大力。

轰隆！一声巨响穿过房顶，比最可怕的炸雷还要响，一下子令它惊醒过来。

不知此刻是几更天，混乱的光影投在窗户上，一度让它怀疑自己还在做梦，但随着接连不断传来的巨响，异常的震动波及了整个房间，甚至是整个随意观。它才意识到不对劲，赶紧又贴到门缝上看，不禁大吃一惊——黑夜不知何时被天空中的一个火球照亮大半，尽管只有一瞬，可它还是窥到了关键……空中不止有个火球，还有一个在拼命蠕动的东西，离得太远，看不真切，但能看出火球与此物似在殊死搏斗，一道道从火球身上喷射而出的火焰在高空中变成了一条又一条的赤红线条，将对面的东西一次又一次缠绕起来，从未听过的惨叫铺天盖地而来。

但很快，空中的两个家伙移出了它的视野，而极致的打斗却是愈演愈烈，夜空竟亮如白昼。

突然，它从门缝中看见了一团光，越来越大，越来越亮，赤红耀眼，竟直直朝着它这个方向而来，等到这团光离它足够近，清晰地变成了一团熊熊燃烧的大火时，它才呆呆地说了一句："坏了……"

轰一声巨响，它被灼热的气浪震得飞了出去，随着它一起飞出去的，还有整间房子，墙砖、柱子，连同所有家什都飞了起来，仿佛对面猛然起了一个通天大浪，把挡在面前的一切都推开去。

它最后的记忆，是朝自己砸过来的凳子与几乎烧到面前的火焰，它能做的，只有紧紧护住怀里的木盒。

"小如意，我们回来啦！"

"小如意，吃饭啦！"

有人从最后一点光亮里朝它笑着走过来，可是，在它拼命向他们奔去时，世界彻底熄灭了。

○ 6 ○

"我从一片被烧焦的废墟里醒来，身上到处都是伤，可我没觉着疼，怀里的木盒也一切安好。"有缺呆呆地看着摇曳的灯火,缓缓说了下去,"顾不得其他,我只拿出此生最快的速度,不要命地赶到鸣泉村。那时天已大亮,可眼前所见,却是炼狱之景。整个鸣泉村几乎被夷为平地,残留的房舍还有残火燃烧,最可怕的是整个村落就剩下了七八个活人,要么号啕大哭要么神志不清。我抓住他们,问他们可见到随意观的人。听到我这么问,其中一个抱着孩子的妇人反问我是谁,我说我是他们的师妹,谁知她一下子就给我跪下了,使劲儿磕头,还搂着孩子一起磕,说大恩大德只有来生再报。我的心瞬时就凉了一大半,问她到底是怎么回事。她说昨夜村里突然来了一只丑恶的妖怪,见人就杀,村里人哪遇过这样可怕的灾祸,反抗一点用都没有,只要被它吐出来的丝一缠上,整个人便会化成沙土,它肆无忌惮地荼毒着整个村落,村里人不是被它害死就是被垮塌的房舍重伤,幸而村里腿脚最快的阿旺找了机会逃出去找救兵。没过多久,几位会法术的年轻人先后赶到了,一番恶斗,他们虽也伤了那妖怪,却最终不是它的对手,混乱之中,他们为了救下其他危在旦夕的人,用自己的身子挡住了妖怪的攻击,而她跟她的孩子,就是他们拿命换下来的。我听了,只觉心中一阵刺痛,连呼吸都困难起来。可是,如果连他们都没了,你们又是如何活到现在的呢?那妇人又心有余悸地说,就在他们以为无路可走时,天上突然降下一大团火球,落地时力量巨大,几乎把他们震飞了出去。她昏过去前的瞬间,似是见到火光中走出一头比妖怪还大的家伙,黑黢黢的一团也看不清楚,等到再醒来时,天已大亮,好好一个鸣泉村,就此消失了。"它越说越难过,小小一团身子因为悲伤而缩起来的样子更显可怜,"不止鸣泉村,我的随意观也没有了,一夜之间,我什么都没有了。我疯了一样在鸣泉村的废墟上喊他们的名字,可最终我只找到了一只鞋子,小王的鞋子。她是个讲究的姑娘,每双鞋子上都有她自己亲手绣上的好看的图案。还找到一截断掉的竹笛,我抱着竹笛跟鞋,哭得像个傻子。不是说好要当两百岁以上的老妖怪么,一个都做不到!那天风好大,我跪在风沙里,骂了他们一整天。我从来不骂人的。"

这个结果,完全在意料之外,本以为整件事顶多是一个小妖怪因为经验太少看不开生死而做出些糊涂事,谁承想到了后头居然是这样的走向,一个早就消失在茫茫历史中的名不见经传的小道观里,竟有过一群比火光还耀眼的人。

桃夭心里已经开始遗憾了,如果他们没有遇到这场劫数,如果给这些年轻人与年轻的妖怪更多时间,世上说不定会多出一群良善敦厚又足以叱咤风云的高人,他们这么好,足够清澈,又足够有天赋,定能把更多不该被伤害的无辜者自绝望的深渊拉回来,让这个永远充满危险的世界变得稍微好一点。

可是,命运的走向就是这样一意孤行,无法干涉。莫说有缺接受不了,就算是她桃夭,也无法在失去这样的伙伴后风轻云淡过完余生。但人类在她,在有缺,在任何一个不受人类寿数控制的存在面前,就是注定要失去的啊。

想到这里,桃夭的心里像被什么东西扎到了,不痛,就是不舒服。

看着所有人的神情都产生了微妙的变化，少年大概也猜到了有缺对他们说了什么，虽然听不到看不到它，但曾经共同经历过的时光，依然默契地铺在他们中间。

"他们交给你的那个盒子……"司狂澜的视线落在桌上只剩一口气的月瞳上，"是它们？"

"是。"少年替它答了，"自从知道了如意最大的恐惧与悲伤时，我们几个就动了心思，打算靠我们自己的本事制造一对最特别的月瞳。"

"特别的？"柳公子伸手往两只月瞳上比画了几下，"确实特别……特别胖，比一般的月瞳起码胖出了一倍。"

少年笑了："是胖了不少，但也厉害不少。"

这时，磨牙惊讶地指着少年："对哦，若你就是因月瞳而生的'象'，正常情况下也只能跟牛嫂那样顶多出现一两个时辰，怎么可能还有时间先解龙尾镇之困再往有缺客栈来，一路上这么些天还没有消失？呃，虽然也没有解龙尾镇的困吧。"

"因为，这不是一个人的'象'啊。"少年的笑容里颇有几分得意，"是五个家伙的。"

众人一惊。

"当我们决定做这件事时，便是绞尽脑汁，尽了全力的。"少年娓娓道来，"那段时间，我们背着如意在随意观外的僻静之地，将习来的各种秘法按我们的目的糅合到一处，再加上小王与南宫的妖力相助，实力加运气加天赋，终是成功将如意与我们召出的五对月瞳炼为一对，就是你们眼里的这对小胖子，一个放在盒子里留给如意，另一个化为五道灵气嵌在我们身上。它们最特别之处，便是能让我们五人的'象'不但能聚于一身，每次出现，至少可维持十五日之久，只要如意将它手里的小胖子晒足月光，我们便可回来与她相见。只是一年只可晒一次，且每次'回来'时，外表模样也只能轮换，今年又到我了，去年是小王。"他又有些尴尬地笑了笑，"只是我们虽然成功了，但好像又有点问题……每当月瞳亮起之时，我们总是自不同的地方'醒来'，最初是在我们死去的鸣泉村的废墟，后来就越来越远，像这次，都远到龙尾镇西边的荒地上了，害我们走了好久才到。你们也知道我们只是'象'，早已没有真正的法术灵力傍身，就跟个普通且身子还不太好的人类差不多，所以真是不敢想今后若在万里之遥的地方醒来该怎么办，大概是我们在炼制小胖子时哪一环没有研究周全吧。"

听完，司静渊摸着下巴，又摇了摇头："照你这样讲，你们'五个'每年出来一次已是不易，几乎是泥菩萨过河了，路过龙尾镇居然还想着帮别人的忙？"

"没办法，看见了嘛。"少年憨笑一下，"再说也没想到后面会出这样的意外。"

"没想到另一半月瞳被别人碰到了对吧。"柳公子碰了桃夭一下，"丧门星真是走到哪儿都是丧门星啊，是吧。"

在桃夭又想狠狠捶桌子之前，有缺先发火了，只要想到这件事，身上每根毛都气得要立起来，它狠狠一捶桌子："因为他们留给我的月瞳，我才在极致的绝望里抓到了一根救命稻草。

我决定此生永远不离开随意观,即便它已经跟鸣泉村一样成了彻底的废墟,我也要永远在这里等他们回来。我没有能力将随意观恢复原状,只能潦草地修起几间房子栖身,我选择在夏天月亮最圆的时候晒月瞳,可恨的是,我足足晒了三十年,他们也没有回来。留给我的信里说得厉害极了,结果是这样的绣花枕头!给我气得呀三天没有吃饭!"

充满悲伤与遗憾的气氛突然被打破了,众人疑惑之中又有几分忍俊不禁,此刻心情大概跟当时的有缺一样吧,充满信任及确定的期待,居然像一个点燃引线却在最后一刻哑火的炮仗一样,无奈又无力地躺在面前,看着很烦,扔了又怕它还有机会再炸起来。

"怎么回事啊,不是说什么秘法什么妖力,又是实力又是天赋的,那人家咋三十年都没把你们召回来?"嘴巴超快的柳公子已经把问题扔过去,"原来你……你们这些家伙也没那么靠谱啊。"

少年尴尬地低下头,理不直气不壮地说:"当时我们都以为已经成功了……只是那会儿大家都还活着,也没法子实际验证嘛。也实在没料到要晒足三十年月光才能'启动'这对小胖子……"

"你们到底用了什么术法炼制这对胖子?"桃夭竟有几分好奇了,连她都没有想到的东西,居然被他们想到,还实现了。

少年为难道:"都说是秘法了,有些是秘籍上学的,有些是道听途说的,还有些是师父创出的,还有些……是我们自己琢磨的。你知道的,脑子这个东西,有时越随意反而越有奇效,反正所有这些糅合在一起便成了事。但抱歉啊,细节确实不能透露,我们随意观也是有规矩的,不管是活着还是死了,都得守着。"

"算了算了,我又不想学这些。"桃夭撇撇嘴,转过头去问有缺,"三十年后呢?"

"坚持到第三十一年的时候……"有缺生气的表情忽然缓和下来了,"他们回来了!虽然只能共用一个身体,但他们都在呀!所有的过往,一点都没有缺。尽管每年只有短短十五天,我也非常满足了。十五天对我来说,每一天都可以当作一年来过,有他们在,随意观就还是原来的样子:师兄帮我挑水劈柴,师姐依然替我缝制奇奇怪怪的东西,师弟的笛子还是吹得那么动听,小王评论我的哪件衣裳好看哪件不好看,南宫教我怎么种菜养花。我的日子,像从云里挣扎出来的月亮,又明亮起来了。我不去想别的了,什么都不想,我就是个开开心心等待每年十五天相聚的普通人。我又用了许多年时间,在几间破房子的基础上建起了小小的有缺客栈,毕竟要赚钱要吃饭,也要给他们准备一个更舒适的家。我没有能力重建随意观,但随意观就在这儿,只要我们还在一起,半称心也很好。"

然而,它脸上的平和与淡淡的幸福瞬间又被愤怒击破了:"想我一生不曾为恶,无论是随意观里的小如意,还是有缺客栈的主人,我对我遇到的每个人都心怀善意,遇到有难处的,能帮就帮,我不求好心有好报,但起码不要好心得恶果吧?最近七八年来,我以庆贺的名义,每年夏天这十五日里都请些江湖卖艺的班子来客栈表演庆祝，一是想为一年才能回来一次的他们添些热闹喜气，二是念江湖艺人生活不易，我多打赏些，他们赚了钱高兴，表演得尽心尽力，我们也得了欢喜，这不是很好吗？"

说着说着，它的牙齿就咬紧了，小小的身体里几乎要炸出火来："今年我请了龙尾镇上的得趣班来，就是这一个决定，几乎害死了我们。原本一切都很正常，他们提前一天便到了客栈，我好吃好喝地招呼，他们也很敬业地开始准备。可我万没想到他们中间居然有贼，此贼大约是看我一人照应整座客栈分身无暇，遂趁机摸到我房中行窃，可恨呐……他只偷钱也就罢了，竟手贱到把我挂在窗上的月瞳也偷了，我的窗户敞亮，朝向也好，外头没有遮挡，正是为他们引路的最好位置。多少年了，放置月瞳的藤篮一直挂在那里，为了不引人注目，旁边还挂着葫芦福字甚至是菜干儿鱼干儿这样的家常东西，你说这畜生是不是穷疯了，居然连这个地方都不放过！它除了看起来有些发光，哪里像是值钱的样子！拿去卖都不会有人买！拿去喂狗狗都不稀罕咬一口！他碰它做什么？这个瘟神！"

它越说越气，越气越语无伦次："看到藤篮空了的瞬间，我浑身的血几乎要倒流，当下是一步都挪动不了，何为呆若木鸡，就是那一刻的我。直到天黑，我才'醒过来'，被怒火烧醒的，脑子里没有任何空余去思考，整个身体里只剩下汹涌不可控制的狂怒，当我听到外头传来得趣班那些人来来去去的脚步声与说话声，甚至还有笑声，我只觉心口有东西即刻便要炸开了。可我还是努力留下一丝理智，虽然那几日客栈里只有他们，但抓贼需拿赃，不可冤枉，于是我才使了些小手段，令得趣班所有人暂时失了意识，便于我每间房每个人细细去搜，一直搜到那个年轻人住的房间时，我才知何谓人不可貌相。此人斯斯文文，颇有书生之气，班主与我介绍时说过他是得趣班的'能人'，读书最多，算账最快，写字最好，手脚也利索，还会一些简单的小戏法，他的名字，我记一辈子……郑雨良。看得出班主十分器重他，可惜他看错了人。我进得他房间时，本已到就寝之时，可此人衣冠整齐，甚至连包袱都收拾好了，我下手若再迟片刻，他必趁夜逃去。果不其然，我的钱，还有月瞳，都在他的包袱里。"

有缺气得鼻子都在抽动，缓了缓情绪才能继续说下去："看着光华全无的月瞳，我的魂都碎了，那是我唯一能见到他们的办法啊！如果月瞳没有了，意味着我几十年的坚持与等待都化为泡影，连同我的未来也被摧毁了。他们已经不在了，我没有任何机会再去召唤一对属于我跟他们的月瞳，我从废墟之上努力重建的生活，至此再无支撑。那一瞬间，怒火终烧成了滔天之恶，我恨这个贪财的畜生，恨他们教徒无方的班主，恨享受着我的好意却在背后狠狠捅我一刀的所有人……所以，他们全部被我封起来了。没有立刻杀掉他们，是我仅存的最后一点理智。"

它深吸了口气，看着桃夭："之后那几天，我一直浑浑噩噩，心里只想着能不能让月瞳再亮起来，我在屋顶蹲了几夜，没有月亮，月瞳的情况一天比一天糟糕，我实在太难过了，也下定了决心,如果过了十五还是没有月亮,如果月瞳终是消散,我便烧了客栈,我,得趣班所有人,都不必存在了。"

整个事情的走向,跟桃夭的推测没什么出入,就是太令人生气了,可失去了如此重要的东西,换谁不生气呢?换她桃夭,估计这帮人已经没机会等到别人来救命了。

其他人也听得摇头叹气,司静渊更是气得拍桌子,大骂贼子不是东西,仿佛被偷的人是他,也是,毕竟他也才吃过被偷钱的大亏。

听完转述的少年,忍不住哭了,随意观里最让人放心不下的孩子,凭自己的努力好好生活到了现在,偏偏又遭遇了命运最大的戏弄,而此刻的自己就在它面前,却连抱一下它都做不到。

"那时,我们离有缺客栈还有些距离,如意的月瞳一灭,我们的月瞳也跟着渐渐熄灭了,这不但影响到我们的视力并失去了方向,还让我们这个身体越来越轻,看不清又落不了地,本以为这次真的是要永别了,幸好……"少年擦了擦眼睛,庆幸无比地看着他们所有人,"幸好飘到了你们面前!这大概是我们几个人加起来最好的运气了!"

"可对我来说不是好运气,是好麻烦。"桃夭的下巴忍不住搁在桌上,耷拉个脸道,"不过算了,一路折腾我到现在,我是一点脾气都没有了,姑且算好事多磨吧。"

"好事?"少年不懂了。

"我的好事,你不用明白。"桃夭给了他一个梦游般的眼神。

昨夜的剑拔弩张仿佛真的只是一个随着日出而消失的噩梦,从最开始的恶妖当诛,到现在大家都忍不住想摸摸有缺那颗悲伤又沮丧的小脑袋宽慰一番,房间里的整个气氛都变了,虽说以邪法封人不对,但有那样的身世与经历,从最坏的地方来,却得到世上最好的东西,谁又能洒脱地说放下就放下,花去几十载时光好不容易才寻回的"半称心",一夜之间又灰飞烟灭,它不"生病"才是有违常理。

磨牙皱着眉头,连怀里的滚滚也皱着眉头,他看着桃夭:"真能治吗?"他又担忧地看着桌上的月瞳:"它们好像撑不了多久了。"

事实上,少年的"透明"程度也越来越深了。其他人也把最后一丝希望投向桃夭,盯着她,等她一句话。

桃夭长长吐出一口气,指着窗外越发明亮的天空:"只要今晚有月亮。"

好像有了莫大的希望,但……月亮是想有就能有的吗?!

最后一点灯油在晨光落到桌角上时,燃尽了。

今日,天晴。

7

白天的时间，一转眼就过去了。

桃夭在天黑前做得最多的事，一是吃饭，二是睡觉，就算睡不着也要眯着眼休息，同时也告诫他们少用眼，多休息，同时还特别嘱咐柳公子一定要多吃饭，能吃多饱吃多饱。

没人知道她到底在盘算什么。

司狂澜站在客栈外的围栏前，若有所思地看着眼前这座差一步就要毁于烈焰中的房舍，脑中不断闪过的，是这里还是随意观时的模样，虽不曾亲见，但有缺的记忆仿佛无数个夜晚里的月光，不经意照进了他的心里，那些快乐的悲伤的日子，好像自己也有份儿似的。他微微抬头，看过去的方向是天台，此刻，桃夭正躺在那里晒太阳，吊在外头的脚还惬意地一晃一晃。

她每治一个妖怪，是不是就不得不听完一个与她无关的故事，而她如此没有耐心，这么多年又是如何坚持下来的呢？会不会听到一半就睡着，或者听烦了把人家嘴堵上甚至打一顿？一想到她吹胡子瞪眼或者百无聊赖的模样，他就忍不住笑了出来。

"你笑什么？"旁边的司静渊看怪物一样看着他，"这晚上能不能有月亮谁说得准啊，要是没有，得趣班的人不是全死定了？我们才从龙尾镇的麻烦里脱身出来，马上又踩进一个大坑，虽然不至于祸害我们吧，但好歹十几条人命摆在面前，管又不知道能不能管上，不管又说不过去，我这儿都愁死了，你还在笑？"

司狂澜的嘴角回归原位，看都不看他一眼："你最该担心的，是狴犴司的牢房住起来舒不舒服。"

司静渊赶紧把叼在嘴里的干草吐出来："你说什么？为什么我要担心狴犴司的牢房？"

司狂澜冷冷一笑，回屋去了，只留给他一个眼神自己体会。

有缺的房间里，磨牙彻底充当了它跟少年的传话筒，不但要传话，还要把对方的表情也仔细描述出来，连滚滚都在跟着模仿他们的神情姿态，很是好笑，尽管说到后头累得嗓子都快哑了，念经都没念到这种程度，委实难为了他，但他毫无怨言，只恨不得把自己的眼睛借给他们，能成全他们十五日的相见也好啊。

柳公子也很忙，他把客栈里能找到的吃的全吃了，总觉得桃夭的嘱托很奇怪，这丫头从来只担心自己吃不够，什么时候让他多吃过？莫非她又想到了什么出人意料的馊主意？！

反正这一整天里，所有人心中都在一遍又一遍地祈祷——今晚一定要有月亮！

恐怕月亮自己都没想到有朝一日会肩负如此重任，自己啥也没干就突然关乎一个妖怪以性命相搏的愿望，十几条活生生的人命，以及一段近百年的缘分与牵挂，天晓得它会不会因为压力太大反而不敢出来了？不行，还是不要乱想了。

等！

等！

等到夜色重临时，所有人的心情从极度期待极度紧张很快跌落到了极度失望——今夜，没有月亮！！！

呼呼的风声里，只有旋绕而起的沙土与沉重厚实的云层，整个天空被遮得严丝合缝，不给人一丁点希望。

冗长的沉默之后，有缺哇的一声大哭出来。少年也失望地叹了口气，苦笑一下。

磨牙赶紧安慰说再等等吧，夜还长，说不定一会儿起大风把云吹散了呢。司静渊也十分沮丧，只道要是月亮缺钱花，他愿意把司府全部积蓄都给出来，包括自己的私房钱，只求它露一露脸。

司狂澜面无表情，只认真观测天象，看了许久，眉头越发紧皱，喃喃道今夜云层密厚，怕是难了。若今夜无月，月瞳死了，少年消失，珍惜之人再无归期，那有缺的病岂不又要加重，如此一来，怕是宁肯被他们打死也不会将得趣班的人放了……

柳公子摸着鼓胀的肚子，问桃夭："我吃饱跟月亮出不出来有关系？"

桃夭是他们之中表情最轻松的，她又等了一阵子，眼见着今夜确实没有出现月亮的可能了，这才揉了揉望得酸痛的脖子，对柳公子道："天不遂人愿，那就蛇遂人愿吧。"

"你什么意思？"柳公子听着不对，立刻后退一步。

"我把饭都让给你吃了，总不能白吃吧。"桃夭的眼睛笑成两弯月牙，指了指天上，"以你吃饱了饭的本事，一定可以吹得云开见月明吧。"

柳公子一愣，旋即明白过来，一把将她拽到一旁，一张脸白了又绿绿了又黑的，连说话都跑调了："你让我去扰乱天时？"

"就这一夜啦，如果太勉强，两个时辰也够了。"桃夭拍拍他的肩，满脸的信任与鼓励，"你行的！"

"你疯啦？"柳公子恨不得把她此刻的笑抓下来踩个稀烂，"日出月升风雨冷暖，看似日常之象，却也是天命难违。我若以一己之力散云现月，天界的云神老儿是出了名的古板又小心眼，若追究起来，就算不挨笞神棍，牢饭也是吃定了的，说不定还会罚我去灵兽园打扫屎尿，加上咱们家那个人的脾性，我回去不知道还要遭什么五花八门的罪呐，到时我四面楚歌，你是帮我扛着还是幸灾乐祸？"

"帮你扛呗，说到做到。"桃夭拍拍心口，又眼珠一转，"实在不行你就说是我给你下了毒，你不去就没命，反正把锅都让我这儿。"

"那也不行啊。"柳公子头摇成了拨浪鼓，"故意行逆天之事，事无大小，都会被重罚的。"

"逆天之事……"桃夭嘴角一翘，"又不是没做过。"

"你说什么？"

"不是，我意思是就两个时辰，就这一小块儿地方，云神老儿未必会发觉的。"桃夭捏住他的下巴往旁边一转，绝望透顶的有缺跟少年映入眼中，"他们只有这一次机会了。"她顿了顿，又把他的脑袋转向客栈那边，"那里还有十几条性命，有缺是个死心眼儿，它说不放人，那就是死都不会放，终极的愤怒，连神都束手无策。"

柳公子看着那两个明明互相看不见却一致愁眉苦脸的家伙，又想着那些个还"嵌"在奇怪地方等死的倒霉蛋们，犹豫了，将心里的算盘拨了又拨后，他转身看着桃夭，冷冷道："你说的，是你在饭里给我下了毒。"

"我说的！"桃夭松了口气，用力抓住他的手，"你做成这一件事，我算你帮我十个忙！回头你吃小和尚的时候，我帮你加葱花！"

"你说话算话。"

"肯定算！"

"那如果我不吃小和尚的话，这个天大的人情得折算成别的。"

"吃掉小和尚不是你的毕生理想吗？"

"理想会变的。"

"反正别吃我就可以，随便吧，先把你这天大的人情记账呗。"

"你们两个又在一旁嘀咕些什么？"磨牙凑过来，不安地摸了摸头顶，"我怎么觉得有股阴风刮过去？"

桃夭戳了一下他的脑袋："别废话了，去准备吧。"

磨牙一愣："准备啥？"

"一对儿一个水盆，要救活起码得五对儿，五个盆儿⋯⋯"桃夭掐指盘算一番，回头对所有人道，"大家都动起来吧，拿五个盆儿，装满水等着！"

有缺跟少年以为自己听错了，两个家伙同时抬起沮丧得如有千斤重的脑袋，同时问她："你说什么？为何要准备水盆？"

"不准备水盆，月瞳怎么游泳？"桃夭狡黠一笑，伸出一只手掌，"五对，要救你们的小胖子，得准备五对新鲜的月瞳。"

众人大吃一惊。

"你说有月亮就能治好，原来是要召唤新的月瞳？"有缺不敢相信自己的耳朵，"可今夜不是没有月亮吗？"

"一会儿会有的。"桃夭言之凿凿，朝一旁努努嘴，"还不去准备？不想治好你们的小胖子了？不想治好你的眼睛了？"

"啊？！我⋯⋯我这就去！"有缺反应过来，欣喜若狂地往客栈里蹦跳而去。

"桃夭，你说真的？"磨牙还是不太确定。

"我什么时候骗过你？"

"骗过好多次……"

"快滚去帮忙！错过时辰就真无药可救了！"

"哦！马上去。"磨牙赶紧带着滚滚跟进去。

司狂澜看着她的脸，想了想，什么也没有问，转身便要往客栈里走。

"你都不问我什么吗？"桃夭突然开口，"我说有月亮你就信？"

司狂澜头也不回道："你跟柳公子嘀咕了那么久，总不会是在交流今天的饭好不好吃吧。"他肩膀微微一动，似是笑了笑，"我的确是不信你这个不称职的杂役，但我信你是个万万不肯砸自己招牌的大夫。"

这家伙……桃夭撇撇嘴，又看看被拴在旁边的少年，对司静渊道，"把他牵进来吧，别让他在最后关头飘走了。"

"知道了……"

冷清许久的客栈，又忙碌起来。

尽管希望来得既突然又毫无道理，但这世上有些事，本就没道理可讲，有用就行。

桃夭对着天空拜了拜，抬头，一脸正气："怎么说都是治病救人，你们就别太小气了，天意不可违，可我也是天意的一部分，既然看见了，我就得做我该做的事。实在要算账……"她缩起脖子左右瞧了瞧，小声道："那就我跟柳公子一人一半吧！"

"桃夭！你以为说得小声我就听不到了吗？"

"啊这……你刚刚不是飞走了吗？"

"刚要飞就听见了你的糟心话！"

"那你肯定听错了。快去吧，一路平安！等你的好消息！！我们的柳公子是世上最好的蛇！柳公子长命万岁！柳公子六畜兴旺！"

"回来再跟你算账！"

○ 8 ○

有缺客栈的后院里，已经许久没有这么热闹过了。

五个装满水的大木盆一字排开，围坐在四周的每个人跟妖怪，那颗心就跟偶尔在夜风里荡漾起来的水面一样，定不下来。

有缺时不时抬头，一看见毫无变化的天空，又心慌意乱地低下头去，装着两只月瞳的藤篮被她紧紧抱在怀里。

少年亦如是，除了盼月亮，脑子里什么都放不下。

静坐向来是司狂澜的强项，闭目养神，一言不发。

司静渊依然像个身上长了跳蚤的猴子，眼睛闭不了片刻就要睁开东瞅西看，不是凑过去跟司狂澜说些废话，就是凑过来问桃夭到底要等到什么时候，要么就自言自语说回去一定要找人算算今年他是不是出门不利，桃夭忍不住踢他一脚让他闭嘴坐好。

磨牙忍了很久，终是小声问桃夭："柳公子去哪里了？"

桃夭盘着腿，眼也不睁道："吃太多，出去跑几圈化食儿了，一会儿就回来。你别乱瞅了，说了让你们节省用眼，今夜的眼睛要用在最有用的地方。"

磨牙不敢再问，顺手把滚滚骨碌碌乱转的眼睛给蒙上了。

大家都知道要做什么，又好像不知道要做什么，月亮出来之前，后院里每个人心里也跟着云遮雾绕的。

时间渐渐过去，一直等到后半夜，众人耐心正被狠狠消磨时，突然一阵狂风自上而下扫过，准确说那不太像是寻常的风而是一股不知源头的强大气流，来得迅速又霸道，院子里的家伙们都被吹得歪了身子，倒吸一口凉气，但眨眼之间，狂风尽消，只得一片淡淡的光缓缓落下来，温柔地笼住了整个有缺客栈。

桃夭心下一动，成了？！迫不及待睁眼，月光已如银河倾下，竟是少见的明亮动人。

本以为有人会尖叫出来，但当太大的惊喜降临时，往往都是无边的安静，连呼吸都不敢太用力，生怕惊走差一步就实现的愿望。

有缺看少年，少年看有缺，眼中虽空，心里却早已填满对方激动喜悦的面孔。不敢说话不敢问，只暗自惊叹原来桃都来的家伙竟比神还要耀眼，金口玉言，说到做到。

司狂澜微微睁眼，见满地银霜，如水光潋滟，又抬眼看天，不禁嘴角微扬，心中已明白了七八分。

还得是司静渊来打破反常的沉寂，他跳起来，手舞足蹈指着天空，好像大家都是瞎子得靠他来通知一样，大喊："月亮月亮！月亮出来了！好大好亮呀！！"才喊完，又用力揉了揉眼睛，使劲看着月亮旁边，嘀咕："怎么月亮旁边好像有个黑影？还在动？"又揉眼睛，又看："不是云啊……像龙？还是蛇？"说着又顺手拍了拍司狂澜："你看你看，是不是有东西在动？"

大家都顺势往那个方向看去，空中厚云已散，月如银盆，乍看之下，月亮旁边似是真有一个游动的黑影，但转眼便不见了踪迹，离得太远，实在难以分辨是活物还是游移的云朵。

"大少爷你看花眼了。"不等司狂澜回答，桃夭已经伸手挡在司静渊眼前，"你们都别看那儿了，要看的东西在这儿呢！"她放下手，指了指五个水盆。

"已万事俱备？"司狂澜看着倒映着五个月亮的水盆。

桃夭搓搓手："就差我们了。"

磨牙激动又紧张："跟在桃都时一样吗？只要彼此凝神看着就行？"

"不是还要念什么咒语吗？"司静渊趴在一盆水上左看右看，又问有缺，"对吧？你师父教给你的？"

"见君如我，见我如君，目中有月，月中有目。"有缺与少年同时念出。

"咒语只是个习惯，跟逢年过节要说吉利话差不多意思。你们的师父大概觉得有咒语才能让这件事看起来更正式些吧。"桃夭笑笑，指着自己的眼睛，"这个才是关键。"说罢，她朝磨牙眨眨眼："你跟滚滚试一试？！"

突然被委以重任磨牙一下子站直了，手指微微发抖地指着自己："我跟滚滚吗？"怀里的滚滚倒是高兴得很，短短的尾巴硬是摇出了重影。

"对，你们。"桃夭点点头，"莫再耽搁，时间不多。"

磨牙赶紧把滚滚放到水盆对面，自己也坐下，深呼吸了几口，问滚滚："准备好了？"

"唧唧！"

"好，看！"

一人一狐低下头，目不转睛看着亮晃晃的水面。水里有月光，有他们生动的脸，还有一份救人于水火的心意。

"明月挂天，以水相映，能见彼此者以目光同投之，可生月瞳。"——磨牙此刻心中只反复想着这句话，想着想着，心头渐渐平静，"能见彼此"……他跟滚滚向来能看见彼此吧？滚滚断尾救人的过往，他记忆犹新。它说过"我救的不是他，我救的是多年前一个寒夜里，在篝火与烈酒中想仗剑江湖的少年"。也在命悬一线时说过"我还是想活着，想看看这盛世"。更记得为了留下一无所有的小狐狸，他是怎样不管不顾地恳求桃夭，一切清晰到如同发生于昨日。漫长旅途中，他无数次抱着毛茸茸的小东西入眠，怕它冷怕它病，自己不吃也要先喂饱它，也知道它每个不能言语的心思，拿尾巴帮忙擦碗，拿柳公子的脑袋出气，帮着自己与桃夭做对。贪吃好玩调皮是它，身陷险境时不离不弃还是它，虽然看起来只是一只没什么大用的小狐狸，可它若有危险，他愿以性命相护，若反过来，它亦会倾尽所有，这就是他看见的它，萍水相逢，亦为至亲。

不知小狐狸此刻的心里在想什么，只看见它倒映在水里的脸上，圆溜溜的眼睛比任何时候都澄明。小和尚跟小狐狸的目光，在月色满溢的水面中，交汇成无形的力量，平静的水面渐渐有了动静，月晕般的光华自水底缓缓透出，照亮了他们的脸。

有缺看得呆了，多少年了……多少年都没有见到这样的景象了。

众人屏息静气，不敢惊扰分毫，大概是太聚精会神，竟连身后突然走过来一个柳公子都没有察觉，只有司狂澜，稍许侧目，又佯作无事。

当咯咯咯的笑声从水盆里响起，一对月瞳游出水面时，大家紧绷的弦终于松了，有缺高兴地捂嘴大哭，少年激动地跳起来，要不是有绳子拴着，只怕这一下就得上天，司静渊仿佛自己得了天大的好处，竟鼓掌大喊太好啦太好啦！

桃夭轻轻嘘了口气，发现司狂澜正看着自己，顿时像触到了什么不妥之处，赶紧把目光移开了，顺势也鼓起掌来，上前连声称赞："我们家磨牙终于不是废物了！哦，狐狸也有点用。"

收获白眼两对。

磨牙站起身，脸涨得通红，看着水盆里的一对宝贝儿，还有点不敢相信："我们成功了？！"

滚滚呼啦一下跳到他怀里，摇头晃脑得意得很。

意料之中的结果，桃夭笑笑，转身，故意对着突然出现的柳公子喊道："哟，怎么才回来呀，三圈跑完了？化食儿化好了吗？"

柳公子擦了擦额头上的汗，没好气道："昨天的食儿都化了！"

"辛苦啦。"桃夭赶紧上去给他捶肩捏手，又朝水盆里努努嘴，"你看，我们的磨牙跟滚滚都出息了！"

见月瞳在水，柳公子的眼睛也亮起来，长出了一口气："总算没有白费我一大番力气。"

"头号功臣！！"桃夭赶紧竖起大拇指。

"超级大的人情，你欠我的。"柳公子冷哼一声。

"知道知道。"桃夭赶紧拽着他走到水盆前，又想了想，"你还是先休息休息吧。"说罢又对众人道："还差四对儿，有缺他们那对月瞳虽然快死了，但依然算是在使用中，所以他们无法召唤，就只能由我们来了，剩下的四对儿，大少爷跟二少爷肯定要贡献一对儿的！"她笑嘻嘻地朝司狂澜司静渊做了个请的姿势。

"到我们了吗？"司静渊一把挽住司狂澜的胳膊，昂首挺胸道，"我们可是一母同胞的亲兄弟，从出世那一刻就在一起，莫说看见彼此，我连他脑袋上几根头发都一清二楚，召唤两个小怪物简直手到擒来。"

司狂澜嫌弃地甩开他的手："你若真长了眼睛，便不会被我罚抄姑娘的八字了。"

"长兄如父，我是掏心掏肺地盼着你好呀。"

"这么多年，你我之间谁才是那个总要人善后的逆子？"

"呃……你……"

"什么？"

"我意思是你肯定不是啊，但我也不算很逆吧……"

磨牙担忧地扯了扯桃夭的袖子："大少爷跟二少爷看起来不像是能召出月瞳的样子。"

桃夭却不担心，只上去踢了司静渊一脚："哪那么多废话，赶紧的！"

天上，一丝乌云又慢慢地爬过来，月色暗淡了些许。

司狂澜一撩衣摆，盘腿坐于水盆前，司静渊也不敢再废话，一屁股坐下去，伸长脖子看向水盆。月光在水面荡漾不止，看得人眼神都迷离起来，许久不曾忆起的过往，如石间细泉，悄无声息地涌来。

冰心陈茶指静渊，霜刀血剑挽狂澜——一静一动一开始便给反了人，或许早已预示他们需要面对的，是不循常理的一生。七岁之后，无父无母，兄弟相依为命，你成半命之人，我便千难万难寻来无弦琴保你平安。你看似荒唐胡闹，实则天性良善随意不羁，一家之主于你是天大束缚，你做不来，我来就是。我不怕替你善后，我只将来连善后的机会都没有，于你处严苛，不过是盼你处处平安。你费尽心思要我成家立室，无非怕某天不得不离开时，我余生孤单无靠，惹你放心不下。你总以嬉笑之态掩盖内里不安，却忘记我们都已长大，不是讨不到一壶酒就难过的孩子，不是一拳就可以被打倒的弱者，我们或许有能力走完完整整的一生，无须太早安排后事。你活着，我活着，便是有家可归，所谓手足，当如是。

水里的月光似是温柔的倾听者，不动声色引出深埋心底的思绪，在人眼前清清楚楚铺排开来。

兄弟俩静静地注视着水面，司静渊从没有这么安稳的时候，一动不动看着水里的自己，连表情都收敛了许多，竟有几分罕见的深沉，若有所思，仿佛从水里看见了极其重要的东西。

终于，水里有了动静。磨牙松了口气："阿弥陀佛，真怕大少爷分心乱说话，二少爷再跳起来打大少爷一拳，那就真完了。"

桃夭也松了一口气，笑："都是聪明人，怎可能看不见。"

短暂的安静终于被司静渊的大笑打断了。

"哈哈哈，我就说我们手到擒来的嘛。"司静渊兴高采烈地蹦跶到司狂澜身旁，一把钩住他的脖子用力摇晃，"澜澜你看我们多厉害！我们居然召唤出了妖怪！！还是活的会游泳的！"说罢又扭头问桃夭："不是还要三对儿吗，我还可以跟别人一起召唤吗？这事儿太有意思了，好好的水面怎么看一看就能召唤出妖怪了呢！咦，要不我跟你？咱们好歹也是挂名的兄妹呀，你看我我看你也好些日子了，肯定也能召出成功！"

"不要。"桃夭撇撇嘴，"召唤出月瞳的条件是'能见彼此'，那你得先把我这一趟损失的钱补给我，不然我就算把盆子瞪穿也只看得见欠债还钱四个字，根本看不到你的。"

"说了会给你的嘛！"

"给了再说。"

"你掉钱眼儿里了！"

"我高兴掉里头，嘿嘿，我高兴。"

"……"

"还有时间胡闹？"司狂澜甩开司静渊，抬头看天，自言自语道，"云层又在聚拢了。"

众人一看，确实如此，方才不知被什么力量吹开的云又在移动，月光似是又暗淡了一些。

柳公子顺手拉过桃夭："你也出点力。"不容桃夭说不，已经把她摁到第三个水盆边上乖乖坐好。

"等一下。"桃夭又看看天，思忖片刻，突然朝磨牙跟滚滚招手，"你俩也过来坐好。"

柳公子不解："不是两个人一个盆儿吗？"

"时间不多了。"桃夭淡定道，"我也试试我的秘法，万一有意外收获呢。"说罢又朝少年笑笑："对吧，你们当初不也是突发奇想才有了你们的小胖子吗。"

少年不知该回应什么，只拱手求她快些开始，不管秘法还是什么，再等一会儿，月亮又要被遮住了。

桃都讨饭组，三人一狐将水盆围起来。

"我们四个一起看？"磨牙越想越糊涂，"四双眼睛？该怎么算？谁看谁呀？"

"想看谁就看谁，看得见就行。"桃夭弹了一下他的脑门儿，"就照你方才做的那样，看。"

柳公子耸耸肩，还能怎样呢，她脑子里的念头总在意料之外，那就四双眼睛互相看呗。

桃夭托着腮，眼睛瞪得贼大，死死盯着水面。柳公子也如法炮制，恨不得拿手把眼皮子撑到最大，嘴里还念叨着快快快！长眼睛的小怪物快出来！磨牙跟滚滚不敢怠慢，目不转睛地盯着水面，滚滚的脸都快埋进水里了。

没动静……

再看，还是没动静。

磨牙忍不住嘀咕："让你俩平时少讲对方坏话，如今就算能见彼此，见到的也只会是你骂我我揍你的糟心模样吧，难怪召唤不出。"

"闭嘴。不是我的问题。"桃夭否认。

"不是你的问题难道还是我的问题？"柳公子也托着腮，要不是得盯着水面，高低要拿眼神鄙视回去。

桃夭撇撇嘴，嘴角突然浮出微妙的笑意："也是，若把我换作阿丑，哦不对，该换作石铁岚，你同她一道，月瞳应该早就出来了。"

柳公子的手一下子滑出去，整个头差点掉进水里。"你没喝醉？"他诧异地抬头。

"看水面，别看我。"桃夭头也不抬地说，"我真醉了，可我醉得快醒得也快呀，你既不把咱家二少爷拉远点再说悄悄话，嗓门儿又不收敛一下，深夜里那么安静，我想不听你讲故事都不行，不能怪我。"

"你个鬼鬼祟祟的东西！"柳公子咬牙切齿地把目光转回水面，不想被知道的过往居然被偷听了去，这感觉跟赤身露体跑在街上没两样，依死丫头的性子，往后能嘲笑他的理由岂不又多一个？早知那晚就少喝两口酒了，失策！

"你们在说什么呀？"磨牙不敢抬头，"不能专心点吗，怎的还聊起天儿了？"只有滚滚最专注，一直盯着水面摇尾巴。

桃夭撇嘴："嗯，我们几个里头，你最没用，但话最多，就知道教训我们，待一百件事满了咱们就解脱了，到时候你去柳公子肚子里念经吧。"

磨牙听着听着，居然笑出来："柳公子不会吃我的。"

"哪儿听来的谣言！"柳公子死不承认。

"自我来到桃都起，你帮桃夭做的事，早就不止一百件了，你不识数，我可记着呐。"

"嘿，你个小光头竟有这样的心机？"

"嘿嘿，真想吃我，何必设什么一百件事的限制；真想吃我，又何必处处担心我的死活，被乖龙连累落水时就由得我淹死嘛，媪姬抓走我就让她抓嘛，也不用担心到在傒囊的房间外守我一整夜，更不必把那么昂贵的纸放在我身上，说是受不了我的好心肠。其实我知道，我一直都知道，桃夭，你是怕我遇到危险时，不能及时找到你。你跟柳公子虽然嫌弃我，但这一点都不妨碍你们会拿命来保护我。"

这……好怪的感觉，原来月光挂在天上，跟落在水盆里，感觉是不一样的啊，看得久了，就像眼睛喝醉了酒，周遭都跟着晃悠起来，连心里都跟着暖洋洋的。

磨牙一番话，桃夭更不敢抬头了，怕一抬头就是一脸被看穿的尴尬。原来他什么都知道。

"哈哈，没想到被小和尚看穿了吧，只当他最单纯最好糊弄，其实人家心里跟明镜似的。"柳公子故意笑得夸张，其实偷偷抹了抹眼角。他们的小磨牙，从来都看得清清楚楚。

桃夭摇头一笑。

不止磨牙，柳公子你也看得很清楚啊，我是冰下的石头，挖开多少层都见不到底，所以你干脆不挖了，明知我挥刀果决不近人情，明知我恶名在外不讨欢喜，明知我是桃都最大的未知之数，是福是祸尚无定论，你却还是一次又一次地教我游泳，生怕有朝一日你捞不成我时我会死于非命。是不是连你自己都以为你只是在我身上弥补阿丑的遗憾，我现在告诉你，不是，就算没有阿丑，你也会把我，把磨牙跟滚滚，把每一个被你放在心里的人，不惜任何代价地从各种危险的境地里捞起来，这不是来自愧疚，而是你本来就是这么好的一个人啊，哦不，这么好的蛇。

"原来你说柳公子是世上最好的蛇，不是逗我开心啊。"柳公子笑出来，在越发明亮的月光里，桃夭心中的话，好像一阵风，不需要耳朵去听，直接就吹进了他的心里。

桃夭啊，我知道你如此尽心想救活他们的月瞳，不光是为了十几条人命，你跟他们一样，真诚地爱着那座"随意观"，舍不得它就此烟消云散。话说这样的地方，谁会不喜欢呢，随时都会出现的鼓励与陪伴，无论多艰难也不会消减的欢乐，多晚回来都会有的灯火与热汤，还有砰砰散出来的彩纸，隔了百年依然能落在我的心上。而你，无论你是桃都的妖屠还是神医，有怎样不为人知的过去，我看见的你，永远都是那个一身红衣的小丫头，笑起来眼睛会弯成月牙，总是跟我嬉笑打闹上蹿下跳，爱吃贪玩嘴巴又坏，端着一副谁都不在乎的鬼样子，却偷偷摸摸缝补着各种各样的裂缝，悲伤、遗憾、险恶，都是你治过的的病。可你自己呢，如果不肯示人的过去也是你难以治愈的顽疾，请你不必单枪匹马，我们一直在你身边，虽然不是大夫，但我们也有我们自己的随意观，只要你开心，无论让你开心的是一顿美食还是一个人，我们也会把彩纸砰砰地撒在你身上为你庆祝。你见过我最落魄时的样子，也见过磨牙最危险的时刻，还留下了一无所有的滚滚，更为无数曾身在末路的妖怪带去重来一次的机会，所以，我们也不会嫌弃你可能出现的任何糟糕的模样，只要你还想见到我们，我们就不会离开，只要你有危险，我们永远不松手，直到把你拖出深渊。

对啊对啊，我们会一直在一起的，就算真去讨饭，也会一碗饭分四份哟，我还是会帮忙洗碗，我知道桃夭你最讨厌洗碗了，但我拿尾巴擦碗的时候你不能骂我！我掉毛又不是故意的，嘿嘿。

每个字桃夭都听得清清楚楚，月光在眼前摇晃不止，五颜六色的光晕从水里振翅飞出，没错，就是飞出来的，她用力揉了揉眼睛，又揉耳朵，是看得太久出毛病了吗，怎么连滚滚也在说话了？！

她晃了晃脑袋，抬眼往身旁一瞅，五彩缤纷的光华越发明显，像一双缓缓扇动的巨大翅膀，把他们四个包围其中，而柳公子他们明明都是低着头看着水面，连嘴皮子都没动一下。那方才她自己说的话……他们说的话……是召唤月瞳必须经历的幻觉吗？可是，自己是什么时候无知无觉地陷入幻觉的？

不过，这是不是说明……他们成功了？而且，这对五颜六色的大翅膀……难道真遂了她的心愿？！

脑子里正糊涂时，一直于水中盘旋不止的彩光突然集为一束，冲破水面直入半空，又如烟花炸开，不止点亮夜色，连眼睛与脑子都跟着亮堂起来。

水盆前的四个家伙此刻方如大梦初醒，猛然抬头，半空中哪有烟花，只得一对振翅盘旋的五彩大鸟，长长的尾翼在身后划出绝美轨迹，怎么看都像是天上的神物落了凡尘，是只看一眼就能记住一辈子的场面。

有缺与少年看着这一幕，又激动又疑惑，都捂着嘴，说不出一句话来。

"这……这是什么东西？"司静渊的表情永远是最夸张的，指着空中的"神鸟"，简直不敢相信自己的眼睛，"传说中的凤凰？可凤凰不都从火里出来吗？哪有从水盆里出来的？"

司狂澜按捺下心中诧异，只喃喃道："他们四个……当真与众不同。"

柳公子用力眨了眨眼睛，确定自己不是看花眼之后，居然不是惊喜，而是一副倒了大霉的样子，"完了，不是月瞳！怎么是两只鸟？"他哭丧个脸看着桃夭，"我们以前是不是真的说太多彼此的坏话了？"他突然又觉得不对："乌鸦嘴乌鸦嘴，那不该是飞出来两只乌鸦才对吗？"

他的鬼话把磨牙也带偏了，也跟着一起着急起来："桃夭，我们是不是哪里弄错了呀，连大少爷二少爷都能成功，我们没道理失败啊，怎么会是两只鸟呢？"他又看向天空，更着急了："完了完了，月亮只剩下一小半儿了！怎么办呀！"说着他又回想起方才的情形，不确定地问他们："鸟儿飞出来前，咱们是不是对彼此说了许多话？可方才被这鸟儿一吓，又模糊了，是我幻听了还是怎的？"

"对对，我也有同样感觉。"磨牙一提，柳公子也猛点头，"我觉得我口水都要说干了，但我说了什么？"他又瞪着桃夭，"你也如此？"说罢又扭头看向不远处的司家兄弟俩："两位少爷，你们看到我们在说话吗？"

司静渊摇头："你们几个刚开始时是说了几句，后来就一直盯着水盆发呆，啥也没说过呀。"

果然是幻觉！磨牙挠着头对柳公子道："我甚至还听到滚滚说话了……"

"我也是。"柳公子想了想，"所谓能见彼此，就是这么个见法？"他又敲了敲脑袋："可恨，我到底说了什么呀……"

"可能是很真诚地把桃夭诅咒了一百遍吧？"

"呸！说不定是你把我们所有人都骂了一百遍，平时你不敢，所以才趁这个机会发泄你一直以来的不满！"

"我没有不满呀！不对，我就算说梦话也没有骂过你们！"

他们说得热闹，桃夭却顾不上理睬他们，只管看着这对光彩耀目的大鸟，又起身从不同角度反复确认了半晌，终于因为太高兴原地蹦起三尺高，然后也不管旁边走来的是谁，蹿上去就抱住对方狂喜大喊："发了发了，这次发了呀！"

司狂澜的背脊被她拍得啪啪响，淡淡道："发什么都不要发癫才是。"

桃夭这才反应过来自己把谁给抱在了怀里，顿时红了脸，赶紧推开他，解释不对不解释也不对，只好嘿嘿一笑，摆出惯有的厚脸皮的样子："嘻嘻，今日就算发癫也值了，我们遇上了天大的好运气！"

"怎么说？"司狂澜看她如此高兴，虽说结果跟预想的不一样，但心中已是放心大半。

五彩光华映在桃夭的眸子里，她的视线兴奋地追随着大鸟盘旋留下的每一道痕迹："月瞳之极，为目凰，五彩傍身，形若神鸟……"她顿了顿，似背诵功课时突然忘了下一句，又想了想才继续道："然召千万次未必一现，有缘得之，无目亦生目，阴阳两不离，其用甚大，虽为妖物，仙药难及。"

司狂澜微怔："月瞳之极？"

"她意思是这对大鸟是月瞳里的极品？"司静渊凑上来猜测道，"所谓天大的好运气，是因为召唤千万次月瞳也未必能召唤出这个……叫……叫目凰的妖怪？"

"目凰?"柳公子一头雾水,拍了拍磨牙,"你听说过没?"

磨牙摇头:"从未。咱们老家里也没见过这号妖怪呀。"

"关于月瞳的记载,这是后半截,还是用一排不起眼的小字给补上的。若非出现的可能微乎其微,也不至于到后面才给补上。"桃夭尽力让自己平静下来,但脸上的笑是怎么也压不住,"'可见彼此'是召出月瞳的条件,而召出目凰的条件却无人知晓,连补上的记载里都只有'有缘得之'而已,怎么才算有缘,这就太难估算了。"她看看柳公子跟磨牙,坏笑:"现在看来,说不定真是要经常说彼此坏话却又不离不弃的家伙们才能召出'月瞳之极'呢。"

柳公子还是摇头:"我始终觉得靠说坏话召唤出来的东西绝对不可能这么漂亮。会不会是因为我们人多力量大?"

"不是……"少年否定,"曾经我们出于好奇心,也试过一群人同时召唤月瞳,水中只得一片乱光闪过,半月瞳都召不出,更莫说如此神奇的目凰了。"

"这样啊……"柳公子撇撇嘴,"反正我不信它们是坏话喊出来的。"

"信不信都无所谓啦,它们怎么来的不重要,重要的是它们出现了。"磨牙眼神发亮,无比期待地看着桃夭,"所以,我们不但没有失败,还召唤出了比月瞳还厉害的目凰,所以有缺它们的小胖子有救了对吗?"

"没错。"桃夭心情大好,"有了它,加上之前的两对月瞳,足够了。"

"真的够了吗?"有缺激动得声音都在发抖。

"真的可以治好小胖子了?"少年也难掩欣喜。

桃夭笃定地点头,半开玩笑道:"算是知道为什么之前我总是逢赌必输了,原是把运气都攒到今晚了。"她望着空中两只璀璨夺目的宝贝,竟露出饿鬼见了美食的垂涎之态:"你们都不知道这东西做成药有多厉害,月瞳为药,我顶多替我的病患们治治普通的眼疾;目凰为药,莫说妖怪们的眼疾,就算天帝老儿的眼珠子没了,有此药在手,我也能保他长出一副新的来,届时连他都得欠我桃夭一个大大的人情,就算不是他,换了其他任何一个大神,我也赚疯了!"她越说越兴奋,好像马上就有哪个倒霉的大人物要找她治眼睛还人情似的。

磨牙越听越不对,赶紧拉住她:"快打住!你想什么呢?怎么觉得你马上就要把这对目凰据为己有了呢?"

被他一打断,桃夭飘飘然的表情顿时凝固,旋即消失在有缺跟少年的眼神里,哎,好像是想多了,没办法,本能。

"说说都不行吗!"桃夭打开磨牙的手,走到水盆前,看看另两对还在水盆里欢快游动的月瞳,她略略稳一稳心神,伸出双手,手指对着两对月瞳往上一勾,喝了一声,"起!"

两对月瞳顿时离水而起,直奔空中的目凰而去,像极了一群迫不及待奔向母亲的小鸡崽,眨眼间四个月瞳就被两只目凰的翅膀包裹其中,见状,桃夭对有缺喊道:"把小胖子拿过来。"

有缺赶紧从藤篮里拿出两只只剩小半口气的月瞳，小心翼翼地递到桃夭面前，只见桃夭迅速从布囊中摸出两颗金色的药丸，分别放到两个病号的眼睛里，再将其拿到手中。伴着有缺的一声惊呼，两个灰扑扑的家伙被她轻巧弹到空中，准确落到那渐渐合二为一的月瞳与目凰之间，此刻只见空中光芒更盛，目凰怀抱这群新旧月瞳飞旋不止，如繁花盛开，待到一阵强烈到桃夭都要微合双目以避其锋芒的金光闪过，空中再无目凰与月瞳的踪迹，只得一对形似眼睛的金色光团，十分活络逼真，甚至跟真的眼睛一样好奇地转动，扫视着地面上的每个人。

桃夭拍拍手："灵药出世，大功告成。"可才说罢又一拍脑门儿："差点忘了，还缺一步。"

所有人都松下去的一口气又被她一句话提了起来。

"缺啥呀？"柳公子紧张死了，生怕她又提出让他出去"消食"这种要求，他真的消不动了。

桃夭回头，指了指有缺与少年："你们的小胖子死不了啦，但要彻底治好你们俩的眼睛，还得寻个天生一对的东西来做药引。"

大家这才放了心，幸好不是什么又困难又离奇的要求。

"原本的葫芦可以吗？"有缺忙问。

"不行，它们的灵气早就散尽了，就算没有散尽，目凰药也不是它们能承受的。"桃夭摇头。

所有人的脑子都开始飞速旋转，试图找出任何可以算作天生一对且马上可以到手的东西。

"筷子行吗？"柳公子提议。

"不行……"

"勺子呢？"磨牙很认真。

"不行……"

"鞋子可以吗？"司静渊居然抬起自己的脚。

"你想熏死它？"

"……"

少年看着四周，一脸愁容："若是当初的池子还在，并蒂莲或可一试。可现在，实在想不出别的。"

有缺也想破了脑袋，但越着急越想不到有用的，急得原地打转。

桃夭左思右想，突然，心下一动——当她急中生智的视线落到司静渊身上时，发现司狂澜也在看着司静渊，两人的目光再次不约而同交汇于一处，而司狂澜只是短暂地皱了皱眉头，很快就把目光移走，似是把他们都想到的事情，交给桃夭去决定。

没有任何犹豫，桃夭上去一把揪住司静渊："咱们之前自洛阳分开后，你身上的所有东西可一直带着？"

"那是自然。"司静渊被她煞有介事的样子吓了一跳，"我的东西我当然要一直带着，呃，除了被偷走的钱，还有我买给你们的该死的刀。"

"那些东西无所谓。"桃夭把他揪得更紧了,"桃花对签,是不是还在你身上?!我记得那时你当宝贝一样揣着它们,到我们分开也没有拿出来。"

司狂澜脸色微微一变,明明是已经猜到的事,但当她真的说出来时,心中某个角落却还是莫名沉了下去。

"啊?那个啊?"司静渊不由自主地犹豫起来。

"在不在!"桃夭的脸色骤然凌厉。

"在……"司静渊不太情愿地点了点头。

桃夭的神色缓和下来,松开他,伸出手:"给我。"

"非得要它们吗……"司静渊咕哝着,往腰带里摸索了半天,终是不太爽快地摸出了那对桃花签,眼中分明是一万分的舍不得。

桃夭才不管他舍不舍得,一把夺了过来,签上两枝一模一样的桃花仍旧栩栩如生,当初在"神仙集"上与司狂澜抽签时的情景也还历历在目,甚至连他在松鹤庭中信手绘成的"神女图"也忽然在眼前铺开……那个灯火绚烂的热闹夜晚,是可以进到她生命中最开心时刻前三名的,是一段不管什么时候想起来,嘴角都会不由自主翘起来的记忆。

小小的木牌握在手里,她竟也突然生出几分莫名的不舍——"我在神仙集摆摊这么多年,您二位是唯一一对抽中了桃花对签的呀!这可是月老灵签里最灵的一对儿签啦!您二位必然结缘偕老,佳偶天成啊!"——摆摊的胖老板当初是这么说的吧,记得他比他们两个当事人还要激动。

她失神的刹那,司狂澜的视线也落在她手中的桃花签上,一瞬间的欲言又止,却很快便消失在面无表情的平静里。

"你要用它们当药引子?"柳公子不假思索道,"这是天赐缘分啊,你不要?"

"是啊,虽是个游戏,但总觉得也是冥冥中注定的东西……"连磨牙都觉得可惜,"只能选它们了吗?"

"就是就是,天赐的东西不能说不要就不要啊,不吉利的!"司静渊还在做最后努力,恨不得把桃花签抢回来,"还有时间,再想想吧,天生一对的东西很多的呀。"说着又扭头对司狂澜喊:"澜澜你倒是说句话呀,这里有一块是你亲手抽出来的呀,你也不要啦?"

司狂澜不说话,只看了桃夭一眼。

桃夭将手中的小东西用力攥紧,突然提高了嗓门:"一个个都在这儿发什么疯呢!你们该庆幸多亏我想起还有这玩意儿在!眼见着天都要亮了,上哪儿去找比它们更天生一对的东西!不想救人啦?"说罢,她终是下定了决心,转身走到半空中那对儿看热闹的眼睛下面,正要动手时,又侧过脸来,淡淡道:"有缘分的人,不会因为没有一对桃花签就错过;同样,没有缘分的人,就算有一万对桃花签傍身,也终会分开。这些虚无缥缈之事,不必太执着了。"

她嘴角又扬起来，朝他们挤了挤眼睛："怎么说都是人命比桃花重要吧。"

她又恢复她本来的样子了，对吧。司狂澜心中那块下沉的角落，终于落了地，或者说是……彻底塌陷了吧，也瞬间埋掉了曾经暗自出没过的，一丝不为人知的情愫。

他轻轻一笑，并不难受，就是突然又回到原处，然后发现本该跟自己一道的人没有了踪迹，有些难以消去的怅然吧。好在，无人察觉。

不清楚其中原委的有缺跟少年，想说话又插不上话，只能焦灼地等待，其他人都忙着遗憾忙着舍不得，忙着看她要给这对儿小东西一个怎样的归处。他们知道，只要她铁了心，此事便是非做不可，谁都改不了她的心意。

桃夭转回头去，将两块桃花签分别放于掌中，背对着所有人的她，也不知动了什么法力，两块牌子似活过来似的，听话地悬浮于她掌上，紧接着两道细如丝线的赤光自她掌心生出，将桃花签拴住，另一端则飞速延长，直上半空，以同样的法子将两只眼睛也拴住，一切妥当后，桃夭出声："合！"

只见同时系住桃花签与眼睛的赤光缓缓缩短，两者于空中越来越近，而那眼睛渐化金光，终是不差分毫地落入一对木牌之中，连带着牌子上的桃花也像得了什么神力似的，透出金红之光，十分耀眼。

"你们两个过来。"桃夭冲着有缺与少年道。

两个家伙一愣，赶紧过来，紧张心情到达巅峰。

"既知道我的身份，就该知道我的规矩。"桃夭认真道，"要我治好你们的病，就得答应做我的药，心甘情愿生死不悔，盖章为凭。你们想清楚了。"

"我们盖我们盖！"两个家伙异口同声。

桃夭点点头，伸出左手："盖。"

一只发抖的爪子加一只透明到快看不见的手，郑重其事地"盖"到她的手掌上。桃夭满意地收回手，有了这两个家伙盖的章，她的饼饼离完整的人样也差不了多少了吧。

她即刻转回身，手指一动，说了声："去！"停于空中的两块桃花签唰一下飞出去，一人一块，准确落到了那两双等待了许久的手里。

其余人屏息静气，只等那大功告成的一刻。

有缺呆呆地捧着桃花签，签上的光华在她眼中跳跃不止，少年亦是一动都不敢动，仿佛捧着自己的性命一般。

不过是一呼一吸之间，有缺突然眨了眨眼睛，抬头，难以置信地看着面前的少年："小师兄？！"

少年这才惊觉自己的身体已由虚而实，且能靠自己的力量稳稳地落在地上了，再一看脚下的有缺，眼睛顿时湿润了。他哽咽着蹲下来，摸了摸它的脑袋，笑："好久没看到你本来的样子了，怎么这么小啊。"

话音未落，少年身形一晃，竟从他身躯里又化出了四个虚影，乱七八糟地滚落在地，也渐渐显出人形，两男两女面面相觑半晌，跟着便是一阵惊呼——

"天哪！我不是在做梦吧？南宫你快给我一巴掌！"

"这……这怎么做到的？"

"我们不用挤在一起了？"

"妈呀，我们真的回来了！"

有缺看着这群从天而降的"人"，呆若木鸡，泪如雨下。好久不见啊，我最爱的你们。

有缺客栈的院子里，终于迎来它最大的热闹。痛哭流涕，拥抱雀跃，欢声笑语，即便不是真正的人，可他们始终是他们，所有的欢乐与幸福，都是真的。

随意观，从来没有消失过。

柳公子跟司静渊都看红了眼睛，磨牙更是热泪盈眶，来不及吸回去的鼻涕全落到了滚滚脑袋上，幸好滚滚也忙着揉眼睛，没空计较。还好，一切都没白费。

司狂澜与桃夭不约而同地站在离他们稍远的地方，并不想去打扰这一场盛大的重逢。今晚就留给他们吧，局外人暂且退下。

一阵眩晕突然袭来，桃夭的身子微微一晃，但她立刻咬牙稳住自己，不想被任何人察觉到自己轻微的异常。

但，一只温暖的手依然在最恰当的时候轻轻扶住她的背。她立刻下意识地挺直背脊，身后那只落了空的手也不动声色地收了回去。

"太累了？"司狂澜问。

"肚子饿……"桃夭咧嘴笑笑。

"回去休息吧。"司狂澜转身，"明日的事，我自会处理。"

明日，终于能抓到她要抓的人了，她是不是也该大肆庆祝一番。

可是，怎的一点心情都没有呢。明明该治的病都治好了，不但治好了，还治得特别好，自己日思夜念想要得到的东西，也只有一步之遥了，明明一切都在按照她的心愿进行。

"司狂澜，我……"

"我明白。"司狂澜微微侧目，笑，"你是我见过的，最好的大夫。"

她怔了怔，还是想同他说点什么，可心中却乱七八糟，连一句像样的话都组合不起来。好奇怪，总觉得像是欠了他什么，可哪里又欠他什么呢？一对游戏而来的桃花签罢了，能成她的药引子，是这对木头疙瘩八辈子都修不来的福气。

她转身看去，没有月光的夜色里，他的背影似乎又回到了曾经的样子，挺拔坚定又疏离冷漠，永远把自己隔绝在另一个世界，不要跟从，也不要帮助，千山万水，福祸灾劫，都是他一人的战场。

她从来都看得见他，反之，他亦如是。

但是，从放弃桃花签那一刻起，各归各位便是无可改变的事实。桃都与司府，从来就不在一处，既无过去，亦无将来。

"抱歉。"她终于开了口，在他听不到的地方。

9

翌日清晨，客栈大厅。

冰冷的地上整整齐齐并排躺着十几个人，一眼看过去，很容易产生误会……

"不是……你为啥把他们摆那么整齐，又不是集市上的菜。"桃天头痛地看着有缺，"一大早的，应该让刚刚睡醒的客人看到一些美好的东西才是啊。"

化回人形的有缺面容有些苍白，不好意思地解释道："桃天大人你说到做到，我自然也不能食言，怕你着急，所以就早早收了法术将他们放出来了，他们为我妖力所困，恐怕还要过几个时辰才能醒来，将他们搬来这里，方便你们一起床就能瞧见。"

"倒也不用这么方便……刚刚吓得我们差点从楼梯上滚下来。"磨牙跟滚滚还在拍着心口。

"可不是吗，我瞧见也两眼一黑，还以为人没了呢。"司静渊也不满道。

司狂澜不说话，冷冷的目光只在那一排人里找寻此行的"最终目标"。柳公子耷拉着眼皮走过去，蹲下来仔细瞧了瞧他们每个人，回头对桃天道："都活着。"

三个字，来得真不容易。

此时，有缺的三位"师兄师姐"从旁边走过来，齐齐对他们一拱手，胡不愁开口道："昨夜太过激动，没有来得及道谢。想不到传说中的人物，竟然被我们遇到。此番若无你们出手相救，我们几个早已化为微光，再无归期。大恩难报，唯有一句多谢了！"

"将来若有用得上我们的地方，只管开口。"少年……不对，现在应该是真正的胡不难了，才信誓旦旦说完，又从怀中小心翼翼地将桃花签掏出来捧在手心里，不太肯定地问，"不过，我们真的有以后了吗？有了它，我们真的可以一直保住现在这个样子，再不用五个人挤在一个身体里轮着出现？"另几人眼中也露出同样的疑问。

桃天笑笑，竟顺手把他的桃花签夹回到自己手里，还玩闹似的抛了几下。对面当即一阵天塌房子垮的惊呼。

"镇定些，我的药引子可不是你们的破葫芦。"桃天又把桃花签交还到胡不难手里，"今后，就算被旁人碰到，它们也不会失去作用。有我现给你们制成的目凰灵药傍身，你们不但可以保持现在的模样，甚至可以年年岁岁地保持下去，不用再靠晒月光才能可怜巴巴地出现十多天。不过,药效究竟能持续多久,我不能精确保证,但小几百年肯定是没问题的,运气好点,千年也不是没可能。"

胡不难惊魂未定地把桃花签紧紧攥住,又慌张地看了看四周,发现自己的视力的确正常,没有任何看不清的地方,大家都好好地站在面前,又原地跳了几下,没有任何飘起来的感觉,其他人也都紧张地关注他的每个动作,确定没事,所有人才彻底放了心。

"桃花不失,目凰长明。"桃夭拍拍有缺的肩膀,又看着他们所有人,"它们会一直是你们的眼睛。"

闻言,司狂澜淡淡一笑,桃花换长明,也算有了个最好的去处,的确比一辈子都只当两块空有寓意的木牌子强得多。

有缺咚的一声跪下来,旁边的家伙们也跟着跪下,无一人不是诚心诚意的。

"无论是实在的血肉之躯,还是有名无实的'象',你们始终是你们,以后,好好打理你们的'随意观'吧,这样的好地方,应该长长久久才是。"桃夭笑笑,可才转过身去就捂住了心口,"哎哟,心尖尖怎么还是在痛……这么珍贵的药说用就用了,还用在这几个无钱无势的倒霉蛋身上……不行,回头得让癞蛤蟆把他家所有值钱的东西都给我!"

"你又在嘀咕什么?"磨牙看她龇牙咧嘴的,指了指那一排昏迷中的家伙,"正事不干了?"

哦对,正事!一路艰辛,不就等这一刻吗。

桃夭走过去,目光稍微一扫,便牢牢锁定其中一人——这一排人里穿着最整齐,模样也最清秀斯文的那个。

司狂澜看向有缺:"贼?"

有缺忙点头,指着桃夭锁定的那个人:"就是他,姓郑的后生!"

司狂澜走到桃夭身旁:"你我皆未亲见此人,还是要听他亲口确认,不要拿错了人。"

"嗯,人命关天,必然要谨慎。"桃夭话音未落,上去一把揪住他的衣领将他整个人拉坐起来,另一手啪啪就是好几个大耳刮子,抽得可狠,此人白白净净的脸上当场就盖上了红彤彤的指印,惨不忍睹。

所有人都被她突如其来的举动惊到了,这女的实在不按常理出牌,还以为她要寻个正当法子把他叫醒呢……大耳刮子唤醒法委实强硬,且有效。

男子在众人感同身受的目光中被抽了十几二十下之后,渐渐睁开了眼。桃夭不给他任何缓冲的时间,大声喝道:"你是郑雨良?!"

男子眼神涣散,身子摇摇晃晃,本能地点点头:"是……"

"是就行。"桃夭冷笑,紧接着便是狠狠一拳打在他的面门上,应该是用上了她最大的力气。

刚刚醒过来的男子,带着一行鼻血重新晕了过去。

"核实完成。"桃夭揉了揉手,朝司狂澜笑笑。

司狂澜看着地上真正倒了大霉的人，朝她竖了个大拇指："好手段！好力气！"说罢又自言自语般道："当初你溺水昏迷时，我怎的没想到拿这法子喊醒你呢……"

桃夭白他一眼，起身问有缺："有绳子没有？"

"有！"

不多时，有缺便拿着一捆麻绳出来："这个可以吗？"

"行。"桃夭取过绳子，一端绑上郑雨良的手，另一端系在了自己腰上，然后，伸手往麻绳上一抹，又叽里咕噜念了几句什么，只见麻绳晃了几晃，竟在众人眼前消失无影。

司静渊看得咋舌，拉住司狂澜小声嘀咕："这丫头当真吓人，我算是明白了，她当初口口声声说落脚在咱们府中是我们天大的荣光，原来竟不是吹嘘的胡话……啧啧，我现在是真的相信她是上千岁的老东西了，岁数大心眼多，本事还层出不穷的，有这么个家伙在咱家里蹲着，有点不太稳妥，看来我们今后也得有些新的对策了。"

司狂澜瞟了他一眼："新对策？比如？"

司静渊一攥拳头，眼神顿时肃然，咬牙道："你给她加工钱吧！三倍？不，十倍吧！"

司狂澜叹气，恨不得像桃夭方才那样，一拳出去，换个清静。

另一头，柳公子不解："有必要使出绳缚之术？咱们这么多人看着呢，你还怕他跑了不成？"

"我为啥不能怕！我当然怕！"桃夭哼了一声，"不绑起来我一万个不安心。"

"行行，你爱绑就绑着吧，回头他要是不小心掉坑里，你也得跟着掉。"柳公子撇撇嘴。

"乌鸦嘴！"

"我好心提醒你！"

"我不管，反正他这辈子都别想从我手里逃走了！"

吵嚷之中，外头已是红日高照，今天的天气肯定很热。

但，心情还可以。

○ 尾 ○

客栈外，马车已备好，吃饱了的马儿欢快地摇头晃脑。

"得趣班的其他人就交给你们了。"桃夭朝客栈里头努努嘴。

"放心，待他们醒了，我们自有一番说辞，不会令其起疑的。"有缺保证。

"放心吧，编谎话我最厉害。"小王吐了吐舌头。

"真的，我们一定处理得妥妥当当。"胡不难与胡不愁也言之凿凿，绝不让他们有任何后顾之忧。

这时，胡不闹跟南宫拎着几壶清水跟一些干粮出来，仔细放到马车里。

胡不闹永远是一脸朴实："天热，多喝水。"

"你们都是厉害的人，我们也不担心什么。"南宫也一如既往贴心，"但大漠之中危机重重，你们还是要多多留心，真有什么要我们帮忙的，一定要回来！"

桃夭笑道："也许有一天我真的会回来，但不是回来找你们帮忙，而是回来跟你们一起庆祝那些奇奇怪怪的收获，到时候，你们最好是把能砰一下撒出来的彩纸都撒到我身上，然后跟我讲一大堆我爱听的好话。"

"桃夭大人……"有缺的眼泪又在眼睛里打转，它轻轻握住桃夭的手，嚅嗫了半响才说，"之前我替你们看相，我说桃夭大人你……"

"我知你铁口直断，从无错处。"桃夭打断它，笑，"不过，没什么的。"

"桃夭大人……"有缺咬了咬嘴唇，终是没有再说什么，只是默默放开她的手，"一切小心。"

"我向来小心。"桃夭哈哈一笑，最后一次摸了摸它的头，又指了指马车，"马车借我们一用，回头我会找人给你们送回来的。"

这时，一旁的司静渊骂骂咧咧地扛着郑雨良，不客气地把他塞进马车后，探出脑袋问："道别道完了吗？不是还要赶路吗！"

"走了走了！"桃夭跳上马车，"都赶紧上来！"

司静渊刚上了马车，却又跳下来，不死心地跑到有缺面前问："有缺丫头，你说我家澜澜缺姻缘，你确定没看错吗？话说你这妖怪到底是怎么看人家缺不缺啥的？是大家把缺什么都刻在脑门上了吗，只有你看得见？"

"不是那样的。"有缺摇头，老实答道，"只是一种无法形容的感觉，我只要真正动了要'看'的心念，触动了妖力，对面的人缺什么，便会像一段没有来历的话，都不需要经过我的脑子，一下子就能说出来。"

"哦……"司静渊又压低声音，"我家澜澜他……当真缺姻缘？当真没救了？"

不等有缺回答，司静渊屁股上已经挨了一脚，立马摔了个嘴啃泥。

司狂澜冷冷瞪着他："还不滚去马车上！"

"马上滚！"司静渊赶紧爬起来，虽然不满却也不敢多废话，只能揉着屁股火速上了马车。

"见笑。"司狂澜朝有缺他们一拱手，"多保重。"

"保重！"

"一路顺风！"

"以后有空一定要回来看我们呀！"

"我们会做很多能喷彩纸的工具哟！"

在他们的目送中，马车渐渐远去。

驾车的司狂澜回了一次头，有缺客栈的轮廓在金亮的阳光里仿佛变成了另一个模样，是那座他从未亲见过的随意观，一屋一舍，一花一木，都清清楚楚地摆在原位，好像他真的见过一样。

六个家伙的身影越来越小，但挥动的手臂，离开很远也还能瞧见。以后，有缺客栈又会有结出各种瓜菜的园子，会有能开出并蒂莲的水池，还有俏皮的小曲儿伴着清脆的竹笛，在饭菜的香气里悠悠扬扬，晨光里打五禽戏的场面，也会回来的。

若能见彼此，若能常相伴，那无论缺什么，都会补回来的吧。

马车一路奔向来时的方向，目的地，凤尾镇。

但愿前方再无阻碍，心想事成。

拾 双身

楔子

灯,是火焰表现出的最温和的一面,永远都是.

○ 1 ○

桃夭此刻的心情,像飞转的车轮一样迫不及待。但又有那么一瞬间,她希望马车能稍微慢一点,如此,在一起的时间就会多一些。

车厢之中无人洞悉她此刻心境,所有焦点都在那个被她一拳打晕的人身上。

"看起来也是念过书的人,怎能干出这么多五毒俱全的龌龊事。"司静渊连连摇头,"桃丫头,人命关天,你可是确认妥当了?"

"我喊他名字,他不是答应了吗。"桃夭厌恶地看着缩在角落里的郑雨良。

"我不是说这个。"司静渊斜过身子来,"他当真是连妖怪的便宜都敢占?当真是连兄弟都敢出卖?"桃夭点点头。

"另一个郑家,对他那么好……恩将仇报,着实该死。"司静渊皱眉,"你说要带他回凤尾镇,回去之后呢?等着你救命的妖怪,真的能靠这个恶徒捡回性命?"

"能不能救,还不好说。"桃夭撩开帘子往外看,"得看我打的算盘灵不灵,还得看上天给不给活路。"窗外的景色仍旧单调重复,高高低低的沙丘飞快倒退着,接近正午的阳光火辣辣地铺在毫无水分的地面上,看得人无端烦躁。

司静渊想了想,往桃夭这边挪了挪,又支支吾吾了半天才小心翼翼问:"桃丫头,你跟我们家澜澜他……"

"二少爷？"桃夭放下帘子，不客气地打断他，"我跟他都说好了，拿了郑雨良之后，还得请他帮我一个忙，若能成事，那几只蛤蟆也许真能捡回性命。"

"哦……不是，怎么突然说'请'这么生分了呢，你让澜澜帮忙他肯定是十分愿意的，一家人嘛。"司静渊脸上立刻堆满笑容，又拿胳膊碰了碰她，"桃丫头，你知道我在说什么。"

桃夭眯眼一笑，拍拍他的肩膀："我知道，你我是拜了把子的，兄妹名分早就摆在这里了，你承不承认，咱们都是一家人。"

"我不是说这个，我是说……"

"已到正午，天儿越发热了，你还不拿壶水给你家澜澜，想让他风干在外头吗？"

"大哥跟你这儿推心置腹，你这丫头怎就不肯好好说话呢！"

"水壶拿去！"

"哼！"

司静渊拗不过她，只得抱着水壶挪到前头，直接从前窗探出半个身子，把水壶递到司狂澜面前："喝点水吧，有人担心你风干了。"

司狂澜稍微擦了擦额头上的汗，仍旧专注地看着前方："我不渴。"

"嘴唇都干了还说不渴？不用替我们节省，南宫他们准备的食水足够了。"

"沙漠处处是意外与风险，补给之物不可随意挥霍。"司狂澜瞄了一眼亮晃晃的天空，半眯起眼睛。

"那你吃个饼子吧！我刚才吃了，脆脆香香的，好吃！"司静渊又不甘心地递了个饼出来。

"我不饿。"

又被拒绝的司静渊，干脆从前窗整个翻出去，一屁股坐到司狂澜旁边，不屈不挠地把饼子递到他嘴边："咬一口吧，就一口，从出发到现在，你什么都没有吃。"

"拿走。"司狂澜仍不为所动，"你安分些，车速这么快，跌下去没人救你。"

司静渊噘起嘴，悻悻收回饼子："你是心情不好才不思吃喝吧。"

"没有。"司狂澜不假思索道。

司静渊看着眼前的漫漫黄沙，叹了口气："桃丫头把你们的桃花签给了别人，你心里不舒服对吧。"

"没有。"

"我与你是双生兄弟。"

"你我若非兄弟，现在就踢你下车，你才是应该被风干的那个。"

"澜澜……"司静渊看着他故作专注的侧脸，惋惜道，"我替你牵过那么多线，总是不成，眼见着来了个桃丫头，她到咱们府里之后，无论你多么刻意去隐藏去消减，你的种种变化我都看在眼里,我又不傻。"他又重重地叹了口气,好像失去了差一点就到手的珍宝:"我真的以为不用多久我就能有了不得的弟妹了。"

司狂澜微微一怔。

"是个相当出色的姑娘啊。"司静渊笑笑,"没脸没皮,能屈能伸,命还特别硬。狠起来说不定连你都能绑起来打一顿……"

"你与她已是八拜之交,还想得陇望蜀?"司狂澜打断他,"有了妹子就莫再惦记弟妹了。"

司静渊不甘心道:"亲上加亲不是更好!"

"有缺说过,我没有姻缘。"司狂澜终于把对方仅剩的一点点期待彻底打破了,"你是不是忘记了,你曾硬要将我与他人拉拢一起,连聘书都替我写好了,那些个差一步就成我妻子的姑娘又有何遭遇?"

司静渊皱眉,回想了好一阵才说:"要么受伤要么突发疾病……"但他立刻又摇头摆手地否认:"可那些只是巧合嘛。说你克妻的胡话都是嫉妒你的人乱编排的,你不要信!"

"你不信?"司狂澜嘴角一扬,"你不信你又到处找八字硬的姑娘?"

"我……"司静渊语塞,尴尬道,"反正我不信这个邪。"

"有缺并不知我们的过往,你信或不信,它讲的都是实话。"司狂澜笑笑,"可还记得娘亲最常教导我们的是什么?"

"吃饱喝好,早睡早起。"

"再想。"

"好了好了,我知道。"司静渊撇撇嘴,"逆水行舟不如顺势而为。"

"所以,与其热衷于抄姑娘们的八字,你不如想方设法让自己的命硬一些,争取再拿几十年来烦我。"他拿过司静渊手里的饼子囫囵塞进对方嘴里,"多吃饼,少说话。往后,此事莫要再提。"

司静渊忙不迭把满口的饼子送下肚去,除了发出不满的呜呜声,也没别的好讲了,反正讲了也没有用。跟随他们的,只有车轮碾过沙地时发出的声音,以及越来越毒的日头。

车厢里非常安静,桃夭闭目假寐,郑雨良保持昏迷,但磨牙与柳公子却不太静得下来。不过是隔个窗户罢了,两兄弟的对话,他们听得七七八八。

桃夭一定也听到了,但她从头到尾眼皮子都没动一下,换作往常,听到有人如此称赞自己,想必脸上早已笑出了一朵花。但此刻的她,只是坐在离他们几步之外的地方,很少在她身上出现的绝对的安静像一道封印,把她隔绝在谁都碰不到的地方。

磨牙终于忍不住,扯了扯柳公子的袖子,小声问:"你有没有觉得桃夭在治月瞳这件事上有点不对劲?"他又想了想,摇头:"不对,是在抓郑雨良这件事上很不对劲。"

柳公子揉揉鼻子:"从没见她这么不怕麻烦这么不辞辛劳对吧。"

"对。"磨牙点头,"尤其是要救的还是利蛭这种妖怪,它们干的营生从来就上不得台面,千百年来被它们间接毁掉了人生的人不是少数,无论它们本心如何,牵扯的始终是恶因恶果,这样的妖怪若死于非命,也算得无辜。以桃夭的性子,既找上门了,治是一定会治,但若这过程里波折重重仿佛冥冥中有天意阻挠,她应该不至于如此执着。桃夭素来是个怕麻烦的人,你懂我的意思吧?"他又顿了顿,把声音放得更小:"为了救回郑雨良的性命,她连桃花对签都不要了。我一直以为她抽到这支签时是很开心的,嘴里不说,心里也是把它当宝贝的,因为太巧太难得了嘛。结果就这么送出去了,虽然也应该送出去,但当时她一点也没犹豫的样子,是我没有想到的。"

"她呀……"柳公子瞟了桃夭一眼,笑笑,"无利不起早。利蛭那里一定有什么东西是她非常想得到的,她不跟我们说实话罢了。"

"会是什么呢?钱财?利蛭很有钱!"磨牙挠头,"可她要那么多钱做什么呢?二少爷给的工钱已经很丰厚了。肯定不是钱。"他又思索片刻,"那利蛭长得也不好看呀……如果不是贪图美色……哦!"磨牙恍然大悟,一拍大腿道:"她一定是要利蛭教她什么逢赌必赢的歪门邪道!本性难移呀!"

话音未落,一个果核不客气地打到磨牙的脑门上,痛得他"哎呀"一声。

"说我坏话的时候,不该挑个我不在场的时候吗?"桃夭又从吃剩的果子里夹起一个果核,作势要扔过去。

磨牙赶紧抱着头:"我实话实说罢了,你却不跟我们讲实话。"

桃夭扔掉果核,拿了一个果子塞进嘴里,漫不经心道:"还不许别人有点小秘密了?佛祖肯定教过你不要多管闲事。"

"你的事怎么会是闲事!"磨牙脱口而出,"桃夭,离开客栈后,回想种种,我总觉不安。"他捂住心口,"连心跳都比平日快了许多。"

"你那是热的。"桃夭没好气道,"你要不把那个毛茸茸的东西先放下,它都热得吐舌头了!"

磨牙低头一看,怀里的滚滚果然已经耷拉着耳朵,舌头掉出来一大半,不停哈气。

"你不光缺尾巴,也缺脑子,那么热还跟他腻在一起,他又跑不了。"桃夭把滚滚拎下来,往它嘴里塞了个清甜的果子。

柳公子打量着她的一举一动,突然道:"真的不要了?"

桃夭一愣。

"连不解风情的小和尚都替你可惜呢。"柳公子话中有话,"虽只是一对木牌子,但往后未必会有这样的运气了。"

桃夭沉默片刻,也笑道:"当初在司府马场时,你说烟花虽短但漂亮。"

"你还记得呀。以为你早忘了。"柳公子耸耸肩。

"烟花虽漂亮,但不是人人都有时间驻足欣赏。"桃夭又往窗外看去,"难免会有比看烟花更要紧的事。而且……"她的目光凝在飞速后退的景色里,"他是人类,我却不是有缺,我不想在未来的某一刻遭遇与它相同的恐惧与悲伤,更不打算花去上百年甚至更多时间停在老地方等待。"她收回视线,落到柳公子脸上,俏皮一笑,"何况,有缺运气好,有我去治它的'眼睛',可若我的眼睛不好使了,谁来治我呢?照我逢赌必输的好运气,大概是没有的。"

柳公子看着她强装的笑脸,想了半天才说:"烟花之美,我以为你拿得起放得下。"

桃夭白他一眼:"我都没拿过,你怎么知道我放得下。"

"……"

"治病不如防病呐,何况是一眼就能预见到的重疾。"桃夭撸起袖子,露出肘窝上那个小小的"司"字,"瞧,只要这个章还在,我就是司府的杂役,他花钱,我办事,简简单单,干脆利落。"她放下袖子,嘴角一扬,"不必担心我不高兴不幸福,我这样的人,怎会亏待自己。"说罢,她的目光又以从未有过的严肃慎重从柳公子跟磨牙的脸上逐一扫过:"其他心思,你们就此灭了吧。"

柳公子与磨牙面面相觑,当个民间月老的心思终于随着一声叹息,落到了马车外的茫茫黄沙里。

与此同时,车厢外也传来重重一声叹息。外头与里头,彼此都没有遮掩的意思。似乎有什么东西改变了,又像是什么都没有变,原本就该是这般模样。注定殊途,怎会同归,不过是暂时往同一个方向走一段路罢了。

你,缺姻缘。

你,不是缺什么,你是什么都没有。

黄沙飞扬,热浪扑面,飞驰的马车作为眼前广袤又荒凉的世界里唯一有生机的存在,孤勇无比。

2

时间在炎热的沙漠里变得特别模糊又缓慢,明明已经跑了大半天,看看外头始终如一的景色,总有原地踏步的错觉。

司静渊老早就跑回来蜷在角落里打着瞌睡,一车人都昏昏欲睡。

"走了能有一半路程了吗?"桃夭终于忍不住从窗户里探出脑袋来。

"没有。"司狂澜回答,"沙漠之中,马匹不比骆驼,算上歇息的时间,恐怕要两三天后才能到达凤尾镇。"

"哦……"桃夭打了个呵欠，恰好一阵风吹来，喂了一嘴沙，害她呸呸乱吐一通。

司狂澜皱着眉头摁住她的脑袋推了回去。可桃夭又不屈不挠地冒出来，这次还把水壶递出来："二少爷，驾车辛苦，喝点儿吧，这里太干燥了，真的会变成人干儿的。"

司狂澜依旧紧锁眉头，但还是伸手接过来，灌了一大口。

"二少爷，要不换我来驾车吧，你休息休息，都累大半天了。"桃夭嘻嘻一笑。

"我们现在行进的方向是东南西北哪一方？"司狂澜问。

"啊？"桃夭抓了抓脑袋，"东边？"

"回去打你的瞌睡吧。"司狂澜叹气，"你来驾车，明年都到不了凤尾镇。"

"不是，你怎么就能分辨得那么清楚呢？我看四周一点标识物都没有，前后左右一个模样嘛。"

"处处都是标识。"

"你教我看看？"

"驾车过程中，莫让驾车者分神。"

"那停车以后你教我呗。"

"好。"

"咦，二少爷对我的态度变好了？我以为你会臭着脸拒绝。"

"不白教，一个字一文钱，工钱里扣。"

"我们之间只剩下金钱的关系了吗？"

"不是你说的吗，简简单单。"

"你怎么这么小气！"

"呵呵。"

"你……"桃夭正要与他掰扯一番，却突然被别的东西吸引了注意力，"哎？你看，前面是有人过来了吗？"她伸手指着正前方，半眯起眼睛仔细一瞧，果然有驼队匆匆而来。

一路走来，终于看到除了他们之外的活物了，居然有点亲切。司狂澜放慢马车的速度，警惕地看着这队不速之客，又对桃夭道："把里面的家伙们喊醒。"

"哦。"桃夭忙把脑袋缩回去。

很快，驼队停在了他们面前。看样子不是各行各路，就是为他们来的。

为首之人是个留着络腮胡的男子，幞头襕衫，眉目硬朗，腰间挎剑，年纪不好讲，留着胡子容易显老，剃光的话，说不定与司狂澜差不了几岁，反正一眼看去，三分斯文，七分粗糙，一脸干巴巴又不近人情的样子，倒是跟这片黄沙荒漠非常相配。

跟在他后面的，是几个孔武有力的年轻汉子，旁边还有个从样貌到气质都与他们格格不入的猴一样精瘦的中年男人。其他人不认识，倒是这中年男人有几分面熟。

"怎么啦？"

"他们是谁？"

"不认识。"

司狂澜身后，四个脑袋加狐狸头都挤在窗口，疑惑地打量这几个拦住他们去路的家伙。

"司徒大人，就是他们。"中年男人挪到络腮胡身旁，指着司狂澜他们，"一开始我就觉得他们鬼鬼祟祟的，后来才想起之前你们张贴出来的通缉令上，那几个逃犯与他们很是相似。您看，三男一女加一个孩子，人数也对得上啊。"中年男人又瞅了几眼，"不过多了一条狗？"

被称作大人的络腮胡皱了皱眉头，冷峻的视线在司狂澜脸上停留了许久，又移到桃夭他们身上，旋即朝一旁的年轻汉子伸出手去。

年轻人立刻会意，掏出一叠纸打开递给络腮胡，似是几张画像。络腮胡拿着画像，目光在纸与人之间来回比对。

桃夭一脸茫然："他说什么？通缉令？逃犯？"

"我们啥时候成逃犯了？"司静渊碰了碰柳公子，"你们背着我跟澜澜干了啥作奸犯科的事了？"

"我还想问你呢，一个人在外头乱跑这么久，谁知道你干啥了。"柳公子哼了一声，突然盯上那中年人的脸，想了想，"哦！那个猴子，不是之前我们在雇骆驼时被我们拒绝了的奸商吗？"

"对对，就是他！"磨牙一拍脑袋，"没做成我们的生意，他当时还骂骂咧咧的呢。"

司狂澜眉头一皱。

"对，就是他！"桃夭也想起来了，"没赚到我们的钱罢了，不至于心眼儿坏到要污蔑我们是逃犯吧。"

中年人也不管他们嘀咕什么，只同络腮胡道："不是说这几个逃犯十分凶狠么，拿小孩子做掩护，装作普通的一家人，尽干些诱拐绑票杀人抢劫的事，听起来十分危险呐。前些天我一见这几个外乡人就觉得眼熟，虽不敢确定，但宁枉勿纵，怎么也要跟大人你通报一声才是。您看他们跟画像是不是挺像的？"

"喂，你这么报复我们不太好吧。"桃夭忍不住冲中年人喊道，"不就是没雇你的骆驼吗，什么逃犯，我们清清白白的过路人罢了，诬陷他人是要挨板子的！"

"我哪诬陷了，我就是觉得像不行吗！"中年人梗着脖子喊回来。

"大人……"几个年轻人看看他们，又看看画像，嘀咕，"也不是很像。"

络腮胡收起画像，下了骆驼走到司狂澜面前，冷冷道："里面的人都出来。"

司狂澜也冷冷道："阁下以何身份对我们发号施令？"

不等络腮胡说话，那猴子已经抢了先，洋洋得意道："这是咱们新到任的监镇大人！凤尾镇龙尾镇包括你们现在站的地方，都归他管。"

"原来是监镇大人，失礼了。"司狂澜笑笑，敲了敲窗户，"都下来吧。"

等桃夭他们都下了马车，络腮胡又将他们来回打量一番，问："诸位来自何处？"

"京城。"司狂澜回答。

"何故到此？"

"游山玩水。"

"只是游山玩水？"

"只是游山玩水。"

络腮胡下意识地看看四周，疑惑："炎夏之季，到沙漠游山玩水？"

"大漠风光，别有一番趣味嘛。"桃夭笑嘻嘻地插嘴。

"当朝律例也没有哪条不准天气热的时候到沙漠吧。"柳公子撇嘴。

"大人，我们绝非逃犯，这位大叔看岔眼了。"磨牙认真解释，还特别把脸凑近了些，"您仔细看看，画像里的人跟我们差太多了吧。"

"对，你看清楚了。我们哪有那么难看！"司静渊也愤愤道。

猴子依然不罢休，就是一副故意找碴儿的讨厌劲儿，又对络腮胡道："大人，还是谨慎些好。"

络腮胡想了想，吩咐几个年轻人："你们去看看马车里有无异常。"

马车里能有什么异常，难道还能查出赃款赃物不成。

不对——昏迷的郑雨良还在车里！不等桃夭上去阻拦，几个快手快脚的年轻人已经打开车门。

"大人！马车里有个不知生死的人！"年轻人震惊无比的大嗓门震得桃夭耳朵都痛了。

络腮胡面色一紧，快步过去。跟在他后面的猴子比谁都兴奋："我就说他们几个有问题！"

待看到车里的郑雨良时，猴子以一种躺在里头的不是别人是他亲爹的语气大喊："这不是得趣班的郑小哥吗！"

络腮胡探了探郑雨良的鼻息，确认他只是昏了，又问："你认识此人？"

"认识认识，龙尾镇上得趣班里的小子，平日里经常替他们班主出来办事。"猴子激动得不得了，仿佛下一刻就能把桃夭他们送去吃牢饭了，"龙尾镇上的人，怎会昏在他们几个外乡人的马车里？一定是他们图谋不轨，说不定把郑小哥绑架了要赎金呢！"

越说越过分了，哪有人这么瞎编乱造的。要不干脆用点药把他们放翻吧，省时省力。

"诸位怕是不能游山玩水了。"络腮胡的手顺势放到腰间的剑上，以不容说不的语气道，"随我回监镇府吧。"

就知道事情不会这么顺利！就知道郑雨良这灾星还会惹事！当她的手下意识伸向腰间的布囊时，司狂澜却很自然地握住她的手腕，不动声色地将她的手拉下来。

桃夭瞪他,他却不解释,只镇定自若地看着络腮胡的眼睛,开口喊了一声:"司徒明灯?!"

短短四个字,却叫络腮胡愣在原地,半晌才回过神来:"你……你如何知道我的名字?"

"多年前,幽岚河上,有幸与兄台同乘一船。"司狂澜微笑。

络腮胡张大了嘴巴,诧异无比地将司狂澜的脸上下左右仔细看了许久,还嫌看不真切,又围着他转了好几圈,最后才猛然抓住了司狂澜的肩膀,惊喜道:"这……这是狂澜兄弟吗?!"

司狂澜点头:"好久不见。"

"太不可思议!竟会在这里见到兄弟你!"络腮胡激动地眼睛都红了,一把将他抱住用力拍他的背,"差点认不出你了,想不到你还记得我!"

"我记性很好。"司狂澜笑着拍拍他的肩膀,"不过留起大胡子是不太好认,否则我第一眼就该认出明灯大哥了。"

"哈哈,成天忙着公务,顾不上胡子。"对方依然高兴得不行,拽住司狂澜问长问短,不但与方才的秋风黑脸判若两人,简直像彻底忘记了自己是来干什么的。

其他人面面相觑。桃夭碰了碰司静渊:"你家澜澜不是没什么朋友吗?"

司静渊挠头:"不知道啊,我没听他说过在这么偏远的地方有熟人啊。"

"二少爷很少这么热情吧,又笑又拍肩膀的。"磨牙也觉得奇怪,"对方这么亲昵激动,他也不排斥……不像二少爷一贯的作风嘛。"

"还叫人家大哥呢……"柳公子瞟了司静渊一眼,"比对你这个亲大哥热情多了。"

"别再伤害我了。"司静渊哼了一声。

所有人都疑惑于这场突如其来的重逢。待到络腮胡的情绪平复下来,他终于重新想起了马车里的郑雨良。

"话说,这个……"他松开司狂澜,指着马车里头,语气里只有好奇,"你是干不出绑票勒索这些事情的。"

"这么信任我?"司狂澜笑问。

"三岁定八十,当年幽岚河上你做的事情,注定你就不是个会走邪路的人。我信我的眼光。"他笑了笑,一脸感慨地看着司狂澜,"时间真快,一转眼你已长大成人。好小子,个儿比我还高了!"

"比你高也得喊你一声大哥。"司狂澜竟开起了玩笑,又看着马车那边,"那个人确实是我们抓来的,但不是绑票,此事说来话长。"

"那就到我那儿慢慢说。"他揽住司狂澜的肩,"咱们兄弟俩再好好喝一顿!虽然我那儿没啥好酒……"

"你不请我,我也要到府上叨扰的。"司狂澜认真道,"此人关乎一条无辜性命,我本就要带他往官府去,如今半路遇到你,你又恰是此处父母官,正好。"

"关乎无辜性命?"他脸色一变,"那我们莫要耽搁了,此处到我位于凤尾镇上的监镇府还颇有一番距离。"说罢,他又回头看了看一脸尴尬的猴子,大声道:"莫大叔,此番的确是你看岔眼了,他们并非那几个通缉犯,你可以放心了。"

"啊?是吧?是我看错了?"猴子颇有几分失望,"您说不是……那自然就不是了。"

"你有这份警惕心还是好的,只是以后要更慎重些,否则背个诬告之罪便是无妄之灾了。"他没有责罚猴子的意思,大手一挥,"没事了,您老该去哪儿去哪儿吧,剩下的事情我会处理。"

"是,是。"猴子忙点头,赶紧跳回自己的骆驼上,一扯缰绳跑远了,生怕他改了心意,真治自己一个诬告之罪。

"喂喂!你就跑啦!你都不跟我们道个歉吗!"桃夭冲着前方大喊大叫。回应她的只有一骑绝尘的骆驼屁股。

"这家伙好讨厌!"她愤然,"报假案起码打他五十大板!就这么让他跑了!"

"姑娘,通缉令是真的,你们的形迹也确实可疑,莫大叔虽然看错了人,也算不得报假案。"司徒明灯认真对桃夭道,"再说,在你们解释清楚车上昏迷之人的来龙去脉前,你们尚不能被称为'清清白白过路人'。"

"这位大人,你刚刚才说我家二少爷干不出坏事!"桃夭将他上下打量一番,叉腰道,"你还口口声声要跟他喝酒叙旧,怎么现在又不清白了?"

"两码事。"司徒明灯礼笑笑,"我觉得他干不出坏事,是我觉得。另外,以我跟他的交情,就算他今天真干了坏事,我也要与他喝酒叙旧。公务是公务,兄弟是兄弟。"

"真是公私分明呢。"桃夭翻了个白眼。

"应该的。"司徒明灯只当她是夸自己,又指了指前方,"走吧,我在前头带路。有一条捷径,能快些到凤尾镇。"

"走吧。"司狂澜招呼所有人回马车上去。

有四头熟门熟路的骆驼在前头引路,余下的路程变得顺利了许多。

路上,桃夭好几次探出脑袋问司狂澜他与司徒明灯究竟有何渊源,司狂澜被她问得烦了,只粗略说那是当年他出远门寻无弦琴时,在路途中萍水相逢的人。

无弦琴?!那岂不是他十三岁时就认识这个司徒明灯了?

桃夭看着摆放在车厢一侧的无弦琴,心头好奇极了,究竟是怎样的萍水相逢,会让两个分别了这么多年的人依然能一见如故,尤其是司狂澜这个见惯了各种场面又对谁都冷漠的家伙,怎会对一个看起来平平无奇的边地小官儿另眼相看。

此刻,其他人亦与她心情相同,只盼快些到达目的地,办妥所有事情,听完所有故事,此行圆满。

千万别再出纰漏了!

3

终于回来了，久违的凤尾镇。

跟离开时相比，此处似乎有了些许变化——变喜庆了。街面上的商铺食肆都挂上了彩纸红绸，不知是为了庆祝什么。

桃夭从车窗探出脑袋来，好奇地打量沿途街景："也不是过节呀，这么热闹？"

"是白家堡的少主成亲。"司徒明灯说，"白家是本地巨贾，几十年前就于两镇之外建立白家堡，家大业大，白老爷的几个儿子里，还有两个在京城为官，听说是在皇上面前都说得上话的人。所以在当地人眼中，白家等同于两镇之中的土皇帝。七八年前，白家整个迁至南方，只留下一些仆役看管老宅，但他们有规矩，白家后代只要到婚嫁之时，都必须要回老宅祭祖，婚礼也必须在老宅完成。十来天前，白家堡就开始为他们的少主张罗婚礼事宜了，彩纸红绸也是他们在送请柬时专程送来的，大家也十分乐意挂起来，毕竟是白家的人成亲，这个面子是一定要给的。"

"原来如此。"桃夭啧啧道，"人都不住这儿了，还有这么大排场让整个镇子替他们张灯结彩。"

司徒明灯笑笑，没说话。

柳公子看着满街热闹，煞风景地说了一句："他们幸好把宅子建在两镇之外，要是建在龙尾镇，这婚多半是结不成了。"

"对哦，会刚好被护门关起来吧。"磨牙深以为然。

听到这番对话，司徒明灯问他们："你们也赶上了龙尾镇的事故？"

"大人也知道？"桃夭反问，也是，这么大个事肯定有人来跟他报信的。

司徒明灯点头："我刚来此处任职不久，正忙于在府中整理之前遗留下来的繁杂文书，尚未得及四处走动。前些天有人找来说龙尾镇有蛇妖作祟，整个镇子都被困住，待我赶到时，危机已解，里长将那几日发生的怪事说与我听，确实匪夷所思。待我离开时，镇上以经营驼队生意为生的莫大叔找到我，说发现了可能是通缉犯的人，我怕出纰漏，便带上他一路往有缺客栈赶去，结果在半道上截到了你们。"

"那老小子就是没做成我们的生意，故意找不痛快的。"桃夭一想起来就生气，"世上有些心眼子天生不好的人，就喜欢干那些损人不利己的事，好像只要给对面找点晦气，就算没有任何实质的收获，他心里也舒坦了。"

司徒明灯摇摇头："莫大叔应该也不是你说的那么坏，他上了年纪，也许真是看岔眼了。再说，若不是他，我也遇不到你们。"他转头看向司狂澜那边，哈哈一笑："你说是吧狂澜兄弟，咱们若是错过了，不知要何年何月才能重逢了。"

"且算因祸得福。"司狂澜微笑，又以十分钦佩的眼神看向他，"这么多年过去，你的宽和善良一点都没丢。"

司徒明灯不好意思地挠头："哪里，就事论事罢了。"

车厢里，司静渊的嘴角都要耷拉到地上了，他扯了扯桃夭的袖子："你听，他从来没有像这样称赞过我！也没有拿这么亲切的眼神看过我！好像真拿外头那个当亲大哥了！"

"你有什么可称赞的！"桃夭嫌弃地甩开他，"说好的要还我的钱别忘了！"

"嘤嘤嘤，你跟他一样无情！嘤嘤嘤，我没有弟弟了，也没有妹子了！"

"你再嘤一下试试！看我敢不敢把你扔下去！"

"呜呜呜！"

司狂澜忍住笑。又前行片刻，他忽然转过头，问司徒明灯："你信世上有妖怪？"

司徒明灯愣了愣，笑出来："世界这么大，什么都会有的。"

如果他开口就是不信！胡说八道！怎么可能有妖怪！后面的事就没那么好办了，然而他这么回答，司狂澜心中已稳妥大半。

又过了几条街，司徒明灯指着前方说："到了！"

眼前的监镇府比想象中简陋，都不像是专门为这个职位修建的，多半就是拿一间小庙稍微改改，挂上"监镇府"的牌子就成了，实在没有一点官府应有的气势。

众人还没进门，又听得一阵喧闹，一个披头散发衣衫褴褛的老汉举着半个脏兮兮的面饼从监镇府大门里疯跑出来，两个年轻人一脸无奈地追出来，一人一个胳膊才将他拽住。

"齐老爹，饼子已经坏了，不能吃！"年轻人去夺他手中的面饼，"你不能总是到泔水桶里捞东西呀！"

"不不！"老汉拼命把面饼护在怀里，整个人都蹲下来，眼神定定地嘟囔，"留给小飞吃留给小飞吃！他下工了肚子饿！"

见状，司徒明灯皱了皱眉头，快步上前。年轻人赶忙对他一拱手，着急道："大人你看，他又来捣乱了。一点办法都没有。"

司徒明灯示意他不必说下去，只道："去取些干净的吃食来，把他送回去吧。"

"又是我们啊。"年轻人不太情愿，"大人，给多少吃的都没用，他回去待不了几天，又会跑来咱们这儿捣乱。"

司徒明灯看着明显已经神志不清的老汉，叹了口气："他要来便来吧，也不影响什么，顶多跑几步路送他回去。他年纪老迈又孤身一人，我们不要同他计较了。去吧。"

"是！"两个年轻人只好一左一右夹着老汉，好说歹说地将他带走了。

司狂澜看着他们："这是……"

"齐老爹跟他的儿子小飞，原本都是白家堡内的仆役。听说前些年白家堡里的祠堂发生火灾，小飞为了抢出主家的牌位被严重烧伤。之后，白家给了齐老爹一笔钱便将他们父子打发走了。父子俩回到凤尾镇住下，彼时小飞的伤势尚未痊愈，得到的那笔钱也大多花在了后续的医治中，可惜小飞的伤势却越发不见起色，没多久便撒手而去。早年丧妻晚年丧子，齐老爹没能扛住打击，变得疯疯癫癫。听说在我尚未到任时，他就常常跑到监镇府里喊冤枉，有时还要到处捣乱，挨过好几回打也记不住。"司徒明灯边走边叹气，"众人都不知道他为啥喊冤，大约是觉得儿子死得冤枉又不知该把这笔账算到谁头上。也是可怜得很。我接任司镇之后，短短日子里他已经来过好几回了，每次都是你们瞧见的这样，我也没有什么好办法，只能来一回送一回。"

"明白了。"司狂澜点点头，又回头看了一眼，来路上那些迎风飘舞的红绸彩纸，莫名地刺眼起来。

"怎么能这样……救了他们的祖宗还把人赶走了。"磨牙皱眉嘀咕。

"人间疾苦。"桃夭摇摇头。

"要是我，高低把他们祖宗全端到火里烧了。"柳公子撇撇嘴。

司静渊也颇觉不满："这样缺德的人家，还给他们披红挂绿庆祝……这里的人眼皮子真浅。"说完又撒气似的故意把背在背上的郑雨良颠了一下，骂道："这个也缺德得很，不但缺德，还死重死重的。"

"都是旧事，不说了。"司徒明灯似乎不想再继续这个话题，指了指前面，"各位先随我到偏厅一坐吧，公事归公事，总得把你们的事同我说明白。"

当然要跟他说明白的。偏厅里，司静渊把死狗一样的郑雨良随便往地上一扔，都不想多看他一眼，只捶着肩膀抱怨个不停。

"是不是应该把他唤醒？"司徒明灯走到郑雨良面前，又不放心地探了探他的鼻息。

"还不到时候。"桃夭直言，"等我把他带到他该去的地方时，自然会让他醒过来。"

"究竟是怎么回事？"司徒明灯的目光越过她看向司狂澜，他只相信从司狂澜嘴里说出来的话。

"你方才说世界这么大，什么都会有。"司狂澜认真道，"希望是你的心里话。"

司徒明灯不解："自然是心里话。"

"那就好。"

半盏茶的工夫，司狂澜便将从桃夭那里听来的关于利蚖与两个郑雨良之间的恩怨言简意赅地讲完了。

他都说完了好一阵，司徒明灯的嘴还在诧异地张着，送到嘴边的茶杯怎么也挨不上嘴唇。

其实桃夭是捏了一把汗的。看起来司狂澜跟他关系好得跟亲兄弟一样，然而天天相见的人都未必真正知根知底，何况是久别重逢的萍水相逢……如果他们说了实话，司徒明灯却并不是他所表现出来的那般有心胸有眼光，说不定当场就要治他们一个妖言惑众绑架无辜的罪名，真要那样，岂不是又要打一架才能脱身？

终于，司徒明灯的茶杯碰到了他的嘴唇，也不知道喝没喝进去，只看见他缓缓把茶杯放回桌上，沉默了好一阵才说："本镇郑雨良一案，我也见过卷宗，郑家反告那孩子的舅父诬告之罪，最后却因为舅父的失踪而不了了之……想不到有这样的内情？"他又缓了缓，待到内心的震惊稍微平复下来才道："此事太过离奇，我不能只听你们一面之词就断定这个郑雨良是如此恶徒。"

桃夭松了一口气，立刻说："这好办，我有法子让这个家伙自己跟你证明。"

"如何证明？"司徒明灯皱眉，看着郑雨良红肿的脸，"屈打成招是不行的。"

桃夭连忙摆手："那不能！我们都是守法良民，一根手指头都不会动他，司徒大人放一百个心。"

"那他脸上的伤……算了，此事我就不再追究。"司徒明灯严肃道，"但之后，绝不能再动私刑！"

"好好，一定！"桃夭咧嘴一笑，"司徒大人真是为官清正，这样的人品，难怪能与我家二少爷当兄弟。"

"姑娘过奖，我只是希望有罪之人受应有之惩罚。"司徒明灯仍是一脸认真，又问司狂澜，"那你们是打算如何让他亲自证明？"

司狂澜看桃夭，桃夭看了看天色，想了想，狡黠一笑："此刻尚未天黑，待夜深人静之时，请司徒大人随我们去一个地方。"她又故意眨眨眼睛："司徒大人不怕黑吧？"

"自然是不怕的。"司徒明灯不明白这个看起来古灵精怪的丫头在打什么主意，但看着司狂澜并无异议的样子，好像也只能跟着去了，"去哪里？"

桃夭的笑容淡去，吐出两个字："郑家。"

"好！"司徒明灯点头，"我先去安排晚饭，吃饱肚子才好做事。"

"好啊！一路上都在啃干粮，终于能吃上正经饭了！"桃夭鼓掌欢呼。

"姑娘不要抱太高期待，我们平日里也吃得十分简单，希望你们莫要嫌弃。"司徒明灯老实说道。

他正要出去，司狂澜叫住他。

"还有事？"他问。

司狂澜指了指身旁："从头到尾你都没问过我身边这群奇形怪状的家伙们是什么身份。"

"能与你如此亲近的，能是坏人吗。"他笑出来，"而且你时不时投向他们的目光里，有笑意。可以令你有这般态度的，我都当朋友相待，无须多问。除非我查明你们真是通缉犯，那时候不用你说我也要把他们的底细全掀了。"

司狂澜笑笑，不再说什么。

待他大步离开后，桃夭上前碰了碰司狂澜："你这位野生兄长有点意思，虽是公门中人，可一板一眼之中又有几分江湖侠气。难怪你跟他如此投契。"

"他是个很好的人。"司狂澜看着他的背影，神思情不自禁沉到多年前的记忆中，"那时我们碰巧于幽岚河上同乘一船，本无交集，孰料此河暗藏凶险，加上又突起狂风骤雨，恶浪乍起下，船翻了。船上十几人悉数落水，其中不少是老弱妇孺，不识水性，我与他皆尽力救人，可是在那样的情形下救人，随时都会把自己赔进去。我想救人，却也要估算自己的能力，但他不是，他完全不顾自己的生死，救了一个又一个，直到耗尽力气，连岸都靠不了时，同样只剩一口气的我，抓住正好飘过的一根藤条扔给他，总算将他拉到身旁，最后互相帮衬着爬上了岸，捡回了命。"

他语气平静，当年的命悬一线在他口中只是寥寥几句轻描淡写："我们于篝火前烘烤衣衫时，才算真正认识。他比我年长四岁，说是去外地投奔亲戚，又觉得我们很有缘，因为难得碰到姓氏与他接近的。他说我是他救命恩人，我说是刚好有藤条飘过，否则也无能为力，他却不管，说这份恩情他记一辈子。他身手不错，打来野味烤熟了请我跟大家吃，那天我们就像世上最常见的好兄弟，在火光与食物中畅聊了一夜，我几乎不太可能与刚刚认识的人相谈甚欢，他是例外。他对养马颇有见地，也去过许多地方，见过不少奇异趣事，讲得津津有味。我以为他这样的少年，未来一定会是个快意江湖的侠客，可他却跟我说，他要考取功名，要当官。我有些不解，他却笑着说当官才能做更多的事，帮更多的人。人各有志，我觉得他这样的人，当官也会是一个好官。天明之后，我们互道珍重，各奔东西。我没想过我们还能再见。"

桃夭一字不漏地听完，看着司狂澜的侧脸："你差点就死在那条河里了对吧？"

"嗯。水深浪急，那会儿年纪还小，力气不太够。"司狂澜淡淡道，"不过既有小阎王的名号，命多半是很硬的。"说罢，他指了指地上的郑雨良："找个地方把他关起来吧，摆在这里有碍观瞻。我去问问这里有无囚室。"

"司狂澜！"桃夭突然喊住他。

"不会被他逃掉的。"司狂澜侧目，"虽看不见，一直绑在一起也不太舒适吧。"

不是绳子的问题！你只是人类，血肉之躯，说死就死，天天说你哥不听话不要命，你自己不也一样？不要觉得自己脑子跟身手都比别人好，命就一定比别人长。不要总是把太多本不该你背起来的重量默不作声地背起来，伤痕累累还要若无其事——桃夭本来想把这些话狠狠砸向他，但每个字又在出口前的瞬间窝囊地折返回去。她像一条脑力不足的鱼，张了半天的嘴，最终冒出一句与本意相差十万八千里的——"你……八字忌水就别老往河里跑了。"

司狂澜回头，似笑非笑地看她："八字忌水？我从不看这些。若真有这样的说法，也是你更忌水吧。"

"我？"桃夭指着自己，嘶……这家伙实打实地从河里捞过她一次，加上柳公子还借着酒话把她的弱点也出卖了，该死，反驳不了。

司狂澜摇摇头，撇下他们走了出去。

唉，桃夭只想打自己突然词不达意的嘴，打完再打柳公子的嘴。直到他的身影消失在门外，柳公子才凑过来喷喷道："他们两个居然是过命的交情？"

桃夭回他一个锋利无比的眼神，吓得他赶紧跳开并摆出防御姿态："你想干什么？！"

"想把你的舌头卸了！"

"我又惹到你了？"

"你就那么喜欢出卖我吗？"

"我有吗？你不是经常出卖我跟小和尚吗？"

"卖了那么多次你们不还在我身边吗！"

"那我也没有真卖过你呀……哦，你装醉那晚！可那怎么是出卖呢，那会儿我是想帮你们嘛！不增进了解怎么增感情呢？可恨你们都不领情，浪费我一片好意。"

"倒忙就别帮了。"

"不谢我还指责我？磨牙你来说句公道话！我是不是为她操碎了心？我是不是一片好意？"

"你俩一个经常想卖我一个经常想吃我，还让我说公道话？"

"……"

他们这边吵得热闹，一旁的司静渊却反常地一句话都没有讲，整个人呆呆坐在椅子上，好像根本听不到他们在说什么，神色也是少见的凝重。

桃夭觉着不对劲，走过去，举起手在他眼前晃了晃："大少爷？"

司静渊没反应。

"大少爷！"桃夭拍拍他的肩膀，"魂儿又丢啦？"

司静渊这才如梦初醒，却一扫平日里的嬉皮笑脸，怔怔道："他从未同我说起过这段往事。"

桃夭一愣："寻无弦琴这段？"

司静渊的嘴唇微微抖动，眼中有难以掩饰的自责："我竟不知他差点因为我送了性命……"

柳公子跟磨牙也围过来，见司静渊突然这副模样，忙拿眼神问桃夭他是不是得什么急病了。

桃夭想了片刻，说："那只是意外。"

司静渊也不看她，嘴角浮起一丝苦笑："你知道吗，他自己把这件事描述得像是去街市上随便买一件衣裳一样简单轻松。而我，居然就傻乎乎地信了这么多年。"他抬起头，看桃夭："我习惯了自己有一个无所不能的弟弟，习惯到忘记了他也只是个凡人，只有一条性命。"他顿了顿，苦笑中又多了几分沮丧："我好像真的不配当他的哥哥。"

"大少爷……"柳公子与磨牙没想到一贯粗枝大叶的司静渊竟突然陷入了这样的自责中,那垂头丧气的模样委实少见,想说点什么打断这股颓气,却又挑不到最恰当的词,只好朝桃夭使眼色——好歹是你的八拜之交,安慰一下吧,怪可怜的。

哪知桃夭眉毛一竖,居然一巴掌拍在他的额头上。

"哎哟!"司静渊痛得跳起来,"怎么打我!"

"活过来了?"

"好疼!你这丫头手劲那么大的!"

"琴都寻回来那么多年了,你现在自责有个鬼用。"桃夭瞪着他,"以后少干点不要命的事,知道自己身子不好就更要善待它。你家澜澜冒风险吃苦头,不是为了看你在未来的某一天把自己沉到没用的烂情绪里,你只要好好活着,那他承担的一切都不算亏本。"

司静渊的眼睛有点红,额头上的巴掌印更红。好一阵子,他才点点头:"知道了。"

"真知道了?"

"知道了!"

"那你这个大哥还是可以继续当下去的。他不会嫌弃你,我也不会。"

"桃丫头……"

"不准嘤!"

结果就是司静渊一把抱住桃夭:"有你来我们家里,真好。"这次桃夭没有推开他,也许,他们像家人一样彼此拥抱的机会,并不太多了。

"我们来你们家就不好了吗?"柳公子不服气地冒出来。

"我也抱抱你?"

"离我远一点。"

"什么时候能吃饭呀?滚滚肚子都咕噜了好几回了。"

"等等!司狂澜刚才是不是说我们是一群奇形怪状的家伙?"

"桃丫头,你那一巴掌应该也拍在他的嘴上……"

偏厅里的气氛,从短暂的低落又回到了该有的样子。

此时,外头已是夕阳西下,但风变得更大了些,黄沙在街面上随意飞旋,路人们行色匆匆,归家心切,只怕天黑太早不好赶路。只有桃夭,嫌天黑太晚。

4

深夜,郑家。

即便是炎夏,永远晒不到阳光的房间也清晰地弥漫出一股瘆人的寒气,仿佛把冬天提前搬过来了。

四下无人,草木寂静,连一只野猫都不肯经过,所以,显得房间里传出来的惊恐号叫更加刺耳了。

"你你……你不要过来!不要过来!!"缩在墙角瑟瑟发抖的郑雨良大概是见到了他人生中最恐怖的一幕。

就在刚才,当他从昏迷中醒来时,映入眼帘的是一张覆着白布的床,这个陌生的房间里,只有这一件家具。门窗都被锁死了,他跌跌撞撞去开,开不了,用力拍打呼救,无人应答。

直到身后传来一阵窸窸窣窣的动静,似有什么东西轻轻落到了地上。他战战兢兢回头,当即吓得瘫软在地。

盖得平平展展的白布落在了地上,那个与他同年同月同日生,连名字都一样的兄弟,慢慢从床上坐起来,或许是太久不动,对方的动作十分僵硬,身下的床板随之发出吱呀吱呀的声音,听进耳里却是直通心肺的毛骨悚然。

在他惊愕的视线里,另一个郑雨良缓缓完成了坐起来,下床,再走到离他几步之遥的全部动作。

他怪叫着抱着头,连滚带爬缩到了墙角,又冷汗淋漓地重复:"不可能,不可能!你已经死了,你已经死了!你不可能出现在我面前的,不可能出现的!"

郑雨良缓缓转身,走到他面前,弯腰,伸手,搭上他的肩膀,声音像一根随时会断掉的丝线:"为什么啊?"

哪怕隔着衣衫,他也清楚感觉到对方比冰还要冷的手指。

"啊!!!"他身子一激灵,直接趴在了地上,像一只逃命的爬虫似的飞快扭动着爬到另一边的墙角,根本不敢再回头,只死死抱着脑袋念经一样嘟囔,"一定是做梦!是做梦!"

片刻之间,有人蹲在他的身旁,在离他最近的地方又问:"为什么啊?"

他放下手,转过头,郑雨良没有表情的脸就在面前。他又一声怪叫,逃开时胳膊不慎撞到墙上,痛得龇牙咧嘴。

会痛,那就不是梦了……他又冲过去疯狂地拍门砸窗,本来就没吃没喝很久了,哪有多少力气供他消耗,很快,他也只剩半条命了,背靠着房门滑坐下来,大口大口喘着粗气,无能为力地看着再次走过来的郑雨良。

"为什么啊?"郑雨良停在他面前,眼神空洞又执着。

他哆嗦许久,终于将牙一咬拳头一攥,扑通一声给对面跪下了,脑袋如捣蒜一般往地上猛磕:"怪我怪我!我本志在四方,想闯出一番名堂,哪知却欠下了一身烂账,太多了,我实在还不上!去京城的赌坊也是想最后搏一把,他们说那间赌坊与别处不同,输光了钱还能借,抵押之物也是人人都拿得出来的……我……我……"

他抬起头，用力扇了自己几个耳光："是我迷途不返，是我鬼迷心窍……我回来偷偷取了你的血，拿去蒙混过关借到了最后一笔钱……你信我，我没想过要害你的，我想如果我赢了，我没事，你也会没事的。再说我只是拿你的名声去换，名声而已，又不是手脚性命，没有实质的伤害啊！"

他抬起已经被自己扇肿的脸，可怜巴巴地望着郑雨良："良儿哥哥，我知道我对不住你，你我虽无血缘，但你一直拿我当亲弟弟看待，难道今日你要置我于死地？"他挤出几滴眼泪来，居然还委屈起来："我有错，我没有想到把'名声'交出去居然会是这样的后果……赌坊的老板一定是妖怪啊！只有妖怪才能平白无故变出一个根本不存在的人来害你啊！你想想，那个诬告你的人不是我，我没有害死你啊。你怎么能这么想不开，说不活就不活了呢！"

郑雨良的表情没有因为他这番话有任何变动，他怔怔看了这个所谓的"弟弟"很久，开口道："我们一家，待你那么好。"他僵在那里，嘴唇翕动着，散乱慌张的眼神到处晃动，似在心中拼命搜索最合适的说辞，但他的心里实在太暗太脏，连他自己都找不到哪怕一丁点干净的，可以说服自己与对方的借口。

空气凝固在两个郑雨良之间。

站着的，等一个答案；跪着的，一言不发。曾经，那也是两个意气风发、亲如手足的年轻人，在无数个不可追回的日子里，他们一定也在春风星光里讲过彼此的理想与愿望，并真切地期盼对方得偿所愿吧。

"我们，待你，那么好。"郑雨良又重复了一次。

他垂下的脑袋慢慢抬起来，连带着肩膀也抖动起来，他左思右想的结果，居然是笑出来，但笑得十分难看，跟哭也没有两样。

"你们是待我好，可我的生活还是一塌糊涂。"他好像突然找到了支撑，虽然可笑，但起码让他心里不再只有恐惧，他也不再磕头，不再扇自己耳光，他坐回去，仰头看着眼前的人，"你什么都好，样貌好，心地好，学识好，人人都夸你，你的父母也以你为骄傲。你我同年同月同日同时生，连名字都一样，但命却差太远了。我家无护荫，一生曲折，天资运气都差人许多，我只能去拼命赚钱，希望有朝一日能过上想要的好日子，有属于我自己的荣光。我不想做一个挂着你家二公子的名号，却过着潦倒的生活，连小丫鬟都敢在背后笑我吃白食的'二公子'，再说，哪家的二公子会窝在一个三流的戏法班子里靠打杂为生呢。偷你的血，偷你的名声，甚至偷别人的财物……我太想摆脱这样的人生了，哪怕是用极其不光彩的法子。"他笑得十分惨淡："你这样干净的人，不会懂的。"

郑雨良又看了他很久，什么都没有说，转身走回了床边，上去，躺下，在他闭上眼的最后一刻，只说了一句："为你所做的，向我道歉。"

他以为自己听错了，只是道歉吗？不是传说中的冤魂索命？不是要杀掉他泄愤？

他跪着挪到床前,惊愕地看着再无动静的郑雨良,内心竟不知是该庆幸自己捡回了一条命,还是该忏悔自己害死了一个对自己好的人。

　　无人知晓他的真实心情,只知道没过多久,房间里又传来啪啪的耳光声,与磕头声交替而起。道歉是最苍白无力的补偿,但不能少。

　　房间外,司徒明灯满脸错愕。

　　背靠着墙壁"昏迷"许久的司静渊,突然倒抽一口气,费劲地睁开眼睛。司狂澜暗自松了口气,将他扶起来,自己还没开口,司静渊便抢先道:"这回你不能骂我了,是桃天求我的!"他又转向众人,嘿嘿一笑:"怎样,我装得不错吧?从表情到语气,完全拿捏到位。"

　　"大少爷,你从头到尾就没有表情跟语气。"磨牙坦白道。

　　柳公子举手:"我做证。"

　　"你们两个睁眼瞎有没有仔细看啊?"司静渊不服气道,"我动了眉毛的!"

　　"你们别刺激他了。"桃天把磨牙扯到一旁,笑眯眯地对司静渊竖起大拇指,"做得好!"

　　"妹子有难,大哥帮忙,义不容辞。"司静渊得意起来,戳了一下桃天的脑袋,"现在不后悔跟我结拜了吧?"

　　"你少说点废话吧。"司狂澜看着他略为苍白的脸,皱眉,"下不为例。"

　　这些年来他说过多少次"下不为例",连他自己都记不清了,难道还能指望眼前这个家伙能记住?

　　"抱歉,又让你担心了。"司静渊的视线落到一旁的无弦琴上,以前每被司狂澜教训就会出现的这回抱歉下次再犯的心,似是一点都没有了,他居然很认真地说,"以后不会了。"

　　司狂澜怔了怔。

　　"除非是我妹子又来恳求我,你知道的,我心软得很。"司静渊又补充一句。

　　"少把锅甩给我。"桃天瞪他,又斩钉截铁跟司狂澜保证,"我不会再让大少爷干这种事了!"——事实上,我都不知道我还会在留在你们身边多久,甚至不知道我与你们还有没有再互相甩锅的机会——桃天的心里,闪过一瞬间的阴郁。

　　"你最好言出必行。"司狂澜又朝屋子里看了一眼,对司徒明灯道,"都清楚了?"

　　司徒明灯这才回过神来,诧异地看着他们每一个人,半晌才说:"你们……委实与众不同。"

　　司狂澜笑笑:"怪是怪了一点,好在如你所说,不是坏人。"

　　"若非亲眼所见亲耳所闻,实在不敢相信。"司徒明灯深呼吸了好几次,待到自己的思考能力终于恢复正常,才对司狂澜慎重道,"你拜托我的事,我一定尽力办妥。被冤枉的人,不能一直被冤枉下去,不管他是活着还是死了。"

　　"多谢。"司狂澜拱手,"多谢你相信世界之大,无奇不有。"

　　"我若不信,当年岂能与你一见如故。"司徒明灯也笑,"此事了结后,若无别事要忙,莫赶着走，咱们说好了，起码畅饮三天，当年是我说个不停，如今也该轮到你这位司府二少爷来同我讲一讲这些年你遇到的奇事了。"

"好，我多留几日也无妨。"司狂澜点点头，又看了桃夭一眼。

桃夭立刻道："你们久别重逢，应该的。待郑雨良沉冤得雪后，我便先行一步，就不打扰你们喝酒叙旧了。"

"啊？你不跟我们一道了？"司静渊不乐意了，"回去也该一起回去呀，你急什么？"

"我当然是急着回去处理几只蛤蟆。"桃夭白他一眼，"我可没有大少爷你这么闲。"

"你……"

"随她去吧。"司狂澜打断司静渊，"你若舍不得，可以同她一道先回去。"

"别呀，回头留你一个人赶路多孤单。"司静渊无奈，只得对桃夭道，"你们要走就先走吧，回去跟苗管家报个平安，但之前遇到的糟心事儿就别说了，省得老头子以后又唠叨我们。"

"知道了。"桃夭已经嫌他唠叨了。

"真走啊？"柳公子问她。

"那郑雨良怎么办？还要带着他一起走吗？"磨牙也问。

"后面应该是用不上他了，留给他们处置吧。等到最后一件事完成，我们立刻动身。"桃夭已然做了决定。

司狂澜看着她毫不犹豫要离开的样子，什么都没有再说。这样不是很好吗，你留下来美酒佳肴兄弟情深，我风尘仆仆治病救命，各有各的去路与归处，可以同路为伴，也无惧各奔东西。

此刻，离天亮也不远了。房间里的巴掌声渐渐没了动静，只偶尔传出分不清是真情还是假意的哭泣声。

郑雨良，我说过会把欠你的东西带回来，虽不能让你再活一次，但起码能干干净净躺回去。大错已成，不敢求原谅，但还是求你留它们几个一条性命。

桃夭看着晨曦微现的天空，揉了揉发酸的脖子："走吧，郑家老爷跟夫人还等着我们呢。"

希望从今天开始，她的"流年不利"可以真正结束了。

○ 5 ○

三天后。

桃夭站在监镇府门外的告示栏前站了很久，将上面那张新贴出来的公告反复看了不知道多少遍，尤其结尾那几句话，简直是光芒万丈的存在——

"凤尾镇明心书斋郑雨良品行端直，一生以教书育人为己任，未对其学生有任何逾矩之行，所受控诉已查明为诬告，始作俑者为龙尾镇得趣班杂役郑雨良，现已将真凶羁押于监镇府，待审决。"

真恨不得把这段话刻在眼睛里，为了它，一路坎坷，意外重重，几乎累掉了半条命……一纸公文，还的不止郑雨良的名声，还有她桃天的未来，即便那可能是一个更坎坷、更意外的未来。

她身后的司狂澜看着她一动不动的背影："就这样？"

过了许久，她才点点头："就这样。"

"加急印出的第一批公告已经分发到凤尾镇百姓家中，后面会陆续发去龙尾镇及监镇府管辖的所有范围，明灯大哥说只要是他管得着的地方，全部送到。"司狂澜如是道，"虽然这份公告以及对整个事件的处理都不合规矩，但天高皇帝远，也顾不得那么多了。"

"谢谢。"桃夭依然背对着他，"这次的事，我欠你人情。"

司狂澜笑笑："那……枕头那么大的红包我就不用再给你了，当你还人情如何？"

他以为她会立刻跳起来说那怎么可能，但她只是转过头来，对他感激一笑："好吧。"

桃花签不要了，留下来一起回去不要了，现在连心心念念的红包也不要了……这个丫头啊，她就在面前，但怎么越来越远了呢。司狂澜有一刹那的恍惚。

"这个郑雨良怎么处置？"桃夭又问。

"公告虽发了，但此案特殊，即便明灯大哥身为监镇，然实际处理起来怕有诸多不便。"司狂澜心中早有打算，"所以，还是由我把郑雨良带回京城交由狴犴司处置吧。"

桃夭放心了，看着永远有条不紊的他，笑："还是二少爷办事最稳当。这种人，万不能轻饶了他。我揍他那几下，连利息都说不上。"

"狴犴司自有分寸。"司狂澜又将公告看了一遍，"你此番的'治疗'，到此为止了？"

桃夭点头："到此为止，我能想到的，能做的，只能到这里了。"她抬头看向远方："如果奏效的话，几只蛤蟆此刻定已开始好转，等我回去，它们应该红光满面能吃能睡了。"可说到这儿，她又突然皱起眉头眨眨眼睛，情不自禁想到另一种可能："但如果我的治疗没有成功，回去就只能给它们找个风水宝地了。"

"你的医术，不会有问题。"司狂澜下意识想伸出手去拍拍她的肩膀，但这个念头在伸手之前已经打消了，他在心里笑了自己一下，转身朝监镇府里走去，边走边说，"公告贴出来后你已跑出来看了五次，回去好好吃饭吧，看是看不饱的。"

"哦。"桃夭嘴上应着，眼睛却又转回去再看了一遍，这才一路小跑随着司狂澜回到监镇府中。

这几日，司徒明灯大概是把自己的腰包都掏尽了，每天都置办好酒好菜招待他们，别处吃不到的边地风味对他们所有人都是极大的吸引，莫说司静渊，连柳公子与磨牙都舍不得那么快离开了,短短几日,他们跟司徒明灯之间的关系变得好像比司狂澜跟他还要熟稔,一口一个司徒大哥地喊着,那司徒明灯一高兴了,什么好东西都买来请他们吃,厚道如他,是真不怕被这群厚脸皮吃穷呢。

他们以为今天也是热闹非凡的饭桌时间,但刚一进门就觉得气氛有点不对,明明桃夭跑出去看公告时,他们一群人还在饭桌前大吃大嚼高谈阔论的,只要有司静渊跟柳公子两个多嘴大王在场,一顿饭是不可能安静吃完的。

但此刻,总是笑容满面的司徒明灯却黑着一张脸,手里攥住一条挂在他脖子上的红绳,攥得太紧,看不到绳子上挂着什么,只看到他整个人像是失了魂一般杵在那里,对面,司静渊跟柳公子像是做错了事的倒霉孩子,只敢大口扒饭,时不时心虚又不解地朝司徒明灯看一眼,欲言又止,旁边的磨牙张了几次口,最终还是没敢说话。

直到看见桃夭他们,这几个家伙才像见了救星一样,一脸委屈地看着他们。

一只不知从哪里冒出来的蚊子嗡嗡飞过去,桃夭本能地抬手扇了扇,走过去坐下:"怎么了这是?"她看着明显状态有异的司徒明灯,玩笑道:"吃太快噎着了?"

司徒明灯还是保持着这个姿态,好像根本听不到她说话。司狂澜疑惑的目光落到司静渊脸上,司静渊立刻声明:"不是我!"又朝柳公子努努嘴:"是他……"

见状,桃夭在桌下踢了柳公子一脚,小声斥责道:"又说什么讨嫌的话了?"

"我哪讨嫌了,只是顺嘴说了一句实话。"柳公子一脸委屈。

磨牙赶紧靠过来小声说:"方才吃饭吃得好好的,司徒大人被蚊子叮了,挠脖子的时候不小心把他戴在衣裳里头的东西拉扯出来,就是个挂在红绳上的小石头,石头上刻了两个字,字很难看,但每一笔都闪着金中带赤的光,大少爷顺口就问这是什么宝贝怎么还会发光,司徒大人才说这算是他的'护身符',上面刻的名字,是他很重要的一个朋友,他曾经很担心这位朋友的安危,一个高人就送了这块石头给他,说只要这个名字还在发光,就表示他的朋友还活着。可柳公子一看就说你是不是被骗了啊,会发光是因为石头上有妖气,跟谁是不是活着根本没关系,那个高人是不是骗你钱了?司徒大人一听脸色就变了,然后就这样失魂落魄了,不管我们说什么他都没有回应,我们也不敢再说什么了,怕再刺激到他……"

桃夭听了,又踢柳公子一脚:"让你吃饭的时候少说话!都不知道前因后果就说人家被骗了?"

"那我不是担心他这么厚道的好人被人骗吗!那我不得说实话吗!"柳公子龇牙咧嘴地揉着腿,"一眼看穿的事,我也是顺口嘛……哪知道他听了会这样。"

司狂澜走到司徒明灯身旁,轻轻拍了拍他的肩膀:"明灯大哥。"

喊了他三次,司徒明灯终于转过头看着司狂澜,一脸木然地把攥在手里的东西放出来,问他:"真的只是妖气吗?"

司狂澜皱眉，这似乎不是他能回答的问题。

桃夭及时过来，仔细将司徒明灯手心里的石头观察一番，又闭目感觉了片刻，方才笃定道："字会发光，确为妖气所催动。是稍有些本事的妖怪都能做到的小把戏。"她想了想，又问他："司徒大人自己也遇到过妖怪？"难怪他这么容易相信妖怪的存在，看来不光是心智宽阔的缘故……

司徒明灯没有回答她，视线落回掌心的石头上，看了许久，突然站起来，对他们说了一句："抱歉，我出去一下，你们慢慢吃。"说罢他便跑了，步伐不稳，出门时还差点被门槛绊倒。

"跟去看看？"桃夭问司狂澜。

"让他自己冷静一下吧。"司狂澜看着他消失在门外的身影，又道，"我想起当年我俩大难不死爬上岸时，他第一件事就是看这个东西是否还挂在他的脖子上，那时我虽觉此物有异，但也没有多问。没想到这么多年过去，他还是拿它当宝贝一般看待。"

"唉，司徒大人一定是很信任我们，才把这个石头的来历说给我们听。"磨牙有些自责，"不应该那么快把事实说出来的。"

"现在怪我啊？你怎么不及时把我嘴捂上？就知道带着狐狸吃吃吃！"柳公子瞪他一眼，又瞪着司静渊，"你起的头！人家挂在心口上都不给人看的东西，你非要问。"

"我问了，他可以不说的呀。"司静渊也委屈，"吃喝间的闲聊，谁能想到会戳中奇怪的地方。"

"不必互相指责。"司狂澜道，"他不是心胸狭窄之人，你们的实话未必就是伤害，可能只是刚好触到他心里哪块地方，一时反应不过来罢了。"

"无论是不是骗子，这个东西都证明他有一个很重要的，并且生死未卜的朋友。"桃夭思忖一番，又问司狂澜，"他真的完全没有提过？"

"我说过我记性很好。"司狂澜坐下，"菜都凉了，莫浪费，吃吧。"

既然帮不上什么忙，那也只能吃饭了，都是钱买来的，已经对不住司徒明灯的人了，不能再对不起他的钱。

一顿饭吃完，又过了好一阵，司徒明灯还没有回来。眼见着已近傍晚，司狂澜起身道："我去看看他。你们该收拾行装的也去收拾吧。"他看看桃夭："不是明天就要回去了吗？"

"行。你的兄弟你去开解。"桃夭又捶了柳公子一拳，"顺便帮他道个歉吧，他那张嘴你知道的，虽然讨嫌，但没恶意。"

司狂澜点头，正要出去，司徒明灯却从外头回来了。他似乎已经恢复了正常，只是好好的两只手变得伤痕累累，打人应该不至于，所以不知外头的树还是墙挨了他多少拳头……

面对众人关切的目光，他先不好意思起来："方才是我失态了，抱歉吓到你们。"

"没事了？"司狂澜盯着他的手。

他抬起手看看，摇头一笑："打在石头上还真是有点痛的。"

看他此刻的轻松，桃夭总算放了心，一把将柳公子拖过来，赔着笑脸道："司徒大人，这个家伙没有冒犯你的意思，只是嘴巴太快了，你请他吃饭他还惹你不高兴，你说怎么罚他吧？绑起来打嘴还是扔去洗茅厕？"

柳公子被她掐着肉，根本不敢说个不字，勉强挤出一脸尴尬的笑容。

"桃姑娘你言重了，柳公子他没有冒犯我。"司徒明灯连忙摆手，又笑了笑，"他是一语惊醒梦中人罢了。"

"那……司徒大人你那块石头……"磨牙小心翼翼地看了看他的心口，想问又有顾虑。

"给我的人，说它叫作赦生石，把人名刻在上头，只要此人活着，赦生石就会一直发光。"司徒明灯捧起这块石头，坦白道，"那时我年纪尚小，一个朋友出了意外，我无力救他，除了在荒芜之地大哭，别无他法。这个人大约是被我吵到，出来跟我说他可以救我朋友，但什么时候能让他完全康复，说不准，只让我把他放心留下，二十年后再来接他。不过这二十年间我不可以再来找他们，以免打扰他的治疗。之后他便给了我这块石头，说这样我就能知道朋友的状况。"他应该是省略了许多细节，只挑粗略的说，末了还特意强调："放心，我没有被骗钱。"

他又将石头拿起来，把刻了字的那面展示给他们所有人看："这是我朋友的名字，他姓白，单名一个糖字。"

果然是很丑的字……桃夭终于看见一个能被她比下去的对手了。

"白糖……"司静渊笑出来，"倒有几分可爱。"

"是挺可爱。"司徒明灯像是回忆起什么，苦笑，"傻得可爱。"

桃夭好奇道："你真的一直没有去找过他？"

"我答应了人家的。"他叹气，十分失落，将石头重新攥回手中，喃喃道，"现在看来，我才是真正的傻子。他怎么可能还活着……而我因为这块石头，居然相信他还活着，居然真的在等二十年过去。"

众人都沉默了。柳公子这时候才恨不得扇自己一个嘴巴子，若他所言不虚，那么给他石头的，无论是人还是妖怪，应该都是一片好意吧……说不定正是这块石头才让他好好地长大成人，没有走向任何不该走的路，唉。

"虽然这块石头跟人命没有关系，但既有这样的人站出来，说不定真是世外高人，你的朋友没准儿能死里逃生呢。"桃夭拍拍他的胳膊，"你都相信世上有妖怪了，为什么不能相信他还活着呢。说不定再过些日子他就健健康康地来找你，就像你跟我家二少爷一样，说碰上就碰上。"

"对对，就是这么个意思。该重逢的人，一定会重逢的，二十年不是还没到吗。"司静渊一拍手，又揽住桃夭的肩膀，"你不知道我们家桃丫头有多厉害，金口玉言，说什么都灵验的。"

"真的，我们不骗人的。"磨牙也赶紧说，滚滚也拼命点头。

司徒明灯看着努力安慰自己的他们，铁汉般的人居然红了眼睛，强忍住才没有哭出来。

"不是说要畅饮三天吗。"司狂澜笑问，"你的酒准备好了没？"

"酒？"他一愣，"准备好了！不够再去买就是！"然而他又看了看窗外，面露难色。

"怎么了？"司狂澜看出他神色有异。

"我方才见天色有异，根据我的经验，只怕未来两三日内会有沙暴来袭。"他为难地看着他们，"虽然这对我们这儿来说是常有的事，但沙暴一旦杀到，出行会变得很麻烦，最严重的时候，这里有足足一个月不通车马。我看狂澜兄弟你要仔细考虑一下，是冒着被困的风险留下来还是赶在沙暴来之前离开。"

司狂澜皱眉："此处沙暴如此厉害？"

"一贯如此。"司徒明灯点头，"一点办法都没有。有时候一年也未必有一回沙暴，有时候隔几个月就是一回。好在你们是往京城去，与沙暴来的方向相反，若尽快离开，回程无虞。"

"这样啊？"司静渊赶紧拉住司狂澜，"澜澜，你们这酒就留到下回再喝吧，真要被沙暴困在这儿一个月，明灯大哥怕是养不起我们了。"

司狂澜考虑了片刻，只得对司徒明灯遗憾道："待你得空时，来京城找我们吧，也尝尝我们家的菜跟酒。"

司徒明灯似是松了口气，笑着揽住他："说好了，到时候你得拿最好的酒菜出来！"他眼中已然流露出无比的向往神色："京城是个好地方，可惜我都没去过几回。"

"我们等你。"司静渊凑到他面前，"一定要来啊！可别敷衍我们！"

"嗯。"

看来，暂时又不能各奔东西了。桃夭舒了一口气，招呼众人快去收拾行李，明天一早就走。终于可以离开这个热得发烫干得要死的破地方了！

○ 6 ○

回程，一路风和日丽。

司徒明灯给他们换了一辆更大更好的马车，两匹马拉着，又快又稳。车厢里装着司徒明灯给他们带的食水与土产还有御寒的衣物，确实是个无比周到的人，也难怪司狂澜跟他能说到一块儿去，本就是性子差不多的人嘛。

至于郑雨良，又被桃夭一颗药弄晕过去，嫌看着他的脸就烦，她还拿了个麻袋把他套上。

已经很久没有这么轻快的感觉了，可是，一旦回到京城，一旦三只蛤蟆平安无事……一旦她拿到她想要的东西，京城，就再不是她的归处。

她夸张地嚼着零食望着窗外，随着时间的流逝，外头风景里的绿色越来越多，折腾了他们一路的凤尾镇与龙尾镇，渐渐被抛在了身后。

司狂澜专心驾车，司静渊坐在一旁递吃递喝，柳公子磨牙一路闲话，滚滚呼呼大睡，大家就跟从前一样，拿出了自己最正常的样子，所有不该出现的情绪都被藏得滴水不漏。

两天后的中午，路过一间路边茶铺，停车休息。同在的，还有一队商旅，闲谈之下得知他们正在赶往凤尾镇。

"啊？你们这时候往凤尾镇去？"司静渊又多嘴起来，"那边马上要起沙暴了，说是会困住整个凤尾镇一个月呢，你们这时候去不是自讨苦吃吗？"

话音刚落，商旅中看似向导的老头像看傻子一样看他："凤尾镇哪里有过那么大的沙暴？我在镇上住了半辈子，顶多就是一小会儿的风沙，再厉害也不至于困住全镇一个月呀。年轻人你听谁胡说的？"

"啊？"司静渊一愣。

一旁正要喝茶的司狂澜突然就变了脸色，连茶都顾不得喝了，只暗暗说了一声："不好。"

桃夭也意识到事情不对，那么好客热情恨不得司狂澜他们长住的司徒明灯，怎么出去一趟就说天气不对，话里话外都是要他们速速离开的意思，赶人赶得莫名其妙。然而因为对他天然的信任，他们居然一点怀疑都没有。

她又想到司徒明灯伤痕累累的手，还有那段他故意模糊了细节，不肯往深处说的往事……这家伙，是在装没事？！

司狂澜起身："你们继续走，我回去看看。"

桃夭拉住他："一起回去。"她直视他的脸："若真是牵扯到妖怪，我怕你一个人应付不了。万一乱弹琴又把自己困住的话，都没人救你。"

司狂澜看着她不容否定的眼神，点头："行。"

桃夭满意地笑笑。

"若真要你帮忙，会算钱给你的。"司狂澜又补了一句。

桃夭撇撇嘴："这样最好。"

马车在夕阳余晖中调转了方向，以更快的速度往凤尾镇赶去。

两天后的下午，他们终于又站在了监镇府的门口。然而，司徒明灯不在。他的下属说他昨天就动身去了白家堡，因为白家也给监镇府送来了请柬，还说他家大人本是不想去的，不知怎的又改了心思，昨天随便备了一份贺礼便走了。

司狂澜找对方要了一份通往白家堡的地图，一刻也没有耽搁，当即驾车而去。浓浓的不安充斥于心，他从不怀疑的司徒明灯，到底在隐瞒什么？

桃夭的脑子也在飞快转动，仔细回想在监镇府的每一天，满街的红绸彩纸以及白家堡少主归家祭祖成亲的消息……自白家出来的疯癫的齐老爹与他死去的儿子……被拆穿的"赦生石"……还有，刻在石头上的名字——白糖？！

白这个姓氏，并不是太常见。

白家？！车里车外，桃夭跟司狂澜同时说出这两个字。

司徒明灯如果只是要去祝贺一番，哪至于要把司狂澜支走？该带着他们一起去凑热闹才对。他了解司狂澜的为人，也知道他的本事，不留他在身旁的原因，要么是怕连累司狂澜，要么就是怕司狂澜会阻止他……无论哪一个原因，都不是好事。

"司狂澜……"桃夭从车窗里探出脑袋来。

"我知道。"司狂澜神色凝重，做事从来冷静的他，眼中亦流露出一丝少有的焦躁。

不管司徒明灯说的沙暴是真还是假，一路过来，天色越来越差倒是真的，乌云自四方聚集而来，黑厚如泥，风一阵大过一阵，卷起沙子砸到脸上时都有点麻麻的痛，不管哪个，都不像好预兆。

马车跑得飞快，硬是在天黑前赶到了独立于大漠之中的白家堡。

离白家堡大门尚有一二里远时，沿途刻意布置的木桩上便系满鲜艳夺目的红绸，皆是上等货色，绑成一朵一朵巨大的花，再撒上金箔，嚣张地铺成了一条笔直向前的富贵花路，木桩之间还放置了薰香炉，里头不知放了什么香料，整条路香气浓郁，硬是把假花无香这个缺陷也给补上了，这还没到婚礼现场呢……手笔之大，着实不是一般人家承担得起的。

"善哉善哉，世间多的是衣不蔽体之人，此间这么多绸子却只拿来做这个。"磨牙看得心疼。

"那些金箔刮下来，也能有不少吧。"桃夭眼馋地盘算着。

"香炉也不是便宜货。"司静渊补充。

"我倒是觉得炉子里的香料更值钱，闻起来就好贵。光迎宾就砸这么多钱，真是好大好大一户人家啊！"柳公子又摸了摸咕咕乱叫的肚子，"不知道能不能赶上开席……"

司狂澜一言不发，眼中只得淡淡的厌弃，齐老爹疯癫的样子记忆犹新，一个惨淡度日，一个花开富贵，好笑好笑。

花路尽头便是白家堡大门，乌云黄沙之间，巨宅高楼独霸一方，虽已成为一座被半遗弃的"祖宅"，但高高在上睥睨众生的气势还在，此刻它披红挂金，装饰一新。

"啧啧，比我们家还大。"司静渊嘀咕一句，"不知道做哪门子生意的，富裕成这样。"

但很快他们就发现事情不对劲，白家堡很热闹，却不是他们想象中的那种热闹，大门里不断有人火急火燎地涌出来，偌大一座白家堡仿佛是被灌了水的蚂蚁窝，人人慌张混乱，压根儿不像为喜事奔忙的样子。

司狂澜停住马车，下去抓住一个仆役打扮的人："何事如此慌乱？"

仆役指着白家堡右侧的方向，气喘吁吁道："咱家少主……被抓走了！"

司狂澜一愣，顺着他指的方向看去，前方那不远不近的空地上人声鼎沸，影影绰绰，只能确定有一大堆人围在那里，其他的看不真切。

他皱眉，只问那仆役："可看见你们监镇大人了？"

"监镇大人？！"仆役一跺脚，哭天喊地道，"就是监镇大人把我们少主抓了呀！吉时都要过了，可怎么办哟！"

问出这个问题之前，司狂澜心中是存了一丝侥幸的。但现在，不祥的预感如同天上乌云一般，彻底压住了他。

司狂澜飞身上了马车，也不管一旁有护栏挡着，直接闯了过去，找了最快的一条路往前赶去。

车上所有人都听到了仆役的哭喊，每个人都不敢相信自己的耳朵。直到马车被里外三层的围观者堵在外头，他们的视线才终于落到那座隔了那么远都能感受到它的老旧腐朽的高台上。

磨牙被留下来看守马车，其余人则拿出最快的速度最大的力气往高台方向挤过去。

这应该是一座拿来观测周围情况的瞭望台，有几十尺高，摇摇欲坠地立在粗粝的碎石地上。

高台之上，司徒明灯一身素衣，手中明晃晃的短刀紧紧抵在那喜服加身的白家少主咽喉上，高处风更大，光是站稳都很难，两个人在上头摇摇晃晃，白家少主似是受了伤，难以动弹。

桃夭揉了好多次眼睛，才确定那真的是不久前还跟他们坐在一张桌子上谈笑风生的司徒明灯，是愿意救陌生人于危难，心怀宽和与正义，连司狂澜都钦佩欣赏的明灯大哥……所以面对这毫无铺垫急转直下的剧情，她第一时间怀疑的，是高台上那个疯狂的人是不是被什么脏东西下了妖术。

围观者们个个一脸惊恐，无人知晓事情原委，以为来参加的只是一场觥筹交错兼拓展人脉的盛会，谁知却目睹了一场极可能演变为谋杀的意外。有人在支招，说不能激怒对方，有人说不能耽搁了得找最好的弓箭手寻个机会一击毙命才能救下少主，有人忙着安慰几乎吓晕过去的白老夫人顺便再拍上几句马屁。

一大群护院早已手持弓箭蹲于高台之下，哪怕被风沙迷了眼睛都不敢有丝毫懈怠，只等主家一声令下。

可谁敢下这个令呢？那么远的距离那么大的风，能否一击毙命先不说，少主被他制于身前，被误伤的概率太高了。谁都不敢冒这个险。

此刻，看起来像是少主父亲的人，对着高台上大吼："你有什么条件尽管提！只要放了我儿，高官厚禄随你挑选！若伤他性命，我白家必诛尽你司徒一门！"

拾·双身

桃夭听得眼前一黑,这个时候了还敢威胁?

上头只传来司徒明灯哈哈的笑声:"我无父无母无妻无子,孑然一身,白老爷要灭门,灭我一人即可。"

"你……"白老爷一时气急,猛咳起来。

"司徒明灯!"司狂澜从人群中挤出去,站到弓箭手前面,仰头喊道,"这么大的风,你在上头做什么!给我下来!"

听到他的声音,司徒明灯应该是意外的,过了半晌才喊回来:"你们回来做什么!不是让你们快快离开吗!"

"没跟你喝成酒,始终是个心事。你下来吧,无论有什么难处,我在呢。"司狂澜的声音从没有这么大过,"你知我来自何处,白家奈何不了我,当然也欺负不了你!"

为了救人,他也豁出去了,从不以家世背景压人的惯例,在此时全然抛诸脑后。

"狂澜兄弟!"高台上传来他嘹亮的回应,伴着满满的羡慕与欣慰,"再见到你我真的很高兴!我觉得这是上天给我的为数不多的礼物!但我最高兴的是,看到你长成了特别好的样子,我很羡慕。"

"你不也长成了想成为的人吗?你若还当我是兄弟……"

司狂澜话音未落,司徒明灯已经架起白家少主转到高台的另一端,紧接着毫不迟疑地抱着对方从离他们最远的位置纵身一跃。任凭司狂澜身手再敏捷,也无法在这短短一刹冲上去制止,连扑过去接住他的机会都没有。

桃夭他们也惊呆了,明明已经在火速商量要怎么于众目睽睽之下把他们安全弄下来了,甚至已经想好让柳公子隐身去救人了,只要司狂澜再跟他多说几句话拖一拖时间……可他怎么连司狂澜的话都不听完就跳了呢?怎么能如此果断决绝?

几十尺的距离,不过眨眼之间。

其实并没有太大的动静,只是闷闷的一声……咚!

人群中发出阵阵惊叫,许多人立刻捂住了眼睛,白老夫人终于倒在了地上,白老爷瘫坐在地,场面乱作一团。

司狂澜扑上去,桃夭紧跟其后。坚硬的地面上,司徒明灯半睁着眼睛,嘴角还挂着一丝微笑。

司狂澜跪在他身旁,咬牙探他的鼻息,顿时松了口气,对桃夭道:"活着。"

桃夭轻扣住他的手腕,皱眉,松开后又往他身上各处查验一番,终是脸色沉郁地对司狂澜摇了摇头:"活不了,全断了。"

司狂澜一愣,抱着最后一丝希望看着她:"真不能救?"

桃夭看着他发红的眼睛:"抱歉。"

赶过来的柳公子与司静渊刚好听到这一句,震惊心痛之余,司静渊蹲下来拍了拍司狂澜的背："算了，生死有命，强求不得。你有帮他的心，但他根本没想要活着。"

司狂澜垂下头，一拳打在地上。

此时，奄奄一息的司徒明灯竟缓缓开了口："狂澜兄弟……"

司狂澜赶紧抓住他的手："在。"

"能否……送我回……黑沙地。"这一句话，耗尽他所有力气。

"黑沙地？"司狂澜忙问，"可是通往有缺客栈路上那块黑沙地？"

司徒明灯已然说不出话来，只稍许眨了眨眼。

"好，我带你去。"司狂澜立刻站起身。

"等一下。"桃夭从布囊里摸出一颗药来，犹豫了片刻，还是塞进了司徒明灯嘴里，"救不了命，但能吊住他一口气，顶多三天。"

司狂澜点头："谢了。"

众人帮忙将司徒明灯放到司狂澜背上，正要离开，却被那群缓过神来的护院挡住去路，这时他们才注意到摔在另一头的白家少主正被他们家的人围个水泄不通，哭号的，怒骂的，喊救人的，一团乱麻。

白老爷从人群中摇摇晃晃地站起来，咬牙切齿地指着他们："一个都不许放走！"

柳公子跟司静渊对视一眼，彼此心领神会。

"你们先回马车上去，我们清理完就来。"柳公子道。

"小心。"司狂澜叮嘱。

"别弄出人命！"桃夭补充。

"知道了。"

"大胆！你们谁敢走！给我站住！来人啊，拦住他们！"

都不用回头就知道后面有一波冲在最前头的倒霉鬼乱七八糟地飞出去，砰砰落地，一片惨叫。其余的围观者谁也不敢为难他们，纷纷让出路来，眼见着两个年轻人把"杀人凶手"带走了。

碎石地上，只留下一片深深的血迹，铺成了杂乱又遗憾的图案。

身后，已空无一人的高台像极了一个无奈的怪物，不情愿地被困在原地，被迫见证一切悲喜。

夜幕终于彻底降临，风沙亦越发狂妄了。

○ 7 ○

飞驰的马儿拿出了撕裂黑夜的力量，连扑面而来的狂风都不能让它缓慢半分。

车厢里只听到磨牙念经的声音,他到现在都不敢相信他们从一场喜事上带回来的不是喜糖喜饼,而是一个近乎支离破碎的司徒明灯。他们离开时,他明明还活蹦乱跳的。

面对这般场面,明知回天乏术,但还是想做点什么,只能念经,求神佛垂怜,起码让这个曾救无辜者于危难的好人,不要那么痛苦。

其他人到这会儿也没能完全缓过来,事情太突然,他们现在无法为这件事找出任何理由,这种感觉仿佛是你顺手打开一扇门,横在面前的却不是你理所当然以为的好风景,而是一堵几乎贴到你脸上的,封死所有的墙,意外,沮丧,憋闷,排山倒海。

气氛压抑无比,就算是柳公子也没有胡说八道的心思了,他看桃天,桃天看回去,两人再同时叹口气,司静渊一会儿查看一下司徒明灯是不是还活着,一会儿又挪过去看车窗外又是个什么情形还有多久才能到黑沙地,唯独不敢像之前那样做出任何打扰司狂澜的事,连脑袋都没有伸出去一次。

司狂澜的眼神悲痛沉郁,冷如霜刀,此刻不会有任何人敢接近他,哪怕是说一两句安慰的话。每个人都如坐针毡,反倒是一睡不醒的郑雨良最轻松。

从黑夜到天明,再到下一个傍晚,天知道司狂澜是有什么神通,竟硬凭着自己的记忆力,在随时都可能迷失方向的情况下,不偏不倚地赶到了目的地。

然而,越靠近黑沙地,视野就越模糊,本该金红一片的晚景被风沙搅乱了颜色,变成一团混沌,配上闷热的天气,仿佛一张无形又厚重的棉被从天而降,把每个人都裹得严严实实,只觉窒息。

好在那一片异常黝黑的区域依然显眼,如同一块永远无法抹去也无法掩盖的胎记,顽强倨傲地刻在万年不变的黄沙上,一副欢迎诸位到来的阴险样子。

马车的速度渐渐慢下来,纵是两匹健硕无比的好马也难以顶住恶劣的天气,奔跑得越发吃力。

桃夭往车窗外看了看,皱眉道:"天气不太对劲。"

"这样的风沙,怕是沙暴不远了。"磨牙焦虑地看了看气若游丝的司徒明灯,"这个时候把他带过去,岂不是坐等活埋?司徒施主究竟为何执意到此呢?"

"他不说,谁能知道。"柳公子思忖片刻,突然眼睛一亮,"不是说黑沙地下头曾是一座金矿吗,哪怕废弃了,可瘦死的骆驼比马大呀,再荒废说不定也有边角余料留下来,他该不会是知道此处尚有宝藏,或者根本就是他藏了什么特别重要的东西在下头,所以一定要回来?"

"他不像是对金钱有那么大欲望的人。"司静渊不赞成,"当年随意观的人与恶妖一战,在这里……我们去有缺客栈的途中,小川给我们讲的'鬼灯'传说,也发生在这里。虽然不清楚这些事情之间有什么联系,但司徒明灯的遗愿也是到这里,不会只是巧合吧?"

桃夭想了想，说："难得你同我想到一处去了。这个地方肯定有问题，一会儿得多留个心眼，万不能……"

然而，她的心眼儿还没来得及留，连话都没说完，马车突然一个猛烈的颠簸，她只觉心头一坠，身体不由自主离开了座位，脑袋紧跟着咚一声撞到了车顶——一股深埋于地的力量，在悄无声息中，突然击中了马车，目标明确下手稳准狠。当所有人的脑袋都重重撞上车顶，连一声痛都没时间喊时，更糟糕的事情还在等着他们。马车从一个十分危险的高度砸了下去，车身还未落地就已四分五裂，两匹马飞出去老远，至于车里的他们，一早就被甩了出去，半空中的柳公子眼疾手快抓住了离自己最近的磨牙，桃夭则本能地拽住了摔下去不死也残的郑雨良，使出浑身解数提起一股劲来，稀里糊涂但尚算安全地落了地。

但还是好痛啊！

桃夭眯着眼睛吐着沙子，揉着腰骂骂咧咧地坐起来，要不是顺手带上这个灾星，以她的本事怎么可能摔个四脚朝天，也怪自己手欠，救他作甚，摔死就摔死了嘛！她睁开眼睛，正寻思给郑雨良两拳泄愤，而眼前所见却让她整个人愣在原地，举起的拳头也停在半空——什么时候起了这么大的雾？方才被甩出来时尚能勉强分得出天地，此刻居然跟瞎了没两样。不对，不是雾，更像是浓烟？不止遮天蔽日，甚至连几步开外的地方都瞧不见，可看起来是浓烟，却又不呛人……她用力晃了晃被摔蒙了的脑子，又伸手往四周挥了挥，浓烟也随着她的动作游移。她皱眉，应该不是幻觉，再细细观察片刻，她突然背脊一凉，猛地反应过来——不是雾不是烟，是妖气，还是被密封了许久一朝爆出的妖气，来得又快又猛，如快刀割肉，不觉痛不见血，连她都没能在第一时间觉察出来。再回想方才，马车轻而易举就上了天，未落地便四分五裂，他们几个也像是被从篮子里胡乱抛出去的瓜菜，并不是简单的大力出奇迹，而是被这股妖气中的邪劲儿给震的。

好惊人的力量。

她赶紧爬起来，但四周情况不明，她不敢乱走，只大声喊着其他人的名字，可全无回应。

怎么办，敌在暗我在明，妖气之中极可能处处都是陷阱，要在这样的情形下辨别出正确的方向……以她的运气，靠猜的话，可能结果不会太好。

不成，不能这么想，她连忙拍拍自己的脸，别慌，肯定有法子。她试探着往前走了几步，浓烟仍在，周遭没有任何变化。考虑片刻，她还是决定原路退回，郑雨良那个灾星还躺在那里，总得看管着才行。

然而，她刚一转身，身边浓烟突然起了变化，瞬间骤缩成一团奇怪的形状，看上去像某种动物的爪子，巨大且凶悍，竟一把抓住了郑雨良，迅速朝前拖拽而去。

灾星就是灾星啊……永远都是他出问题。她飞身追去，却还是晚了一步，没有抓住他，只抓住了落在地上的绳子，好在绳子另一端还稳稳绑在他的腰上，但来不及庆幸，她立刻发现凭自己的力气，根本拖不过那只"爪子"，反而跟着郑雨良一起，像两只即将被拖到锅里的兔子一样擦过滚烫的黑沙，被迫冲向未知的险境。

桃夭使出吃奶的力气想让自己停下来，但根本停不了，仅仅是让对方慢了一点儿而已。

算了，实在不行就放手吧，不管抓住郑雨良的是什么，反正该用到他的地方都用过了，这个人价值了，送去吃牢饭也是浪费粮食，被妖怪吃掉不是更好？但是……等一等，他要是真死在她面前，虽然烂命一条，她也是撇不开见死不救这条大罪的，何况郑雨良现在这个无法反抗当然反抗了也没用的死样子也算她一手促成，要知道桃都给她立的最大规矩，是不可伤人类性命……该死，还是不能放这个手啊。

她咬紧牙关，把绳子绕在手腕上，心说早知道路上多吃几口干粮了！力气完全不够，要不马上吃点什么药吧，能让自己立刻力大无穷的就行，可是，自己好像没有制过这种药吧？！对了，饼饼有这个本事吗？啊呀，它都还没有完全成形，应该赢不了拔河比赛的……

正胡思乱想间，前方的郑雨良突然没了踪迹，她心下一惊，只见眼前黑沙上不知何时多出一个洞来，像一张突兀且贪婪的嘴，等着久违的食物，而她在这样的速度与力量下，连啊一声的时间都没有，便也跟着郑雨良一头栽了下去。

她的眼睛被汹涌而来的气流冲得几乎睁不开，只感觉到呼呼的声音不断擦过她的耳朵，身体也变得忽重忽轻，一会儿像一块高处坠下的秤砣，一会儿又像一片被吹落的羽毛，脑子也像是被搅散了一样越来越迷糊。

世界一片黑暗。

在昏过去之前，桃夭想的最后一件事还是……流年不利！

○ 8 ○

你怎能做这样的事情？

若不是你，怎会有此横祸？

是你的错！

是你的错！

嗯？！你们在说什么？

我没有错，错的是你们啊。

你们从我这里拿走的，都要还我。

……

谁？是谁又在她耳畔说这些乱七八糟的话，反反复复的，声音锐利得像尖刀从铁片上划过，听得脑子都要炸了。

好烦，好疼，从前心到后背，都疼起来了。

还有，什么东西在眼前晃来晃去，热乎乎乱糟糟的影子，明明灭灭的很是讨厌。她想睁眼，可眼皮上仿佛压了千斤重担，身体如陷梦魇，怎么用力都没用。

直到有巴掌拍在她脸上，一点都不怜香惜玉，总算让她倒吸了一口冷气，也由此破解了所有压制住她的力量。

她猛一下睁开眼睛，司狂澜的脸摆在离她最近的地方，面无表情道："十个巴掌才打醒你，脸皮确实厚。"

桃夭眨眨眼，唰一下坐起来，亏得司狂澜退得快，否则两个脑袋非得撞上不可。

"见鬼了，你怎么在这儿……"她一边嘀咕一边忍住快速扭动脖子带来的疼痛，确定此刻是身在一个根本无法一次看清高度与宽度的地方，离自己最近的地方是大片凹凸不平的石壁，上头残留着人工修筑的栈道与起落架什么的，地上还散落着零零碎碎的工具。

真的是一座废弃的地下金矿？！

以方才下落的速度时间来推算，这个金矿的位置应该非常深，加上地面全是大大小小的碎石，有些石头的形状甚至尖锐如刀，所以摔下来只硌了脖子简直得用尽这辈子的运气。完了，以后怕是石头剪刀布都赢不了了。

不过她运气是不错，但那个灾星呢？她猛抬起手，断掉的绳子依然紧紧攥在手里，郑雨良不见了。

摔碎了？应该没有，周围都没看到任何血肉模糊的"零件"，只有一条长长的往前延展而去的拖痕。

她本能地爬起来去追，却被司狂澜拽住："此处诡异，不要妄动。"

"现在不去找，可能连收尸的机会都没了。"桃夭瞪着他，"不管你信不信，他被妖怪抓走了，凶多吉少。"

"我知道有妖怪。"司狂澜松开她，指了指她背后。

大家这么熟了，桃夭当然从他眼中读到了异常，她屏住呼吸，猛一回头，正好与背后两张金光闪闪的大方脸对个正着。

我的妈呀！她嗖一下跳开去，背后的两个家伙仿佛也同样受到了惊吓，也叽叽叫着逃开了。

拉开距离后桃夭才看清楚，那不算是脸，而是两盏四四方方的灯。非常简单的款式，五六寸的高度，只有直线与方块，没有其他任何多余的装饰，但材质很惊人……多半是黄金，只有黄金才有这样惹人垂涎的特殊光泽，而且世上没有任何一种金色能比这更诱人，她这么缺钱的家伙，一定不会看错。

但是，谁会奢侈到拿这么大一块黄金来做灯呢？还做了两盏！更诡异的是，什么灯芯燃起的火能透过厚厚的黄金？这完全不合常理。

而不合常理的还不止透光这件事，世上哪盏灯会长出圆溜溜的眼睛圆溜溜的鼻子圆溜溜的嘴？更过分的是它们居然还有手有脚，在空中摇摇晃晃的——它们还能飞，且能像蜜蜂一样熟练地悬停在任何位置。现在它们停在离桃夭跟司狂澜一丈开外的地方，边盯着他们边叽叽咕咕地交谈着什么。

这到底是什么妖怪？黄金成精了？桃夭把百妖谱在脑中翻了一百次也找不到任何一个能跟它匹配上的种类，连接近的都没有。

"看来你也不知道它们是什么。"司狂澜站到她身旁，警惕地看着对面，"我们掉下来没多久，它们便从暗处钻出来，起初只是远远看着，我佯作瞧不见它们，它们胆子便大起来，开始在我们附近绕来绕去，像是打量稀奇玩意儿，倒没有其他动作。"

"你们？"桃夭下意识地环顾四周，借着两盏灯的光，她才发现不远处的山壁下，躺着一动不动的司徒明灯，旁边还摆着完好无损的无弦琴，"只有你们？其他人呢？"

"从马车里摔出来时，我抓住了司徒明灯和无弦琴，落地之后为浓雾所困，我带着他没走出几步便陷入流沙之中，现在回想，似乎并非流沙，而是一个突然打开的缺口。落地之后，便是眼前这宽阔无比的矿洞。我正欲寻找出路时，听到前方有异响，赶过去时，你已经躺在地上了。"司狂澜把他那边的情况简单说了一遍，"除了我们三个，沿途再未见其他人。但愿是他们运气好，没有踩到不该踩的地方。"

"哼，都掉下来才算同甘共苦呢，横竖就我一个人倒霉。"桃夭撇撇嘴，继续盯着对面两盏灯，一时间也难以判断对方有无恶意。

"我不算人？"司狂澜目不斜视，又看了对面片刻，微微皱眉道，"它们不像有害人之心。也许只是生活在地下的，没见过人类所以好奇的小精怪？"

"地下只会长出菌子，不会长出灯的。"桃夭特别强调道，"还是黄金做的灯！"她眼睛突然一亮，指着两盏灯："难道是小川说的'鬼灯'？！"

司狂澜眉目一展，合情合理，应该是这个东西。

"哎呀！"桃夭慌忙捂住司狂澜的眼睛，自己也紧闭双眼，"小川说看见鬼灯的人会生病，最轻也是拉肚子！别看了别看了！我这儿可没有止泻的药。"

司狂澜一言难尽地拉下她的手，说："现在该担心的不是拉肚子。"

"你说什么？"

"自己看。"

"我不看。大不了装死，它们不敢拿我怎样。拉肚子好麻烦的。"

司狂澜无奈，伸手撑开她的眼皮。

"干什么呀！"桃夭才打他的手，勉强睁开一条线的眼睛顿时瞪大了。

在两盏灯的光线照不到的黑暗里，接二两三地亮起了一对儿又一对儿的圆眼睛，紧接着显露出来的便是它们亮晃晃的身躯——片刻之间，难以计数的黄金灯盏从四面八方飞了过来，将他们团团围住。

桃夭揉揉眼睛，所谓乱花渐欲迷人眼，乱花算个什么，黄金才迷人迷得要死啊！她突然激动得想哭，抓住司狂澜的手叨叨："我做梦都没想过有一天会被这么多黄金围着！二少爷，我可能要发财了！"

"发财还是放一放吧。"司狂澜眼中警惕不减，"你看看它们的表情。"

"灯能有什么表情？"桃夭擦了擦差点就流下来的口水，定睛一看，咦，还真有表情，起初圆眼圆嘴的无害模样居然被满含敌意的龇牙咧嘴代替了，一个个的嘴里还发出了虽然好笑但应该是示威的乌拉乌拉的声音。不对劲。

"我们没惹它们吧？"桃夭斜过身子问司狂澜，"你惹了？"

"我没有。"

"那它们为啥突然就看我们不顺眼了？"

"你问它们。"

"不是，我……"

话音未落，灯盏大军里一个看似带头的，突然发出长长一声类似口哨的声音。仿佛得了军令的其他灯盏，居然整齐划一地落了地，再争先恐后地抱起随处可见的碎石，然后在又一声口哨里飞回半空，蓄势待发。

"它们好像是要……打我们？"桃夭心里咯噔一下，赶紧冲它们大声说，"你们别闹啊，我们不是坏人，不会伤害你们！把石头放下好好说话！"

又一声口哨。

"小心！"司狂澜眼疾手快地护住她的脑袋。

几块碎石打在他的胳膊上弹开了去。

司狂澜抽出剑来，却被桃夭摁住："你的剑剑气太犀利，此处密闭又朽坏，万一弄塌就麻烦了。"

司狂澜皱眉，收剑回鞘的同时迅速抓起落地的石头，反身扔出，当当几声，被击中的几盏灯看着自己身上被打出来的凹印，愣了愣，竟哇的一声哭出来，立刻可怜巴巴地躲到了一旁。

这下是真不得了了，眼见着自己的同伴受了欺负，其他灯盏哇哇呜呜乱叫起来，手里的石头也跟下雨似的往他们身上砸过来。

石头不大，但它多呀！一下子砸过来也是受不了的。桃夭跟司狂澜使出浑身解数在乱石中闪避，哪有这么不讲理的妖怪，话都不听就打人的！

两人反应再快，始终是灯多势众，桃夭的背上已经挨了好几下，她都来不及喊痛，只趁它们捡石头的空当也捡起石头拼命反击，还专挑比它们的石头更大的，被砸中的灯无一不是鬼哭狼嚎地退出战圈，哼，不中用的家伙，一点痛都不能吃！不过桃夭实在想不到斩妖无数身经百战的自己，居然有一天会沦落到跟一群值钱但蠢笨的小妖怪打石头仗，并且还被它们打中了……这件事一定不能说出去。

"都住手！"桃夭实在忍不住，一手举起一块比她脑袋还大的石头，一手指着正准备再次攻击的灯盏们，气喘吁吁道，"你们可知我乃桃都的桃夭？！敢如此冒犯于我，信不信我一个不高兴将你们都化了！"

不知是不是听懂了她的警告，它们总算停止了攻击，一个个抱着石头面面相觑，并用只有它们自己才明白的语言叽里咕噜商量着什么。

桃夭稍许松了口气，掂了掂手里的石头，昂首道："我不管是谁把你们放在这里，无论在哪个地方，妖怪都有妖怪的规矩，再敢拿石头扔我，绝不轻饶！"她又晃了晃手上的金铃，冷笑："比你们凶恶百倍的妖怪，都死在我手里。"

它们停止对话，瞪大眼睛盯着她。

威胁最有用，桃夭暗笑。她转过身，自信满满地对司狂澜比了个一切安好的手势，然而手还没放下，顿时觉得情况不对，回头，密密麻麻的石头再次飞过来，显然没有一个肯给她面子，灯盏们骂骂咧咧，看她的眼神不光是看敌人，还是个脑子有问题的敌人。

躲闪不及的桃夭抱头鼠窜，边跑边大骂："小浑蛋！非宰了你们不可！"说话间，她的手已经伸向腰间，她的布囊里是没有止泻的药，但多的是把敌人化骨扬灰的毒，话说这些家伙就算被化了，也还是金子吧？不会消失吧？那她还是能发财的？

就在她犹豫要不要将这群傻子赶尽杀绝时，一阵异常的气流激荡而过。她微微闭了闭眼，发丝跟衣角都被这股力量拂动。扔石头扔上瘾的灯盏们被狠狠弹开了去，脸上露出无比惊惶难受的表情，一个个斜眼歪嘴地捂住了耳朵，手里的石头也啪啪落了地，再没有捣乱的机会。

桃夭捂着被打中的额头，扭头一看，不远处的司狂澜席地而坐，手指熟练地从无弦琴上划过。

灯盏们被新一轮的琴声弹得更远了，然后大哭起来，又叽里呱啦乱叫着挤在一起，最后一溜烟地逃了，数量太多，以至于逃跑的方向亮起了一条越来越长的光带。

司狂澜收回手，看着无弦琴淡淡道："幸而抓住的是你，不是司静渊。"

桃夭哭笑不得，拱手赞道："二少爷大义！"才赞完，她又哎呀一声，指着司狂澜的脑袋："二少爷，你额头上有个包！"

"我知道。"司狂澜这才摸了摸额头，微微皱眉，"居然没躲过。"

"别尴尬，我也有。"桃夭揉着额头走过去，"咱们谁也别笑话谁。嘶……小浑蛋下手还真重。"

"不可理喻的妖怪。"司狂澜摇摇头，站起身朝他安置司徒明灯的方向看去，脸色一变，

"司徒明灯呢？"

桃夭忙看过去，一直躺在山壁边上不在战圈之内的司徒明灯确实不见了。

"他连呼吸都困难，总不能自己跑了吧。"桃夭话音未落，投向前方的视线里突然出现了惊人的一幕，她赶紧拉住司狂澜，"你看那边！！"

司狂澜顺着她指的方向看去，灯盏们逃跑时形成的光带已经越来越远，但那光带中间分明"飘"着一个人，似被什么托举着，跟跟跄跄地往前挪动。

"太过分了，打不过活的就对快死的下手！"桃夭被气到了，不管不顾追了上去，就算司徒明灯只剩一口气，也不能坏在它们手里！

司狂澜背上无弦琴快速跟上。

灯盏们逃跑的速度比他们想象中快，加上矿洞之中道路崎岖分叉众多，若不是有它们身上的亮光为天然路标，恐怕连司狂澜都会迷路。

奇怪的是，他们越往前，矿洞中的光线就越明亮，且颜色也在变化，一开始还是灯盏发出的金黄光芒，拐过几个弯道后却渐成赤红之色，映在沿途的石壁上，如熊熊火光。不多时，一条又长又宽的裂缝出现在乱石之后，如巨蛇蜿蜒，满天满地的赤红光芒正是从这裂缝中涌出。

他们赶到时，跑在最后面的十几盏灯正争先恐后地往裂缝中跳去，看样子不像是走投无路自寻短见，而是缝隙之下才是生路。司徒明灯应该也下去了……

桃夭停下来，皱眉："好重的妖气。"

"当年胡大力与恶妖的殊死一战，就在此处吧。"司狂澜突然说道，他环顾四周，视线落到前方最亮的地方，"他牺牲自己性命，以灵鼎大咒封恶妖于地缝之中，想必就是那道缝隙了。"

桃夭虽心生不安，还是义无反顾跳过石堆，落到地缝前。司狂澜跟上去拽住她，不容反驳地冲她摇摇头。

桃夭没吱声，只探头往缝隙下看去。什么也看不见，只有耀眼无比的赤红光芒，难辨善恶。

"我去把他带回来，你在此处接应。"司狂澜仍未松手，只看着她的眼睛，等她点头。

桃夭没点头，只说："胡大力的命也没封住恶妖多久。"

"但后来不是又被另一个不知来历的对手打败了吗。"

"没人看见它是不是真的被打败了。"桃夭看着他的脸，又朝裂缝下努努嘴，"妖气如此重，说不准那玩意儿就在下头。你单枪匹马下去，纵有血剑无弦琴在手，也未必能保周全。"她顿了顿，笑："对付妖怪，你会比我在行吗？"

司狂澜也笑笑："方才不知是谁被打得满头包。"

桃夭尴尬地咳了两声："你不懂，那些小妖怪根本不值得我出手！"说着她又觉得不对，指着他脑袋上的包："五十步笑百步！"

"一时大意……"

"嘀嘀，我们家英明神武无懈可击的二少爷也有这一天呐。"桃夭正幸灾乐祸时，却突然指向司狂澜背后，大喊，"司静渊你怎么在这儿？"

司狂澜一惊，忙转过身去。趁他分神瞬间，桃夭甩开他的手，果断跃入裂缝之中。

那些被打一下就鬼哭狼嚎逃命的怕死鬼都敢跳下去，说明下头极大可能不是绝地。司徒明灯算是帮了她大忙的人，就冲这一点，她也不能弃他不顾，就算带回来的是一具尸体，也定要将他好生安葬，了此缘分。而且，她的直觉告诉她，一早就不见的郑雨良，应该也被那妖爪之力拖到了裂缝之中，都做到这个份儿上了，这个灾星如果命不好死在了下头，也不能再怪她见死不救了吧。以及，若那恶妖真在下头，随意观众人没有报上的仇，就她来吧。当然最重要的还是……那么多黄金在下头！

所以，不管哪个理由，她都要下去一探究竟。谁都拦不住。

地缝中发出的光芒似乎更亮了些，摇晃着，像一团永不熄灭的烈火。

而地缝边，空无一人。

○ 9 ○

桃夭跳下来的瞬间就已经盘算好了，若缝隙之下是无底深洞，她的功力万一不够平安降落，那就把饼饼拎出来凑合凑合，它虽不完全，但拿出一双翅膀应该没问题的，毕竟同她盖过章的妖怪里多的是善于飞行的，都不用它带着自己飞起来，只要落得慢一些，别摔出个好歹就成。

可是地缝之下的情景，完全不在她的预料之中。

一条巨大的光柱，赤中带金，如传说中的通天巨树，矗立于眼前这片广阔空间的中心，俯首不见来处，抬头难寻终点，自带一股可连天地阴阳或者任何未知之处的神秘气势，是凡人看了定会下跪烧香许愿以为是神迹的存在。连她都心生震撼。

光柱四周的山壁上，星星点点，闪烁不止，细看之下，竟是五颜六色晶莹剔透的花花草草，漂亮到像拿琉璃烧成摆在这儿一般。

最重要的，是桃夭发觉根本不需要饼饼帮忙，从她跳下来时，身子便被一团带着热度的气流托住了，整个人仿佛落在一条看不见但又滑溜溜的螺旋通道里，绕着光柱一圈又一圈地飞速下滑。

这比垂直下降好多了，就是绕得头晕。莫非这是专门为那些破灯准备的逃生路线？还是哪个良知未泯的家伙为防止有倒霉鬼摔个粉身碎骨而特意为之？毕竟这个高度过于惊人了。

呼呼的风声吹得脑子嗡嗡乱响，桃夭也顾不得想其他的，只求赶紧到终点，再转下去她就要吐出来了！

天从人愿，又转了七八圈后，她突然觉得身子一轻，像被一团从流量巨大的水渠里咕噜一下冲出来的杂物，整个人手忙脚乱地飞到了半空中。有人试图拉住她，可惜还是差了一点点，手滑了，但却稍许改变了她落地的方向。

她在空中划过一条长长的弧线，在什么都看不清的情况下，伴着自己的一声尖叫，扑通一声落进一个满是热水的地方。

"烫烫烫死我啦！"她狼狈不堪地扑腾了好几下才从热水里跳出来，回头一看，脸上的表情不亚于吃饭时吃到一只活的癞蛤蟆——那是……一口大铁锅？？

她以为自己看错了，但事实就是她的确掉进了一口正在烧热水的大铁锅里，此刻铁锅已经歪倒在地，架子下的火也被漫出来的水浇灭了，冒着烟。

此处似是一片林中空地？如此深的地下居然也能长出植物？

这里的树木花草跟她在山壁上看到的那些一样，缤纷剔透，流光溢彩，连地上的石头都分外圆润闪亮，一眼看去比外头的景色还要美上许多，所以因为晒不到阳光，所以干脆长成了可以自己发光的样子？

天外有天，却没想到地下还有地……视线挪到铁锅后头，一丈开外，一大群破灯浩浩荡荡地挤在一起，又蹦又跳吵吵闹闹，甚为壮观，但桃夭的眼睛里根本没有它们的位置，此刻的她只看得见被它们围在中间的——怪兽。

起码有三头狮子加一起那么大，通体黝黑，短毛刚硬如刺，眼带血色，尾如卷云，但完全不像狮子，也不像老虎或者狼，倒像……一条狗？还是一只非同一般的狗，因为它那双尖锐巨大却如人手一样灵活的爪子里，正握着一把大汤勺，腰上甚至还系着一条用旧衣服改的围裙，似人又非人的不协调感莫名好笑，而它的注意力显然还没有从那口翻倒的锅里转移，诧异、遗憾、恼怒，各种表情在脸上轮番上阵。不像是那只丑得不行还会吐丝的恶妖。

浑身湿透的桃夭用力眨了眨眼睛，好嘛，这下看得更清楚了，怪兽旁边的石台上，躺着仍在昏迷中的郑雨良，还有几堆切好的蓝蓝绿绿的菜叶装在木盆里备用。

桃夭实在找不到能表达此刻心情的话，只得假笑着挤出一句："呃……做饭呐？"

"太讨厌了！"怪兽一声大吼，气得将爪里的汤勺朝桃夭砸过来。

司狂澜从她身后闪出，一拳打断了汤勺。

"万幸，水还没有烧开。"司狂澜放下拳头。

"别说话。"桃夭伸出手指抵住他的嘴唇，眼睛恨不得粘在对面的怪兽身上，"我在想事情。"

"一群没用的东西！看家都不会看！"怪兽气恼无比，顾不得跟桃夭算账，先指着灯盏们骂起来，沙哑的嗓子几乎喊破了声，"老子好不容易能吃一顿饭，还不让我好好吃！赶不走人就算了还给人家带路！蠢得要命！还不如吃了你们！"

灯盏们害怕得很，哆哆嗦嗦不敢言语，但也有几个胆大的飞到他面前叽里呱啦分辩着。

"让你们驱赶一下，没让你们拿石头把人砸死……你们要气死我啊！"

"库库咔咔啵啵哇里拉！"

"难听？难听你们堵上耳朵不就好了！跑什么跑！"

"嘎嘎里呀咩哈乌达托咕咕！"

"啥？还带了一个回来？"

其中一盏赶紧飞到一旁，从一片明晃晃的光芒里将司徒明灯拖出来放到怪兽面前。

这边的司狂澜皱了皱眉头，下意识地抓住了系在身前的带子，做好了随时取过无弦琴的准备。桃夭不紧张，但着急，不是挠头就是挠下巴，一副想立刻确定一件事但始终还差一步的样子。

怪兽扫了司徒明灯一眼，又骂道："你是不是脑子坏掉了？这个人又不能吃，带回来做甚？"

"咕里咕咕咔麻！"

"什么？是他吗？"怪兽听了灯盏的"话"，低下头凑近司徒明灯的脸仔细看了看，眨眨眼，"还真是他。啧啧。"才说完，它短暂的平静又消失了，又跺着脚指着铁锅骂起来："我水都烧到一半了，连配菜都洗好切好了，现在好了，锅都翻了，我想了那么久的水煮肉，现在还吃个屁！"

它根本没把他们当作一回事？除了扔个勺，什么都没有做……司狂澜被这个外表看起来会闹出人命的家伙搞糊涂了，忍不住碰了碰桃夭："它吃不干净的东西了？"

桃夭的注意力完全不在他身上，转了老半天的眼睛突然停住，啊呀一声拍了一下大腿，不顾一切地朝怪兽奔过去，边跑边指着它的脸喊："是你！我想起来了！"

怪兽看着手舞足蹈冲过来的人，两条乱跳的辫子加上一身红衣裳，还有那张比捡到钱还要兴奋的脸，它突然啊了一声，立刻把围裙扯下来包在脑袋上，把自己的大脸长嘴遮起来，转过身去大声说："不是我！"

接下来的场面就更可笑了，桃夭像个不甘心的猴子，不管它怎么转身扭头躲着她，她非要从不同角度看它的脸，于是两个家伙原地转起了圈圈，一个不停问是你吧是你吧肯定是你吧！一个不停否认不是我我不是！

按照一开始的气氛，不是应该红衣猴子跟黑色怪兽血雨腥风打一场才正常吗？可现在这一幕……是两个都吃了不干净的东西了？

灯盏们也瞪圆了眼睛，无法理解现在看到的一切。

"还躲！"桃夭一把拽掉了怪兽的围裙，逼着它跟自己四目相对，"祸斗！昆仑焰君座下第一神兽！"但她又立刻半眯起眼睛，意味深长道："不过那是曾经，你现在是昆仑黑名单上挂了好多年的通缉犯，昆仑入口旁边专拿来广而告之的堕天镜上随时都能看见你的尊容，悬赏也十分丰厚，昆仑自己人抓你回去，可连升三级，外人抓你回去，可得六千年蟠桃一枚。"

各种跟开心无关的表情在怪兽脸上来回跑了一圈,终是化作愤怒贯于拳头之上,一拳下去,旁边的大石头裂了,灯盏们也吓得跳开老远。

它直起身子,深吸了一口气,冷冷道:"上次不还是九千年蟠桃吗!怎的还给我降价了!"

不瞠目结舌都不行,它愤怒的点居然在这种奇怪的地方……

"承认啦?"桃夭哼了一声,"不止昆仑,包括天界,只要是有高额悬赏的通缉犯,我连他们长了几根头发都记得一清二楚。"

"我也记得你。"它转过身来,抬起爪子指着桃夭。

桃夭诧异:"我们见过面?没有吧!"

"有一年的蟠桃宴上,你家尊主带着你来的。"

"去了那么多宾客你都能留意到我。"桃夭得意地晃了晃脑袋,"我果然光彩照人鹤立鸡群!"

"我只是无意中看见你向好些个昆仑女仙兜售雷神肖像,巴掌那么大一块绢布,你居然好意思换人家两个蟠桃!还跟人家说什么季节特别款,把春夏秋冬的雷神全买了再赠送雷神殿专用熏香一块。"它脱口而出,不可思议地盯着桃夭,"我在昆仑那么多年,没见过脸皮这么厚的人,加上你恶名在外,想不记住你都不成。"

桃夭的笑容尴尬地定在脸上,余光中又扫到司狂澜的脸,立刻扭头对他解释:"也不完全是事实,打开门做生意嘛,你情我愿不丢人,再说我们桃都里一流画师的作品,排队都等不来的!换几个区区几百年的小蟠桃怎么能叫厚脸皮呢!对吧?"

"从卖肖像到卖签名,你的生意成本是越来越低了。"司狂澜都懒得看她。

"主要是咱家的画师最近太忙。"她悄悄说,"没有偷工减料的意思。"

"想嫁是假,拿人家当生财利器才是真吧。"司狂澜嘴角微扬。

"呃……"桃夭眼珠一转,又腰道,"赚钱不可耻。"

司狂澜其实很想大笑出来,最好还能戳一下她的头,这个女的呀,脑子里究竟装了些什么乌烟瘴气的东西……但得忍住,现在还没有到可以轻松叙旧并谈论彼此黑历史的时候,郑雨良跟司徒明灯都还躺在那儿呢。

他上前一步,对它正色道:"不管你跟她是否旧相识,也不管你是不是传说中会喷火的妖怪祸斗,这两个人得让我们带回去。"

"你知道祸斗?"桃夭顺口问道。

"民间传说里它经常出现。我很小的时候就在书上看到过对它们的描述。"司狂澜道,"此妖怪食火吐火,形如黑犬,脾气还不好。"

"那你是知道我很不好惹的。"它瞄了司狂澜一眼,指着郑雨良道,"这个人你也要救?"

司狂澜点头。

"此乃恶人，死不足惜。"它埋头用力吸了一口气，陶醉地眯起眼睛，"连心都腐烂掉的人，实在是人间美味。我饿了那么久，唯此人可勉强充为口粮，这也是天意，你们就不要打他的主意吧。好歹是我的地盘，你们不请自来，惊扰了我的灯，打翻了我的锅，还想带走我的食物，未免过分了。"它睁开眼，目露凶光："既知道我的来历，就该知道我巅峰之时，昆仑之中无一人能在打架这件事上赢过我，连雷神那小子也顶多与我打个平手。"

桃夭耷拉着眼皮道："都秃顶了……还巅峰呢？"

"啊？！"它赶紧护住自己毛发稀疏的头顶，嘴硬，"你看错了，是反光。"

"你还长白头发了。"桃夭完全不打算放过它，手指不客气地在它身上捻来捻去，"这里，这里，都白了！"她又将手指抵到它的脖颈上煞有介事道："别动！"

外强中干的它立刻吓得一动也不敢动。

片刻，桃夭放下手，疑惑地看着它："妖力怎么衰减得如此厉害？晒不到太阳罢了，不至于虚成这样啊。"

它瘪着嘴，颓然垂下头："你当我愿意啊。"

"有地位有前途啥啥都好的昆仑神兽不当，窝窝囊囊藏到这不见天日的地方，神不像神狗不像狗，你到底出什么事了？"桃夭百思不解。

司狂澜走到她身旁，示意她看它的爪子。

"怎么了？"她的视线落在祸斗的左前爪上，一块老旧的缝成三角形的布巾牢牢拴在腕子上，虽然已有些褪色了，但布巾上绣的字尚可分辨，她看了半晌，终于认出那歪歪扭扭的三个字——胡小二。

此刻，两人的心情又经历了一次从天上掉下来再弹回去的剧烈变化。

"随意观里的胡小二就是你？"桃夭震惊道，但又马上又说，"还是你把胡小二吃了？"

听到"随意观"三字，它一个激灵，猛抬起头："你们知道随意观？"

"你真是胡小二啊？"桃夭再将它从头到脚打量一遍，还是不太相信。

"真是我。"它毫不犹豫承认，又看着腕子上的布巾道，"这还是胡不愁那丫头缝给我的呢。"它又叹了口气："已经许久没有去上头了，有缺丫头跟她的客栈还好吗？"

司狂澜疑惑道："黑沙地离随意观不算远，你没有去看过？"

"我去不了啊。"它直言，又将司狂澜上下打量一番，突然将脑袋凑过来对着他嗅了半天，语气有几分惊讶，"是人类啊？"

司狂澜没有躲闪，任它的鼻子在自己面前耸来耸去。

"人类见到这样的我要么尖叫要么晕倒，这么镇定，我还以为你是披着人皮的其他玩意儿呢。"它撇撇嘴，"少见。"

"需要我跟你介绍一下吗？"桃夭站到他们中间。

"不用，反正跟你一道的都不是好东西，我没兴趣知道他的身份。"它不屑地摆摆爪子。

"不关我事，它骂你。"桃夭朝司狂澜耸耸肩，"不服气你可以打它。"

"但凡你好好做人，我也不至于被连累。"司狂澜皮笑肉不笑。

"你们还聊上了！"它跺脚，"问你们呢，有缺丫头跟客栈现在怎样了？"

"好了好了，我告诉你！"桃夭这才把有缺客栈里发生的种种从头到尾跟它大概讲了一遍。

听完，它的身体像一座垮掉的大山，咚的一声坐到了地上，拖着一张长长的脸长长地叹了口气，喃喃道："难为他们了。"

"先别感慨，你倒是跟我说说你怎么成了凡间的一只狗？"桃夭一屁股坐到它面前，"还有鸣泉村终极一战，从天而降的那个是你吧？"

"都是过去的事了，有什么好提的。"它把头扭开，不耐烦道，"打翻我的锅就不跟你们计较了，赶紧滚吧。"说罢又瞟了司徒明灯一眼，"看在你们对随意观的小废物们还算不错的分上，这个人你们想带就带走吧，算是替他们还你人情，不过他这个样子，带走也没几口气好活了。"

"你认识他。"司狂澜笃定道。

"是。"它爽快地点头，"他还是个小孩子的时候，我见过他。还有……"它朝司徒明灯的心口努努嘴，"那块石头是我给他的。原本是希望给他个念想，熬过最难的时候，说不定就能好好过下去了。没想到，还是这个结果。"它又叹了口气，仿佛早就知道一切，"他是不是要了另一个人的命？还是跟那个人一起从很高的地方掉下来的？"

"是。"司狂澜皱眉，"两人一起从高处坠下。他跟我说的最后一句话，是送他来黑沙地。但你如何知道的？"

"从前有人跟我说因果缘分天命注定，我嗤之以鼻。"它咂咂嘴，"现在我信了。否则你们也不会出现在根本不该出现的地方，司徒明灯也不会兜转一生最后还是回到这里。"

司狂澜解下无弦琴，也坐到它面前，拿出一副雷打不动的姿态"早些将此中因果说与我们，我们便能早些从你面前消失，还你清静。若不说，我们只好在此长相陪伴，不离不弃。"

"我也这么想。"桃夭故意夸张地环顾四周，"你这儿有锅有火，有水有菜的，虽然没有阳光但是风景也不错，住上十年八年不难的。你要是闷了，我们还能给你弹琴唱曲儿，完美！"

一听弹琴两个字，在场的灯盏们嗷一声怪叫，集体退开一步。

"威胁我呐！我就说你们都不是好东西吧。"它愤然瞪了他俩一眼，又朝身后的灯盏们挥挥爪子："散了散了，别在这儿杵着了，去多打点水过来，他们不会再弹琴了。"

灯盏们这才叽叽咕咕地散开了去，只有那盏把司徒明灯扛走的灯还停在他身旁，好奇地看他的脸。它看了此灯一眼，没有驱赶，只摆出一个相当严肃的样子，"你们当真想知道我的故事？可能会因此陷入危险也不怕？"

347

"危险？"桃夭指着自己跟司狂澜额头上的包，"有什么能比石头砸脸还危险的？少啰唆，说！"

"行，你们后果自负。"它挠了挠下巴，"既将我的样貌记得滚瓜烂熟，也该知道昆仑给我的罪名是什么吧？"

桃夭想了想，掰着指头道："渎职抗命，罔顾苍生……好像主要是这八个字，你惹上人命了？"

"算是吧。"它看了郑雨良一眼，"此人身上，有我的食物。"

"你拿人肉当食物？你们祸斗不是吃火的吗！"桃夭脱口而出，"随便换口味，难怪要拿你！"

"虽然也不是不能吃，但我的食物不是人肉。"它翻了白眼，又用力打了个呵欠，再用力眨眼睛，直到有眼泪出来，才赶紧伸出爪子往两边眼角沾了沾，说，"你们两个，把头伸过来。"

两人对视一眼，不动，不知它葫芦里卖什么药。

"快点呀！"它不耐烦道。

桃夭只好把脸贴上去："别耍花样哦，我脾气不好的。"

司狂澜没说话，挪了挪身子，也把脑袋凑过去。它抬起两只爪子，不由分说地往他俩的左眼上擦了几下。

"哎呀你干什么！拿眼屎往我们脸上糊吗！"桃夭跳起来，忙不迭地扯起衣袖擦眼睛。

司狂澜也一脸不适，想擦眼睛又忍住了。它却只是冷哼一声，连解释都不屑，只朝郑雨良那边努努嘴："自己看。"

两人转过头，齐齐看去——昏迷不醒的郑雨良身旁，居然站着一个跟他长得一模一样打扮得也一模一样的"人"，一道若虚若实的黑气，似一根线将他们两人连在一起。

"什么鬼东西……"桃夭诧异之极，拍拍司狂澜，"你看见了？"

"另外一个郑雨良。"司狂澜肯定道，他又觉得哪里不对，抬手遮住左眼，不由皱眉，又拿开手，眉头更皱，"你遮住左眼看看。"

桃夭遮了，更诧异："不见了？"她放下手，疑惑地看向祸斗："你动了什么手脚？"

"只有我能看见人类身上的……双身。"它指了指自己的眼睛，"我的眼泪能短暂地让你们拥有跟我一样的能力。"

桃夭遮住左眼又松开又遮住反反复复好多次，难以置信："双身？"

"你们桃都管辖天下妖怪，还有一本不得了的百妖谱，你桃夭杀妖治妖无数，见闻广博，竟也有认不出的妖怪。"它笑了笑，却是三分讥讽七分无奈。

桃夭的脑子里找不到任何能跟"只有祸斗能看见的从一个人身上长出来的跟自己一模一

样的妖怪"有关的内容——这是一个没有被收入百妖谱的种类，甚至都没有被人提起过。

"不可能。"桃夭断然道，"天下妖物，必入百妖谱，无论时间与原因，三界之中只要有新种类的妖怪诞生，记载自生，这是百妖谱天生的本事。你让我们看的鬼东西，不是妖怪。"

它撇撇嘴："不是就不是吧。反正我一直拿它们当妖怪看。"

"能不能严谨一点？"桃夭作势要揍它，"到底是什么东西？"

它沉默了好一阵子，说："都知我乃昆仑焰君座下祸斗营首领，位列昆仑众神兽之首，却越来越少有人知道，我真正的主人并非现任焰君，而是她的姐姐，前任焰君。"

"哈？昆仑焰君不一直都是那位脾气火暴的红头发姐姐吗？"桃夭挠头。

"变故之时，世上有没有你都还两说呢。"它白她一眼，"论年纪，你该给我磕头问好。"

"这么大年纪……难怪秃顶了。"她同情一笑，把放下去一半的拳头又提起来，"可你说的这些跟我的问题有什么关系呢？"

它转过头，看着不远处那巨大的光柱，眼神有些恍惚："我与她曾无数次并肩作战，扫荡三界恶物护众生安好，她脾气跟她妹妹完全不一样，虽为司火之焰君，杀伐决断之外却秉性温良细腻，是个会把掉下窝的雏鸟小心放回去，喜欢在闲暇时做手工，也会笑眯眯地跟路过的蝴蝶聊天的神。"

它停下，把接下来的话在心中反复揉捏了好多次，才终于找到说出来的勇气："但是，随着人界的繁荣壮大，不像话的人类也越来越多，阴谋诡计恩将仇报自相残杀变成了常事，这个曾被她全心爱护着的地方，渐渐离她喜欢的样子越来越远。那时，她常带我入人界，像当初对付各种妖魔一样为人界受苦受难之人主持公道。可是，人类那么多，纷争也那么多，人心人性成了最不可测也最难根绝的东西，有时比对付妖魔还难。她见不得恶人不得恶报，好人无计可施，所以尽管被昆仑帝君警告过多次不得擅动私刑，她还是执意按自己的方式去清理她眼中的脏东西。最终她的行为触怒了帝君与天界的家伙们，要重罚于她，要她低头认错，要她接受人界已有了自己的规则人类亦有各不相同的命运，不可以神力过分干涉的现实。"

它苦笑："可她是个内心比什么都坚硬的家伙啊，她认准的事情，怎可能低头。那一天，她在审判她的昆仑诸神面前，为自己的生命选择了一个十分决绝的结局。"

桃夭听得心头一紧："她干什么了？"

它咬牙，艰难地说："元神散尽，化咒入世。"

"咒？"司狂澜皱眉，又看了看另外一个郑雨良，发现他的嘴巴一直在动，似在反复喃喃着什么，可惜没有声音出来。

"凡行极恶事者，必现双身，言出为咒，咒成方休。"它也看向郑雨良的"双身"。

"言出为咒？"桃夭也留意到这个"双身"在说话，"他一直在说什么？"

它伸出爪子要掏耳朵："要不我再帮你们听到它的声音？"

"不用！"司狂澜与桃夭异口同声。

"我知道他在说什么。"司狂澜看着双身的口型，一字一句道，"半生囹圄，老死囚笼……它应该一直在反复说这八个字。"

"眼神不错。"它鼓掌称赞，"就是这八个字。这个人的双身已经把他的未来定好了。只要双身存在，此人就一定会按照这八个字走完一生。"它认真看着桃夭与司狂澜："所以现在你们明白双身的可怕之处了吗？"

"你意思是，你的前主人因为见不得人间太多不平事，更受不了让她袖手旁观的命令，便碎尽元神化为世间众人的'双身'，从此之后，只要干了坏事的人就会长出这个东西，然后在本尊看不见的地方反复念叨关于此人会受到的惩罚？"桃夭说完却又觉得不对劲，指着郑雨良，"如果他会按照那八个字走完余生，又怎会到你的锅里？再说，千万年来，世间恶人何其多，得恶果的有，得善终的也有，照你所说，若每个极恶之人都生出言出必行的双身，世上又哪来那么多伤痛与憋屈。"

它耸耸肩："双身，才是我的口粮。"

两人一愣。

"神咒既出，无可挽回。"它叹了口气，"他们只能想法子补救，而补救之法便是让我们祸斗去人间搜寻双身，一旦发现，即刻杀之，务必不能给其咒成的机会。"它顿了顿，"此事只有我们办得到。"

"为何？"桃夭好奇极了，"只有你们的火能杀掉它们？"

"昆仑之中，比我们的火更厉害的也不是没有。"它否定了桃夭的猜测，"我与祸斗营所有成员平日修炼时，焰君常不惜以神力注入我们的灵火之中，助我们精进自身，问她为何如此，她只说我们为她赴汤蹈火甚是辛苦，这点帮助不值一提。可三界之中，谁能如她这般把那么珍贵的神力送给地位远不及自己的下属。正因如此，她一手制造的双身，只有我们祸斗能看见。不过，不是每一只祸斗都愿意去干这个事。焰君出事后，祸斗营群情激愤，差点闹出大事。除了焰君，谁都别想指挥这群脾气一个比一个差的家伙。我们不想把焰君对我们的慷慨，变成背叛她的工具。双身是她留在世间唯一的'愿望'，我们怎能动手杀掉。"

大概是事情过去了太久太久，它也要用力回想才能把当初种种重新摆回面前，却越想越生气："但昆仑那群老东西也太赖皮了，他们见祸斗们不肯去除掉双身，便想了个损招，用他们的神力给我们祸斗下了'毒'，让我们今后只有吞吃双身方能果腹，除了双身，其他任何食物都解不了饥肠辘辘之苦。你知道这一招多狠毒！我们祸斗天不怕地不怕，就怕饿肚子，平时除了吞吃火焰，瓜果蔬菜肉食我们也吃得很香，所以他们这一招等于取了我们半条命，可恨极了。"

隔了那么久，说到这些往事它依然气得鼻孔冒烟，拍了拍心口才继续道："一开始，大家还能坚持，可时间一长，有些修为还不够的祸斗便顶不住了，只能低头，老老实实去人界执行任务。时间再长一些，整个祸斗营几乎全员投降。"

"只有你不肯低头。"司狂澜看着气呼呼的它。

"大不了就是饿，大不了就是神力衰退，反正我一个双身都不会吃。我不但不吃它们，还要当个观众，亲眼看着它们是怎么把干了坏事的自己送上绝路。"它冷笑，"时间一长，我始终软硬不吃，横竖不听他们的话，老家伙们终于怒了，说我冥顽不灵，说我罔顾苍生见死不救，我就奇怪了，他们不做坏事就不会有双身出现，自己给自己选的死路，为何要赖在我头上？我气不过呀，就跟他们打起来了，哎哟那场面太壮观了，你们看见了都要吓死的。"

它居然十分得意起来，又道："不过嘛，气是出了，罪名也坐实了。要把我关起来，我猜最后的结果要么是把我送到炉子里化了，要么就送我去羼狱活受罪，两个我都不接受，所以我逃了。"

听到羼狱二字，桃夭心神一晃，但很快就翻了个白眼："逃了呀，我还以为你真有那么视死如归呢。"

"死也要死得值钱呀，亏你这丫头还是做过生意的。"它还她一个白眼，然后抬起爪子，指着那块布巾，"我跑到人界，收敛神力，化成普通黑犬的模样，一路上只拣那人烟稀少的荒僻之地而去。路过当年的鸣泉村时，遇到彼时还不算太老的胡大力，那日他正与伤害村民的'沙鬼'缠斗，我本不想管，但那些所谓的沙鬼很是恶心，长着人的模样，却是见了活人就咬，被咬之人即刻化为灰烬，我瞧那胡大力是个拖泥带水不忍杀生的人，明知是怪物却因为还有人的模样，便难以痛下杀手，这可不行。所以我在暗地里稍微帮了一下忙，折断了沙鬼们的脑袋，看着它们也化作一捧沙土。听幸存的村民们说，这些'沙鬼'本也是鸣泉村村民，只是财迷心窍，不知从哪里听来黑沙地下的废矿之中还有大量黄金，动了心思，一群人带着工具去找，哪知回来就成了这般模样。胡大力去到黑沙地上，很奇怪，明明没有任何异常的气息与异动，但只要站在这里就觉得浑身不舒服。胡大力找到金矿入口，下去查看了半天，也未见不妥，他只得埋下符咒将金矿入口封印起来，避免再有为钱不要命的人进去。我看他的符咒实在是一般，但应该也勉强够用，正打算离开，却头重脚轻得厉害，想来是扭断沙鬼脖子时耗费了气力所致。太久不吃饭是有点麻烦，于是我改了主意，不忙着继续走了，虽不吃双身就难解饥饿，但若能找个风清气朗生机盎然的地方让我休养生息一段时日，也算另一种治标不治本的食物吧。结果，我找着找着便循着一股清和之气找到了随意观。"

它一口气说到这里，怀念地摩挲着那块布巾："之后发生的事你们也知道了。在随意观待久了，想不开心都很难，一开心，饥饿感也不那么难受了。本想一直把那里当作落脚点，哪知天不遂愿，胡大力的符咒终究是没用了。他运气不好，跑去救老张他们时，我正好不在观中。后来的那一夜我也犹豫过，要赢那凶恶的丑东西，势必要以命相搏，若神力全出，就算不惊动昆仑，也极可能给那些想拿我领赏的家伙留下线索，今后再想隐藏行踪就难了。可胡大力已经没了，随意观里剩下的三个姓胡的小屁孩算是我看着长大的，虽然在他们眼里我只是一只行为古怪的老狗，但对我也是真不错，加上跟姜和鱼以及有缺也有同一屋檐下的情分……最麻烦的，是在随意观这样的地方生活久了，难免丢了杀气容易心软，连带着脑子也不灵光了。所以，我最终还是去了。"

它有些沮丧："可还是晚了一步。"

"原来你是逃难逃到随意观里去的……"桃夭听完它长话短说的故事，心头疑惑总算解了一半，又问，"那最后你打赢了还是打输了？"

它不好意思地摇摇头，又马上辩解："但我确实是差一点就赢了。那恶妖很是厉害，我差点落了下风，但我毕竟是昆仑最厉害的祸斗，哪怕饿着肚子也不是它这种脏东西可以随便欺负的。虽然吃力，但只要再给我一点时间，定能让它灰飞烟灭。"

"为何没有时间了？"司狂澜问。

"有人出来救走了它。"它懊恼地拍了一下大腿，"可恨我连那个人长什么模样都没看清，对方便带着丑东西消失了。"

"什么人这么大本事，能从你祸斗跟恶妖的生死一战中轻松把对方救走？"桃夭最惊讶的是这一点，"被你的火烧到是不可能全身而退的，何况当时还是拼死一战的你，随便一个误伤都能要命了。"

"事后我也很惊讶，但我肯定，那是一个人类。"它认真道，"可怕之处也在这里，人界居然有这么强悍的角色。"

"竟被它捡回了性命……"司狂澜担忧。

祸斗冷哼了一声，说："就算被它捡回了性命，它的余生也不会太好过。"

"何解？"

"我们交手时它躲闪不及，被我的火烧到了肩膀。祸斗之火，无药可愈。"它指了指桃夭，"连你桃夭都治不了。所以，无论此妖背后有谁当靠山，无论它如何修炼精进，变幻为何种形态，它的肩膀上都会有烧伤的痕迹，且每逢炎夏之日，伤口必然灼痛难忍，生不如死。"

"好吧，如果以后被我遇到肩膀上有不可愈合的烧伤的丑妖怪，我替你出气。"桃夭拍拍心口，又看了看四周，那些打水去的灯盏已经陆陆续续回来了，在远处探头探脑的不敢靠近，"可你又是怎么被困在这里的？"

"不是被困，是我自己不走的。"它转过身，看向那道光柱，"那日我与恶妖从地上斗到地下，一想着胡大力是因它而死，我便一心想将它烧死在金矿里出气，那人出现时我一时大意，被其击落于裂缝之下，落到了此处。缓过来后，我发现这里有一个无论如何都填不上的洞，且内有不祥之气泄出。想到胡大力以性命为封印都没能制住那只妖怪，还被它在那么短的时间内逃脱而出,莫非是因为这个洞的缘故?我很少感到恐惧,但在看见那个深不见底的洞时,我只觉背脊发寒,好像马上就有未知且十分危险的东西会从里头出来,我用了许多方法去封住它,但最后发现只有我的灵火能让里头的恶气不再泄出,所以……"它回过头来,无奈地撇撇嘴,"我再也没办法离开了。"

"那道光柱是你的灵火?"桃夭诧异道,"灵火等同于你全部的妖力啊!"说着,她飞快站起来,一路小跑着往光柱那边去。

果然,地上有一个不过三尺的洞,洞口之上被一片金赤火焰严丝合缝地"盖住",虽然只有小小一片,然力量之强,闪耀出的光芒竟一路往上,形成了如此巨大的光柱,如有千钧之力压于此处。桃夭低下头,目光穿过摇晃的火焰,一片模糊的暗流于洞中隐隐涌动,想出来却找不到突破口。

看着那一股莫名的力量,她的背脊也突然划过一缕寒意,祸斗所说的从内心蔓延出来的恐惧,连她都不能幸免。

又是一个不能被填上的洞……应家的遭遇尚历历在目,应凡生拼掉性命也不肯进去的"洞",还在她的记忆里张牙舞爪。

"怎么又是这个……"司狂澜紧锁眉头,火焰与暗流在他的眸子里闪现。

桃夭沉默许久,突然问他:"千年之前,护门她们遇到的怪物,你觉得跟这个洞有关系吗?"

司狂澜思忖片刻道:"应家对付的恶物,由沾染了洞中恶气的活人而来;护门对付的,也是她曾经的熟人。想想当初血流成河的集市,离此地也算不得太远。但两边亦有不同。"

桃夭想了想,很快反应过来:"对,被咬到后的情况不同!护门对付的怪物,会把咬到的人变成同类;应家那边的咬了人,被咬者立刻化为灰烬;百年前胡大力对付鸣泉村村民所化的沙鬼时,被沙鬼咬到的人也会立刻化为灰烬,同样不会变成同类。"

"没错。"司狂澜点点头,"把目标变成同类比变成灰烬更可怕,当年若没有护门拼死挡住它们,人间怕有一半都要成为炼狱。所以,经过这么长的时间,这里的洞,能力似乎变弱了。"

"要么是这个洞的力量自己在变化,要么就是有人在这一千年里对这儿做过什么,这才让新出现的所谓的沙鬼变得不同了。"桃夭敲了敲脑袋,"算了,我们光是猜测也无用,先不管这些了。"

她回到祸斗面前,看着若无其事的它,却欲言又止。

"你想问我是不是饿傻了对吧。"祸斗看着她的脸,笑笑,"反正我也只是个逃犯,与其东躲西藏,还不如就安闲在地下过日子,你也说了,这里除了没有阳光,也不缺什么。"

"灵火在这里,你就得在这里,哪里都不能去。而且……"桃夭郑重提醒,"你长期不进食,又无灵火护体,寿命会越来越短,你死了,灵火也会熄灭。"

"那你能替我把这个洞封上吗？"祸斗反问。

"不能。"她要是有这个能力，当初就不用赑屃出手了。

现在看来，这个洞似乎正在成为她命中比郑雨良还要麻烦的灾星。

"那就别跟我说那些废话了。"祸斗拍了拍自己扁扁的肚子，又无奈道，"在你们出现前，我一直在睡觉的，睡着了就感觉不到饿了嘛。本打算睡上一千年再说，可前些天偏偏被吵醒了，一股莫名其妙的大妖之力从上而下袭来，震得我脑瓜子嗡嗡响！一醒来我就特别特别饿，几乎无法控制想进食的念头，忍了好些天，突然感觉到有食物出现了，就在我的头顶上，唾手可得，还是特别卑劣的那一种，这诱惑太大了，我实在忍不住才驱动妖力去了地上抓人。我留在此地后，便彻底封了地上的入口，只有我的力量能让入口暂时出现，我本意是只想抓这个人下来，可能是我太久不干这种事，有些偏差，不小心开出了两个入口，才让你们几个阴差阳错地跟进来。那时我一心只想进食，来不及处理你们，便让灯盏们先将你们挡在不碍事的地方，哪知那群笨蛋只会帮倒忙。"

桃夭越听越不对，问它："你说你一直在睡觉，前些天才被吵醒？"

"对啊。"它忍不住打了个呵欠，"要是我没醒，你们也不会在这里了。"

前些天……大妖之力？

桃夭暗自算了算时间，不禁一吐舌头，莫不是召唤月瞳那一晚，柳公子被逼大展身手驱云现月那件事？这……万不能让祸斗知道她才是始作俑者……

司狂澜一听便明白发生了什么，看看脸色尴尬的桃夭，低声道："以后，当慎重让某人去饭后消食。"

桃夭耷拉个脸，回他一个"我怎么知道事情会这样我也是受害者"的眼神。

司狂澜摇摇头，走到司徒明灯身边，神色凝重地查看他此刻的情况。有桃夭的药撑着，他始终留着微弱但尚算稳定的气息，可一直这样下去，又有什么意义呢？

"你们两个，真的谁都没有办法救他性命？"司狂澜终究还是不死心。

两个家伙齐齐摇头。

"小子，我说没救了你尚可质疑。"祸斗指了指桃夭，"她说没救了，那是真没救了。"

桃夭没说话，但凡她有一丁点办法，就算破了治妖不治人的规矩，也会把这个人救回来，她不想看到司狂澜失去本就为数不多的朋友，他们甚至连坐下来秉烛痛饮的愿望都还没有实现。可总不能让她学柳公子硬闯泰山府界要人吧，她哪里打得过那么多无常使，更挨不住雷神殿的笞神棍，所以，硬留他三日性命已经是她能做的极限了。

无须说出口，司狂澜已然从她略微复杂的眼神中读到了她心中的无奈，轻轻叹了口气，看着司徒明灯苍白的脸，说："你是他以为的'高人'，你甚至知道他如今这样是如何造成的……如果救不了他，起码让我知道为何事情会走到这一步。"

"他觉得自己欠了另一个人一条命。"祸斗直言,又半眯起眼睛,指着司徒明灯,"他的身上,曾经也有双身。"

司狂澜与桃夭一愣。

"高天一跃,同归于尽。"祸斗回想着,"他的双身给他定的结局。"

说司徒明灯身上有极恶之人才有的双身,比眼见着他跳下高台还要震惊,司狂澜很少有连呼吸都凝住的时候。

"不可能。"他也极少说这三个字。

"你是不是搞错了!"桃夭也不信,"郑雨良有双身我不奇怪,可他不应该啊。"

"双身这种事,我会错吗?"祸斗白她一眼,朝司徒明灯的心口努努嘴,"那块石头上的名字,就是他的'债主'。"

哪怕已经知道石头上刻的是哪两个字,司狂澜还是本能地把他心口上的石头又抓起来,仔细地看了又看。

桃夭也凑上去,"白糖"二字依然清晰。

"白糖……"司狂澜的手指从两个字上滑过,浓雾一样的思绪里,始终模糊不清的身影呼之欲出,"白糖是谁?"

"白糖啊……我得想一想。"祸斗故作为难地揉了揉脑袋,"毕竟那孩子哭着跟我说白糖的故事的时候,已经过去了十几年。"

司徒明灯的胸膛微微起伏,那盏灯一直停在离他最近的地方,瞪着圆溜溜的眼睛专注地打量这个将死之人。

○ 10 ○

白糖!

白糖!

白糖!

白糖娘亲焦急的呼喊声又出现在白家堡的各个角落里。

听到的人都习惯了。若是别的时候,他只要手里没活儿,一定会帮她去找这个经常不见的儿子。

但今天不行,因为他正被关在柴房里,连踮起脚从破洞的窗户里往外看看都很难,只能以侧躺的姿势勉强靠在墙边,从屁股到大腿后侧都痛得不行,他爹拿鞭子抽他时从来不客气,好像抽得越重越显得他教子有方,尤其是在自家主人面前。

他舔了舔干涩的嘴角,舌尖上有点咸香味,白天吃的那个鸡腿还留着没擦干净的酱汁,真香，他这辈子没吃过这么香的东西。本来，若是偷吃了这么好的东西，挨打也值了，可他没有偷吃，是白家的小少爷拿来给他的。

小少爷去年才回到白家堡，据说他刚出生时，白夫人嫌弃此处天干物燥时时风沙，怕养不好天生娇贵的儿子，便提出去南方生活，等他长大了身子骨壮实了再回来，白老爷只得这一个独苗，也是白家这一代唯一的男丁，白家上下视如珍宝，都觉得少夫人说得对，于是得了白老太爷的允准，在小少爷出生后不久夫妇二人便带着他去南方长住，直到去年才回到老家。

对这位与自己同龄的小少爷，他没有很深的印象。只记得他们一家每次回来探亲时，白家都热闹得跟过节一样，粉雕玉琢的小少爷像个能实现愿望的神物，全家上下都恨不得把心掏出来献给他，生怕他有一点不高兴。平日里高高在上一个笑脸都没有的老太爷，居然会笑眯眯地趴在地上让孙儿把自己当马骑。由此，白家所有仆从们都抓住了关键，只有小少爷开心舒适，他们的日子才能好过，毕竟有个丫鬟因为给小少爷准备的汤水不够甜，小少爷吃了一口就摔了汤碗，丫鬟便遭了大祸，被打个半死赶出了白家堡。

其实，下人们都不太希望小少爷回来，一直留在南方多好。但他还是回来了，已经十四岁的小少爷还是跟小时候一样容貌出众，贵气逼人，不过让众人意外的是，他似乎变得知书达理了，对仆从丫鬟们没有什么过分的要求，当有人替他办好事情时，他甚至会微笑着跟对方说一声谢谢。

原来人长大了真的会变。不管怎么说，这是一件好事，说不定未来真的会少一个难缠的小主人。起码一开始大家都是这么想的。连他都时不时听到父母对小少爷的夸赞，说白老爷的心思没有白费，江南的好山好水，果然养出了好孩子。再转头看看脏兮兮乱糟糟的他，夫妇俩只会长长叹气。

都是人，命却差了好多。

这个月初，白老太爷去世，白家堡迎来了最忙碌的时刻，来吊唁的宾客一拨接一拨，据说连朝廷都派了人来，一场白事隆重地持续了近一个月才告结束。

这段时间大家除了疲累，还特别紧张，老太爷去世，白老爷作为长子，自然成了白家堡的新主人，比起老太爷，白老爷的规矩更多更严苛，众人脑子里都紧绷着一根弦，生怕犯一丝丝错误而被责罚。所以他的父母最近对他最多的告诫就是好好喂马不要多嘴。

白家堡的马匹，目前由他跟其他几个小厮负责喂养，他是他们之中最负责的一个。

他不想父母担心，更不想给他们找麻烦，毕竟父亲把白家堡这份差事看得比天还大，经常在他和母亲面前强调他从十几岁起就在白家堡做事，从一个小杂役做到现在的小管事，不愁吃喝，无须漂泊流离，一切的好处都是白家给的，要知足要感恩。

每当看到父亲喋喋不休述说白家恩情的样子，他就觉得要是有一天他跟小少爷一起掉进河里，若只能救一个，父亲肯定毫不犹豫选小少爷。

幸好，他会游泳。同理，当他跟小少爷之间只有一个人在撒谎时，他也会毫不犹豫地认为是自己的儿子不老实。

白天，他清理完马圈之后，坐在无人的角落里稍事歇息，小少爷路过时，突然拿了一个荷叶包好的鸡腿给他。他很诧异，不敢接，哪怕肚子正饿得厉害。

"吃吧。"少爷微笑，把手伸得更近了些，"我吃不了那么多，放久了也坏了。"

他仍然犹豫，但鸡腿实在太香了，那是他逢年过节才能吃上的东西。

"谢谢小少爷！"

"不客气。"

白家的厨子手艺太好，吃完之后连手指头都要吮干净才不算浪费。那一刻，他突然有点理解父亲对白家的感恩戴德了。

但是，他对小少爷的好感只坚持了不到一个时辰。负责饮食的另一位管事，带着人来抓他，理由是他偷吃了给老太爷的祭品——那个鸡腿。

他拼命解释，说是小少爷送给他吃的，他根本不知道那是祭品。管事的扭着他去找小少爷求证，正在读书的小少爷只看了他一眼，摇摇头："我怎会拿爷爷的祭品给他吃。"

五雷轰顶的感觉就是现在了，他愣住了，傻傻地问："小少爷，你为何要这样害我？"

"大胆，竟敢污蔑小少爷！"管事的当场甩了他一个耳光。

他一个趔趄倒在地上。

"住手。"小少爷过来扶起他，趁势在他耳畔低声道，"轮不到你教我做事。这只是个小惩罚。"说罢他转过身，若无其事地吩咐管事："随便教训一下罢了，别太为难他了。"

"是！"

他更迷茫了，他什么时候教过小少爷做事？这哪里轮得到他？事实上从小少爷回到白家堡后，他们加起来都没有说过三句话……三句话？他心里一颤，难道是昨天，小少爷来马圈，拿了一块肉来喂马，他赶紧制止了，说马儿吃不得肉，克化不动。小少爷只是微笑着看了他一眼，说了声知道了，此事便告了结。可这不是很寻常的一件事吗，怎么就让小少爷记恨上了呢？马儿本来就不能吃肉啊。他想不通。

管事的把他交给了他爹。他爹几乎要炸了，在他眼里，偷吃白老太爷的祭品比杀人放火还要恶劣一百倍。

无论他怎么解释，父亲一个字都不信。然后便是一顿好打，要不是母亲拦着，他小命不保。

"关他进柴房，不准给任何吃喝！"在父亲的怒吼中，伤痕累累的他被扔进了黑漆漆的柴房。

好倒霉啊，他觉得这件事离谱到想哭都哭不出来。

白糖！

白糖！

白糖娘亲的声音终于离他这里越来越远。

唉，还没找到吗……这个家伙又跑到哪里去了呢，总是这么乱跑，掉到哪个坑里去都没人知道。

白糖是老白夫妇唯一的孩子，老白家是从白糖爷爷那一辈儿起就跟在老太爷身边的家仆，连姓氏都是老太爷恩赐的，白糖出生时，他目不识丁的爹娘想了好久才憋出了这个名字，对他们而言，糖是世上最好的东西了，没有什么能比甜味更美好，但愿白糖的未来也能甜如蜜糖。

但他们没有想到的，是白糖除了喜欢吃甜食这点跟名字有关，其他的期待是一点都没能实现——白糖是个生来便有缺陷的孩子，脑子不太好使，也说不太清楚话，一着急了嘴就歪还会流口水，连两只脚也是各有各的长度，走起路来时高时低，摔跤是常事。请大夫瞧过，说是胎里带来的毛病，治不了，就这么养着吧。

老白看见白糖就头疼，他们说的许多话白糖理解不了，经常让他往东他往西，犯了错也不知道那是错，只会傻笑，下次还犯。老白急了上手就打，吓得白糖东躲西藏，渐渐就有了个乱跑的习惯。白嫂也难受，但除了习惯还能有什么法子，不见了就去喊，总能把他喊回来，幸好在这一点上他还算听话，只要听到母亲的声音，就会从各种莫名其妙的地方钻出来。

白糖比他大两岁，白家堡里，大概只有他们两个的童年是重叠的，白糖没有朋友，他也没有，可他觉得跟白糖也做不了朋友，他太傻了，又听不太懂话，只会像跟屁虫一样在他身后，看他得闲时就把自己捡来的石头或者野花或者一只毛毛虫反正是他觉得有意思的东西塞给他，石头野花还好，毛毛虫吓了他半死，追着白糖打了半里地，而白糖只会边跑边叫一脸委屈。

他读书时，白糖也会凑过来看，一看见那张找不到任何优点的脸，他总是不耐烦地把他轰走，可轰走他他一会儿又来看，他也没办法，只能随便拿个果子或者九连环之类的小玩意儿给他，他才会老老实实去一旁玩儿。

不过，最近两年他好像稍微靠谱了一些，起码可以把放羊这件事做得不错了，他似乎特别喜欢跟羊群待在一起，经常欢天喜地地跟在羊屁股后头疯跑，手里的鞭子永远只是个摆设，他从来不打它们。

只不过说不见就不见这个毛病还是没改，天晓得今天他又藏到什么奇怪的地方去了。

缕缕寒风从柴房的各个缝隙里渗进来，又冷又饿又疼的他打了个寒战，把旁边的一堆干草扒拉过来盖在身上才稍微好了一些。

努力睡过去吧，睡着了才能不冷不饿。他蜷起身子，迷迷糊糊地闭上眼睛。

不知过了多久，有人笃笃地敲着柴房的门。他从一场乱梦中醒过来，又听了听，确定不是幻觉。

"谁啊？"他问。

没人说话，只有一个拿油纸包着的玩意儿从门缝里用力地塞了进来。他挪过去拿起来，拆开，竟是一个还热乎乎的肉饼。激动之余，他贴上门缝朝外看，居然是白糖傻笑的脸。

"怎么是你呀！"他皱眉道，"你娘喊了你大半天了，你还不回去！"

"吃……吃饭！"白糖吸了吸鼻涕，"饿了……不好。"

他不知道白糖从哪里搞来的肉饼，也不想追究了，他太饿了，正要吃，却又停下，问："你吃过饭了吗？"

白糖老实地摇头。他叹口气，把饼子撕下一半塞了出去。结果又被塞了回来，他又塞出去，如此往复了好几回，他又不耐烦起来："让你吃你就吃，不准再塞回来！"

他只要表现出生气的样子，白糖的理解能力好像就能提高起来，终于不再塞回来了。他松了口气，大口大口地嚼起来。门外，白糖坐在台阶上，也大口大口地嚼着。

偌大的白家堡里，只有一个脑子不好用的白糖记挂着他有没有饿肚子。

那件事之后，他哪怕是远远看见小少爷的身影，脊背上都会起寒意。他决定从此之后，在这个人面前当一个永远的哑巴。

但他很快就发现了另一件让他觉得阴冷的事情——小少爷最近常叫上白糖跟他们一起出去——可小少爷身边从不缺玩伴，三个同样来自附近镇上大户人家的小公子，以伴读的身份经常出入白家堡。

他们这样的人物，怎会将白糖视为同类。可白糖却高兴得很，也没有被胁迫的样子，乐呵呵地跟着他们。

算了，跟他有什么关系呢，乱管闲事说不定又要挨一顿痛打。

直到有一天，白糖兴奋地跑来找他，拉着他就往羊圈去。原来是母羊生小羊了。白糖高兴得手舞足蹈，好像是他生的小羊一样……但他很快发现白糖有些不对劲，他露出的手臂上有些来历不明的伤痕，所以白糖的表情更怪了，一会儿笑一会儿龇牙咧嘴的。

他问白糖手怎么了。白糖却只是一个劲儿地让他看羊崽。

"是不是小少爷他们弄的？"他瞪着白糖。

白糖却又是傻笑着说："一起……他们……理我。"

这个傻子在说些什么啊……他看了看周围，压低声音道："你以后，离他们远一些吧。"

白糖一脸不解。

"他们不是好东西。"他直言，一想到小少爷，已经愈合大半的伤口好像又疼起来。

白糖看了他半天，又笑起来："高兴！"他放弃了，这个傻子根本不明白自己在说什么，算了，陪他看羊吧。

新生的两只羊羔里，有一只只有三条腿。有缺陷的人养出来的羊也有缺陷，上天真是爱开玩笑。老白过来后，说这羊崽子留着也不中用，要拿去溺死，可白糖抱起它就跑，从不知道他居然能跑这么快，老白追断气也追不上他，只好作罢。从此白糖特别照顾这只三脚小羊，吃住都同它在一起，生怕它冷着饿着吃不上奶。

在白糖的悉心照料下，三脚小羊长得飞快，虽然只有三条腿，却跟一条欢实的小狗一样，蹦蹦跳跳地跟在白糖身后。最好笑的是，白糖也管小羊叫白糖，他把自己的名字都分给它了。

那天，他得了一个竹蜻蜓，想着这么无聊的东西白糖可能会喜欢，便带去找他。这段时间，白糖几乎把羊圈当作了自己的家，也不乱跑了，一找一个准。

他找到白糖时，白糖抱着小羊坐在羊圈外的石头上发呆，脸上糊着没擦干净的黑灰，几个被烧出来的破洞大大小小地铺在脏兮兮的衣服上，头发也像被猪拱了一样乱糟糟的，一见到他，白糖立刻高兴起来，就是笑起来有些费劲，眼角似乎有伤。

他皱眉："你怎么搞成这个样子？"

白糖笑嘻嘻地比画着："砰砰！好玩！"

"是不是他们拿炮仗扔你了？！"他提高了声音，有些生气。

白糖还是嘻嘻地笑，又点头又摇头："不怕！"

"不怕？你不疼吗？差点就伤到眼睛了！"他看着他眼角的伤，脑子里已经情不自禁地补上那群人是如何把白糖当猴子一样捉弄戏耍的场面。

白糖不理解他为什么那么生气，赶紧拉住他的手往小羊脑袋上凑："摸摸！开心！"

"我不摸！"他把手抽回来，蹲下来认真跟他对视，"白糖，你听得懂我的话的对吗。"

"啊……"白糖歪着脑袋看他。

"以后他们再喊你一道，你就跑，像当初你当着你爹的面抱着白糖逃命那样跑！不要让他们抓到你！不要相信他们！"他咬着牙一字一句警告。

白糖似懂非懂地噘起嘴，又拉着他的手去摸小羊的脑袋："摸摸，不气。"

他叹了口气，无奈地摸了摸另一个白糖的脑袋，毛茸茸的，很好摸。这个傻子啊，以为摸一摸自己视如珍宝的羊就能让一切都好起来。他的手从羊脑袋上挪到人的脑袋上，揉了揉："等我们长大了就好了。"

长大了，就有力量跟怪物们对抗了吧。现在的他们，只能挨打以及逃跑。可是，对面明明也只是孩子啊。

这一天，他的心情很不好，仿佛被炮仗伤到的人是自己，可如果真的是他，他的结果难道会跟白糖有什么不一样吗。

他坐在白糖的身旁，看着这个从自己五岁时就住进来的白家堡，突然觉得自己好像从来没有住进来过，也从来没有真正看清楚这里到底是什么样子，只觉得沮丧，甚至恐惧。

或许白糖才是真正快乐的，只要吃饱喝足，只要他的羊健健康康长大。

从那天之后，他对读书与习武这两件事变得积极了，莫名觉得只有这两件事才能成为他飞出既定命运的翅膀。字是他从小就开始认的，他爹无所谓，但他娘很坚持，说不能当睁眼的瞎子。好在白家堡为了彰显自己的格局，请了老先生住在这里，专门负责教家中下人们识字读书，只可惜学生不多。因为大多数人认为自己的生活跟认不认字没啥关系，反正在白家堡当一辈子下人罢了，又不考状元，一眼看到头的日子，何必多费心神。但只要老先生上课，他必不缺席，以前他也觉得读书无用，但现在他只恨自己读书不够多，只盼着有一天也能出口成章下笔有神。

除了读书，习武成了他的另一个目标，在白家堡中给家丁们教授拳脚功夫的武师与他爹关系不错，不知是逗他爹开心还是真心话，反正武师夸过他身板硬实头脑灵活，是个练武的料子。那天趁武师跟他爹喝酒喝开心了，他跪下就喊师父，武师也不好推脱，只得收了这个找上门的徒弟，得空时教他几招。

一直模糊的人生，渐渐在变得清晰。

他只跟白糖说过自己想象中的未来，他说自己盼望长大，并且盼望自己长成一个很好的大人，要做官要有钱，要文武双全，这样就能保护自己，也能保护别人。白糖当然是听不太明白的，他只会抱着他的羊傻乎乎地问他如何能长大。

他笑着拍了一下他的额头，随口玩笑道，只要多攒钱就能长大了，然后看着白糖迷惑挠头的样子，把甜脆的果子塞到他嘴里。

两个在白家堡中微不足道的孩子，坐在羊圈外头，难得轻松地晃着腿，看夕阳西沉，万物宁静。

可是，在他期待的未来还在远处时，白糖出事了。他永远记得那个深秋的下午，一个比噩梦还要可怕的时刻。

白糖又不见了，不在羊圈里，也没有带着羊群出去吃草，他帮白嫂找了许多地方，都没有白糖的踪影。

自从他的生活里有了这群羊之后，这样的事已经很久没有发生了。白嫂有些着急，但也不是太着急，毕竟那是白糖，谁知道他那个简单又混乱的脑子里突然又冒出什么奇怪的想法。可他却隐隐有些不安，因为他经过小少爷专用的书斋时，本该在那里读书写字的人，也不见踪影。

本想问其他人有没有看见小少爷，但自从鸡腿那件事之后，他连"小少爷"这三个字都很难说出口，莫名的排斥与恐惧，让他总觉得说出这三个字就会毒死自己一样——他害怕这个与他年纪相同的孩子，不管他愿不愿意承认。

他没有问任何人，却鬼使神差地走出了白家堡的大门，会不会跑出去了呢？

围着白家堡外头跑了一圈，还是没有。他累得气喘吁吁，在心里祈祷白糖千万不要有事。

一阵风沙袭过，他眼睛进了沙，揉出眼泪才好，也是这时，他似乎听到一阵熟悉的咩咩声，但声音非常微弱，若有若无，都不确定是不是他的幻觉。

他侧身往风沙刮来的方向看去，灰暗土黄的远处，什么都看不清，他只记得往那个方向过去只有一座许多年前就有的瞭望台，很高很旧，据说是从前驻扎在此的军队留下的。因为离宅子远不碍什么事，白家也一直没有拆除它，反正此地景色单调，就当个摆件儿留下了。

平日里基本不会有人往那里去，但他此刻的目光却像被粘住了一样，始终不能从那个方向移开。

还有那几声羊叫，真的只是幻觉吗？

他的心跳变快了，犹豫片刻后，他终是匆匆朝瞭望台跑去。那时他已经随武师练了一小段时日的功夫，体力好了不少，跑得也比平时快许多。

离瞭望台越近，他越确定一件事——不管刚才听到的羊叫是不是幻觉，现在听到的，一定不是。

羊叫声越来越清晰，也越来越尖锐而凄厉。夹杂其中的，还有属于人类的，嘻嘻哈哈的笑声。羊不该在这个地方，人也不该。

他跑得太快了，从胸腔到喉咙，弥漫出了血腥的甜气，连呼吸都刺痛。

当瞭望台完整地出现在他眼前时，他愣住了。系在瞭望台顶端围栏上的麻绳，将三只脚的白糖吊在半空中，除了恐惧，被死死勒住的腰部肯定还很疼，它不断扭动挣扎，叫声却越来越弱。

跪在围栏边的白糖号啕大哭，也不管麻绳割不割手，拼命地将绳子往上拽。他只觉得脑子里嗡的一声响，翻腾起来的血气差点从心口冲出来。

小少爷跟他的两个伙伴轻松地横抱着双臂，仰头观看着半空中的拉扯，如同看一场好戏。一辆马车停在旁边，马儿大概是被羊叫声吵到，焦躁地晃着脑袋。

听到动静，他们回头，眉宇间带着些微的紧张，而发现来者是他时，小少爷顿时笑了，轻松且轻蔑地看着他："你也来啦。"

他没答话，冲到瞭望台下，冲着上头大吼："白糖你给我下来！"

白糖哪里肯听，手勒出血也不肯松开，哭得比什么时候都大声，撕心裂肺地喊："白糖……不能死……"

白糖虽然还是一只小羊，却也有了好几十斤的重量，这样吊在半空，靠他一个人是救不了的，何况那条细细的绳子已经有了承受不住的迹象。

"你不要乱动，我上来帮你！"他飞快跑过去，心里估算着从底下爬上去大概要多少时间，只要白糖不乱来，不会有问题。

其余三人，仿佛得了更大的热闹，看得颇有兴致，甚至开始讨论他爬上去之前绳子会不会断。

他踩着嘎吱乱响的楼梯，脚步快得要擦出火星子，只要够快就能结束这场恶意满满的戏弄。

可是，他刚刚爬过一半时，突然觉得眼前有什么东西飞快地落了下去，带起一丝不该有的风，拂动了他额头前的碎发。

咚！

咚！

两声闷响。他的心猛然沉下，好像消失在了身体里。

从楼梯上看下去，凹凸粗糙的地上，两个白糖静静地躺在一片红色里。

差一点，他也从楼梯上栽出去，身体根本不听使唤，在危险的地方轻飘飘地胡乱摇晃。眼前的一切都搅和在一起，成了巨大的黑色旋涡，再一股脑儿撞上来。他觉得自己身上的每根骨头都碎了，根本支撑不住身体的重量。

扑通一声，他跌坐在楼梯上，但一眨眼的工夫他又重新站起来，连滚带爬地滑了下来。

"白糖！白糖！"他跪在白糖身边，想抱起他却又怕伤他更多，只能拍着他的脸颤声大喊，"你别吓我，你醒一醒啊！"

白糖的眼皮动了动，终于睁开了一半。

他激动坏了，握着白糖的手："没事的，我马上带去你看大夫！"

"白……糖……"白糖的嘴唇翕动着。

他朝另一边看了一眼，皱眉，撒了谎："白糖没事，我刚刚看了它的，能救。"

白糖松了一口气，又说："心……心……"

"心怎么了？是心口疼吗？"他急得要哭出来，"你忍一忍，我们马上就回去！"

白糖看着他从未有过的难过模样，费力地抬起手，想摸摸他的脸，然而最后一丝力气突然溃散，失去温度的手终于无力地落回地上，再无动静。

"白糖！你睁开眼睛跟我说话！"他一把抓住白糖的手，惊慌失措间拼命对着这只手呵气，"你别睡过去，跟我说话呀！"

另一边的三个人，脸上终于有了几分慌张。其中一人过来，壮着胆子查看一番，又伸手探了白糖的鼻息，吓得一缩脑袋跑回来，哭丧个脸对小少爷道："不成了，人没了。"

另一人也慌了，结巴着拉住小少爷："怎么办？闹出人命了怎么办？是您非要把他的羊吊起来……"

啪！一记响亮的耳光甩出去，打得对方一个趔趄跌坐在了地上。

"慌什么慌！"小少爷咬牙切齿道，"有我在，你们怕什么！"

另两人都蒙了，既不能控制自己的恐慌又不敢再过分地表现出来，只能捂着脸，哆哆嗦嗦地站在他身旁，等他的命令。

小少爷深吸了一口气，走到白糖身旁。

他都没有觉得旁边多了一个人，只不断喊白糖的名字并使劲揉搓白糖的手，他现在只会像个傻子一样反复做这两件事了，整个世界在他眼中紧缩成了一团黑点。

"他死了。"小少爷冰冷的声音从高处落下来。

他没有回应，只是觉得用力过度的手越来越重，动作越来越慢，呼喊也越来越弱。

不知过了多久，眼前那一团无法穿透的黑点终于有了一丝裂缝，他总算能模糊看到小少爷的脸了。多好的一张脸啊，人们常说的人中龙凤，就应该长这样的一张脸吧，唯一不好的，是背光而立让这张脸上多出了形同鬼魅的阴影。

"你害死了白糖。"他轻轻地说。

小少爷嘴角一扬："此话不对，怎能算在我头上。明明是那傻子自己不当心摔下来的，我们谁都没碰他。"

他开始颤抖，从嘴唇到牙齿到全身——如果现在手里有一把刀的话……

"想对付我？"小少爷又一笑，"在你动手之前最好想清楚，第一，他已经死了，你无论做什么他也不会活过来。第二，一个鸡腿就能让你被打个半死，那如果我跟所有人说是你带着他跑到瞭望台上玩耍……你觉得白家堡里的人，包括你爹，信谁？第三嘛……"他顿了顿，眼神展露着与他的年纪完全不符的心机与城府，"你爹做梦都想当白家堡的大管事吧，其实只要我稍微说几句话，现在的大管事也不是不能告老还乡。"

一个字，一把刀，轻易击中他最不堪一击的地方。他想象中的武器像个气泡一样消失了，攥紧的拳头不由自主地松开，他如同一座被抛弃的石像，无力又憋屈地跪在白糖面前。

"你今天没有来过这里，什么都不知道。"小少爷仿佛洞悉了他的心，满意地伸出手摸了摸他的脑袋，像摸一只被打怕了不敢反抗的狗，"回去把弄脏的衣裳换一换，该做什么做什么去吧。"

他本能地偏了一下头，避开了对方的手，咬紧牙关道："为何你要如此对待我们？我们并没有招惹你！"

"这个嘛……"小少爷故意摆出思考的样子，不知道想到了什么好笑的事情，从鼻子里哼笑出来，"你们这些人，不就是拿来如此对待的吗。"

他愣住。世界再一次紧缩成让他无法呼吸的样子，他又看不清眼前人的脸了，只觉得对方的身躯在无限膨胀，膨胀到无限大，最后长成了红眼獠牙的怪物，而他，只是怪物眼前的一粒微尘。

"那现在怎么办呢？"

"就让他躺在这里吗？很快会被发现的。"

"挖坑埋了？"

"你们也是傻子？挖坑太费力气，扔去黑沙地好了，那里的流沙坑多得是。反正这傻子经常乱跑，迟早下落不明。"

冷漠的声音像是从另一个世界飘过来的。

待他清醒过来时，白糖跟他的白糖已经被搬进了马车，车窗上露出小少爷的脸，冲他笑了笑，还做了个告辞的手势。

马蹄声渐渐远去，他仍然跪在那里，呆看着只留一片深红的地面。他想哭，但是眼睛却那么干，挤不出一滴眼泪，从骨骼到血肉，好像都被榨干了，他现在不是一个人，只是一张空空的皮囊，残破丑陋且没有自我，由人摆布。

风沙越来越大，他没有躲避的意识，只觉得再大些才好，大到能埋掉自己。

他不记得自己是怎么走回白家堡的，只记得回去时，白家堡里还响着白嫂长长的呼喊——白糖！

如他们所预料的那般，没有人把白糖的失踪当作一回事，甚至老白自己都毫不着急，让白嫂别找了赶紧做饭去，死孩子玩够了自己会回来的，不回来也无所谓。

白嫂看见他回来了，叫他，叫了好几声他才停下。

"去哪里玩耍了，弄得这么脏。"白嫂嗔怪着，像对自家孩子一样伸手去拍他一片狼藉的衣裳。

他下意识地躲开，自己胡乱拍了拍，生怕白嫂看出他身上那些白糖留在世上的最后的痕迹。

"没留心掉坑里了。"他搪塞过去。

"以后小心些啊，折了腿你娘要心疼的。"白嫂叹气，又问，"还是没瞧见白糖对吧？"

他心头一激灵，在说与不说之间短暂地犹豫了片刻，终是艰难地摇了摇头："没……没瞧见。"

"这孩子的毛病是改不了了，唉。"白嫂沮丧地离开了。

他看着她已见佝偻的背影，张了张嘴，却什么也说不出来。

那一夜，他觉得非常冷，拿被子将自己紧紧捂住，捂到不能呼吸也不肯把脑袋露出来，因为只要钻出来就会看到白糖躺在地上的样子，还有小少爷在马车里对自己微笑的脸。

天没亮时，他终是跑了出去，偷偷牵了一匹跑得最快的马出来，找个理由骗过了守门人，不要命地往黑沙地奔去。不知道为什么，他就是发了疯似的想往那里去，不管有没有意义。

黑沙地的传说他听人说过许多次，什么鬼灯，什么沙鬼，他一个都没见过，也不信。他只知道那是一个人迹罕至的地方，除了颜色不对，还有神出鬼没的流沙坑。

当他一身沙子出现在那片黢黑的沙地前时，没有意外，更没有惊喜，迎接他的只有空无一物的寂寥与荒芜。

他下了马，从慢到快，从面无表情到疯狂哭号，脚下的黑沙地成了通往炼狱的路，每一步都生出锋利的刀尖，他不管不顾地奔跑，甚至盼望着下一步便踩进永不翻身的流沙坑里。

但是，他没有如愿，一个流沙坑都没有被他遇到。所谓绝望，大概就是从自己到整个世界全部碎成渣，连神都无法拼凑还原。

力气彻底没有了，他趴在冰凉的沙子上，大哭，这是他此刻唯一还能轻松做到的事。白糖的名字，一遍又一遍从凄凉无助的哭声中落到沙子里，再散落到四面八方的虚无之中。从他对白嫂说出"没瞧见"三个字时，不论他承认与否，他已经从怪物的对面，站到了怪物的身旁。

夜色重临，阵阵冷风像巴掌一样狠狠拍在他的身上，他猛然惊醒过来，继而才发现自己不知道在什么时候竟哭到昏厥过去，眼睛肿痛到快要爆裂，嗓子也干得冒出火来，此时若有一面镜子，镜子里的脸一定丑陋不堪。

他费力地撑起身子站起来，一回头，却倒抽一口冷气，连退好几步后又跌坐在地上，瞪大了血丝遍布的眼睛，惊愕地看着出现在他背后的东西——从头到脚黑布裹身的男人，幽灵般飘在沙地上，陷在阴影里的脸如同另一个黑洞，根本看不清五官，几盏金光闪烁的灯飘在他的身旁，居然瞪着圆溜溜的眼睛，叽里呱啦地冲他喊着什么，听不懂，但肯定不是好话。

这是在做梦吧？世上哪来黑烟一样飘荡的人，又哪来长眼睛的灯呢！肯定是陷在噩梦之中却误以为自己醒了。

男人做了一个停止的手势，灯盏们立刻不说话了，男人微微俯下身子，很是头痛地打量他："小孩，你怎么那么能哭啊？"

他有些害怕地往后挪了挪。

"太吵了啊。"男人叹了口气，"你这样会影响我的睡眠。"

他的嘴唇微微哆嗦着："对……对不起。"

男人打了个呵欠，以一个十分舒适的姿势侧躺在半空中，几盏灯非常识时务地当了他的靠垫。

这一定是梦了，他更确定了。

"这样乱跑乱哭，随时会陷进流沙里。"男人指了指地面，"这里不是你这样的小孩该来的地方。"

"我……我来找人。"他解释，又怯怯地问，"您是……"

"我住在这里。"男人爽快地回答。

"可这里……"他左右看了看，"没有能住人的地方啊。"

"我不是人。"男人脱口而出。

"那您是……"

"神仙。"

"神仙不都住在天上？"

"神仙就不许搬家了？"

"哦……"

神仙是可以帮凡人实现一切愿望的吧，他突然看到了一丝希望，梦里果然什么都有。

男人似在仔细打量他，看了许久才说："小孩，你到这里来找谁？"

他的心立刻抽痛起来，飞奔到这里，只为了找一个根本就找不回来的人，这种毫无意义的行为，连他自己都觉得羞耻，司徒明灯你装什么好人呐，你明明也往他的身上刺了一刀。

"我……我来……"他嚅嗫着。

"算了算了，你找谁跟我也没有什么关系。"男人摆摆手，又看了他好一会儿，突然问，"你知道你身上有东西吗？"

他低头看了看两手空空的自己，摇头："我什么都没有，只有一匹马跟着我，但那匹马也不是我的。"

"你有双身。"男人说出一个他闻所未闻的词，又啧啧道，"这两天是怎么了，一个接一个的来，还都是这般大的小破孩儿。"

"双身？"他又看了看自己，仍是那个一无所有的自己，"那是什么？"

"你看不见。"男人说，"做了极恶之事的人类，就会长出这个东西。"

极恶之事四个字如惊雷落下，而他像一棵被劈中的树，僵在那里，等待下一刻的四分五裂。

"长出这个东西会很麻烦。"男人又打了个呵欠。

他有些紧张："多麻烦？"

"它会一直跟着你，再反复念叨你将来会以怎样一种糟糕的方式为你当初的恶行付出应有的代价。"男人说得很耐心，"它那张嘴啊，说什么都会灵验的。"

他愣了很久，大概是对面说的每个字他都懂但是连在一起就成了听不懂的天书，但，他还是想努力去抓住什么，因为他觉得这些话里有他想要的救命稻草。

"是什么代价？"他的声音非常小，生怕自己问错了问题。

"可能会死哦。"男人直言，"如果它认为你需要用生命作为代价的话。"

"真的？"他的眼睛居然亮了。

"你是怕还是不怕？"男人对他的表情感到迷惑。

"那是我欠白糖的。"

他的嗓子嘶哑得很，最初的紧张与恐惧已不见踪迹，他望着这个梦里的陌生人，或者是神仙，随便吧，只要有个人在对面就可以了。

从白糖的名字到害他被打的鸡腿，从白嫂日复一日的呼喊到羊圈外的夕阳，从他对白糖说"长大就好了"到瞭望台下的一片血色，他把关于白糖的所有，能说的不能说的，都痛快淋漓地倾吐了出来。

男人听得津津有味。

"白家堡里那么多人，只有他惦记我有没有饿着肚子。"他又哭了，说出来的每个字都擦着他的咽喉，像刀片划过去，"而我只能眼睁睁看他死在我面前，并且告诉所有人我并没有看见他的死亡。"

说罢，他抬起头，双眼赤红地望着男人："您说我身上的'东西'，会让我付出生命作为代价？"

"你叫什么名字？"男人答非所问。

他愣了愣："司徒明灯。"

"这个名字我很喜欢。"男人笑了笑，指着身下的灯盏道，"我日常的爱好就是制作各种各样的灯，今日遇到你这盏灯，算是有缘。"他挠了挠脑袋，似做了一个很慎重的决定，"这样吧，我大方一回，看在你名字的分上，送你个小礼物，你身上的东西，我可以让你摆脱它，之后你尽可以自由自在地生活下去，不用担心命途多舛甚至死于非命。"

"不！"他斩钉截铁拒绝，"不要让我摆脱它，求您了！"

"啊？我还从没遇到过会拒绝这种好事的人。"男人不解，"你确定？"

他用力点头："我不需要它离开我，它应该跟着我。"

"啧，行吧，既然你坚持，我也不勉强。"男人想了想，又道，"要不给你换个礼物吧，来都来了，总不好让你空手回去，你想要什么？"

"我想要白糖活过来。"他脱口而出。

"他本来就没死啊。"男人顺口道。

"啊？！"他瞪大眼睛，以为自己听错了。

"有几个小孩儿把他扔到这里，被我的灯瞧见了，它们将那只剩一口气的孩子抬到我面前。"男人叹了口气，"可怜呐，从很高的地方摔下来的吧。"

他确定自己没有听错，身上突然有了新的力气，一下子跳起来，激动地问："您说的是真的？白糖真的还活着？"

"遇不到我当然就不能活了。"男人颇有几分得意，"算他走运。"

"他在哪里？我想见他！"他迫不及待道。

"你现在可不能见他，我把他放在结界中疗伤，不能被打扰。"男人认真道，"你要想见他，最少二十年后再来吧。"

"二十年？"他皱眉，"要那么久才能治好他吗？"

男人哼了一声："你还嫌长？要不你现在就把他领回去埋了吧。我还懒得治了呢。"

"不不不，我不是这个意思，您不要生气，二十年就二十年，我等！"他扑通一声跪下，使劲儿给男人磕头，"多谢您！多谢您！"

"起来吧,我最受不了人家给我磕头了。"男人伸了个懒腰,"哦对了,你等一等,我给你个小东西。"

"什么?"他话音未落,男人和他的灯已经化作一阵烟雾,消失了。

他看得呆了,果然是神仙啊!

片刻之后,男人再度出现在他面前,手里多了一块拿细绳拴起来的小石头。

"拿着!"男人把石头扔给他。

他手忙脚乱接住,一看,石头上歪歪扭扭刻着"白糖"二字,字虽丑,然笔画有力,且有赤金光芒流于其中,看上去就不是凡物。

"此乃天界'赦生石',我已将白糖的性命与之相连,只要光芒还在,说明白糖就还活着,你带在身上,好好过日子去吧。"男人严肃道,"记住,此乃神物,要视若珍宝!"

"我发誓我会拿性命保护它!"他捧着这块石头,喜极而泣,破碎的世界竟然有了愈合的可能。

"以后不管遇到什么破事,都不要再号啕大哭了,没用,只会扰人清梦!"男人挥挥手,"走吧。"

不等他再说谢谢,男人已经不见踪影,随之而来的一阵怪风,吹得他头晕目眩,竟一头栽倒在地,不省人事。

直到翌日清晨的阳光落在他脸上时,他才缓缓醒转过来。

脑子里混沌了许久,什么也装不进去,什么也想不起来,他茫然地坐起来,用力甩了甩头,四下环顾,除了一匹马,依然是看不见活物的黑沙地。单调的颜色,枯燥的气氛,没有任何变化,他发了很久的呆才想起自己是怎么来到这里的,还有那个奇怪而漫长的梦……男人的样子在脑中渐渐清晰,长着眼睛金光闪闪的灯,以及他对自己说的每句话,都一一浮现——这个梦太真实了。

他叹了口气,正要起身,却发现自己手里紧紧捏着一个坚硬的小东西,他心下一惊,缓缓摊开手,一块写着白糖名字的石头静静躺在掌心,笔画间金光流转。

他愣愣地看着它,许久,眼泪掉下来。原来……不是梦啊!丢失的未来,竟然回来了。

他跪在那里,把石头双手捧在心口,再次号啕大哭。

无论他身上的"东西"要如何对待他,他都无所畏惧了,只要石头上的光芒还在,他就会努力长大,希望还能有机会长成自己希望的样子,然后在二十年之后,带着一大堆好吃好玩的东西,再牵上几只小羊,热热闹闹地来接那个傻孩子!

一定!

11

祸斗一脸无辜地看着桃夭跟司狂澜:"对这个小孩儿我已经格外开恩了,是他自己的选择。"

两人都没有说话,连一贯找不到多少正经表情的桃夭,都一脸凝重,两个孩子的往事,过于沉重了。

良久,桃夭对司狂澜道:"他……羡慕你长成了很好的样子。"

"我现在明白了,为何他的理想是做官。"司狂澜望着司徒明灯,眼神恍如隔世,"不站在他以为的足够高的地方,便拿不到斩杀怪物的刀。"他微微皱起眉头,隔了好一阵子才说:"但就我所知,监镇一职,多为武人……或贬官出任。"

祸斗越听越不明白:"啥意思?"

"以他这样的出身与性子,想在官场之中搏出一条青云路,太难了。"桃夭遗憾道,"他最终还是没有拿到他真正想要的刀。"

司狂澜沉默许久,回头看着祸斗:"为何要对他格外开恩?"

"我不但能看见双身,还能通过双身看见它们长出来的全部原因。"祸斗笑了笑,"你们也知道,这些原因一个比一个难看,看得多了,连我的心情都会不好的。那天夜里,我闻到了久违的双身的气味,还不止一个,我虽然饿得难受,但好奇心比饥饿感还重,所以以妖气化形,往地面上去瞧了瞧,正好看见那三个家伙把白糖搬下来扔在沙坑里。我很少在这个年纪的人类身上看到双身,当我看到这些双身的来历时,我都难过了。当然,我什么都不会做,只会看着他们若无其事离开。收回妖气后,我又总觉得事情还有些不妥,便让它去把白糖带回来,若真的无力回天,埋在我这里好歹也热闹些,总胜过当一副无名无姓的沙下枯骨。"

桃夭疑惑道:"你带回白糖时,他真的还有一口气?"。

"真有。"祸斗点头,"那孩子的生命力强得让我惊讶,那么高跌下来,又被扔到沙漠里,居然还能留一口气同我说话。"

"他说了什么?"

"就一个字……"祸斗指了指自己的心口,"心。"

司狂澜皱眉:"白糖对他说的最后一句话,也是这个?"

"什么意思呢?"桃夭挠头,"白糖这么执着于这个字,一定是一件非常要紧的事。"

"不是一件事,是一件东西。"祸斗揭开谜底,伸出爪子比画出一个圆形,"他贴着心口藏了两枚铜钱。"

"铜钱?"桃夭与司狂澜对视,聪明如他们,一时间都想不出铜钱有什么特别的意义。

"看吧,连你们都没有留意到。"祸斗叹气,"其实我也想了很久才想到,司徒明灯曾经安慰白糖说,长大就会好了,而白糖就问他怎样才能长大,他只是玩笑了一句……多攒钱就能长大。"

谜底揭晓,两人愣在那里,桃夭只觉得鼻子突然酸酸的。是啊,连他们都没有留意到的"玩笑话",白糖却认真地照做,为了他口中那个会变好的未来,甚至在生命的最后一刻,也要努力把这份自己信以为真的力量交给最信任的他。

以白糖的处境,能攒下两个铜钱,一定费了很大的力气。想到这些,司狂澜的眼睛湿润了。

桃夭难过之余,突然觉得漏掉了什么重要的东西,她迅速回头,目光锁定了一直守在司徒明灯身旁的那盏灯上,拴在它脚上摇摇晃晃的东西,分明是两枚老旧的铜钱。

她拽了拽司狂澜:"看那盏灯的脚!"

司狂澜看了,面色微变。

"这盏灯从一开始就跟司徒明灯特别亲近,扛着他跑了不说,现在又寸步不离。"桃夭越想越可疑,"我起初只当你的灯都是没脑子的小怪物,做出来的蠢事情也不能深究,现在看来,这盏灯是不是有什么玄机?"

"呃……也不用瞒你们了。"祸斗吸了吸鼻子,说,"白糖那个样子,莫说我了,就是你桃夭也不可能救得回来,在他断气之前,我问他愿不愿意当一只妖怪,并且坦白地告诉他,只有这一个法子,才有可能与司徒明灯重逢,亲手把你想给的东西交到他手里。"

"你疯啦?"桃夭看它一本正经的样子,难以置信道,"你用妖气把一个濒死的人类变成了妖怪?你知不知道这么做等于两边犯事?昆仑那边先不说,人死当归泰山府界,你半路拦截,扰乱生死,是真不怕泰山府君跟你算账啊?如今连我都不敢随便沾染人命,你比我还狠呐!"

"你是不是也饿傻了?"祸斗慢吞吞道,"我一个昆仑的通缉犯,昆仑的规矩还能管得了我?还有,白糖是活着的时候点头同意的,又不是死了我不让走,泰山府君能跟我算哪笔账?"

桃夭眨眨眼,虽然听起来都是歪理,但好像也没说错……

"你把白糖变成了……灯?"司狂澜虽然很不愿意相信这种离谱的事,但如果是真的,或许不是一件坏事?

"灯是我拿这里的黄金加上我的妖气一盏一盏做出来的,我最擅长做灯了。"祸斗对着那盏灯招了招手,"你过来。"

灯盏不是很情愿地离开司徒明灯,飞到祸斗面前。

祸斗把金光闪闪的它提在手中,说:"灯,得有灯芯才能点亮。光芒能透金石铜铁的灯芯,唯活物化妖方可成之。"它顿了顿,把手里的灯举起来:"所以我把白糖化成了一根灯芯,妖怪灯芯。"

司狂澜恍然大悟:"难怪只有它对司徒明灯如此特别。"他顾不得去追究此刻心中是悲是喜,又问它："白糖虽变了模样，但还是记得他的？"

"按理说它已经是灯芯了，所以只会成为一个没有记忆且思维简单的小怪物。此番它对司徒明灯的行为，我也很意外。也许，记住他已经成了白糖刻在灵魂中的本能，不管变成什么模样，本能都不会消失。"它又挠挠头，"其实我之前想的是二十年后，若司徒明灯真回来找它，我便跟他说实话，如果他愿意的话，我会让这盏灯跟他一起离开。"

桃夭又有地方想不明白了，问："你没有吃掉司徒明灯的双身，也知道他的结局，为何觉得他能赴二十年之约？"

"我尊重他的意愿，没有吃掉他的双身，但我觉得他也许有机会自己吃掉它。因为他那么快就赶来了，还在我头顶上哭得那么伤心。"祸斗看了一眼司徒明灯，"能真正意识到自己犯下的罪过，能诚挚忏悔，能尽力弥补，便有机会让双身减弱，甚至消失，但需要很长的时间。我想，二十年应该够了，拿赦生石给他，并非为了骗他，是给他一个机会，希望他能尽可能正常地活下去，有足够的时间与力量去慢慢吞掉自己的双身。如此，也不枉白糖一番心意。"它放开灯盏，看着它又匆匆回到司徒明灯身边，认真说："这是我能想到的，最好的方法。"

"它一定还记得他。"司狂澜的视线一直跟着那盏灯，"难为你自身难保还替他们考虑周全。"

"嗯，那是。"它突然又觉得不对，"你在夸我还是骂我？"

平日里的桃夭听到他们的对话一定会笑出来，但此刻她笑不出来，因为事实是祸斗的用心良苦，却终究没有改变他的结局。

"他明明已经是一个很好的人了，也许只要再多给他一些时间，一切就会不同了。"她无比惋惜，这感觉比她输掉好多钱还要不甘心，"怎么还是说动手就动手了呢，唉。"

司狂澜的心中，是跟她相同的疑问。

"那只有他自己才知道了。"祸斗朝司徒明灯那边努努嘴，"也不知道他还有没有机会说明白。"

"先不说这个。"桃夭突然想到了另一个可以立刻得到答案的疑问，她指着灯，"你说它们都是你做的？如果这盏灯的灯芯是白糖，那其他灯里的灯芯又是什么？还有，你做这么多灯出来仅仅是因为无聊吗？"

祸斗微微眯起眼睛，故意露出一种诡异的表情："你确定连这个也要知道？"

"知道了又怎样？"桃夭昂首道，"还能毒死我不成！"

"嘿嘿，不知者才不罪，你知道了，便有可能被当作帮凶呢。"它煞有介事地警告，"你真要我说？"

"废话多，大不了听完了我立刻去昆仑举发你，记我大功还来不及呢。"桃夭不耐烦地横抱起手臂,"赶紧的!"

"好,是你非要知道的。"祸斗又扭头问司狂澜,"你小子不想惹麻烦的话,把耳朵堵上吧,别听,不是啥好事。"

司狂澜面无表情道:"我一直在做的,就是解决各种不同的麻烦,习惯了,不用堵耳朵。"

"你们两个真是臭味相投。"祸斗意味深长地冲他俩坏笑,旋即站起身,对着远处招了招手,"都过来。"

鬼鬼祟祟的灯盏们这才慢慢聚拢过来,但还是不愿意离他们太近。其实它们只要不乱扔石头,就这么老老实实地飘在空中,那星火点点金光流转的景象还是非常好看的,有一种会让人忍不住双手合十许个愿的神奇与美好,当然别细看它们的脸,因为那些五花八门的表情会破坏氛围。

"我是跟她学到的制灯的本事。"祸斗看着眼前闪烁一片的灯火,"她最喜欢的'手工',就是拿世上的一切东西做成灯盏,金木水火土都可以。我曾问过她,为何单单喜欢制灯,她说,因为灯是火焰表现出的最温和的一面。"

它好像是回忆到了特别美好的部分,眼睛里都有光彩了:"那时的焰君殿里真是美啊,处处灯火,明亮温暖。有时候是仙泉里汲来的水,有时候是从灵山上捡来的石头,总之只要她看着顺眼的东西,都能拿来做成灯盏,我最喜欢看她坐在神树林中专注做手工的样子,好像世间所有的光都落在她身上,好看死了。"它伸手拿过一盏灯,端详着,继续道:"但她做的灯,不仅仅是拿来看的。"

它举起灯,灯光把司徒明灯的脸照得更亮了:"你们应该知道,只要心有恶念,无论过去还是现在,世上就绝不会只有一个白糖或者司徒明灯。她看得多了,心里难过,却又碍于昆仑的规矩不可过分干涉,所以她把那些正好被她看见的,濒临绝境的无辜生命放到了她的灯里,悄悄带回昆仑,以神灵之气日夜滋养,待到他们好转之后,再悄悄送回人界。在这一点上,随意观里的家伙们跟她很像的,只要看见了,就没有办法不管。可她这样的'小动作'还是被发现了,被警告了,被禁止了。我想她也是在那个时候意识到,见一个救一个只是杯水车薪,永远救不完的。"

它放下灯盏,叹气:"她最终的决定虽然令我无比难过,但我并不惊讶。三界万物,既有天生坏种,当然也有生而慈悲,他们都会为自己的本心做出超过限制的举动。我不管旁人心中把谁奉为神明大加膜拜,反正我心中,只有她是心怀众生的神,我只服她。"

"不止服她,你也很爱她,并且很爱那些跟她一样的人,不然你也不会拼了老命帮随意观的人出头了,虽然没有打赢。"桃夭感慨道。

原本一脸深沉的祸斗立刻龇牙咧嘴起来:"后面那句话不用说出来的!"

"我又没有乱讲,事实就是你没打赢嘛。"桃夭嘀咕,又遗憾道,"可惜她走得早,否则高低要去拜会一下,我觉得她肯定会喜欢跟我做朋友。"

"别,被你攀上关系还了得,我都不敢想你拿着那些破玩意儿在焰君殿里到处兜售的鬼样子。"祸斗不客气道。

桃夭一咧嘴:"你还真了解我呀!"说罢又将戏谑之色收个干净,说:"继续说你的灯!"

"我留在这里后,因为灵火离体的缘故,身子再不能去往他处,顶多只能驱策妖气往头顶的黑沙地上做些事情,化个简单的人形在附近溜达溜达,跟司徒明灯聊聊天,又或者在非常状态下把刚好路过的倒霉马车掀翻……"它若无其事地挠了挠鼻子,"但我从住在随意观时就一直在做的事,不能停。"

"你做了什么事?"桃夭记得它在无缺的描述里,不过是一只无所事事的老懒狗。

"哼,随意观的小东西们肯定以为我只是一只无用又爱乱跑的老狗。"它不屑道,"他们却不知道,我不在随意观时,去了多少地方,抓了多少双身。"

桃夭与司狂澜俱是一惊,异口同声:"你抓双身?"

"我不吃,可我没说我不抓呀。"它颇有几分得意,"抓回来的双身,我以自己的身体为封印,把它们都关了起来。"

"啊?"桃夭诧异地打量它,"你为何只抓不吃?能忍住吗?"

"我的意志坚硬如铁,说不吃就不吃。"它白了桃夭一眼,"抓它们,是为了以观后效。如果那些人一直不知悔改,甚至变本加厉,我就把他的双身放回去,该怎样就怎样吧。"

"你不但能通过双身看见他们犯下的恶行,甚至还能监视他们之后的日子?"司狂澜不得不重新审视这个家伙了,它比他想象中更厉害。

"有什么奇怪的?"它一副少见多怪的样子,"双身说到底,也是由这个人本身长出来的,说血脉相连也不为过。即便被抓到我这里,只要它存在,就是那个人永远都甩不掉的自己,一言一行一举一动,都能从双身的眼睛里看到的。"

它指了指它的灯盏们:"我被困此处后,也想过干脆就不管了吧,本来年纪也大了,还饿,管那些闲事做甚,光守着这个洞就算对得起天地良心了。但我只闲了不到一年就不行了,这里的日子实在无聊,我想来想去,觉得不妥,还是得找点事情来打发时间。正好这是座金矿,虽然废弃了,但地下深处还是有不少未得提炼的矿石,人类没机会发现,但我发现了呀。黄金是制灯的最佳原料,因为据说这种东西是天外来物,自带灵气,再配上我的妖气,制出来的便不光是灯了,是可供我驱使的小东西。之后我便操纵它们出去捕捉双身,捉到后便将其封于灯中,若有人肯迷途知返,从此向善,我便让他的双身永远留在灯中,当一辈子的灯芯。"

"你有这么多灯……"桃夭看着空中的它们,"里面都关着双身?"

"大部分吧。"它说,"但都是以前的战绩了。最近十几年来,我没有再抓过,主要是身子越来越弱,即便是操纵这些小东西也越发吃力了,没办法再去离黑沙地太远的地方。想想从前，我甚至还让我的灯悄悄去看过有缺丫头过得好不好，看她把客栈开得风生水起的，也就放心了。虽然今时不同往日，但抓来的存货还有不少，也够陪我一阵了。"

它往灯盏里看了看，指着其中一盏道："你们看那盏灯，带着黑眼圈的那个，它里头的双身年纪最大，起码六十多了，它本该跟着的那个人，不久前又干了一件好事，几十个孩子得了救，我看呐，它要在灯里住到死为止了。你们不知道，没事的时候看看这些双身，等于是看见了外头无数人的人生啊，很有意思的。当然，你们看不见，只有我能享受这种趣味。"

"你这跟偷窥狂没两样吧……"桃夭的嘴里永远说不出让人喜欢的话。

"要不是我现在年纪大了，心境平和了，你早就变成一个烧焦的死丫头了。"祸斗耷拉下眼皮，"好歹也称赞我两句吧！"

"我不会称赞一个往我脸上砸石头的东西！"桃夭也耷拉下眼皮，"还有，你的灯被外头的人称为鬼灯，还说看见了它们就会拉肚子生病。你在这儿还美滋滋呢。"

"胡说八道！怎么会有拉肚子这种谣言！肯定是自己吃了脏东西才会生病呀！"它气呼呼道，"人笨怪刀钝！"

"也可能是普通人的血肉之躯撞上妖气的后遗症。反正还是你的锅。"

"我不背这口锅。就是他们自己太弱自己太弱！"

"你平静一下……"

"你们也看见了呀，你们怎么好好的！"

"我们不普通啊。"

"其实我肚子的确有一点点疼。"司狂澜突然插嘴，"但我可以忍住。"

这……另外两个家伙立刻不说话了。

司狂澜默默数了数这里到底有多少灯，问："我很好奇一件事，你抓了那么多双身，是留下的多，还是放走的多？"

祸斗愣了愣，答："放走的多。"

此言一出，世界又突然安静下来了。良久，司狂澜方才开口："你挚爱的神明，做了一件正确的事。"

"可是，昆仑将此事视为不可为外人知的丑闻，神灵诅咒人类，对他们来说是一件很不正确的事。"祸斗无奈地笑笑。

"没有灯，世界没法在阳光照不到的地方亮起来，尽管你家的照明方式与众不同。"桃夭蹲到它面前道，"她点的灯，起码在我眼里，亮得很，好得很。"

祸斗垂下脑袋，抿紧嘴唇，好像是要控制住自己千万不要哭出来，但还是没控住，两行眼泪掉下来："我一直都很想念她，也希望世界能变成她期待的那样。"

司狂澜拍了拍它的肩膀。

桃夭想说点什么，最终只是伸手摸了摸它的大脑袋。

它哭得更厉害了。

许久之后，桃夭收回手，说了一句："头发真的好少啊……"

大哭的家伙立刻不哭了，涕泪交加地跳起来："你好过分呀！"

"有感而发。"

"你能不能立刻从我眼前消失？"

"现在心情好点了没？不想再哭了吧？"

"不想哭，但想打人。"

"你跟他打吧，我家二少爷身手好棒的！"

悲伤的氛围，终究被某人粉碎了。

不用哭，更不用沮丧，只要世上一直有灯，藏于暗处的怪物终会无处遁形，有人投降便有人举刀，所谓双身，无非因果循环，善恶有报。

○ 12 ○

时间不知又过去了多久。

"你回去吧。我在此处守着他即可。"司狂澜看着桃夭，"下来这么久，上面的家伙们该急坏了。"

桃夭想了想，点点头："行，反正该知道的都知道了。"她又往司徒明灯那边看了看，叮嘱道："大限到时，会有那么一段回光返照的时间，你若有什么话要说的，就抓紧那个时候吧。"

司狂澜点头："多谢提醒。"

祸斗早就不耐烦了，甩着爪子道："快走快走！"

桃夭偏不走，反而凑到它跟前，装模作样地替它把起脉来。

"你又在发什么癫？"它把爪子抽回来，"我知道我体虚气弱还脱发！不用再强调了！"

"我不是给你瞧这些毛病。"桃夭狡黠一笑，"你不是饿得难受吗？"

"明知故问！"

桃夭一拍手："我能治啊！"

它眼睛一瞪："这也能治？"

"我曾治过患有暴食症差点把自己吃死的妖怪，我有一味良药，服下一粒能十年不知饥饿。"桃夭认真道。

"当真？"它眼睛冒光，"一粒管十年？"

"在治病这件事上，我从来不撒谎。"桃夭伸出手，"但你应该也听说过我治病的规矩，要我治你的病，你就得当我的药。"

它皱眉："听说了。"

"那治不治？"

"虽然听起来不是个好事，但再烂的事也比饿肚子好。"

"成交？"

"成交！"

"伸手，盖章！"

一爪一手合在一起，整个过程十分顺利且迅速。桃夭很大方，给了它十颗绿色的药丸。

"一百年后，如果你还活着，我也还活着，我会再来给你送药。"桃夭看自己那只新盖了章的手跟看宝贝一样，心中大大松了口气。

司狂澜看了她一眼。

"那我就先回去了，二少爷你一个人留在这儿没问题吧？郑雨良那厮你回头带上啊！"她眨巴着眼睛看着司狂澜，不等他回答，又一手叉腰指着那些灯盏大声道，"你们都客气点啊！不许再扔石头了！要是打坏我们家二少爷我就把你们全融了拿去打成大金镯子！"

灯盏们叽里呱啦地回她，肯定也不是什么好话。

司狂澜摇摇头，恨不得缝上她的嘴。

"求你了，快走吧！"祸斗拱手。

"好好，走就走。"她正要走，却又退回来，并迅速凑到祸斗面前，吓了对方一大跳。

"你又怎么了！"祸斗急得跺脚。

"我再问一句啊。"她的手指往四面八方画了一圈，"你把这里所有的黄金都拿来做成灯了？你确定一点遗漏都没有？一块有用的矿石都没有？你也是的，多少留一点给后来人啊！"

祸斗的嘴唇抽搐着，转身问司狂澜："你是不是很喜欢她？"

司狂澜跟桃夭同时啊了一声。

"你要不是喜欢她，怎么能忍受跟这样一个烦人的死丫头待在一起啊！"祸斗捶着心口，"哎呀我受不了了，受不了了！你再不走我一定挖个坑把你埋了！"

"好好，我走了我真走了！"桃夭转过身，却又停住，"我怎么走啊？你这儿离上头那么高，让我爬上去吗！"

祸斗一拍脑门，当即招呼了一群灯盏过来："你们，赶紧把她给我抬上去！"

"咕啦嘎嘎！"灯盏们立即领命，簇拥着桃夭往光柱那边走去。

"喂！"祸斗像是突然想起了什么，叫住她。

这回轮到她不耐烦地回头："又怎么啦！"

"你这么贪心,是不是早晚会向昆仑举发我?"祸斗比了个六字,"六千年的蟠桃,你不想要?"

"哇,六千年的蟠桃谁不想要啊!"桃夭眼睛弯成两个月牙,但马上又换了一副不服气的脸孔,"可我们桃都又不是没有几千年的桃子,在这儿显摆什么呢,喊!"说完她才走出几步却又回头,拍了拍心口:"还有,如果我遇到那个丑八怪,一定会帮你把面子捞回来的。"

祸斗愣了愣,笑了,摆摆手:"快滚啦。"

桃夭冲它做了个鬼脸,跟着灯盏们快步离开。

到了光柱前,灵火之下的黑洞再度映入眼帘,如不怀好意的眼睛,与桃夭冷冷对视。

百妖谱是她的心病,这破洞也来凑热闹,百妖谱她尚能找到"偏方"一治,而后者明知是恶疾还找不到根治的方法,甚至连病因都抓不到,对一个优秀的大夫来说这绝对是一种无比憋屈且抓心挠肝的体验。

虽有赑屃祸斗镇守,稍许能让人放心,但它们能守多久?她清楚地感觉到,尽管被压制于下的力量暂无用武之地,但一直汹涌无比。再想到因它而起的"沙鬼"造成的灾祸,得了祸斗盖章的兴奋开心转眼就没了大半。百妖谱已经够让她操心了,为何还要让她遇到这些烦人的洞,给妖怪治病就罢了,难道还要让她给天地治病吗,那是她想治就治得了的吗?

算了,最坏也不过冒死回去跟那个人告状,把这些洞的恶行添油加醋说一遍,天上地下那么多神灵,天有残地有缺这种病,怎么也该他们去治,她操个什么心!不过也是有点怪,桃都天界昆仑多的是眼线,人界有这样恶劣的存在,还不是一天两天的事,他们不应该不知道呀。

真是越想越乱,不想了,不想了,赶紧上去是正经,也不知道那几个家伙现在怎样了有没有缺胳膊少腿……

"快快,送我上去!"她好奇那些灯要怎么把她送上去。

灯盏们立刻忙起来,拉手的,拉肩膀的,抬腿的,甚至还有扯起她辫子的,看起来是要一鼓作气地把她送上去。

"哎哎,小心啊,抓紧点!要是半路把我摔下来你们就完了!"

"嘎嘎啦啦布布气!"

"哎呀我听不懂,左边那个你别那么用力拽我辫子啊!!"

"唧唧咕咕卡西!"

"哈哈哈你拽就拽别挠我胳肢窝啊,哈哈哈,你是不是有病啊,哈哈!!"

她的大呼小叫终于越来越远了。

祸斗松了口气,司狂澜也松了口气。没有她在,这里顿时安静了好多。

祸斗走到司徒明灯面前,看着他跟那盏灯,问司狂澜:"你坚持等在这里,是想问他那天究竟发生了什么事?"

"作为他的朋友,理当送他最后一程。"司狂澜道。

祸斗耸耸肩:"那只能祝你好运了,但愿他还有力气说话。"

"我还有一个问题想问你。"司狂澜突然道。

"你说。"

"这里真的一块多余的金子都没有了吗?"

"啊?!"祸斗无奈地抱住了脑袋,"我就知道你跟她是一路的!"

司狂澜笑了笑:"想要的东西拿不到,很难过的。"

无论是黄金,还是斩杀怪物的刀,抑或是一个在心中筹谋已久且不可为外人道的心愿,只要他能力所及,必当成全。

"你认识她很久了?"祸斗突然问,"我说桃夭。"

"不算很久。"

"你知道她的老底吗?"

"算知道吧。"

"哦……她这个家伙……"

欲言又止的它话没说完,司狂澜却眼神一亮,注意力全落到司徒明灯脸上——他一直紧闭的眼睛,缓缓地动了动。

○ 13 ○

桃夭灰头土脸地从沙堆里爬出来,在地下待久了,即便是傍晚的光线也很是刺眼。

她半眯着眼睛回头,那个专门为她打开的出口已经不见踪影,整个沙地严丝合缝,找不到任何可以突破的地方。

揉了揉眼睛,这才发现不远处的地面上乱七八糟——断裂的木条,歪掉的车轴,还有从正圆变成椭圆的车轮。

她从一片高高矮矮的沙包中穿出去,几个手忙脚乱的身影就在前头。

司静渊不知道又倒了什么大霉,四仰八叉地躺在地上,似是昏死了过去。柳公子拿袖子给他扇风,磨牙抱着水壶仰头喝了一口,扑哧一下全喷在他脸上,滚滚在他心口上跳来跳去。

但看起来抢救效果不佳,那家伙还是一副死相地躺在那儿。

"都这么久了还不醒……"磨牙着急地说,"都怪你做事急躁,也不想想大少爷还在旁边看着呢,怎的说变身就变身,换个胆子小的现在已经被你吓死了!"

柳公子一脸无辜:"我不是着急去找他们吗,眼里哪有他呀,哪知道这家伙胆子这么小!"

他累得给自己擦了擦汗，又用力拍着司静渊的脸："大少爷，吃饭了！发钱了！有人来给你家澜澜提亲了！"

桃夭轻手轻脚走到他们背后，探出脑袋："你们又干什么蠢事了？"

"妈呀！"

"鬼呀！"

柳公子跟磨牙加上炸毛的滚滚齐齐栽倒在司静渊身上，压得他一声怪叫，总算睁开了眼睛。

"蛇！好大一条蛇！！"

"桃夭？！桃夭你出来啦？天哪，你没事吧！"

"怎么不声不响冒出来，你倒是吱个声啊，我的魂儿都吓跑了一半！"

一群人你喊你的我吼我的，场面混乱不堪。

桃夭把跳到她头上的滚滚扒拉下来，一只手捂住磨牙激动无比的嘴，一只脚把扑过来打算拥抱她的柳公子踢开，皱眉道："能不能让我省心一点？"

回过神来的司静渊一看见柳公子的脸，顿时呼啦一下跳起来，躲到桃夭背后，带着哭腔指着柳公子："他他他……他是蛇怎么没人跟我说一声？！"

桃夭头痛地看着他："你还怕蛇呀？"

"不是……一般的蛇我也不怕，但是他……他也太大了吧！"司静渊激动地比画着，"那么大个脑袋那么大个嘴，感觉一口就能把我吞了！"

"你不是他的菜。"桃夭也不知道这么安慰行不行，"他不喜欢吃人。"

司静渊眨眨眼："真的？"

"真的！"

司静渊稍微松了口气，但立刻又激动起来："但他怎么是蛇呢？是个小猫小狗多好，又可爱又亲切。"

"你在说什么废话呀。"柳公子实在听不下去，一把将他从桃夭身后拽出来，嘶一声露出两颗蛇牙来，"蛇就不可爱了吗！"

司静渊哆嗦着，把他的手从自己胳膊上小心翼翼地拿下去，违心道："也不是完全不可爱……但你得给我一个接受的过程啊，突然来这一下，我很难办的。"他又瞄了柳公子一眼："你……是蛇妖啊？"

柳公子从鼻孔里嗯了一声，补充一句："是比天上神龙还要厉害的大蛇妖！"

"哦……"司静渊一点一点往旁边挪，跟他拉开距离，嘀咕，"回去要跟苗管家好好说说，以后雇佣杂役的时候，仅限人类。"

柳公子作势要揍他："有我们这等厉害角色给你家当帮工，你还嫌弃？信不信我现在就换菜单！"

"好啦,别吓唬他了。"桃夭瞪他一眼,"你们几个,难道没有注意到只有我回来了吗?你们一点都不关心大家的澜澜吗?"

一语惊醒梦中人。

"我们澜澜呢?!"司静渊急道,"你们两个是在一起的吗?你们是陷到流沙里了还是怎么的?从马车上摔下来后,我们在烟雾里迷失了方向,等到烟雾散去后,你跟澜澜都没了踪影,我们到处找,柳柳柳公子说你们的气息在地下,他就……"

"柳柳柳什么柳,你把舌头捋直了,一副没出息的样子。"柳公子白他一眼,扭头对桃夭道,"我跟滚滚都确定你们在黑沙之下,但我们完全找不到入口,拿铲子一处一处挖肯定是白费工夫,何况还没有铲子,我一急之下现了原形,准备直接撞进去,哪知道我还没动手呢,这厮就倒这儿了。我怕他死了不好交代,只能先顾着他,再一想,你跟司狂澜若在一起,以你们两人的本事,一时半刻也死不了的,所以我才决定先把他救醒再去寻你们。你看,我对你的实力一贯是信任的!"

桃夭拍拍心口:"幸好你没撞进来,否则还不知道要闹出什么乱子呢。"

本来嘛,一只祸斗,一只帝虺,一言不合就是山崩地裂的麻烦。要是被祸斗知道前些天吵醒它的就是柳公子,后果就更不敢想了。幸好司静渊晕过去了!晕得好!感恩!

"桃丫头,澜澜呢?"司静渊又抓住她的胳膊,"他在哪儿呢?不会没了吧?你可不能瞒着我!"

"他好着呢。就是头上被打了个包。"桃夭甩开他的手,"别担心,再等个一两天吧,他做完他想做的事就会回来的。"

"没事就好。"司静渊松了一口大气,但马上又瞪圆了眼睛,"他被谁打了?澜澜的头怎么可能被打出一个包?谁这么大胆子这么好的身手!"说罢他又若有所思地点点头,"谁让他去接着无弦琴也不接我呢,有我在他身边,他怎么会……"

"省省吧!别自抬身价了。"桃夭打断他,"你要是在场,头上的包只会更多。"

"那到底是怎么了嘛!"司静渊委屈无比地瘪起嘴。

桃夭先把磨牙手里的水壶拿过来,咕咚咕咚灌了个饱,觉得嗓子舒服了许多后,才把黑沙地下发生的一切讲给他们听。

等到说完时,已是深夜了。

磨牙跟滚滚听得泪流满面,磨牙擦着鼻涕说:"白糖太可怜了!"

柳公子一拳打在地上:"我们离开时,那姓白的小子好像还没断气,要不我去探望探望他?"

"你打住。"桃夭瞪他,"你以为现在在泰山府界有人脉了,泰山府君不敢动你了?"

"我说说罢了。"柳公子生生咽下一口气,"看不得那小子还有机会过好日子。"

"他不会有好日子可过了。"桃夭冷笑,"祸斗可没有抓走他的双身。"

磨牙喃喃道："想不到，人世间所谓的恶有恶报，竟是神咒……"他抬头看着她："桃夭，那些做了极恶之事却未得惩罚的人，都是被别的祸斗吞吃了双身吗？"

桃夭点点头，又若有所思道："但即便没了双身，也还有律法严明，人心公道，有可能会有疏漏，也可能不那么及时，但总是在的。如同郑雨良之流，即便他运气好被祸斗吞吃了双身，遇到我们，照样会把他送去吃一辈子牢饭不得好死，所以无论有无神咒，这都是他的结局。"她摸摸他的光头："我们也一直在的嘛。"

"嗯。"磨牙用力吸了吸鼻子。

旁边的司静渊深深叹了口气，话最多的他居然一句嘴都没插，只说："澜澜应该留下来。"

桃夭看他那深沉又低落的样子，也不说什么，只拍了拍他的肩膀："等着吧。"

漆黑的天空，漆黑的沙地，还有互相依靠着坐在黑暗之中的他们，在阵阵微凉的风里，了无睡意地等，等一个人归来，等一个人离开，等一个故事的结束，以及一个故事的开始。

○ 尾 ○

当司狂澜带着一身浅浅的倦意以及依然昏死的郑雨良回到他们的面前时，司静渊居然出奇安静，没有一点聒噪与过度的激动，只是用力抱了抱他，说："回来就好。"

不等桃夭问他，他主动道："弥留之时，他同我说，那一天，他本无杀意，只是当白家少爷见到他时，已然不记得他是谁了，只道是来贺喜的监镇大人，小官一个，不过是敷衍着打个招呼罢了。"

桃夭一愣："因为受了怠慢所以才……"

"不是。"司狂澜摇头，"他追上去跟对方说，如果白糖还活着，他今天肯定会很高兴，他喜欢热闹。"司狂澜目光冷去："而白家少爷却说，白糖是谁？"

沙地上又被柳公子被打出了一个大坑。所有人都愤怒了，即便没有亲临现场。

"就是这四个字，他所有的理智都碎了。"司狂澜咬了咬牙，"他还跟我说，高台之上，他跟瑟瑟发抖的白家少爷说，白糖不知道你们是在欺负他，他只是觉得有人理他了，他很高兴。"

磨牙的眼泪又下来了。

桃夭攥了攥拳头，已经什么话都不想说了。

"该死。"司静渊的眼里从未露出如此犀利森冷的目光。

司狂澜深吸了一口气："就是这样了。他让我谢谢你们，谢谢你们曾经想把他从地狱里拉出来。"

风沙卷过，呜咽有声。过了许久，柳公子揉了揉眼睛，打破了凝固在众人之间的悲伤："该走了吧？"

"马车没了。"磨牙红着眼睛说,"马也跑了。"

"那走路呗。"司静渊指了指自己,"把能带的东西带上,大不了我多背一些。"

司狂澜想了想,指了个方向:"往那边吧,我记得那是通往凤尾镇最快的路了。"说罢,众人便忙碌开来,把散在地上的东西逐一收集起来。

司狂澜走到桃夭身边,从怀里掏出一个用他的绢帕包起来的小东西,递到她面前。桃夭抱着捡起来的一罐干果,疑惑地看着他。

"给你的。"司狂澜淡淡道。

"啊?"桃夭把干果放下,接过来,打开,愣住——绢帕里躺着一枚四四方方金光闪闪的小东西,个子虽小,却沉甸甸的,拿一根不知从哪里找来的红绳系着。

司狂澜将此物拿起来,顺手挂在了桃夭的脖子上:"你猜得没错,金矿里其实还有一点点黄金,祸斗找了一块送我。它的火真的很厉害,能把黄金化为任何形状,我请它把这块黄金化成一方金印,你不是喜欢盖章吗,金印上的福字是我刻的。"

桃夭诧异地拿起这枚金印,底部确实刻着一个笔画秀丽的"福"字。她的心跳突然加快了,抬头:"为……为何给我这个?"

"以后在外面又遇到缺钱的时候,可以拿它应急。"司狂澜戳了一下她的脑袋,"别再做那些乱七八糟的勾当了。"

她捏着沉甸甸的金印,居然想不到该怎么回应他。

"还有那块帕子。"他嘱咐道,"上面写的东西,你且记住。"

她忙展开绢帕,发现上头写着几种花草的名字。

"这又是什么?"她不解。

司狂澜指了指自己的胳膊:"将这几种花草放在一起捣烂,其汁液可以洗去你胳膊上的'司'字。"

她微愕。司狂澜的面色轻松了许多,仿佛完成了一件很重要的事,他转过身:"快收拾吧,还有很长的路要走。"

手里柔软的绢帕,脖子上垂着的崭新的重量,居然都让她很不习惯。她一动不动地站在原地,感受着突如其来却又顺理成章的变化,说不出是欢喜还是难过。他好像真的什么都知道,即便她不说,他依然敏锐地觉察到了什么。

司狂澜又回头,看着呆呆的她,笑:"不是要枕头那么大的红包么,给你了。"

她的心突然被一股满载善意的温暖包裹起来,她瘪着嘴,半天才说:"这也没有枕头那么大呀!"

"枕头那么大的黄金你挂得住吗?"司狂澜摇摇头,"既有这么大的力气,一会儿你便多背几件行李吧。"

"我说说的,别让我一个人背啊,我好几天没吃上饱饭了。"桃夭一溜小跑跟上去。

一群人忙活半天,终于整装完毕。离开时,已是晨曦初露。

众人朝着凤尾镇的方向行进。走着走着,桃夭总觉得身后有什么东西在看自己,她猛一回头,发现后头的黑沙地上不知几时飘起了两盏亮晃晃的灯,她停下来,转身细看,发现两盏灯的脚上,各挂着一枚铜钱。

她突然明白了什么。司狂澜不知何时出现在她身后,眼神深邃地看着那两盏灯。

"它们……"桃夭惊讶地问。

"嗯。"司狂澜只点点头。

什么都不必再问了,两人心照不宣。

桃夭冲着它们用力挥了挥手。司狂澜轻声说了一句:"保重。"那位素不相识的焰君说得不错,灯,是火焰表现出的最温和的一面,永远都是。

背在身上的行李似乎没有那么重了,桃夭的脚步也渐渐轻快起来。倒是司狂澜的话稍微多了一点,他悄悄问她:"听说小妖怪若得了机缘,也是有机会修成正果的?"

桃夭一笑:"连人都会从小孩子长成大人,小妖怪当然也会有机会长大并且变强壮。"

"那就好。"司狂澜的心情好像也变好了很多,将自己手上拎着的一件行李放到她背上,"这几天我有点累着了,杂役多担待些也是应该的。很好。"

"好个鬼啊好!我要被压扁了!"

"这点力气都没有,还想要枕头那么大的黄金?"

"你倒是给我呀!你给我我就有力气了!"

"不是给你了吗?"

"那么小还不够塞牙缝呢!"

"那还我。"

"想得美!给我就是我的了!"

两个人你一句我一句,一个越走越快,一个拼命追赶,难得的热闹。

走在前面的柳公子他们回头,不禁面面相觑,这两个人又在唱哪一出?之前不是都划清界限眼看着就要各走各路了吗?

磨牙跟滚滚当然是看不明白的,磨牙只管挠头:"他们两个很少这么和谐啊。"

司静渊嘻嘻一笑,对柳公子道:"未来可期。"

柳公子却只是撇撇嘴:"你不了解她。"

"啥意思?"

"没啥意思,快走吧,你倒是轻松,我背上还背着一个扫把星呢,别跟我说话,我要省点力气。"

三天后，他们终于走到凤尾镇。没有进去，只由司静渊出面，在镇外悄悄买下了一辆马车。

司静渊回来时说他跟卖马车的老头闲聊了几句，老头跟他说这几天凤尾镇特别乱，好好的监镇大人出事了，抱着白家堡的少爷从高台上跳下来，准是失心疯了。司静渊问他白家少爷如何了，老头说好像也就比死人多口气，还不如死了好，白老爷都气疯了，要张榜悬赏抓凶手，也不知道还有什么凶手，唉，这日子也是乱七八糟的。

"他身上的双身会说什么呢？"磨牙叹了口气。

"虽生如死，身在炼狱。"桃夭看着凤尾镇的城门，冷笑，"我要是双身就这么说。"

"我们不会真的变成通缉犯吧？"磨牙又有些担心，"那个白老爷不是善茬。"

"我们就是善茬吗？"桃夭弹了一下他的光头，"上车！"

柳公子跟司静渊早已经舒服地瘫在车厢里，不用再走路可真好啊。

"坐稳了。"司狂澜马鞭一扬，健壮的黑马奋蹄而起，马车又快又稳地离开了凤尾镇。

终于可以回家了。好奇怪，怎么想都不想就用回家两个字呢，司府也不是她的家呀。

桃夭从车窗里伸出头去，看着这片几乎要了她半条命的沙漠，长长吐出一口气，似要把心中的郁结与不满全都吐出去。

随着马车的颠簸，停在她心口的金印时不时也跳动几下，她轻轻握住它，瞄了一眼专心驾车的司狂澜，又回头看了看已经呼呼大睡的柳公子磨牙以及司静渊，还有四脚朝天的滚滚，在心里默默说了声谢谢。

不管还能在你们身边停留多久，起码跟你们在一起的日子，没有一天是后悔的。

她笑笑，坐回去，安心地闭上了眼睛。

炽热的阳光下，马车一路向北，车上，呼噜震天。

全文完
裟椤双树
2025.2.7. 成都

后记

春节后交的稿，现在才补上后记，可能是一直沉浸在写完《百妖谱五》的幸福感里，把别的事都忘掉了……

《百妖谱五》的创作时间远远超过了我的预期，大约从 2023 年末开始，直到 2025 年初才完成，这让我自己也有点意外。

作为《百妖谱》系列里耗时最长的一本，它不光长在字数最多，更长在它微妙且重要的"承上启下"的作用。之前我在微博上说过，《百妖谱》这个系列，会在第六部结束，那么作为第五部，自然就要耗费更多的时间与精力去为整个故事的最终结局做出各种铺排，创作起来其实是比较难的，毕竟要给桃都众人以及他们的生死之交或者狐朋狗友们一个真正的归处，要考虑的大局与细节远比我自己以为的还要多。但作为他们的"亲妈"，势必要尽全力让他们各归各位，心愿得偿。这个过程中，活在文字中的他们会笑会哭，会面对各种挫折与收获，有我捣乱……不是，有我托举着他们，每一天想必都会过得十分"精彩"。而文字之外的我，其实也跟他们相同，也要带着悲喜交加的心情去翻越已经横在我面前的山——每个家伙的终极命运，都是一座等了我很久的山。

《百妖谱》诞生于 2015 年，第一篇故事是《灰狐》，今年刚好十年了。我一度以为这辈子除了《浮生物语》之外已经不可能再花十年以上的时间去完成一个长长的故事了，没想到还是在《百妖谱》上实现了……再次感慨，人的一生并没有多少个十年啊。

闭关赶稿的时候，上了一次手术台，平日里打针都怕得要死的人要下定一个把自己拎到医生面前治标治本的决心，比让桃夭把司狂澜送给她的值钱的大金印送给别人还要难。但好歹是做到了，为自己鼓掌……有了这一段人生体验后，我最大的感悟又落到了"没有什么事比自己的健康更重要"这一点上。所以我放缓了写《百妖谱五》的进度，尽量不让自己过度消耗，并跟偶尔为"怎么还没有写完"而焦虑的自己说："别着急，慢慢写，只要在写，总会完成的，事缓则圆。"同时，每天坚持运动、科学饮食，把因病造成的多余脂肪减去。当我又变回那个活蹦乱跳的自己时，《百妖谱五》也写完了。这一两年虽难，终是走过来了。

所以在《百妖谱五》交稿后，我在今年的年终总结中跟读者们说，我对自己过去这一年的总结是——从一片废墟上重建了自己的生活。

人生不会总是一帆风顺，不过是见山翻山，遇水涉水，掉坑里了再手脚并用爬出来，只要心里还想让自己好起来，不小心掉下去的"红条蓝条"总会有重新拉满的机会，对吧。

愿所有看到这里的你们，都有一个健康快乐的未来，有一颗永远愿意拯救自己于水火的心。

最后，感谢十年来遇到的所有《百妖谱》的同路人，无论是刚加入的新人还是十年老友，多谢你们一路陪伴，上天入地，桃都司府，《百妖谱》的故事里除了神仙妖怪人类，你们也在，抱抱。

我们《百妖谱六》再见！

但现在我要休假去了！

哈哈哈哈哈哈！！！

裟椤双树

2025年3月 成都

图书在版编目(CIP)数据

百妖谱.5／裟椤双树 著.-- 武汉:长江出版社,
2025.5. -- ISBN 978-7-5804-0082-6
Ⅰ.I247.5
中国国家版本馆CIP数据核字第2025V28S28号

本书经裟椤双树委托天津漫娱图书有限公司正式授权长江出版社,在中国大陆地区独家出版中文简体版本。未经书面同意,不得以任何形式转载和使用。

百妖谱.5 / 裟椤双树 著
BAIYAOPU

出　　版	长江出版社			
	（武汉市解放大道1863号　邮政编码：430010）			
选题策划	漫娱图书			
市场发行	长江出版社发行部			
网　　址	http://www.cjpress.cn			
责任编辑	陈　辉			
特约编辑	颜　燕			
总 策 划	罗晓琴	开　本	710mm×1000mm　1／16
装帧设计	殷　悦	印　张	24.25
印　　刷	武汉鸿印社科技有限公司	字　数	500千字
版　　次	2025年5月第1版	书　号	ISBN 978-7-5804-0082-6
印　　次	2025年9月第7次印刷	定　价	56.80元

版权所有，翻版必究。如有质量问题，请联系本社退换。
电话:027-82926557(总编室)　027-82926806(市场营销部)